Suite française

法兰西组曲

（俄）伊莱娜·内米洛夫斯基 / 著
蔡孟贞 / 译

Irène Némirovsky

北京大学出版社
PEKING UNIVERSITY PRESS

谨 此

追寻母亲和父亲的轨迹,

献给妹妹伊丽莎白·吉尔,

给我的孩子和孙子,将这份回忆录传递给所有亲身经历过,

或时至今日仍活在排他主义悲剧下的人。

丹妮丝·艾波斯坦

目 录

序 / 1

第一部 六月风暴 / 19

第二部 柔板 / 249

附录一 / 431

附录二 / 451

致 谢 / 485

序

1929年，贝尔纳·格拉塞接到一份从邮局寄来，书名为《大卫·格德尔》的文稿，一读之下惊为天人，立刻决定出版。于是，他急着找作者签约，这才发现作者因为怕被退稿，竟没有留下姓名和地址，信封上只有一个信箱号码。他只好在报纸上刊登分类广告，吁请这位神秘的作家现身。

几天后，当伊莱娜·内米洛夫斯基亲自登门拜访时，贝尔纳·格拉塞无法相信眼前这位在法国待了仅仅10年，外表开朗恬静的年轻女子，跟写出这么一本出色、残酷、大胆，特别是文字运用炉火纯青的小说的小说家会是同一个人。这是一部写作技巧成熟的作家创作出来的作品。他虽然深感佩服，多少还是有点怀疑，所以他问了她许多问题，以确定她不是某位意欲隐身幕后的知名作家派来的替身。

《大卫·格德尔》一经出版，立即获得一致好评，伊莱娜·内米洛夫斯基顿时声名大噪。当时，各派作家尽管立场迥异，好比犹太籍作家约瑟夫·凯塞尔和反犹太极右派人士罗伯特·布拉西亚克，均异口同声大加赞赏。罗伯特·布拉西亚克尤其欣赏这部空降法国文坛的小说文笔之纯净。伊莱娜·内米洛夫斯基虽然生于基辅，但她很小的时候便开始跟随家庭女教师学习法语。她还说得一口流利的俄语、波兰语、英语、巴斯克语以及芬兰语，另外还看得懂意第绪语，她的语言造诣在1940年所著的《狗与狼》中可见端倪。

伊莱娜·内米洛夫斯基没有因为初闯文坛一鸣惊人而冲昏了头，反而对她出自真心谦称为"小书"的《大卫·格德尔》的备受肯定感到惊讶。在一封1930年1月22日写给一位女性友人的信中，她说道："你怎么会以为我会因为一本大伙热烈讨论了15天后，随即抛诸脑后的书，就像那些被巴黎遗忘的一切，而忘了我的老朋友呢？"

1903年2月11日，伊莱娜·内米洛夫斯基在基辅呱呱坠地，也就是今日的意第绪区。她的父亲，莱恩·内米洛夫斯基（原希伯来语名为阿利埃），本家是乌克兰城市内米洛夫一带的望族，该地是18世纪哈西德运动①的一大重镇。莱恩于1868年生于伊丽莎白格勒，不幸的是，这个城市在1881年掀起大规模反俄籍犹太人的风潮，而且持续数年之久。莱恩·内米洛夫斯基的家族从事谷物贸易，他曾旅行各地出差，之后转战金融业赚了大钱，最后成为俄国最富有的银行家之一：莱恩·内米洛夫斯基身兼沃隆涅商业银行董事会董事长、莫斯科工联银行的执行董事、圣彼得堡商业私人银行董事会董事。他买了一座雄踞城中高地的大豪宅，宁静的道路两旁是一方方的花园和一棵棵的椴树。

伊莱娜在家庭女教师的悉心照料下，受到许多优秀老师的教诲启蒙。因为双亲轻忽家庭，伊莱娜小时候非常的孤独、不快乐。她又爱又钦佩的父亲忙于事业，多半的时间不是因公出差，就是到赌场大手笔砸钱。她的母亲人前人后自称芬妮（原希伯来语名为芬雅嘉），生下她唯一的理由是为了讨好有钱的丈夫。她将生儿育

---

① 译注：mouvement hassidique，18世纪时在东德兴起的犹太教运动，强调与神契合，反对坚持传统教义的犹太教。

女视为女人味凋零的初期征兆,因此女儿一出生就完全交由奶妈照料。芬妮·内米洛夫斯基(1887年生于敖德萨①,1989年殁于巴黎)对女儿始终怀有一种厌恶感,对女儿从来没有任何爱的表示。她可以花上好几个钟头坐在镜子前,寻找皱纹的踪迹,化妆掩盖,或者叫人给她做按摩,不在家的时候像花蝴蝶似地四处寻花问柳。她自认貌似天仙,无法坐视五官老化憔悴,更无法容忍自己变成只能找牛郎作伴的半老徐娘。因此,为了证明自己还年轻,她拒绝承认伊莱娜已经长大,处于花样年华的事实,坚持认定她只是一个小女孩,长年累月强迫她像小学生那样穿着打扮。

因此,伊莱娜在家庭女教师休假的日子里,总是沉浸在书中,同时开始尝试写作,更拼命地克制自己不对母亲产生强烈的憎恨。母女之间违反天性的情感,这等激烈的爱憎,在伊莱娜·内米洛夫斯基的作品中占有极重的分量。所以,在《孤独之酒》里,我们可以看到:

"她心里对母亲的恨,诡异得好像会跟着她的年龄增长……"

"她从来不肯清楚地发出这两个字'妈妈';这两个字仿佛排除了千辛万难才从两片唇间滑出;她说'妈'时,像是快速含糊地嘟囔过去,仿佛被人从心底使劲地抽出一丝闷闷的似有还无的痛。"

还有:

"母亲因愤怒而涨红的脸,慢慢靠近她的脸;她看见那双充满憎恨火光,被怒气和恐惧撑大的眼……"

---

① 译注:Odessa,乌克兰城市,黑海港口。

"上帝说：'我隐忍不报复……'啊，算了，我不是圣人，我无法原谅她！等等，再等一会儿，你等着看！我要教你痛得大哭，就像你之前让我以泪洗面一样！……你等着，等着瞧，老女人！"

随着《舞会》《依莎贝尔》和《孤独之酒》相继出版，她完成了她的报复。

伊莱娜·内米洛夫斯基最令人称颂的作品，背景都取自俄罗斯和犹太社会。《狗与狼》描绘了第一批有权居住基辅的商业同业公会的资产阶级家庭，当时的基辅奉尼可拉斯一世的敕令，原则上禁止犹太人设籍。

伊莱娜·内米洛夫斯基没有否认她的祖父母（雅各布夫·马古里斯和贝拉·马古里斯）以及父母所受的东欧犹太文化洗礼，虽然在赚了大钱之后，他们逐渐脱离了那个圈子。尽管她年少时期和成年后的一段时间内过着豪门的奢华生活，但是，在她的眼里，金钱的操作和以钱滚钱方式累积财富的行为，不是光彩的事。

她对犹太人汲汲营求一心往上爬的现象进行毫不留情地批判，字字句句充满反犹太主义的各种偏见，更冠以当时典型的坏胚子嘴脸。她用最残酷、最偏激的词汇形容，刻画出一幅幅恐怖的犹太人形象，她惊疑不定，着魔似地检视他们，虽然她承认自己跟他们同属一个命运共同体。接下来的悲惨事件更证明了她与他们的不可切割。

在她的笔下，我们发现的是何等自我憎恨的关系！左右摆荡不定，无所适从的情况下，她先是认同了犹太人属于劣等的"犹太人种"的观念，犹太民族的外貌特征非常容易辨识，不过这跟30年代当时在纳粹德国广泛被引用的所谓人种的概念不可同日而语。

以下是在她的作品里，常见的几个用来形容犹太人典型外貌的精选词汇，在她的笔下，这群人拥有共同的轮廓特征：短短的鬈发，鹰钩鼻，松软的手，钩状的手指和指甲，茶褐、蜡黄或橄榄色的脸颊，接近黑色油亮的眼睛，羸弱的身体，苍白的面容，不整齐的牙齿，翕动的鼻翼外加贪得无厌、唯利是图、爱斗嘴、歇斯底里、先祖遗传的高超手腕、懂得"买低卖高、黑市外汇门道、旅行推销、冒版礼服交易，军火走私……"

她一次又一次地以文字戳刺、扯裂"犹太人渣"标签，在《狗与狼》里，她写道："就跟所有的犹太人一样，他对犹太民族特有的缺陷特别敏感，对他们感到的忿恨比基督徒更深刻、更痛心。死不放手的执著，想要的非得到不可的几近野蛮的欲望，盲目蔑视他人投来的眼光，这一切全都安置在他的脑海里，归入同一标签底下：'犹太人的蛮横。'"矛盾的是，她在小说的结尾却又表现出某种温情和绝望的种族忠诚："这就是我的族人，这就是我的家人。"至此，突然，笔锋又一转，态度一百八十度大翻转，她这样描写犹太人："啊！你们这些装模作样的欧洲人，我好恨你们！你们所谓的成功、胜利、爱、恨，我呢，我称之为金钱！名称虽然不同，指的却是同样的东西！"

换言之，伊莱娜·内米洛夫斯基完全忽略了犹太人的精神层次、财富以及中欧犹太文明的多样性。1935年7月5日，她接受《以色列天下报》的专访，访谈中，她提到身为犹太人，她倍感骄傲，对一些犹太人因为读了《大卫·格德尔》书中她对犹太人民的描写后，作出她是民族罪人的指控，她也有话要说："不，那些在自己的家园定居好几代的法国籍以色列人，的确，种族问题已经不是问题了，然而，也有相当多的犹太人四海为家，这些人对金钱的爱已经取代了所有其他的情感。"

《大卫·格德尔》的故事时代背景始于 1925 年,地点设在比亚里茨①,讲述原籍俄罗斯的全球金融巨子格德尔一生直到 1929 年间的精彩事迹:他的蹿升,登峰造极,然后银行股票戏剧化的暴跌。年华逐渐老去的妻子:葛罗莉亚,水性杨花,爱摆排场,总是不停地要钱,以供养她的情郎。从前那个纵横股市,人人惧怕的老格德尔落得身无分文,丧气失意,再度变成年轻时住在敖德萨的小犹太人。突然,基于他对轻浮又不知感恩的女儿的爱,他决定东山再起。最后他孤注一掷,终于成功扭转劣势,却因疲劳过度死在暴风雨之下的货柜船上,嘴里喃喃地说着几句意第绪语。一个跟他一样在辛菲罗波尔②上船,满怀希望,欲前往欧洲追求更好生活的犹太移民,看着他咽下最后一口气。所以,格德尔可以说是死在同乡人的身边。

内米洛夫斯基一家住在俄罗斯的时候,生活奢华,出入气派。每年夏天,他们会离开乌克兰外出度假,去的地方不是克里米亚半岛,就是比亚里茨、圣让德鲁兹③、昂达伊④或蔚蓝海岸;伊莱娜的母亲入住豪华大饭店,女儿和家庭女教师则住便宜旅馆。

伊莱娜·内米洛夫斯基 14 岁那年,家庭教师去世,她开始提笔创作。她舒适地歪坐在沙发上,一张纸摆在膝盖上。她深受伊凡·屠格涅夫⑤的写作方式影响,进而衍生出一种浪漫奇情的叙述

---

① 译注:Biarritz,法国西南沿海城市,此地的海滩自 18 世纪以来,一直是欧洲皇室疗养度假的胜地。(以下均为译注)

② Simferopol,位于克里米亚半岛。

③ Saint-Jean-de-Luz,法国西南巴斯克地区海岸城市。

④ Hendaye,法国西南海岸城市。

⑤ Ivan Tourgueniev(1818—1883),俄国现实主义作家。

手法。写小说时,她不仅叙述故事情节,还进一步描述情节所引发的探索和感想,不加任何删减。此外,她对书中的角色每一个都知之甚详,就连次要角色也不例外。她在好几个笔记本里,密密麻麻地记录下每个人物的外貌、性格、学历、童年、成长的各个阶段。当所有的人物都具备了如此详尽的刻画和塑造后,她会用红蓝两色的笔标注出必须保留的关键轮廓特征,有时候会删到只剩几行,接着文思泉涌般快速地完成初稿,修改润色,直至最后定稿。

十月革命爆发的时候,内米洛夫斯基一家住在1914年迁入的圣彼得堡大豪宅里。"公寓的格局设计……让人走进玄关即可一眼望到底;从敞开的大门往外望,可以看见一排白色和金色相同的大厅。"她在《孤独之酒》里这么写着。这本书中描写的绝大部分是她的真实生活。圣彼得堡在许多俄国诗人和作家的眼中是一座梦幻之城,伊莱娜·内米洛夫斯基却只看到接连的阴暗街道,遍地积雪,冰冷阵风夹带涅瓦河腐臭污水的恶心气味。

莱恩·内米洛夫斯基因为工作的关系经常去莫斯科,所以他在莫斯科向一位皇家禁卫队的军官租了一间附家具的公寓,该军官在当时被派驻伦敦俄国大使馆。内米洛夫斯基以为将家人接到莫斯科,安全更有保障,没想到1918年革命之火延烧,战争最激烈的地方就在莫斯科。战争如火如荼之际,伊莱娜全心优游探索于这位学识渊博的军官——德·爱森特家里的藏书中。她发现了于斯曼①、莫泊桑、柏拉图和奥斯卡·王尔德。其中,她最喜欢的是《道林·格雷的画像》。②

---

① 译注:Joris-karl Huysmans(1848—1907),法国作家。
② Le portrait de Dorian Gray,王尔德的小说。

她的家隐匿在街衢之后，四周被其他建筑和一个院子包围，而院子的四周还围着一栋楼层更高的大楼；依次往外，另有一个院子和其他的房子。伊莱娜常趁着四下无人的时候，偷偷下楼捡弹壳。一家人躲在公寓里，一连五天，靠着一袋马铃薯、巧克力糖和沙丁鱼罐头果腹。趁着革命风暴稍稍平息的空当，内米洛夫斯基一家返回圣彼得堡，此时，布尔什维克党人已经公开悬赏要伊莱娜父亲的项上人头，逼得他只能偷偷摸摸地躲藏。1918年12月，当时边界尚未关闭，她父亲计划带家人假扮成村夫农妇逃往芬兰。伊莱娜在冰雪覆盖的田野中央的一座由三间小木屋组成的破烂房子里度过了整整一年的时间，她希望能回俄罗斯。漫长的等待期间，她父亲经常乔装偷偷潜回俄罗斯，企图保住他的产业。

这是伊莱娜平生头一次体会到安宁与平静的时刻。小女孩长大了，她开始创作散文诗，创作的灵感几乎全部来自王尔德。俄罗斯的情势愈来愈吃紧，布尔什维克党的威胁愈来愈近，内米洛夫斯基一家再度长途跋涉，逃到瑞典。他们在斯德哥尔摩待了3个月，伊莱娜忘不了春天时，院子和花园里初开的暗紫色紫罗兰。

1919年7月，一家人搭乘一艘小货轮，目的地是法国的鲁昂。小货轮一连走了十天，中间没有停航，《大卫·格德尔》戏剧化的最后一幕，惊涛骇浪的暴风雨场景即出于此。到了巴黎，莱恩·内米洛夫斯基接手本家银行的分行业务，慢慢地重新蓄积财富。

伊莱娜·内米洛夫斯基在巴黎索邦大学注册入学，并以优异的成绩获得文学学士学位。她的第一本小说《大卫·格德尔》一鸣惊人，不见青涩。她的文学生涯最早可回溯到她早一些自称是"诙谐小品"的时期，她把文章寄给一本每月一号和十五号出刊的知名半月刊《魔幻》，文章登上杂志，每篇稿费60法郎。接着，她拿一篇故事向晨间出版社毛遂自荐，也顺利出版。之后，自由创作出版社出版了她的一篇故事和短篇小说，以及她的长篇小说处女作《误会》——该书写于 1923 年，当时她年仅 18 岁，一年后，发表短篇小说《天才儿童》，后更名为《神童》，在 1926 年 2 月由同一间出版社出版。

《神童》描写一位出生于敖德萨贫穷人家的犹太小孩——依斯玛耶·巴鲁施悲惨的一生。他早熟纯稚的诗词天赋吸引了一位王公的注意，将他从阴沟里带出来，送进王宫，供他情妇差遣。小孩虽然颇受人疼惜，却只能活在女主人的脚底下，任由她当做能吟诗作对的猴子耍。

经过漫长的内心煎熬挣扎后，小孩长大成为青少年，开始认真审视那些为他赢得温饱赏赐的诗词歌吟，并觉得那些东西不值一哂，从此他失去了童年时庇佑他的主人宠幸。他从阅读的书籍里面寻找灵感，然而，文化无法将他造就成天才，相反地，书本剥夺了他的创造力，他的即兴天赋。于是，女主人把他当废物般地抛弃，依斯玛耶没有办法，只能回到他出生的故乡：敖德萨的犹太区，回到陋巷和破屋。但是，那里的人无法认同少年依斯玛耶是他们的一份子。世界虽大，遭到族人否定的依斯玛耶，却无容身之地，最后只能投身于港口停滞的腐水之中。

伊莱娜·内米洛夫斯基在法国的生活色调就没有这么灰暗。内米洛夫斯基一家人融入得很好，在巴黎过着富裕资产阶级的奢华日子：上流社会的晚宴杯觥交错，舞会，度假胜地的豪华假期。伊莱娜热爱旅行、跳舞。她忙着赶场，从宴会到派对。她亲口承认，自己放纵享乐，大吃大喝。1924 年 1 月 2 日，她写给一位女性友人的信上这么说："我过了疯狂至极的一个礼拜：舞会一个接着一个，我到现在还觉得有些醺醺然，奋力挣扎地想重新回到规范的道路。"

另一次在尼斯："我兴奋躁动，像个嗑药成瘾的毒虫，我觉得很惭愧。我日夜不停地跳舞。各大饭店每天都安排了各种非常新潮的盛大晚会，我桃花运不错，几个男孩围着我，我玩得非常开心。"

从尼斯返家后，"我的行为失当……离开的前一晚，我们下榻的尼葵斯科大饭店举办了一场豪华的舞会。我发疯似地跳舞，跳到凌晨两点，然后顶着冷风与人言语调情，啜饮冰凉香槟，"几天后，"淑拉来找我，训了我整整两小时：我好像太放纵自己了，这样撩拨男孩子是非常不好的……你知道我甩了亨利这件事，有一天他来找我，脸色惨白，眼珠子好像快要爆裂开了，神色凶恶，口袋里还放着一把枪！"

在这晚会派对急流中，她认识了米盖，又称米歇尔·艾波斯坦，"……一个肤色很深的褐发小个子"，米歇尔立刻热烈地追求她。他毕业于圣彼得堡大学，拥有电机和物理工程师的学位。他在嘉隆街的北欧国家银行工作，担任全权代理人一职。他是她喜欢的类型，两人于是开始约会，并在1926年互托终生。

婚后，他们定居康士坦一寇格林大道 10 号，一间美丽气派的公寓，窗子面对左岸一间修道院的大片院子，采光良好。1929 年，他们的女儿丹妮丝出生。芬妮得知她当了外婆之后，送了一只绒毛小熊玩偶给她的女儿。次女伊丽莎白于 1937 年 3 月 20 日来到这个世界。

内米洛夫斯基家常常招待许多名人朋友，比如提斯东·伯纳[①]和女明星苏珊·德娃佑，也经常到奥波兰斯基女爵家作客。伊莱娜到水疗城市治疗风湿。电影制作人向她购买《大卫·格德尔》的

[①] 译注：Tristan Bernard（1866—1947），法籍犹太裔剧作家。

版权，改编拍成电影，影片由朱立安·杜密密耶执导，哈利·鲍尔主演。

伊莱娜·内米洛夫斯基的名声虽然响亮，而且非常喜欢法国和法国的美好社会，然而，她申请入籍法国却被打了回票。1939年，人心广受战争的偏执观念影响，在历经了整整十年的反犹太激进运动后，当时民众往往视犹太人为别有用心的侵略者，唯利是图、尚武好战、视权如命、战争贩子，是资产阶级和革命分子的骑墙派。伊莱娜·内米洛夫斯基于是决定改变信仰，带着孩子成为基督徒。1939年2月2日清晨，她在巴黎的圣玛丽礼拜堂，在一位家族友人的见证下，由吉卡主教，一位来自罗马尼亚的王公主教，为她受洗。

1939年9月1日，第二次世界大战宣战前夕，伊莱娜和米歇尔·艾波斯坦将他们的两个小女儿，丹妮丝和伊丽莎白，送到索恩—卢瓦尔省的伊希—主教镇，也就是女孩儿们的奶妈西赛儿·米修的故乡。西赛儿将小女孩交托给她的母亲米坦纳太太细心照顾。伊莱娜和米歇尔·艾波斯坦回到巴黎后，为了看女儿，他们经常往返两地，直到1940年，德法新界线颁布实施为止。

1940年10月3日颁布的犹太法贬抑了犹太人的社会和法律地位，将他们归入"贱民"一级。法律更进一步规定，基于种族的标准，哪些人是法国当局认定的犹太人。内米洛夫斯基家在1941年6月的人口普查中，被列为兼具犹太人和外国人两种身份，米歇尔因而没有权利继续在北欧国家银行工作，出版社的人员和签约作家逐渐被迫"亚利安种族化"，也使得伊莱娜无法出书。两人于是离开巴黎，暂居伊希—主教镇的旅行者旅馆与女儿团聚，当时那里留宿的还有德国国防军的士兵和军官。

1940年10月，政府颁布有关"犹太裔外籍人士"的管理法令，指出犹太人可收编迁入集中营,也可以续留在自宅。1941年6月2日当局颁布新法,取代了1940年10月的法令,使得他们的情况更危急。这部法案宣告了他们之后被拘捕、监禁,最后被送进纳粹集中营的命运。

内米洛夫斯基家的受洗证书完全没有用。尽管如此,小丹妮丝还是举办了她的第一次领圣餐仪式。当法律规定犹太人一律必须佩戴黄色星星时,她教会学校的外套上面绣了显眼的黄色和黑色星星。

内米洛夫斯基一家就这样在旅馆借住了一整年的时间,最后终于在镇上找到了一座原属于资产阶级的大房子。

米歇尔·艾波斯坦为女儿丹妮丝以韵文体裁写成了背诵的乘法表。伊莱娜·内米洛夫斯基内心雪亮,知道这一连串的事件最后终将以悲剧收场。不过,她仍然积极写作,大量阅读。她每天吃完早餐就出门。有时候,一走就走上十公里远,找一个她觉得很棒的地方,然后开始专心工作。午餐后,下午踏上归途,通常要到晚上才能到家。1940到1942年的两年间,艾尔本·米歇尔出版社和反犹太的葛兰瓜尔杂志社①同意让她用笔名皮耶·尼芮和查尔斯·布朗卡出版她的短篇小说。

伊莱娜·内米洛夫斯基住在伊希—主教镇的1941到1942年间,完成了《契诃夫的一生》《秋之火》,后者迟至1957年春天才出版。她随即展开极具野心的大工程:《法兰西组曲》,也及时完稿,亲自写下"终"一字。本书收有两部:第一部《六月风暴》,描写的是法国大溃败后的时代缩影;第二部名为《柔板》,是一个虚构的故事。

---

① 译注:Gringoire,1928年创立,是法国第二次世界大战期间一大政论和文学周刊。

内米洛夫斯基按照惯例,开始草拟工作笔记,以及法国当前情况带给她的启示和想法。她列出人物名单,包括主要人物和次要人物表,确认每一位人物的职业都合理恰当。她梦想能写出1 000页的巨作,引用交响乐的架构,于是分为五部,有节奏,有起伏。她以贝多芬的《第五号交响曲》为楷模。

1942年6月12日,在被捕前没多久,她开始怀疑是否有时间能够完成这部大工程。她有预感,觉得自己来日无多,然而,她仍然不放弃,继续详尽地充实书写笔记,同时撰写小说内容。她将这些目光锐利、洞悉人心的笔记取名为"法国观察心得"。这些笔记证明了伊莱娜·内米洛夫斯基对法国民众冷眼看待军队溃败和德法合作共治的"可憎"以及对人民的麻木心态不再存任何幻想,同样的,对自己的命运也不抱任何希望。笔记第一页开头,她即开宗明义地写了:

> 要举起如此沉重的负担
> 西西弗斯①,这需要你的勇气。
> 我对作品绝对有心
> 只是,目标遥远,时间短暂。

她谴责惶恐、懦弱和对屈辱、迫害和大屠杀闷不吭声、逆来顺受的行为。她独立于世。文学界和出版界的人几乎全部一边倒的表态支持德法合作共治。她每天等着邮差出现,却始终没有给她的信。她没有想过逃亡,藉以逃过命中的劫数,比如逃到瑞士,当

---

① 译注:Sisyphe,希腊神话人物,以狡猾机智闻名,因热爱生命,欺骗冥王,被诸神惩罚推巨石上山顶,每当快要推到山顶时,巨石又会滑下来,如此周而复始。

时的瑞士对来自法国的犹太人的入境庇护筛选严格,尤其是小孩和妇女。她心灰意冷地在6月3日提笔立下遗嘱给女儿的监护人,提到万一孩子们的亲生母亲和父亲下落不明,希望她能好好地照顾孩子。伊莱娜·内米洛夫斯基写下非常详细地列出她还保有的财产,收入足以支付房租、暖气、买火炉、雇一名园丁照顾菜园,好让她们在物资管控配给严格的这段时候还有蔬菜吃;她还留下了从小就为女儿看病的医生住址,详细说明她们的饮食状况。遗嘱里找不到愤慨,只是单纯地概述了当前的现实景况,亦即,绝望。

1942年7月3日,她写着:"事已至此,除非情况不再加重,或者持续保持现况没有变得更诡谲复杂。不过,结果是好是坏,已经不重要了!"当时的局势看在她眼里,就像是连串的剧烈变动,逃不过的死劫。

1942年7月11日,她脱下蓝色毛衣为垫,坐在松树林里继续埋头笔耕,"我屈膝而坐,置身昨夜一场骤雨打湿的腐败落叶浩瀚叶海中。"

同一天,她写了一封信给艾尔本·米歇尔出版社的文学编辑,在信中,她没有丝毫疑惑,清清楚楚地知道,她绝对无法从这场德国和它的盟国对犹太人燃起的战火中存活下来:

"亲爱的朋友……请想想。我写了很多。我想这些作品在我生前是不可能出版的了,不过,至少可以打发时间。"

1942年7月13日,法国警察来到了内米洛夫斯基家逮捕了伊莱娜。7月16日,她被送进卢瓦雷省①的庇堤维耶集中营。第二天即登上编号6号的运送车队,转送奥斯维辛,编入贝肯诺灭绝集中

---

① 译注:Loiret,法国中部的一个省。

营。此时的她已经虚弱不堪,接受了医疗站①的身体检查后,于1942年8月17日遇害。

伊莱娜被抓走之后,米歇尔·艾波斯坦还没有看清所谓逮捕和送进集中营实则是死亡的同义词,他日复一日地等她归来,吃饭时坚持要摆上她的餐具,绝望的他和女儿继续待在伊希—主教镇。他写信给贝当元帅,解释妻子身体孱弱,请求允许让他代替妻子在劳动集中营工作。

维希政府对于这封信的答复,就是在1942年10月逮捕了米歇尔。他们先是把他送进克罗索,然后转到德朗西,他在那里留下的搜身记录记载:没收8500法郎。1942年11月6日,他也被送进奥斯维辛集中营,一下车立刻被送进了毒气室。

米歇尔·艾波斯坦遭到逮捕后没多久,警方找到教会学校,意图逮捕小丹妮丝,所幸她的女老师将她藏在床和墙壁间的通道里成功逃过一劫。

但是,法国警方并未因此打了退堂鼓,反而更积极地搜查这两个小女孩的下落,要送她们步上父母的死亡之路。女孩儿们的监护人有先见之明,早一步拆掉丹妮丝衣服上象征犹太人的星星标志,安排她们偷偷地横渡法国,在一间修道院里躲了几个月之后,又逃到波尔多省,躲在地窖底下。

战后,小女孩眼见她们的父母是不会回来了,于是前往外婆家寻求帮助。她们的外婆在战争期间舒舒服服地住在尼斯的豪华公

---

① Revier,奥斯维辛集中营的医疗站。在奥斯维辛,无法从事体力劳动的病重囚犯生存条件非常恶劣。党卫队定期将他们押上卡车,载往毒气室。

寓里,她看见她们敲门,非但没有开门,反而对着窗口大喊,如果她们的父母死了,她们应该去孤儿院才对。老太太活到102岁,最后死在威尔森总统大道的豪宅。她的保险柜空无一物,里面只有伊莱娜·内米洛夫斯基的两本书:《伊莎贝尔》和《大卫·格德尔》。

《法兰西组曲》能够与世人见面,要感谢许多奇迹似的因缘际会:值得在此一书。

两个小女孩儿和她们的监护人在逃亡期间一直带着一个皮箱,里面装着家庭相片、文件和作家最后一部小说的手稿。为了节省墨水,手稿上的字写得极小,而且纸张用的也是战争时期质量粗劣的纸。伊莱娜·内米洛夫斯基在这最后一部小说里,把当时软弱、惨败、国土被占领的法国,描写得淋漓尽致。

这个皮箱跟着伊丽莎白和丹妮丝·艾波斯坦走过一个又一个处境堪怜,只能短暂歇脚的避难所。最早,姐妹俩逃到一所天主教寄宿学校,只有两位修女知道女孩儿们是犹太人。她们给丹妮丝起了一个假名,但是她总是不习惯人家这样叫她,上课点名时老是忘记回答,所以经常受到申诫要守秩序。后来,警察全力动员搜查,好像再没有比找出这两个小孩儿交给纳粹更重要的事要做了,因而再度盯上了她们。她们被迫离开寄宿学校,在地窖里躲了好几个星期,丹妮丝染上了胸膜炎,让她们躲在自家地窖的老百姓不敢带她去看医生,只能给她松脂治疗。眼看着行迹快要暴露了,姐妹俩不得不再度踏上逃亡之路,那个珍贵的箱子一直带在身边,情况紧急时,随时拎了上路。踏上火车车厢之前,监护人叮嘱丹妮丝:"不要露出鼻子!"

纳粹集中营的幸存者开始陆续返抵巴黎东方火车站时,丹妮丝和伊丽莎白每天都到火车站等。她们也去安置集中营遣返囚犯的接待中心——卢特西亚饭店,手拿一块招牌,上面写了她们的名字。有一次,丹妮丝突然往前冲,因为她以为街道上那抹熟悉的身影就是母亲。

丹妮丝拯救了这批珍贵文稿,但她不敢打开,光是这样看看它,她就心满意足了。有一回,她很想打开看看里面写些什么,然而,真的太痛苦了。时光荏苒,转眼数年过去,她和妹妹伊丽莎白终于下定决心,将母亲的遗作赠予当代文学纪念馆,流传后世。此时伊丽莎白业已以伊丽莎白·吉尔的名号成为文学主编。

和这份文稿分开之前,丹妮丝决定自留一份打字稿。于是,借助一只放大镜,展开一段漫长艰辛的解读工程,《法兰西组曲》第三遍抄写定稿就这样被存放在一部计算机的内存里面。文稿的内容并不是她所想的单纯笔记和私密日记,而是一部尖锐挣扎的文学作品,一幅混世独醒的磅礴史画,一张法兰西浮世绘和法国老百姓寻常生活的印象照片:难民摩肩接踵于大马路,满是妇女、小孩的村镇;一张张疲惫的脸,面黄肌瘦,奋不顾身地争取一席睡觉之地,哪怕是村里小旅馆走廊上的一张椅子;一辆辆汽油用尽抛锚在路中央的汽车,车上塞满了家具、床垫、毛毯和餐具,那是被老百姓所不齿的有钱人家,满心记挂的都是自己心爱的摆设;还有那些被急忙随着家人逃出巴黎的情夫抛在脑后的轻佻女郎;一位护送孤儿前往避难所的神父,结果反遭这群摆脱了生理长期遭受压抑的孤儿杀害;强行霸占豪宅的德国士兵勾引年轻寡妇,而且还当着寡妇婆婆的面。在这令人心酸的大时代画布上,只有这么一对贫贱夫妻,儿子为国征战不久受伤,始终傲然地活得有尊严。在蹒跚地踏上归乡路的解甲士兵中,在满载伤兵乱成一团的军用车队中,不辞辛劳地搜寻儿子的身影。

丹妮丝将《法兰西组曲》的手稿交到当代文学纪念馆的馆长手上时,内心非常伤痛。她没有怀疑过母亲最后一部作品的价值,但是她也没有送给任何一位编辑过目,因为重病的妹妹伊丽莎白·吉尔不顾身体病痛,已经开始创作《瞭望台》,一部她想象的母亲传记。她来不及认识的母亲遭纳粹分子逮捕时,她年仅五岁。

米利安·阿妮西莫夫

第一部
六月风暴

1 战　　争

热啊,巴黎人心里想。春天的气息。这是战争的夜晚,警报。不过,夜色慢慢消退,战争远着呢。那些睡不着的人们、身陷床榻的病患、儿子上前线的母亲、泪已流干双眼无神的恋人们,听见了第一声警报铃响。那声音还只像是一口深呼吸,仿佛从受压迫的胸膛里飘出的一丝轻叹。过了一会儿,天空布满朝阳。阳光大老远的从地平线的尽头放射过来,可以说是,不疾不徐!酣睡的人梦见了卷起大浪和鹅卵石的大海,梦见了三月时狂风大作撼动森林的暴风雨,梦见了一群牛,拖着沉重的身躯,摇摇晃晃地奔跑,大地为之震动,就这样一直到睡意完全消退,他们半睁惺忪双眼,喃喃地说:

"警报吗?"

女人比较紧张,比较机灵,她们早就起床了。有些妇女甚至已经关妥窗户,锁好挡风百叶窗,回到床上重新睡下了。昨天晚上,6月3日星期一,是战争爆发以来,巴黎第一次遭到轰炸;不过,民众头脑冷静如常。尽管传来的消息很糟,大伙都不信。现在若传出战争胜利的消息,大概也没有人会信。大伙借着手电筒的灯光替小孩穿衣服。母亲双手抱起沉重温热的小小身躯:"来,不怕,不哭。"是空袭警报。所有灯火熄灭,然而,在六月金黄澄明的天空下,每一栋屋子、每一条街道皆无所遁形。至于塞纳—马恩河,仿佛搜集了每一颗星散的光点,像片多层镜面似地将之映照出百倍光芒。窗户掩护得不够好,屋顶在淡淡的黑暗中一闪一闪地反光,门上的金属配件,每个突出的部分都微微地闪耀金光,有些红绿灯撑得比其他的久,没有人知道原因。塞纳—马恩河吸引光,截取光,让光在它的水波中嬉戏。从高处眺望,川流的白色河水八成像牛奶。有些人认为,它是敌军战机辨别方位的地标,也有人认为绝不可能。事实上,我们什么都不知道。"我要待在床上,"透着浓浓睡意的声音缓缓飘来,"我才不怕。说真格的,要是万一,你就吃不了兜着走了。"那些乖乖牌反驳。

新大楼的逃生梯,玻璃幕墙后面,一个、两个、三个小火光往下走:七楼的住户忙着逃离高处,尽管法令规定不得开灯,他们还是拿着电灯探路。"我可不想在下楼时摔得鼻青脸肿,你要来吗,艾蜜儿?"大伙本能地压低嗓门,好像四下潜伏着敌人的耳目,门一扇接一扇地关上。一些人口密集的地区、地铁、冒着脏污气味的避难所,总是有一群人聚集在那里;相对的,有钱人则满足地待在门房,竖起耳朵,捕捉宣告炸弹落下的轰然巨响,屏气凝神,弓起身体,一如狩猎夜将近时躲在树林里不安的野兽。贫苦人家并不比富有人家胆小,他们没有比那些人更眷恋人生,只是柔顺盲从些,他们彼此相互需要,相互扶持,一起哀叹或一起大笑。天马上就要大亮,一道银白雪青的光线爬上铺石路面,爬上河岸栏杆,爬上圣母院的高塔。沙包堆满教堂主建筑物的四周,高度及教堂的一半,盖住歌剧院外墙上的卡尔波①的舞者群像,堵住凯旋门上《马赛曲》的呐喊。

大炮轰隆回荡,开始还在相当远的地方,接着炮声逐渐接近,

---

① 译注:Jean-Baptiste Carpeaux(1827—1875),法国雕刻家、画家,歌剧院前的舞者群像即为他的手笔。

震得玻璃窗随之颤抖。新生儿在温暖的房间里呱呱坠地,那里的窗户缝隙全都被塞住了,不让一丝屋内的灯光透到外面,他们的哭声让女人忘了警铃,忘了战争。在将死的人耳中,一声声的爆炸变成疲软无力、没有任何意义的声响,犹如波浪般一波一波,不时加入迎接将死之人的阴森隐约的窃窃私语中。小孩贴着母亲侧躺温暖的身体,睡得安稳,轻轻的咂着嘴,模样像极了吸奶的小羊。警报期间,弃置街边的流动推车上满载花朵。

万里无云的朗朗天空,红红的太阳再次升起。一声炮响,现在,炮弹的落点是如此接近巴黎市区了,以至于在每一座纪念碑上栖息的小鸟都受到惊吓,黑压压地飞走。高高的天空,黑色大鸟盘旋,平时看不到的大鸟也伸展了被阳光映染成粉红色的翅膀,接着肥嘟嘟、咕噜咕噜叫的漂亮鸽子和燕子也来了,麻雀安详地在无人的街道上跳着。塞纳—马恩河畔,每一棵垂柳枝头都挂着一串棕色小鸟,无不用尽全力大声鸣唱。大伙在地下室的最深处,终于听见远远的一声呼喊,因为距离太远声音显得模糊,听起来好像是三音鼓号。警报解除了。

2

贝黎刚一家听完晚间新闻广播，没有人开口对时事发表议论，一片无奈丧气的沉默。贝黎刚一家是思想正统的保守人士：他们的家庭传统、意识形态、资产阶级和天主教的传承背景、与教会的密切关系（他们的大儿子，菲利普·贝黎刚是神父），所有的一切使得他们处处提防共和政府。另一方面，贝黎刚先生的情况——他是某国家博物馆的馆长，也使得他倾向于支持能给他带来荣耀和利益的政权。

好比一只猫咪，锐利的尖牙底下，小心翼翼地咬住一条鱼，鱼身却到处是刺：食之可怕，弃之可惜。

最后是夏洛特·贝黎刚，她认为唯有男性的大脑才有能力公允地判断如此诡异严重的事件。然而，她的丈夫和儿子都不在家；老公到朋友家吃饭，儿子不在巴黎。至于每日寻常生活里的大小琐事则完全由贝黎刚太太做主——像是指挥仆人做家务，教育孩子或老公的事业，贝黎刚太太从来不听旁人的意见；不过，时事是另一个完全不同的范畴。必须先有权威性的声音告诉她哪些是可以相信的，一旦她标示出正确的路线，即全力以赴，不畏任何艰难。万一有人铁证如山指出她的意见是错的，她也只是露出高傲的冷笑，回称："这是我父亲告诉我的，我丈夫也多方打听求证过了。"然后，伸出戴着手套的手在半空微微一挥，结束讨论。

丈夫的工作让她觉得非常有面子（她自己偏好深居简出的日子，不过，诚如我们慈爱的救世主亲身树立的典范，俗世间每一个人都有自己的十字架要背负)。在出门的空当时间里,她刚刚抵达家门,监督孩子做功课,看着最小的孩子喝完奶,指挥仆人工作等事务还没来得及解下身上的全副武装。在贝黎刚孩子们的印象里,他们的母亲总是穿戴整齐,一副随时准备出门的样子,头戴帽子,双手戴着白手套(由于她生性节俭,补缀过的手套总飘着一股淡淡的汽油味儿,进过洗染店留下的气味证据)。

　　回到那天晚上,她刚刚踏进家门,人就站在客厅,正对着收音机。她穿着一身黑,头戴当季流行的小帽子,精巧的女帽上缀着三朵花,一颗真丝丝球垂挂前缘。帽子底下的那张脸,苍白焦急,强力控诉岁月的无情和经年的疲惫。她已经47岁了,而且是五个孩子的母亲。上帝赐予这位女士的发色,很明显的应该是红棕色泽;过去曾经非常细致的肌肤,经不住年月的摧残;刚毅直挺的鼻梁上,散布点点雀斑,猫眼似的绿色眼眸发出锐利的目光。不过,上天在最后一刻一定是心生动摇了,或是认为闪亮鲜艳的发色与贝黎刚太太无懈可击的道德观,还有她的地位均不相配,于是决定改成没有光泽的褐色,暗沉的头发在她生完最后一个孩子之后,开始大把大把地掉落。贝黎刚先生是个生活严谨的人:宗教的道德规范禁止他拥有过多的欲望,再说他非常爱惜名声,从不流连不当场所。所以,贝黎刚家中最小的孩子才两岁,长子菲利普神父和最小的孩子之间,依序还有三个小孩,全部顺利的活下来了,其中交杂贝黎刚太太不好意思地称之为三场意外的三次怀孕,婴儿在母体内顺利地长到足月,一生下却夭折,三次都让他们的母亲在鬼门关前走了一趟。

　　此刻,充斥着收音机广播音响的客厅,格局大且匀称,四扇窗面对德雷塞特大道。客厅的装潢走怀旧风,大型扶手椅外加金黄色软垫沙发。在阳台附近,停着行走不便的老贝黎刚先生乘坐的轮椅,他岁数大了,偶尔会返老还童,只有在问到他庞大的财产时,脑袋才会完全清醒(他是贝黎刚和马尔岱两大家族的后裔,里昂—马尔岱世家的继承人)。不过,无论是战火或政局的更迭,他完全感觉不到不同。他漫不经心地听着广播,有节奏地点头摇动银白的漂亮胡子。小孩子们围在母亲身后,呈半圆形,最小的那个躺在奶妈的怀里,全员出席。家有三个儿子都在前线的奶妈抱起最小的孩子来跟家人道晚安,同时趁着在客厅逗留的短暂时间,焦急专注地倾听喇叭里传来的字句。

门扉半掩,贝黎刚太太猜得出来门后躲着其他仆人,焦急之情溢于言表的女仆玛德莲甚至失态踏上了门槛边,这种触犯礼法的不当行为,在贝黎刚太太的眼里无疑是不祥的征兆。就这样,好像大难临头,大伙不分阶级同在一条船上,只差老百姓没有群起愤慨抗争。"他们真的太放肆了,"她心想,不免一丝责难。贝黎刚太太是那种信任普通老百姓的资产阶级人士,"他们不坏,只是要懂得驾驭他们。"她一副宽宏大量,慈悲的口吻,好像讲的是被关在笼子里的牲畜。她为自己能够留得住仆人而深感自豪,仆人生病了,她坚持亲自照料。记得玛德莲染上咽峡炎那次,贝黎刚太太亲自为她准备漱口剂。由于白天她匀不出时间,只能等到晚上从戏院回来之后处理。玛德莲从睡梦中惊醒,事后才对她表达感激之情,贝黎刚太太则认为她的道谢词过于冷淡了。"这就是小老百姓,永远不会满足,我们愈是想尽办法要为他们做点事,他们的反应愈见不可捉摸,不知好歹。"不过,贝黎刚太太一心只期盼上天能给予她回报。

她转身对着幽暗的前厅,大发慈悲地说:
"如果你们想听的话,可以进来听。"
"谢谢您,夫人。"几个敬畏的声音飘然传来,仆人一个个蹑手蹑脚地溜进客厅。

玛德莲、玛莉和卧房男仆奥古斯特陆续出现，最后是厨娘玛丽亚，她为自己手上的鱼腥味感到羞愧不已。其实，新闻已经播报完毕，现在播放的是针对当前"确实严重，但还不到危急恐慌的局势"的评论。收音机传来的声音如此圆润，如此泰然，如此温静，每一回说到"法兰西，祖国和军队"这些字眼时，语气中军号乐似的振奋声调在听众的心里散布乐观的种子。独树一帜的说话方式，复述着政府公报，关于"敌军持续以强大火力进攻我方要塞，遭遇我军顽强的抵抗"的消息，以轻佻、讽刺、不屑的口吻念前半段，好像在暗示："总之，他们想让我们以为是这样的。"相反地，句子的后半段，会加重每个音节，尤其强调"顽强的"这个形容词，以及"我军"之类的字眼，字里行间传来的无比信心，让这些人不禁要想："我们这样担心，真是杞人忧天了！"

贝黎刚太太瞥见他们眼里的疑问，以及对她的期待，于是坚定地宣布：

"听起来情况好像没有很糟！"

她这么说并不是因为她这么相信着，而是因为提振周遭民众的士气，她责无旁贷。

玛丽亚和玛德莲叹了一口气。

"夫人是这么想的吗？"

贝黎刚家第二个孩子，雨柏，是个18岁的大男孩，有着粉嫩白胖的脸颊，他似乎是这里唯一感到绝望和惊愕的人。他紧张地用搓成一团的手帕轻拍脖子，不时以刺耳沙哑的声音大喊：

"这怎么可以！我们怎么可以这样坐以待毙！妈，究竟在等什么，怎么还不号召男人拿起武器？从16到60岁之间所有的男人，立刻参战！这才是他们该做的，您不这么认为吗，妈？"

说着跑进书房,回来时手上拿着一张大地图,他把地图放在桌上展开,激动地估量距离。

"我跟您说,我们输定了,除非……"

他重燃起希望。

"我啊,我知道他们想怎么做了,"他脸上带着灿烂的笑容,露出两排雪白的牙齿说道,"我看得非常清楚,我们让他们不断地挺进、深入,然后以逸待劳地等在这里,您看,妈!或者……"

"是,是。"他母亲说。"快去洗手,梳理一下那绺头发,老挡在眼睛前面,看看你这是什么样子。"

雨柏忿忿不平地折好地图。只有菲利普把他当一回事儿,只有菲利普站在平等的立场上与他沟通。"家人,我恨你们。"他的内心在呐喊。走出客厅的时候,为了泄愤,他一脚踢飞了弟弟柏纳的玩具,柏纳顿时大哭。"这样他才能领悟什么是人生。"雨柏想。奶妈连忙带柏纳、贾桂林和已经贴着她肩膀睡着的小艾曼纽离开客厅。奶妈迈着大步,一手牵着柏纳,边走边掉泪,为了三个只留下回忆的儿子,三个为国牺牲的儿子。"只有悲伤和不幸,悲伤和不幸!"她反复低声地念着,灰白的头左右轻摇。她拧开浴缸的水龙头,烘暖小孩的浴袍,嘴里喃喃的总是同样的老话,这些话在她看来不仅具体地刻画出当前政局,更是她人生的缩影:年轻时辛苦种田,守寡,媳妇脾气不好,打从16岁起就开始寄人篱下的凄惨人生。

卧房男仆奥古斯特悄悄地回到厨房。故作正经的愚蠢脸上明显地表现出他对许多事情的极度轻蔑与不屑。贝黎刚太太回到自己的房间。这个活力惊人的女人利用小孩洗澡和开饭前的短短15分钟时间,叫贾桂林和柏纳复习功课。稚嫩的声音飘来:"地球是一颗悬浮在虚无中的圆球。"客厅只剩贝黎刚老先生和猫咪艾伯特。这是非常美好的一天,落日余晖轻柔地洒落蓊郁栗子树林。艾伯特是一只毛色灰蒙的杂种小猫,是小孩子养的宠物,它似乎兴奋过了头,雀跃不止,四脚朝天地躺在地毯上转来转去,跳上烟囱,啃咬插在蓝色大夜壶里的一朵牡丹花花瓣,一只狼头黄铜塑像精巧地镶嵌在支架一隅,猫咪一个起跳,落在老人的扶手椅上,在他耳边喵喵地叫。贝黎刚老先生朝猫咪伸出总是青紫、颤抖、冰凉的手。猫吓了一跳,一溜烟跑走了。就要开饭了。奥古斯特走过来,将行动不便的老人推到饭厅。大家陆续就坐,此时,女主人突然停止动作,盛着营养补给液要喂杰奎琳喝的汤匙停在半空中。

"是你们的父亲,孩子们。"她听到钥匙转动的声音。

的确是贝黎刚先生回来了。他矮小墩胖长相富泰,举止温吞略显笨拙。平常的那张红润、安逸、营养充足的脸,此刻却毫无血色,不过看起来不像是在害怕或担心什么,反而像是受到极度的震惊。我们可以在那些意外身亡的人脸上看见同样的神色,仅仅几秒钟,天人永隔,连感觉到痛和怕的时间都没有。他们当时可能在看书,或望着车窗外,在想公司的生意,或正要去餐车车厢,刹那间,就这么天旋地转,坠入地狱。

贝黎刚太太微微地从椅子上抬起身子。

"阿德里安?"她焦急的呼喊。

"没事,没事。"他急忙低声回答,目光巡过孩子们、他父亲和仆人们的脸。

贝黎刚太太懂了。她挥手示意继续上菜,强迫自己吞下摆在面前的食物,却食不知味,每一口饭菜似乎变得又硬又没味道,像石头一样哽在喉咙里。然而,她还是尽职地说了每回晚餐餐桌上该说的话,30年下来,这已经成了惯例。她对孩子们说:

"先喝汤,再喝别的。宝贝,你的刀……"

她仔细地为贝黎刚老先生切鲱鱼排。老人的饮食相当讲究而且繁复,贝黎刚太太总是亲自为他倒水,为他的面包抹奶油,替他将餐巾围到脖子上,因为老人一看到喜欢吃的东西,习惯流口水。"我想,"她对孩子们说,"这些生病的可怜老人要忍受仆人的粗鲁手脚,一定很痛苦。"

"我们一定要及时对爷爷表达我们对他的爱,孩子们。"她一边给孩子们来一堂机会教育,一边拿让人为之战栗的慈爱眼神望着老人。

贝黎刚老先生在壮年时期做了些慈善事业,其中最令他挂心的就是位处16区的少年感化收容所,这座人人称颂的收容机构创立的目的是帮助不慎误入歧途的未成年儿童。据说,贝黎刚老先生打算死后捐一笔钱给该机构,让人无奈的是,他始终不愿松口言明确切的金额,吊人胃口。每当吃的东西不合他意,或者孩子们太吵了,老人会突然如梦初醒似地,以微弱但清晰可闻的声音说:

"我要留500万给收容所。"

紧接着是一阵难受的静默。

相反地,如果他吃得很满意,或坐在窗前的扶手椅上,沐浴阳光,睡得香甜的话,他会抬起头看着他的媳妇,那双淡色的眼眸,朦胧混沌犹如新生儿或初生的小狗。

贝黎刚太太机智聪敏。她不会像别的女人那样,大声地嚷回去:"您说的对,父亲。"她会柔柔地回答。"天啊!您有的是时间可以慢慢地想。"

贝黎刚家族家大业大,说真的,说他们觊觎贝黎刚老先生的遗产其实并不过分。他们没有紧咬着钱不放,不,就某种程度来说,应该是钱掐着他们才对!除了那些他们从来享用不到的"里昂—马尔岱家的数百万元"之外,还有一整片他们该得的产业,他们打算预留给自己的孩子和将来孩子们的孩子。至于少年感化收容所，他们对它感兴趣的程度仅止于贝黎刚太太每年为院内孤苦可怜的孩子举办的两场古典音乐会；她弹奏竖琴，而且每回都很肯定地说，当她弹到某个段落时，幽暗的大厅会传来抽泣，与琴乐相应和。

贝黎刚老先生全神贯注地看着媳妇的手。她真的太粗心，太慌乱了，竟然忘了沾酱。老先生的雪白胡子激动地摇晃。贝黎刚太太回过神，赶忙在象牙白的鱼排上淋上融化的新鲜奶油，加上剁碎的香菜，不过，直到她在餐盘边缘摆上一片柠檬之后，老人才恢复到原来的安详姿态。

雨柏斜身靠近他弟弟：

"情况很糟？"

"对。"他弟弟以眼神和手势回答。

雨柏颤抖的双手颓然落上膝盖。任由想象力带他翱翔，描绘两军交锋和胜利的画面。他是童子军。他和志同道合的伙伴组成一组志愿兵，一队狙击手，誓死保卫国家。瞬间，他驰骋过时空。他和他的伙伴，在荣誉和忠诚的旗号下团结一致，奋勇杀敌，夜间进攻，拯救惨遭轰炸、烧毁的巴黎。这是何等振奋、美妙的人生啊！他的心怦怦地跳。然而，战争是惨绝人寰又野蛮的事。他沉湎在这样的幻想中。他狠狠地握住手上的刀，劲道之强以至于切下的烤牛肉飞出盘子，落到地上。

"笨手笨脚。"坐他旁边的柏纳拿餐巾掩饰，偷偷地取笑他。

他和杰奎琳分别是八岁和九岁，两人都是金发，瘦瘦的，朝天鼻。甜点刚摆上桌，两个小的立刻被赶上床，贝黎刚老先生则回到老位子，紧邻敞开的窗子，打着盹。六月的暖暖白日照耀大地，迟迟不愿散去。光线的跃动逐次减弱，逐添妩媚，每一次的耀动就像是对大地离情依依的眷恋回顾。猫端坐在窗边,无限缅怀地望着天边地平线,绿得晶亮。贝黎刚先生在屋内来回踱步。

"后天,也许明天也说不定,德国就要打到巴黎城了。据闻,最高指挥总部已经决定,在巴黎城前、城内、城后誓死抵抗。幸好,老百姓还没有得到消息,因为从现在到明天,路上、火车站一定挤满了难民。夏洛特,明天一大早你们就出发去勃艮第,你娘家那儿。至于我,"贝黎刚先生豪气地说,"我要与人民交托给我的珍宝共存亡。"

"我以为博物馆的馆藏早在九月就撤走了。"雨柏说。

"没错,但是,选在布列塔尼亚的临时馆藏地,条件不合所需,那里太潮湿,活像是地窖。我真的搞不懂。我们为了保护国家珍宝专门组成了一个委员会,分成三大组,底下又细分为七个工作小组。每个小组都指派了一队专家,负责在战时将艺术珍宝折叠打包,结果呢,上个月,临时馆藏地的一名警卫提报画布出现了些许可疑的污渍。是啊,一幅米尼亚①的伟大肖像,画中人的双手爬满类似麻风病的绿色斑疹。他们于是快马加鞭地把那些珍贵的箱子送回巴黎,我现在正在等上面的命令,相信应该很快就会下来了,把这些箱子送到更远的地方。"

"那,我们怎么办?我们要怎么上路?孤孤单单的吗?"

"你们明天早上准备妥当,带着孩子搭两辆车离开,当然还有你们可以带得走的所有家具和细软,因为我们不该掩耳盗铃欺骗自己了,一直到这个周末,巴黎城内很可能会有一场空前大浩劫,

---

① 译注:Pierre Mignard(1610—1695),法国古典巴洛克画派画家,以宫廷肖像闻名。

烧杀掳掠。"

"真是不可思议，"夏洛特喊叫着，"您竟然可以这么平静地说出这番话！"

贝黎刚先生转身对着他的妻子，脸色一点一点地恢复到平常的红润，然而，这红却像是刚刚惨遭屠宰的死猪般的暗沉。

"这是因为连我都无法相信，"他温和地解释，"这是我在跟你们说话，听你们说话，还有我们决定抛弃家园，出外逃难，我无法相信这会是真的，你们能了解吗？夏洛特，去打点行李吧，明天早上一切准备妥当出发的话，晚餐前应该可以到你母亲家，我会尽快地赶去那边与你们会合。"

贝黎刚太太露出不高兴、却也不得不听从的神色，跟小孩生病时，她穿上护士袍的那会儿一模一样；小孩好像串通好似地，经常同时染病，虽然罹患的症候各不相同。那些日子里，贝黎刚太太总是一手拿着温度计进出小孩的房间，像是在挥舞殉道者的勋章，她脸上的每一寸肌肤无不在呐喊："我慈爱的耶稣基督，最后一日，您终将认清哪些是您的子民！"她只淡淡地问了一句：

"菲利普怎么办？"

"菲利普不能离开巴黎。"

贝黎刚太太抬头挺胸地走出去，她不会被重责击垮的，着手开始打点家里上下，准备明天出发。行动不便的老人、四个孩子、仆人、猫、银器、最珍贵的餐具组、皮草、孩子的行李、食物、急救药箱，一想到这些，她不禁微微发抖。

雨柏在客厅，哀求父亲。

"请您让我留下来。我要和菲利普一起留在这里。还有……不要嘲笑我！您不觉得如果我去集合一批年轻又强壮、愿意牺牲一切、志同道合的伙伴，我们可以组成一队志愿军团……我们可以……"

贝黎刚先生望着他,淡淡地说了一句:

"我可怜的孩子!"

"一切都结束了吗?我们战败了吗?"雨柏结结巴巴地问。"这不是真的吧?"

刹那间,他大惊失色地发现自己竟然哭了。哭得像个小孩,就像柏纳那样,夸张地张大嘴巴,眼泪扑簌地滚落两颊。夜幕轻轻地降下,无声无息。一只燕子飞过,在已经变暗的天空中,翅膀差点擦过阳台,猫咪发出垂涎的叫声。

3

作家加布列·寇特在自家的露台写作，独立于蓊郁摇曳的树林和逐渐没入塞纳—马恩河的金绿夕阳余晖之间。四周是如此的安静！他的身边是整理得井井有条的熟悉家居，大白狗没睡，一动也不动地待在他身旁，鼻子贴着冰凉的地板，眯着眼睛。他的伴侣蹲在他脚边替他收拾一地散落的纸页。他的仆人、秘书隐身在反光镜面玻璃之后，看不见人影，躲在屋子的里层，躲在他想要的那种璀璨、豪华、有条不紊的、如芭蕾舞般的人生舞台幕后。他年届五十，有自己的一套生活原则。有些时候，他是有如神助的大师，有些时候却是被沉重又白花工夫的工作压得喘不过气的可怜文字工作者。他派人在自己的写字桌桌面上刻了这么两句话：要举起如此沉重的负担，薛西弗斯，这需要你的勇气。文坛友人嫉妒他，因为他很有钱。他自己则对人说，口气里不无酸苦滋味，第一次获举荐成为法兰西学院院士候选人的时候，他去拜托一位有投票权的院士恳请支持，对方却冷冷地回答："我有三通电话在线！"

他长相俊美，浑身散发猫咪般冷酷慵懒的气质，双手柔软，极具戏剧张力，脸庞像是西泽大帝的发胖版。只有弗萝伦丝，他的同居伴侣，也是他特别批准能在他床上待到第二天早上（其他的女人从来不跟他过夜）的女人，能够算得出他拥有多少个面具。她徐娘半老，风韵犹存，眼皮底下看得见明显的眼袋，两条挑高的眉毛很有女人味，只是太细了点。

那天晚上，他一如往常地半裸着身子，绞尽脑汁地工作。坐落在圣-柯鲁德的房子,建筑设计颇费巧思,整个建筑从屋子一直到植满蓝色瓜叶菊的令人艳羡的宽阔露天院落,完全不受外面窥探目光的干扰。蓝色是加布列·寇特最喜欢的颜色,他的身边一定要有一小块横切的湛蓝色天青石,否则无法写作。偶尔他会停笔,凝视那块天青石的剖面,轻轻地抚摸它,就像爱抚情人一样。再说,弗萝伦丝身上最让他着迷的地方,他自己也常讲,就是她天真坦白的蓝眼眸,跟他的天青石一样,能带给他同样的清凉感受。"你的眼睛清新止渴。"他喃喃地说。他曾对朋友这么描述她:"她的下巴线条柔和,肉略微多了些,此女低音般的嗓音非常带有磁性,眼神透着某种牛眼似的阴郁迟钝。我很喜欢。女人就应该像小牝牛,温柔、死心塌地、大方有度量,还要皮肤白皙温润恰似鲜奶油,你们都知道那些上了年纪的女明星,她们的肌肤因为按摩而松垮,毛孔经年累积油彩和蜜粉。"他伸出修长的指头,一根根地扳,发出近似响板的声音。弗萝伦丝拿了一颗柠檬过来,他直接咬了吃,接着又吃了一个橙子和几颗冰草莓;他消耗的水果分量惊人。她望着他,几乎像是跪在他前面的丝绒软垫上了,而他非常喜欢她这种膜拜景仰的姿势(说实在的,他也想象不出她还有哪些别的姿势了)。此时的他很疲倦,不过,是那种完成钟爱的工作后那种美好的疲惫感,他偶尔会这样形容:比做爱之后的疲惫感更美妙。他仁慈慷慨地看待他的伴侣。

"嗯,看起来好像进行得很顺利。你知道,中央高波(他在空中画了个三角形,然后指着最顶点),已经过去了。"

她知道他指的是什么——蕴含在小说中的灵感。当时,寇特好比一匹马,挣扎着无法挣脱陷入泥坑的车子。她伸手握住他的手,带着点感激、仰慕和惊讶的意味。

"这么快!恭喜你,亲爱的。接下来,我想,自然是水到渠成。"

他面露忧色地喃喃说道：

"愿上帝听见你的话！不过，我很担心露西安娜。"

"露西安娜？"

他睁大眼睛盯着她，眼里满是严厉、冷酷和不悦。他心情好的时候，弗萝伦丝常说："你眼里满是蛇妖的眼神。"他听了总是得意地开怀大笑，不过，在如火如荼的创作过程中，他憎恨别人开玩笑。

她一点都不记得露西安娜这号人物。

她立刻改口。

"喔，当然啰！我真不晓得我在想什么！"

"我也不知道你脑袋在想什么。"他的口气里明显有受伤和苦涩的味道。

不过，她脸上流露出如此悲伤，如此谦卑的神情，立刻博得他的同情。他的态度软化了。

"我三番两次地跟你说，你太不重视配角了。一部小说应该像一条马路，路上挤满不认识的陌生人，人群中只有两个或三个，不能再多，是我们真正认识的人。看看其他的作家，好比普鲁斯特，他非常懂得利用次要角色。他利用他们来安排羞辱的桥段，来贬抑他书中的主要角色。就一部小说来说，再也没有比安排主要人物受辱得到教训更受欢迎的情节了。回想一下，《战争与和平》里面身份低下的农村少女，在安得烈王子的马车前，笑闹着穿越马路。在过去面见王子之前，她们互相谈笑，咬耳朵，读者的心里立即出现一幅画面，不再只有一张脸孔、一个灵魂而已了，他发掘了人物模型的多样化。等一下，我念那一段给你听，非常出色的一段。""开灯。"他吩咐她，因为夜已铺上大地。

"飞机。"弗萝伦丝指指天空。

他忍不住嘀咕：

"他们就不能让我好好过日子吗?"

他痛恨战争,战争不只为他的生命、他的安逸生活带来威胁,还摧毁了他虚拟世界里的每一分每一秒,他唯一真正感到快乐的时刻,就像音不准的可怕小喇叭噪音,震碎了他费尽千辛万苦在他与真实外界之间筑起的水晶玻璃围墙。

"天啊!他哀叹。烦啊,简直是一场噩梦!"

不过,他还是回到了现实。他问:

"你有报纸吗?"

她一言不发地把报纸拿过来。他们离开露台。他浏览报上消息,脸色凝重。

"总的来说,没有新的消息。"他说。

他什么都不想知道。他像是刚刚从梦中惊醒似的,烦闷惊慌地一把推开现实,甚至还大动作地拿手遮住眼睛,辩称光线太强。

弗萝伦丝朝收音机走过去。他叫住她。

"不,不要,不要动它。"

"可是,加布列……"

他气得脸色发白。

"我说了,我什么都不想听。明天,明天还有时间。现在听坏消息(跟着这些猪……政府,还会有什么好消息,只有坏消息),我的激情就完了,我的灵感就断了,半夜还可能会忧心到无法成眠。对了,你不如去找苏德赫小姐,叫她过来,我想口述几页稿子!"

她忙不迭地照办。她通知了秘书,回到客厅时,电话铃响了。

"是裘勒·布朗先生,他从议会议长办公室打来,希望和先生说话。"卧房男仆通报。

她轻手轻脚地关上每一道门,不让外面的噪音渗进加布列和秘书工作的房间。卧房男仆一如往常地准备了冷食消夜,等主人高兴的时候取用。加布列正餐吃得很少,所以夜里经常会饿。男仆准备了晚餐吃剩的冷山鹑、桃子和弗萝伦丝亲自到左岸的一间铺子为他选购的美味肉酱干酪小点,以及一瓶波美里香槟。经过多年的深思和研究后,他终于得出结论,认定唯有香槟适合肝病病患饮用。弗萝伦丝听着电话传来裘勒·布朗先生心力交瘁、几乎快要失声的嗓音,在此同时,另一只耳朵听着家里的各种熟悉声响,杯盘轻微撞击声,加布列那仿佛活在混乱的梦境中,低沉喑哑疲倦的声音。她挂上电话,呼叫卧房男仆。他在这里工作已经很久了,也将他称之为"家庭机械装置"的家务打理得井井有条,这个模仿伟大①文艺世纪的词汇深得加布列的赞赏。

"怎么办,马赛尔?刚刚裘勒·布朗先生打电话来,建议我们离开……"

"离开?去哪儿呢,夫人?"

"随便哪儿都行,布列塔尼,南部。德国人就快要通过塞纳—马恩河了,怎么办?"她又问了一遍。

"我毫无头绪,夫人。"马赛尔语气冰冷地回答。

这下可好,现在才来问他的意见。一想到:"要走的话,昨天早就该走了。看到这些有钱的名人竟然比牲畜还缺乏判断力还真是叫人觉得可怜!至少牲畜还嗅得出危险的味道!"就他个人而言,他不怕德国人打过来,早在1914年就见识过了。他已经过了国家征兵入伍的年纪,没有人会来烦他。但是,眼睁睁地看着没有人愿意花时间及早打理房子,整理家具和银器,一想到这里就肝火上

---

① 译注:Grand Siècle,指的是17世纪,当时路易十四在位,国力强盛,也是文学和艺术的鼎盛时期。

升。他微微地叹了一口气。如果是他的话,老早就打包整理好一切,把东西藏在箱子里,放在安全的地方。他对主人夫妇是既爱怜又轻蔑,就像对待那些很可爱很漂亮但是脑袋空空的白兔一样。

"夫人最好先跟主人说一声。"他下了结论。

弗萝伦丝往客厅走,门才开了条缝,加布列的声音清楚地飘进她的耳里:那是受了苦日子煎熬,惶惶不安的声音,慢慢的,嘶哑的(偶尔喉头紧缩,被一阵咳嗽打断了)。

她吩咐马赛尔和女仆打包,在脑里列出最贵重的物品清单,在危急逃难时刻,可以带着走的细软。她叫人把一只质地轻软但非常坚固的皮箱拿到她的床上,她先将为防万一事先从银行保险库里取回来的珠宝藏好,然后在上面放一些内衣、盥洗用具、两件换洗的连身罩衫、一件晚宴服(免得到了目的地之后没衣服穿。路上一定会有耽搁,这一点必须加以考虑),还有一件浴袍,高跟拖鞋,化妆盒(占据了相当大的空间),当然少不了加布列的手稿。她费尽力气想要关上皮箱,却徒劳无功。她把珠宝盒换到别的位置,再试一次,还是不行。没办法,一定得拿出一些东西来。拿出什么好呢?里面每一样东西都是不可或缺的呀。她屈起膝盖用力压紧箱子,试图合上锁,仍然没有用。她气极了,只能把女仆叫来。

"你也许关得上它,茱莉?"

"箱子太满了,夫人。没办法的。"

弗萝伦丝望着化妆盒和文稿,迟疑了一会儿,然后毅然决然地留下了化妆盒,关上箱子。

文稿就塞进装帽子的纸盒里好了,她想。"啊,不行!我了解他这个人,知道了肯定会愤怒咆哮,急火攻心,翻找治心脏病的洋地黄素。明天再说吧,最好还是今晚就把东西都准备好,而且不要让他知道。接下来,看着办吧……"

4

里昂—马尔岱家传给贝黎刚一家的不只是财富而已,还有易患肺结核病的基因。阿德里安·贝黎刚的两个姐妹幼年染上此疾过早夭折。几年前,菲利普神父不幸病发,不过,山中 2 年的清净生活似乎战胜了他身上的病魔;恰巧在同一时间,他终于获颁神父圣职。但是,他的肺还是相当脆弱,宣战后,他被编入后备军。不过,单看外表,他还是一副强健的年轻人模样。他脸色红润,眉毛粗黑,健康质朴。他被分派到欧维尼地区的某个镇上。在决定了志向之后,贝黎刚太太便把他托付给上帝了。她暗自希望此后能获得一点俗世的荣耀回报,希望他能够晋升成为高阶神职人员,而非在多姆山省教化那些粗俗的村夫农妇。由于教会没有交付什么重大责任给他,贝黎刚太太原本希望他能待在那个不毛之地的教区清修院里静修。她曾忿忿地对他说:"这简直是浪费,白白浪费了上帝赐予你的才能。"不过,想到乡下的气候很适合他休养身体,勉强聊以自慰。在瑞士待了两年之后,高海拔的清新空气好像成为他生活的必需品了。回到巴黎,他重新踏上平面街道,踩着轻快加大的步伐,路上的行人看见他的模样每每忍俊不禁,因为这样的步履跟他身上的神父长袍一点都不搭配。

就这样,他走到一栋灰色的建筑前面停住,踏进充满包心菜气味的中庭:十六区少年感化收容所位于一栋气派豪华的高大宅邸后面的一间小楼房里。套用贝黎刚太太每年爱心捐款寄给收容所的友好人士(创办会员,每年 500 法郎;善心捐赠会员,100 法郎;普通会员20法郎）的信里面的话：收容所里孩子们的生活，无论是物质条件或者精神条件，比其他各行各业的学徒好，并得以从事健康的体力活动。房子的旁边有间小小的玻璃仓库，里面是木工车间以及一张修鞋的工作台。透过一块块玻璃窗，贝黎刚神父望着孩子们一颗颗圆圆的脑袋，孩子们听见他走过来的脚步声，立刻起立致敬。在仓库和石梯中间有一方小庭园，两名分别15和16岁的男孩在一名监护工的指挥下勤奋地工作。他们不穿制服，院方不愿意让某些曾经待过少年感化院的孩子保有被关的印象，他们穿的衣服是那些善心人士利用剩余的羊毛为他们做的。一个男孩脚上穿着苹果绿的凉鞋，露出多毛瘦削的脚踝。他们的头动来动去，拔杂草，换盆土，他们遵守纪律，没有发出一丝声响。贝黎刚神父对他们微笑，他们回礼。神父的神情平静，面色凝重散发淡淡哀愁，但是，脸上的笑容却是温柔至极，神情略带羞怯害臊，同时隐含微微的斥责，仿佛在说："我爱你们，你们为什么不爱我呢？"孩子们一个个回望着他，一句话都没说。

"天气真好啊。"他低声地说。

"是的，神父先生。"他们回答，声音既冷漠又勉强。

菲利普又跟他们说了几句话才走进衣帽间。屋子灰暗但很干净，他的屋里空荡荡的，几乎不见人影，只有两把藤椅；这里是探视孩子们的会客室，亲属探视不是不可以，但是不鼓励。其实，里面的孩子多半是孤儿。很长时间，曾经认识他们过世父母的邻居，或搬到外省的姐姐突然想起他们，想来看看他们是可以的，但是，贝黎刚神父从来没有在这间会客室里见过任何人。院长办公室也在同一楼层。

院长个子矮小，脸色苍白，有着粉色的睫毛，尖鼻梁，鼻翼不停翕动，像是闻到食物的牲畜。孩子们都叫他"老鼠"或"貘"。他朝菲利普走过来,张开双手,他的手又湿又冷。

"我不知道该如何感谢您的好心,神父先生,您真的愿意来这里照顾我们的孩子们吗?"

"这些孩子们明天必须撤离。"院长刚刚接获紧急电话,他必须尽快赶回南部陪伴他生病的妻子……

"监护工担心自己一个人无法顾及30个孩子。"

"他们看起来都非常温驯。"菲利普说。

"啊!他们都是好孩子。我们教化他们,驯服最叛逆的。不是我往自己脸上贴金,这里的一切还不是全靠我一个人打理?监护工一个个胆小怕事。再说,战争爆发,监护工一个接着一个走了……"

他不满地噘着嘴。

"如果我们无法改造他们,教他们挣脱旧习,采取主动积极的态度,这样的人连一杯水都能淹死他们。总之,我还不知道该上哪里找值得信赖的人托付这项撤离行动,您的父亲告诉我,您刚好到这儿来,而且打算明天启程回山里去,还说您愿意帮助我们。"

"我很高兴能帮得上忙,您打算怎么带这些孩子离开呢?"

"我们勉强弄到了两辆卡车,还有足够的油料。您知道撤退的地点离您的教区只有50公里远,应该不会太耽搁您的回程时间。"

"星期四之前我都有空,"菲利普说,"教会弟兄会帮我处理教务。"

"哦,撤离的路程用不了这么久。您的父亲说,您知道那座房子在哪儿,那是一位仁慈的夫人捐出来借我们用的房子,一栋位在树林里的大屋。屋主去年继承了这片产业,里面摆设的家具非常漂亮,不过,战争爆发前不久都卖掉了。孩子们可以在院子里扎营,在这样美好的季节,他们该会多么地兴奋啊!战争初期,孩子们还在柯贺兹的另一座城堡露营了三个月,也是一位仁慈的夫人慷慨借给本院使用。当时,我们在那里没有任何暖气设备或器具,孩子们每天早上必须敲碎冰,放进大水壶里煮。这些孩子的身体从来没有这么健壮过。可惜,这样的日子已经过去了,"院长说,"一点点安逸,一点点温情的和平日子。"

神父看了看时间。

"不知我是否有荣幸能够邀请您留下一起吃午餐呢?神父先生。"

菲利普婉拒了,他今天早上才到巴黎。他连夜动身北上,整个晚上都在赶路。菲利普很担心,不知道雨柏是哪根筋不对,他此行是专程为他来的,家人将在今天启程前往尼耶夫。菲利普打算去送行,帮手永远不嫌多,他笑着在心底盘算。

"我等一会儿会跟孩子们宣布,由您代替我陪同他们前往。"院长说。"也许您想跟他们说几句话,和这些年轻人接触一下。我本来打算亲自跟他们说话,在他们心里建立起祖国上下一心的战争意识,可是,我四点必须离开……"

"我来跟他们说。"贝黎刚神父回答。

他低下头,双手交叉,指尖贴上嘴唇。神情满是肃穆和哀伤,两种情绪在他的内心交战,他不喜欢这些不幸的孩子。他会温柔地靠过去,尽可能和蔼地对待他们,但是在他们的跟前,他只感受到冷漠和厌恶,没有迸出丝毫爱心,连那种哀求上帝恩宠宽恕的、最低下的悲惨罪人通常会在他心底激起的神圣怜悯之情都没有。这个完全不信神的老头子,他那些亵渎上帝的、强制灌输的自吹自擂言词,绝不可能让这些孩子在言语表达或眼神里有更多的谦卑。他们的外表温驯得让人毛骨悚然。虽然受过圣水洗礼、受过领圣体圣礼,上天的救赎光芒依旧照耀不到他们。这些黑暗中的孩子,甚至没有足够的想象力和智力让他们产生想要见到神圣光芒的欲望；他们感受不到光，也不渴望光，就算没有光也不觉得遗憾。贝黎刚神父想起他带领的读经班上的小孩，心头不禁一阵温暖。哦，他对这里的孩子不存任何幻想，他早就明白劣根性已经占据这些孩子们的灵魂，根深蒂固。尽管如此，当他讲述耶稣受难的经过时，偶尔仍会真情流露，内心满溢了爱、无邪的恩宠以及怜悯和恐惧的轻颤。他迫不及待地想要把他们导回正途。他想起预计在下个星期日举行首次领圣体礼。

尽管如此，他跟着院长走进孩子们集合的礼堂。挡风的百叶窗紧闭，室内昏暗。他踩空了门槛上的一级阶梯，身子一个踉跄，差点跌倒，幸好他及时抓住院长的手臂。他望着这群孩子，静静地等着他们扑哧笑出来。有时候，类似这样滑稽的小意外正好可以打破师生间的尴尬。但是，没有！这些孩子脸上依旧是面无表情：惨白的脸孔、紧抿着嘴、眼皮低垂，排成半圆形状站着，背靠墙壁，年纪小的站前面。这群孩子年纪在 11 到 15 岁之间，每个人看上去都比实际年龄瘦小，而且羸弱，后面则是年纪 15 到 17 岁的青少年，里头有几个额头低窄，一双结实大手，酷似杀手的人。贝黎刚神父站在他们前面，一种憎恶、几近恐惧的诡异感再次从心底油然而生，他必须尽一切努力才能压抑这种感觉。他往前走，他们却不自觉地往后退，好像要钻进墙里一样。

"亲爱的孩子们，从明天起，一直到路途结束为止，我将接替院长先生的职务，陪在你们身边。"他说。"唯有上帝知道我们的军队，我们挚爱的祖国命运会如何。只有他，以他无上的智慧，能看出我们接下来这几天会发生什么事。唉！我们很可能全都会面临伤痛，因为整个国家的不幸是由众多个别的单一不幸事件构成的，而这也是唯一的机会，让我们这些盲目无知、忘恩负义的可怜虫，了解到联结我们的团结精神，了解到我们是同属一个共同体的一分子。我希望从你们身上看到的是对上帝信任的表现。我们总是心不在焉、嘴动心不动地反复诵念：'愿您的意志得以实践，'然而，却在内心深处大声的呐喊：'愿我的意志得以实践，天主。'既然如此，为什么还要追寻上帝呢？因为我们都希望得到幸福，人生来就渴望幸福，而这份幸福，上帝可以马上赐给我们，无须等到死亡的那天或重生之日，只要我们愿意接受他的意志，只要我们将他的意志化为我们的意志。亲爱的孩子，愿你们每一个人都信仰上帝，愿你们每一个人把他当成你们的父亲一样看待，把你们的生命交到他慈爱的手上，神圣的安详将立刻进驻你们心中。"

他暂停了一会儿，静静地望着他们。

"我们一起来做个小小的祷告。"

30个粗哑、漫不经心的声音扬起，诵念"我们的天父"祷词，30张枯瘦的脸蛋围绕着神父；当神父在他们上方凌空画出十字架时，他们机械化地猛然低下头。其中的一个小男孩有张大嘴，只有他转过头凝视窗户，看着从紧闭的百叶窗缝隙穿透进来的阳光，阳光照亮了布满雀斑的柔弱脸颊和紧绷的窄鼻梁。

没有人动，也没有人搭腔。监护工吹了哨子，他们开始排队，离开礼堂。

5

街上空荡荡的,商店拉下卷帘门。万籁俱寂,只剩卷帘门的金属噪音。在这战争动乱的时刻、危机四伏的城市里,清晨的这股噪音直敲耳膜。米修夫妇远远就看见停在部会大楼门前满载的卡车,他们习惯性地牵起对方的手,一起穿越办公室正对面的歌剧院大道,虽然今天早上,人行道上空无一人。他们俩都是银行职员,而且供职于同一间银行,丈夫担任会计一职已经15个年头了,而妻子是几个月前新进来的"战时临时约聘"员工。她原本是歌唱老师,去年9月,学生已经走得一个都不剩;孩子也因为害怕空袭轰炸留在外省。丈夫的薪水向来不足以养活一家人,而他们唯一的儿子也被征召入伍了。幸亏有了这份秘书工作,他们才能够撑到现在,就像她说的:"不要强求,我可怜的老公!"打从他们不顾父母反对私奔离家之后,生活一直过得很清苦。这已经是很久以前的事了。瘦削的脸庞依旧看得出当年那位美丽女子的痕迹。她的头发已经灰白。她的先生个子不高,满脸的疲惫,而且不修边幅,不过,偶尔当他转身注视她,对她笑时,眼眸里会闪耀讽刺又甜蜜的火焰。他心里想,她一点都没有变,没错,真的,几乎跟以前一模一样。他搀扶着她走过人行道,捡起她不小心落在地上的手套。她指尖微微用力,用力握着他的手,表示感谢之意,其他的职员快步走进银行敞开的大门。其中一个人从米修夫妇旁边走过,突然开口问:

"我们到底走不走啊?"

米修夫妇也不清楚。那天是 6 月 10 日,星期一。前天晚上离开办公室时,一切是如此的平静。银行把所有的有价证券全撤到外省了,却始终没有决定职员的去留。职员的命运掌握在二楼的董事室里,那里有两道加了软垫的绿色大门,米修夫妇安静地快速从门前通过。夫妻俩在走廊的尽头分开,先生上楼到会计部,妻子则留在这片特权楼层,她是某位董事柯本先生的秘书,是这间银行真正掌权的大老板。第二号人物是傅里耶伯爵(他的妻子源自萨罗门—沃尔姆家族),他主要负责银行的对外联系事务,银行的客户数目虽然不多,却都是财力雄厚的重量级人士。银行只服务大地主和企业界的顶尖业主,尤以钢铁业最受欢迎。柯本先生希望他的同事傅里耶伯爵能够帮忙,协助他加入马术俱乐部,他已经期盼好几年了,希望能够入会。伯爵认为邀请他参加晚宴和参与傅里耶家族举办的狩猎活动等这类的好处,已经足以回报银行对他资金调度所给予的便利。傍晚,米修太太会模仿两位董事之间的对话给丈夫听:刻薄的笑容、柯本难看的脸色、伯爵的眼神,多少为日复一日单调的工作增添一点刺激。不过,这些日子以来,连这样的娱乐也没了,傅里耶先生被国家征召,披挂走上阿尔卑斯山前线,只留下柯本先生独撑大局。

　　米修太太拿着信件走进董事办公室旁边的小房间,空气中飘着淡淡的香水味。米修太太从这丝香味中得知柯本先生现在很忙。他包养了一位舞娘:阿赫莱特·珊瑚小姐。一直以来,大家都知道他的情妇清一色全是舞娘,他好像对从事其他行业的女人不感兴趣,聘用过的速记员,不管多年轻、貌美,也从没能改变他的这个偏执。他和所有的员工都相处得不错,无论是美或丑、年轻或衰老、难相处的、粗鲁的、吝啬的,无一例外。他那副厚重饱满、营养过剩的身躯,喉咙里发出的嗓音却出奇地细;当他生气时,声音会变得尖锐而颤抖,跟女人的声音差不多。

米修太太已然熟悉的刺耳声响,今天也穿透紧闭的门飘送出来。一位职员走进来,压低声音说:

"我们要走了。"

"什么时候?"

"明天。"

窃窃私语的黑影来回走廊之间,大伙聚集在窗棂边或门槛上。柯本终于开门,让舞娘离开。她穿着糖果般的粉红色亚麻套装,阔边草帽遮住染色的头发。她的身材苗条均匀,化了妆的脸上神色严峻疲惫,脸颊和前额还红通通的,显然非常的生气。米修太太听见她说:

"您要我走路去吗?"

"马上回修车厂,您怎么就是不肯听我的话。别再小气了,他们要多少就给多少,这样车子才能修得好。"

"我不是跟您说这是不可能的嘛!不可能!您听不懂法语啊!"

"这样的话,亲爱的朋友,您要我怎么办呢?德国人已经打到巴黎门口了,您还想走凡尔赛那条路?好,首先,您为什么要走那里呢?"

"搭火车离开。"

"您知不知道火车站现在的情况啊。"

"开车也不保险。"

"您……您真是没良心。您要离开,而且还是开两辆车走……"

"我要带文件档案还有一部分的员工,你他妈的要我拿员工怎么办?"

"啊!也不用讲粗话吧,拜托!您老婆还有一辆车啊!"

"您想坐我老婆的车?亏您想得出来!"

舞娘转身背对着他,吹口哨叫她的狗,狗跳着跑过来。她为狗系上项圈,双手因为愤怒而颤抖。

"我竟然把青春浪费在一个……"

"好了!别闹了!我晚上再打电话给您,再看看有什么办法……"

"不需要了!我已经看得很清楚了,我反正要死在路旁阴沟里的……"

"啊!好了,闭嘴,您快把我烦死了……"

他们终于发现秘书就在旁边才压低了音量,然后柯本牵起情妇的手领她走到门口。他回来时,看了一眼挡在他路上的米修太太,将所有的怨气一股脑全发泄到她身上。

"通知各部门的主管到会议室。马上去办!"

米修太太连忙走出办公室吩咐下去。过了一会儿,员工陆续进入大会议室,正面的墙上挂着现任董事长奥古斯特—尚先生的全身画像,董事长因为年事已高,智力衰退卧病在家已经好一阵子了,除此之外还有银行创办人的半身大理石像。

柯本先生站在椭圆形大会议桌后面,桌上摆了九张吸墨垫,代表九位董事的席次。

"各位先生,我们明天早上八点出发前往杜尔分行,董事会的档案由我的车载运。米修太太,您和您的先生跟我的车。有车的人,请先过来载其他的员工,他们明天早上六点会在银行大门口前集合,总之,这就是我指派必须撤离的员工,剩下的人,我会想办法安排车,要不然就搭火车吧。谢谢各位。"

他走出会议室,室内立刻响起忧心忡忡的低语声。前天,柯本还向大家宣布他没有撤离的打算,还说那些危言耸听的谣言不过是叛贼的阴谋,就算其他银行全都胆小跑光了,我们银行也将继续留在这里,继续执行它的义务。但这次"撤退"就像大伙私底下偷偷说的,决定得如此仓促,肯定是大势已去!女人伸手擦拭热泪盈眶的眼。一群人当中,米修夫妇找到了对方,不约而同地想起了他们的儿子尚—马黎。他寄来的最后一封家书日期是6月2日。仅仅隔了八天而已。但老天爷!这八天来,到底发生了什么事!他们俩忧心忡忡,唯一感到欣慰的是,他们还拥有彼此。

"天可怜见,我们没有被拆散。"她在他的耳边说。

6

夜即将来临,但是,贝黎刚家的汽车还等在门外。他们把结婚时睡的那张柔软厚实的床垫绑在车顶上,行李箱上还缠着一辆小孩的玩具汽车和一辆自行车。但任他们怎么努力地塞,就是没办法把一家子要带的皮箱、行李袋和手提箱全塞进车里,更别提那些准备在路上吃的点心:装着三明治的篮子和保温瓶,还有婴儿的奶瓶、凉熏鸡、火腿、面包和贝黎刚老先生的牛奶面粉罐头和猫窝。时间被耽搁的原因,起先是迟迟不见干洗店送回送洗的衣物,而他们的电话又一直打不通。看来他们好像不得不带上绣花的大床单,因为这些床单是贝黎刚—马尔岱家无可替代的传家宝物,跟珠宝、银盘和藏书一样珍贵。他们整个早上的时间都花在找床单这件事上面,干洗店老板早就走了。最后,贝黎刚太太的东西终于找到了,只不过变成了一团湿淋淋、皱巴巴的抹布。午饭后,贝黎刚太太亲自督促仆人打包床单。最后商定,由仆人陪同雨柏和柏纳搭火车走。但是,在那时候,每一个火车站的铁门都已经关上,而且有军队驻守。群众抓住铁门的栏杆用力摇晃,最后只好涌向邻近的几条街道。妇女边哭边跑,手里抱着孩子。他们拦下最后几辆出租车,愿意花上 2 000 甚至 3 000 法郎,只求离开巴黎。"到奥尔良就行了……"但是没有司机愿意,汽油已经短缺了。贝黎刚一家子只好回家,最后终于找到一辆小货车,玛德莲、玛莉亚和奥古斯特坐上去,柏纳跟他的小弟弟则坐在仆人的脚上;至于雨柏,他则骑自行车跟在车队后面。

德雷塞特大道上，一栋栋房子的门口站着一群挥舞双手的妇女、老人和小孩，他们起先是平静的，接着火气上来了，最后像是发了狂似地乱推乱塞，好像要把一家大小和行李全压进一辆雷诺车、休旅车或是一辆双座敞篷车里。这景象愈来愈远，家家户户灯火通灭，星星开始眨巴眨巴闪烁，春天的星星透着银色亮光。巴黎有属于自己的独特温醇味道，开花的栗子树、汽油的味道掺杂着点点尘土，吃进嘴里咔嚓咔嚓的，像是一粒粒胡椒。黑暗处，危险渐渐靠近。空气中弥漫着恐慌，即使平时最冷酷的人、最镇静的人，内心也免不了一阵恐怖致命的慌乱。人们望着自己的家园，心揪在一块儿，想着："明天，家园将成一片荒芜，明天，我将一无所有。我没有害过人，为什么会这样？"一波波冷漠无情的潮汐淹没了灵魂良知："这算什么！不过就是些石头、木材，死的东西罢了！重要的是要保住性命！"谁还有余力去想祖国的苦难？这些人不会，今晚要离开的人不会。恐慌彻底地击垮了那些随着本能颤抖着行动的血肉动物。攫取这世上最珍贵的东西，然后死命抓着不放！……那天夜里，唯有那些活着、呼吸着、哭着、爱着的人才有价值！舍得放下这种财富的人少之又少，他们双手揽着妻子或孩子，其他的，都不重要，其他的都可以放手，任由它消失火海之中。

侧耳聆听，可以听见轰隆呼啸而过的飞机。是法军还是敌军？没有人知道。"快点！快点！"贝黎刚先生催促道。可是，一会儿不是发现蕾丝针线盒忘了带，就是烫衣板留在家里了。仆人根本不知道变通，虽然他们怕得发抖，一心只想赶快离开，但是日常打理琐事的惯性超越了内心的惧怕，坚持要按照往常到乡下度假打包行李的步骤打理出发事宜，所有的行李都必须放在箱子固定的位置。他们压根儿没有意识到情况危急。有人说，他们的行为横跨两个时空，一半是现在时，另一半则深陷在过去，仿佛近来发生的一连串事件只渗透到他们意识的最浅层,薄薄的一层,意识的深层仍然沉睡安逸之中。奶妈顶着凌乱的灰白头发,嘴唇紧闭,眼皮被泪水泛得通红,她动作娴熟地折叠刚烫好的杰奎琳要用的手帕。刚上车的贝黎刚太太大声喊她,她没应声,连听都没听到。菲利普只好上楼找她。

"快,奶妈,你怎么了?要走了。究竟怎么了?"他一边拉她的手,一边温柔地问。

"啊,不要管我,我可怜的孩子,"她痛苦地说,霎时忘了她没有称呼他"菲利普先生"或"神父先生",她本能地回到过去,以亲昵的"你"来称呼他,"不要管我,你走吧。你是个好人,但是我们完了!"

"别这么说,不要这样难过,可怜的老人家,别管这些手帕了。快穿好衣服下来,妈在等你呢!"

"我再也见不到我的儿子了,菲利普!"

"怎么会,不会这样的。"他一边说,一边亲手为老太太整理头发,梳理散落的发丝,然后将一顶黑色的草帽戴在她头上。

"你有虔诚地向圣母祷告,保佑你儿子平安吗?"

他轻轻地亲了奶妈的脸颊。

"那就对了,我向你保证。现在,快走吧。"

他们在楼梯遇见上楼接贝黎刚老先生的司机和门房。大伙让他远离慌乱的场面,最后一刻才去带他走,奥古斯特和护士已经为他换好衣服了。老先生前不久才动完手术,考虑到夜里气温会下降多给他穿了一些,身上绑着复杂的绷带,那一条丝绒腹带又宽又大,老先生整个人好像木乃伊似的裹着。奥古斯特为老先生脚上的老式靴子扣上皮扣,套上轻薄保暖的毛衣,再穿上外套。贝黎刚老先生从刚才到现在一直没吭声,任由人摆弄,像一只僵硬的旧娃娃,他仿佛从梦中惊醒,喃喃地念着:

"羊毛背心……"

"先生会太热的。"奥古斯特说,他想继续他的工作。

但是老主人浅白浑浊的眸子死瞪着他,加大音量重复了一次:

"羊毛背心!"

他们把羊毛背心给他。然后,给他披上长大衣,围巾绕了脖子两圈,然后用安全别针在背后固定,大伙将他连人带轮椅一起抬出5楼,轮椅进不了电梯。看护是个强壮的阿尔萨斯男子,有着火红的头发,他倒退着走下楼梯,奥古斯特走在后面,两人毕恭毕敬地抬着沉重的轮椅,每到一层楼的楼梯间便稍事休息,擦擦额头上的汗,贝黎刚老先生则神情自若地望着天花板,漂亮的胡须上下摇晃。猜不透他对这次仓皇逃难有什么想法,尽管如此,出乎所有人意料之外,最近的局势演变,他了如指掌。大伙服侍他穿衣的时候,只听他不停地喃喃自语:

"清朗美丽的夜……我一点都不会感到惊讶……"

他好像睡着了。过了一会儿,走到大门口时,他才断断续续地把话说完:

"我一点都不会感到惊讶,如果说我们在路上遇到敌人空袭的话。"

"您怎么会这么想,贝黎刚先生!"看护语带和他的职业完全不符的乐观口吻大声说。

不过此时,老先生已经再度戴上平常那张毫不在乎的冷漠脸孔。大伙终于将轮椅弄出门外,将贝黎刚老先生安顿在右边的角落风吹不到的地方。他的媳妇早就不耐烦地用发抖的双手为他盖上一条苏格兰大围巾,老先生最喜欢用围巾长长的流苏编辫子。

"都好了吗?"菲利普问。"好!现在,快点上路了。"

如果他们能在明天天亮前通过巴黎的城门,他们还有希望。

他心里想。

"我的手套,"老先生大叫。

有人把手套拿给他。手套异常艰难地套上被毛线衣裹得胖胖的手腕,贝黎刚老先生也就不再坚持一定要扣上搭扣了。终于,一切准备妥当。艾曼纽躺在奶妈的怀里号啕大哭。贝黎刚太太亲吻了丈夫和儿子。她紧紧地拥抱他们,没掉一滴泪,但是他们可以感受到她急促的心跳敲打着他们的胸膛。司机启动引擎,雨柏跨上脚踏车,贝黎刚老先生举起一只手。

"等一下。"微弱平静的声音模模糊糊地传出来。

"什么事,父亲?"

他做了一个手势,示意这话不能说给媳妇听。

"你忘了什么东西吗?"

他点了头。车子停住。贝黎刚太太气得脸色发白,从车窗探头出去。

"我想爸爸忘了东西?"她对着留在人行道上的一小群人说,也就是她的丈夫菲利普和看护。

车子循原路退回家门前,老先生随意地挥了挥手,呼叫看护上前然后在他的耳边低声地说了几句。

"又怎么了?简直是胡来嘛!照这个样子,我们明天还在这里,"贝黎刚太太大惊小怪地鬼叫。"父亲,你要什么?"她问。

看护垂下眼睛。

"先生想要我们扶他上楼……小睡一会儿……"

7

查尔斯·蓝哲勒跪在搬空的客厅地板上,亲手打包他的瓷器。他身形很胖,患有心脏病。受压迫的胸腔迸出一声叹息,那声音活像是嘶嘶的吐气。空荡荡的公寓里,只有他一个人。就在今天早上,当巴黎市民一早醒来发现自己笼罩在一片如灰尘雨般当头落下的人造烟雾中时,七年来一直帮他打里房子的仆人也吓到了,一大早便带着包袱出门,从此没再回来。蓝哲勒先生心有不甘地想,自从他们受雇到他家后,他慷慨发出去的工资和丰厚的年终奖金,毫无疑问,绝对够他们在老家买一间安静的小屋,或一座地处偏僻的小农庄。

蓝哲勒先生老早就该走了。现在,他不得不承认,但是他就像是被老习惯牵着鼻子走的大厨。怕冷,态度又倨傲的他,全世界最爱的东西莫过他的公寓,还有散落脚边地板上的那些物品:地毯已经卷起,放上樟脑,藏在地窖里了;每扇窗上都贴了长条的浅蓝和浅红色胶带,那些是蓝哲勒先生那双肥肥的手亲自贴上去的,还拼贴出星星、船和独角兽的形状!这些造型颇受朋友好评,但是,他不能在这样幽暗粗俗的装饰下生活了。他的周围、他的房子、他的生活状态全是由一份份的美所组成的,有的廉价,有的珍贵,最后营造出一种独特的氛围:柔和、明亮,配得上一个有文化有教养的人在其间生活,他想。20岁时,他手上戴了一枚戒指,戒指里刻着:美这个东西是永恒的罪愆。真是孩子气,他摘下戒指(蓝哲勒先生很喜欢用英文自言自语:这个语言,无论是诗意、力量都非常符合他的某些心境),不过这句箴言却深印在脑海里,而且谨遵不忘。

他抬起一边膝盖,意味深长地望了望四周,好像在拥抱屋里所有的东西;塞纳—马恩河潺潺流过窗下,优雅的主河道区隔开两间客厅,老橡木壁炉和挑高的天花板上悬浮清朗光芒,透着河水的透明晶绿,阳光筛过阳台的杏色百叶窗更见柔和。

偶尔,电话还是会响。还有一些犹疑不决、害怕离家的疯子待在巴黎城里,希望能有奇迹出现。蓝哲勒先生缓缓地、边叹气边将话筒拿到耳边。他的声音带着鼻音,一派从容,却带着一种疏离的戏谑,他的一位女性朋友——一小群非常封闭、地道的巴黎人,称之为"无法模仿的嗓音"。对,他决定离开了。不,他什么都不怕。"我们不保卫巴黎。别的地方,情况也不会有所不同。"到处都危险,不过,他不是因为怕危险才走的。"我经历过两次战争。"他说。的确,他在诺曼底的庄园度过了1914年的战争,因为心脏病所以免除了兵役义务。

"亲爱的朋友,我已经60岁了,还怕死吗!"

"那么,你为什么要走呢?"

"我无法忍受这种混乱,爆发的仇恨,令人反感的战争场面。我要去乡下,找个安静的角落,靠我仅剩的一点钱,撑到这些人重新变得明理为止。"

传回来的是一声轻轻的冷笑,他向来以谨慎和小气出名。大伙说到他,总是:"查理?他把金币都缝在旧衣服里。"他嘴角浮出尖酸冷酷的笑容,很清楚外面的人都很羡慕他衣食无忧、生活安逸。他的朋友大声说:

"哦!您不可能过苦日子的。只可惜,不是每个人都像您一样富有!"

查理皱起眉头,觉得她话说得太直接了。

"您打算去哪儿?"话筒里的声音问。

"去西布赫,我在那里有一间小房子。"

"在边境旁边吗?"那位友人已经完全没有分寸了。

他们冷冷地结束对话。查理重新跪在已经装了半满的箱子旁,隔着干草和丝纸,抚摸他的瓷器,南京的茶杯,玮致活的瓷皿,赛佛斯的花瓶。这些东西,只要他活着,一定都随身带着。然而,他的心在淌血,他带不走他的梳妆台,那是一件可以入博物馆馆藏的萨克森瓷器,镜子旁有玫瑰花装饰,这件珍品就在他的房间里。这样等于是扔给了流浪狗!他动也不动地跪在地板上,跪了好一会儿,黑色线绳绑住的单片眼镜垂落地面。他长得高大健壮,细致的头皮上所剩不多的头发被费心地梳理得整整齐齐。平时,他的脸上总挂着温柔得造作且多疑的表情,就像是在壁炉旁呼噜呼噜叫的老猫。近日的劳累在他脸上留下明显的痕迹,松弛的下巴仿佛死人似的突然松开下垂。刚刚打电话来的傲慢女人,她是怎么说的来着?她话中有话地暗示他想要逃到国外!可怜的混蛋!她以为这样就能够激怒他,让他觉得惭愧了?他当然要走。他会先到恩代伊停一下,想办法看能不能穿越国界,然后在里斯本短暂停留,然后离开丑陋恶心、血流成河的欧洲。他想象着半腐烂的尸体,千疮百孔,不禁微微发抖。他不适合这样的欧洲,不适合这样的世界,像蛆一样地从坟墓腐烂的尸体中诞生。在这弱肉强食的残酷世界,他必须抵御张牙舞爪的利齿,保护自己。他望着自己细致美丽的手,这双手没有劳动过,只摸过雕像、古董珠宝、精装书册,偶尔赏玩某件伊丽莎白时代的家具。他,他是查尔斯·蓝哲勒,有教养、知理义、文化造诣高,他不得不认定这些就是他人格的基础特质,他生在这样一个群魔乱舞的时代里干什么?他将被掠夺、被扒光、被杀死,像被抛进狼群里的狗一样可怜。他嘴角扬起淡淡的苦笑,想象自己是只金黄色的京巴狗,迷失在丛林间。他跟人类没有共同点,野心、恐惧、怯懦和牢骚都是那么的陌生。他活在阳光灿烂的和平世界里。他命中注定要受世人憎恨、欺骗。想到这里,又想起他的仆人,不禁冷冷一笑。这是新时代来临的预告,是警告,是先兆!他艰难地起身,因为他的膝关节疼痛,他的双手放在腰侧,他走到事务所找铁锤和铁钉,封好箱子,然后自己拖着箱子下楼放进车子里,没有必要让门房太太知道他带了什么。

8

米修夫妇清晨五点就起床了,他们想在离开前彻底地整理一下公寓。说来也奇怪,他们竟然花这么大力气整理这些没有价值的东西,而且根据各种迹象分析,在巴黎空中落下第一批炸弹的时候,这些东西被毁掉的可能性是非常高的。然而,在米修太太看来,准备入土为安的死者不也都是穿戴整齐,而且化妆化得很安详吗?这是在向他们珍爱的一切奉上最后的一份心意,也是至高无上爱的证明。这间狭窄的公寓在他们的心里占有相当的分量,他们住在这里16年了。他们无法带走所有的回忆,再怎么收拾也是枉然,最美好的回忆终将留在这里,在这四面陋墙之中。他们把书放在架子的最底层,还有那些业余手法照出来的小照片,虽然口口声声说要整理黏贴在相簿里,最后却卡在抽屉滑沟里,逐渐黯淡、卷曲。尚—马黎小时候的大头照已经塞进皮箱的底层,安安静静地躺在折好的一套换洗洋装中间;银行一再强调,要他们随身只带绝对必要的行李:几件衣物和盥洗用具。终于,一切准备就绪。他们吃完早餐。米修太太摊开一张大床单盖住床褥,免得灰尘沾染床上铺着的、已经洗得略显褪色的粉红色丝质床单。

"时候不早了,该走了。"丈夫说。

"你先下去吧,我等会儿跟你在下面会合。"她的声音透着激动。

他照她的话做了,留她一个人。她走进尚—马黎的房间。屋内一片静寂,挡风百叶窗紧闭,幽暗而阴森。她跪下,贴着儿子的床,朗声地说:"上帝,保佑他。"接着她关上门,下楼。她的丈夫在楼梯上等她。他把她拉进怀里,就这样,没有说话。他紧紧地抱住她,抱得如此的用力,痛得她脱口叫出声。

"喔!莫里斯,你弄疼我了!"

"没事的。"他嘶哑着声音喃喃地说。

银行里,员工聚集在大厅,每个人的膝盖上都摆着自己的行李袋,互相低声交换最近听来的消息,柯本不在里面。人事部的主管发放号码牌,每个人在被叫到号码时,坐上指定的车。中午之前,撤离的行动进行得有条不紊,而且近乎安静无声。中午,柯本神色匆匆,脸色难看地走进来。他走到地下室的保险柜,出来时手上多了一个包裹,还用大衣遮掩。米修太太在她丈夫的耳边低声说:

"那是阿赫莱特的珠宝。他太太的他前天就来拿走了。"

"只愿他别忘了我们才好。"莫里斯叹了口气,话里既是嘲谑也是担忧。

米修太太坚决地站上柯本先生直直过来的路上。

"我们跟您一块走,这是已经确定的,是吗,董事先生?"

他点头表示确定,简短地说要他们跟他走。米修先生抓起行李箱,三人一道出去。柯本先生的车已经等在那儿了,可是他们走近时,米修先生眨眨近视的眼睛,略带迟疑地轻声说:

"看来我们的位子好像已经坐了人。"

阿赫莱特·珊瑚还有她的狗,她的行李占据了车后座。她怒气冲冲地打开车门,大声叫道:

"您打算把我扔在路上,是吧?"

一场家务争执的戏码上演。米修夫妇往后退了几步,不过,他们说的每个字都清晰入耳。

"可是,到了杜尔,我必须跟我的太太会合啊!"柯本最后忍不住怒吼,还踹了狗一脚。

狗发出痛苦的哀嚎,立刻钻进阿赫莱特的两腿之间。

"野蛮!"

"啊!闭嘴,行不行?如果您前天没有跑去跟两个英国飞官搅和的话……又多了两个我想看他沉到水底的人……"

她不断的叫骂:"野蛮!野蛮!"声音愈来愈尖锐。突然,她以无比平静的声音说:

"到了杜尔,我有朋友。到时候,就不用再麻烦您了。"

柯本怒目瞪了她一眼,不过,他好像也下定了决心,转身面对米修夫妇。

"很抱歉,你们看得很清楚,车上已经没有位子了。珊瑚夫人的车昨天发生了意外,她请我顺道载她到杜尔,我无法拒绝。1小时后,有一班火车你们可以搭。车上可能会有一点挤,不过,还好路途不远……总之,你们自己想办法尽快赶来跟我们会合。米修太太,我相信您。您比您的丈夫更有活力。说到这里,顺带一提,米修,您应该表现得更积极一点(他特别强调'积极'这两个字),近来,您的表现真的是不够积极,我再也不能容忍这种放任的态度。如果您想继续留在银行,要把我这些话当成座右铭身体力行。请两位最迟在后天抵达杜尔,我要所有的员工全体到齐。"

他朝他们挥了一下手,上车坐在舞娘旁边。米修夫妇站在人行道上,眼睁睁地看着汽车开走,留下他们。

"真有礼貌。"米修微微耸肩,懒懒地说。"该抱怨的人反遭训斥,打人的还叫救命,这招屡试不爽!"

他们忍不住相视而笑。

"现在,我们该怎么办呢?"

"回家吃中饭。"他的太太气愤地说。

他们回到阴凉的公寓，厨房的百叶窗拉下，家具都套上了防尘布套。屋里弥漫了神秘、友好、温暖的感觉，阴暗中似乎有个声音低吟着："我们正等着你们呢，一切都完好如初。"

"留在巴黎算了。"莫里斯提议。

他们俩坐在客厅的沙发上，她瘦削柔细的手轻抚丈夫的太阳穴，动作熟捻。

"我可怜的小宝贝，这是不可能的，人总要活下去。从我动完手术之后，我们已经花光了所有积蓄，这一点你很清楚。我们的储蓄银行账户里只剩下175法郎，你也知道柯本逮住机会，就会要我们滚蛋。经历过这样的打击之后，哪家公司不裁员。无论如何，我们一定要去杜尔。"

"我想是去不了了。"

"我们一定要去！"她再次强调。

说着，她已经站起来，戴上帽子，再度拿起行李箱。他们走出屋外，朝火车站前进。

他们怎么样都无法钻进已关门上锁的车站大厅，门外有军队驻防，还有那神色匆匆的人潮，一波波挤压铁栏杆。他们在那里等到晚上，挣扎着想挤进去，却徒劳无功。他们听见四周的人说：

"算了。我们走路去吧。"

他们说这话时，带着某种疲惫不堪的愕然。显然地，连他们自己都不相信能否做得到。他们环顾四周，等待奇迹发生：一辆车，一辆卡车，什么都好，只要能带他们走。但是，什么都没出现。于是，他们只好朝着出城的方向走，穿过城门，拖着染满灰尘的行李，走着，走着，走过郊区，接着来到乡间，心里不禁要问："我在作梦吗？"

米修夫妇跟其他人一块上路，那是个炎热的六月夜晚。他们的前面是一名服丧中的妇人,雪白的银丝上斜挂一顶缀着黑纱的帽子,一个不小心脚绊到路上的石头,踉跄了一下。她慌乱地挥舞双手,嘟囔着:

"求老天保佑,不要在冬天逃难才好……老天保佑……老天保佑!"

9

加布列·寇特和弗萝伦丝在他们的车上度过了6月11日到12日的晚上。傍晚快六点的时候,他们终于抵达目的地,店里只剩下顶楼两间温暖的小房间。加布列两间都看了,他气冲冲地大步来回走,用力打开窗户,弯腰靠着窗外点亮的扶手栏杆往外探,张望了一会儿,接着身子回正,断然地说:

"我不住这里。"

"先生,很抱歉,我们没有别的房间了。您可以想象,逃难的民众一拥而入,有些人还得睡在撞球台上呢。"精疲力竭、面色苍白的饭店经理说。"这真的是专门为了您保留的,为了让您感到愉快!"

"我不住这里。"加布列又说了一遍,一字一句铿锵有力,一如他跟编辑讨论告一段落时候的样子。他走到门边,回头撂下狠话:"既然这样,我们不可能达成共识,先生!"此时,编辑通常立刻会软化,同意从八万提高到十万法郎。

可是,饭店经理只是无奈地摇摇头。

"我真的没别的了,没了。"

"你知道我是谁吗?"加布列突然改以异常平静的威胁口吻问道。"我是加布列·寇特,而且我告诉你,我宁可睡在车上,也不愿蹲在这间老鼠窝里。"

"当您走出这里的时候,寇特先生,"被激怒的饭店经理反驳,"您在楼梯间可能会碰上十家人,跪着哀求我把这间房间租给他们。"

寇特发出戏剧化的做作笑声,冷酷轻蔑。

"我绝对不会跟他们争。再见,先生。"他没有向任何人说实话,连在大厅等候的弗萝伦丝也不例外,没有人知道他为什么拒住那间房间。当他走到窗边时,他看见了,就在饭店旁边,六月朦胧的暮色中,一座储油槽,还有在稍远一点的广场上,似乎停着坦克和自动机关枪。

"这里一定会被轰炸!"他心想,接着全身发颤,那战栗来得如此措手不及,如此震撼,以至于不禁自问:"难道我生病发烧了吗?难道是害怕,加布列·寇特?不,他怎么会怕?别开玩笑了!"脸上浮出轻蔑的微笑,好像正在跟一个隐形人对话。他当然不怕。然而,当他再度弯腰往外探时,他看见昏暗的天空,火炮和死亡的阴影在任何一秒都可能从那片天空落下,打中他。那种恐怖的感觉再度侵袭全身,先是骨头一阵抖动,接着全身无力,恶心欲吐,五脏六腑扭曲纠结,最后眼前一黑仿佛就要昏倒。他是不是害怕,并不重要!现在,他夺门而出,弗萝伦丝和女仆紧跟在后。

"我们在车上过夜,"他说,"就一个晚上很快就过去了!"

过后不久,他想到他们大可去另一间饭店啊,但是,就在他犹豫不决的这段时间里,一切都太晚了:出巴黎的路上,形成一条夹杂了汽车、卡车、拖车、自行车的滚滚洪流,无边无际,间或可见农家牛车,他们抛下了自己的农庄,牵着孩子,拖着牛羊往南缓缓前行。半夜,奥尔良全城已经找不到一间空房了,连张卧铺都没有。群众借宿咖啡馆、火车站,甚至干脆在马路上打地铺,头枕着自己的行李。交通拥挤,根本出不了城。甚至有谣言传说,道路已经封锁,要让军队先行。

熄灭了大灯的汽车,一辆接着一辆无声地涌入,每辆车上都装着满满的行李和家具,从儿童玩具车到鸟笼,从木条箱到洗衣藤篮,每辆车的车顶都牢牢地绑着一张床垫,拼拼凑凑地堆栈危如累卵;在这里车子好像不需要引擎便可以自动行进似的,借由自身装载的行李重量滑入斜坡道抵达广场。现在,汽车挡住了所有的出口,一辆黏着一辆,仿佛落网的鱼;同样的,好像一张网就能将它们全都捞起来,扔进进退维谷的海岸。四周,没有哭泣,没有叫喊,连小孩都安安静静。一切显得平静。偶尔,有一辆车的车窗摇下,一张脸探出窗外遥望天空。混杂的人车只闻微弱低哑的窸窣,来自揪紧胸膛的一声叹息和彼此低声的交谈,仿佛生怕大声说话就会被埋伏的敌人听见。有些人努力想睡一会儿,把前额靠着行李箱的一角,双脚不舒服地蜷曲在狭窄的车椅上,或是拿暖呼呼的脸颊抵着车窗。年轻男女在自己的车上彼此呼喊打招呼,有时候还开心地笑!但是,只要空中出现一抹黑影,扫过闪耀繁星,所有的人都立刻提高警觉,笑声戛然而止。这种感觉严格说起来,不能说是忧虑,应该说是一种人类未曾有过的诡异悲哀,因为这种感觉完全无关勇气,也没有希望,就像牲畜般认命地等死。就这样,渔网里的鱼眼睁睁地看着渔夫去了又来,反复出现的黑影。

飞机突然出现在他们头上,发出细细尖锐的声响,不一会儿逐渐远离,终于完全消失,接着原先城里的千百种音响再度擅场,大家都屏住呼吸。河流、铁桥、火车铁轨、火车站、工厂烟囱闪耀点点光芒,这么多的"战略位置",这么多敌人想要摧毁的目标物。对这群无声的民众来说,这是多么的危险啊?乐天派会说:"我想那是架法国飞机!"法国的,敌人的,没有人有答案。反正,飞机现在已经飞远了。有时候,远远传来炮弹轰隆巨响,"不是我们这里,"大伙心想,高兴地松了一口气,"不是我们这里,是别的地方。我们运气不错!"

"这是什么样的夜晚?什么样的夜啊?"弗萝伦丝低叹。

加布列紧闭的双唇迸出类似哨音的嘶嘶声响,声音低哑几不可闻,仿佛朝一只狗扔骨头似地说:

"我都不睡了,不是吗?你就跟我一样,不就好了。"

"可是,我们刚才不是明明有房间吗?我们非常幸运地找到了一个房间啊!"

"你说那个叫非常幸运?那个到处是臭虫、弥漫厨房排水沟臭气的烂顶楼。你难道没注意,它就在厨房的正上方吗?我,住那里面?你以为我可以住那里面吗?"

"可是,加布列,你把问题岔开了,这无关自尊心。"

"啊!别来烦我了,行吗?我一直觉得,你始终感受不到这其中微妙的差异……"他绞尽脑汁,找寻适当的字眼……那种可耻的感觉。

"我只觉得屁股很疼!"弗萝伦丝大喊,仿佛突然之间忘却了过去5年来的生活,她张开戴满戒指的手,像个粗鲁的下等人般朝自己的臀部用力拍下去。"喔!够了,够了,我已经受够了!"

加布列转头瞪着她,脸色气得发白,鼻翼止不住地翕动。

"滚!你给我滚!滚出去!"

就在这时,夜空划下一道强烈的闪光,照亮广场。是飞机发射的火箭。加布列要出口的话停在嘴边。火箭熄灭,但是天空好像布满飞机,来回盘旋在广场上空,看起来不疾不徐。底下的群众怒吼:

"我们的飞机呢?他们在哪儿?"

寇特的左边停着一辆可怜的小车,车顶除了床垫之外,还有一张客厅用的单柱小圆桌,桌缘还镶着粗俗沉重的铜铸装饰。车内坐着一位头戴鸭舌帽的男人和两名妇女,其中一位膝上躺着小孩,另一位则抱着一只鸟笼。他们八成在路上出了车祸,车身到处可见刮痕,保险杠凹陷。那位胸前紧抱鸟笼的胖女人,头上绑着布条拼凑的绷带。

再往右,加布列看见一辆小货车,车上堆满长条箱,乡下人搬运家禽赶集用的长条箱,现在箱子里放的是一群猎犬,而距离加布列那边车窗最近的车门后方,坐着一位发色橘红、披散凌乱、年老色衰的妓女。她的前额低窄,面无表情,眼睛的妆化得吓人。她目不转睛地瞪着他看,一边咬着手上的硬面包,看得他全身一阵发麻。

"好丑啊!"他喃喃自语,多恐怖的脸!

他觉得身心俱疲,于是转身靠着车椅的角落,闭上眼睛。

"我饿了,"弗萝伦丝说,"你饿不饿?"

他挥手表示不饿。

她打开手提箱,从里面拿出几个三明治。

"你今晚没吃饭。听我说,不要怄气了。"

"我吃不下。"他说。"我想我再也吞不下任何一口东西了。你没看见那边的那个丑女人吗,手上拿着鸟笼,头上包扎的布条沾满了血?"

弗萝伦丝拿了一个三明治,把其他的分给女仆和司机。加布列修长的双手摆在耳朵上,不想听见仆人撕咬面包发出的声音。

10

贝黎刚一家上路已经快一个星期了，他们的遭遇很惨，因为车子抛锚被迫在吉昂停留两天。出门才走没多远，便在这片混乱和推挤超乎想象的路况下，撞了载运仆人和行李的小卡车。这起意外发生在内维附近。所幸，那里还不是鸟不生蛋的穷乡僻壤，贝黎刚还找到收容一家人住宿、庭院幽美、食物储备充足的朋友和亲戚。一位里昂—马尔岱家族的远房表兄收留他们48小时。然而，恐慌持续扩大，如烈焰般一个城市接一个城市蔓延。他们找人修理了汽车，勉强能上路，贝黎刚一家重新出发。星期六，到了南部。很不幸地，汽车若不找人仔细检查、重新大整修的话，几乎可以肯定绝对走不远了。贝黎刚一家只好停在离国道稍远的一座小镇，希望能在那里找到空房稍事休息。但是，各式各样的车辆塞满了镇上的马路，空气中飘荡着过热引擎的吱嘎噪音，河前广场简直跟波希米亚人的露营区差不多。疲累的人们，有些席地打睡铺，有些在草地上盥洗。一名年轻女子拿了一面镜子挂在树干前，站着对镜化妆梳头发；另一位则就着喷泉泉水洗婴儿尿布衣物。镇上居民全都挤在自家门边，观看这幅场面，一脸的不可置信。

"可怜的人！没有亲眼看见还真不敢相信！"他们说，语气里带着些许同情，还有一点暗自得意的味道：这些难民来自巴黎，北边、东边，那些注定被敌军入侵，烽火连天的省份。但是他们，他们在这里高枕无忧，日子一天一天地过去。士兵冲锋陷阵，然而大街上的五金行老板和针线行的杜波小姐继续卖他们的锅和缎带，在他们的厨房喝热汤,每天晚上仍然关上小小的木栅门,圈住自家的庭园,与外界隔绝。

路上的车辆等待朝阳升起,补充油料。汽油开始供不应求。居民向难民打听最新的消息。他们什么都不知道。有人宣称"德军即将打上莫凡山",大伙半信半疑。

"得了吧,1914年大战时,他们都没打到这么远。"胖胖的药房老板一边点头一边说,旁边的人一个个深表赞同,好像1914年大战所洒的热血已经形成一道神秘的藩篱,可以永远对抗敌人。

车辆持续涌入,一波又一波。

"他们看起来都好累,好热啊!"居民们说,但是,没有任何人想打开自家的大门,邀请这些可怜的人们到家里歇歇脚,让他们走进自家的阴凉小天堂:那片从街上隐约可以瞥见的屋后花园,绿树棚底下的长凳还有丛丛醋栗与玫瑰。难民人数实在太多了。他们见到太多疲惫不堪、脸色灰白的人影,大汗淋漓。太多哭泣的孩子,太多张颤抖的嘴唇,结结巴巴地问:"您知道哪里找得到空房间吗?或一张床?""夫人,您能不能告诉我哪里有餐厅?"这一切的一切让人惧怕,不敢施以援手。各式各样不可能会发生在人身上的悲惨情形就这样发生了,这群人简直就像是一群迷途的牛羊牲畜,异样的一致性在他们当中蔓延。皱巴巴的衣服,历尽沧桑的脸孔,嘶哑的嗓音,这一切的一切使得他们像是同一个模子印出来的。他们每个人做着同样的事,说着同样的话。下车时,像是喝醉酒似地步履蹒跚,手举到前额或刺痛的太阳穴部位。他们同声哀叹:"老天爷啊,这是什么样的旅程!"他们苦笑:"我们还真好看,嗯?"他们说:"据说,那边的情况好转了。"他们高举过肩的手,指着望不见的遥远地方。

贝黎刚太太的车队停在火车站附近的小咖啡馆里。他们卸下一篮食物,点了啤酒。隔壁桌坐着一位长相俊美的小男生,穿着非常高雅,只可惜绿色的外套已经皱得像抹布,他正从容地吃着果酱面包。小男生旁边的椅子上,有个小婴儿躺在衣物篮里不停地哭。贝黎刚太太以她善于观人的利眼,立刻判断出这些孩子出身高贵,可以和他们攀谈。所以她语气和蔼地跟小男生说话,当男孩的妈妈回来时,两个妈妈顺势聊了起来。这位母亲来自汉姆斯,她对贝黎刚家孩子们吃的丰盛点心投以艳羡的眼光。

"妈妈,我想要喝巧克力配我的面包。"穿着绿外套的小男孩说。

"我可怜的小宝贝!"抱着小婴儿躺在她膝盖上,努力安抚想让小婴儿停止哭泣的年轻母亲说:"我没有巧克力,我没时间去买,今晚等到奶奶家以后,你会有很棒的甜点可以吃。"

"您愿意的话,我可以分几片饼干给您?"

"喔!夫人!您真是太好心了!"

"哪里,请收下……"

她用最愉快、最优雅的口吻说,举手投足和脸上的微笑都是平常她收下或婉拒一块糕点或一杯茶时惯有的身段。然而,小婴儿哭声震天,咖啡馆里面涌进一批又一批的难民,携家带眷不算,还带着狗。其中一只狗闻到了艾伯特的味道,高兴地狂吠,从狗篮里冲出来钻进贝黎刚一家坐的桌子底下,穿绿外套的小男孩正在那桌子底下专心一意地吃饼干。

"杰奎琳,你袋子里有麦芽糖。"贝黎刚太太说,暗自对她做了手势,另外抛来一个意味深长的眼神,示意"你应该很明白,有东西应该和那些身无分文的人分享,不幸时更要互相帮助,现在就是把你从读经班里学到的东西拿出来学以致用的时候了"。

看见自己拥有各种丰富的物资,同时又拥有悲天悯人的情怀,她真的感到非常自豪！这是对她的善心和先知灼见的礼赞。她的麦芽糖不仅仅是给一个小男生而已，还给了开着满载鸡笼的小货车、风尘仆仆地从比利时逃到这里的一大家子。她还多拿了一些葡萄小面包给孩子。她差人端热水过来，为贝黎刚老先生泡了一杯清爽的青草茶。雨柏到外面找找，看是不是能找到空房间。贝黎刚太太走出咖啡馆。她向人问路，想找位在城中心的教堂。在那里，有许多家庭露宿人行道和大块石头阶梯上。

教堂是白色的，非常新，还闻得到油漆的味道。教堂里面兼容并蓄，两种生活共存，其一是寻常的平淡日子，另一种则是炽热诡异的人生。角落里，一位虔诚的女信徒正在更换圣母像脚下的鲜花。她不疾不徐，脸上带着祥和平静的笑容，剪下已经枯萎的茎叶，重新绑上一大束的新鲜玫瑰。修枝剪咔嚓的剪枝声响和她安稳地踏在石板地面的脚步声清晰可闻。接着，她开始剪烛花。一位老神父往告解亭走过去，另一位老太太坐在椅子上睡着了，手指还捻着念珠，圣女贞德像前点燃了许多根蜡烛。在灿烂骄阳下，以及周遭墙面耀眼的白色映衬下，这片小小的烛火波光摇曳，显得苍白透明。两扇窗户中间的墙面上镶着一块大理石板，金色字母耀眼夺目，列出1914年大战殉难者名单。

然而，愈来愈多的民众，如一波波浪潮敲打着教堂的墙。妇女、小孩全过来了，他们不是来衷心感谢上帝保佑，让他们平安走到这里，就是祈祷恳求上帝保佑他们接下去一路平安。有些人泪流满面，有些人身上受了伤，头上缠了布条或是手臂绑上绷带。每张脸都挂着血红痕迹，身上的衣服不是被扯破揉得一团皱，就是脏得好像一连好几夜都穿着这身衣服睡觉似的。有些苍白的脸上，蒙了一层灰蒙蒙的尘土，豆大的汗滴，夹同泪珠滚落脸颊。妇女们莽撞地冲进来，好像教堂是无人能犯的庇护所，她们是如此地激动和热切,以至于一刻都停不下来。她们跪倒在一张张跪凳前,跪下,起身,反复祈祷。有些人撞上了椅子,脸上立刻出现仿佛夜行鸟类误闯灯火通明处时那种惊慌迷惘的神情。她们慢慢地抚平心绪,将脸埋进双掌,跪倒在大型乌木耶稣受难雕像前。终于,她们撑不下去了,像是失去了所有的力量,痛哭发泄,借以重新找回内心的平静。

贝黎刚太太祈祷完毕,走出教堂。她想到外面补充历经刚才慷慨分享后,所剩无几的口粮。她踏进一家杂货铺。

"我们什么都没有了。"店员说。

"什么?连一点奶油、一块香料蜜糖面包都没有吗?"

"全都没了,夫人。统统卖光了。"

"给我半斤茶,有锡兰茶对吧?"

"夫人,真的什么都没了。"

贝黎刚太太只好请人告诉她哪里还有食品店。可是,她走遍了每个地方,结果还是什么都没买到,难民已经把整座城的食品搜刮一空了。雨柏在咖啡馆附近和她碰面,他没找到房间。

她大吼道:"找不到吃的,商店都是空的。"

"我这边呢,"雨柏说,"倒是发现了两间店,里面满满的货。"

"啊,真的?在哪儿?"

雨柏笑得灿烂。

"其中一间卖的是钢琴,另一间是殡仪馆!"

"你真傻,可怜的孩子。"母亲说。

"我想,按照目前情势的变化来看,"雨柏说,"珍珠皇冠将来肯定也会非常抢手。我们可以先囤积一些下来,您不觉得吗?妈。"

贝黎刚太太只是耸耸肩。她看见杰奎琳和柏纳站在咖啡馆的门口,手上握着两大把满满的巧克力和糖果,正在分赠给周边的民众。贝黎刚太太跳着飞奔过去。

"你们两个给我进去！你们在干什么？我不准你们碰这些食物。杰奎琳，你就等着接受处罚吧，至于你，柏纳，等你父亲知道了，你就惨了。"说着，拖了两个目瞪口呆，但是心意坚定如金石的小罪犯就走。基督宣扬的慈善，还有数百年文明教化的温良，全都像无用的装饰自她心中崩解，赤裸裸地露出她冷漠空洞的内心。她和她的孩子，他们只有自己，独立于这险恶的世界。她必须给她的孩子饭吃，给他们一方遮风避雨的屋角，其他的，她已经顾不了了。

11

莫里斯和珍娜·米修一前一后沿着宽阔的柳荫人行道走着。他们的两旁,前后都是逃难的人潮。当他们走到某处地势稍高,或是横切车行道路的地点时,他们放眼地平线,极目远眺,入目皆是步履沉重、泥尘飞扬的杂乱画面。运气好一点的有手推车、婴儿车,或是拿四块木板架在简陋的车轮上拼凑出来的牛车,行李可以放在上面,拱起的背上仍少不了沉甸甸的袋子、系链子的猎犬或睡着的小孩。他们都是穷苦人家,运气差的或老弱妇孺,无法可想的人,无论走到哪里都给挤到最后一排的人。还有胆小怕事的,因为车票、旅途花费而且路途危险而一直捱到最后一刻才走的铁公鸡。然而,突然间,恐慌席卷了他们,一如它逼走了其他人一样。他们不知道为什么要逃,整个法国烽火连天,到处都有危险。他们压根儿不晓得该往那里去。当再也支持不住倒地时,他们对自己说,不如别起来了,干脆死在这里算了,一了百了,落个清静。然而当天上飞机逼近时,他们却是率先跳起来逃命的一批人。他们之中,也不乏悲天悯人、慷慨慈善的人,以及出自同种族、对自己人、对贫寒同胞才会展现的积极审慎的同情心,不过先决条件是必须在非常恐惧和悲惨的情况下。丰满有力的村妇主动上前搀扶珍娜·米修已经不下十次,协助她继续走下去。珍娜的双手牵着孩子,她的丈夫则偶尔肩负一个卷有衣服的包袱,或是装了一只活跳跳的兔子和马铃薯的篮子,这些是一位徒步从南特尔出发的小老太太在这个世界上仅有的财产。虽然很累、很饿,而且得时时提心吊胆,莫里斯·米修却不觉得自己可怜。他性格独特,不太在乎自己。在他的眼里,他这个人不是什么无可取代的稀罕人物,跟其他人眼里只有自己大不相同。对受苦受难的同伴,他感到同情,头脑却是清晰而且冷静。再怎么说,这波人类大迁徙似乎是遵循自然法则衍生的产物,他想。定期的大规模人群迁移应该是必要的,就像东部地区羊群上山放牧一样。这么一想,说也奇怪,他觉得轻松了许多。他身边的人认为命运是针对他们而来,针对他们这悲惨的一代,然而他却想到大迁徙其实是常有的事。不论大伙是哭喊着倒卧在这片土地的血泊上(世界其他的地方也有),或侥幸逃离了敌人魔掌,紧紧地搂住自己的孩子,眼睁睁地看着城镇被火焰吞噬,却始终没有人以悲天悯人的情怀怀念这无数死去的亡魂。对他们的后代子孙而言,他们就像被放血的鸡一样地无足轻重。他想象他们哀怨的魅影从路上站起来,俯身向前在他的耳边低声说:

"我们比你更早领悟到这一点。为什么你会比我们快乐呢?"

走在他旁边的一位壮硕村妇抱怨说:

"我从来没见过这么惨的事!"

"您错了,夫人,您错了。"他低声回答。

他们走了三天三夜,才看见首批溃不成军的士兵。法国老百姓的信心仿佛铁钉钉在心里似的稳固,难民们瞧见士兵时,全都在想他们正赶路奔赴战场,总司令部终于下令,整合四方小股的军力,借道蜿蜒小路,准备来个前线大会师,因此军力丝毫未受损伤。这样的期盼支持着他们走下去。士兵们话不多,每个人脸色阴暗,一副心事重重的样子。有些蜷伏在卡车最里面睡觉。车身挂满小条枝叶伪装的装甲车沉重地缓步前进,卷起漫天烟尘。在禁不起艳阳直射而枯黄的叶片缝隙中,是一张张苍白疲惫的脸孔,愤怒和精疲力竭是他们仅有的表情。

在这些士兵当中,米修太太不断地以为看见了自己的儿子。她没有一天没看见儿子的军团编号,某种幻想症占据了她。每一张陌生的脸孔,每一个眼神,每一股滑进她耳膜的年轻声音无不让她心头一惊,随即停下脚步,手贴住心口,微弱地呢喃:

"喔!莫里斯,不会是……"

"什么?"

"不!没什么……"

他其实没那么好骗。他点了点头。

"你把每个人都看做是儿子了,我可怜的珍娜!"

她只是不住地叹气。

"他们长得好像,你不觉得吗?"

说真的,这种事又不是不可能。他可能突然地出现在他们身边,她的儿子,逃过一劫的尚—马黎,以年轻愉快的嗓音对着她喊,他那独特的男性温柔嗓音:"你们两个在这儿干吗?"这些话仿佛在她耳边回荡。

喔!只要能见到他,紧紧地拥抱他,用嘴唇感觉他清新粗糙的脸颊,贴近地望着他闪耀金光的美丽眸子、机敏锐利的眼神。他有一双栗色眼睛,女孩般纤长的睫毛,那双眼看过多少人世沧桑啊!从小她就教导他观察他人滑稽和感人的一面。她爱笑,对人富有同情心,他总是说:"我的妈妈,你有狄更斯的洞察能力。"他们俩是多么心有灵犀啊!他们快乐地打趣,有时候对那些他们觉得非得一吐为快的人,尖刻嘲笑不假辞色。接着只要一句话、一个手势、一声叹息,就能卸下他们身上竖起的尖刺。莫里斯不一样,他比较冷静、冷漠。她爱莫里斯,也非常钦佩他,不过尚—马黎是……喔!老天,是她祈求的一切,是她希望的化身……"我的儿子,我的爱,我的小尚。"她想,内心呼喊着儿子五岁时给他起的小名,当时她爱怜地捧起他的耳朵亲吻他,他的头往后仰,拿嘴搔他全身痒,他咯咯地笑个不停。

她走得愈久,思绪变得愈澎湃混乱。她很会走路。当她和莫里斯的年纪还没这么大时,他们常常利用短短的假期,背着背包,到乡下徒步旅行。如果他们没有足够的钱住旅馆,他们会随身携带一些食物和睡袋,就这样徒步出门。身体疲累的她并不以为苦,真正让她受不了的是那些同伴,像是个变幻个没完没了的万花筒,从她面前经过的陌生脸孔,浮现,远离,消失,引发一种比身体疲劳更痛苦的感觉。"进退维谷的旋转木马。"她想。人群中的汽车,像是漂流水面受困的草,被看不见的东西绊住,而周遭的水流仍然川流不息。珍娜转头,不想再看。汽车排放的汽油味道弄脏空气。轰隆的引擎声响在步行群众的耳边嗡嗡响,催促他们让开一条路,却徒劳无功。看见驾车者无奈的怒颜,或无力的阴郁面孔,步行难民的内心不由得涌出一股欣慰之情。大伙互咬耳朵:"他们比我们快不了多少!"同属一个不幸共同体的归属感让他们感到温馨。

难民大都三五成群地走着,没有人知道是怎样的巧合将走出巴黎城门的他们拉在一起,现在,他们已经分不开了,尽管有些人对对方的认识仅止于他姓甚名谁而已。有一位高大瘦削的妇女跟米修夫妇走在一起,身上穿着磨旧的大衣,戴廉价珠宝。珍娜不禁要想,是什么样的原因,让一个人逃难时,还不忘戴上两颗硕大的人造珍珠耳环,旁边铺了一圈沾满灰尘的假钻,手指则戴着红的、绿的普通石头戒指,上衣别着镶有小粒黄玉装饰的玻璃胸针。接着加入他们的是一位看门人和她的女儿,母亲个子很矮,脸色苍白,女儿则壮硕有力,她们俩都穿着一身黑色,行李里面有一张照片,上面是一个蓄着长长黑色八字胡的胖男人。"这是我丈夫,他在墓园担任管理员。"那女人说。她的妹妹跟她一起走,挺着个大肚子推着推车,走在她前面,推车上躺着一个孩子。妹妹非常年轻!每当遇见一队军人时,她也一样,全身一震,极目在人群中搜索熟悉的人影。"我丈夫在哪里,"她说,"那里,或许是这里……世事难料。"珍娜对她说了心事,大概已不下百遍……但是,她已经不能确定她是怎么说的:"我的儿子也一样,我的亲人也是……"

他们还没有遭到任何机关枪的扫射攻击。当这一天来临时,他们先是愣了一下,完全不知所以。他们听见爆炸的巨响,紧接着又一声,接着有人尖叫:"快逃啊!趴下!躺下!"他们立即脸朝下趴到地上,珍娜迷迷糊糊地想:"我们的样子有多么滑稽啊!"她不害怕,但是心跳的力道强劲到她必须用两只手捧着心口,大口喘气,整个人贴在一块大岩石上。她觉得有一支草扫过她的下颚,草上还开着一朵粉红色铜铃花。接着,她回想起,当他们趴在地上的时候,有一只小小的粉白蝴蝶悠闲地在花间觅食。然后耳边响起一个声音:"结束了,他们走了。"她站起来,机械地拍拍满是尘土的裙子,看起来像没有人被击中。不过,走了一会儿之后,他们看见了首批惨死的民众:两个男人和一个女人。尸体支解分离,意外的是,这三个人的脸上不见任何伤痕,那是如此阴郁、如此平常的脸,他们带着惊愕、慌乱和不解的表情,好像他们努力地想弄清楚这到底是怎么一回事,却百思不得其解。在战争中,伤亡显得如此微不足道,老天,死竟是如此的微不足道。那个女人终其庸庸碌碌的一生,每天挂在嘴边的很可能不外乎"青椒又涨价了"或"是哪个脏鬼弄脏了我的地板"这几句话。

然而,我又知道些什么呢?珍娜扪心自问。这狭窄的前额,干涩凌乱的发丝后,也许是渊博的学识和无尽的慈爱。莫里斯和我,看在别人的眼里又是什么样呢?一对可怜贫穷的小职员?在某个层面来说,此话不假;但是话说回来,我们也是珍贵罕见的人物。

我自己很清楚这一点。"多不值的浪费。"她想。

她靠着莫里斯的肩膀,全身发抖,泪流满面。

"我们走远一点。"他拖着她慢慢走开。

两人心里都在想:"为什么?"他们永远也到不了杜尔。银行还在吗?柯本先生会不会已经跟他的档案文件一起被埋在断垣残壁里了?他的有价证券?他的舞娘?还有他太太的珠宝!珍娜一时冷酷地想着,不过,这样未免想得太美了。想着,她和莫里斯一跛一拐地继续上路。除了继续走,把自己交到上帝手上之外,已经没有第二条路可走了。

12

米修夫妇那一小群同行的伙伴在星期五晚上遇到救助,一辆军用货车载了他们一程。当天的剩余时间,他们就躺在货车箱子之间。他们到了一个镇上,镇名大概永远都叫不出来了。那边的人对他们说,铁路没有遭到破坏,可以搭火车直达杜尔。珍娜踏进镇上她看见的第一间房屋,请求屋主借地方让她梳洗。厨房里挤满了各路难民,他们在洗碗槽里洗衣服。他们带珍娜到院子里,就着水龙头汲水梳洗。莫里斯买了一面附小链子的小镜子,把镜子挂在树枝上,整理胡子。梳洗完毕后,他们感觉舒服许多,准备加入军营大门口前漫长的等待长龙,那里有人分派浓汤,而火车站贩卖三等车厢车票的窗口前,排队买票的队伍更是长不见尾。他们吃完东西,正要横越站前广场时,空袭警报大响。三天来,敌军飞机不断地呼啸飞过小镇上空,警报铃声也因此从没断过。其实也不是什么警报铃,只是旧的火警警报器凑合着用。汽车喇叭声,小孩哭喊声,惊慌失措的人群叫嚷,这微弱可笑的警铃声几乎快要被人声淹没。民众到站,下了火车,劈头便问:"嗯,是警报吗?"有人回答:"不是,已经结束了。"五分钟后,微弱的警铃再度扬起,大伙笑了。这里有些商店还开门营业,小女孩在路旁人行道上玩跳房子,狗在旧教堂附近奔跑,钻进飞扬尘土中。大伙对从容盘旋小镇上空的意大利和德国军机毫不在意。大伙已经习以为常了。

突然,一架飞机脱离队伍,冲向人群。珍娜想:"飞机要掉下来了。"转念一想:"不对,他要开枪,要扫射了,我们完了……"本能地,她以双手掩住嘴巴,不让自己叫出声。炸弹正打中火车站,以及稍远处的一截铁道。玻璃天棚哐啷碎裂,碎玻璃喷进广场,刺伤广场上的人群。妇女顿时慌了手脚,像丢弃沉重包袱似地扔下自己的孩子,自顾自逃命。另外一些人则紧抓住孩子,用力地抱进怀中,仿佛想把他们重新塞进自己的身体里,好像那里是唯一的安全避风港。一名可怜的女人倒地滚到珍娜脚边,是戴廉价珠宝的那位太太。廉价珠宝在她的喉头、手指和不断流出鲜血的头上闪闪发光。这股热热的鲜血染上珍娜的裙子、裤袜和鞋子,凝结成块。幸好,她无暇观望周遭的死亡景象!伤者被埋在石堆和碎玻璃底下,哭天抢地地呼救。她立刻加入莫里斯还有其他几个男人的行列,奋力清除满地的疮痍。但是,这种费力的工作,她根本做不来。她没办法。于是,她想到了在广场上泪眼婆娑徘徊、寻找母亲的小孩。她叫住他们,将他们拉到身边,暂时安身在稍远处教堂圆拱大门底下,然后回到人群当中,此时她看见一名发狂叫喊的女人四下奔跑,她以非常平静、有力的声音对她说,以至于声音如此地平静,如此地大,连自己都吓了一跳:

"小孩都在教堂门口,去那里找他们。凡有小孩不见的,到教堂去找。"

妇女们一股脑儿地往教堂跑。她们有时哭,有时笑,有时掐住脖子似地发出某种狂野的呼喊,那声音亘古未闻。孩子们的表现反倒镇静得多,脸上的泪干得也快。母亲拉住他们,紧紧地拥入怀中,没有人想到该向珍娜道声谢。她回到广场,那里有人告诉她,镇上损失不大,但是当时正好有一列满载医疗卫生用品的火车准备入站,不幸被炮弹击中。尽管如此,往杜尔的铁路倒是逃过了一劫。就在这时,列车正挂好缓缓进站,计划15分钟后开车。大伙已然忘记死者和伤者,他们紧紧提着手上的皮箱和帽盒,像是落水者紧紧抓住救生圈一样,急忙冲进车站。大伙争先恐后争抢座位。米修夫妇看见第一批护送伤兵的担架。人群如此拥挤,他们根本无法靠近细看伤兵的脸。他们把伤兵送上卡车和仓促间临时征用的民间汽车和军用汽车上。珍娜看见一名军官朝一辆坐满孩子的卡车方向走,那群孩子由一位神父带领。她听见他说:

"很遗憾,神父,可是我必须征用这辆卡车,我们必须将伤兵送到布洛瓦。"

神父挥手叫孩子们下车。

军官又说:

"真的很抱歉,神父。他们是学生吧?"

"是孤儿院的孩子。"

"如果我找得到汽油,一定会把卡车送回来。"

这批 14 到 18 岁的青少年,每人手上拿着一小件行李,鱼贯下车,围在神父身边,形成一个小圈。莫里斯转身走到妻子身旁。

"你来不来?"

"好,等一下。"

"又怎么了?"

她试图看清一个接一个穿过人群的担架。可是,人实在太多了,她什么都看不到。她的身边站着另一名妇女,也跟她一样踮起脚尖,伸长脖子。她的嘴唇在动,却听不见任何清晰的话语。她在祈祷,要不就是反复念着某个名字。她望着珍娜。

"我们始终相信可以再见到自己的孩子,对不对?"她说。

她微微地叹了一口气。的确,没有任何理由死的是自己的孩子,而不是别人的。就这样,她的儿子,她的心肝宝贝,突然出现在眼前。或许,他现在正在一个安全的地方?再惨烈的战乱也会留下一方净土,未受烽火蹂躏。

她问旁边的妇人：

"您知道这辆火车是从那里来的吗？"

"不知道。"

"伤亡很惨重吗？"

"据说两节车厢上的人都死了。"

她不再抗拒身旁一直拉她的莫里斯，艰苦万分地挤进车站。偶尔，跨过瓦砾堆、石块和碎玻璃堆。终于，他们踏上了完好的第三月台，那里人们正在装挂开往杜尔的车厢，一辆外省的、土里土气的黑色小火车，正安安静静地喷吐烟雾。

13

尚—马黎两天前受伤了,他就坐在被空袭炮弹击中的列车上。这次他侥幸逃过一劫,毫发无伤,但是车厢付之一炬。他奋力挣扎着从座位上下来,走到车门边,这一乱动使原先的伤口裂开了。等人将他抬起放进卡车时,他已经处在半昏迷的状态了。他安静地躺在担架上,头滑向一边,车行每遇颠簸,便重重地撞上旁边的空箱子。三辆满载士兵的汽车一辆接着一辆地慢慢行驶在机关枪扫射后勉强还能通行的路上,敌军飞机不时地飞过车队上空。尚—马黎昏沉混乱的脑子突然短暂清醒,他想:"仰望老鹰在天空盘旋的家禽,心情大概就像我们现在一样……"

迷迷糊糊中,他仿佛看见了小时候每逢复活节假期便去奶奶的农庄:阳光灿烂的院子,母鸡低头啄着谷粒,拍翅嬉戏,尘土飞扬,接着只见奶奶骨瘦如柴的手一探,立时抓住一只,利落地捆绑鸡爪,带走,5分钟后……鲜血涌出,伴随着微弱诡谲的噗噗拍翅声。这就是死亡……我也曾经被死神抓住,被带走。他心想……抓住带走……明天,全身赤裸,皮包骨似的我将会被扔到地上,那模样肯定不会比死鸡好看到那里去……

他的额头猛烈地撞上箱子,不由得微弱的抗议嗯哼两声,他已经没有力气叫喊了,躺在他旁边的战友脚受伤了,伤势比较轻,注意到他在呻吟。

"怎么了,米修?好点了吗?"

"给我水喝,把我的头摆得舒服一点,把停在我眼皮上的苍蝇赶走。"尚—马黎很想这么说,但是,他只是叹了一口气。

"不……"

他闭上眼睛。

"叫他们来把东西放好。"战友埋怨地说。

说着,炮弹落在车队四周,炸毁了一座小桥,去布洛瓦的路被截断了。他们被迫掉头,无论是要从人山人海的难民中间穿过去,或是绕路从凡登姆走,总之,想在入夜前赶到是不可能的了。

少校看着米修心想,这个伤势最重的可怜人,他给米修打了一针。车队重新上路,受伤较轻的官兵搭乘的那两辆卡车开上坡往凡登姆去,尚—马黎坐的那一辆则转进一条岔路,走那里应该可以缩短几公里的路程。汽车走没多久就不动了,因为汽油耗光了。少校开始寻找当地人家,安顿他手底下的人。这里离溃逃人潮有一段距离,车辆也多顺着低处的马路走。少校爬上山丘,在温暖平静的六月黄昏中,雪青色的天空下,可以看见一片黑压压的人头攒动,可以听见喇叭声、尖叫声、呼喊声交杂的含混喧闹,以及远远的、密密麻麻的低闷轰隆声,揪人心肺。

少校看见几间农庄,彼此相距不远。里面有人,只剩下妇女和小孩,男人都上前线去了。尚—马黎被送进其中一间农舍,邻近的农舍也分别收容了其他伤兵。此时少校发现农庄里有一辆女式自行车,于是宣布决定到最近的乡镇寻找支持,找汽油、找卡车,任何他能找到的……

他走到米修身边向他告别,米修仍然躺在担架上,被安置在农庄的大厨房里,此时女人们正忙着整理床铺、暖床。他想:"如果他注定活不了,注定要长眠于此,在两条干净的床单间咽气,总比在路上好……"

他骑了自行车奔往凡登姆。他骑了一整晚的自行车,偷偷溜进城,结果落入德军手中,成了他们的俘虏。女人们迟迟不见少校回来,只好徒步跑到镇上,通知医生和医院的修女。医院也已经爆满,因为最近一次轰炸受伤的灾民全都送到这里,于是士兵继续留在村子里。女人们多有怨言:男人都走光了,光是田里的粗活、照顾牲畜就已经忙不过来了,哪有精力管这些被迫收留的伤员!尚—马黎勉强睁开高烧灼烫的眼皮,看见床前有一位老太太,皮肤蜡黄,长长的鼻子,一边编织毛线衣一边望着他,叹着气说:"如果能知道老头子在他那边,能跟这个跟我无亲无故的可怜人一样,有人照料就好了……"纷乱混沌的梦中,他隐约听见钢针敲击,毛线团在他盖的床罩上跳动。头脑昏乱意识不清的他仿佛看见她有一双尖耳朵,还有一条尾巴,他伸手轻抚她。偶尔,老农妇的媳妇会走到他床边。她年纪很轻,活力充沛,脸色红润,体态稍显丰腴,一双棕色眸子清亮有神。有一天,她拿了一小捆樱桃放在他的枕头上,大家不准他吃,但是他把樱桃贴上熊熊烈焰般炽热的脸颊,感觉非常平静,有一种近乎幸福的感觉。

14

寇特一行人离开了奥尔良,继续赶路奔往波尔多。麻烦的是,他们不知道到底该去哪里。他先是打算到布列塔尼亚,后来改变主意转往南。现在,加布列宣布他要离开法国。

"我们无法活着离开的。"弗萝伦丝说。

相较于她内心炽烈的怒火,疲惫和恐惧根本算不了什么,盲目疯狂的怒气逐渐从心底蹿升,让她喘不过气。在她看来,加布列已经毁坏了他们之所以在一起的默契。反正,他们这种情况,这个年纪的男女关系,爱情只是交易。她为他付出,只是希望能够从他那里得到一丝安全感,不仅是物质上的,还有精神上的,到目前为止,她从他那里拿到了钱以及名声,该给的,他都给了。然而,突然间,这男人在她面前变得既懦弱又面目可憎。

"你可以告诉我,我们到了国外能做什么吗?我们要怎么生活?你所有的钱都在这里,因为你笨得可以,竟然把钱都从伦敦汇回来,我始终不明白这是为了什么!"

"正因为我以为英国比我们更危险。我对自己的国家有信心,对我国的军队有信心,你总不能因为这样就责备我,对不对?再说,你在担心什么?感谢老天爷,我想,我的名气举世皆知!"

他突然闭嘴,头伸出车窗外,接着整个人怒气冲冲地往后一瘫。

"又怎么了?"弗萝伦丝抬头望向天空。

"那些人……"

他指着刚刚超过他们的一辆车,弗萝伦丝看了车内的人,在奥尔良的广场过夜时,在他们旁边的就是这批人:车身凹陷、膝上坐着小孩的妇人就是原本头上绑着布条绷带的那位,鸟笼、还有那个看一眼就认得清清楚楚的戴鸭舌帽的家伙。

"喔!别看他们。"弗萝伦丝激动地说。

他猛力敲了好几下他手肘底下那只镶有黄金和象牙装饰的精品盒。

"如果说像我军溃败还有大逃难这样惨烈的事件,没能沾带一点高贵情操或大时代的伟大让它显得高尚的话,根本称不上惨烈!我绝不允许这些店铺老板、看门人、没教养的人一把鼻涕一把眼泪,东家长西家短,庸俗鲁莽的行径,贬抑了这大时代悲剧。你看看他们!看看他们!他们又来了。他朝我们按喇叭,天啊……"

他对司机大喊:"亨利,开快一点,不会啊!您不能甩掉这帮讨厌的粗人吗?"

亨利根本没回答。车子前进了三米又停了,陷入了超乎想象的、夹杂了车辆、自行车和行人的混乱之中。加布列再次看见了头绑绷带的女人,离他只有几尺之遥。那个女人有着浓密粗黑的眉毛,长长的雪白牙齿闪闪发亮,牙关紧咬,唇上人中部位还长了一些胡须,包扎的布条染上了血迹,黑色的头发黏附在棉花和布条上。加布列厌恶的全身发颤,立刻别开脸,但是那位女士已经咧嘴对他微笑,而且还想跟他聊一聊。

"走不快,嗯?"她对着摇下的车窗,友善地对他说。"还好,幸运的是,我们走的是这一边。另一边被炸得可厉害了!罗亚尔河畔的城堡都毁了,先生……"

她终于察觉到加布列僵硬冷酷的眼神,知趣地闭上了嘴。

"你难道不明白,我无法摆脱他们的纠缠?"

"不要再看他们了!"

"说得倒轻松!简直是噩梦!哦!这群低等人,那么丑、那么土,粗俗得可怕!"

快到杜尔了。加布列早已呵欠连连,他饿了。从奥尔良到现在,他几乎什么都没吃。他总是说,他跟拜伦一样,崇尚俭朴,只要青菜、水果、气泡苏打水就够了,不过,一周一两回的美味油腻大餐也不能省。现在,他觉得正有此需要。他端坐不动,安静地闭上眼睛,英俊的苍白脸庞出现痛苦的扭曲,一如他绞尽脑汁想为书一开头来个破题的利落纯净文句。(他喜欢他的书像蝉一样轻盈,又余音不绝于耳,接着慢慢导入低沉激情的乐音,也就是所谓的"我的小提琴"——"让我的小提琴欢唱。"他总是这么说。)然而,今晚,占据他脑海的是另一样东西,脑子里放大反复重复出现的是弗萝伦丝在奥尔良时拿给他的三明治。那时候,因为天气热,面包显得有些软化,三明治看起来一点都引不起人的胃口。那些三明治有些是奶油圆面包夹绵密的鹅肝酱,有些是黑麦面包夹腌黄瓜片和生菜,味道一定非常可口,清脆、带点酸酸的滋味。他又打了一次呵欠,打开小皮箱,看见一张沾满油渍的餐巾和一罐腌渍罐头。

"你在找什么?"弗萝伦丝问。

"三明治。"

"已经没了。"

"什么?刚刚里面还有三个。"

"蛋黄酱全流出来了,根本不能吃啦,所以我扔掉了。我希望我们能赶到杜尔吃晚饭。"她补上一句。

杜尔市区的楼房轮廓隐约出现在地平线,只是汽车一直不动,十字路口拉起了封锁线,大伙只好慢慢等,一个小时就这样过去了。加布列脸色苍白,脑子里想的已经不是三明治了,换成了清淡的热汤和小片小片的奶油香煎肉酱。有一次他从比亚里茨回家，途经杜尔时吃过这道料理。（当时他身边有个女人，他从比亚里茨回家。真奇怪，他怎么想，都想不起来这个女人长得什么样子，叫什么名字，只有这些奶油香煎肉酱还深深地印在他的脑海里，每片松软油亮的肉酱里还藏了一片新月形松露。）接着，他开始想到肉：一大片鲜红带血的烤牛肉，摆上一块奶油，慢慢地融化渗入鲜嫩的肉里，绝品……没错，这才是他要的……烤牛肉……牛排……香烤牛排……不然，最低限度，一块牛小排或羊肋排也行。他深深地叹了口气。

那是一个清爽艳黄的傍晚，没有风，也没有逼人的热气，是神圣白昼的尾声，温柔的夜影开始扑上田野、道路，像一道翅膀……邻近的树林里传来淡淡的草莓香。在弥漫着汽油味和烟雾的沉重空气中，隐约闻得到这股草莓的清香。车辆龟步前进，挤上一座桥，河畔妇女安然自若地洗衣服，这一连串动乱与这一幅幅平和的景象对照之下，更显恐怖和诡异。远远的，水车巨大的轮子旋转着。

"这个地方肯定渔产丰富。"加布列梦呓似地说。两年前，他在奥地利的时候，曾去过一条跟这条河一样水流湍急、清澈见底的小溪边，品尝那里的奶汁鳟鱼！裹在蔚蓝珠光鱼皮底下的肉呈粉红色，跟婴儿的肌肤一样。还有配菜，清蒸马铃薯……那么的简单、经典，淋上新鲜奶油，撒上剁碎的香菜……他满怀希望地望着城墙。终于，要进城了。但是，他头刚伸出车窗，立刻看见大排长龙，在路上等着进城的难民。有人说，只有一个放粮站分发食物给饥饿的难民，除此之外，其他地方根本找不到吃的。

一位穿着雅致、牵着一个小孩的妇女转身对加布列和弗萝伦丝说。

"我们已经等了4个小时,孩子哭闹,太糟糕了……"

"是很糟。"弗萝伦丝附和着说。

她猛地挥一下手。

"什么都没有,一点都没有,连块面包皮都找不到。跟我一道走的朋友,生完宝宝才三个星期而已,从昨天晚上到现在一粒米都没吃到,她还要给宝宝喂奶。这个样子,他们还叫我们生产报国。可怜啊!小孩,的确啦!他们让我们开心!"

沿着队伍一路走,听到的全是沮丧绝望的低语。

"什么都没了,一点不剩,他们什么都没有。只会说'明天再来'。还说德国人就快要打过来了,军队今晚开拔。"

"您进城里亲自看过,真的什么都没有?"

"您以为呢!所有的人都走了,里面简直是座死城。都已经这样了,居然还有人蓄意囤积货粮,您想想看!"

"真可怕。"弗萝伦丝再次悲吟。

弗萝伦丝心神不宁,竟对着车身凹陷的汽车里面的乘客说话。膝盖上坐着小孩的女人脸色苍白,跟死人差不多,另一个女人只是黯然地摇摇头。

"这些?没什么。这些都是有钱人,真正受苦的是工人。"

"我们该怎么办?"弗萝伦丝转头绝望地摊开手,问加布列。

他对她招招手,叫她走远一点。他大步走着。月亮刚刚攀上枝头,清朗的月光下,大伙可以轻松地走在这座家家户户门窗紧闭、大门深锁、不见一丝灯光,更不见窗边人影的城市里。

"你知道,"他压低声音对她说,"这些全都是笑话……怎么可能有钱还买不到吃的东西。相信我,只要有饿得发昏的百姓,就一定会有把粮食囤积在安全地方的奸商。关键在于找出这些狡猾的奸商。"

他停下脚步。

"这里是蒙尼亚,对吧?来看看我要找的东西。两年前我曾在这里吃过饭。餐厅老板一定还记得我,等着。"

他在挂着大锁的门上敲了两下,以无比威严的语气大声呼喊:

"开门,开门,老朋友!你的朋友来了!"

奇迹真的出现了!里面传来脚步声,然后是钥匙在锁孔转动的声响,门后伸出一张疑惧半参的脸。

"哈啰,您认得我,对吧?我是寇特,加布列·寇特。亲爱的朋友,我快要饿死了。对啦,对啦,我知道,这里什么都没有了,但是,为了我……去仔细找一找……您店里一定还有一点东西吧?哈!哈!您现在想起来了吗?"

"先生,我很抱歉,我不能让您进来,"餐厅主人低声说,"我会被包围的!请继续往下走,在街角的地方等我。我马上到那里找您。我当然希望能为您效劳,寇特先生,但是店里已经空无一物了,真的非常可怜。总之,我们会再找找……"

"对了,就是这样,再找找看……"

"对了,这您千万不能跟别人说啊?您绝对无法想象今天发生了什么事。简直像疯了一样,我老婆看了都急出病来了。狼吞虎咽地把东西吃光,没付钱就走了!"

"就看您的了,老朋友。"寇特一边说,一边往他的手里塞钱。

五分钟后,弗萝伦丝和他走上自己的车,神神秘秘地拿着一只用餐巾包得紧密的篮子。

"不知道里面有什么。"加布列低声说,一字一字清晰无比,带着梦幻的期待,就像他跟女人,跟他垂涎许久却始终得不到手的女人说话时一样的口吻。"不,也不尽然……我好像闻到鹅肝酱的味道……"

就在此刻，一条黑影突然窜出，插进加布列和弗萝伦丝之间，伸手抢走他们手上的篮子，挥拳分开他们。弗萝伦丝大惊失色，双手立刻护住脖子，尖声高叫："我的项链，我的项链！"可是，项链还好端端地挂在那里，还有他们身上带的珠宝匣也原封不动待在原处。强盗只拿走食物。她毫发无伤地呆立在加布列身边，只听见他伸手摸着痛不可当的下巴和鼻梁，不住地叫骂：

"简直跟丛林没两样，我们卡在丛林里了……"

15

"你不应该这么做。"怀里抱着婴儿的女人叹着气说。

说着,双颊浮现些许红晕。车体大半凹陷的老旧标致汽车相当矫健地脱离了路上的混乱,现在,车内的旅客坐在小树林的青苔上休息。一轮明月闪耀银色清辉,就算没有月光,远远天际边巨大的熊熊烈焰也足以照亮林子里的景象:几群人散坐在松树下,这边一群,那里一伙,他们的汽车静静地停在那儿,而那位年轻妈妈和戴鸭舌帽的家伙身边摆着打开的篮子,篮里的东西已经少了一半,一瓶已经开瓶的香槟,金色瓶口露出篮外。

"不,你不该这样……我觉得很丢人,走到这一步真的太可耻了,裘勒!"

瘦弱矮小的男人,头抬得老高,眼睛睁得老大,他有两片薄薄的嘴唇和小小的下巴,一副刻薄的样子,他大声地反驳:

"不这么做,要怎么办?等死吗?"

"别再数落他了,阿玲,他说得对。啊!哎哟!"头上绑绷带的女人说。"你要我们怎么办呢?那两个家伙,我跟你说,根本不值得活在这个世上!"

他们不再说话。她以前是别人家里的女仆,后来嫁给了雷诺汽车厂的工人。战争爆发后,他顺利地留在巴黎好几个月的时间,不过,到了二月,实在没办法了,他离开巴黎,现在,天知道他去了哪个战场。他曾经为国打过另一场战争,而且是四个孩子当中的老大,不过,这一切都不能改变被召入伍的事实!特权、豁免、后门,全都是为有钱人家的子弟设的。她的内心,仿佛叠了一层又一层的恨,层次分明:农家子弟本能地对城市人的厌恶,加上寄人篱下,忍气吞声的疲惫仆役之怨恨,最后是为人卖命的工人阶层的不满,因为最后几个月,她取代了她丈夫的职务,到工厂上班。这种男人的工作,虽然做得不习惯,却让她的手臂更有力,心灵更坚强。

"可是,你真的把他们吓死了,裘勒,"她对她的哥哥说,"说真的,我没想到你会这么狠!"

"我看阿玲都快昏过去了,那些人渣还有满满的香槟、鹅肝酱和所有的东西,我什么都顾不了了。"

看起来比较羞怯也比较柔顺的阿玲,大着胆子说:

"我们可以请他们分一点给我们,你不觉得吗,霍坦丝?"

她的丈夫和她的小姑异口同声地大叫:

"你想的美!哈!不可能,你不了解那种人!就算眼睁睁地看着我们饿死,下场比野狗还凄惨,他们也完全无动于衷。你以为呢?那几个人,我认识他们,"霍坦丝说,"他们是人渣中的人渣。我在那个自命不凡的老太婆,巴拉尔·杜热伯爵夫人家见过他们,他是写书写剧本的。据司机说,他是个疯子,而且笨得跟他的脚一样。"

霍坦丝一边说一边把剩下的食物收好,一双红通通的大手动作出奇地细腻敏捷。她抱起婴儿,解开他身上的襁褓。

"可怜的心肝宝贝,长途跋涉!啊!这样一来,他便能早早体会人生了!这样也许更好。有时候,我一点都不觉得在贫困艰难的环境中成长有什么不好:了解自己双手的力量,善用它。有些人根本不懂得自力更生!你还记得吗?裘勒,妈妈死的时候,我还不满13岁。我几乎全天待在洗衣场,踩碎冬天结的冰,驮着一大袋衣服……或常常看着皲裂的手掌抱头痛哭。不过,这样的日子,也教会我如何养活自己,不再害怕。"

"的确,你活得无愧于天地。"阿玲满心敬佩地说。

婴儿清洗完毕,换了新的尿布,全身干爽,阿玲解开上衣纽扣,把小宝贝贴上心口,其他人微笑地望着她。

"至少他有东西可吃,我可怜的小东西,吃吧!"

香槟的酒精发挥作用,他们感到头脑昏沉,醺醺然,整个人迷迷糊糊地望着远方的火焰。偶尔,他们忘记了自己为什么会跑来这个古怪的地方,为什么离开他们位在里昂车站附近的小公寓,在路上奔波,横越枫丹白露森林,抢劫寇特。一切变得幽暗混沌,好像是一场梦。鸟笼挂在低矮的枝枒上。他们还喂了鸟。出发前,霍坦丝没忘记为它们带一包饲料。她从口袋的最深处掏出几颗糖,放在滚烫的咖啡里。车祸时,保温瓶没有受到损害。她噘起两片厚厚的嘴唇,咕嘟咕嘟地喝着咖啡,一只手护住丰满的胸部,免得喷上咖啡污渍。突然,谣言传遍了每个人耳朵:"德国人今天早上打进巴黎了。"

霍坦丝放下才喝了一半的咖啡,大大的脸涨得更红了。她垂下头,眼泪扑簌地掉下来。

"我觉得好难过……好难过,这里。"她一边说一边指着自己心窝。

她的泪是滚烫、罕见的,是一个饱经生活打击,咬牙苦撑,不怨天尤人,更不会自怜自艾的女人的泪。一股夹杂着愤怒、悲苦和羞愧的情绪占据了她,来势汹汹,连心脏都感到难受,一股剧烈尖锐的肉体之痛。终于,她说话了:

"你知道我爱我的老公……可怜的路易,我们只有彼此,他工作认真,不喝酒,不乱跑。总之,我们深爱对方,我只有他了,现在他们跟我说:你再也见不到他了,现在这时候,他早死了,不过,我们打胜了……是啊！这样,我反而会觉得比较欣慰,哈！我是说真的,不是开玩笑,我真的觉得这样比较好！"

"啊！这是当然,"阿玲说,她想说些更贴切、更有力的话来表达,可惜想不出来,"我们当然会觉得烦。"

裘勒一直不说话,他想到自己几乎瘫痪的一条手臂,多亏了这条手臂,他才逃过兵役,逃过战争。他不禁要想:"我真是太幸运了。"在此同时,内心却有某种东西让他无法平静,说不上来是什么,近似懊悔。

"好了,事情已经这样,就是这样了,我们也没办法。"他脸色阴郁地对两个女人说。

他们的话题又转到寇特身上,他们心满意足地想到代替他品尝的美味晚餐。总之,他们现在对他的批评、言词缓和了许多。霍坦丝在巴拉尔·杜热伯爵夫人家看过不少作家、院士,甚至有一天还见到了诺亚依伯爵夫人,她说了一些关于这些自命清高文人的事,让他们笑得眼泪都流出来了。

"他们其实心地不坏,只是不知道生活辛苦。"阿玲说。

16

贝黎刚一家在城里找不到歇脚的地方,不过,他们在邻近小镇教堂的对面找到了一栋两位老小姐同住的屋子,里面有一间大的空房间。小孩衣服也没换,累得倒头就睡。杰奎琳用颤抖的声音要求把猫篮放在她身边,她生怕猫一不小心逃出篮子迷路了,然后没有人想到它,就此饿死在路上,这该怎么办?她伸手穿过篮子的栏杆细缝,也就是猫对外的小窗口,从那里可以看见一只炯炯发光的绿眼睛,一根因发怒而翘得老高的胡须,直到看见主人的手,它才安静下来。陌生的大房间让艾曼纽很不安,再加上两位老小姐不时地走来走去,仿佛惊魂未定的冒失鬼,嘴里叨念着:"真是前所未见……真是可怜啊……不幸的无辜百姓……可怜的慈爱耶稣……"柏纳躺着仰望她们,眼皮眨都没眨一下,正经八百的脸上写满惊讶,嘴里含着一块糖,那块糖他宝贝似的藏在口袋底层已经三天了,在高温的作用下,糖的甜味混杂了铅笔芯、盖了戳记的邮票和一段绳子的味道。贝黎刚老先生躺在房间的另一张床上。贝黎刚太太、雨柏和仆人们则缩在椅子上,或者在餐厅将就着过了一夜。

敞开的窗户外,有个月光倾泻的小院子。皎洁祥和的月光穿过银白石砾小径,一只猫静静地走在小径上,然后攀上葡萄串般垂挂着、香气袭人的白色紫罗兰。餐厅里挤满逃难的老百姓和小镇居民,全都聚精会神地听收音机广播。女人边听边低声啜泣,男人则垂头丧气一语不发。严格来讲,他们并不感到绝望,他们内心隐藏的其实应该说是拒绝去了解的阿Q心态,就像在梦中常常感受到的一种惯有心理,当黑暗和睡意即将消散褪去之际,白昼眼看着逐渐逼近,此时,就会有这样的感觉,所有的生物开始准备迎接黎明曙光,大家于是想:"这只是个噩梦,我就要醒了。"餐厅里的人个个木然呆立,别过头,避免和他人视线接触。雨柏关掉收音机,大伙默默地散去。房间里只剩下女人们。此时,喃喃自语、唉声叹气清晰可闻,她们泣诉国家的苦难,在她们的眼中,国家是以她们还在前线奋战的丈夫和儿子等至亲的具体呈现。她们的痛苦比她们的伴侣感受到的更接近动物本能,更质朴,也更多样,她们以惊呼、指责的方式减轻内心的痛苦:"这样……的确值得去做!走到这一步……不是时运不济……我跟您说,是我们被背叛了,夫人……我们被人出卖了,现在啊,受苦的是穷人……"

雨柏听着她们说话,两手握紧拳头,愤怒的火熊熊燃烧。他在这里干什么?一群腐朽的村妇,他心里想。啊!只要再长两岁就好了!以往温和又自在,比实际年龄更年轻的心,突然燃起成熟男人才有的激情和煎熬,忧心祖国命运,热切地渴望为国家抛头颅、洒热血,同时间也掺杂了羞愧、痛苦和愤怒。终于,他这一生中头一次感到,国难当头匹夫有责,光是哭喊、指责他人背叛是不够的。他是一个男人,他还没有达到上战场的法定年龄,但是他知道他比那些被征召到前线的三十五岁、四十几岁的老头子更强悍、更不怕苦、更敏捷、更机智,而且只身一人无牵无挂。他没有家人,没有爱人的羁绊!

"唉!我真想走,"他喃喃地说,"真想走!"

他飞奔到母亲身边,拉住她的手走到一旁。

"妈,给我一点食物,还有放在您随身日常用品箱的红色毛衣……还有亲吻我。我要走了。"他说。

他说不下去了,豆大的泪珠滚落脸颊。她的母亲望着他,明白了他的想法。

"孩子,你疯啦……"

"妈,我要走。我没办法留下来……如果我被迫留下,像个废物一样两手横叉胸前,我……我就去自杀,死给您看。您还不明白吗?德国人就要打过来了,到时候,他们一定会强行征男孩入伍,强迫这些孩子为他们作战。我不要这样!让我走。"

他不自觉地提高了音量,最后几乎是用喊的,他已经无法克制自己的嗓门。他的身边围了一圈受到惊吓、全身发抖的老太婆。一个年纪相仿的年轻男孩,立刻加以声援,他是屋主的外甥,面颊如玫瑰般红润,金色鬈发灿烂耀眼,还有一双天真的蓝色大眼。他带着淡淡的南方口音(他的父母是公务员,他是在塔拉斯贡出生的)说:

"他当然该走,甚至今晚就该连夜出发!听好,离这里不远的圣女树林里有一支军队驻扎……我们何不骑自行车一路狂奔过去……"

"何内,"他的婶婶一边抓住他,一边哀求地说,"孩子,想想你的母亲啊!"

"婶婶,让我走,这不是女人家该管的事。"他推开她们,迷人的脸庞因为兴奋而涨得通红。他觉得自己说得很好,觉得非常自豪。

他看着雨柏,雨柏此时已经擦干眼泪,站在窗户边,脸色阴沉但神情坚决。他走到他身旁,在他的耳边低声问:

"要走吗?"

"走,就这么说定了。"雨柏低声回答。

他想了一会儿,又加上一句:

"半夜12点,在小镇的出口见。"

他们背着众人偷偷握了手。周围的女人七嘴八舌地劝他们打消计划,要他们珍惜生命,想想未来,还有要为他们的父母亲着想。就在这时,杰奎琳刺耳的狂叫声从楼上传下来。

"妈,妈,快来啊!艾伯特不见了!"

"艾伯特,是你家老二吗?天啊!"老小姐们惊叫。

"不,不是,是一只猫。"贝黎刚太太觉得自己快要发疯了。

然而,深沉低闷的爆炸声响震动屋内空气,远远的炮火轰隆,危险包围了我们!贝黎刚太太无力地落在椅子上。

"雨柏,你听好了!你父亲不在家,所以家里由我做主!你还是个孩子,才刚满17岁,你的义务是好好保住你的性命为将来奋斗……"

"为下一场战争吗?"

"为下一场战争,"贝黎刚太太机械般地重复着,"这段期间,你只要乖乖闭上嘴,听我的话。你不能走!如果你还有一点良心的话,压根儿就不该有这么残忍、这么愚蠢的念头!你认为我还不够可怜,是吧?你难道还不明白一切都完了吗?德国人已经来了,你走不了100米远,不是被他们杀了,就是被他们抓了当俘虏!闭嘴!我连说都不想再跟你说了,你要走出这里,除非我死了,从我的身上踩过去!"

"妈!妈!"杰奎琳不停地叫。"我要艾伯特!叫人把艾伯特找回来!它会被德国人抓走的!它会被炸弹打到,整个飞起来、被炸死!艾伯特!艾伯特!艾伯特!"

"杰奎琳,闭嘴,你要吵醒弟弟们了!"

每个人都在叫。雨柏的嘴唇颤抖,大步离开了这群混乱、困惑、比手画脚的老女人。她们难道真的什么都不懂?人生就如莎士比亚的戏剧,悲惨却又叫人击节叹赏,而那些女人竟然只知恣意贬损。一个国度崩塌瓦解,只剩断垣瓦砾,这群女人始终江山易改,本性难移。女人只是劣等生物,没有英雄豪情,没有伟人气魄,没有信念,更没有牺牲奉献的精神。任何东西经她们一摸,格局立刻随她们的眼界变小变窄。哦!天啊,只要能见着男人,跟男人握握手就好了!就算是爸爸也好,他想,不过,最好是善良亲爱又伟大的大哥菲利普。他好希望他大哥能够在这里,想着想着眼泪又来了。没有间断的炮火轰隆令他忧心忡忡,也叫他热血沸腾。他激动得全身发抖,接着突然转头东张西望,像一匹受惊的小马。不过,他毫无畏惧。真的,没有!他不怕!他大无畏地面对死亡,挑战死亡。为了迷失的理想而死,也是死得其所,总比类似1914年大战那样蹲伏在战壕里要来得光彩许多。现在,我们在朗朗晴空下战斗,顶着6月的灿烂骄阳,或披挂一身皎洁月色。

他的母亲上楼去安慰杰奎琳,不过,她采取了预防措施。当他想下楼到院子里时,发现门上锁了。他不停地敲门,摇晃门扉。屋主惊醒,在她们的房间里出声抗议:

"饶了那扇门吧,先生!很晚了。我们都很累,而且很想睡,让我们睡觉。"

她的朋友还加上一句:

"快睡吧,我亲爱的小朋友。"

他怒气冲冲地耸耸肩。

"还她亲爱的小朋友……不害臊的老女人!"

他的母亲进来。

"杰奎琳大哭大闹了一场,"她说,"幸好,我在皮包里放了一瓶橘子花油。不要咬指甲!雨柏,你快要惹毛我了。好了,坐到那张沙发里,快睡吧。"

"我睡不着。"

"我不管,快睡。"她以无比威严、明显失去耐性的口吻说,刚刚跟艾曼纽说话时也是同样的口气。

他满心不悦,整个人摔进那张老旧的印花布面沙发里,沙发承受他的重量咿呀地呻吟。贝黎刚太太抬头望向天空。

"可怜的孩子,你真粗鲁!你想压坏这张椅子吗?给我安安静静地坐着。"

"是的,妈。"他一副逆来顺受的样子。

"你有想到把雨衣从汽车里拿出来吧?"

"没有,妈。"

"你什么都没有想到!"

"可是,我又不需要雨衣。天气好得很。"

"明天可能会下雨。"

她从皮包里拿出毛衣开始编织,棒针清脆互相敲击。雨柏小时候上钢琴课时,她总是坐在旁边织毛衣。他闭上眼睛,假装睡觉,过不了多久,她也睡着了。此时,他从敞开的窗户跳出去,一路狂奔进仓库,他的自行车放在那里。接着他小心翼翼地不弄出声响打开铁门,溜出屋外。现在,所有人都睡了,轰隆的炮声暂歇,一群猫在屋顶上叫着。满是尘土的棒球场中央,教堂高耸入云,在月光下彩绘玻璃闪耀蓝色光泽,棒球场上停满了逃难百姓的汽车。找不到地方借住者,有的睡在车上,有的睡在草地上。那些焦虑得直冒汗的苍白身影,就算睡着了,依旧难掩紧张畏怯之情。尽管如此,他们睡得是如此地沉,在白昼降临之前,没有任何东西能够吵得醒他们。很显然的,就算在睡梦中接受了死神的召唤,他们也察觉不出来。

雨柏穿过这些人,看着他们,感到既怜悯又惊讶。他一点都不觉得累。亢奋的激动情绪支撑着他、带领着他。他想到他抛下了家庭,内心涌起一股哀伤与懊悔,但是,这股哀伤和懊悔同时也大大地增强了他亢奋的情绪。他不是在做无谓的冒险;他为了自己的祖国,不仅愿意牺牲自己的生命,就算要他牺牲所有至亲的生命也在所不惜。他大步走向自己的命运,就像满载礼物的年轻天神。至少,他是这么看自己的。他走出小镇,来到一棵樱桃树下,躺在枝叶底下。一股温柔至极的感觉让他心跳骤然加快,他想到那位即将与他共同分享荣耀和危险的新同伴。他对他几乎一无所知,那个有着一头金发的男孩,但是,他已经开始眷恋他,这情结非比寻常地强烈,而且挟带无限温情。他听人说北方有一支德国军队在过桥的时候,必踩着战死沙场的战友尸体过去,他们不仅这么做,而且还大声唱着:"我有一位同伴……"现在他懂了,这是纯粹的爱的表现,几近野蛮的感情。不知不觉中,他在寻找一个人,替代他深爱的菲利普在他心里的位置,菲利普带着他无上的慈爱慢慢地与他渐行渐远,他太严肃、太神化了。雨柏心想,除了对耶稣的爱之外,他没有其他激情。

　　这两年来,雨柏真的觉得非常孤独,好像上天故意捉弄似的,他班上的同学不是行为粗暴的家伙就是目中无人的势利眼。他对人的外貌也相当看重,这一点他其实毫无自觉,那个何内刚好有着一张天使般的脸孔。总之,他在等他。一听见任何声响,立刻提高警觉,抬头张望。现在是11点55分。一匹马从他眼前走过,没有人骑。就这样,偶尔出现一些战争和灾难时期特有的诡异景象,不过,除此之外,其他一切是如此的平静。他拔了一根长长的野草,放在嘴里轻咬,接着翻开口袋,看看里面有什么:一块面包、一个苹果、一把核桃、一点揉碎的香料面包、一把小刀、一捆绳子还有他的红色小笔记簿。他在第一页写道:"万一我死了,请通知我的父亲,贝黎刚先生,地址是巴黎市德雷塞特大道18号,或我的母亲……"他加上了他们在尼姆的住址。想到他还没有晚祷,于是他跪在草地上,为他的家人特别诵念了一段祷词。他深深地叹了一口气,然后站起来。他觉得自己无愧于人,也无愧于天。他晚祷的时候,钟响敲了12响。现在,他终于准备好,可以离开了。月光洒满路面,他没看到任何人影。他耐心地又等了半个小时,接着开始担心起来。他把自行车拉到水沟底下,大步朝着何内住的村落去,然而,始终不见他的踪影。他掉头往回走,回到樱桃树下,又等了一会儿,顺便检查了第二个口袋里的东西:几根弄皱的香烟和一些钱。他百无聊赖地抽了一根香烟,还不太习惯烟草的滋味。他的双手紧张得发抖,随手扯下野花,顺手扔掉。一个小时过去了,难道何内……不,不会的…他不会这样不守信用……他一定是被拦住了,说不定还被他的婶婶关了起来,不过,他,雨柏,顺利地破解了他母亲设下的预防措施,安然地逃出来了。她应该还在睡觉,等她醒来,她会有什么反应?到处没命地找他?他不能留在这里,这里离小镇太近了。可是,万一何内跑来了怎么办?等到天亮吧,天一亮就出发。

旭日的第一道曙光照上小路路面,雨柏终于离开了那个地方,他直奔位于山丘上的圣女树林,小心地爬着山坡,双手紧握自行车把,想着待会儿要跟士兵们说的话。他听见说话声、笑声还有马嘶,有人在尖叫。雨柏停下脚踏车,气喘吁吁。有人以德语交谈。他连忙躲到一棵树后面,他看见一身灰绿色的制服,离他只有两步之遥,他抛下自行车,像只野兔似的一路狂奔下山。到了山下,他转错方向,直直往前冲,结果跑进一座陌生的小镇。接着,他跑上国道,目睹难民开车逃难的情景,汽车一辆辆高速飞驰,速度快得超乎想象。他看见一辆汽车(灰色的大型敞篷汽车)撞倒一辆小货车,小货车翻落路旁的水沟,只见那辆汽车速度丝毫未减,加速逃逸了。他走得愈远,路上的车流速度愈快,简直像是电影的快转画面,他想。他看见一辆卡车,上面载满士兵。他拼命地挥手,卡车没有停,车上有人伸手将他拉上去,卡车上装着用树叶掩盖的火炮和盖着帆布的箱子。

"我想通知你们,"雨柏上气不接下气地说,"我看见德国人了,就在离这里不远的林子里。"

"他们到处都是,我的小朋友。"士兵回答。

"我可以跟你们一道走吗?"雨柏畏怯地问。"我想(他的声音因为太激动而沙哑),我想战斗。"

士兵看着他,没有回答。好像已经没有任何言语、任何景象能够感动或撼动这些人了。雨柏在这段路程看见他们收留了一位怀孕的妇女,一位在敌军轰炸时受伤的小孩,孤苦无依,找不到回家的路,以及一只脚骨折的狗。他还知道军队意图推迟敌军行进的速度,尽可能地阻挡他们过河。

"我绝不离开他们,"雨柏心想,"现在,成功了,我已经是他们的一分子了。"

逐渐扩大的难民潮包围了卡车,车行变得困难。有时候,士兵根本无法前进。他们只好双手交叉胸前,耐心等候路人让路。雨柏坐在卡车后面,双脚悬空在卡车外摇晃,内心因为眼前空前的混乱景象、脑中纷乱的想法和满心的澎湃热情而激动不已,不过,最叫他咬牙切齿的还是他对人类整体的不耻。这种感觉几乎变成真实的肉体知觉,几个月前,他这辈子头一次被同伴灌酒——劣质葡萄酒在他嘴里残留的苦涩滋味,现在,又回来了。他曾经是那么乖巧的一个男孩!在他眼里,这个世界既单纯又美好,世上的人个个活得有尊严,值得令人尊敬。人……一群怕死的野蛮动物,那个鼓动他逃家的何内,慷慨陈情之后竟然舒服地蜷在温暖的被窝里,任由法国衰亡……那些连一杯水、一张床都吝于送给难民的人,还有趁机哄抬鸡蛋价格,贪婪吞下难民车上的行李、包裹、食物甚至家具的人,甚至有人不客气地对着疲惫至极的妇女,对着那些徒步从巴黎一路走到这里的孩子,指着鼻子说:"你们不能上来……你们自己看,已经没有地方了……"军官搭乘的卡车上,那些个黄棕色的真皮皮箱和浓妆艳抹的女人,那么自私,那么怯懦,如此这般的冷酷无情,虚荣冷漠,让他觉得恶心。最惨的莫过于他无法无视某些人的奉献、侠义和善良。好比说,菲利普就是个圣人,这些士兵没吃没喝(负责补给的军官今早离队后,没有在预定时间回来),为了一个绝望的理想而战,他们都是英雄。这些人表现出了勇气、无私和大爱,然而,这却让他心惊:善良的人灵魂终将得救,菲利普曾以他的方式跟他解释过其中的道理。他在说这个的时候,整个人闪耀光芒,异常兴奋,好像被一盆极纯净的火光照亮了似的。雨柏正处于怀疑宗教的危机当中,可是,菲利普人在很远很远的地方。处处矛盾丑陋的外面世界漆着炼狱的色彩,这是耶稣从来不曾再下来过的炼狱,"因为上帝把它弄得支离破碎了。"雨柏心想。

突然,机关枪扫射车队。死神阴影笼罩上空,突然间,飞机划破苍穹,横展双翼,铁嘴冲向万头攒动、吓得发抖、沿着道路爬行的长长黑色虫蚁队伍。人们急忙扑倒在地,女人张开双臂护住孩子幼小的身躯。扫射停止后,人群中间画出一道深深的沟痕,像是暴风雨扫过的麦田,狂风拔起的树干在田里形成星芒状的深深壕沟。这种静默的状态仅仅维持一会儿,紧接着是痛苦的呻吟,着急的呼喊,此起彼伏,没有人理睬的呻吟,叫哑了嗓子也没用的呼喊……

大伙回到停在路边的车上,重新上路,总有一些车就这样被抛下,车门大开,行李还好端端地绑在车顶,有些车因为驾驶员急着下车找地方隐蔽,一只车轮卡在路旁的水沟里,可是,驾驶员没有回来。有些车里,在被遗忘的包袱中间,偶尔会看到一只大声哀嚎、猛力拉扯铁链的狗,或被关在藤篮里出不来、愤怒得喵喵大叫的猫。

17

加布列·寇特对事情的本能反应不太像他这年纪该有的,每当有人伤害到他时,他的第一个反应是大声抱怨抗议,接下来才想到自卫。他急忙拉着弗萝伦丝一块寻找蒙尼亚市的市长、警察、议员、省长,随便哪个代表政府机关的人士都行,铁定要他们把丢掉的晚餐还回来。不过,奇怪的是……街道空荡荡的,屋内寂静无声。他在一个十字路口遇见一群妇女,她们好像在漫无目的地闲逛,不过她们愿意回答他的问题。

"不知道,我们不是这里的人。我们跟你们一样都是逃难逃到这里的。"其中一个女人说。

六月的温煦和风吹来,夹带一股淡淡的烟味。

过了一会儿,他们开始纳闷车子停在哪儿。弗萝伦丝认为汽车停在火车站旁边,加布列则记得他们走过一座桥,安详皎洁的月光为他们照亮路面。然而,这座古老小城里的每一条路看起来都是一样的,到处是同样的人字墙,古老的墙角石,偏斜的阳台,黑暗的死巷。

"歌剧的烂背景。"寇特低声埋怨。

连味道闻起来都像是后台的霉味,平淡、灰尘弥漫、隐约夹杂公厕的臭味。天气很热,热得他前额直冒汗。他听见落在他后面的弗萝伦丝大喊:"等等我!停下来,你这个混蛋,懦夫!加布列,你在哪儿?你在哪里?我看不到你了,加布列。笨猪!"她的叫喊捶打古老墙壁,回音宛若子弹乱弹:"笨猪!老混蛋!懦夫!"

最后她在火车站旁边找到了他。她立刻冲过去,对着他一阵乱打乱抓,还朝他的脸上吐口水,加布列一边反击一边尖声叫嚷。没有人想得到加布列·寇特低沉慵懒的嗓音竟然能发出这般高八度的颤音,如此的女性化,如此狂野。饥饿、恐惧和疲惫已经让他们完全失去了理智。他们一看到空荡荡的火车站前大道,立刻明白当局已经下令,全市立即撤离。

其他人早已远远地踏上月光朗照的桥面。几个身心俱疲的士兵,三五成群地坐在石板路面上。其中一个年纪非常轻,苍白的脸孔上架着厚厚的眼镜,他勉强拖起身子站起来,隔开加布列和弗萝伦丝。

"好了,先生……好了,女士,你们不觉得羞耻吗?"

"车都跑哪儿去了?"寇特怒吼。

"都走了,上面下令撤离。"

"到底是谁下的命令?为什么?我们的行李呢!我的手稿!我是加布列·寇特!"

"天啊,您会找回来的,您的手稿!容我告诉您,许多人失去的比您还多!"

"没有教养的粗人!"

"当然,当然,先生……"

"这愚蠢的命令,是谁下的?"

"这个嘛,先生……我必须承认,之前上面已经下过许多同样不怎么明智的命令了。我敢说您一定会找到您的汽车和文稿。不过,这个时候,您不该在此逗留。德国人马上就要打过来了,我们奉命炸掉火车站。"

"我们该往哪边去呢?"弗萝伦丝哀叹。

"回城里去。"

"可是，我们要住哪儿呢？"

"城里有的是地方住，人都走光了。"一名士兵走到他们身旁说，他站在离加布列几步远的地方。

月光洒落迷蒙的泛蓝寒光。那个人脸色难看，身材壮硕，厚厚的脸颊上两条垂直皱纹很深。他伸手搭上加布列的肩膀，看似毫不费力，竟让作家原地转了一圈。

"好了，快滚！我们已经受够你们两个了，明白吗？"

那瞬间，加布列以为自己就要冲上前去，狠狠地教训他。然而，压在他肩头上的那只手劲道十足，顿时令他打消了鲁莽的念头，还往后退了两步。

"我们从星期一就开车赶路……而且又饿……"

"我也很饿。"弗萝伦丝同声附和。

"等到明天早上。如果我们还在这里，你们就有汤可以喝。"

鼻梁上架着厚重眼镜的士兵疲惫而温柔地又说了一遍：

"您不能在此逗留，先生……好了，走吧。"他一边说着一边抓起寇特轻轻地推他，那模样活像敦促孩子离开客厅，叫他们快睡觉去。

他们再度穿过广场，现在他们俩并肩一起走，慢吞吞地拖着沉重的步伐，心中的怒火已经消退，刚刚一直支撑着他们到现在的紧绷情绪，也一并消退了。他们感到沮丧无力，连再去找间餐馆的力气都没有了。他们敲了一扇又一扇的门，始终没有人响应，最后双双瘫在教堂附近的长凳上。弗萝伦丝脸上露出痛苦的扭曲表情，脱下皮鞋。

夜走了，什么事都没发生，火车站还好端端的在那里，偶尔邻近街道传来士兵行进的脚步声。有一两次，路人从长凳前走过，对在那片黑暗阴影底下，蜷缩在长凳上、头靠着头的寇特和弗萝伦丝,连看都没看一眼。肉类腐烂的酸臭味钻进他们的鼻孔,小镇的屠宰场被炸弹引发的火灾烧得精光,他们昏昏沉沉,半睡半醒。等他们清醒的时候,他们看见士兵们手捧饭盒。弗萝伦丝垂涎地忍不住发出一声低吟,士兵给她一碗浓汤和一块面包。随着白昼降临,加布列找回了一点人性的尊严,他不想跟他的同居伴侣为了一点汤和面包争执!弗萝伦丝慢慢地喝着汤。后来,她不喝了,朝加布列走过去。

"剩下的你喝吧。"她对自己的情人说。

他还想抗拒。

"不用了,你自己吃都不够!"

她把四方形铝制饭盒递到他面前,里面装了半温的液体,闻起来有包心菜的味道。他双手颤抖接了过来,把饭盒拿到嘴边吞了一大口,中间几乎没有停下来呼吸。喝完时,满足地叹了一口气。

"感觉好一点了吗?"士兵问。

他们认出他就是昨天晚上坚持赶他们离开火车站的那名士兵,旭日曙光映照下,那大队长似的凶狠脸孔显得柔和了许多。加布列想到口袋里还有一些香烟,拿出来请他抽。两个男人默默地抽了一会儿烟,弗萝伦丝在一旁想把皮鞋重新穿好,弄了半天却徒劳无功。

"如果我是您,"士兵终于开口了,"我会赶紧离开,因为德国人肯定会再回来的。到现在还没看见他们的影子,已经够令人诧异了。不过,反正他们也不需要急着前进,"他恨恨地补上这句,"现在,一直到百杨一带,整个情势一面倒⋯⋯"

"您觉得情况已经无可挽回了吗?"弗萝伦丝胆怯地问。

士兵没有回答,蓦然转身就走。他们也一样,一瘸一瘸地往前方的郊区走。乍看之下原以为是空荡荡的空城,此时突然出现成群结队,扶老携幼,背着家当的难民。他们从四面八方涌来,像是先前被暴风雨冲散的迷途牛羊,各自寻找同类作伴集结。他们全都往士兵驻守的那座桥走,卫兵也不加拦阻,寇特和弗萝伦丝也在其中,他们的头上是纯净蔚蓝的天空,骄阳灿烂,万里无云,不见飞机踪影。美丽的河流潺潺流过他们脚下,波光粼粼。他们的正前方则是往南延伸的马路和一座树龄年轻、新叶翠绿的树林。霎时间,那座树林好像移动了,而且是往他们这个方向前进,用枝叶掩盖的德国军用卡车和大炮正缓缓地开向他们。寇特看见走在他们前面的人高举双手,掉头狂奔。就在这个时候,法国军队开火了,德国军队的机关枪立刻扫射还击。夹在火力中间的难民,急得像热锅上的蚂蚁四处逃窜,更有些人发狂似地在原地打转,一名妇女跨过桥面护栏,往河里跳。弗萝伦丝抓着寇特的手,连指甲都掐进他的肉里了,她尖声说:

"往回走,快!"

"可是桥快要被炸断了。"寇特吼着。

他抓住她的手,拖着她往前冲,此时脑海突然闪过一个念头,如此诡异、真切、锐利,犹如一道闪电,他们正直奔死神的怀抱。他把她拉进怀里,用力压低她的头,张开大衣下摆盖住她,就像是为一名受刑人戴上眼罩一样,然后一路跟跟跄跄,上气不接下气,几乎可以说是半抱半推地带着她走完剩下的几米,到达河的对岸。虽然他的心脏在胸膛里像钟锤似地敲得震天响,但其实并没有感到真切的恐惧。他疯狂急切地一心只想救弗萝伦丝。他对某种看不见的东西有信心,那东西像是一只朝他伸来的庇佑手掌,对着软弱、悲惨、渺小的他伸出手。他是如此的渺小,渺小到连命运之神都不屑一顾,宛如暴风雨过后苟延残喘的一小截麦秆。他们过了桥,奔跑着与德军擦身而过,跑过机关枪,穿过绿色制服丛林。眼前道路已无阻碍,死神远远被抛在后方,突然他们瞥见——错不了,他们看得清清楚楚——在森林小径的路口,那是他们的汽车,还有忠心耿耿的仆人们,正在等着他们。弗萝伦丝只是不住地哭喊:"茱莉,天可怜见,茱莉!"司机和女仆的喊叫传进寇特的耳朵里,那声音宛如在半昏迷状态时隐约听见的、穿透层层迷雾的低哑诡谲声响。弗萝伦丝泣不成声。寇特一脸不可置信,头脑嗡嗡的无法思考,他步履蹒跚,慢慢地,一步一步靠近,此刻他才明白上天把汽车还给他了,把文稿还给他了,他重新找回了生命,他觉得自己脱胎换骨,不再是受苦挨饿,有时勇气可嘉、有时又怯懦不前的凡夫俗子,而是一个受上天庇佑、百毒不侵的崭新生物——加布列·寇特!

18

雨柏跟着他在路上遇见的那批人一路走,终于抵达阿利埃河畔。① 时间是6月17日星期一中午。一路上有许多志愿者加入军队行列:机动宪兵②、塞内加尔人,那些原本的军团溃败分散后,试图重组军力却苦无成效,于是遇见许多只要有一丝反抗势力即精神大振、牢牢跟着的落单士兵,还有像雨柏·贝黎刚这样的男孩,不是在逃难时和家人走失,就是半夜里偷偷离家"投入军队",魔力四射的传言从这个村镇传到下一个村镇,走遍一处农庄又一处农庄,"我们要加入军队,逃过德国人追击,到卢瓦尔河对岸重新集结整军"。16岁的男孩们更是不断口口相传。这些孩子身上背着小包袱(母亲流着泪把昨晚消夜吃剩的东西卷在毛线衣或衬衫里),他们有着圆圆的红润的脸,墨水玷污的手指,刚变声的嗓音。其中3名少年是跟着他们的父亲们一起来的,这些父亲都打过1914年的大战,因为年纪大,旧伤在身,再加上他们的家庭状况不允许,9月以来一直得以免于被征入伍。军团团长的指挥中心设在平交道附近的一条石桥底下,雨柏算了一下,路上和河岸边大约有将近200人,毫无沙场经验的他以为现在有一支强而有力的劲旅将与敌

---

① 译注:Allier,卢瓦尔河支流,流经法国中部。

② 译注:garde nationale mobile,1868年法国法令通过成立,辅助正规军队防守堡垒、海防、帝国边界和维持国内安定。

人正面交锋。他看见大伙搬了数吨的麦宁炸药到石桥上，但他不知道的是，他们找不到比克福特线做引线。士兵们不是闷不作声地埋头苦干，就是躺在地上睡觉。从昨天晚上起，他们粒米未进。接近傍晚的时候，士兵们开始分发啤酒。雨柏不觉得饿，不过这尝起来苦苦的、上层泡沫逐渐褪去的金黄色液体给他带来一种幸福的感觉，就是这个才能滋生勇气。老实说，好像没有人需要他。他问了一个又一个的人，腼腆毛遂自荐，对方不是不搭腔，就是根本连看都懒得看他一眼。他看见两名士兵费力地拉麦秆和柴火上桥。雨柏于是自作主张拉了一大捆的柴火，可是他的动作不够熟练，被荆棘割破了双手，疼的叫出了声。过了一会儿，他心想幸好没有人注意到他的叫声，没想到当他终于把柴火扔到桥前时，听见一个人对着他叫嚷，那番话简直让他羞得无地自容：

"你在那儿干吗？你没看见你在妨碍别人吗？嗯？"

雨柏心灵受到重大打击，转身离开。他呆立在往圣普尔珊的路上，凝视阿利埃河，他看着桥面上赶建的工程，大惑不解：浇上沥青的麦秆和柴火堆放在桥面上，旁边靠着一桶50公升装的汽油桶，他们打算用这道临时拼凑的防线阻挡敌军，还有一门75厘米的火炮，大概是要用来引爆麦宁炸药的。

这一天就这样过去了，接着是晚上。第二天的早上，空洞、诡异、支离破碎的时光，像发着高烧的感觉。还是没有吃的东西、没喝的东西，连年轻力壮的庄稼汉都开始失去原先清新的光彩，饿得脸色发白，一头沾染尘泥污垢、凌乱纠结的头发，眼色闪着异样的光，好像突然之间一下子变老了、长大了，神情固执，痛苦而严峻。

两点，河对岸出现了第一批德国军队。是摩托车机动部队，他们今天早上就贯穿了帕莱—勒—莫尼亚勒市。雨柏张大嘴巴，眼睁睁地看着他们冲上桥，速度快得惊人，活像一道野蛮好战的闪电,撕裂宁静乡野。这幅景象不过瞬间,一颗火炮引爆了数桶麦宁炸药筑成的防线,石桥瓦砾、摩托车、还有骑车的骑士全落进阿利埃河里,雨柏看着士兵在他眼前奔跑。

"太好了!我们展开攻势了。"他心里想,他的皮肤冰冷,喉咙干哑,就像小时候听见街道传来军乐鼓号节奏时一样。他冲上前,踢倒士兵点火燃烧的麦秆和柴火,沥青冒出黑烟窜入他的嘴里、钻进他的鼻孔。在这层防护烟雾后面的机关枪,啪啪扫射阻止德军坦克。雨柏觉得胸口窒闷无法呼吸,不停地咳嗽、打喷嚏,爬着往后退了几步。他觉得很沮丧,他手无寸铁,什么忙都帮不上,大伙都在战斗,他却只是呆呆地站着,百无一用。想到他的周围,大家也只能逆来顺受地遭遇敌人打过来的炮火,无法还击,心上多少感到一些安慰。对于这样的局面,他一直拿高层战略考虑来解释,一直到后来他才明白,我军真的已经快要弹尽粮绝。尽管如此,他对自己说,既然他们让我们留在这里,一定是因为我们是有必要的、有用处的,我们在保护(谁知道呢)法国的主力部队。他分分秒秒都在期盼新的援军朝他们开拔过来,大批人马浩浩荡荡出现在圣普尔珊的路上,摇旗呐喊:"我们来啦,孩子们,不要担心!让我们将他们一网打尽!"或是别的字眼。可是,迟迟不见人来。他看见旁边有个人头破血流,跟跟跄跄地好像喝醉了,没走多远便颓然摔进矮树丛里,他坐在枝叶当中,姿势怪异且看起来非常不舒服,下巴抵着胸膛,膝盖缩在身体底下。一名军官怒气冲冲地咆哮:

"没有医生,没有护士,没有任何野战医护人员!您到底要我们怎么办?"

有人回答:

"有个人受伤了躺在税捐公园里。"

"您要我怎么办,老天爷?"军官重复了刚才的话。"就让他在那里吧。"

炮弹爆炸，部分市区起火燃烧。在六月的灿烂阳光下，熊熊的火焰呈现透明的粉红光泽，长长的浓烟垂直冲向云霄。阳光斜洒，散发点点金光，间或夹杂硫磺和烟灰的反光。

"大伙要撤了。"一名士兵对雨柏说，同时叫他看正从铁桥上撤离的机关枪手。

"为什么？"雨柏懊恼地大叫，"他们不想再打了吗？"

"拿什么打？"

"太惨了，"雨柏哀叹道，"太失败了！我亲身经历了大溃败，比滑铁卢战役更糟。我们输得一塌糊涂，我再也见不到妈妈和其他亲人了。我要死了。"他觉得好无助，对眼下的一切显得毫不关心，整个人处在绝望和疲惫的悲惨状态下，听不见我方下令撤退。他看见大伙在机关枪的枪林弹雨之中奔逃，他拔腿向前冲，翻过一座院子围墙，院子里有一辆被遗忘的玩具车。此时，战火并未稍歇。法军依旧顽强抵抗，虽然没有装甲车，没有火炮，没有弹药，只剩脚底下几平方米的土地和一座桥墩；相反地，德军从四面八方涌来，以胜利者的姿态横扫整个法国。雨柏全身一振，一股绝望的血气奔腾，仿佛发狂一般。他这才想到他刚刚企图逃跑，想到重回火线才是他应尽的义务，回到那些依旧啪啪发射，始终顽抗德国冲锋枪队的法军轻机枪手的身边，跟他们同生共死。又一次地，他甘冒随时会死的危险，穿过小院子，散落的玩具被他踩得稀巴烂。小屋里的那家人上哪去了？都逃了吗？他在一阵枪林弹雨下，毫发无伤地翻过铁栏杆，重新回到马路上，趴在地上匍匐往河边前进，双手和膝盖都擦破皮渗出鲜血。当他爬到一半的时候，四周突然一片死寂，此时他才惊觉天色已黑，同时醒悟刚才大概累极了一时昏了过去。是这片诡异、突如奇来的寂静将他拉回现实。他坐起来，脑袋空空的跟钟没有两样,皎洁的月光照亮路面,不过,他隐身在一棵树的暗影底下。维拉区的大火丝毫未减,只是武器一个接着一个全安静下来了。

雨柏怕遇上德国人,尽可能远离大马路,钻进小树林里。偶尔,他停下脚步,问自己该往何处去。在短短五天内横跨法国的摩托车队,明天肯定可以开到意大利、瑞士和西班牙边界。他是逃不掉的,他忘了自己没穿制服,没有任何证据显示他刚刚参与了战斗,他以为自己就要被敌人俘虏了。他凭着本能逃离战场,一如本能带领他走入战场,现在,本能拖着他远离熊熊大火,远离崩塌的桥梁,远离那些如梦似幻的情景,这是他生平头一次,与死神面对面对峙。他狂躁不安地估算德军的行军速度,估算明天早上他们能走到哪里,脑里出现那些城市一个接一个沦陷的画面,战败的军士,散弃的武器,没油了被扔在路上的军用卡车、装甲车、反坦克炮,这些东西的模型他曾是那么爱不释手,还有被敌人夺走的一切!他不禁全身颤抖,哭着跪着往前爬,双手在这片洒满银白月光的田野间挥舞。尽管如此,他依旧不相信法军已经全军覆没,就这样,一个年轻健康的生灵离开了死亡的阴霾。士兵一定是撤到远一点的地方,重新集结会师,准备反攻,而他会跟着他们一道。他……跟他们一道……"我到底做了些什么?"刹那间,他问自己。"我连一发子弹都没射出去过!"他觉得惭愧,想着想着,眼泪再度决堤,是滚烫痛苦的泪。"这不是我的错,我没有武器,我只有一双手。"脑海再度浮现自己费力拖柴火上桥,却被骂碍手碍脚的画面。是啊,他连这个都做不好,多希望能够冲到桥上,远远地把那些士兵甩在后面,冲进敌人的坦克当中,壮烈牺牲,高声呐喊:"法国万岁!"他又累又沮丧,头脑昏昏沉沉的。偶尔,会有成熟得出奇的想法闪过,如灵光乍现。他想到这场惨祸,想到背后崇高的理想,想到未来,想到死亡,然后开始自问,他会变成什么样子,接着,再次慢慢地意识到现实的一切:"妈会怎么说我,唉呀!"他喃喃自语,惨白扭曲、两天里一下子老了瘦了的脸庞绽放出一道孩子般天真灿烂的笑容,一闪即逝。

两片田野之间,他发现了一条小路直通乡野。在这里,完全嗅不到战争的气息,泉水潺潺奔流,夜鹰鸣啭,钟声准时报时,每道围篱都爬满了鲜花,每棵树恣意伸展鲜嫩绿叶。他把双手和嘴巴浸入小溪,双手并拢成碗状捧了水喝,感觉好多了。他卖力在绿树枝叶中翻找果实,知道现在季节不对,但是,他还是那种相信世上真有奇迹会出现的年纪。小路走到底,接上另一条马路。读着路旁的界碑:克雷桑治,22公里,他疑惑地停住,接着看见一座农庄,犹豫了好一阵子之后,终于鼓起勇气敲打挡风百叶木窗。他听见屋内有脚步声,接着有人出声问是哪位。他回答他迷路了,肚子又饿,里面的人开门让他进屋。看见屋内有三名法国士兵,全都躺着呼呼大睡。他认出他们曾参与防御磨坊桥的战役,现在,他们一个个躺在长凳上,鼾声如雷,身躯苍白消瘦,肮脏污黑,活像是被丢弃的死尸。一名妇女一边编织毛衣,一边照顾他们,毛线团滚落地面,猫咪追着它跑。八天来,他的所见所闻,无不令人沮丧惊讶,乍见眼前的情景,竟是如此的熟悉却又陌生。他看见摆在桌上的钢盔,上面绕了一圈树叶,以遮蔽月亮的反光。

其中一个人醒了,他用手肘支头。

"你有遇见他们吗,年轻人?"他问,嗓音嘶哑低沉。

雨柏知道他指的是德国人。

"没有,没有,"他赶紧回答,"离开磨坊镇之后就没看见了。"

"好极了。"那名士兵说。"他们连俘虏都不想要了,太多了。缴械之后,就叫我们滚蛋了。"

"太好了。"那位妇人说。

他们不再说话。雨柏开始吃东西,他们端了一盘浓汤和一些干酪给他。他吃完之后问士兵:

"现在打算怎么办呢?"

他的同伴张开了眼睛,说了一会儿话,其中一个想要回克雷桑治,另一个则说:

"何必呢?到处都是德国人,到处都是……"他神情黯淡,抬眼环顾周遭的人,那眼神就像是吓呆的小鸟,满是惊慌和痛苦。

他仿佛真的看见德国人就在他四周,随时要抓他。偶尔,脸上不自觉出现一抹苦涩阴森的笑容。

"天啊!都已经打过了1914年的大战,现在又遇见这个……"

妇人从容地织毛衣,她的年纪已经非常大了,头上戴着白色的百褶软帽。

"我还看过1870年的战争呢,又怎么样……"她嘟囔着说。

雨柏静静地听,茫然地望着他们。这些人看起来好像不是真的,像是游魂,像是从他的法国历史课本书页中冒出来哀叹呻吟的鬼影。天啊!和已故的荣耀以及从过去冉冉飘来的血腥相较,这当下和眼前的悲惨怎么说都要好得多。雨柏喝了一杯非常浓且滚烫的黑咖啡,咖啡里残留了一些渣滓。他谢过了老妇人,与士兵们道了再见,步出屋外重新上路,决心要在早上赶到克雷桑治。到了那里,他或许可以找到方法联络上家人报平安。他一直走到八点,来到离克雷桑治只有几公里远的一座小村子,咖啡和新鲜面包的美味香气从一间旅店里飘出来。雨柏站在旅店门口,他觉得自己再也走不动了,双脚已经无法承载他的重量。他踏进挤满难民的旅店大厅,询问是否还有空房,没有人能够给他答案。有人告诉他,老板娘出门给这一大群饥肠辘辘的灾民张罗吃的去了,马上就会回来。他走出旅店，站在马路上，看见二楼的一扇窗前有一个女人正在对镜梳妆，手上拿的唇笔不小心滑掉了，恰巧落在雨柏的脚边。他弯腰捡起，那个女人探出头来，看见了他，对他微笑着说：

"现在该怎么做才能把唇笔拿回来呢？"她问。

她垂下赤裸的手臂，白皙的手，涂了蔻丹的指甲在阳光下闪闪发亮，仿佛一道道小巧的闪电划过雨柏眼前。牛奶色的肌肤，红棕色的头发，犹如刺眼的光芒深深地刺伤了他。

他急忙垂下头，嚅嚅地说：

"我……我可以帮您拿上去，夫人。"

"好，麻烦您了。"她说。

说着，脸上又是一朵笑靥。他走进屋，穿过咖啡厅，走上漆黑的狭窄楼梯，看见一间漆成粉红色的房间房门开着。阳光穿透寒酸的土耳其红棉布窗帘，屋内笼罩在一层跃动温热的影子当中，红得像一丛玫瑰。女人请他进来，她正在修磨指甲，伸手接过唇笔，两眼盯着他："你好像快要昏倒了！"雨柏感觉得到她的手抓住他的手，扶着他走了两步，让他坐在一张沙发上休息，并在他头底下塞了枕头。尽管如此，他并没有真的失去意识，心脏怦怦跳得大声。他好像晕船似的，看着周遭的一切摇摇晃晃，巨大的波浪，一会儿冰冷，一会儿炽热，轮番冲击着他。

他有点畏怯，但也相当自豪。她问他："累了？还是饿了？可怜的孩子，怎么了？"回答的时候，声音毫不掩饰地显示出他全身都在发抖：

"没什么，只是……我一路从磨坊镇走过来，我们在那里的桥上和他们交锋。"

她望着他，一脸的惊讶。

"你几岁了？"

"18岁。"

"你不是军人?"

"不是,我原本是跟家人一块儿的。后来才离开他们,加入军队。"

"这真是太好了。"她说。

虽然她说话的口吻正是他期待的敬佩,可是连自己也搞不清楚为什么,一碰到她的眼神他就脸红。近看她似乎已经不年轻了,精心打扮的脸上可以看见细细的皱纹。她的身材非常苗条,气质非常高雅,而且一双腿美得让人目不转睛。

"你叫什么名字?"她问。

"雨柏·贝黎刚。"

"是不是有位贝黎刚先生是博物馆的馆长?"

"那是我的父亲,夫人。"

她一边说,一边起身为他倒了一杯咖啡。她刚刚吃过饭,托盘上的咖啡壶还是半满的,牛奶壶跟烤牛肉都还在桌上。

"不是很热,"她说,"不过还可以喝,喝了您会觉得舒服一点。"

他照着她的话做了。

"楼下被那些难民搞得简直是一团乱,我还以为明天之前,他们到不了这里呢!您一定是巴黎来的啰?"

"是的,您也是吗,夫人?"

"对。我从杜尔过来,在那里遇到空袭轰炸。现在,我打算去波尔多。我想歌剧院好像是撤离到波尔多。"

"您是演员吗,夫人?"雨柏语带敬意地问。

"舞者。阿赫莱特·珊瑚。"

雨柏只在夏德莱的舞台上看过女舞者。他的目光充满好奇和羡慕,本能地飘移到她那双裹在闪亮丝袜底下的修长足踝和结实的小腿肚上。他的心情极为混乱,一张绺金黄发丝落在眼睛上,那女人温柔地用手帮他拨开。

"你现在要去哪儿呢?"

"我不知道。"雨柏坦白说。"我的家人暂时住在离这里30公里远的一座小村子里。我很想去那里找他们,不过,德国人大概已经打到那里了。"

"他们也随时会打到这里。"

"这里?"

说着,他惊慌地起身作势欲逃。她笑着拉住他。

"你以为他们会对你怎么样?一个像你这样的孩子……"

"可是,我打过仗啊。"他觉得很受伤,出声抗议。

"是,当然,但是,又没有人会跑去告密,对不对?"

她想了一下,微微蹙起眉头。

"听着,你就这么做。我等会儿下楼,替您要间房间。这里的人都认识我,这间旅店很简陋,不过菜做得好极了,我以前曾在这里度过几次周末假期。他们的儿子被征召入伍了,空下来的房间可以让给你住,在那里好好休息一两天,然后再试着联络你的父母。"

"我不知道该如何感谢您。"他低声地说。

她让他留在房里自己下楼。过了一会儿,等她回房时,他已经睡着了。她想抬起他的头,双手环抱他粗犷的肩膀和微微起伏的胸膛。她目不转睛地盯着他,伸手梳理他凌乱散落前额的金黄头发,凝神望着他,神情既梦幻又贪婪,宛如母猫定定盯着一只小鸟,然后悠悠地说:

"还真不错,这个小伙子……"

19

　　村子里等着德国人。某些人一想到生平头一回可以亲眼目睹击败他们的征服者,内心涌起绝望的羞耻心,另一些人则忧心忡忡,但多数人怀抱的是一种又惧怕又好奇的心理,好像等着一出震撼惊奇的戏上演。昨天夜里,公务员、警察、邮局员工已经收到撤离的命令。村长留守,他是个上了年纪的庄稼汉,有痛风的毛病,人很和气,见过大场面。其实,就算村里少了当家做主的人,也乱不到哪里去!正午时分,阿赫莱特·珊瑚才刚在闹哄哄的旅店饭厅里用完午饭,旅客带来了停战的消息,妇女高兴得直掉泪。据说局势仍然相当混乱,某些地方,军队依然顽强抵抗,而且有许多老百姓加入他们的反抗行列;大伙同声谴责这些人,大势已去,何必枉费性命。大伙七嘴八舌各抒己见,空气变得混浊,阿赫莱特推开盘子,走到旅店的小院子。她带了香烟、一张躺椅、一本书。一个星期前离开巴黎时,她几乎是处在近似歇斯底里的恐慌状态,而现在平安度过了许多近身的危险后,她已经重新找回十足的冷静和从容。此外,她坚信她无论到哪里,一定都能够顺利找到出路,而且确定自己拥有一种真正的天赋,可以在任何情况下,为自己取得最大的舒适和安逸。柔软的身段、清楚的头脑和淡然处之的态度是她的优势,这些优点无论是在她的职业生涯或感情生活中一直扮演着重要的角色,但是,直到到了这里,她才看出这些优点,同样的,无论是在平淡无奇的生活或非常时期的日子里都能带给她莫大的帮助。

现在,每当她想起她当初是如何苦苦哀求柯本保护她时,脸上总是不由得露出怜悯的笑容。他们抵达杜尔时,正好赶上空袭轰炸,柯本那只放着私人物品和银行文件的皮箱被压在碎石瓦砾堆里,而她,不仅大难不死,连手帕、粉盒、皮鞋,一件都没丢。她眼睁睁地看着柯本怕得五官扭曲变形,她志得意满地想:她一定要常常叫他想起那一刻。后来,她才想起来她自己的下巴也掉了,活像死人似地合不回去,有人还想给她戴上护腮带支撑下巴呢。惨不忍睹!她把他一个人丢在杜尔,独自面对满城的混乱和恐慌骚动,她开了车,找了汽油,头也不回地走了。她落脚在这座小村庄已经两天了,吃得好,睡得好,相反的,有一大堆可怜人挤在谷仓里,或在广场上搭帐篷。她甚至大发慈悲,大方地把她的房间让给这个善良的男孩,贝黎刚家的小子……贝黎刚?资产阶级的大家族,了无生气,但德高望重,非常有钱,而且与官场、政界关系良好,拜他们与马尔岱家族联姻之赐,连带着也认识许多商业巨子,那些里昂人……那些关系……想到接下来针对这些新想法并需加以修订的一切,以及她先前为了勾引杰哈德·萨罗门—沃尔姆,也就是傅里耶伯爵的小舅子所费尽的苦心和力气,她十足夸张地叹了一口气,钓上了却一点用处没有,白白浪费了她许多心思和时间。

阿赫莱特微微蹙起眉头,盯着自己的指甲。眼光盯着手上那面闪耀金光的小镜子,她似乎陷入恍惚的投机想法之中。她的情人都知道当她这样凝视自己的双手,一副转着坏点子的模样,最后总会发表一些对某些事物的看法,例如政治、艺术、文学和时尚,她的意见通常都是一针见血而且正确无误。这时候,在这座繁花盛开的小院子里,熊蜂嗡嗡穿梭鸡冠花丛忙着采蜜,舞娘则幻想着未来。她得出一个结论,就她而言,一切都不会改变。她的财产不是珠宝,会不断增值的就是土地。战前,她在南部买了几块前景看好的地皮。其实,这些不过是陪衬,她最主要的财产是她的美腿、小蛮腰、狡诈的头脑,惟有时间是唯一的大敌。其实,这正是她的痛处……她立即想到自己的年纪。她从皮包里掏出镜子,像我们为了驱灾解厄抚摸护身符,仔细端详自己的脸。脑海闪过一个烦人的念头:她用的粉盒是美国产品,无可替代,这几个礼拜,想要找到可不是件容易的事。想到这里,心情一沉。唉!算了!事情的表面或许会改,本质永远不变!反正战后虽然会是一片疮痍,同样也会有新的暴发户,这些人一定愿意花大笔银子找乐子,因为他们的钱得来的太容易了,还有爱情也一样。不过,老天爷啊,快点让这动荡不安的局势稳定下来吧!让生活方式,随便哪种都行,快点定型;这一切,这场战争、叛乱、历史的重大变动,也许可以激起男人的热情,但是女人……啊!女人只觉得烦。她认定所有女人的想法都跟她一样,对那些华而不实的口号和国家民族情操,只觉得无聊得想哭,无聊得频打呵欠!男人嘛……谁知道,无法确定……这些头脑简单的低等生物在某些方面的确让人不解,但是女人,她们已经对所有不切实际、异乎平常的事物有了免疫力,而且至少50年不受影响……她抬起头看见旅店老板娘探头望向窗外,不知在看什么。

"古洛太太,发生了什么事吗?"她问。

老板娘的声音严肃颤抖:

"小姐,是他们……他们来了……"

"德国人?"

"对。"

舞娘作势想要站起来,她很想走到院子篱笆边,朝大马路看个究竟,但是心里记挂着怕有人趁她走开的时候,强占她的帆布躺椅和树荫底下的位置,所以她坐着没动。

不是大批德国人打来了，而是一个德国人：第一个。村子里的居民全都躲在关上的门后，透过半掩的百叶窗缝隙或是阁楼的小天窗，偷偷看着他慢慢走过来。他把摩托车停在空无一人的广场上，戴着手套，穿着绿色制服，头戴安全帽，当他抬起头时，可以瞥见帽缘护目镜底下一张红润、瘦削略带孩子气的脸。"他真年轻！"女人低声说。她们之前下意识地在脑里描绘出一幅近似启示录的恐怖景象，以为会有可怕奇怪的妖怪出现。他环顾四周，好像在找人。此时，那个公家机关的办事员，走出自家的商店，朝敌人走过去，他曾经打过1914年的大战，而且那深灰色外套的衬里还挂了战功勋章和奖章。两个男人面对面，没有交谈，仿佛定住了似的，呆立了一会儿。接着，德国人指指自己手上的香烟，开口用蹩脚的法文向办事员要火。办事员用一口蹩脚的德文回答，因为1918年时他曾到过马庸斯。四周一片死寂（村里居民连大气也不敢呼一声），他们之间的对话一字一句听得清清楚楚：德国人在问路，法国人回答，然后他大着胆子问：

"停战协议签了吗？"

德国人张开双臂。

"我们还没接到消息，但是希望如此。"他说。

他话里、手势传递出来的人情味，事实摆在眼前，原来跟我们作战的不是某种嗜血怪物，而是跟其他人没有两样的普通士兵，这样一想，存在于敌人和村民之间，农夫和侵略者之间的坚冰顿时被打破。

"他看起来不像坏人。"妇女们窃窃私语。

他举手碰碰安全帽，不过，动作一点都不僵硬，而且面带笑容，只是好像动作做到一半，突然改变心意停下似的，看起来一点都不像在行军礼，反而比较近似老百姓互道珍重再见。他好奇地朝紧闭的窗户看了一眼。发动摩托车,绝尘而去。家家户户逐一开门,居民全跑到广场上,围着办事员,办事员直挺挺地站着,一动不动,两只手插在口袋里,眉头紧蹙,遥望远方。脸上是矛盾的神色,事情了结,大大地松了一口气,同时也因为事情以这样的方式了结而深感愤怒和悲哀,再加上忆及往事,还有对未来的恐惧,五味杂陈的感受似乎也感染了其他人,反映在他们的脸上。妇女揩着满是泪光的眼睛,男人默不作声,神情倔强而严厉。游戏因此中断了一会儿的小孩,注意力重新回到他们的球和跳房子的方格上。天空闪耀着银白灿烂的光芒,艳阳高照,晴朗,好天气常见的朗朗蓝天,一片完美透亮的虹彩柔软飘浮在空中,六月里所能看到的所有鲜嫩色彩无不聚集于此,看起来比从水面三棱镜看到的色彩更丰富更柔和。

　　时间平静地飘逝。路上车辆少了许多,自行车飞快呼啸而过,仿佛被这一个礼拜以来不断从东北吹来的狂风推着跑,同时也把这些悲惨的人带来。不久后,令人惊异的景象出现了,这八天来车潮不断涌入小村落的路上,几辆车开始朝反方向呼啸离开:它们要回巴黎了。看见这一幕,大伙才真的相信,一切都结束了。他们各自回家,碗盘敲击的清脆叮当,主妇清洗厨房的洗刷声,小老太太拿青草喂兔子的轻巧步履跫音,甚至连小女孩打水时哼的小曲,再度扬起;小狗在打架,在灰泥里打滚。

　　那是一个傍晚,甜美的黄昏,空气清澄,天是昏暗的蓝,落日最后一道余晖滑过玫瑰花丛和教堂的钟楼,提醒信徒晚祷。此时,马路上传来最近几天里不太常听见的声音,而且愈来愈大,低沉、自信的轰轰声从容前行,伴随着沉沉的压迫感和无情。卡车朝小村子驶来,来到广场上停住,有人下车,紧接着是第二批卡车,接着又一批,再一批。转眼间,灰暗的老旧广场上,从教堂到镇政府,只见一大片静止不动金属色泽的晦暗车海,车上还残留着一些枯干的枝条,伪装的痕迹。

全都是男人!老百姓再度聚集门边,静静地、专注地望着他们,想听他们说些什么,想数数看这次来了多少人,不过,只是白费力气而已。到处都是德国人,他们占据了广场、街道,而且源源不绝。自九月以来,村子早已习惯听不见年轻人的步履、笑语和嗓音。这波绿色制服潮传来的聒噪,健康青年的气味和新鲜肉品的味道,尤其是他们一口叽里呱啦的外国话,令村里居民感到震惊,连大气都不敢哼一声。德国人占据民宅、商店和咖啡馆,脚下的军靴走在厨房红色的瓷砖地板上啪啪有声。他们要吃的、喝的,走过小孩身边,还不忘摸摸他们,大剌剌的动作不怕引人侧目,还大声唱歌,对着女人笑。他们表现出来的快乐、胜利者的陶醉与热情、放纵和狂喜,其中略微掺杂着令人无法置信的怀疑,好像连他们自己都不敢相信亲身经历了这一切,种种行径衍生出一种紧张,一种战栗的氛围,一如战败者放浪形骸借以暂时忘却内心的哀伤与怨恨,老百姓看得瞠目结舌。

小旅店的大厅充斥着叫嚷声和歌声,正上方的房间里,躺着依旧昏睡的雨柏。德国人一进门立刻叫人送上香槟。"香槟!食物!"①香槟瓶塞纷纷从他们的手中射出,有些人在打台球,有些则拿着一挂挂的生牛排,直接冲进厨房,扔到火炉上,牛排滋滋作响,浓烟四窜。士兵不耐烦地隔开上前服务的女服务生,自己下地下室拿了啤酒,一个全身通红,满头金发的年轻人自己凑在火炉角落煎蛋,另一个则在院子里摘初熟的草莓。两个大男孩脱下上衣,拿

---

① 编注:原书以德语标示。

水桶在井边汲水,顺势把整个头泡进装满冷水的水桶里。他们大快朵颐,没命地吃,吃尽大地的美味;他们逃过死亡阴影,青春正盛,活力充沛,他们是胜利的一方!他们毫无忌惮地表现出内心的狂喜,连珠炮似地用一口蹩脚的法文,语气急促地跟任何一个愿意听他们讲话的人说话,他们秀军靴给其他人看,然后反复地说:"我们走啊走,走啊走,战友倒下了,我们不停的走……"大厅充斥着武器、皮带和钢盔敲击的声响。雨柏在梦中隐约看到了他们,将他们跟昨夜的记忆混在一块儿,脑海反复浮现磨坊桥战役的惨烈画面。他内心澎湃、坐立难安,不停地唉声叹气,仿佛在抗拒某个隐形的人,自怨自艾,痛苦难熬。他终于醒了,发现自己在一个陌生的房间里。他已经睡了一整天,现在,敞开的窗户外挂着一轮明月。雨柏吓了一跳,揉揉眼睛,看见了在他熟睡时进来的舞娘。

他结结巴巴地道了谢,说了声对不起。

"您现在应该饿了吧?"她说。

是啊,没错。他饿死了。

"不过,您知道,也许您最好还是留在我的房间里用餐?楼下简直让人待不下去,满满的士兵。"

"喔!士兵!"他飞奔到门边。"他们怎么说?局势好转了吗?德国人打到哪儿了?"

"德国人?他们就在这里啊。楼下那些都是德国士兵。"

他猛地跳开,活像是被追捕的野兽,惊慌地跳开。

"德国人?不,不会的,这是开玩笑吧?"

他想要说些别的,脑子里却是一片空白,只能微弱颤抖地重复:"这是开玩笑吧?"

她打开门,大厅飘来一阵呛鼻浓烟,胜利军队的喧闹令人永生难忘:叫嚷、笑闹、歌唱、军靴踱地以及沉沉的手枪扔上大理石桌面的碰撞声,还有钢盔敲打皮带上挂的金属牌的铿锵声,最后加上兴奋群众欢庆凯旋的快乐、兴奋和陶然忘我的喧哗,"就像是足球赛的胜利队伍。"雨柏心里想。他极力克制到了嘴边的咒骂,不让眼泪掉下来。他飞奔到窗前,望向窗外,现在,街道开始空了,四个男人迎面走来,沿路握拳敲打民宅大门,大叫:"关灯,统统关掉!"屋内的灯火,一户接着一户,温驯地熄灭,最后只剩下月光反射钢盔和机枪的灰色枪管,泛着迷蒙蓝光。雨柏两手抓着窗帘,抽搐着将窗帘布压上嘴巴,放声大哭。

"好了,好了。"女人略带同情地说,同时温柔地抚摸他的肩膀。"我们一点办法也没有,对不对?我们能做什么呢?就算全世界都哭泣,也无法改变什么。未来会有好日子的,要活着才能看得到,最重要的就是保住一条命……熬过去……说真的,您真的非常勇敢……如果每个人都这么勇敢的话……而且您还这么年轻!还是个孩子……"

他摇摇头。

"不是?"她说话的声音放得更低了。"一个男人?"

她不再说话。手指微微发颤,抽搐的指甲尖掐着男孩的手臂,好像想对刚捕捉到新鲜的猎物,使劲揉捏一阵之后再塞入嘴里大快朵颐。她的声音非常低,透出贪婪凶残:

"不能哭,小孩才哭。您是个男人,一个男人在难过的时候,知道他可以寻找……"

她在等他回答,但他没有答腔。他垂下眼皮,痛苦地合上嘴,鼻头皱起,鼻翼颤动。她只好低声说:

"爱……"

20

猫咪艾伯特在贝黎刚孩子们睡觉的房间里找到了自己的床。刚开始,它跳上杰奎琳脚边,在花卉图案的床罩上,开始抓捏床罩,并轻咬散发胶水和水果味道的缇花布面,可是奶妈突然现身,将它赶跑。就这样连续三次,等奶妈一转身,它立刻悄悄一跃,在空中优美地伸展,回到床上它的地盘,最后它还是不得不放弃,只好躺在沙发上杰奎琳睡袍底下的一个小空位里。所有人都睡在这个房间里,孩子们安静地休息,奶妈一边数珠祷告一边睡着了。猫咪一动也不动,睁大了一只绿色眼珠,盯着那串在月光下闪闪发亮的念珠,另一只眼睛闭着,身躯躲在粉红色法兰绒睡袍底下。它慢慢地,异常轻柔地伸出一只脚,紧接着伸出另一只,它伸展双脚,双脚从高处关节处开始轻轻地一阵颤抖,那是隐藏在柔软温暖毛皮底下的钢铁弹簧,往下延伸到透明坚硬的爪子。它纵身一跃,跳上奶妈的床,动也不动地端详她许久,只有细细的胡须尾端微微颤动。它往前伸出一只脚,玩弄念珠串上的珠子。起先,只是轻轻地拨弄,后来它喜欢上了小圆球在爪子中间滚动的清凉光滑触感,用力使劲摇晃,串珠落地。猫咪吓了一大跳,钻到一张沙发底下躲起来。

没多久,艾曼纽醒了开始哭。窗子打开着,连百叶窗也没关上。月光洒落小镇屋顶,屋瓦闪烁,像极了一片片鱼鳞。院子里满园芬芳,静谧安详,银白月光仿佛透明水波,漂流舞动,涓涓流入果树林。

猫咪用嘴巴撩起沙发流苏，神情严肃，却也惊奇，如醉如痴地凝视这片景色。这只猫还很小，它只见过大城市。在城市里，只能远远感受六月的夜色，偶尔呼吸到一口温润醉人的清新空气，但是这里，香气自动飘上它的胡尖，环绕它，攫住它，穿透它，让它心醉神迷。它圆眼半睁，觉得有一股强烈但温柔的气味波流穿透它全身，是刚刚盛开的紫罗兰，夹杂着淡淡的腐烂气息，是树液穿流树干的味道，是清凉肥沃黑土的味道，是牲畜、鸟雀、鼹鼠、老鼠等猎物的味道，是毛皮的麝香气味，是血腥味……它流着口水打了个呵欠，随即跳上窗棂。它沿着屋檐排水管慢慢地走动。就在这里，前天夜里，一只强劲有力的手抓住了它，将它扔到呜咽抽泣的杰奎琳床上。但是，今天晚上，它可不会再被逮了。它以眼睛估算了屋檐排水管和地面的距离，这种距离对它来说根本是小意思，不过，它大概是想夸大这次跳跃的困难度，借以提高对自己的评价。它神情凶恶，一副胜利者的姿态，摇摆后臀，长长的黑色尾巴扫过排水管，耳朵往后垂，俯身往下冲，身体落定在刚刚翻过的土壤上。它迟疑了一会儿，然后把嘴脸塞进泥土里，现在，它跳进了黑夜的中心，夜里最深的黑洞，躲进了夜的怀抱。大地才是它必须亲身感受的所在，所有的气味都聚集在里面，介于树根和石砾之间，味道还没有蒸发，还没有向上朝天空消散，也还没有消溶在人的气味之中。这些味道诉说了一切，神秘、温暖，都是活生生的气味，每一种味道的背后躲藏了一个幸福的、可以食用的小小生命……金龟子、田鼠、蟋蟀和那种叫声仿佛充满晶莹泪光的小蟾蜍……猫咪竖起耳朵，银白毛发搭配粉红耳窝，耳尖优雅地向内卷曲，看起来像极了一朵旋花，凝神细听夜幕中的细微窸窣，如此的轻，如此的神秘，唯独对它，单就对它一个，却是如此的清晰。鸟巢干草摩擦，雌鸟守护着一窝小鸟。它羽毛颤动，鸟喙轻啄树皮，翅膀扭动。甲虫壳伸展,小老鼠足尖清搔泥土,甚至连谷粒爆壳发芽的无声爆炸都逃不过它的耳朵。金黄的眼眸在黑暗中游移,枝叶底下沉睡的麻雀,硕大的黑乌鸦、山雀、雌夜莺,雄夜莺则清醒得很,放开喉咙啁啾呜啭,树林间和河面上则不时传来应和声。

还有其他的声音,间隔规律的轰隆爆炸闷响宛如花朵绽放。等这些声响结束,紧接着是窗户玻璃摇晃,挡风百叶窗无论是要开或关,全都震得玻璃砰砰作响,再来就是从一间间窗户里传出来的焦急话语,字句在空中飘荡。一开始,猫咪一听见爆炸声就立刻吓得跳起来,尾巴直立,反射的波纹闪光洒落身上皮毛,胡须紧张地僵直发硬,后来慢慢地,也就习惯了这愈来愈频繁的震天声响,把它当成打雷了。它在花坛上跳了几下,伸出爪子搔搔一朵玫瑰,盛开的玫瑰,仿佛只等风来将它吹落,化为春泥,雪白的花瓣如软软的香花雨飘落地面。突然,猫咪身形一晃爬上树梢,跳跃之敏捷快速直逼松鼠,爪子接触过的树皮应声撕裂,受惊的鸟雀四下飞窜。它站在一根树枝的尖端,狂乱地手足舞蹈,大胆好斗,不可一世,笑看天、地、鸟兽、明月。偶尔它张开窄深的嘴,发出尖锐的喵呜嚎叫,是对邻近的猫发出的挑衅尖锐呼喊。

鸡舍里的鸡,鸽笼里的鸽子全都被惊醒,浑身发抖地将头藏在翅膀底下,它们感应到了石块丢击和死亡的气味。一只白色的小母鸡飞快地爬上一只锌铁水桶,水桶翻倒,它惊恐地猛拍翅膀逃窜。但是现在,猫已经跳进了地面的草地,动也不动,静静地等。圆圆的金黄大眼在黑暗中闪烁,接着传来树叶拨动的窸窣声响。它嘴里叼着一只僵死的小鸟,慢慢地舔着从小鸟伤口流出来的鲜血。它吸饮温热的鲜血,满足地闭上眼睛,仿佛品尝着人间美味。它的爪子紧紧掐住小鸟的心脏部位,一会儿放松,一会儿施压掐进柔软的肉和脆弱的骨骼中,一松一紧动作缓慢,充满节奏,直到小鸟心脏完全停止跳动。它从容地品尝猎物,接着清理嘴和脸,梳整光亮的尾巴,尾巴尖端漂亮的毛上还残留了昨天夜里沾染的潮气,湿滑光亮。现在,它觉得心满意足,心情大好,它任一只鼹鼱从它的脚边溜过去,没有抓它,接着又朝一只鼹鼠的头敲了一下,只让它头破血流,脸上多了一条血红伤口,痛个半死而已,没有太过分。它望着那个小东西,鼻孔不屑的一张一合,没有要吃它的意思。它的内心燃起另一种饥渴,腰间仿佛挖出一个大洞。它抬起前额,又是一声喵呜,尾音转换成威严沙哑的嚎叫。笼罩在月光下的鸡舍屋顶,出现了一只红棕色的老母猫。短短的六月夜晚逼近尾声,星光渐灭,空气中弥漫着牛奶和湿润青草的味道,一半的月亮已经隐没在树林后头,只剩一截粉红弯角半掩浓雾中,猫咪累了,全身沾染露水,嘴里咬着一截草秆,大摇大摆地溜进杰奎琳的房间,跳上她的床,在她细瘦的双足旁边找到温暖的地方,像只开水壶似地呼噜低鸣。

没多久,火药库爆炸了。

21

火药库爆炸,惊人的爆炸回音才刚停止(整个小镇的空气弥漫着火药味,门窗不住打颤,墓园的矮墙倒了),此时,长长的火舌呼啸着从钟楼窜出。燃烧弹的爆炸声和火药库的爆炸声混在一起。瞬间,整座小镇陷入火海。农具库堆着干草,阁楼里有麦秆,遇到火全烧得通红;屋顶坍塌,地板裂成两半;难民成群结队奔到街上,居民急忙往牛栏马厩的门口冲,想要救里面的牲畜;马疯狂嘶叫,抬起前腿猛踢,被爆炸声和火焰吓得不知所措,它们不肯离开马房,只是一个劲儿地用头和抬高的蹄子撞烧得火热的墙壁;一头母牛逃了,牛角挂着一捆着火的干草;它拼命地甩头,发出痛苦惊恐的哞哞叫声,燃烧的草屑四处飞舞。院子里,繁花正盛开的树映照出血般殷红的火光。平常时候,救援行动马上就能展开,人们平时遇到火情,在惊吓过后,多半能立即镇静下来,然而,紧跟着其他众多灾难接二连三降临的这场大祸,令他们完全失去了理智。此外,他们知道消防队早在三天前已经奉命带着灭火装备撤离此地了,人们彻底绝望了。"男人,如果这里还有男人的话就好了!"农村妇女哭喊着。但是,男人远在千里,孩子们四处奔逃,尖声哭叫,惊慌失措,使得场面更加混乱;难民放声哀嚎,其中包括贝黎刚一家,他们衣衫不整,脸被熏得漆黑,头发凌乱。一如在路上遭受轰炸后的情景,呼喊四起,此起彼落,所有人都在叫,整座小镇只剩喧哗哭闹:"朗恩!苏珊!妈!奶奶!"大伙异口同声呼喊。没有人回答。几个年轻小伙子冲进着火的仓库,拉出脚踏车,不管三七二十一便往人群里推。然而,奇怪的是,这样的举动,在所有人眼里,反而觉得他们很冷静,做得很对。贝黎刚太太手里抱着艾曼纽,杰奎琳和柏纳紧紧挨在她的裙边(当杰奎琳的母亲拉她下床的时候,她居然没有忘记把猫放进篮子里,然后把篮子贴在胸前抱得紧紧的)。贝黎刚太太不断在心里叨念:"最宝贵的都救出来了!感谢老天爷!"她的珠宝和钱都缝在一只绸缎小口袋里,用别针别在衬衫里面,安全地躺在她的胸膛上,她逃出来的时候还清清楚楚地感受到里面的东西敲击胸膛。她头脑清楚,没有忘记她的毛皮大衣,还有安置在她床头的那只小皮箱,里面装满了银器。孩子们都在,三个孩子!偶尔,那个念头会如电光石火乍现,闪过她的脑海,两个大的不在她跟前,生死未卜:是菲利普和发了疯的雨柏。雨柏逃家令她心碎,却也让她感觉骄傲,这完全是不经大脑,没规矩的行径,却也是男子汉的表现。对菲利普和雨柏,她已经无能为力,但是这三个小的不同!她救出了她的三个孩子!昨晚,本能的直觉警告她,她想,她没有叫他们换下全部的衣服再上床。杰奎琳没有连衣裙,不过裸露的肩膀披着一件紧身外套,这样够暖了,总比穿着单薄睡衣要好;小宝宝身上裹着一条毛毯;柏纳的贝雷帽还戴在头上。至于她自己,没穿裤袜,光着脚套着红色高跟拖鞋。她咬紧牙关,紧绷的手抱着小宝宝,小宝贝不哭不闹,只是瞪大一双惊惶的眼睛,眼珠子转啊转。她在一群陷入恐慌的群众当中杀出一条路,拼命往前挤,却不知该往何处去,此时飞机在天空往来呼啸,引擎轰隆宛如凶恶大黄蜂,数量仿佛多得数不清。(实际上只有两架!)

"只求他们不要再轰炸了!只求他们不要再轰炸了!只求……"这些话,同样的这些话在她简单的脑袋里不停回旋。她高声说:"千万不要放手,杰奎琳!柏纳,不要哭了!你可是个男生!好了,宝贝,没事了,妈妈在这里!"这些话机械式地从她的嘴里冒出来,内心只是不断祈求:"希望他们不要再轰炸了!让他们去炸别人吧,老天爷,不要炸我们!我有三个孩子啊!我要救他们!请大发慈悲,叫他们不要再轰炸我们了!"

她终于穿过小镇狭窄的街道,离开镇上,到了乡野之外,大火被甩在身后,熊熊烈焰在天空呈扇形展开。此时距离清晨炸弹命中钟楼的时间还不到一个小时,马路上还看得到逃难的车辆,逃离巴黎、狄戎、诺曼底、洛林、整个法国,车内的人睡意浓重。偶尔,他们会抬头,漠不关心地看一眼火红的天际。他们实在看过太多了!奶妈跟在贝黎刚太太后面,吓得连话都说不出来了,嘴唇不停地动,却没有发出任何声音。她手上捏着刚刚烫好的百褶软帽,两条平纹织布帽带垂着。贝黎刚太太怒气冲冲地看了她一眼,"说真的,奶妈,您找不到更有用的东西带了吗,嗯?"老人非常卖力地想张口说话,她的脸孔渐渐泛紫,眼泪在眼眶打转。"天啊,"贝黎刚太太想,"这个人疯了!我以后怎么办啊?"不过,老板娘声色俱厉的问话,奇迹似的把奶妈的声音给逼出来了……她恢复寻常的口吻回答,语气恭敬却话中带刺:"夫人不会以为我会把帽子扔在那里吧?这也要不少钱呢!"软帽一直是她们主仆不和的一大根源,因为奶妈很讨厌主人强迫下人戴的女仆头饰。"多么合适,"贝黎刚太太想,"多么适合仆人戴!"因她觉得每一个社会阶级的人身上都应该穿戴某种能清楚标示出身份地位的标志,就像百货公司的货品标上价钱一样,避免引起错误的价值判断。"反正洗衣烫衣的又不是她,这个老骆驼!"奶妈在配膳室总是这么唠叨着。她伸出颤抖的手把这顶蕾丝蝶形软帽戴在头上,其实她的头上已经戴着一顶宽大的睡帽了。贝黎刚太太望着她,觉得有些地方怪怪的,却一时看不出哪里怪。一切都显得很怪,这个世界变成了一场噩梦。她颓然坐在山坡上,把怀里的艾曼纽交到奶妈手上,表现出最大的活力积极地说:"现在,得离开这里。"说完,她依然坐在那儿,等待奇迹出现。上天没有降下奇迹,不过一辆驴车在此时经过,赶驴的人望了她还有旁边的小孩一眼,车速慢了下来,贝黎刚太太目睹这一切,内心那种有钱人的本能说话了,一种知道何时何地有东西要卖的本能。

"停!"贝黎刚太太大叫。"最近的火车站在哪里?"

"在圣乔治。"

"搭您的驴车过去要多长时间?"

"嗯,四个小时吧。"

"还有火车通行吗?"

"据说还有。"

"好。我要上车。过来,柏纳。奶妈,抱着孩子。"

"可是,夫人,我并不顺路,而且从那里一来一回,少说也要八个小时。"

"我会给您丰厚的报酬。"贝黎刚太太说。

她踏上驴车,心里估算着,如果火车正常行驶的话,明天早上就能抵达尼姆。尼姆……妈妈的老房子,她的卧室,能洗个澡。想到这里,她差点支撑不下去了。火车还有座位吗?"带着三个孩子,"她心里想,"我一定办得到。"何况,以贝黎刚太太带着一大家子人的情况来说,她自然跟皇室成员一样,到处享有第一优先权……而且她不是那种轻易就会让人忘记她是有特权的女人。她双手交叉横摆胸前,以胜利者的姿态凝视这片乡野。

"可是,夫人,汽车怎么办?"奶妈哀怨地问。

"到这个时候,汽车早就烧成灰了。"贝黎刚太太回答。

"还有大皮箱,孩子的东西呢?"

大皮箱装在仆人坐的卡车上。灾难发生时,只剩下 3 个大皮箱了,装满衣物的三个大皮箱……

"只好牺牲它们了。"贝黎刚太太叹了一口气说,眼睛望着天空,脑海浮现叠放在尼姆衣橱深处的宝贝麻布和上等细麻衣料。

奶妈失去了她那个厚重的金属条框大皮箱,还有一个仿猪皮手提袋,难过得放声大哭。贝黎刚太太试着给她讲道理,要她明白老天爷待她不薄,要知道感恩,但是她听不进去。"想想看您还活着,我可怜的奶妈,其他的都是次要的!"毛驴小步奔走,农夫选择走挤满难民的近便小路。11点,他们抵达圣乔治,贝黎刚太太成功地坐上一辆开往尼姆方向的火车,周围的乘客口耳相传,都说停战协议已经签了,有些人则宣称那是不可能的。总之,周遭已经听不见爆炸巨响,也没有飞机从空中抛掷炸弹了。"也许噩梦真的结束了?"贝黎刚太太想。她再看了一眼她带在身边的所有东西,"她救出来的东西!"孩子、小皮箱,她伸手摸了摸缝在胸前的珠宝和钱。很好,在那恐怖混乱的时刻,她表现得非常坚定、勇敢而且镇静,没有跟着惊慌失措!她没有丢掉……她没有……霎时,她好像被人勒住脖子似地尖叫,双手放在脖子后面,身体往后仰,喉咙喷出急促沉重的呼吸声,好像快要喘不过气来了。

"天啊,夫人!夫人您不舒服啊!"奶妈惊慌地叫喊。

贝黎刚太太终于哑着喉咙,气若游丝地说:

"奶妈,我可怜的奶妈,我们忘了……"

"什么?忘了什么?"

"我们忘了我的公公了。"贝黎刚太太泣不成声地说。

22

查尔斯·蓝哲勒整个晚上都待在驾驶座上,堵在巴黎和蒙塔吉的路上,就这样,他成为了悲惨大环境里的一部分。尽管如此,他的精神始终坚定如一。无论是在他暂停歇脚用餐的餐馆里,或是身边无时无刻围着的难民全都苦着脸发牢骚,感叹路上的所见所闻,还不忘找人附和证明他所言不差:"是不是啊,先生?您跟我们一样都看见了,是吧?您能说我说得太夸张吗?"他一律冷冷地回答:

"我什么都没看见!"

"什么?一次轰炸都没遇到?"老板娘诧异地说。

"没有,夫人。"

"连一场火灾都没看见?"

"不会连车祸都没遇过吧。"

"算您好运,真的,"老板娘想了一会之后,耸耸肩一脸怀疑地说,心里则好像在说:"真是个怪胎!"

蓝哲勒轻启双唇,尝了一口刚刚送上桌的炒蛋,随即推开盘子,低声说了一句:"根本不能吃。"随即要了账单结完账就离开了。他从浇这些善良老百姓冷水里得到一种狡猾邪恶的快感,因为他们,这些粗劣低等的生物,以为问他这些问题一定能获得共鸣,他们以为他们心底感受到的是人道同情,实际上,他们感受到的只是对这一幕当代悲喜剧的庸俗好奇心。"这世界竟然能够包容这么多庸俗的东西,真是令人惊奇。"查尔斯·蓝哲勒悲哀地想。每当他发现现实世界里,居然住满了从来没参观过大教堂、欣赏过一尊雕塑或一幅画的人时,他总是深深地感到悲痛和愤怒。其实,他骄傲地自以为属于那种幸福的少数族群,没想到遇到多舛的命运时,还是跟那些低贱的百姓一样,只能懦弱、愚蠢以对。天啊! 想想看这些人往后将如何定位"逃亡潮","他们的逃亡潮"。他好像听见他们说,那个声音刺耳的庸俗老女人说:"我才不怕德国人呢,我直直朝他们走过去,对他们说:先生,这栋房子里住的是一位法国军官的母亲,他们一句话都不敢说。"还有那个女人说:"子弹在我身边呼啸而过,感觉很奇怪,但我一点都不觉得害怕。"大伙纷纷发表亲身的经验,描述恐怖的场景。至于他,他只淡淡地回答:"真奇怪,我觉得一切都很正常。只是路上多了很多人,仅此而已。"他想象他们脸上惊讶的表情,不由得笑了,感到很欣慰。他需要安慰。当他想到巴黎的公寓时,他的心往下坠。偶尔他会回到车上,眼里尽是温柔地望着车内那一箱箱装着瓷器和他最珍视的宝贝的木条箱。里面放的一组卡波·狄·蒙特瓷器让他非常担心,心里老是在想不知道箱里放的丝纸和木屑是否足够。东西快打包完的时候,丝纸不够了。那是一只放在大餐桌中央的瓷盆,上面烧了与情人共舞的少女和孔雀。他叹了一口气。他在心里将自己比喻为急忙逃离掩埋庞贝城的溶浆和火山灰的罗马人,被迫抛弃家里的奴隶、房子、黄金,逃出来时只拢着长袍带了几件烧陶人偶,几个形状完美的花瓶,几只用美丽乳房塑形烧出的高脚香槟杯。想到自己如此与众不同,内心既欣慰又酸苦。他垂下惨淡的眼眸,凝视这些珍宝。一波波的车流持续往前,一张张阴郁焦急的面孔,似乎全都长得一样。可怜的人渣! 他们在担心些什么? 担心他们要吃什么,喝什么吗? 他,他担心的可是鲁昂大教堂、罗亚尔河流域的城堡、卢浮宫,一块历史悠久的古老石块价值高过一千条人命。快到吉安了,天空出现一个黑点,飞行速度快如闪电,他心想挤在平交道附近的难民队伍想必会是令敌营飞机相当心动的目标,想着,他猛打方向盘,钻进横岔的小路上。15分钟后,离他数米外,同样急着想要离开大马路的车辆因为某个驾驶人一时着慌,乱了手脚导致汽车一辆接着一辆冲撞成一团。车辆横冲直撞,甚至摔进田里,车上的行李、床垫、鸟笼和受伤的妇女全摔出车外。查尔斯听见一阵嘈杂喧哗,依旧头也不回地走了。他钻进一座浓密的林子里,把车停好,静静地等了一会儿,然后才决定穿过田野小路,因为走国道真的太危险了。

这会儿,他的思绪从鲁昂大教堂面临的威胁,转回到他——查尔斯·蓝哲勒当前真真实实的处境上。他不想多花脑筋在这种事情上,然而令人最不快的画面却不断浮现,紧紧握住方向盘的那双细致瘦长的大手微微颤抖。这里,他现在所在的位置,车辆罕见,人烟稀少,只是连他自己都还没想清楚他要往哪里去。他的方向感一向不好,平常出门也习惯有司机开车。他在吉安周围漫无目的地绕了一会儿,开始担心汽油不够,心情更是烦躁。他叹着气,点了点头,他果然料事如神。可是他,查尔斯,生下来可不是要过这种低下的苦日子的,平常日子的柴米油盐琐事对他来说简直像是重重难关。汽车停了,汽油没了,他举止优雅地挥手向自己致意,就像我们不得不佩服自己有面对不幸的勇气。没办法,只好在林子里过夜。

"不知道您可不可以让一桶汽油给我?"他问经过这里的一位汽车车主。

对方拒绝了,查尔斯露出哀戚的苦笑。"这就是人性!自私无情的族类。没有人会分一块面包、一瓶啤酒或一桶该死的汽油给落难的弟兄。"那辆车的驾驶回过头对他喊:

"离这里10公里的地方,有座小村庄……"

村庄的名字散落在拉长的距离中,对方已经穿过树林了。查尔斯觉得好像在附近看过一两间民宅。

"汽车怎么办?我不能丢下汽车不管啊!"查尔斯绝望地想。再试看看,还是不行,灰尘像粉笔灰似的沾满他全身,此时,一群看似喝得烂醉的年轻人大声叫嚣,跟苍蝇一样黑压压地挤在一辆艰难的龟步前进的车内,车门台阶上甚至车顶上都爬满了人。

"一个个跟流氓没两样。"蓝哲勒胆战心惊地想。然而,他还是以最客气的口吻问他们:

"各位先生,不知道您是否有一点汽油可以让给我?我的车发动不了了。"

他们停下车,过热的刹车发出刺耳的吱嘎声。他们看着查理,露出冷冷的笑容。

"您可以付我们多少钱?"其中一个开口。

查理觉得他应该回答:"您说多少就多少!"但是他生性小气,而且他也怕表现出太有钱的样子,这些流氓会食髓知味。而且他最讨厌被人当冤大头。

"我会付合理的价钱。"他高傲地回答。

"没油。"这辆喘气哀鸣,一颠一颠的老爷车车主说。

随即继续朝满是沙土的林间小路前进,蓝哲勒大吃一惊,拼命挥舞双手高喊。

"等一下呀!停下来!至少出个价啊!"

他们连回答都懒得回答。只剩他一个人,不过这种情形维持没多久,因为夜晚降临了,别的难民也慢慢地躲进林子里。他们找不到旅馆,连私人民宅都挤满了人,他们决定在林子里过夜。没多久,四周气氛变得跟伊丽莎白市七月的大露营差不多,蓝哲勒厌恶地想。小孩子到处嚷嚷,皱巴巴的报纸盖住青苔,脏污的衣物还有空罐头。女人在哭,其他人有的大叫,有的大笑,身体没洗干净的脏小孩走到查理身边,他翻着白眼,露出愤怒的眼神,驱赶这些小孩,没有骂出声,因为他不想跟那些父母惹出事端。"真像是美丽城①的流氓,"他惊恐地想,"我到底落到什么样的鬼地方?"是命运之神把巴黎最贫穷区段的居民统统聚集在这里呢,还是变得急躁敏感的查尔斯自己想出来折磨自己的呢?他觉得周遭的男人一个个都长得像强盗,女孩则像骗子。没多久,天色完全暗了,在蓊郁的大树下,六月透明的夜转化成浓得化不开的黑,间或穿插片片冷白月光。所有的声响都带着阴森诡异的回音,天空呼啸而过的飞机,夜归的鸟,沉闷的巨响,分不出到底是炸弹爆炸还是轮胎爆胎。有这么一两次,有人在他身旁晃荡徘徊,或贴近端详他。他听见许多让人不寒而栗的话,这群人的心态已经不是正常人该有的……他们说了很多关于有钱人的事,他们为了保命,或者想把黄金送到安全的地方,开车逃难结果弄得到处塞车,而可怜的穷人只能靠自己的双脚走一步算一步,然后饿死。"如果真是这样,他们啊,这些人绝对走不到这里来,"查尔斯不服气地想,"如果是开车的,开的车一定是偷来的!"

当他看见一辆迷你小汽车开到他身旁停下来时,他不禁深深地松了一口气,小汽车里有一个年轻人和一名年轻女孩,他们的社会阶级明显比其他的难民要高。年轻人的手臂有轻微的残疾,他夸张地把手臂往前举高,手上好像挂着一个告示牌,以斗大的字标示"免征"。女孩年纪很轻,长得很漂亮,只是脸色非常苍白。他们

---

① 译注:Belleville,巴黎郊区,居民多是工人阶级。

一起吃了三明治之后,很快就睡了。他们并肩坐在前座,脸颊贴在一起。查尔斯试着照做,可是疲累的身躯、过度的兴奋和恐惧让他辗转反侧。一个钟头后,靠近他的那个年轻人睁开眼睛,慢慢地抽出身子,点了一根香烟。他看见蓝哲勒也没合眼。

"我们好惨啊!"他挨近查尔斯低声地说。

"是啊,非常惨。"

"不过,一个晚上很快就过去了。我希望明天能够赶到波荣西,下面的大马路都不能走了,只能绕快捷方式走小路。"

"真的?听说我们遭遇了极为严重的轰炸。您运气真好可以继续上路,"查尔斯说,"我一滴油都没了。"

他迟疑着。

"我大着胆子想请您帮我看一下我的车(他看起来像是个老实人,他想),我想到邻近的村镇看看,有人跟我说,那里还找得到汽油。"

年轻人摇摇头。

"可惜,先生,已经没有了,我以高得吓人的价钱抢到了最后几桶。现在我车上的油恰好够我开到罗亚尔河。"他边说,边指着绑在后车箱上的几个油桶,"然后赶在他们把桥炸掉之前过河。"

"什么?他们要炸掉所有的桥吗?"

"是的,大家都这么说,我们要在罗亚尔河上决一死战。"

"所以您认为已经找不到汽油了?"

"喔!我敢保证!我很想让一点给您,可是我的油只够我自己用。我必须把我的未婚妻送到安全的地方,她父母家里,他们住在贝杰哈。只要过了罗亚尔河,应该就能轻易地找到汽油,希望如此。"

"啊!那是您的未婚妻啊?"查尔斯一边转着其他的念头,一边说。

"是啊,我们本来预定 6 月 14 日结婚,什么都准备好了,先生,喜帖也发了,戒指也买了,婚纱今天早上也会送到。"

他陷入深深的幻想中。

"只是暂时往后延而已。"查尔斯·蓝哲勒礼貌地说。

"啊!先生!谁知道我们明天会在哪儿?我当然没什么好抱怨的。在我这个年纪,我本来应该去当兵的,不过我的手……是大学时代的意外……可是我相信在这场战争中,老百姓跟军队一样冒着生命的危险,只是性质不同罢了。听说某些城市……"

他压低声音。

"……已经烧成灰烬,而且尸横遍野,死尸堆得到处都是。后来,又有人跟我说了许多残酷的故事。您知道他们把囚犯跟精神病患者都放出来了吗,没错,先生。我们的领导人已经失去理智了。一名感化院囚犯在路上乱跑,不受管束。据说有一座监狱的典狱长被里面的囚犯给杀了,他接到上面的命令撤离所有犯人,据说发生的地点就在这附近。我亲眼看见许多别墅给人闯了进去劫掠一空,搞得天翻地覆。他们还攻击路上的旅者,抢劫汽车车主……"

"啊!他们抢劫……"

"没有人知道逃难的时候到底发生了哪些事。现在他们居然说:'您留在自己家里不就好啦!'他们都是好人。就让炮弹和飞机轰炸,死在自己家里好了。我在蒙特堡租了一间房子,打算结婚之后在那里安安静静地待上一个月,然后再跟我的岳父岳母会合。结果,先生,6 月 3 日,房子被炸了。"他气愤地说。

他说了很多而且神情激动,好像累昏头了,手指温柔地碰触他未婚妻酣睡的脸。

"只要我能救出索兰芝就好了!"

"您两位都非常年轻?"

"我22岁,索兰芝20岁。"

"她这样很难受。"查尔斯·蓝哲勒突然说,口吻甜腻,连他自己都认不出来,甜得跟蜜糖似的,相反地,他的心却跳得又急又强。"您两位为什么不到远一点的地方,到草地上伸展一下四肢呢?"

"可是车怎么办?"

"哦!我会帮您看车,不用担心。"查尔斯露出浅浅的笑容。

年轻人还在犹豫。

"我想尽可能地早点上路,而我一睡着了就醒不来……"

"我可以叫您起床,您想要几点出发呢?这样吧,现在快要12点了,"他看着表说,"我4点叫醒您。"

"哦!先生,您真是个大好人!"

"不要这么说,我22岁的时候,也谈过恋爱……"

年轻人举手挥了一下,有点不太好意思。

"我们本来是要在6月14日结婚的。"他感慨万千地重复这句话。

"是啊,当然,当然……我们处在一个可怕的时代……不过,我向您保证,这样缩着在车内过夜真的没什么道理。您的未婚妻已经躺得腰酸背痛了,您有毯子吗?"

"我的未婚妻有一件旅行用的长大衣。"

"草地真的非常舒服,我如果不是怕我风湿痛的老毛病复发……啊!年轻人,20岁真好!"

"我22岁。"年轻人开口纠正。

"您两位一定能看见好日子来临,一定能够熬过去的,反而是我,像我这样可怜的老家伙……"

他眼皮半闭,模样像极了呼噜呼噜打鼾的猫。接着他伸出手指着葱郁林中的一片空地,借着月光,隐约可见。

"那里一定非常舒服……忘掉一切烦忧。"

他等了一会儿,然后脸上再次闪过一副刻意装出来的不在乎神情:

"您听到夜莺歌唱吗?"

鸟在那里已经叫了好一阵子了,它栖息在非常高的枝头,无惧周遭的嘈杂,难民的喧嚣呼喊,以及为了驱赶潮气,在草地上升起的大火堆。它不停地唱,其他的夜莺在乡野间应和。年轻人歪着头,一手揽着沉睡的未婚妻,聆听夜莺歌唱。过了一会儿,他在她的耳边低声说了一些话,她睁开了眼睛。现在,他们俩挨得更近,语气变得更急促,查尔斯别过头。然而,一些字句还是传进了他的耳里:"既然这位先生说他愿意帮我们看车……"还有,"您不爱我,索兰芝,不,您不爱我……可是您……"

查尔斯打了一个大呵欠,特意拖得老长,然后压低声音,假装好像随口说说一般,却像演技拙劣的演员般矫揉不自然地说道:

"我想我要去睡了,我……"

此时,索兰芝不再犹豫了。她紧张地低声巧笑,随即传来了隐约的"不要"、接吻等声响,最后听见她说:

"如果被妈妈看到我们这样……喔!鲍伯!您真讨厌。您事后不会拿这事来骂我吧,鲍伯?"

她在她未婚夫的怀里两人慢慢走远。查尔斯看见他们在一棵树下彼此相拥,不断地亲吻对方。接着,消失在他的视线之外。

他静静地等。这半小时在他看来简直比一辈子还长。尽管如此,他无法思考。他感到焦躁不安和一股非比寻常的欢愉快感,脉搏跳得如此剧烈,如此地痛,他不禁喃喃自语:"我心脏不好……受不了这个!"

但是,他心里明白他从来没有体验过比这次更美好、如同性爱般的快感。原本安稳地躺在丝绒靠枕上,每餐有人送上鸡胸肉的猫,在命运的捉弄下流落乡野,高栖被露水浸湿的冰冷枯干树枝,牙齿咬着奄奄一息、血流不住的鸟,它应该也会感受到同样的恐惧。同样残酷的欢愉,他想,因为他太聪明了,以至于无法了解自己心里真的在想什么。慢慢地、悄悄地、小心翼翼地不让车门砰地关上,他钻进停在旁边的汽车,解开桶子(他还拿了机油),松开油箱盖时不小心割伤了手,灌满油箱,然后趁着好几辆别的车发动引擎准备上路的好时机,跟着发动引擎出发。

车子走出树林后,他转头望着后方,微笑地凝视被月光染上一层银白的翠绿树梢,心里想:"其实,说他们在6月14日完婚也不为过……"

23

　　街道上的喧闹吵醒了贝黎刚老先生。他睁开一只眼,只有一只,迷蒙、惨白的眼眸,里面满是惊讶和斥责。"到底怎么了,这样吵吵闹闹?"他想。他忘了他出门在外,忘了德国人,忘了战争。他以为他还在儿子家里,德雷塞特大道上,他怔怔地盯着这间陌生的房间,他迷糊了。到了他这个年纪,过去的幻象远比现实的画面更真实,他想象他那张巴黎式大床的绿色布幔。他颤抖的手指伸向桌边,每天早上总有人在那张桌子上细心地摆上一碗稀饭和几片为了控制饮食而特制的饼干,一起床就能拿到。但是没有碗,没有杯子,甚至连桌子都不见了。就在此时,他听见了隔壁房子大火延烧的劈啪响声,浓烟的呛鼻味也跟着飘过来,他大概猜出发生了什么事。他张开嘴巴,无声地吸了一口气,模样好似离开水中的鱼,随即失去了意识。

　　然而,这间房子并没有着火,只有一部分的屋顶塌了。在一阵惊慌混乱之后,火势终于得到控制,残存的火苗在广场废墟底下闷烧,窸声窣窣,不过旅馆安然无恙,直到傍晚大家才发现贝黎刚老先生,一个人,躺在床上。嘴里喃喃说着语意不清的话,大伙慢慢地将他抬进收容所。

　　"还是那里对他最好,我可没有时间照顾他,您想想看!"旅馆老板娘说,"满屋子的难民,紧接着要来的德国人,加上火灾还有这一切……"

　　她没有说出她心上最记挂的:她的老公和两个儿子都不在,3

个人全都被征兵入伍,下落不明……三个人全都陷在那个无法界定、不时移动,却近得让人胆战心惊的烽火区域里,那个大伙称之为"战争"的地方……

收容所里打扫得很干净,圣体修道院的修女整理得井井有条。他们把贝黎刚先生安顿在靠窗一张舒适的床上,这样躺在床上就能看见窗外 6 月的葱郁大树,他的四周有 15 位安静乖顺的老人,躺在雪白的床单上。但是,他对什么都视而不见,还是以为在自己家里。有时候,他好像在对自己青紫瘦弱、摆在灰毛毯上交叉握拳的手说话。他朝自己的手断断续续说了几句话,声色俱厉,接着若有所思地点着头,最后觉得呼吸不顺,遂闭上了眼睛。他没有被火灼伤,也没有其他外伤,但是身上发着高烧。医生到遭受轰炸的隔壁城镇照顾伤员去了,一直到很晚,贝黎刚先生才见到医生。医生没说什么,他累得连步子都走不稳,他已经 48 小时没合眼了,连续看了 60 个伤员。他替老先生打了一针,答应明天再过来看他。就修女那边来说,问题已经解决,她们已经见惯垂死之人,早就能从一声叹息、一阵呻吟、成串的冷汗珠、僵硬的手指中看出死亡。她们派人去找神父,神父跟着医生到镇上走了一趟,所以也没怎么睡!他替贝黎刚先生施行圣事,老先生这时好像意识清楚了一些。神父离开收容所时对修女说,"这个可怜的老人家谨遵慈悲上帝规诫,他将得到基督信徒应得的归宿。"

其中一位修女,个子娇小,有着一双蓝色深邃眼眸,在那顶白色修女帽底下闪耀慧黠勇敢的光芒。另一位温柔害羞,脸颊红润,好像牙疼得非常厉害,因为她拨念珠祈祷时,不时举手按住牙龈疼痛的部位,脸上笑容谦卑,好像觉得在这悲惨岁月中,自己身上背负的十字架不够沉重而感到惭愧不安。贝黎刚先生突然对着她说话(现在已经过了午夜,白天的喧闹沉淀,只听见修道院院子里的猫儿哭泣喵呜）：

"我的女儿，我觉得好难过……去给我找公证人来。"

他把她当做自己的媳妇了。虽然他神志不清，看见她头上戴着修女帽来照料他，还是吃了一惊，不过，除了她还会有谁呢？他慢慢地耐着性子重复：

"诺加赫律师……公证人……最后的心愿……"

"怎么办，姊妹？"圣体修道院的玛丽修女对天使会的玛丽修女说。

两顶白帽往前弯，在平躺的这具身躯上碰触在一块。

"这个时间，公证人不可能会来的，可怜的先生……睡吧……明天还有很多时间。"

"不行……没有时间了……"低哑的声音说。"诺加赫律师一定会来的……请您给他打电话。"

两位修女商量了一下，其中一位离开，回来时手上多了一杯热腾腾的花草茶。他勉强喝了几口，随即推还给她们，茶汁沿着他白色的长胡子滴下来。他整个人突然激动起来，一会儿哀求，一会儿命令：

"叫他快一点……他答应过我……只要我叫他来……求求您……快一点，珍娜（因为在他的心里，站在他前面的这个女人已经不是他的媳妇，变成了死去40年的亡妻了）。"

圣体修道院的玛丽修女牙齿突然一阵剧烈抽痛，使得她无法开口回答。她一边拿手帕揉脸颊，一边点了点头表示："好，好。"不过完全没有移动的意思，反而是她的同伴毅然决然地站起来。

"一定得把公证人找过来，姊妹。"

她个性热情，富有战斗精神，无法施展采取行动常令她感到沮丧无力。她很想跟医生和神父到城里，可是她不能丢下收容所里的15位老人（她对圣体修道院的玛丽修女的积极主动精神缺乏信心）。火灾发生的时候，她怕得一个劲儿地发抖。她则成功地把15张床推到户外，独力准备了绳梯、绳索和水桶，不过，大火没有蔓延到离遭到轰炸的教堂两公里远的收容所。所以，她静静地等着，听着哭泣群众的呐喊，嗅着浓烟的味道，看着熊熊烈焰，身体微微发颤，但她坚守岗位，准备随时应变。幸好，这里什么事都没有，火灾的伤者全都送进了市立医院治疗，她们只需要为15位老人准备浓汤。因此，贝黎刚老先生突然被送到这儿来，激发出她全身的热血。

"我们必须跑一趟。"

"您这么认为，姊妹？"

"他想说的最后心愿也许非常重要。"

"可是，说不定夏波夫律师不在家。"

天使会的玛丽修女耸耸肩。

"在半夜12点半的时候？"

"他不会来的。"

"果真如此我倒想看看！这是他的职责。必要的话，我会把他拉下床。"年轻的修女义愤填膺地说。

一走出收容所，她开始犹豫不决了。修道院本来有4名修女，其中两位六月初退回到蒙尼亚修道院，到现在都还没有办法回来。修道院有一辆自行车，不过，到目前为止，没有任何一位修女胆敢骑车出去，她们怕当地居民看不惯引发争议，而且天使会的玛丽修女自己也说："要等到仁慈的上帝在危急时刻为我们降下恩宠。好比说，病人快走了，需要紧急通知医生和神父的时候！每一秒都不容浪费，我就会跳上自行车，没有人敢说什么的！第二回他们就见怪不怪了！"但紧急状况始终没有出现。天使会的玛丽修女其实想骑这辆自行车想得要命！五年前,当时她还未出世侍奉天主,她跟她的姊妹们总是快乐地聚在一起,买东西、野餐。她把黑纱甩到脑后,对自己说:"就是现在。"然后欣喜若狂地抓住脚踏车龙头。

没多久她就到了镇上,花了一点工夫才叫醒夏波夫律师,他睡得很沉,又花了更多的工夫说服他一定要立刻赶到收容所。镇上的女孩都昵称夏波夫律师"白胖宝贝",因为他的脸颊粉嫩白胖,而且嘴唇如花般胭红。他个性随和,而且非常惧怕女人。他叹了一口气,穿好衣服,前往收容所,抵达时,看见贝黎刚老先生醒着,身体因为高烧热得发烫、发红。

"律师来了。"修女说。

"您请坐,请坐,"老先生说,"不要浪费时间。"

律师找来了收容所的园丁和他的三个儿子当见证人。看到贝黎刚老先生急切的模样,他从口袋掏出一张纸,准备记录。

"先生,您请说。麻烦您先告诉我您的姓和名,还有您的身份。"

"来的不是诺加赫律师啊?"

贝黎刚先生意识稍稍清楚,他看了一下收容所四周的墙壁,和床对面的那尊圣何塞石灰泥雕像,还有天使会的玛丽修女在窗下摘来、插在蓝色窄口花瓶里的两朵娇艳的玫瑰花,他努力想弄清楚他现在人在哪里,还有自己怎么会孤单一个人,最后还是放弃了。他就要死了,这才重要,还有一切都要合乎礼法。最后的仪式、死亡、遗嘱,这情景他不知在脑里想象过多少回,一个贝黎刚—马尔岱家族成员走下人生舞台,最终的光荣谢幕。最后这十年,他沦落成要人为他擤鼻子、要人为他穿衣的可怜老头,这瞬间仿佛他手中突然又握有了往日的权威!赏、罚、分派自己的俗世财产,几家欢乐几家愁,全都在他一念之间。控制他人,压制他人,抢尽大特写。

（在此之后，只剩下一个他能参与的典礼了，躺在支架支撑的黑色盒子里，四周摆满花，但是那时候他只是个象征性的角色，或类似长着翅膀的精灵，但是在这里，他还活着……）

"您怎么称呼？"他低声说。

"我是夏波夫律师。"公证人谦虚地说。

"好，没关系。来吧。"

他慢慢地，一字一句吃力地说，仿佛前面有一张专为他准备，也只有他才能看得见的隐形大字报。

"在夏波夫律师面前……本地的执业公证人……以及在……的见证下……公证人喃喃地说……先生是贝黎刚本人……"

他微微加重音节，意图让这个名字听起来更崇高、更重要。由于他必须调整呼吸，因此没有办法高声喊出这几个响亮的字眼，青紫的双手在床单上挥舞，活像两只人偶，好像要在白色的纸张上画出粗黑的签字，就像以前，奋笔在卡片、有价证券、拍卖书和契约下方签字一样：贝黎刚……贝黎刚，路易—奥古斯特。

"寓所住址？"

"巴黎市德雷塞特大道89号。"

"出现在公证人和见证人面前时，身体病重，但神志清晰。"夏波夫律师怀疑地抬头望着病人。

但是，眼前这位垂死的老人让他说不出话来，此人是见过世面的人。他的客户集中在邻近务农的乡下人，但是有钱人都是这样立遗嘱的。这位老先生是个有钱人，错不了，虽然他死后只能穿着收容所的粗布麻衣入殓，但他应该是某个大人物！能这样参与他人生的最后一刻，他感到与有荣焉。

"所以，先生，您希望指定您的儿子为唯一的继承人吗？"

"是的，我把我名下所有的动产和不动产都留给阿德里安·贝黎刚,同时命他即刻拨 500 万捐赠给由我一手创立的 16 区的少年感化收容所,不得延迟。少年感化收容所必须立刻委托一位优秀的艺术家,画一张我安详死去的肖像图,或塑一尊重现我容貌的半身像,安置在上述收容所的前厅内。我留给我亲爱的妹妹,阿黛儿—埃米莉安—路易丝,以弥补当年我受人尊敬的母亲安莉叶·马尔岱过世时,我俩为遗产争执不休导致的裂痕。我刚刚说了,我要留给她,我在 1921 年在丹克科附近取得的所有土地,包括地上的建筑物,以及同样属于我名下的码头部分土地。这项承诺同样交付我的儿子,由他负责确切完成。位于布雷欧城、沃禾吉地区和克拉瓦多的城堡一律改成疗养院,收容战时的重大伤员,优先让全身瘫痪和头脑严重受损的伤兵入院。我只要求他们在墙上挂一面俭朴的牌子,上面写着'贝黎刚—马尔岱慈善基金会,纪念两位在香槟区为国捐躯的儿子'。等战争结束……"

"我想,我是说……战争已经结束了。"夏波夫律师怯生生地插话。

然而,他不知道,贝黎刚先生心里想的是另一场战争,夺去了他 2 个儿子,同时让他的财富连翻 3 倍的那场战争。他重回 1918年 9 月的胜利前夕,当时一场肺炎差点要了他的命,全家人围在他的床边(还有听到消息急忙从南北两地赶来的亲朋好友),他仔细地完成了自己告别人世演出的彩排:一字一句地念出他的遗嘱,所以现在他能一字不漏地说出来,他为它们注入活水。

"战争结束后,从我的遗产里拨出 3000 法郎,在布雷欧城的城中广场,竖立死亡英雄纪念碑。首先,必须以金色的粗体字列出我两个儿子的名字,然后留下一方空白,然后……"

他疲惫地闭上眼睛。

"……然后以比较小的字体列出另外三个人的名字……"

他停了很久没有开口，公证人担忧地望着一旁的修女。他是不是……一切就这样结束了？然而，天使会的玛丽修女顶着修女帽摇着头。他还没死，他在想事情，在那具无法动弹的身体里，过往的记忆超越层层时空和距离，飞奔回来：

"我的财富绝大部分都是美国有价证券，他们跟我说收益相当不错，但我已经不相信了。"

他黯然地摇动长长的胡子。

"我已经不相信了。我要我的儿子立刻把它们转换成法国法郎。还有黄金也是，现在已经没有必要保存黄金了。叫他们把黄金卖了。叫他们复制一幅我的肖像，挂在布雷欧城城堡的一楼大厅。给我忠诚的仆人，每年给他一份年金外加1000法郎的养老金。至于我所有尚未诞生的曾孙，希望他们的父母能够以我的名字替他们命名，如果是男孩，就叫路易—奥古斯特，如果是女孩，就叫路易丝—奥古丝汀。"

"就这样？"夏波夫律师问。

他长长的胡子往下垂，示意：对，就这样了。接下来，在公证人、见证人和修女看来只有极短的一段时间，在那当下，却宛如一个世纪、一阵失神、一场梦那般漫长。在这段时间里，贝黎刚—马尔岱先生看着他在这世界走过的人生旅程，如倒带似回放：全家齐聚晚餐，德雷塞特大道，客厅里打盹，蜷曲在他膝盖上的猫，安纳托尔。最后一次和大哥碰面，两个人弄得不欢而散（后来他暗中把那个事业的股票买回来）。珍娜，他的妻子，在布雷欧城，佝偻着身子，深受风湿疼痛之苦，躺在院子里的草席躺椅里，指间夹着一把纸扇（八天后，她离开了人世），以及35年前的珍娜，还是在布雷欧城，新婚后第二天，蜜蜂从开启的窗户飞进来，钻进新娘的百合捧花，还有随意扔在床脚的橘子花花环里采蜜，珍娜笑着逃进他的怀里……

接着,他大概感应到大限将近,急促地挥着手,动作显得吃惊而且颇受局限,好像很努力要通过一条对他来说太过狭隘的门,嘴里还说:"不不,您先请。"接着脸上出现惊愕的神情。

"原来是这样?"那神情好像在说。真的是这样?

惊愕之情慢慢消退,那张脸孔变得庄严、阴沉,夏波夫律师奋笔疾书:

"……正当我们准备把笔交给立嘱人,请他签署本遗嘱之时,立嘱人努力地想抬起头,可惜力不从心,随即咽下最后一口气,以上均有公证人和见证人亲眼见证,并在朗读本遗嘱之后,签名使其具有法律上应有之效力。"

24

尚—马黎恢复了意识。四天来,他一直处在高烧无意识的昏睡状态。一直到今天他才觉得比较有力气。昨晚有位医生来到这儿,替他的伤口重新包扎,高烧跟着退了。从他所在的位置,也就是他们将他安置的那张行军床上,尚—马黎看见一间略显昏暗的大厨房,一位老太太头上的白色软帽,她坐在角落里,漂亮的闪亮汤锅挂在墙上,墙上还挂了一张挂历,挂历上画了一名法国士兵,圆圆粉嫩的脸,双手左右各拥一名阿尔萨斯少女,这是另一场大战的纪念。看到另一场大战的印象在这里如此深入人心,感觉真奇怪。墙上最显眼的位置上,挂着四个穿制服的男人肖像,一个三色小领结和绑在角落的小型三色橡胶勋带,另有一本1914到1918年间的漫画集锦,以黑绿双色装订,就放在他旁边,供他消磨养病的无聊时间。

他听到的谈话中,总是反复出现几个字眼:"维丹要塞,沙勒罗瓦①,马恩河战役②……另一场大战的时候……当我军占领米卢斯③时……"关于现在正在打的战争,关于失败,几乎没有人谈及,这些还没有深入人心,要再等几个月,也许几年,说不定要等尚—

---

① 译注:Charleroi,比利时城市。
② 译注:Marne,一次大战时的著名战役,英法联军击败德军。
③ 译注:Mulhouse,阿尔萨斯省城市。

马黎这会儿看见的、那些在矮树篱上出没、一脸脏兮兮的调皮孩子长大成人之后,失败的意识才会成形,具体而微的惊悚战栗。他们头戴扯裂的草帽,有一张粉红色或褐色的脸颊,手抓青绿色的长枝条,掩不住惊疑好奇,脚蹬木鞋,努力想站高一点,看清楚一点屋内的伤兵,若尚—马黎动了一下,他们立刻做鸟兽散,活像成群的青蛙扑通扑通没入水中。有时候,小门没有关好,一只母鸡,或神情木然的老犬或巨大的火鸡会跑进来。只有在吃饭的时间,尚—马黎才见得着屋主。傍晚时分,两个女孩会跑过来坐在他旁边。其中一个叫赛希儿,另一个叫玛德莲。他一直以为她们俩是姐妹。结果不是!赛希儿是这家农场女主人的女儿,而玛德莲是她收留的孩子。两位女孩都很赏心悦目,她们长得不算漂亮,但是清新自然,赛希儿有一张圆圆胖胖红通通的脸,棕色的眼眸炯炯有神。玛德莲有一头金发,比较苗条,脸颊散发明亮光彩,粉嫩光滑,就像盛开的苹果花。

　　从这两位年轻女孩的口中,他得知这一个礼拜接连发生的事情。透过她们的口述,透过她们略显生硬的语言表达,这些本应是影响巨大的历史事件,它们的悲惨调性在她们口中消失无踪。她们说:"真是可怜",还有"看到这些,一点都不好玩……""啊!先生,我们觉得很无聊喔!"他不禁纳闷这是当地人惯有的说话方式,或者其中包含了另一种深意,在这些女孩的心灵深处,在她们年轻人的想法里,某种本能告诉她们战争已成过去,敌人已经远离,日子虽然扭曲变形,甚至可说是支离破碎,还是要继续过下去。他的母亲说得好,她双手不停编织,火炉上熬着汤,幽幽感叹道:"1914年?我和你爸就是在那一年结婚的。那一年结束的时候,情况非常悲惨,开始的时候却非常幸福。"尽管如此,那可怕的一年,有了他们的爱情润泽,变得温柔多彩。

"同样地,在这些年轻女孩的回忆里,1940年的夏天,尽管发生了许多事,永远是她们双十年华的灿烂季节。"他想。但他真的不愿多想,混乱思绪比身体病痛更难熬,可是,所有的一切都蜂拥而来,一股脑全在他的脑里回旋,没完没了:5月15日休假中断紧急归队,在安杰的四天,火车停运了,士兵席地而眠,先是被蚊虫叮咬,接着躲警报,空袭;雷泰尔战役,撤退;索姆河战役,再度撤退,紧接着从一个城市流亡到另一个城市,群龙无首,没有命令,没有武器,最后车厢着火。他激动地动了动身子,嘴里发出呻吟。他已经搞不清楚他真的在现实世界中与敌人厮杀,还是因为发烧、口渴导致脑子产生幻觉。好了,这是不可能的……世界上有些事情是不可能发生的……是不是有人提到过色当?① 那是1870年的事,历史书里记载得很清楚,写在那一页的最上面,那本书有着红棕色的布面封套,仿佛就在眼前。那是……他慢慢地逐字背诵:"色当,色当一役战败……"墙上,那幅日历,那笑容灿烂、脸色红润的士兵,和两位穿着白色裤袜的阿尔萨斯省少女。没错,这是梦,陈年往事,而他……他开始全身发抖地说:"谢谢,没关系。谢谢,不用了……"任人掀开床单在他沉重僵硬的脚上塞进一团温热的东西。

"今天晚上,您看起来好多了。"

"我感觉好很多了。"他回答。

他要求要一面镜子,当他看到自己的下巴长出一圈黑黑的胡子时,不禁莞尔。

"明天,我得刮个胡子……"

---

① 译注:色当战役,1870年普法战争中的著名战役,法皇拿破仑三世在该地被普军包围投降。

"如果您有力气的话。弄得那么干净,您想给谁看啊?"

"给你们看。"

她们笑了,然后走到他的身边。她们很好奇,很想知道他从哪里来,在哪里受伤。偶尔,自觉不好意思,双双停止发问。

"喔!您不该让我们这样叽叽喳喳地问个不停……您一定觉得累了……然后我们又会吵架了……您说您姓米修?叫尚—马黎?"

"对。"

"您是巴黎人?您是做什么的?您在工厂工作?不对,嗯!从您的手就可看得出来。您应该是办公室职员或者公务员?"

"只是学生。"

"啊!您还在念书?怎么会?"

"老天爷,"他一边思索一边说,"我也很纳闷!"

真奇怪……他和他的同学,大家明知道念书没有用,反正要打仗了,念书一点用处都没有,他们还是照常念书,参加并通过了考试拿到证书……他们的未来早已经设定好了,他们的职业生涯是上天注定的,就像以前人说的"姻缘天注定"。1915年,他父亲休假因而有了他。他在战乱中出世而且(他一直都很清楚)是为了战争而生。这样的想法并不晦暗,反而既合乎逻辑又合乎情理,其实他那个年纪的男孩多半都有这样的想法。但是,他想,既然最坏的已经过去了,一切即将改变。未来再度出现曙光。战争结束,虽然恐怖、耻辱,但是已经过去了,而且……希望重燃……

"我想写书。"他害羞地说,对着这些农家姑娘,这些陌生的女孩,说出刚刚在他心底的秘密角落萌芽成形的愿望。

接着,他想要知道这个地方的名字,他现在所在的村庄在哪里。

"这里离什么都远,"赛希儿说,"是穷乡僻壤。啊!日子千篇一律,整天照顾牲畜,照顾到连自己都变笨了,对不对,玛德莲?"

"您来这里很久了吗,玛德莲小姐?"

"我来的时候才三周大。赛希儿的妈妈一直抚养我们两个,我们是喝同样奶水长大的姐妹。"

"看得出来,您两位相处得非常融洽。"

"我们当然也有意见不同的时候,"赛希儿说,"她想当修女!"

"有时候……"玛德莲笑着说。

她的笑容带点腼腆,缓缓的很漂亮。

"不知道她是哪里人?"尚—马黎心里想。她的手掌发红,但是形状优美,一如她的脚和足踝。被收养的孩子……他感到些许好奇,些许同情。他很感激她,为他带来一点隐约模糊的奇情幻想,转移了他的注意力,让他不至于整天想着自己和战争。可惜他还非常虚弱。和她们一起笑,一起开玩笑很费力……不过,她们期盼的不正是这个?肯定是!在乡下,男孩和女孩互相揶揄调笑是一种流行……是合乎礼仪规范的,都是这样的,如果他不跟着一起笑,她们一定会很失望而且感到不解。

他费力地挤出一个笑容。

"等某个男孩来了,您就会改变主意了,玛德莲小姐,您就不会再想去当修女啦!"

"我跟您说了,我只是有些时候会有这样的念头!"

"什么时候?"

"喔!我不知道……悲伤的日子……"

"男孩儿,这里可没多少,"赛希儿说,"我跟您说了,我们这里离什么都远,再说仅剩下的那些,全都打仗去了。所以,唉,当女孩真命苦!"

"每个人,"玛德莲说,"都有苦命的地方!"

她原本挨着伤员坐,突然一跃而起。

"赛希儿,你忘啦!我们还没有冲洗磁砖地板。"

"轮到你了。"

"怎么这样!你脸皮真厚!没错,就是你,厚脸皮!"

她们争执了一会儿,然后一起去打扫。她们活力充沛,手脚敏捷。很快地,清凉的水冲洗过后的红色磁砖地板闪闪发亮,门口飘来一阵青草、牛奶和野生薄荷的味道。尚—马黎将脸颊靠到自己的手上。好奇怪,这份绝对的宁静与他内心的翻腾思绪对比竟是如此地强烈,因为这六天来,在他耳边回响不绝的恐怖巨响只要抓到一秒的寂静空隙,就会立刻再度钻进他的耳里:金属擦撞的声音,铁锤慢慢无声地落下撞击巨大铁砧的声音……他不住地打颤,全身冒汗……那是列车车厢遭到机关枪扫射的声响,梁柱钢筋爆裂巨响掩盖人群的尖叫。他大声地说:

"无论如何,一定要忘掉这一切,不是吗?"

"您说什么?您需要什么吗?"

他没有回答。他不认得赛希儿和玛德莲了,她们垂头丧气地点着头。

"温度又上升了。"

"你害他说太多话了啦!"

"什么话!他根本什么都没说。都是我们两个一直在说。"

"我们让他累着了。"

玛德莲俯身凑到他面前,他看见一张散发草莓香味的粉嫩脸颊贴近他的脸。他亲吻了她!她猛地挺直身子,脸色唰地通红,笑着理理凌乱的发丝。

"好,好了,您吓了我一大跳……您病得没那么严重嘛!"

他则在想:"这个女孩是谁?"他刚刚亲了她,那举动就像拿一杯清凉的水到嘴边一样。他全身热不可当,他的喉咙,嘴巴仿佛被火焰的光热烧到发干龟裂,那晶莹柔嫩的肌肤让他如获甘霖。在此同时,他的脑里满是昏睡和高烧引发的澄明幻象。忘了那些年轻女孩叫什么名字了,连自己的名字都想不起来,他现在到底是怎么了,他怎么会流落到这个他一点都认不得的地方,要理出一个头绪对他来说实在是难以负荷。他疲倦极了,但是他的心灵飘游到抽象迷离的世界,泰然轻盈,就像水中优游的鱼、御风而行的鸟。他看不见自己,他,尚—马黎·米修,脑海里出现的是另一个影像,一个无名的士兵,战败却不肯屈服,受伤却不轻生,不幸却不绝望的年轻人。"无论如何,一定要想办法找出一条生路……一定要离开这里,离开我们深陷的血泊和污泥……无论如何,绝对不能在这里倒下,死去……不行,对不?这太蠢了。一定要坚持下去……坚持下去……坚持……"他喃喃自语,然后睁大眼睛,直起身子坐在床上,紧紧抱住长枕,望着满月的夜,充满香气,万籁俱寂,光辉无瑕的夜,白天的暑热挥发后凉爽的夜,农庄一反常态,敞开门扉窗户迎接的夜,好让伤员能够身凉心静。

25

贝黎刚神父跟男孩们重新上路,孩子们每人带了一条毯子和一只布包,他们拖着脚,风尘仆仆,跟着神父离开危机四伏的罗亚尔河往内地、往树林里走,可是林子里已经有一支军队在那里扎营,神父认为这些士兵绝对逃不过敌人飞机的追踪,所以待在这座矮树林里跟待在河岸边一样,风险极高。因此,他舍弃国道,选择走一条石子小路,这样的小路差不多算是羊肠小道,仰赖自己的直觉带他们到某个与世隔绝的处所,就像他带领滑雪队上山,遭遇浓雾或暴风雪时,寻找某个遗世独立的庇护点一样。这是个美丽的 6 月晴朗好日,阳光如此灿烂温热,男孩们乐得醺醺然。一直到这里,他们都很安静听话,太听话了,他们禁不住互相推挤、打闹,贝黎刚神父甚至惊讶地发现有断断续续的笑声和低哼的歌声出现。他伸长脖子倾听,听见一段呢呢哝哝的反复旋律从后面飘送过来,像是从半开的嘴唇里送出的嗡嗡低吟。他建议男孩们齐唱一首健行时会唱的歌。他起了头,雄壮清晰一字一句地唱,不过,只有寥寥几个嗓音唱和。过了一会儿,声音全不见了,他也不唱了,只是闷着头往前走,心中纳闷这突如其来的自由在这些可怜的小孩儿心灵里引发了什么样的混乱欲望?什么样的幻梦?一个小男孩儿突然停下脚步,大声叫着:"蜥蜴,哇!一只蜥蜴!你们看!"敏捷的尾巴出现在两块向阳的岩石中间,旋即消失。几颗小小扁平的头冒出来,颤动的喉咙随着快速受惊的脉搏速度上下起伏。男孩们个个眼睛发亮,目不转睛地瞪着它们,甚至还有人蹲在小路上。神父耐心地等了一会儿,然后命令继续赶路。孩子们温驯地站起来,与此同时,石头同时从他们的指尖弹出,又快又准,其中两只蜥蜴,最大最漂亮的两只,全身是几近蓝色的浅灰色,当场被打死。

"你们为什么要这么做?"神父不悦地斥责。

没有人作声。

"为什么?太残忍了!"

"可是,它跟毒蛇一样会咬人。"一个男孩回答,他有一个尖挺的长鼻子,脸色苍白,神情惊恐。

"胡说!蜥蜴不会攻击人。"

"啊!我们不知道,神父。"一个流氓般满不在乎的声音传来,那虚伪的无辜口吻骗不了神父。

不过,神父觉得此地此刻不宜拿此事大做文章,他只是飞快地点了一下头好像他很满意这样的答复,尽管如此,他还是加了一句:

"你们现在都知道了。"

他叫他们排好队跟着他继续走。在此之前,他一直让他们随自己的意思自由行进,然而,他突然想到有些人也许会想趁机逃走。他们完全听命于他,只要哨音一响,立刻解散或立刻排队看齐,完全的服从,强制的缄默,没有任何差错,一举一动如此机械化,他看了都有些不忍。他目光扫过这一张张脸,脸色突然变得阴沉、晦暗、封闭,真的就像一栋封死的房子,大门紧锁,灵魂退缩到心灵最深的角落,如槁木死灰。他说:

"如果想在入夜之前找到地方过夜,我们必须加快脚步赶路,不过,只要我能确定我们能在哪里过夜,哪里吃饭(因为要不了多久,我们就会开始感到饿了),我们可以生一堆营火,到时候,你们想要在外面待多久就待多久。"

他走在队伍中间,跟他们说他在欧维尼的那些孩子们的事,滑雪之旅、山林漫步,努力地想引起他们的兴趣,缩短他与他们之间的距离。却只是白费工夫,他们好像根本没有听他说话。他明白无论谁跟他们说话,不管说些什么,鼓励、斥责、教诲,根本无法打动他们,因为他们封闭了自己的心、在四周砌上了砖墙,变得又聋又哑。他们以这种方式对抗他。

"如果我和他们相处的时间能够久一点就好了。"他心里想。可是,在他的内心深处,他知道他一点都不想这么做。他只期盼一件事:尽快摆脱他们,卸下他们压在他身上的重担和不安。爱的信条一直支撑着他走到现在,一路上也还算相安无事,他谦卑地想,只要上帝赋予他的恩典依旧伟大,他就不能不顺从,"虽然他第一次有了这件事也许并不值得我费心,不值得真正牺牲的念头。我多么软弱啊!"他把一个老是落在队伍后头的小男孩叫到身边。

"你累了吗?你的鞋穿起来很不舒服吗?"

对,他猜得没错。小男孩脚上的鞋子太紧了,走起来脚会痛。他牵起他的手,帮助他继续走,同时柔声对他说话,由于他弯腰驼背,站不直,他伸出两根手指轻轻地顶住他的脖子,强迫他抬头挺胸。小男孩没有反抗。相反地,他眼睛望着远方,神情淡漠,伸直脖子顶着头上的那只手,这无声但坚定的反制力道,这诡异、暧昧的轻抚,或者该说等待被抚摸的模样,反倒让神父的血直往上冲,面红耳赤。他握住男孩的下巴,目光定定地试图探寻男孩的眼睛,但是,男孩的眼睛隐藏在低垂的眼皮底下,完全看不见。

他加快步伐,努力收拾心绪,就像他悲伤的时候,或是在心里默祷时一样。严格说起来,这不能算祷告。而且他默念的言语经常不是人类世界通行的语言,那是能让他沐浴喜乐和平静走出来的某种难以形容的凝望。然而，今天喜乐和平静统统背离了他，原本感受到的怜悯之情却被一粒忧虑和苦涩的老鼠屎破坏无遗。这些一看便知的可怜虫身上，缺乏恩宠：他的恩宠。他真希望能够汇集所有恩宠，灌溉他们，感化这些爱与信贫乏的心灵。当然，只要受难基督的一声喟叹，令他底下的一位天使拍打双翼，奇迹就能出现，可是他，菲利普·贝黎刚，不正是奉上帝之命前来软化、打开他们的心房，教导他们准备随时迎接上帝降临的吗？他为自己的无能感到痛心。幸运的他，免去了信徒经常遭逢的怀疑过渡期以及突如其来的信心枯竭等苦难，居然不能将信徒送到上帝面前，反而有点像是在信徒犹疑着要投向撒旦和上帝之间，在摇摆不定的半途中，抛下他，让他坠入黑暗的深渊。

对他来说，诱惑不在这儿，是一种神圣的急不可耐，在自己周围累积疯狂灵魂的渴望，令人胆寒的急切，一旦他为上帝征服了一颗心，随即投入其他的战役，以至于让自己永远处在沮丧、无法满足、对自己不满的状态底下。这是不够的！不，耶稣基督，这不够！那位不信神的老人，在临死前的最后一刻，告解，领受圣体；那位女罪人宣告放弃罪愆；渴望受洗的异教徒。不够，不，不够！他在拼命累积金钱的吝啬鬼身上看到类似的特质。然而，这不一样，不全然是这样。这让他想起他小时候徜徉河畔的时候，每钓起一条鱼时，那种喜悦之情（现在，他无法理解他怎么会喜欢这样残酷的休闲娱乐，甚至叫他吃鱼他都觉得难受。蔬菜、乳制品、新鲜面包、栗子，还有浓稠到能让勺子垂直站立汤锅中的乡村浓汤，他只要这些就够了），但是，他小时候曾经满是罪恶，他还清清楚楚地记得，当太阳落到水面，而收获却少得可怜时，还有当他知道假期结束，内心的焦虑担忧，大人们怪他太小题大做。他害怕他们不是上帝派来的，而是另外那个派来的……总之，他从来没有经历过像今天，在这条路上感受到的这种情绪,在这片杀人飞机来回盘旋、反射金光的天空下,在这群他只拯救得了肉体的孩子中间……

他们走了好一会儿,终于看到一座小镇,镇上最外围的房子映入眼帘。小镇很小,没有遭受攻击,完好如初,但空无一人,居民都逃光了。尽管如此,他们在离家之前,还是非常仔细地为家门和窗户加上大锁。他们带走了他们的狗,带走了兔子和鸡,只剩下几只猫,它们或躺在院子小径上晒太阳睡懒觉,或在低矮的屋檐上漫步,安详惬意。由于是玫瑰盛开的季节,每一条门廊上都看得见绽放的美丽花朵,笑脸迎人,招来黄蜂和飞虫往花里钻,吸食花心。被居民抛弃的小镇里,没有人语也听不见脚步声,连乡野惯常的音响都听不到——手推车吱嘎的声音、鸽子咕噜咕噜的叫声、门前院子家禽的叽叽喳喳的叫声——小镇已经成为小鸟、蜜蜂和胡蜂的天堂。菲利普好像从来没听过这么快乐的虫鸟鸣啭,也没看过四周有这么多的蜂群飞舞。干草棚、草莓、黑茶藨子,芬芳浓郁的小花环绕菜圃,每一垄,每一丛,每一根茎都散发出如纺车滚动般的柔细呼噜声。这些院子曾经被精心打理并且得到主人用心呵护。每一个院子里都有拱形的花架开满玫瑰,半圆花棚里还看得到硕果仅存的几株紫罗兰,两张铁铸椅子,一张朝阳的长凳。醋栗果实硕大,透明金黄。

"今天晚上的甜点想必美味极了。"菲利普说。"小鸟只好被迫跟我们一起分享了,摘取这些果子不会对任何人造成损害。你们包袱里带的食物应该都还算充裕,我们不用担心挨饿。当然,不要以为今晚有床可睡,我想在户外星空下过一晚,你们应该不会害怕吧?一片草地,一道泉水。我想,谷仓跟马厩应该吸引不了你们了!也吸引不了我……天气这么好。好了,先吃一点果子给自己打打气,然后跟我来,我们去找个好地方。"

他等了15分钟,让孩子们大口咬嚼草莓,他仔细地监视着他们的一举一动,不让他们踩坏花草和蔬菜,不过,他根本无需白费心力,因为他们真的非常乖。这次,他没有吹哨子,只是提高了音量。

"好了,留一点晚上享用。跟我来,如果你们路上不慢吞吞掉队的话,我就不强制大家一定要排队。"

他们再次乖乖的听命行事。他们一个个目光落在树上、天空中、花朵里,菲利普猜不透他们心里在想些什么……他觉得,吸引他们的,能跟他们敞开心扉说话的不是这个看得见的世界,而是这纯净空气的醉人香气,以及他们呼吸得到的自由,这对他们来说是全新的感受。

"你们当中没有人到过乡下吗?"菲利普问。

"没有。神父,没有。先生,没有。"他们一个个了无生气地回答。

菲利普已经注意到,他问完话之后总要等上几秒钟才能得到响应,好像他们在编造借口、谎言,又好像他们没有完全听懂他要他们干什么……他总有一种感觉,好像跟他打交道的不是……百分之百的纯种人类……他想。他大声地催促:

"快,快一点。"

他们走出小镇,接着看见一座大院子,荒芜杂乱,一个池水透明深邃的池塘,一间坐拥山丘的房子。

八成是座城堡,菲利普心想。他按了铁门上的门铃,满怀希望屋里有人,然而门房门户紧闭,而且没有人出来应门。

"眼前这片草地看起来正是我们所需要的。"菲利普伸手指着池塘边。"我的伙伴,没办法! 待在这里,我们造成的损坏一定比留在那些照顾良好的菜园里要少,也比露宿街头要舒服得多,而且万一气候骤变刮起暴风雨,我们大概还可以躲进这些小更衣室里……"

院子四周围起一道铁丝网栅栏,他们轻松地爬了过去。

"别忘了。"菲利普笑着说。"我现在替你们做了一个非常不良的示范,所以我要求各位对这里保有绝对的尊重,不可以折断任何一根枝条,草地上不能留下一张报纸,或一只空罐头。听清楚了吗,嗯?如果你们表现良好,明天我就特许你们进池塘游泳。"

野草长得很高,几乎碰到他们的膝盖,他们践踏花蕊。菲利普指出象征圣母的花给他们看,六片白色花瓣的星状花,还有代表圣何塞的花,淡淡的紫罗兰,花色近乎粉红。

"我们可以摘吗,先生?"

"可以。这些花你们爱摘多少就摘多少。这些花只要一点雨水和一些阳光就能发芽,那一些则需要花费力气细心照顾。"他指着遍植城堡四周的大片花丛。站在他身旁的一个男孩抬起方方的国字脸,他的脸色苍白,颧骨突出,望着紧闭的大扇窗户。

"里面一定有不少东西!"

他说得很小声,但是音调隐含的贪婪却让神父感到不安。见他没有回答,小男孩又说了一次。

"对不对,神父,里面应该有不少东西吧?"

"我们从来没有看过这样的房子。"另一个男孩说。

"里面说不定会有许多很漂亮的东西,家具、画、雕像……不过许多这种城堡的主人都已经破产,如果你们以为可以看见什么稀世珍藏,你们可能会失望。"菲利普愉快地回答。"我想你们最感兴趣的大概是食物吧。我觉得这个地方的居民似乎颇有先见之明,他们应该把家当全都带走了。再说,无论如何,我们都不能碰这些东西,因为它们不属于我们,最好别去想它,想办法以我们现有的东西熬过去。我要你们分成三个小组:第一组去捡树枝,第二组去提水,第三组准备饭盒。"

在他的监督指挥下,孩子们工作得又快又好。很快地,池塘边就升起了一堆旺火,他们吃了东西,喝了水,摘了许多木莓。菲利普本想安排大家玩游戏,但是孩子们了无生气,玩儿得一点都不带劲儿,没有喧闹,也没有笑声。池面不再反射金光,只剩点点波光粼粼,池塘边传来阵阵蛙鸣,火光映照蜷在毯子底下一动不动的孩子们身上。

"你们想睡了吗?"

没有人作声。

"你们冷吗?"

还是一片静默。

他们总不会全都睡着了吧,神父想。他站起来,在一排排的孩子中间走动。偶尔,他低下身子替一个比其他人更瘦弱的男孩盖上毯子,他理着平头,长着两只招风耳。他们全部闭着眼睛,不是假装睡着了,就是真的沉入梦乡。菲利普回到火堆旁读他随身携带的经书。偶尔抬起头,凝视水面波光,这样四下静寂的沉思时刻消除了他全身的疲惫,是一切辛劳的报偿。爱再度渗透他的心房,一如雨水渗透干燥的土地,先是一滴一滴,备极艰辛地在岩石中间打出一条通道,一旦寻回那颗心后,接着变成长长湍流。

可怜的孩子!他们当中有人正做梦,梦中的他发出冗长单调的低吟。神父在黑暗中举起手,为他们祝福,喃喃祷告。"天父爱你们。"①他低声说。当他鼓励读经班上的孩子忏悔告解,逆来顺受、诚心祷告时,他喜欢跟他们说这句话。"天父爱你们。"他怎么能够认为这些不幸的孩子,认为他们没有获得上天的恩宠呢?说

---

① 编注:此处原为拉丁文 Pater amat vos,意为"天父爱你们"。

不定天父给他们的爱比给他的还多,对待他比待他们更严格,他获得的神圣润泽说不定比他们当中最堕落的一个更少?哦,耶稣基督!请宽恕我!我只是一时自傲作祟,这是恶魔设下的陷阱!我算什么?比任何东西都不如,比您崇高脚下的灰尘还卑微,神啊!对,毫无疑问的,受您关爱的我,从小备受呵护,一路被引导到你的面前,你难道没有权利质疑?可是,这些孩子……有些是被上帝选中……其他……圣人将拯救他们……是的,人性本善,一切都是良善,一切都是恩典。耶稣基督,请宽恕我的哀叹!

水涓涓流动,夜安静肃穆。没有神照拂的地方,他不可能活得下去,这气息,这眼神在暗夜里,吹拂着他,注视着他。躺在黑暗中的孩子紧挨着母亲的胸膛入睡,不需要光就能辨识出她亲爱的轮廓,她的手,她的戒指!他快活地甚至偷偷笑出声。"耶稣基督,您再度降临。请留在我身边,我挚爱的朋友!"一缕长长的粉红火焰猛然从焦黑的木头中冒出来。夜已深了,月亮高挂天空,但是他不想睡。他拿了一条毯子铺在草地上。他躺下,两眼睁得大大的,一朵花轻蹭着他的脸颊,大地的这个角落寂静无声。

他没听见,也没看到,但是透过某种第六感,感应到有两个男孩无声地快步跑向城堡方向。速度之快,一开始他还以为是自己在做梦。他不想出声叫唤,更不愿因此吵醒其他已经睡着的孩子。他站起身,拍了拍黏在长袍上的草梗和花瓣,然后也朝着城堡方向走去,浓密的草地吸收了脚步声响。现在,他想起来了,他曾经注意到城堡的某个窗户的木头百叶窗没有关紧,半开半掩。的确,他猜对了!月光照亮城堡外墙。一个男孩正使劲用力推,想强行打开百叶窗。菲利普还来不及怒喝,出声制止,一颗石头霎时砸碎玻璃,碎片掉落一地。男孩纵身一跃,身影如猫般轻巧,翻身消失屋内。

"啊!小坏蛋,让我来管管你们!"菲利普咒骂。

他把长袍卷到膝盖上，循着他们入屋的路线进屋，一进屋，他发现自己位在一间客厅里，家具都套着布套，冰冷的大片镶木地板闪着寒光。他在黑暗中摸索了一会儿，终于找到电源开关。他把灯打开，屋内却不见人影。他迟疑了一会儿，四周张望（男孩不是躲起来，就是溜走了），沙发、钢琴、罩着流苏布套的安乐椅、波斯式印花窗帘全都是藏身的好地方。他朝一处深深的窗洞走过去，因为刚刚那里的布帘动了一下，他唰地一下掀开布帘，一个男孩躲在里面，是年纪较大的那个，他已经可以算是成年人了，黝黑的脸，眼睛很漂亮，低窄额头，沉稳的下巴。

"你们来这里干什么？"神父说。

背后传来声响，他回头一看，另一个男孩也在这个房间里，就在他的正后方。他的样子看来大概也有十七八岁了，他紧抿双唇，蜡黄的脸上尽是不屑，那神情就像被一头野兽附身。神父虽然一直提高警觉，但是他们的动作实在是太快了，霎时两人冲向他，其中一个男孩一个绊马腿将神父勾倒在地，另一个则上前掐住他的喉咙。菲利普没有发出声音，但出手狠准，有效的挣扎反击，他抓住一个男孩的衣领，使劲勒紧，逼得男孩只得松手。正当男孩想要挣脱逃走时，口袋里掉了一些东西，落在地上：是钱。

"干得不错，手脚真快。"菲利普坐在地板上，略微喘气地说，心里则想："最重要的是，不要把事情闹大，把他们带离这里，之后他们就会像小狗一样乖乖地跟着他走了。其他的，明天再说！"

"够了吧！这样胡搞瞎搞应该够了……快走。"

他话才说完，两个男孩又一个跳跃朝他冲了过来，静静地，野兽似地，孤注一掷，其中一个咬了他，鲜血霎时涌出。

"他们真的想杀我。"菲利普惊讶地想，他们像野狼一样紧紧地抓住他不放。他不想伤害他们，但是他被迫还击。出拳、脚踢、逼退他们,但是他们再次冲上来,而且攻击比前一次更狂野,已经完全失去了人性,他们是恶魔,是野兽……尽管如此,菲利普还是三人当中最强壮的一个,可是说时迟那时快,他的头狠狠地被某个家具敲了一下,是一张镶有铜铸桌脚的单脚小圆桌,他应声倒下,隐约听见其中一个男孩飞奔到窗户前,吹了一声响亮的口哨。接下来,他什么都看不见了:他没看到28个青少年顿时醒来,飞奔着穿过草地,爬上窗户;也看不到他们一窝蜂冲向脆弱的家具,把它们从中劈开,搜刮财物,然后扔到窗外;他们发狂似地围着倒地不起的神父跳舞,唱歌狂啸,一个年纪很小的男孩,有着女孩般娇弱的脸庞,双脚并拢在沙发上跳啊跳,老旧的弹簧随着弹跳咿呀呻吟,比较大的几个发现了一个储酒的酒箱,他们用脚踹着酒箱,把酒箱推到客厅。他们打开酒箱,里面是空的,不过他们不需要酒,他们早就在发酒疯了,光是杀戮已经够让他们发狂了,他们感到无上的快活。他们拉住菲利普的脚,把脚架上窗棂,然后把他整个人抬起来,让他滚落窗外,重重地摔在草地上。他们走到池塘边,七手八脚将他抬起来,把他当成一个大包袱,前后摆荡——喝!抬高!去死吧!他们发出嘶哑的童音怒吼,其中几个还没有变声呢,带着细嫩的童稚腔调。可是,神父落水的时候,他还没死。保命的本能或是最后一丝求生的勇气让他攀住池塘边缘,他双手握住树枝,死命将头保持在水面上。被拳打脚踢得伤痕累累的脸,红肿、狰狞而恐怖,孩子们对他扔石头。起先,他还撑得住,用尽全力抓着树枝不放,之后树枝开始摇晃、断裂。他企图抓住池塘对面的边缘,但是落石如雨下,最后,他不得不举起双手掩盖自己的脸,孩子们眼睁睁地看着他穿着那身黑色修士袍直直沉入水底。他不是淹死的,他是被一只花瓶砸中。就这样,他死了,下半身没入水里,头仰面朝上,一只眼睛被石头打中而爆裂。

26

尼姆的圣母院每年都会为贝黎刚—马尔岱家族的过世成员举行追思弥撒，不过，由于现在整个家族只剩下贝黎刚太太的母亲一个人还留在尼姆，所以平常时候，弥撒多半选在侧厢的小礼拜堂里草草举行。眼睛半盲、圆圆胖胖的老太太端坐前方，嘶哑浓重的呼吸气音盖过神父说的话，在座的还有一位在他们家工作了30年的老厨娘。贝黎刚太太娘家姓克拉恭，与在马赛经营油品生意致富的克拉恭家是姻亲，这层渊源在她看来当然是颇感光耀（而且她的嫁妆高达200万法郎，是战前的200万法郎），不过与夫家的显赫名声相较还是略逊一筹。她的母亲，克拉恭老太太，非常赞同她看待这事的态度，虽然隐居在尼姆，她仍然恪尽职守，不放过贝黎刚家的任何一项婚丧喜庆，为亡者祷告，逢生者结婚、受洗，必不忘寄上一封祝贺信，就像移居殖民地的英国人每逢伦敦欢庆女王诞辰，必孤独地在异地喝得酩酊大醉。

这次的死者追思弥撒对克拉恭太太来说，可是特别地愉快，仪式结束后，离开教堂回家的路上，她先光顾一家蛋糕店，在店里喝了一杯巧克力，吃了两块牛角面包。太油腻了，她的医生开了严格的饮食控制表要求她遵守，但是，她今天起得比平时早了许多，而且还走过整座教堂，从雕刻精致的大门一直走到她落坐的长凳，这趟路消耗了她许多体力，所以她大口享用这些恢复体力的食物，没有半点心虚。甚至有时候，当她的厨娘（她很怕这位厨娘）背对着她，手上拿着祈祷书（主人克拉恭夫人的黑色披肩搭在手臂上）直挺挺安静地站在门边上时，老太太会立刻趁机拉一盘糕点过来，然后装作一副没事的样子，一下塞进一块鲜奶油泡芙，一下吞进一块迷你樱桃派，有时候还一次吞下两样。

她的马车停在外面，顶着大太阳和成群的苍蝇，前头套着两匹老马，驾车的马夫，圆滚滚的身材跟克拉恭太太几乎不相上下。

这一年，全都乱了。贝黎刚一家历经6月连串事件之后，避居尼姆，随即传来贝黎刚—马尔岱老先生和菲利普死亡的消息。前一件死讯是某个收容所的修女送来通知，老先生在收容所的最后一程"非常安详，非常令人欣慰，非常符合基督教义"，圣体修道院的玛丽修女信中这么写着："死前念念不忘家人，甚至不忘修改遗嘱细节，遗嘱将尽速送往登记。"

最后这几句话，贝黎刚太太读了又读，接着叹了一口气，脸上出现担忧的神色，不过没多久就换成一张得知至亲尾随上帝在天国安息的虔诚基督徒脸孔。

"你们的祖父已经随侍在耶稣基督的身边了，孩子们。"她说。

两个小时后，重创一家子的第二件噩耗传来，然而细节并不清楚；一位在卢瓦雷省的小镇镇长告知，菲利普·贝黎刚神父被人发现意外死亡，随函附上证明其身份无误的证件，至于他带领的30位学生全部下落不明。由于当时有一半的法国正在寻找另一半，所以孩子们失踪这件事，大伙倒也司空见惯了。有传言说一辆卡车翻覆，落进河里，那里离菲利普身亡的地点很近，所以他的双亲认定卡车上面坐的是他还有那些可怜的孤儿没错。最后，有人跟她说雨柏在磨坊镇战役中不幸为国捐躯。这一次，惨、惨、惨，连三惨，世间的至惨逼得贝黎刚太太再也承受不住，硬是从心肺扯出一声绝望、骄傲的哀嚎。

"我竟生下了一个英雄和一位圣人。"她说。"我们的儿子为别人的儿子付出生命。"她面色阴郁地望着克拉恭家的一位表姐，喃喃地说。这位表姐的独子在杜鲁斯的消极防御前线找到了一个安全的小差事。"亲爱的奥黛特，我的心在滴血，你知道我终其一生所有的心思都花在我的孩子身上，我是母亲，除了母亲之外没有别的（年轻时颇为爱玩儿的克拉恭太太惭愧地低下头），可是我对你发誓，我内心的骄傲让我忘却了丧子之痛。"

她挺直身板，充满骄傲尊严地送她表姐到门口，真切地感受到丧服黑纱在她四周飞舞，她表姐谦卑地感叹：

"你喔！你真是不折不扣的古罗马人。"

"一个守法的法国人而已。"贝黎刚太太冷冷的说，随即转头走开。

这番话稍稍减轻了她内心深切剧烈的哀痛。她一直很尊敬菲利普，而且多少了解了他不属于这个俗世，她知道他梦想着到处去传教，而他会放弃这个梦想，是出于谦恭的高贵情操，选择以他认为最困难的方式去服侍上帝，顺从地完成日常生活中最细微的职责。她坚信她的儿子现在一定随侍在主的身旁；说到她的公公，她虽然自责，但内心多少还有点不服，反正……至于菲利普："我清楚地看见他仿佛我就在那里！"她心想。没错，她是大可以以菲利普为荣，而且他灵魂的光彩一定会照射到她身上。然而，最奇怪的应该是她在心底对雨柏逐渐改变了看法，在校成绩老是抱零鸭蛋、爱咬指甲的雨柏，手指头总是染着墨水，憨厚丰腴的脸，纯真的宽嘴巴；雨柏，为国捐躯，英雄，这……简直无法想象……当她讲到雨柏离家的事时，朋友无不深受感动。"我想尽办法留住他，不过我很清楚那是不可能的。他是个孩子，不过是一个勇敢的孩子，他是为了护卫法国的荣誉而死。"就像罗斯唐①说的:"无此必要的时候更美。"她回想过去。她的确说过许多慷慨激昂的话,觉得是她亲手把儿子往战场里推。

尼姆这地方,在此之前,对她的看法总脱不了一点酸溜溜的艳羡味道,现在所有的人说到这位哀痛逾恒的母亲时,无不带着景仰,几近爱怜。

"今天全市的人可能都会来。"克拉恭老太太哀叹着,她内心虽然哀痛却也相当自得。

那一天是 7 月 31 日,追思弥撒预计上午十点举行,这次的亡者名单上无限哀戚地追加了三个名字。

"哦!妈,这有什么用?"女儿回答,叫人分辨不出这些话指的是这样的安慰空洞无用呢,还是暗指她对这些乡亲们并不放在眼里?

整座城市在艳阳下闪闪发亮。人烟密集的区域,吹着干燥稀微的风,卷动门口挂的五彩珠帘。苍蝇叮咬人,这是暴风雨的先兆。平常每年这个时节总是沉闷无生气的尼姆,今年大街小巷挤满了人。大批拥入的难民还逗留不去,有的是因为找不到汽油,有的是因为罗亚尔河边界暂时关闭。街道和广场变成了汽车停车场,市内找不到半间空房。到目前为止,这些人都睡在街上,能有一堆稻草权充床铺,已经算是了不得的享受了。尼姆人自认已经为这些难民做了该做的事,甚至远远超过应该做的,他们为此深感自豪。他们张开双手迎接这些难民,将他们拥入怀中。没有一户

---

① 译注:Edmond Rostand(1868—1918),法国诗人、剧作家,最著名的作品是《大鼻子情圣》。

人家不热情接待这些不幸的人。只是,很可惜,这样的局面拖得太久了,超出正常合理的期限。尼姆人说,还有物资供应的问题,更不应该忘记这些长途跋涉舟车劳顿、已经精疲力竭的可怜难民可能会成为危险传染病的猎物。于是,他们透过媒体管道,用字婉转隐晦,却以一种不再遮遮掩掩的方式,比居民口耳相传更残忍的方式,每天不断祈求难民们尽快离开,然而现实的情况并不允许。

克拉恭太太家里已经收容了贝黎刚一大家子人,所以可以毫无愧色地拒绝出借哪怕是两条床单,也还有心情品味穿透拉下的百叶窗、飘进她耳里的街衢喧闹。此刻,她正在吃早餐,餐桌边还有贝黎刚家的孩子,等会儿他们全都要去教堂;贝黎刚太太看着他们吃,根本没有碰她的餐点,就目前食粮限制的情况来说,早餐的菜色算是相当美味诱人的,这都要感谢打从政府宣战后,他们囤积在大橱柜里的食物存粮。

克拉恭太太胸前挂着雪白洁新的餐巾,吃完了第三片奶油烤牛排,她开始觉得胃有些堵塞,不太能消化;她女儿冷眼定定瞪着她,让她感到不安。偶尔她停下刀叉,怯生生地望着贝黎刚太太。

"我不知道我为什么吃个不停,夏洛特。"她说。"就是想吃!"

贝黎刚太太口气冰冷,讥讽地回答:

"妈,您要克制。"

她推开摆在她母亲餐盘前那壶装得满满的巧克力。

"嗯!再给我倒半杯,夏洛特,千万不要超过半杯!"

"您知道这是您的第三杯了!"

克拉恭太太好像突然罹患了重听。

"是啊,是啊。"她点着头含糊地说。"你说的对,夏洛特,参加悲凄的典礼前,一定要先恢复元气。"说着,她喝了一口满是泡沫的巧克力,满足地叹了一口气!

此时，有人按了门铃，仆人拿着一个包裹进来，送到贝黎刚太太面前。里面是菲利普和雨柏的肖像，她叫人把儿子的相片拿去裱框。她望着相片良久良久，接着起身，将相片摆在相框托架上，再稍微往后退，仔细端详整体的感觉，之后她走进房间，拿了两朵黑纱小花和两条三色缎带出来，套在相框四周。这个时候，手上抱着小艾曼纽站在门边上的奶妈忍不住哽咽哭出声，杰奎琳和柏纳也跟着哭起来，贝黎刚太太分别牵起他们的手，强迫他们慢慢地站起来，然后带着他们走到相框托架前。

"我的宝贝！仔细看看你们的两位哥哥。祈求慈悲的上帝，请他降下恩泽，让你们跟他们一样，要努力做个像他们一样的乖小孩，听话，用功。他们是那么好的儿子。"贝黎刚太太心痛得快说不下去了。"如果上帝赐予他们殉道者的荣誉，我一点都不觉得惊讶。不要哭，他们在仁慈的上帝身边，他们看着我们，保护我们。将来也会在那上面迎接我们，在此之前，我们在这里，以他们为傲，像个基督徒，像个法国人。"

说到这里，每个人都哭了。克拉恭太太放下她的巧克力，伸出颤抖的手四下寻找手帕。相片里的菲利普和真人无异，那深邃纯净的眼神，就是他，相片中的他好像带着偶尔露出的淡淡微笑，关爱宽大地凝视着家人。

"……还有，待会儿祷告的时候，"贝黎刚太太补上最后一句，"别忘了为那些跟他一块儿失踪的不幸小孩祈福。"

"他们说不定有人还活着？"

"是有可能。"贝黎刚太太心不在焉地说。"很有可能。可怜的孩子……另一方面，这间收容所是沉重的负担。"她补上这一句，思绪回到她公公的遗嘱。

克拉恭太太擦干眼泪。

"小雨柏……他是这么的可爱,这么爱开玩笑。我还记得,有一天,你们到这里来玩儿的时候,吃过了午饭,我在客厅睡着了,而这个小淘气撕下绑在水晶吊灯上的捕蝇纸,然后慢慢地放到我的头上,我醒来,惊叫一声。那天,夏洛特,你结结实实地训了他一顿。"

"我记不得了,"夏洛特冷冷地说,"好了,妈,把您的巧克力喝完,我们该快一点了。车子在下面等,快十点了。"

他们下楼走到街上,老奶奶第一个出来,气喘吁吁,臃肿的身材重重地压在拐杖上,接着是贝黎刚太太,全身罩着黑纱,后面跟着两个小的,也是一身黑,小艾曼纽则是一身白,最后出来的是几个披重孝的仆役。马车已经等在那儿了,马夫走下车,替他们开车门,此时艾曼纽突然伸出小小的指头,指着群众中的某个人。

"雨柏,是雨柏!"

奶奶机械般地转身朝他指的地方看去,脸色登时惨白,哽咽地尖叫。

"耶稣基督啊!慈悲的圣母啊!"

母亲的嘴里飙出嘶吼的惊叫。她掀开面前的黑纱,朝雨柏的方向走了两步,在人行道上脚一滑,摔进及时上前接住她的马夫手里。

的确是雨柏,没错,一络头发遮住一只眼睛,粉红金黄的肌肤像颗油桃,没有行李,不见自行车但也没有外伤,张大嘴带着灿烂的笑容走过来。

"嗨,妈!嗨,外婆!大家都好吗?"

"是你?是你?你还活着!"克拉恭太太又哭又笑地说。"啊!我的宝贝小雨柏,我就知道你没有死!你这么鬼灵精怪,怎么可能会死呢,老天爷!"

贝黎刚太太回过神。

"雨柏？真的是你吗？"她虚弱地结结巴巴。

雨柏面对这样的欢迎阵仗，一方面很高兴，同时也有点不好意思。他朝他母亲走了两步，凑上脸颊，她茫然不知所以地亲吻了儿子的两边脸颊，接着他站直身子，在她面前局促不安地摇晃，就像他从学校拿了拉丁文翻译零分回家一样。

她感慨万千地喊了一声"雨柏"，然后往前揽住他的脖子，紧紧抱着他，不停地亲吻他，眼泪弄了他一身。他们的四周围了一小群围观民众，他们也深受感动。雨柏尴尬得不知该怎么做才好，只好轻轻拍打贝黎刚太太的背，好像她吃东西哽到喉咙了。

"你们不是在等我？"

她摇头表示不是。

"你们要出门？"

"小可怜！我们是要到教堂参加你的追思弥撒，祈祷你的灵魂能够安息！"

他突然松开她：

"真的？"

"总之，你上哪儿去了？这两个月，你都在做什么？有人跟我们说，你在磨坊镇死了。"

"唉呀，事实摆在眼前，这不是真的，我不是好端端的在这里！"

"可是，你不是跑去打仗了吗？雨柏，说实话！真的有必要往那里钻吗，小傻瓜？你的自行车呢？自行车在哪儿？"

"不见了。"

"想也知道！你这个孩子可害死我了！好了，怎样，告诉我，说，你上哪儿去了？"

"我一直想办法找你们。"

"早知道就不该离开我们。"贝黎刚太太不假辞色地说。"你爸爸知道了一定会很高兴的。"最后她抽抽噎噎地说。

接着,她突然放声大哭,抱着他又是一阵猛亲。只是时间一分一秒过去,她终于擦干眼泪,然而不听使唤的泪水还是一个劲儿直流。

"来吧,上去梳洗一下!饿吗?"

"不饿,我早餐吃得很饱,谢谢。"

"去换条手帕,换条领带,洗洗手,打理得体面一点,老天爷!然后快点到教堂来跟我们会合。"

"什么?你们还要去教堂?我还活得好好的,你们不觉得计划应该改一下,换成狂欢酒宴如何?去餐厅大吃一顿,好不好?"

"雨柏!"

"又怎么了?因为我说了'狂欢酒宴'吗?"

"不是的,只是……"

就这样,在大街上,这样子告诉他太难看了。她想。她拉了他的手,带他上了马车。

"宝贝,发生了两件非常不幸的事。首先是爷爷,可怜的爷爷过世了,还有菲利普……"

他听到这个重大打击时反应很奇特,两个月前,他很可能会放声大哭,大颗大颗略带咸味的透明泪珠滚滚滑落粉嫩的脸颊。他脸色霎时变得极度惨白,脸上的表情是她从来没见过的,充满男子气概,甚至可说是残酷的神情。

"爷爷,我不在乎。"长长的一段静默之后,他终于开口。"至于菲利普……"

"雨柏,你疯了?"

"没错,我是不在乎,您也一样。他年纪已经非常大了,而且疾病缠身,活在这乱七八糟的世界里,他能干什么?"

"什么话!"克拉恭太太出声抗议,心里很受伤。

可是,他没听她的,继续往下说。

"至于菲利普……首先,你们确定?会不会跟我的情形一样?"

"唉,我们可以确定……"

"菲利普……"

他的声音开始颤抖,哽咽起来。

"他不属于红尘俗世,其他人嘴里总是在讲天堂,其实心里想的全是人世的一切……而他,他来自天国,现在他应该很快乐。"

他将脸埋在掌中,就这样动也不动,过了好久好久。此时教堂的钟声响起。贝黎刚太太伸手搭着儿子的手臂。

"我们出发了?"

他点头表示同意。大伙分别坐上这辆和后面跟着的那辆车,前往教堂。雨柏走在母亲和外婆的中间,她们两位簇拥着他一直到他跪上跪凳。在场的人都认出他了;他听见四周窃窃私语,压低的惊呼。克拉恭太太说得对,全市的人都来了,在大家前来为他的家族亡者祈祷追思的这一天,所有人都亲眼目睹了他前来还愿,感谢上帝恩泽的劫后余生幸运儿。一般而言,大伙都很替他高兴,像雨柏这样的好男孩,能逃过德国的枪炮,满足了大伙正义伸张和祈求奇迹出现的渴望,从五月以后儿子就下落不明的母亲们(人数可真不少!)内心澎湃,燃起希望。当然,酸酸的念头是免不了的,因为她们没办法不这么想:"有人就是运气好。"但是,唉,可怜的菲利普(据说是位非常优秀的神父)竟然死了。

就这样,虽然身处教堂庄严圣地,许多妇女还是朝雨柏微笑。他没有正眼看她们,他还没有摆脱母亲那番话对他心湖投下的震撼,菲利普的死讯让他痛彻心扉。他再度感受到磨坊镇绝望且无用的反攻前,我军大溃败当时的惊惶。"如果我们全都一样,都是猪猡和母狗就好了!"他望着出席群众,心里想,"这样一来,还比较容易理解,但是像菲利普这样的圣人,派他来人世间走这一遭,到底为的是什么?如果是为了我们,为了替我们赎罪,这不就像是拿一颗珍珠换一袋石头?"

他周围的人、家人、朋友,个个唤起他心里的羞愧和愤怒之情。他见识了他们还有他们的同类在逃难路上的模样,他还记得那些官员逃难的座车,带着漂亮的黄色大皮箱和浓妆艳抹的女人,玩忽职守的公务员,惊慌失措的政客,任凭机密文件、档案散落一路,还有那些年轻女孩,停战协议的那天基于礼法痛哭一阵之后,现在一个个都在德国男人那里找到了安慰。而且没有人会知道,真相将被全体共构的天大谎言层层包围,造就另一页法国辉煌历史。要在其中发现牺牲奉献的情操,英雄事迹,难如登天。但仁慈的天主啊!我亲眼目睹了,我!紧闭的门,任凭我们敲破了手也求不到一杯水,还有那些劫掠民宅的难民,到处都是,从南到北,混乱、懦弱、虚荣、无知!啊!我们真高贵啊!

尽管他心里转着这些念头,嘴里仍喃喃地跟着诵念,行礼如仪,他的心如此沉重,如此难受,连带让他的身体也不舒服起来。好几次他忍不住低声哀叹,这情形看在他母亲眼里,令她忧心忡忡。她转头对着他,眼里的泪水盈盈打转,透过黑纱隐约可见。她低声问:

"你不舒服吗?"

"没有,妈。"他回答,望着她的眼神冷若冰霜,他虽自责不该如此却无法克制。

他心底苦涩,痛心严肃地批判自家人;心内交杂的悲苦并不是分门别类条理清楚的,而是以残暴粗略的影像一律概括接受,父亲常说共和国是"腐败政权",就在那天晚上,在家里,摆了 24 套杯盘的晚宴,最美的餐巾、赞誉有加的鹅肝酱、珍贵的葡萄酒,这一切都是为了某位很可能重掌部会的前任部长,而贝黎刚先生忙着赢得他的青睐。(哦!母亲的嘴噘得圆圆的:"我亲爱的总统……")满载衣物和银器的车辆困在汹涌的难民潮中,他的母亲手指着身背用块大手帕绑着几件换洗衣物的包袱,徒步往前的妇女和孩子,说:"你们看小耶稣基督多仁慈。想想看,我们也可能会是变得跟那些可怜人一样!"虚伪!伪君子!那他自己呢,他来这里干嘛?叛逆和怨恨胸中澎湃,来假装为菲利普祈祷!"可是菲利普……天啊!菲利普,我挚爱的大哥!"他喃喃地说,这些话好像拥有神圣的平静力量,纠成一团的心慢慢地化开,奔腾的热泪滚滚滑落,关爱、宽恕的念头钻进他的心。这些念头不是由内而生,而是从外面来的,仿佛某个朋友倾身对着他的耳朵悄悄说:"能够诞生出菲利普的家族和种族不可能是卑劣的,你对他们要求得太严格了,你只看到外面发生的事件,你看不透人的内心。悲惨不幸看得见,它乐于在所有世人面前燃烧,蔓延展现;唯有一人细数做过的牺牲,计量洒下的血和泪。"他望着那块大理石碑,上面刻着为战争牺牲生命的英雄名讳……另一场大战。其中有不少克拉恭家和贝黎刚家的族人,他从来不认识的叔伯、堂表兄弟、比他大不了多少的孩子,在索姆河、法兰德勒地区、维丹要塞为国捐躯,他们等于死了两次,因为他们死得一点价值都没有。慢慢地,从这些纷乱矛盾的思绪中衍生一股诡谲酸苦,溢满了他的胸怀。他已经有了丰富的经验,他很清楚,不再是模糊抽象,从书本上得来的印象,而是发自一颗曾经疯狂奋战过的心,一双奋力在磨坊桥防御战恪尽一己之力的手,以及正当德国人欢庆胜利之际,爱抚一个女人的双唇换来的。他知道这些字眼代表的真实意义:危险、勇气、恐惧、爱……是的,还有爱的真谛……现在,他觉得好多了,觉得强壮,而且对自己充满信心。他再也不是透过他人的眼睛来看世界,看他喜欢的,以及他相信的一切,从今以后一切都将由他自己做主,不再由他人授意。他十指慢慢地交叉,抱拳,低下头,终于,开始祷告。

追思弥撒结束,大伙在教堂前广场将他团团围住,有人亲吻他,有人向他母亲庆贺。

"他还是同样的可爱,脸颊圆润。"妇人们说。"经过这样的煎熬,他好像没怎么瘦,一点都没变,亲爱的小雨柏……"

27

早上七点,寇特一行人抵达格兰大饭店,他们已经累得走不稳了。他们惊恐地望着前方,仿佛一踏进旋转门后,又将落入噩梦般光怪陆离的世界,像是原本送往迎来的大厅挤满睡在乳白色的地毯上的难民,门房认不得他们,拒绝给他们房间,或者没有洗澡的热水,又或者大厅已被炮弹炸没了。然而,感谢老天爷,法国顶级温泉饭店完好如初,湖里人声鼎沸、喧闹,不过这样才是正常的。工作人员全员到位,饭店经理口头上说什么都缺,然而,咖啡香醇,酒吧的饮料沁凉,水龙头一转滚烫的热水和冷水要多少有多少。他们原本还有些担心,生怕英国不友善的态度会加深延长封锁行动,威士忌全面禁止进口,不过,他们的存货丰富,他们可以慢慢等。

寇特一行人脚踩上大厅大理石地面的那一刻,感觉如获重生,一切是那么地安静,巨型电梯轰隆运转,远远的,不仔细听几乎听不见。穿过开启的落地窗,可以看见院子青草地上自动洒水器喷出的水雾形成水漾的彩虹。大家都认得他,全都趋前围住他们。这是20年来寇特每年必访的格兰大饭店,饭店经理高举双手,告诉他什么都完了,"我们在深渊底层打滚,一定要重建人民对义务和伟大的认知!"接着,他偷偷告诉他,他们这阵子在等政府官员入住,昨天晚上公寓已经被预订一空,玻利维亚大使只能将就睡在台球桌上,不过,为了他,加布列·寇特,他一定会想办法替他安排。总之,跟他在多维尔·德·诺曼底刚踏入职场以副经理姿态正待大展鸿图当时,说的是差不多的台词!

寇特无力地抹抹历尽沧桑的额头。

"我可怜的朋友,随您怎么办,在厕所放张床垫给我也行!"

他的四周,事事皆以隐密、舒服、合乎礼法的方式进行。看不见妇女在壕沟分娩,看不见失散的孩子,看不见桥梁如火箭升空燃烧,看不见分量计算错误的麦宁炸药威力,爆炸化成燃烧的碎石落尘,摧毁邻近民宅。他们替他关上窗,免得穿堂风窜入,他们为他打开前方的门,脚底是厚厚的地毯。

"您的行李都在吗?有没有掉了什么?运气真好!有的人到这里的时候,连一身睡衣、一把牙刷都没了。有位可怜的先生上门时,被炸得简直是衣不蔽体。他光着身子从杜尔一路跋涉,全身上下裹在一条毯子里,而且伤势严重。"

"我差点弄丢我的手稿。"寇特说。

"啊!天啊,真可怕!不过,您都找回来了吧,没有闪失吧?我们还是有机会看得到!我们一定会看到!很抱歉,先生,请原谅,夫人,容我在前引导。这里就是我为您安排的豪华套房,5楼,两位容我告退了。"

"啊……"寇特喃喃自语,"现在,我什么都不在乎了。"

"我了解。"饭店经理神色哀戚地鞠躬告退。"这样的大灾难…… 我虽然出生在瑞士,却心系法国。我了解。"他又说了一遍。

说完,他垂头肃立,静静地待了一会儿,就像在墓园对死着家属致意后,不敢立刻走出门外一样。这几天来,他经常摆出这种姿态,摆得久了,原先那张亲切圆润的脸竟然也完全变了样。他永远轻盈的步履,永远轻柔的嗓音,百分之百符合他职业的要求,因为过度强调态度自然的结果,反而造成他步履无声,犹如身在太平间,所以当他对寇特说"我叫人送早餐上来好吗"时,声调低沉充满无限哀戚,仿佛指着挚爱亲人的尸体请求:"我可以亲吻他最后一次吗?"

"早餐?"寇特叹道,异常辛苦地让思绪回归平常的现实以及日常的柴米油盐琐事。"我已经连续24小时没有吃东西了。"他苦笑着说,笑容惨淡。

这句话若是在昨天,说得一点都没错,现在说却不尽然了,因为他今天早上六点才刚吃过一顿丰盛的早餐。然而,他并没有说谎,因为祖国蒙受的苦难导致他极度疲劳,极度担惊受怕,吃饭的时候心绪恍惚不宁,他始终觉得自己在挨饿。

"哦!可是您一定要勉强自己吃一点啊,先生!哦!我不希望看见您这个样子,寇特先生。您一定要振作起来,这是您对全人类的义务。"

寇特绝望地微微点了下头,示意他知道了,也不反驳他背负的人类义务,不过在现在这个时刻,总不能苛求他表现出比一般卑微公民更勇敢的勇气。

"我可怜的朋友。"他边说,边转头不让别人看见他流泪,死的不仅仅是法国而已,而是精神。

"只要您待在这里,寇特先生,这种事绝对不会发生。"饭店经理热切激昂的回答,自从法国大败之后这句话他已经说了许多遍了。寇特是巴黎悲惨事件后,名人社交圈里第十四位来饭店避难的上流名人,也是第五位作家。

寇特勉强报以微笑,然后要求咖啡一定要热。

"滚烫的。"饭店经理拿起电话吩咐下去之后,退出房外。

弗萝伦丝躲进她的房里,锁上门,懊丧地端详镜中的自己。平常那么柔嫩,那么精雕细琢打扮,充分休息的脸庞,现在大汗淋漓,活像闪耀水光的粗泥墙,完全吸收不了粉和乳液,全部糊在脸上,形成一层厚厚的、近似变质的蛋黄酱的表层,鼻子两翼紧绷,眼眶深陷,嘴唇松弛干燥。她惊恐地别开脸。

"我50岁了。"她对女仆说。

她形容的很贴切,但是她说这话的语气却是满满的不可置信,满满的恐惧。裘莉精准地抓住她话中的含意,换言之,这只是一种形象的比喻,表示非常苍老之意。

"经过这番波折,我可以了解……夫人先小睡一下吧。"

"不可能……我只要一闭上眼睛,耳边就响起炸弹爆炸的声音,脑中就浮现那座桥,那些死人……"

"夫人会忘掉的。"

"啊!不,永远也忘不了!您忘得了吗,您?"

"我,我不一样。"

"为什么?"

"夫人有其他这么多的事要操心!"裘莉说。"要我把夫人的那件绿色连衣裙拿出来吗?"

"绿色连衣裙?我这副模样怎么穿它?"

弗萝伦丝整个人往椅背靠,她闭上双眼,突然她开始集中四散零落的精力,就像对下属的无能看得一清二楚的军队长官,虽然本身亟需休息,仍然一肩挑起指挥重担,疲累的身子摇摇晃晃,依然在战场上吆喝指导士兵。

"听着,下面是您马上要准备的事。首先,在为我放洗澡水的同时,为我调配消除疲劳的面膜,三号面膜,美国美容中心出的那一款,然后打电话叫美发师过来,问问他们路易吉是不是还在那儿,叫他45分钟后带着指甲美容师一起过来,最后把我的那套灰色套装准备好,里面搭配高级麻料粉红衬衫。"

"那件领子像这样的吗?"裘莉一边问一边用手指画出荷叶

形状。

弗萝伦丝犹豫了一下。

"对……不好……好……就是那件,饰有矢车菊的小巧新帽子。啊,裘莉,我还以为我永远也没有机会戴上它了,那顶小帽子。总之……你说的有道理,不能一直老想着这个,否则一定会发疯……我在想不知道他们还有没有腮红,最新的那一种……"

"我们待会儿再看看……夫人最好多买几盒,这东西来自英国。"

"啊!我当然知道!裘莉,您看看,我们还搞不清楚外面的情况。这些事件的影响之大,简直无法计量,我跟您说,无法计量……人民的生活将彻底改变,而且将蔓延影响好几代人,今年冬天,我们等着挨饿吧。把我那个灰色麂皮包找出来,有金色搭扣、设计简单的那个……不知道巴黎现在怎么样了。"弗萝伦丝边走进浴室边说,可是裘莉转开水龙头的声音盖过了她的话。

与此同时,寇特脑里转的念头相形之下就严肃许多。他也躺在浴缸里。刚入住时内心喜悦之情,恍如乡野般的静谧,他不禁想起小时候的甜美回忆:幸福地吃一份夹了满满鲜奶油的冰烤蛋白酥,双脚浸泡在清凉的泉水里,把新玩具紧紧地抱在胸前,心中再无奢望,轻松自如。他觉得自己漂浮在一种流动的、温热的物质里,那物质轻抚他的肌肤,搔痒他,洗去他全身尘土、汗水,钻入他的脚趾之间,滑过他的腰身,仿佛母亲抱起沉睡的孩子。浴室充满沥青香皂、洗发乳、古龙水、熏衣草香水的气味。他笑了,张开手臂,使劲压得苍白修长的手指关节发出声响,品味远离炸弹威胁,以及在大热天洗个清凉冷水澡的绝妙单纯乐趣。也不知道什么时候,酸苦钻入他的心,仿佛一把尖刀直插进水果心脏。大概是当他的目光落在那只放在椅子上,里面装着文稿的箱子时,或许是当肥皂不小心滑进水里,他被迫打断美妙欢乐回忆,搜寻肥皂的时候。总之,在某个时刻,他的眉头一皱,脸庞看起来比平常更纯净,更光滑,更年轻,但阴郁和不安也跟着再度笼上眉梢。

他会变成什么样呢,他,加布列·寇特?这个世界将走向何处?未来,人心会变成什么样?变得满脑子只想如何填饱肚子,根本没有艺术的位置,或者如同每次危机过后,总有新的理想出现,吞噬群众。新的理想?他心力交瘁地想:"新的思想潮流!"可是,他,加布列·寇特,已经老了,老的无法适应新的品味。他在1920年就已经更新过一次他的生活态度,再来第三次,那真是没办法了,这个即将诞生的新世界,他只能气喘如牛地跟在后面跑。啊!谁能预知世界会以什么样的姿态走出1940年的战争,这个像青铜模子的坚硬铸模,会是新生的巨人还是畸形儿(或者两者兼具)。这个已经初步显露动荡征候的世界,倾身贴近,仔细端详它,那感觉很恐怖……更何况完全看不出任何头绪,因为他真的理不清头绪。他想到他的小说,想到从烽火、炮弹中抢救出来,现在躺在椅子上的手稿。他感到深沉的无力,他笔下的热情,他的心境,他的严谨,关于一个时代的故事,他的那个时代,这一切将变得老旧、无用、过时了。他绝望地说:"过时!"香皂再度滑落水中不见踪影,像滑溜溜的鱼。他气恼地咒骂一声,豁然起立,忿忿地按铃,仆人出现在他面前。

"帮我擦干。"加布列·寇特声音颤抖地说。

仆人在马鬃手套喷上古龙香水,替他擦腿时,他觉得心情好多了。他全身赤裸,自己刮着胡子,仆人则帮他准备衣服:高级麻料衬衫、轻柔的粗呢西装和蓝色领带。

"有我们认识的人吗?"寇特问。

"我不知道,先生。我没遇见多少人,不过听说昨晚来了许多辆车，没多久就立刻出发前往西班牙了。裘勒·布朗先生也在其中，他去了葡萄牙。"

"裘勒·布朗先生？"

寇特顿时停住，满是肥皂的刮胡刀高举半空中。裘勒·布朗去了葡萄牙，他逃了！这个消息给了他重重的一击。一如每一位汲汲营营追求生活最大舒适和享乐的人士，加布列·寇特也有一位政治人物在背后替他撑腰。以气派晚宴、奢华酒会，外加弗萝伦丝的殷勤照应，还有适时发表几篇文章等作为交换条件，他从裘勒·布朗（几乎每次内阁部会的官员人选他都榜上有名，两届议会议长、四届部长。）那里得到数不清的破格优待，让生活更便利。拜裘勒·布朗所赐，他们才会签下他的大爱系列，去年冬天在国家电台播放。同样也是在电台播放的，还有同样多亏了裘勒·布朗，看情况指派他负责撰写的爱国演说讲稿和上层指示要的激励民心提振士气的文告。裘勒·布朗还对一份大报的主管施压，硬是推翻了最早商订的小说连载稿酬 8 万法郎，命他们支付 13 万法郎给寇特。最后，他还承诺要授予他荣誉勋章。裘勒·布朗是这整套升迁机制当中一个卑劣但是不可或缺的环节，因为天才不会永远被捧上天，他必须脚踏实地操作。

得知他朋友下台的消息（如此孤注一掷，可见他一定是走投无路了，这个老爱说什么在政治圈失败就是胜利之母的人），寇特觉得孤立无依，仿佛被遗弃，独处深渊边缘。再一次的，那种身处在一个截然不同、对他而言全然陌生的世界里的恐慌感觉猛然席卷全身，在这个陌生的世界里，人民奇迹似的全都变得圣洁，无欲无求，心中只有最崇高的理想。不过，内心那种植物、牲畜和人类求生存的本能让他情不自禁地说出：

"啊！他走了？时代淘汰了这批贪图享乐的人，这些政客……"

他停了一下,然后加上一句:

"可怜的法国……"

他慢吞吞地套上蓝色袜子。他全身上下除了袜子和黑色纯丝吊裤带之外,上身赤裸,他就这样站着,油亮平滑的白色肌肤泛着象牙黄光,接着做了几个手臂伸展体操动作和上半身弯腰动作,他赞许地望着镜中的自己。

"好多了。"他对仆人说,那神情仿佛认为这句话会给他带来莫大的喜悦似的。

他着装完毕。正午过后没多久,他下楼到酒吧,大厅似乎有些混乱,显然有事发生,远方的重大灾难震撼世界的其余角落。许多行李被遗忘在这里,乱无章法地堆在平常供客人跳舞的舞台上。厨房传来争执的声音。脸色苍白,形容憔悴的女人在走廊上游荡,寻找空房,电梯发生故障。一位老先生向拒绝给他一张床位的门房哭诉。

"您一定得了解,先生,我没有恶意,只是不可能,不可能啊。我们已经忙得不可开交了,先生。"

"只要房间的一个小角落就好。"可怜的老人家哀求。"我跟我太太约在这里见面。我们在艾当普遇到空袭走散了,她会以为我已经死了。我70岁了,先生,她68岁,我们从来不曾分开。"

他颤抖着手拿出皮夹。

"我给您1000法郎。"他说。

在那张普通法国老百姓谦卑老实的脸上,明显可以看见为自己生平第一次拿钱贿赂人感到的羞耻表情,以及被迫拿钱出来的痛苦,可是门房推开递上眼前的钞票。

"我已经跟您说过了,不可能的,先生。您到城里试试吧。"

"城里?我是从那里来的呀,先生!我一大清早五点开始挨家挨户地敲门。每个人见到我都像看到野狗一样地把我轰出门！我不是寻常老百姓,我是圣欧美中学的物理老师,我得过勋章。"

他终于发现门房早已经没有再费心听他说话,而且早就转过身不理他了,随即拿起刚刚掉到地上的小帽盒,里面装的大概是他仅有的行李,悄悄地走了。门房现在则手忙脚乱地应付四个黑发西班牙女人,个个脸上擦着厚厚的粉,其中一个还抓着他的手不放。

"一次也就罢了,两次实在太过分了。"她操着一口破烂的法文大声叫嚷,声音粗哑,嗓门大。"在西班牙碰到战乱,逃到法国来还不算,结果又一头栽进这团混乱,完全说不过去!"

"可是,夫人,这又不是我的错!"

"您可以给我一间房间啊!"

"不可能的,夫人,没办法。"

西班牙女人显然想来一次血淋淋的反击,大声咒骂之类的,却一时想不出来,气闷了一会儿之后,再度出言挑衅:

"喂,您不是男人!"

"我?"门房霎时失去了工作要求的冷静,怒气冲冲地大吼。"您到底要辱骂我到什么时候?再说,您是外国人,不是吗?闭上您的嘴,要不然我要叫警察了。"这句话说得比较气定尊严一些,他同时打开大门,将那四个用加泰罗尼亚语叫骂不绝的人轰出门外。

"白天不好过,先生,夜晚也难捱啊。"他对寇特说。"全世界都疯了,先生!"

寇特找到清凉安静幽暗的走道,偌大的酒吧清静得很。所有的混乱都被挡在这个地方的门坎外面。紧闭的百叶窗和大片玻璃窗阻挡了烈日的暑气,里面弥漫着镀铜皮革、上等雪茄和陈年白兰地的味道。酒保是个意大利人,他是寇特的老朋友。他无可挑剔地接待寇特,能再见到他,兴奋之情溢于言表,同时他对法国的不幸也表露出真诚的同情之心,态度如此高雅,如此地知分寸,决计不会忘记对这些事件必须秉持的不妄言,更不会忘了他的身份——相较于寇特的低下身份。寇特于是精神大振。

"很高兴能再见到您,老友。"他感激地说。

"先生离开巴黎的时候碰到很多困难吗?"

"唉!"寇特淡淡地说。

他抬起头望着天空。酒保约瑟举手轻挥了一下,似乎觉得不好意思,仿佛想挥开刺探隐私的话题,命令自己不得再唤醒那些才刚发生不久的痛苦过往,于是他以一种近似医生安慰上门求诊的病患的口吻:"先把这个喝了,然后再慢慢说您的遭遇。"他毕恭毕敬低声说:

"一杯马丁尼,对吧?"

蒙上冰块水气的玻璃杯摆在他面前,杯子左右各有一小碟,一碟是橄榄,另一碟是薯片,寇特环视周遭熟悉的装潢摆设,露出欣慰的淡淡笑容,接着他的目光专注在进入酒吧的客人,他陆续认出这些人。是啊!他们全都在这儿,前部长兼院士,大企业家,编辑,报社主管,参议员,戏剧作家,还有那个在一份很大的巴黎杂志上署名某将军,发表了许多资料丰富、研究扎实、整篇充斥专业术语的文章,专门评论军事行动并灌输给大众希望,同时不忘加注乐观却模棱两可的说明的那个人。(比如"军事行动的下一个战场将会是北欧,或巴尔干半岛国家,或鲁尔区,更或者同时开三个战场,也可能在地球上哪个他无法点出的角落。")对,他们全都安然无恙地来到这里。寇特感到一阵惊讶,说不出什么原因,但是他觉得在过去的 24 小时里,旧世界轰然倒塌了,他觉得自己独立于荒野废墟中。能与这些知名的友人和敌人,现在是不是敌人已经不重要了,大家重聚一堂,那种轻松的心情,简直无法形容。他们全在同一条船上,他们全在一起!他们向彼此证明,而且证据确凿:什么都不会改变,一切都还会是原来的样子,我们面临的不是什么旷世灾难,也不是人们以为的世界末日,而是一出纯粹关于人际关系的连续剧,这层关系不仅受限于时间和空间,整体而言,只会对非我族群的圈外人造成重大危害。

他们彼此交换了一些消沉的看法,几乎可以说是绝望的论调,然而,说话的口吻却是轻松的。有些人尽情享受人生,他们已经到了那种望着年青一代心想:"让他们自己想办法解决!"的年纪,其他人则紧张兮兮地在脑里清点他们写的每一页文字,每一场他们发表过的演讲内容,以便在新政权成立时拿出来用。(由于他们多少都曾经感叹法国丧失了伟大、冒险的精神,同时呼吁法国政府不要再孩子气了,所以他们应该可以免去这方面的烦恼!)政治人物则表现得略为忧心,因为有些人的前途已经严重受损,以致于处心积虑地谋划推翻盟友。一名戏剧作家和寇特聊了一下彼此的作品,遗忘了外面的世界。

28

米修夫妇终究没有走到杜尔。一场爆炸中断了铁路,火车停驶,难民再度回到马路上,现在他们掺杂在一排排的德国军人之中,他们接到掉头回巴黎的命令。米修夫妇回到巴黎,发现整座城人少了一半,他们步行返家。出门15天感觉却像是走了漫漫长途,大伙心里有数,都等着看家园破败,他们踏进未经破坏的街道,简直不敢相信自己的眼睛,举目所见全都是原来的样子:百叶窗紧闭的屋子,还是他们离开那天的样子,曝晒在骄阳下光洁明亮,突来的热浪晒焦梧桐树叶,干黄落叶无人清扫,难民拖着疲惫的双脚扫过枯叶。食品商店好像全部关门歇业了。偶尔,这孤寂荒芜的景象让人心头一惊,简直像是黑死病肆虐后的死城。当大伙心痛呐喊:"居民不是逃了,就是死了"时,恰好迎面走来一位衣着得体、化了妆的娇小女士,要不然就像米修夫妇一样,在一间肉铺和上了锁的面包店之间,发现一家美发店照常开业,一位女客正在烫头发。米修太太也是这间美发店的常客,她与理发师打招呼,理发师和他的助手,也就是他的妻子,还有那位女客人全都跑到门口,惊讶地大叫:

"您出城啦?"

她伸出没穿裤袜的脚,拉拉破烂的裙子,抬起被汗水和灰尘弄脏的脸。

"您看见啦!我家怎么样了?"她着急地问。

"嗯!一切都很好。我今天还从您家窗下经过。"理发师的妻子回答。"没有任何破坏。"

"那我儿子,尚—马黎呢?没有人看见他吗?"

"他们怎么看得到,我可怜的太太?"轮到莫里斯出声了。"你失去理智啦!"

"那你呢,一派神情自若的样子,简直快要害死我了。"她激动地回答。"也许门房太太……"话还没说完,人已经冲了出去。

"别白费力气了,米修太太!什么都没有,我经过时顺便问了一下,再说,连信都没人送了!"

珍娜勉强挤出一丝微笑,掩饰深深的失望。

"好吧,只有等了。"她说,嘴唇却不停的颤抖。

她像机械人似地坐下,喃喃自语:

"现在该怎么办?"

"如果我是您的话,"理发师说,他是个肥胖矮小的男人,圆圆的脸和蔼可亲,"我会先好好洗个头。洗完头您会觉得头脑清醒许多,我们还可以顺便让米修先生清爽一下,这个时候先让我妻子帮您擦一点东西吧。"

于是就这么说定了。他们倒了一点熏衣草精油开始按摩珍娜的头,此时,理发师的儿子跑来宣布停战协议签署了。目前身心都处在极度疲惫和心力交瘁状态下的她,一时茫然无法会意这个消息的影响,就像守在垂死之人床头不停垂泪的众亲友,以泪洗面以至于等卧床之人真正咽下最后一口气的那一刻,一滴泪也没了。莫里斯则不然,他回想起1914年的战争,想起他参加的那些战役,他受的伤,他忍受的煎熬,心底立即涌起一股酸苦滋味。尽管如此,他已经没什么好说的了,于是静静地不说话。

他们在乔丝太太的店里待了一个多小时,然后走出店门回家。听说法国官兵的伤亡相对较低,不过战俘人数却高达200万人,或许尚—马黎就在里面?他们不敢再盼望其他。他们慢慢地走回家,虽然乔丝太太拍了胸脯保证,他们还是无法相信自己的房子还好端端地伫立在那里,不像上个星期他们路经奥尔良时,那里的马特拉广场周边的房子烈焰冲天,全烧成了灰烬。他们认出了自家的大门,门房太太的小屋,还有信箱(空的!),等待他们返家的钥匙,还有门房太太本人!拉萨尔①重见天日,和他的姐妹重逢,重新得尝热腾腾的汤时,想必也感受了类似难以置信与隐隐的骄傲的感情:"总算,我们总算回来了,我们回家了。"他们心里想。珍娜随即开口:

"可是,这又有什么用呢?如果我的儿子……"

她注视着对她微笑的莫里斯,然后高声地对门房太太说:

"您好,诺南太太。"

门房太太年纪很大,耳朵也不好。米修夫妇尽可能地凝神细听她讲述各地逃亡的事情,因为诺南太太也跟着她那位开洗衣店的女儿一起逃走,可是才走到意大利附近,她就跟女婿吵了一架,气呼呼地自己回来了。

"他们不知道我变成什么样了,他们可能以为我已经死了。"她得意地说:"他们以为已经拿到我的积蓄了。其实不是她不好,"说到她女儿时,她不忘多加一句,"她只是性子急。"

米修夫妇跟她说他们很累了,然后上楼回家。电梯出故障了。

"最后的考验。"珍娜苦笑地说。

---

① 译注:Lazare Ponticelli(1897—2008),法国最后一位参与过第一次世界大战的老兵,2008年3月去世,由法国总统萨科奇宣布死讯并为其主持国葬。

体力恢复的她,带着年轻女孩般的活力往上冲,她的丈夫则费力地慢慢往上爬。天啊!她竟然曾经咒骂过这暗不见光的楼梯,咒骂这公寓橱柜不够,没有浴室(于是只好把浴缸安装在厨房里),而且暖气总是挑在最冷的时候出故障!这个封闭、舒适、住了15年的天地,四面墙留住了许多温暖、甜蜜的回忆,上天把它还给她了。她俯身靠着楼梯扶手,看见莫里斯远远地落在后面,四周只有她一个。她弯身向前,双唇贴上木头门扉,然后找出钥匙开门。这是她的公寓,她的避风港。这是尚—马黎的房间,这里是厨房,这里是客厅还有沙发,也就是每天傍晚从银行下班回来时,她伸展疲惫双腿的地方。

一想到银行,她突然全身一颤。这八天来,她压根儿没有想过银行的事。莫里斯进屋时,他看见妻子一副忧心忡忡的样子,回家的喜悦显然已经消失。

"怎么了?"他问。是尚—马黎吗?

她犹豫了一下:

"不是,是银行。"

"老天!为了赶到杜尔,我们已经尽了最大努力,甚至有过之而无不及。他们还能怪我们什么?"

"他们不会怪我们任何事。"她回答。"假如他们想要我们回去做事的话,但是自从战争爆发以来,我一直只是临时聘用人员,而你,我可怜的朋友,你跟他们始终处不来,所以啊,如果他们真的想甩掉我们,这是千载难逢的好机会。"

"我也想过。"

一如往常,当他不再反驳,反而表示附议她的看法时,她总是忙不迭地改变想法。

"总而言之,如果他们不是那种大浑蛋的话……"

"他们就是那种大浑蛋。"莫里斯慢条斯理地说,"你难道不知道?我们已经担惊受怕够了。但我们俩还在一起,我们回到自己的家,就别想那么多了……"

他们没有提起尚—马黎,因为一说到这个名字眼泪就来了,而他们不想哭。他们心里长久以来一直存在着一份享受幸福的强烈意志力。大概是因为他们深爱对方,他们在生活中学会了如何过日子,如何心甘情愿地忘却明日。

他们不饿。于是开了一瓶果酱、一包饼干,接着珍娜满怀爱意地准备咖啡,仅存的四分之一磅纯摩卡咖啡,特别保留到现在,想留在特别的日子里享用。

"我们哪里还能找到更特别的日子呢?"莫里斯说。

"我希望啊,这样特别的日子往后不要再有了。"她的妻子回答。"然而,也不可能假装不知道,如果战争持续下去,往后可能有一阵子找不到这样的咖啡了。"

"再这样说下去,这咖啡都尝得到罪恶的滋味了。"莫里斯深深吸了一口从咖啡壶里飘出来的香气。

用完简单的餐点,他们坐在打开的窗户前,每个人的膝盖上都放了一本书,但他们没有看。终于他们肩并着肩、手牵着手,睡着了。

他们就这样过了几天还算安静的日子。由于信件停送,他们知道他们收不到任何消息,无论是好消息或坏消息都没有,只能等了。

七月初,傅里耶先生回到巴黎。傅里耶伯爵打了漂亮的一仗,就像人们在 1919 年停战后流传的一样:接连好几个月,他英勇的表现可圈可点,后来他娶了一位非常有钱的姑娘。从那时起,他开始不那么勇于冲锋陷阵了。这其实很正常!她的妻子人脉深厚,不过他并没有靠这些，他已经不再追求冒险，不过也不怕冒险。战争结束时，他安然无恙地回来，对自己、对他在火线下的英勇表现、对他的自信以及他的星级勋章全都非常满意。1939年，他挤进最高层的上流社会圈，他的妻子出身所罗门—沃尔姆家族，她的姐姐嫁给梅格侯爵，侯爵是骑士俱乐部的会员，举办的晚宴和狩猎活动名气响亮。他育有两位迷人的女儿，老大刚刚订完婚。比起1920年，他的财产缩水不少，但是比以前更熟知如何笑看财富锐减，更懂得如何把握赚钱时机。因而，他接下了柯本银行董事一职。

柯本根本就是个粗鲁的家伙，他以卑鄙，甚至可以说是下流的手段铺下事业的基石。有人说他以前曾经在特鲁丹街上的某家融资公司担任马夫，不过柯本在银行金融方面的能力不容置疑，大体来说，他和伯爵相处得相当融洽。两个人都非常聪明，明白互助的道理。这样的关系结果在他们之间建立起了一种打从心底蔑视对方的友谊，就像某些酸涩难入口的酒，两相调和之后反而创造出可口滋味。"跟其他的贵族子弟一样，是个疯子。"柯本说。"可怜的家伙，居然用手吃饭。"傅里耶感慨地说。伯爵引荐柯本加入骑士俱乐部，让其心花怒放之后，他从柯本那里可以说是想要什么就有什么。

基本上，傅里耶将自己的生活打理得非常舒适。本世纪的第二次世界大战爆发时，他感觉自己像是在班上用功的好学生，想要心安理得放胆地玩时，只见他的玩乐再次地被剥夺，稍有不顺，他就大叫："一次还说得过去，两次就太过分了！去！找别人去！"什么？他已经尽了该尽的义务！他们已经夺走了他五年的青春岁月，现在他们又想夺去他的壮年时光，那么美好、那么珍贵的壮年时期，男人终于明了他会失去什么，也明白人生得意须尽欢的道理。

"不行,太过分了。"他拿到全国动员令要去报到的那天,过来向柯本道别,他身心俱疲地对柯本说。"上天明明白白地写着,这一次我是难逃一死了。"

作为后备军官,他必须走,他当然可以找些门道……但是内心那股想要继续走路有风、活得骄傲的欲望制止了他,这股心底的欲望甚是强烈,强烈到可以让他对全世界的其他人抱持着嘲讽和保留的态度。他走了,与他一起入伍的司机说:

"既然该去,就去。不过,如果他们以为这次会跟1914年那次一样,那他们就错了('他们'这个词在他的想法里,指的是几个神秘莫测的高层权威人士,他们的职责和乐趣就是送其他人上黄泉路),如果他们认为我们要再来一次这个(说着,他咬牙切齿,指关节喀喀作响),再一次这个,但不是绝对有其必要的话,他们必定要自食恶果,这就是我想说的。"

傅里耶伯爵当然不会以这种方式表达他的想法,但是心底想法多少与司机说的这番话有些契合,他只是诚实地反映出许多老战士的心声罢了。许多人带着无声的怨恨或无奈,不甘心地上路,怨上天为何在他们的一生中要两次这种残酷的把戏。

六月溃败时,傅里耶所属的军队几乎全部落入敌人之手。但是他,命运之神向他微笑了,抓住了这个机会。1914年的时候,如果不让他亲身经历这场大难,他宁可去死。到了1940年,他宁可活着。他回到了自己的傅里耶城堡,与为他哭泣的妻子,还有刚刚完成了一场非常美好的婚礼的大女儿(她嫁给一位年轻有为的金融稽核专员)团聚。但司机的运气就没那么好了,他被监禁在七A战俘集中营里,编号55·481。

伯爵一回来,立刻与留在自由区的柯本联络,两人忙着把流散四方的银行各部门找回来。会计部在卡欧斯,证券部在百杨,秘书处则在去往杜鲁斯的路上,失去联系,大概位在尼斯和贝比农之间,没有人知道有价证券流落到了哪里。

"简直是一团糟,说不出来的乱。"柯本在他们第一次碰面的那天早上对傅里耶说。

他趁着黑夜跨过边界,在自己在巴黎的公寓接待傅里耶,他仆人早在他匆忙逃亡的时候走得一个不剩了,他还怀疑他们偷走了他全新的皮箱和衣物,这更增添了他爱国的怒火:

"您知道我这个人,我不是个多愁善感的人!当我看见第一个德国人出现在边界,我差点哭了,亲爱的朋友,我哭得像个小孩,他们一表人才,一点都没有法国老百姓那种可怜兮兮的表情,您知道的,那种好像在说'猪都赶在一起了'的神情。不,他们真的非常好,微微点头致意,态度坚定,一点都不僵硬,非常好……这个,您能说什么呢?这一切您能怎么说呢?我们的那些个军官,还真优秀啊!"

"容我说句话。"傅里耶冷冷的说。"我看不出来我们的军官有什么地方需要被指责的。没有武器您叫他们怎么办?再加上那些被宠坏、无用的人,他们一心只想着一件事,就是别……别来烦我,先给我士兵再说。"

"啊!可是他们都说:'我们群龙无首啊!'"柯本说,他以激怒傅里耶为乐,"老友,就我们私底下说说而已,我亲眼见过许多可悲可叹的景象……"

"若没有老百姓,没有恐慌的人群,没有一波波难民潮堵塞道路的话,我们还是有机会的。"

"啊!这一点,您说的一点都没错!群众恐慌真的是太恐怖了,人类真是超乎想象的生物。这么多年来我们不断地说:'全面战争,全面战争……'他们早该料到会有今日,结果不然!还是立刻引起大恐慌、大混乱、逃亡潮,这是什么原因呢？我问问您？这没有道理可言嘛！我会离开,那是因为银行收到命令必须撤离。若不是这样,您知道……"

"杜尔的情况很惨吗？"

"哦！惨啊……不过,还是同样的原因：大批难民拥入。杜尔附近根本找不到空房间,我只好睡在城里,当然,我们也遇到了轰炸、火灾。"柯本忿忿不平地说,他想到乡下的那栋小城堡,因为收留了来自比利时的难民而无法让他入住这件事。他们倒好,一个个好端端的没有受到波及,相反的,柯本却差一点被活埋在杜尔市区的碎石瓦砾中。"真是一团糟。"他强调说。"每个人只想到自己！自私自利……啊！人性暴露无遗！至于您的员工,他们的表现比所有人都差。没有一个费神赶到杜尔与我会合,彼此失去联系。我建议所有的部门同进同出,但谁管你！有些跑到南部,有些则北上,没一个值得信赖。越是在这种危急的情况越能正确评断一个人,他的干劲,他的锐气,他的勇气。一群软脚虾,我跟您说,一群软脚虾！只想到自己逃命！完全没有顾虑到公司,也没有顾虑到我。所以我解雇了几个人,任何后果我都愿意承担。再说,我估计近期可能没有多少生意。"

此后,双方的讨论转移到比较技术性的方向,这样的讨论让他们感受到自己的重要性并没有因为最近的事件而被削弱,心情更是愉快。

"一群德国人,"柯本说,"想买回东方钢铁。这方面,情况对我们并不是很不利。的确,鲁昂码头公司那笔交易……"

天色暗了。傅里耶起身告辞。柯本想送他到门口,走到百叶窗紧闭的客厅,他打开了电灯开关,灯没有亮。他出声咒骂。

"他们切断了我的电,浑蛋。"

"这个男人怎么这么粗俗。"伯爵心想。

他给了他一个建议：

"一通电话，他们很快就会来修理好的，电话是通的。"

"可是您不了解我家乱到什么样的地步。"柯本气得差点说不出话来。"仆人全走光了，亲爱的先生！我跟您说，一个不剩！而且说他们没有偷走一些银器，我才不信。我的妻子不在家，屋里一团乱搞得我一点头绪都没有，我……"

"柯本太太还留在自由区吗？"

"是啊。"柯本嘟囔着。

他和他老婆大吵了一架，女仆也许是因为匆忙上路准备不及，忙中出错，或者是她有心故意，竟然把一张属于柯本先生的裱框相片塞进柯本太太的细软行囊中，那张相片上面是阿赫莱特的裸照。让合法配偶大发雷霆的或许不是那张裸照，她是讲道理懂世故的人，只是舞娘脖子上挂了一条璀璨项链。"我跟你保证那不是真的宝石！"被抓住把柄的柯本先生辩称，但妻子不愿意相信。至于阿赫莱特，下落不明、生死未卜。不过，有人斩钉截铁地说她人到了波尔多，而且身边经常有德国军官陪伴。这段不堪的回忆让柯本心情更糟，他使尽全身力气猛按铃。

"我身边只剩下一个速记员。"他说。"还是我在尼斯的时候随便抓来的女孩。笨得跟什么似的，不过长得还算漂亮。啊！您来了。"他赶紧对刚刚走进来的棕发女孩说。"家里的电被切断了，您去看看该怎么办。打电话去骂一顿，反正您自己想办法，然后把我的信送来。"

"信，不送上来吗？"

"不送上来，放在门房那里。快跑去拿，把信送过来。难道我花钱请您，您什么都不用做吗？"

"就此告辞了,您让我觉得很恐怖。"傅里耶说。

柯本不经意地发现伯爵脸上露出轻蔑的淡淡微笑,心中的怒火上升,"装模作样,大骗子。"他在心里咒骂。

他提高音量回答:

"您能怎么样?他们搞得我火气上升。"

送来的信里有一封是米修夫妇寄来的。他们已经回巴黎总行报到,但是那里的人无法给他们进一步的指示。他们也写了信到尼斯,那封信也转回到柯本这里。米修夫妇在信里暗示希望他给予金钱补偿。柯本一肚子的闷气顿时找到了一个发泄口,他大声叫嚷:

"哈!真是太好笑了,这个!他们脸皮还真厚!脸皮最厚的人非他们莫属!大伙奔波,拼命干,在全法国的马路上出生入死地赶。米修先生和夫人愉快地待在巴黎放大假,竟然还有脸跟我要钱。给他们回信,"他对吓得半死的速记员说,你这样写:

1940年7月25日,巴黎

莫里斯·米修先生

胡塞勒街二十三号

巴黎第七区

先生,

6月11日,本行发出命令给您以及您的夫人,米修太太,务必赶往银行撤离的地点报到,亦即杜尔。您应该很清楚,在这决定性的时刻,银行的每一位员工,尤其是负责深受银行信赖职务的您,皆须以斗士自许。您一定知道,在此时刻,擅离职守代表着什么。您两位迟迟未到完全打乱了两位肩负的部门组织——秘书处及会计部的工作。而且您该受到责难的还不只这一桩。还有我们在去年12月31日发年终奖金之际就已经跟您说过了,当时您要求 3000 法郎的奖金,我们已经表明,尽管我真心希望我可以发给您,但这项要求是不可能的,因为贵部门给我们带来的利润相较于您的前任者,简直是少之又少。在这个情形下,对于您等了这么久才和主管联络,我深感遗憾,因此我们只好将您迟迟没有消息,直至今日才传来消息一事,当做是离职的表现,这种情况同样适用于米修夫人。您的离职完全是您自身的行为造成的,因此不需要事先通知,所以银行不需要支付两位任何赔偿金。尽管如此,鉴于两位在银行服务的时间较长,且考虑到当前的局势特殊,我们愿意以特例的方式,而且纯粹出于善心,发放相当于 2 个月薪水的离职金给两位。随信附上一张注明您是受领人的法国银行巴黎分行划线支票,面额……法郎。请于签收后,将签收单寄回本行以便报账,此致,先生,我们崇高的敬意。

柯本

这封信让米修夫妇陷入绝望境地。他们手边只有5000 法郎的积蓄,尚—马黎念书花了不少钱。即使他们两人两个月的工资全部加起来总共还不到15000 法郎,他们欠税务局的税还没还清。在这个时候,找工作可以说比登天还难,空缺不仅稀少,薪水也少得可怜。他们一直过着与世隔绝的生活;他们没有亲戚,没有人可以求助。这趟长途跋涉下来,让他们身心俱疲。尚—马黎小时候的日子充满波折,米修太太就常常这么想:"如果他已经到了能够独立谋生的年纪就好了,就没有任何事能够真正打得倒我了。"她知道自己很坚强,而且身强体壮,她勇气十足,对自己还有在精神上永远相随的丈夫一点都不担心。

现在尚—马黎已经长大了,无论他人在哪里,如果他还活着,也已经不需要她了。然而,这样想并不能带给她任何安慰。首先,她无法想象她的孩子竟然已经不再需要她了。而与此同时,她发现,现在,她需要他。勇气离她而去,眼见莫里斯的衰弱,她觉得孤单、衰老、悲惨。他们该怎么做才能找到工作?等这15000法郎花完之后,他们要拿什么生活?她还有一些珠宝,她异常珍爱它们。她总是说:"它们没什么价值。"不过在她的心里,她不愿意相信这可爱的珍珠小胸针,还有这只小小的红宝石戒指卖不了好价钱,这些都是莫里斯在他们年轻时送给她的礼物,她很喜欢。她曾把首饰带到这一带的一家珠宝店,还有另一家位在和平大道上的大珠宝公司变卖,两家珠宝店都拒绝收购。胸针和戒指做工的确非常精细,但是他们只对宝石有兴趣,而上面的珍珠和红宝石实在太小了,根本不值得买。米修太太私底下反而觉得很高兴,因为这样才能够继续保有她的珠宝,然而事实摆在眼前:这是他们仅剩的资产。七月过去了,他们的食物存量耗费大半。起先他们俩想直接找柯本,向他解释他们已经尽了全力想赶到杜尔与大家会合,而且,如果他坚持一定要他们走的话,他们至少要拿到应得的补偿金。但是,他们跟着柯本够久了,深知自己根本斗不过他。他们没有足够的钱可以通过法律途径控告他,再说柯本也不是那么容易被恐吓的。而他们一想到要放下身段跟这个他们一向厌恶又蔑视的男人哀求,心底立刻涌起一股无法忍受的厌恶之情。

"我办不到,珍娜。不要叫我去,我办不到。"莫里斯温柔微弱地说。"我想如果我和他面对面站在一起,一定会朝他脸上吐口水,这样根本解决不了问题。"

"不会的。"珍娜说,她挤出一丝苦笑。"我亲爱的,我们的情况真的很糟。我们就好像直直朝着一个大洞走过去,每踏出一步,都能清清楚楚地看见我们与洞的距离又缩短了,却苦无办法避免,这样的情况简直无法忍受。"

"可是,我们只能忍受。"他平静的回答。

此时,他的声调转折跟1916年受伤后对她说那些话时一模一样。当时,她接获通知,紧急赶到医院陪他,他对她说:"我评估我康复的几率大约是四成。"后来他又想了一会儿,他腼腆地更正:"更准确地说,应该是三成五。"

她无限关爱,温柔地把手放在他的额头,沮丧地想:"啊!如果尚—马黎在家,他一定会保护我们,拯救我们的。他年轻、坚强……"在心里怪异地交杂着身为母亲需要挺身保护孩子以及身为女人需要被保护的两种心情。"我可怜的小宝贝,你在哪儿?他还活着吗?他在受苦吗?这不可能,老天啊!他不可能死了。"她心里想,然而,转念估量儿子遇险的可能几率时,心头不禁一凛。这么多天坚强压抑下来的泪水再也挡不住地进出眼眶。

"为什么受苦的总是我们?还有像我这样的人?平凡的老百姓?中下阶级?不管战争是否爆发,不管法郎是否贬值,失业率高涨,经济出现危机或是爆发大革命,其他的人都有办法逃过。深受其害的总是我们!为什么?我们到底做了什么?所有的错都由我们承担。对啦,没有人怕我们,我们这些小老百姓!工人团结自救,有钱人有的是办法。我们,我们是好欺负的软柿子。请告诉我为什么!这是怎么回事?我不明白。你,你是男人,你应该了解。"她怒气冲冲地质问莫里斯,她已经不知道该怪谁,是谁让他们的处境这么悲惨。"谁对?谁错?为什么是柯本?为什么是尚—马黎?为什么是我们?"

"你想要了解什么?没有什么需要了解的。"他试图安抚她。"像自然界有自己的规律一样,人有法律规范,法律并没有特别保护我们,也没有特别要压榨我们。风暴来袭,这怪不得任何人,要知道雷电的产生导源于正反两极的电流,而云层也不认识你,不能把矛头指向它们。而且,这样做太荒谬了,它们自己也不懂。"

"可是,这两者根本不能相提并论,当今的现象是人类一手造成的。"

"只是外表看起来是这样而已,珍娜。从外表看来,事情的起源好像是某某人,或许有些人为的状况,其实,跟大自然是一样的道理。暴风雨之前总有一阵子的宁静,而暴风雨本身有开始,有高峰,然后结束,之后是多多少少都比暴风雨的时间来得长一些的平静期!至于我们的不幸,只是因为我们生在不幸的年代,仅此而已。不幸会慢慢消散。"

"好。"她说,不过她好像听不太懂他抽象的比喻。"那,柯本呢?他可不是大自然的力量,柯本,不是吗?"

"他像蝎子、毒蛇、毒蘑菇那样有毒的生物。说到底,我们也有一点责任。我们一直都知道柯本是怎样的人,为什么还待在那里,待在他的地盘?你不会去碰毒蘑菇,对坏人也会保持距离。有好几次只要我们稍有一点胆识,有一点毅力,我们可以找到其他的工作。你想想看,我们年轻的时候,有人想请我到圣保罗担任课堂学监,可是你不愿意我去。"

"好了,那都已经是八百年前的事了。"她耸耸肩说。

"不是,我只是想说……"

"好,你想说不应该把错全赖在男人身上。可是,你自己也说,如果哪天你碰见了柯本,你会当面朝他吐口水的呀。"

双方就这样你一言我一语地斗下去,他们其实并不寄希望于想要说服对方,只是这样讲话可让他们稍稍忘却迫在眉睫的忧虑。

"我们能找谁呢?"珍娜最后忍不住大叫。

"你还不明白,大家都只顾自己,哪管他人死活?"

她望着他。

"你真奇怪,莫里斯。你把大家看成重功利、毫无梦想、厚颜无耻的人,可是,你却一点都不感到难过,我的意思是说,发自内心的难过!我说的对不对?"

"没错。"

"这样的话,这世上还有什么值得慰藉的呢?"

"坚信我的心灵是自由无碍的信念。"他思索了一会儿然后说,"而这个信念,要丢、要存,全掌握在自己手上,就算热情被推上至高点最后也逃脱不了熄灭的命运,就像现在一样,就算有开始就必定会有结束。一句话,灾难终将过去,一定要坚持,不要让自己在灾难过去之前先倒下去,这才是重点。所以,最要紧的是要活下去:一日复一日。忍耐、等待、希望。"

她静静地听,没有说话。她突然站起来,抓起放在壁炉上的帽子。他面露惊讶地望着她。

"可是,我,我相信'自助天助'。所以我要去找傅里耶,他对我一直很好,他会帮我们的,就算只是闹柯本一下我也甘愿。"

珍娜说对了!傅里耶接见了她,而且承诺她和她的先生可以分别获得相当于六个月薪资的赔偿金,他们的资本顿时提高到60 000法郎。

"你看,我主动出击想办法解决,上天也眷顾我了。"珍娜回家后对她先生说。

"而我,我一直怀抱着希望!"他笑着回答。"我们两个都没错!"

他们对于这次行动的结果非常满意,但是隐约觉得脑子里虽然少了关于这阵子可以暂时摆脱的金钱的烦恼,然而他们对儿子的担忧随即填满。

29

秋天,查尔斯·蓝哲勒回家了。车上的瓷器虽然历经了一番周折,却安全无恙。他亲手打开大木条箱,当他碰触到埋在木屑和丝纸底下那尊赛佛斯瓷偶和那只玫瑰系列的瓷瓶的光滑清凉表面时,高兴得微微发抖。他简直不敢相信自己已经回到家,再度获得他的财富。偶尔,他抬起头望着窗外塞纳—马恩河幽雅蜿蜒的流水,玻璃窗上还留着胶带撕下后的条纹痕迹。

中午,门房太太上楼打扫房间,他还没有雇用仆人。再严重、再幸运或再不幸的事件均无法改变一个人的心,但是这些事件却能揭露人的内心,好比一阵风卷走枯叶,暴露出大树枝条形状,事件将隐藏在暗处的东西摊在阳光下,让心性低头偏向今后容易出头的方向走。查尔斯一直是非常小气,把钱看得很重的人,历经逃亡劫难回来之后,他觉得每回不愿掏钱,可以不花钱,尽量省下来的时候,对他来说真是一大喜悦,而他也深刻地体会到这一点,因为,他变本加厉变得更势利了。以前,他从来不曾想过会住在一间乱七八糟、满是灰尘的屋子里,回来当天就到餐馆吃饭的想法,在以前,根本是不予考虑的。可是现在,经历了这么多事,再也没有什么能够让他感到畏惧了。当门房太太过来跟他说,"反正今天一天是打扫不完的,先生您不了解有多少工作要做"的时候,查尔斯柔声但坚定地说:

"您自己想办法,罗格太太。总之,您动作得更快一点。"

"快与好两者往往难以兼顾,先生!"

"这次,两者一定要兼顾,轻松的时候过去了。"查尔斯声色俱厉地说。"我六点回来。希望到时候一切都已经准备妥当。"他补上一句。

说完丢给噤若寒蝉的门房太太一个威严的眼色,朝他的瓷器柔情地看一眼之后,精神高涨地出门了。下楼时,心里估算着他省下了多少钱:罗格太太的午餐免了。有一阵子,她曾经每天来他家里打扫2个小时,较繁的家务一旦结束,接下来只剩下一点的维持工作而已。接下来,他可以慢慢地找仆人,一个清洁佣人是少不了的。到目前为止,他家里一直固定请一名清洁佣人、一名贴身仆人和一位厨师。

他走到河畔大道旁一间他熟识的小餐馆用午餐。鉴于目前的情况,他吃得不多。何况,他本来就吃得不多,但对葡萄酒的要求很高,老板在他的耳边偷偷地说店里还有一些真正的咖啡存货。查尔斯点了一根雪茄,心满意足地觉得人生惬意。这话的意思是,不,人生并非事事如意,我们不应该忘记法国的失败和失败所带来的所有悲痛,所有屈辱,但是,对他,查尔斯来说,人生是惬意的,因为他能随遇而安,他不哀叹过去,更不畏惧未来。

"未来是什么样子就是什么样子。"他想,"我才不会杞人忧天……"他甩甩雪茄的烟灰。他的钱存在美国,由于账户被冻结,幸亏如此,他才能享有降低赋税的优惠,甚至根本不用缴税。法郎长期疲软,他的财产,等到他可以领用的那一天,金额肯定会自动遽增十倍。至于每日的开销,他很久以前就已经未雨绸缪地存了一笔钱。法律禁止买卖黄金,不过在黑市黄金价格早已疯狂飙涨。他惊讶地想到,这阵恐慌风潮刮到他时,当时他正打算离开法国,移居葡萄牙或拉丁美洲。他有几个朋友已经先过去了,不过他既不是犹太人也不是共济会成员,感谢上苍,他一边想一边露出轻蔑的笑容。他从来不涉足政治，也看不出会有人要找他麻烦，这么一个不具攻击性、可怜的老实人，非但不会危害他人，而且全世界他只爱他的瓷器而已。他恢复严肃，心想在这动荡不安的环境中，这就是令他感到幸福的秘密。他什么都不爱，至少任何会随着时间改变、死亡的东西他都不爱；他选择单身，不要孩子……都是对的。天啊，全世界所有的人都醉生梦死，唯有他独醒。

不过，且先回到之前那个荒谬的出走计划，他之所有会有这样奇特、几近疯狂的念头，起因于在短短的几天内，这个世界眼看着即将产生巨变，变成人间炼狱，恐怖的深渊。结果……什么都没变！他回想起旧约创世纪和关于大洪水来袭前对大地的描述文字，怎么写的来着？啊，对了！人类建造，通婚，吃喝……嗯！圣经记录得并不完整。它应该这么写："大洪水的滚滚洪流退去，人类开始建造、通婚、吃喝……"说真的，人类其实并不重要，应该要保存的是艺术作品、博物馆和收藏品才对，西班牙战争时期最可怕的莫过于放任艺术珍品自生自灭。不过，在这里，重点文物安全地被保存下来了，只有罗亚尔河流域的几座城堡受到战火波及。这是不可宽恕的罪行。不过，他啜饮的葡萄酒是如此香醇，他整个人都觉得飘飘然，想法也偏向积极乐观。反正，再不济我们还有废墟，美丽的废墟。好比希农城堡，有什么比它那少了屋顶的大厅更令人赞叹，又有什么比得上现在鸟雀筑巢，角落长着野生樱桃，却曾见证过圣女贞德的墙。

用完午餐，他想在街上逛一逛，然而，街景入目，处处凄凉。街上几乎不见汽车行走，怪异的静寂，鲜红的反卍字旗帜到处飘扬。乳制品店门口，妇女们排队等候。这是他亲眼目睹的第一场战争，街上民众神情如枯槁。查尔斯匆忙转搭地铁，这是唯一还运行的交通工具，前往一家他每天固定在一点或七点必来光顾的酒吧。

酒吧是蒙上天恩宠的避风港！里面的东西贵得不得了，客人清一色全是有钱的、正直壮年以上、免被征召、免上战场的男人。好一阵子，查理是店里唯一上门的顾客，不过，快到六点半的时候，大伙全都来了，每一个老顾客，每一个身体健康、没病没痛、脸色红润的男人，人人手里揽了一位画了妆、精心打扮，还戴了小巧帽子的漂亮女人，一进门就大声嚷嚷：

"那不是他吗，查尔斯？……怎么样，没有累着吧？回巴黎啦？"

"巴黎真惨，对不对？"

转眼间，大伙像是平常夏季离城度假后重逢一样，热切地交换轻松话题，每个话题全都点到为止，没有任何重点，查尔斯将之列为"听听便罢、穷极无聊、无需认真"的谈话。他从他们那里获悉某些年轻人死了或被俘的消息，他说：

"哦！不可能！唉呀！我完全没听说，真可怕！可怜的小伙子！"

在场一位女士的丈夫被关在德国。

"我每隔一段时间会收到他的消息，非常有规律，他在那里情况还不坏，只是烦闷，您了解吗？我希望能够尽快把他弄出来。"

聊着天，听大伙说话，查尔斯的心情慢慢地好转，先前因为入目的巴黎街景堪怜而破坏的好心情终于回来了，不过让他完全将这些抛诸脑后的是，一位刚刚踏进酒吧的女士头上戴的那顶帽子。在场的女士个个穿着体面，不过几乎清一色偏向俭朴风，仿佛在说："您想想看，我们不愿穿得太时髦！首先，我们没钱。再说，时机也不对，我把旧连衣裙拿来改了一下……"可是，这一位作风大胆、勇气十足、放肆追求个人喜乐的女士戴了一顶簇新小巧娇媚的帽子，那顶帽子比套餐巾的套环大不了多少，材质取自两种不同的貂皮，金黄的头发上盖着一小片红棕色的面纱。查尔斯一看见这顶帽子，整个人仿佛雨过天晴似地高兴起来。时候不早了，他想在晚餐时间前先回家一趟，该走了，但是他心里犹豫着是否该就此与朋友告辞。有人提议：

"不如大伙一起吃晚饭？"

"好极了。"查尔斯热烈地响应。

他还建议去他中午吃得非常舒服的那家小餐厅，因为他天性像猫，很快就喜欢上能够受到殷勤款待的地方。

"还得再搭地铁！这个地铁，真讨厌，简直是在毒害生命。"他说。

"我啊，我成功地弄到了汽油和驾驶执照。可是，我没办法拉您过去，因为我答应了娜汀要等她。"那位戴着新帽子的女士说。

"您是怎么弄到的？能有办法，真是了不起！"

"唉哟！就这样嘛！"她笑着说。

"这样的话，大伙听着，我们就约一个小时，不，一个小时十五分钟后碰面。"

"您要我开车到您那儿拉您过去吗？"

"不用了，谢谢，您人真好，那里离我家很近。"

"要小心，您知道的，现在天黑了，他们在这方面的管制非常严格。"

"是啊，天好黑喔！"当查尔斯走出这个暖湿明亮的地下室，踏上街头时，心里这么想。下雨了，又一个他以前最爱的巴黎秋夜，不过，地平线的另一端透着火焰红光。此时此刻，四下一片漆黑，仿佛置身在一口深井的底部。

幸好，地铁站不远。回到家，查尔斯发现罗格太太还没打扫完，正气闷地专心扫地，不过，客厅已经扫好了。查理想把那尊他最爱的维纳斯揽镜赛佛斯瓷偶摆在奇彭代尔矮几光洁的桌面上。他把瓷偶从木条箱里拿出来,拆开外面层层包裹的丝纸,无限爱慕地端详,然后拿着它朝桌子走去,此时门铃响了。

"罗格太太,去看看有什么事?"

罗格太太出去又回来,向他报告:

"先生,我跟别人说先生要找人,7楼的门房太太就叫这位想找工作的人来找我。"

眼看查尔斯似乎很犹豫,她急忙补充:

"这个人非常好,她曾经在巴拉尔·杜·惹伯爵夫人家做过女仆。她已经结婚了,原本不想再出来工作了,可是她的丈夫被关,她需要养活自己。先生不妨看一看!"

"好吧!叫她进来。"蓝哲勒说罢,把瓷偶安置在单脚圆桌上。

那女人看起来相当不错,神色谦和安详,很明显地想让他留下好印象,不过不是低声下气的讨好。明眼人一看就知道她是颇有格调的人,曾经在豪门宅邸当过差。她身强体健,查尔斯心里很不满意她这一点,他喜欢身材苗条甚至略带骨感的女仆。不过,她年纪看起来大约在35到40岁之间,这是仆人的最佳年龄,够稳定不会乱跳槽,同时以这个年纪来说,身体还算健康,体力也还够,能够胜任打扫工作。她有一张大脸,宽阔的肩膀,衣着简单朴素,却相当合宜。她那身连衣裙、大衣还有帽子,肯定是哪位旧雇主不要的。

"您叫什么名字?"查尔斯问,他对她的印象不错。

"回先生,我叫霍坦丝·迦亚。"

"很好。您要找工作?"

"是的,先生,两年前,我因为结婚的缘故,离开巴拉尔·杜·惹伯爵夫人家。我以为我再也用不着出来工作了,没想到我丈夫被征兵上战场,还被俘虏,先生想必能够了解我必须养活自己。我哥哥失业在家,现在要靠我救济,还有他多病的老妻子和一个小婴儿。"

"我了解了。我正想找一位清洁女仆……"

"我知道,先生,也许我可以做得来。我在伯爵夫人家时,是资深女仆,在此之前我待过伯爵夫人的母亲家,身份是厨娘,所以我可以兼任厨房和整理家务的工作。"

"是的,听起来非常不错。"查尔斯喃喃地说,心里则在想一人兼顾两样工作的确非常划算。

当然还有伺候上菜这方面的服务工作。虽然他来自上流社会,不过今年冬天,他并不打算请很多人。

"您懂得如何烫男士的衣服吗?我话先说在前头,在这方面,我非常挑剔。"

"伯爵先生的衬衫都是我烫的。"

"那么,做菜的手艺呢?我经常上餐馆吃饭。我吃得很简单,但非常讲究。"

"先生想看看我的证书吗?"

她从仿猪皮皮包里掏出一叠证书,递到他面前。他一张一张地阅读,上面用的都是高度推荐的字眼:工作勤奋、衣着合宜、诚实不欺、厨艺高超、还精通糕点烘焙。

"精通糕点烘焙?非常好。我想,霍坦丝,我们应该可以相处得来。您在巴拉尔·杜·惹伯爵夫人家服务了很久吗?"

"回先生,五年。"

"伯爵夫人在巴黎吗?我偏好,您一定能了解,多打听一些个人资料。"

"我完全了解,先生。伯爵夫人现在人在巴黎,如果先生想要她的电话,号码是欧德伊 38.34。"

"谢谢。罗格太太,麻烦您记下来好吗?至于薪资?您要求多少呢?"

霍坦丝要求 600 法郎,他出价 450 法郎,霍坦丝在考虑,黑色的小眼睛,目光锐利穿透人心,她仿佛看穿了眼前这个傲慢自大、脑满肠肥的先生的灵魂心性。"吹毛求疵的鼠辈。"她在心里琢磨,"不过,我应付得来。"而且工作不好找。她语气坚定地说:

"550 法郎以下的话,先生,恕我无法接受。先生您一定能够了解,我原本有一点积蓄,在逃难的路上全部吃光了。"

"您曾经离开巴黎?"

"是的,先生,跟着那波难民潮,忍受空袭等,担惊受怕,更别提我们在路上差一点就饿死了,先生您无法了解那有多凄惨。"

"我了解,我了解。"查理幽怨地说。"我也经历了同样的旅程。啊!情况的确凄惨。我们就这么说定了,550 法郎。您听好,我愿意接受这个价钱,因为我认为您有这个价值。我要的人一定要诚实不欺,手脚干净。"

"哦!先生。"霍坦丝的语气隐隐透着气愤,好像这样的用词本身就隐含了侮辱的意味。查尔斯赶紧给她一个要她放心的微笑,让她明白他之所以这么说纯粹是一种形式而已,他对她的正直诚实绝对没有任何疑虑,再说像这种不太光明的念头,一想到他就觉得肮脏,根本无法忍受,一定会立时断了这样的想法。

"我希望您手脚利落而且心思缜密,家里收藏了几件我非常珍爱的珍藏品,其中几件是相当罕见的稀世珍品,掸灰尘的工作我从来不假手他人,不过,例如这块玻璃,我会把清洁的工作交给您。"

由于他听起来像是在邀请她欣赏,霍坦丝朝已经拆封了一半的木条箱望了一眼:

"先生拥有很漂亮的收藏。到伯爵夫人母亲家中服务之前,我被安插在一位美国来的先生,莫提梅·萧先生的店里工作,他收集的是象牙。"

"莫提梅·萧?太巧了!我跟他很熟,他是个大古董商。"

"他已经不做古董生意了,先生。"

"您在他店里待了很久吗?"

"四年。那是我唯一做过的售货工作。"

查尔斯站起来,边送霍坦丝到门口,边以鼓励的口吻对她说:

"明天请再过来一趟,届时我可以给您确定的答复,可以吗?如果我打听来的信息跟那些证件上面写得一样好的话,其实我想这是一定的,我就雇用您了。您可以马上开始工作吗?"

"如果先生可以的话,就从星期一开始。"

霍坦丝离开。查尔斯急忙更换领子、袖口、洗手,他在酒吧喝了太多酒。他感到无比轻松,而且得意洋洋。他不等那部慢吞吞的老古董电梯了,踏着年轻人的轻快步伐下楼梯。他很高兴能让朋友们见识一下这间他发现的小餐馆。

"不知道他们还有没有那种柯尔冬葡萄酒。"他想。车辆出入的大门在闷闷的呷呀声中开启,等他进入之后又自行关闭。门上装饰的木头雕塑广告牌,雕着美人鱼和人鱼海神(一件美丽瑰宝,巴黎历史古迹委员会已经把它列为文化艺术财产)。穿过门坎之后,查尔斯立刻置身在一片浓稠的黑暗中,但是,今天晚上,他很快乐而且像20岁的年轻人一样无忧无虑,他没有多想,立刻穿越马路朝河畔大道方向走去,他忘了带手电筒,"反正这一区每一块石头我都清清楚楚。只要沿着塞纳—马恩河,然后穿过玛丽桥,路上车子应该不多。"他想。他在脑子里对自己才说完这些话,一辆车在离他不远之处突然冒了出来,飞快地朝他这个方向驶来,依法漆成蓝色的车大灯散发阴森可疑的光线。他吓了一大跳,本能地往后跳,未料脚底一滑,身体好像失去了平衡,他张开两只手在空中乱挥,四下无物一阵抓空后,摔倒在地。汽车打滑偏离车道,一个女性的声音焦虑地大叫:"小心!"可是太迟了。

"我完了。要被压死了!经过这么多的苦难和危险,最后竟然是这种死法,太……太蠢了……一定会成为众人开玩笑的对象……某个地方,某个人竟然设下这么荒诞又恐怖的恶作剧……"就像受到枪声惊吓的小鸟飞离自己的窝消失得无影无踪一样,这最后意识闪过查尔斯的脑海,随即跟着他的生命一同抛弃了他。他的头遭到严重撞击,汽车的左翼撞爆了他的颅骨,鲜血和脑浆喷出,力道之强连驾驶座上的女人都难以幸免——一个漂亮的女人,头上戴着一顶比餐巾套环大不了多少,由两种不同貂皮缝制而成的帽子,还有一小片红棕色的面纱在她的金黄头发上飘扬。阿赫莱特·珊瑚小姐上个星期刚从波尔多回来,现在,她面无血色地望着倒地的尸体,喃喃自语:

"倒霉,真是倒霉!"

她行事小心谨慎,身上总带着手电筒。她仔细端详了那个人的脸,或者该说剩下的头脸,认出那人是查尔斯·蓝哲勒:"啊!可怜的人!……我开得是快,没错,不过,他就不能小心一点吗,这个老浑蛋。现在该怎么办呢?"

尽管如此,她还是想到了保险、驾照,全都合乎规定,而她认识某个很有影响力的人士,可以帮她处理掉这件事。想到这里,她稍稍恢复了平静,但是心脏还是扑通扑通地跳,她坐在车门的踏板上,休息了一秒钟,点燃香烟,颤抖着手往脸上扑粉补妆,出发寻找救兵。

罗格太太终于清理完办公室和书房了。她走过来拉掉插在客厅插座上的吸尘器插头。吸尘器的吸杆撞到了摆着揽镜维纳斯瓷偶的桌子,罗格太太惊叫。瓷偶已然滚落,维纳斯的头撞上地板,摔得粉碎。

罗格太太拿围裙擦额头,犹豫了一下子,决定保留瓷偶摔碎的原状,然后踏着轻快的步伐,对于一个身材如此壮硕的人来说,这步伐轻巧得令人意外,收好吸尘器,快步走出公寓。

"天啊。"就说门打开的时候,穿堂风吹进来,瓷偶掉下来好了。他也要负责,干嘛把瓷偶摆在这么靠近桌缘的地方?"他爱怎么说,随他去说啦,去死好了!"她生气地说。

30

　　如果有人这样告诉尚—马黎,说他有一天会流落到一个偏僻的村落,远离所属军团,身无分文,完全无法与亲人联络,不知道他们在巴黎是否安好,或者跟其他许许多多的难民一样葬身某个路边的炮弹坑;如果有人告诉他法国会战败,但是他会继续活下去,甚至还过得相当幸福,打死他也不会相信。然而,事实就是如此。战争浩劫给他带来的无可弥补的不幸,居然反成了他的救赎,一如某些剧毒本身也是解毒良药,而他遭受的苦难全都是无可弥补的。他没办法让马奇诺防线不被包抄,或不被攻陷(真正的情况还不明了),让200万名官兵不被俘虏,让法国不被击败。他没有办法让邮局、电报或电话正常运作,也找不到汽油更找不到半辆车带他到远在21公里外的火车站,就算到了,火车也停驶了,因为铁路受到重创。他没有办法直接步行回巴黎,因为他伤得很重,才刚刚勉强能够起身而已。他没有办法付钱给屋主,因为他身无分文,更没有能力赚钱。这一切全超出他的能力所及,因此,他只能乖乖地待在原地,静静地等。

　　这种遗世的独立给了他一种安定的感受。他没有自己的衣服,制服多处撕裂、烧焦,已经不能再穿了,他现在穿着卡其衬衫,下身则是农庄某个人的换洗备用长裤,他到小镇上买了木鞋。此外,他随便编了一个假地址,竟成功地偷渡过边界线,解除了身上的动员令。所以,他不用再担心被俘虏了。他还是住在农庄里,不过已经不睡在厨房的行军床上了,他们清空谷仓阁楼上的小房间给他。从房里的圆形小窗望出去，大片田野美丽安详，肥沃的土壤，蓊郁的树林。夜里，还听得见老鼠在床底下奔跑，还有鸽舍里鸽子咕噜咕噜的叫声。

这种基本上时时担心性命不保的生活只能抱持着过一天算一天的心态，因此每到晚上，他心里便想："又过了24个小时，感谢上苍！没有什么特别的坏事发生，明天又是新的一天了。"才能勉强熬下去。围绕在尚—马黎身边的每一个人都这么想，至少外表表现出来的样子，让人以为他们都这么想。大伙忙着照顾牲畜，堆麦秆，制作奶油，从来不提明天会怎么样。未来几年的情况当然是可以预知的，种下的果树，长了五六个季节后便会开始结果；喂养的猪两年后就能杀来吃了，不过，没有人去预测往后几天的事。当尚—马黎问明天天气可好时（这是巴黎人出外度假时常用的开场白），"啊，嗯！我们不知道！怎么可能会知道呢？"他们说。"会结果吗？或许会结一点。"他们一边怀疑地望着那一条条贴着墙面修剪的枝头冒出的坚硬绿色小西洋梨，一边回答，"不过，我们也说不准……不知道……到时候再说吧……"这是代代经历多舛命运而传承下来的经验。4月冻灾，准备收割的农作物惨遭冰雹蹂躏；7月干旱，整座菜园干枯，这些累积的经验开启了他们的智慧，并启发他们放慢生活步调，尽管如此，每天该做的事还是一件都不能偷懒。他们不是很友善，但都是值得尊敬的人，对乡村生活一无所悉的尚—马黎想着，米修家族上溯五代全都住在都市里。

这个小村庄的人都很好客、亲切，男人爱说话，女人爱漂亮。跟他们熟了之后，渐渐地发现他们也有吝啬、残酷和坏心的一面，虽然让人吃惊，不过总能扯上前一代不光彩的模糊记忆，憎恨、恐惧或血腥事件代代相传。虽然如此，他们多半是亲切的。农庄女主人不会平白无故给邻居一颗鸡蛋，卖鸡卖鸭的也不会减人一分钱,但是当尚—马黎表示身上没钱,不想造成他们的负担,因而提出想要离开农庄,步行回巴黎的想法时,全家人不舍地默默听他说完,这家的母亲接着开口,口气透着费解的尊严:

"先生,千万不要这么说,您这么说,我们要生气的……"

"那要怎么办呢?"尚—马黎身体仍然非常虚弱,他坐在她身旁,一动不动,双手抱着头。

"什么都不必做,只有等。"

"是,那是当然,邮局很快就会恢复运作了,"年轻人喃喃的说,"只要我的父母亲还在巴黎就好了……"

"到时候再看着办吧。"农庄女主人说。

没有任何地方比这里更容易让人忘却世间的一切了。没有信,没有报纸,与外面世界的唯一联系只剩下收音机。不过,有人告诉这些农民,德国人会把收音机抢走,所以他们都把机器藏在阁楼、旧衣橱里,有的还把没被征收的猎枪埋在田里。这个地方隶属占领区,离边界线很近,不过德国军队从来只是从这里经过,没有停留扎营过;再说,军队行经的地方其实是小镇,他们根本不想爬这两公里难走的石头上坡路。大城市还有某些省份粮食开始匮乏的时候,在这里,食物反而比平时更丰富,因为这些产品无法运出去,只好留下来自己吃。尚—马黎这一生从来没有吃过这么多的奶油、鸡肉、乳制品和桃子。他身体恢复得很快,甚至开始变胖了,农庄女主人这么说他。她对待尚—马黎的好心其实另有私心,她希望能从慈悲的上帝那里换得另一个命运掌握在他手中的人的性命,就像她撒谷粒喂养母鸡希望他们多孵几粒蛋一样,同样的,她希望能拿尚—马黎被她救回来的命换回她的亲人。尚—马黎心里明白,但是他对这位一直照顾他的老太太的感激之情不曾消减。他努力想做些事情补偿,比如帮忙做些农场的修缮工作以及整理院子。

妇女们偶尔会问他一些关于战争的事,关于这次战争的事,男人却绝口不提!他们全都是退役老兵,年轻人都走了,他们的记忆停留在1914年。他们有足够时间筛检、滤析这段过去,分离出苦汁、毒液,转化成内心可以接受的记忆,然而最近发生的一连串事件太混乱,而且混杂了邪恶之毒!再说,在他们的内心深处,相信这一切都是年轻一辈的错,他们的体能、耐力远不如当年的他们,他们在学校时都被宠坏了。因为尚—马黎年轻,他们体贴地尽量避免涉及可能评判他、还有他那一辈年轻人的话题。

因此,一切的一切似乎是有意的在使这名士兵渐习安逸,变得迟钝,好让他恢复体力,重新振作。他几乎每天都是一个人待着。那时候刚好是田里最需要人手的时节,男人一大早便出门,女人则忙着照顾牲畜和洗衣裳。尚—马黎主动提议帮忙,他们却叫他去散步。"站都站不稳了,还说什么帮忙!"于是他走出厅堂,穿过火鸡叫嚷的中庭,沿着下坡路一直走到一处四面围着围篱的小草原,马儿在那里吃草,一只黄棕色的母马带着两匹鬃毛墨黑粗短、全身毛色却近似咖啡牛奶的小马,它们的头在母亲腿上摩蹭,母亲则自顾自地吃草,一边摇着尾巴驱赶苍蝇,一副很不耐烦的样子。偶尔一只小马转过头来望着躺在围篱边上的尚—马黎,睁着水汪汪的黑色大眼,愉快的嘶鸣。尚—马黎无论看它们多久都不会感到厌烦,他真想写一本以这些漂亮小马为主角的幻想故事,描述7月的这一天,这片乡野,这座农庄,这些人,这场战争,还有他自己的遭遇。他拿着一根被啃食掉一半的烂铅笔,一本他藏在胸前的小学生用的笔记簿。他奋笔疾书,内心有某个东西令他感到不安,那东西一直敲着一扇看不见的门。他边写边打开那扇门,为渴望萌芽茁壮的东西加入活力。接着,他突然感到气馁,恶心想吐,疲惫不堪。他疯了,他在这里干嘛,写这些无聊的小故事,让农庄女主人养得白白胖胖的,而此时他的同伴则被囚禁在监狱里,他的父母以为他死了而绝望痛苦,未来如此不可期,过去如此黯淡。但是,当他脑里闪过这样的念头时,他看见一只小马愉快地往前跑,接着停住,倒在草地上翻滚,马蹄在空中挥舞,身子在地上摩擦,同时拿一双带着关爱和慧黠的明亮眼睛注视着他。他开始寻思该如何形容这样的眼神,好奇的,迫不及待的,带着诡异却温柔的焦虑搜寻贴切的字句。他没有找到,但是他了解这匹小马可能会有什么样的感受,新鲜清脆的草感觉真棒!苍蝇真让人受不了!当它抬起鼻头,马蹄往后踢快速奔驰时,一脸的自由和骄傲神情。他飞快地写下几行字,不完整且用词笨拙,不过没关系,这不是重点,遣辞用句的功夫会慢慢增进。他合上笔记簿,掌心终于放松,眼睛闭上,幸福而慵懒地一动也不动。

到了晚餐时间,他回到屋子,立刻发现他不在的时候有事发生了。仆人去镇上买面包,带了四块形状如皇冠的漂亮金黄色大面包回来,面包挂在自行车把手上,女人们一拥而上。其中一个女孩看见尚—马黎回来,朝着他叫:

"嗨!米修先生,您听了一定很高兴,邮局开张了。"

"不是真的吧。"尚—马黎说。"老兄,你确定?"

"确定。我看见邮局开门了,还有念信的人。"

"那么,我去写几个字给我的家人,然后赶去镇上寄。你的自行车可以借给我吗?"

到了镇上,他除了把信寄出去之外,还买了一份刚刚送来的报纸。这一切感觉好奇怪!他好比遭遇船难漂流海上的幸存者,终于回到家乡,重返文明,回到跟他同类族群的社会。有人在小广场上念今晚送来的信,妇女们都在哭泣。许多俘虏捎来他们的消息,同时也送来罹难同伴的名字。应农庄那边的人的请求,他到处询问是否有人知道他们儿子班诺的下落。

"啊!您就是住在他们那里的那个士兵?"农妇们说。"我们不知道,不过,现在开始送信了,我们很快就会有男人们的消息了!"

其中一位老太太,她为了到镇上还特地戴上一顶尖尖的小黑帽,头顶还插了一朵玫瑰,她哭着说:

"有些消息来得太早了。我宁可不要收到这纸魔鬼诅咒的通知。我的男人在布列塔尼半岛沿海当水兵,据他们说,船被英国鱼雷打中,他失踪了。好惨啊!"

"绝对不要自暴自弃,失踪并不表示死亡,也许他被英国人抓走了!"

然而,面对大伙的安慰,她一律摇头以对,而她头上的那朵假花,只要她一摇头,乳胶茎干上的花朵就巍巍颤颤地晃动。

"不,不,一切都完了,我可怜的男人!好惨啊……"

尚—马黎踏上回村庄的路。他在小路边上遇见赛希儿和玛德莲,她们特别到这里来接他。她们异口同声地问:

"您有打听到什么关于我兄弟的消息吗?有班诺的消息吗?"

"没有。不过,这并不代表什么。您可以想象有多少延误的邮件待送?"

母亲反而什么都没问。她枯黄的手圈成一圈放在眼前望着他,他摇了一下头。晚餐已经上桌,男人们回来了,大伙坐下吃饭。晚饭后,等餐具都擦干净、饭厅清扫完毕之后,玛德莲到院子里摘豆子。尚—马黎尾随她出去。他觉得就快要离开农庄了,因此这里的一切在他眼里变得更美、更安详。

这几天,天气非常热,一直要到傍晚才比较清凉。这个时候,院子凉爽宜人,围绕菜园生长的小雏菊和白色石竹花禁不起烈日曝晒,一朵朵垂头丧气,相反的,井边的蔷薇却是一片姹紫嫣红;蜂箱旁开了满满的艳红小玫瑰,散发甜甜蜂蜜般的麝香芬芳。圆圆的月亮透着琥珀色泽,月光如此皎洁,均匀、宁静、淡绿透明的月光触角深入最远最深的天边。

"这个夏天天气真好。"玛德莲说。

她拿着篮子往小豌豆的豆棚走。

"除了这个月的前八天天气不好之外,天空没下一滴雨,没飘一片云,如果这样的天气再继续下去,我们连青菜都要没了⋯⋯再说,顶着大太阳工作很辛苦。不过,没关系,心情很愉快,好像上天想慰劳可怜的世人。如果您想帮忙的话,您知道的,千万别觉得不好意思。"她说。

"那个赛希儿在做什么?"

"那个赛希儿,她在缝衣服。她想做一件漂亮的连衣裙,星期天穿去教堂望弥撒。"

她灵巧有力的手指深入清新嫩绿的豌豆藤蔓,两只手指一掐,豌豆随即被扔入篮中,她勤快地低着头工作。

"就这样,您要离开我们了?"

"也该走了。能再见到我的父母,我觉得非常高兴,我还得去找工作,不过⋯⋯"

两人都没说话。

"当然,您不可能一辈子待在这里。"她说,头垂得更低了。"谁都知道这就是人生,相逢,离别⋯⋯"

"离别。"他低声重复。

"总之,您现在身体恢复得很不错,脸色也变红润了⋯⋯"

"这都要感谢你们的细心照料。"

手指在一片菜叶的叶心停住。

"您在我们这里过得还愉快吗?"

"这您应该很清楚。"

"既然如此,千万不要一去就音讯全无,要给我们写信。"此时他看见身旁的她,眼里满是泪水。她立刻别开头。

"我一定会写信的,我保证。"尚—马黎说,接着害羞地伸手触摸女孩的手。

"哦!大家都说……我们这里啊,当您走的时候,我们会比较空闲,一定会常常想起您,天啊……现在还是农忙时节,大伙从早忙到晚……但是秋天就要来了,然后是冬天,到时候只剩下牲畜要照顾,其他的时间多半是望着外面的雨滴边做家务,接着开始飘雪。有时候我不禁在想我是否该搬到城里去住……"

"不要,玛德莲,不要这么做,跟我保证您不会这么做,您留在这里比较快乐。"

"您这么认为?"她喃喃地说,声音微弱怪异。

说着,抓起篮子走远一点,菜叶遮住了她的眼睛。他讷讷地采豆子。

"您以为我可以忘记您吗?"他终于开口。"您以为我过去的回忆有多美好,美好得掩盖了我对这里的回忆?您想想看!战争,不幸,战争。"

"在那之前呢?不会一直都是战争吧?在那之前,是否有……"

"什么?"

她没有回答。

"您是指女人,女孩子?"

"该死,当然!"

"但没有特别感兴趣的,我的小玛德莲。"

"可是您要走了。"现在她已经不再隐忍,放任泪水决堤,滑落胖嘟嘟的脸颊,她抽泣着说:"我,看您离开我真的比谁都难过。我不该这么说的,您一定会笑我,赛希儿一定会笑得更厉害……可是我不在乎……真的像生离死别般的难过……"

"玛德莲……"

她突然挺起身子,两人目光相接。他走到她身边,伸手轻轻揽住她的腰,他正想亲吻她时,她叹了一口气,推开他。

"不,我要的不是这个……这太轻率了……"

"您想要什么呢,玛德莲?要我发誓我绝不会忘记您吗?不管您是不是相信,这是真的,我不会忘记您的。"他说,说着他牵起她的手,在上面印了一个吻,她高兴得脸红了。

"玛德莲,您真的想当修女吗?"

"是真的。我以前是这么想,但是,现在……不是我不爱上帝了,只是我认为我不适合!"

"当然不适合!您应该去爱,去过幸福的日子。"

"幸福?我不知道,不过我想我比较适合有一个丈夫,生几个孩子,如果那个班诺没有死的话,嗯……"

"那个班诺?我不懂……"

"他们提过……我一点都不愿意。当修女是我自己的意思。不过,如果他回来了……他是个好人……"

"我不懂。"他又说了一遍。

这些乡下人真神秘啊!口风紧,不信任别人,活像他们的大衣橱……加上双层锁。他跟他们住了两个多月,他从来没有察觉玛德莲跟这户人家的儿子中间有什么瓜葛,现在回想起来,他几乎没听人提起过这个班诺……他们什么都不说,但是心眼可多了。

农庄女主人在叫玛德莲,他们一起回去。

几天过去了，始终没有班诺的消息，倒是尚—马黎接到了家人的回信，信上还附了钱。从那天晚上起，他和玛德莲再也没有独处的机会。他心里清楚，有人在监视他们。他向齐聚在门坎的一家人道别。那是一个下着雨的早晨，历经数星期的漫长干旱之后的第一场雨，山脊飘来冷冷空气。等他走远，农场女主人进屋，两个女孩还待在门边没动，耳里听着手推车在路上行走的声响。

"终于，他走了，也不算太糟！"赛希儿嚷嚷着，好像一串咒骂强忍了很久。"你终于可以奉献一点心力在我们身上了……这阵子，你整个人浑浑噩噩的，什么事都是我在做……"

"还轮不到你来教训我，你只顾做你的衣服，对着镜子搔首弄姿……昨天去挤牛奶的人是我，而且昨天轮到的人不是我。"玛德莲怒气冲冲地反驳。

"我哪知道？是妈叫你去做的。"

"如果是妈要我做的，那么我知道是谁在她耳边嚼舌根了？"

"哎！想想你自己，癞蛤蟆想吃天鹅肉！"

"虚伪！"

"不要脸！还说什么要去当修女！……"

"你还不是不要脸，跟在他后头牛皮糖似的，只不过人家根本不理你！"

"那，那你呢？他走了，反正你也见不到他了。"

闪耀怒火的眼睛相接，两人就这样怒目相向，僵持了一阵子，之后玛德莲的脸上闪过一丝温柔和讶异。

"哦！赛希儿，我们就像姐妹一样……以前，我们从来没有吵过架……这不值得，好了。男孩，不适合你也不适合我！"

她张开双臂揽住哭个不停的赛希儿的脖子。

"哦！妈……什么事都瞒不过她，她只是没说出来而已。"

她们各自干活去了,一个去马厩,另一个进屋里。今天星期一是洗衣服的日子,两人忙得几乎没有时间交谈,然而从她们的眼神和笑容可以得知两个女孩已经和好如初了,强风将洗衣间冒出的烟灌进仓库。那是一个嘈杂晦暗的日子,隐约可以感应到初秋的气息,在这盛夏的八月。玛德莲忙着给脏衣服打肥皂,搓揉,冲水,完全没有闲情多想,就这样暂时忘了离别的痛苦。她抬起头,望着灰蒙蒙的天空和被暴风刮得啪啪作响的树。有一次,她自言自语地说:

"夏天好像真的结束了……"

"没什么好感叹的,肮脏的夏天。"老妈妈语带憎恨地回答。

玛德莲吃惊地看着她,接着她想起了战争、难民潮、班诺离家、全球的大灾难在远方持续进行,造成惨重伤亡的战争。她默默地继续洗衣服。

傍晚,她把鸡赶进鸡舍关好,顶着倾盆大雨快步穿过院子,此时她瞥见小路上有一个男人大步朝这里走过来。她的心跳开始加速,她以为尚—马黎回来了。内心涌出一阵狂喜,她朝他飞奔而去,与那人只剩两步距离的时候,她大叫一声:

"班诺?"

"对啊,是我。"他说。

"可是,怎么会? ……哦! 你的母亲一定会很高兴……你逃过了,班诺? 我们担心你被俘虏了。"

他无声地笑着。他身材高大,有着一张大大的棕色脸庞,双眼勇敢而明亮。

"我是被俘虏了,不过没有被关多久!"

"你逃出来了?"

"对。"

"怎么逃出来的?"

"嗯,跟同伴一起。"

与他重逢,她突然又变回了过去那个羞怯的农家女孩,找回了因为尚—马黎而抛掉的那种默默的爱和默默承受的天性。她没有多问,只是默默地跟他一起走。

"这里,都还好吗?"他问。

"还好。"

"有没有什么新鲜事?"

"没有,没什么。"她说。

她率先踏上通往厨房的三级阶梯,进屋,朝屋内大喊:

"妈,快来呀,班诺回来了!"

31

去年冬天——战争开打后的头一个冬季——漫长又严酷。可是，1914至1941年的这个冬季又该如何形容呢？11月刚走到尾声，冷空气和雪花开始席卷大地。雪落上炸毁的屋舍，落上重建的桥梁，落上冷冷清清的巴黎街道，街上不见汽车也不见公交车，只见裹着毛皮大衣、戴着羊毛风帽的妇女，有的步行，有的在商店门口排队等候，冷得直发抖。雪铺上铁轨，铺上电报缆线，电缆因承受不了积雪的重量而下垂，差点碰到地面，有时候甚至被压断了。雪洒在驻守军营大门的德国卫兵的制服上，洒在插在纪念碑的三角楣顶上的反卐字红旗上。雪花带着一种苍白阴森的光芒钻进冰封的公寓，让人倍感难挨，倍觉寒冷。穷苦人家、老人家和小孩接连几个礼拜都窝在被窝里：这是他们唯一稍觉温暖的地方。

那个冬天，寇特家的露台上铺了一层厚厚的积雪，正好给他们用来冰镇香槟。寇特靠着火炉写作，不过木柴烧火送出来的热气远远比不上暖气炉。他的鼻子冻得发紫，差点冷得哭出来。他一只手紧紧压住胸口的橡胶热水袋，里面注满滚烫的热水，用另一只手写字。

圣诞节时，寒流强度倍增，唯有躲进地铁的长廊，才能稍减冰冻之苦。雪不停地下，不曾停歇，温柔却固执地片片覆盖德雷塞特大道的路树，贝黎刚一家人已经回到这里的家——因为他们属于法国资产阶级金字塔的顶端阶层，这些人宁可看着自己的孩子没有面包吃，没有肉吃，甚至被压得喘不过气，也绝不能没有文凭，因此雨柏的学业无论如何绝不能中断,更何况他的学业因为受夏天一连串事件的影响已经严重落后,即将满八岁的柏纳也一样,他在逃难之前学的东西,由他母亲督促背诵的东西,几乎已经完全忘光了:"地球是一颗悬浮在虚无中的圆球。"看他那个样子,好像才七岁而已,不是八岁(太可怕了!)。

点点雪花沾附贝黎刚太太的守丧面纱,她昂首挺胸地穿过商店门口排队的妇女队伍,手上摇晃着那张专门发给人口众多家庭的优先卡,好像挥舞一面小国旗似地,她径直走到店门口。

大雪中,队伍里的珍娜和莫里斯·米修夫妇耐心地等候,两人肩靠着肩,好像疲累至极的马等着踏上归途。

大雪覆盖查尔斯·蓝哲勒长眠的拉雪日神父墓园,也淹没了吉安桥边的报废汽车场——六月间所有惨遭炮弹击中、烧毁、废弃的车辆均停靠在马路两旁,有些少了轮胎或车身倾斜,有些车顶破了大洞,有些甚至只剩一堆扭曲废铁。乡间一片雪白,宽广,寂寥。有这么几天,积雪开始融了,农家开心地说:"能见着土地真好。"不过,第二天,雪又开始下了,乌鸦在天边啊啊地叫。"今年的雪真不少。"年轻人喃喃地说,脑海浮现战场还有被轰炸的城市画面,老人则回答:"跟往年差不多啊!"乡下还是老样子,大伙都在等。等战争结束,等封锁撤销,等战俘回家,等着冬天过去。

"今年看来是不会有春天了。"女人们看着二月走到尾声,三月接踵而来,气温却迟迟不见回升,感叹地说。雪消失了,大地却是一片灰黑,坚硬,金属般铿然有声。马铃薯冻坏了。牲畜的草料没了,早该放它们出去自寻食物了,可是整片大地寸草不生。萨巴里农庄里,老人幽居厚重的大扇木头门内,夜里还钉上钉子。全家人围坐火炉四周,静静地不说话,为俘虏织毛衣。玛德莲和赛希儿裁剪旧床单布缝制衬衫和婴儿被。玛德莲九月嫁给了班诺,即将升格做母亲。每当一阵强风吹来,门窗为之震动时,老太太们咕哝地说:"嘿,够了,老天爷,已经够悲惨了。"

邻近的农庄传来圣诞节前夕出生的小男婴哇哇的哭声,小男婴的父亲被俘尚未回来。母亲是个瘦高的农妇,认命、安静、保守,从来不抱怨。每当有人对她说:"您是怎么熬过来的,路易丝?家里没有男人,工作这么多,没有帮手,还有四个孩子?"她总是淡淡一笑然后回答:"总得撑下去……"眼里却只有坚决与哀戚。晚上,等小孩都睡了之后,总看见她上萨巴里家,坐着织毛衣,她总是坐在最靠门边的位置,万一孩子们叫她,在这万籁俱寂的夜,她也能听见孩子的呼喊。趁大伙不注意的时候,她会偷偷抬起眼皮,瞄一眼玛德莲和他的年轻的丈夫,眼里没有嫉妒,没有坏心眼,有的只是无声的悲哀,随即垂下眼睛专心织毛衣,15分钟后,她站起来,穿上木鞋,压低声音说:"好了,我该走了。各位先生女士,晚安。"然后回家。那是三月的一个夜晚,她辗转难眠。几乎每个夜晚都是这样,一个人在冰冷空荡的床上翻来覆去。她曾经想过叫老大来跟她一起睡,不过很快便打消了这个念头,内心隐隐害怕这样做会带来不幸,这个位置必须保留给未归人。

那个夜里,强风呼呼地吹,一场来自莫凡山的暴风雨狂扫这个地区。"明天又要下雪了!"人们念叨着。那个农妇在幽静的大房子里,只听到屋子四处劈啪作响,宛如海上漂流的船,终于再也克制不住,尽情地发泄痛哭起来。无论是1939年她丈夫离家那天,或是每回短暂休假后回营的离别之际,甚至当她得知他被俘房的消息的那一刻,还有丈夫不在身边独自生孩子的时候,她都没有掉过一滴泪。可是,她已经无法负荷了:这么多的工作……小婴儿如此强健,哭闹和哺乳搞得她筋疲力尽……天气太冷,母牛几乎已经挤不出牛奶……没有谷粒喂鸡,而母鸡也不下蛋了……洗衣槽结冰,洗衣还得先跟冰奋战一番……不行了……她再也承受不了了……她已经没有力气……甚至连活下去的欲望都没了……活着有什么意义？她再也见不到她的丈夫，他们太思念对方，日夜惆怅，他一定是死在德国了。这张床冷就让它冷吧，她把2个小时前塞进床单底下的陶缸取出来，原本烧烫的缸现在只剩点点余温，她把陶缸慢慢地放在磁砖地板上，抽回手，手短暂触及冰冷的地板，身体感觉更冷了，而且直冷到心坎里。她不断地抽泣、颤抖。说什么来安慰她呢？"有这样遭遇的，不是只有您一个……"她当然知道，但是别人的运气就是比较好……例如玛德莲·萨巴里……她并不是希望她过得不好……只是，这样实在太不公平了！世界太不幸了。她瘦弱的身躯冻僵了。她全身卷成一团缩在毛毯和鸭绒被底下，还是没有用，寒气好像钻进骨头接缝处。"会过去的，等战争结束，他会回来的！"大家都这么说。不！不会的！她再也不相信了，这个情况将持续下去，一直持续……连春天都不愿意回来……我们什么时候见过三月了还是这种天气？三月很快就要过去了，土壤还是结冻的，和她的心一样冰冷。多可怕的强风！多可怕的夜晚！屋瓦肯定要被掀走了。她稍微抬起身子，半坐在床上，竖耳倾听了一会儿，突然间，泪水淋漓痛苦扭曲的脸，线条开始变得柔和，然后是不可置信的神情。风停了，也不知这风起自何方，更不知它吹往何处，它无情盲目的怒吼，折断树枝，撼动屋瓦，卷走山丘上的残雪。此时，被暴风雨翻搅的阴暗天空降下第一场春雨，雨水虽然冰冷，但涓细如流，雨点狂骤，奋力杀出一条路冲向漆黑树根，直捣深深的黑色沃土层。

第二部

柔 板

1

安杰里耶家忙着把家族文件、银器和藏书锁好,德国人就要打进蒲希,这已经是法国战败后小镇三度遭敌军占领了。那天是复活节星期日,就在举行大弥撒的当下。天空下着冰冷的雨,教堂的门前,一株小桃树开满粉红色的花,戚戚然摇摆枝干。德军八人一行,列队行进,他们身穿野战制服,头戴金属钢盔。个个面无表情,荷着枪,一副高深莫测的神色,但是他们的眼神隐隐透露出好奇,望着小镇灰色的建筑外墙,探询这座他们即将住下的地方。窗户不见半个人影。他们走到教堂前面,听见管风琴的琴音以及诵念祈祷文的嗡嗡人语。不过,一名信徒受了惊吓连忙关上大门。外面只剩德军军靴踏步声。第一团过去了,一名军官骑马上前,毛色带有斑点的漂亮骏马好像非常愤怒,似乎不满这样被人牵着慢慢走,马儿举起蹄子,忿忿不平但谨慎地踩踏地面,全身颤动,大声嘶鸣的同时骄傲地摇摆着头。铁灰色的巨大装甲车嘎啦嘎啦碾过石板路。紧接着是一尊尊大炮,雄踞移动式平台上,每只炮管上都趴着一名士兵,远眺前方动静,数量之多只听到阵阵响雷在教堂的梁拱间轰隆回荡,炮声不绝于耳,一直到神父讲道讲完了都还没停,妇女在幽暗处叹气。大炮轰隆碾过的声响逐渐减弱,接着是围绕司令车行进的摩托车队。跟在司令车后面的是满载粗大黑面包的卡车,一块块面包震动车窗,与司令车始终保持着一段合宜的距离。军队吉祥物——一只瘦削的狼犬,看得出来是受过战斗专门训练的,安静地跟在行军队伍压尾的骑兵队旁。这些骠骑兵,且不管是因为他们在军队里自成一特殊团体,还是因为他们离指挥官很远,天高皇帝远的关系,或者是基于法国人没看出来的其他原因,总之他们这支队伍和别的军队相比显得特别自在,真情流露多了。他们两两谈笑,带领他们的中尉面带微笑地望着那株粉红桃树弱不禁风地颤抖,忍受强风摧残,他折断一根树枝。环视四周,尽是一面面紧闭的窗户。他以为这里只有他一个人,其实,每一扇紧闭的百叶窗后面,都藏了一双老太太的眼睛,尖锐如刺针,监视战胜官兵的一举一动。在他看不见的房间深处,几个声音细细地抱怨。

"我们全都看到了……"

"那东西残害我们的果树,该死!"

一张缺了牙的嘴低声叨念:

"据说这些人最坏。听说他们到这里之前,做了许多要不得的坏事,我们真是悲惨。"清洁妇女说,"就是他们拿走我们的被单,那被单还是我母亲给我的,你们想想看!他们一定都拿最好的。"

中尉高声下令。这些人看起来都非常年轻,皮肤红润,头发金黄,胯下骏马壮硕,营养充足,宽阔的后臀毛色晶亮。他们把马绑在广场上的亡者纪念碑旁,士兵则各自散开,找寻地方安顿。小镇四下响起军靴登然、外语交谈声、武器和马刺碰撞的叮当声。资产阶级的大豪宅里,大伙赶紧把漂亮的衣物全藏起来。

安杰里耶家的女士们——贾斯东·安杰里耶的母亲和妻子,他本人则被监禁在德国——刚刚打点好一切。安杰里耶老太太很瘦,脸色苍白,身形干瘪,弱不禁风,她把书房的每一本书拿起来,低声念出书名,再以虔诚的姿态用手心轻轻抚摸书脊,最后把书房锁上。

"我儿子的书,"她喃喃自语,"眼睁睁地看它们落入德国人的手里……还不如一把火烧了干净!"

"可是，万一德国人要我们把书房钥匙交出来呢？"胖胖的厨娘叹道。

"叫他们来跟我要，"安杰里耶太太说，说罢，她站起来，轻拍了一下缝在黑色毛呢裙底下的口袋，这把从不离身的钥匙随即叮咚作响。"我不会让他们来问我第二遍的。"她脸色阴暗地补上这么一句。

她的媳妇，露西儿·安杰里耶在她的指挥下一一拿下摆在壁炉上的摆饰。她本想留下一只烟灰缸，安杰里耶老太太先是反对。

"可是，到时候烟灰一定弹得满地毯都是。"露西儿提醒她，安杰里耶老太太咬着唇勉强答应。老太太脸色如此白、如此透明，仿佛皮肤底下没有半点鲜血，她白发如雪，嘴唇薄如刀锋，两颊一抹干枯的粉红，近乎蓝紫。她身上钢丝支撑的旧式暗紫色平纹细布高领衣衫，稍稍掩饰了、却遮不了脖子上随着情绪激动起伏震动的突出骨结，仿佛蜥蜴的下颚一缩一放。一靠近窗边，德国士兵的脚步声和谈话声清晰可闻，她全身不停地颤抖，从穿着尖头短靴的小脚趾尖一直抖到围着高雅无边软帽的额头。

"快一点，快一点，他们来了。"她说。

房间里只剩下绝对必要的家具，看不到一朵花、一个抱枕、一幅画。家庭相册已经塞进被褥柜，藏在一叠被单底下，免得让艾德菇依姑婆领圣体的模样，以及裘勒伯父六个月大时候全身光溜溜躺在软垫上的模样蒙上敌人亵渎的眼光。连壁炉的装饰都没忘记，两只路易一菲利普时代的花瓶，鹦鹉造型的瓶身，鸟喙衔着一条玫瑰花编织彩带，那是一个很少往来的某位亲戚送的结婚礼物，家里人不敢拿下他的礼物，怕惹得他不高兴。是的，连这两只花瓶贾斯东都说"如果女仆扫地一个不小心打破了，我一定替她加薪"的花瓶都收起来藏好了，这花瓶是由法国人的手送来的，让法国人的眼睛欣赏的，也是法国的鸡毛掸子才能碰的，绝对不能与德国人有任何接触，受到玷污。还有那个受难十字架！挂在卧房角落沙发上方的那个！安杰里耶太太亲自从墙上取下，放在胸前，藏在蕾丝方围巾底下。

"我想大概差不多了。"她终于说。

她在心里细数：大客厅的家具搬走了，窗帘拆下了，食物堆藏在园丁储放工具的小木屋内——喔，那外层布满炉灰的大块烟熏火腿，一罐罐融化的奶油、加盐奶油、精纯的猪油、够分量的紫红香肠——她所有的财产，所有的珍宝……打从英军登陆敦刻尔克那天起，便深藏于地窖的葡萄酒。钢琴锁上了，贾斯东的猎枪藏在没有人找得到的地方，一切都安排得妥妥当当，只等征服者上门了。她脸色苍白，一语不发，细瘦的手颤抖着将百叶窗拉上一半，恍如死者安眠的房间，然后走出去，后面跟着露西儿。

露西儿是位年轻的少妇，金黄头发，乌黑眸子，人长得非常漂亮，但很安静，不爱表现，安杰里耶老太太常说她"心不在焉"。她选上这门亲事只是因为看上她的嫁妆（她是本地大地主的女儿），不幸的是，露西儿的父亲从事许多非法的投机事业，不仅败光了家产，土地也都被拿去抵押了，所以这门亲事并不算非常成功；再说，她也没生下一男半女。

两位女士走进餐厅，餐具已经摆好。已经过了中午12点，然而，教堂和镇政府被迫播报德国时间，老百姓基于义愤和尊严，照样看着自家晚了60分钟的挂钟过日子，法国妇女带着不屑的口吻说："我们家可不按照德国时间生活。"如此一来，白天偶尔会出现一大段无所事事虚度的光阴，好比今天星期日，弥撒结束和用午餐之前的这段难熬的时间。她们不看书。安杰里耶老太太要是看见露西儿手上捧着书，脸上立刻露出惊讶且不以为然的表情，瞪着她说："咦？您在看书？"她的声音柔和但是字字铿锵有声,仿佛竖琴的清脆叹息："您难道没有别的事可做了吗？""今天不工作,今天是复活节星期日。"她们不常交谈,这两位女士谈话时,每一个主题都活像是一丛带刺的荆棘,必须提心吊胆地小心接近,若直接出手,势必见血。钻进安杰里耶老太太耳里的每一个字,字字唤醒她心底的哀痛记忆,家庭受审的往事以及露西儿毫无所悉的陈年旧痛。从她的嘴唇边上吐出了一句话之后,她必定停一下,望着她的媳妇,脸上尽是茫然、痛楚和惊愕,仿佛心里在想:"她的老公被德军俘虏了,她居然还能如常呼吸、走动、谈笑？真奇怪……"她根本不承认她们之间的问题出在贾斯东身上。露西儿说话的语气从来都不合时宜,有时候听起来太悲伤,难道她说着的是死人吗？再说,勇敢承受别离的痛苦是身为女人、身为法国人妻子的天职,就像她,安杰里耶太太,在她新婚后的第二天,总之没多久,立刻背负1914到1918年期间生离死别之痛。然而,每当露西儿喃喃说了一些安慰或充满希望的话时,"看得出来她根本没有爱过他",母亲转着尖酸的念头,"我一直都在怀疑。现在,我看得清清楚楚,我敢肯定……那口气是骗不了人的。那个人天性冷漠,凡事毫不在乎。她啊,她什么都不缺,相反的,我的儿子,我可怜的孩子……"她的脑海浮现出集中营、铁丝网、狱卒、卫兵的画面,顿时热泪盈眶,语带哽咽地说：

"别再提起他了……"

她从皮包里拿出一条干净精致的手帕,她总是放了一条在包里备用,以防万一有人提起贾斯东或法国的悲惨境遇。她小心翼翼地擦干眼皮周围的泪水,就像用吸水纸擦拭一滩墨水污渍一样。

就这样,两位女士安静地、一动也不动地,待在冷冷的火炉边上,等待。

2

德国人占据了她们的房子,也逐渐熟悉了小镇。军官一个或两两走在路上,头抬得老高,军靴踏在石板路面跶跶作响;士兵三五成群散漫地走在小镇唯一的马路上,从这一头晃到那一头,来回游荡,或在广场前旧十字架旁左右游走。当其中一名士兵停下脚步,其他人立即有样学样,然后一长排的绿色制服挡住了镇上农民的去路。于是农民们把头上的帽子压得更低,别开头,然后面无表情地取道没入乡野的蜿蜒小径上田。乡野巡警在两名士官的监视下,往主要建筑的墙上粘贴海报。海报五花八门什么都有,有些是发色淡金的德国军官像,一个个笑得开怀,露出编贝般的牙齿,发放果酱面包给围在身旁的法国小孩。上面的说明文字写着:"被抛弃的子民,对德意志帝国官兵有信心!"其他的则以漫画或图表的手法表现英国对世界的控制,以及犹太人恶毒的专制压榨。不过,多数海报都是以"严禁"开头——严禁从晚上9点到清晨5点在街上逗留,严禁住家私藏武器,严禁"收容、协助或援济"逃狱人犯或与德国敌对国家的外侨及英国军人,严禁收听国外广播,严禁拒收德国钱币。每张海报下方还另外以粗黑字体,下加两条底线的方式特别标注:"违者处死。"

弥撒结束,商店陆续开张。1914年的春天,在法国外省,货物来源尚不虞匮乏,大伙觑积了大批的布料、皮鞋和食物,存量充裕足以继续做买卖。德国人并不挑剔,商人把卖不出去的旧货,像是年代久远到可以远溯至上次大战的女性马甲、1900年的短筒马靴、缀有小国旗和绣着埃菲尔铁塔（原本计划要卖给英国人的）的衣服，一股脑儿地全拿出来兜售。他们什么都买。

对占领区的居民来说，德国人混合了恐惧、尊敬、厌恶，还有想要捉弄他们、从他们身上获利，榨干他们金钱的渴望。

"到头来还是我们的……他们从我们这里拿走的。"杂货店老板娘心里想，一边笑容可掬地卖了半公斤长虫的李子给一名入侵的军人，同时不忘向他索取双倍的价钱。

这名士兵满脸猜疑地望着那些李子，看得出来他似乎觉得被骗了，但是看到老板娘无事的样子，他却步了。这支军团之前驻扎在北方省的一个小城，那里长期遭受破坏、掠夺，什么物资都没了。转进中部的富饶省份之后，官兵又燃起垂涎的欲望。望着橱架上的东西，眼里闪烁着渴望的光芒。他们忆起文明生活的舒适，松木家具、手工缝制的全套西装、孩子们的玩具、粉红色的小洋装。军人经过一家又一家的店，他们人人面色凝重，如在梦中，口袋中的钱币叮当作响。在这些士兵的背后，或者在他们的头上，窗边的法国人互相以小动作示意——或抬头仰望天空，或点头，或微笑，或歪嘴淡淡地苦笑，或挑衅地做鬼脸，各式各样的表情动作轮番上阵，表示在这样的动荡时刻，必须仰仗上帝，也只有依赖上帝了……！我们想要自由，虽然行动和言论的自由不可得，至少要有精神上的自由，还有这些德国人并不怎么聪明，因为他们拿现金来交换，要我们讨他们的欢心，我们被迫讨他们欢心，因为，再怎么说，他们才是主人。"我们的主人，"那些女人说，她们看待敌人的眼神透着几许欲念，夹杂着憎恶。"敌人？这是当然……可是，他们都是男人，而且很年轻……"她们特别喜欢逗弄诓骗他们，"他们以为我们爱他们，其实我们只是为了拿到通行证、汽油、许可证而已。"那些曾经亲眼见过占领军进驻巴黎或其他外省大城市的女孩心里这么想,然而,这些天真的乡下女孩在德国官兵的注视下,一个个羞得抬不起头。

士兵一踏进咖啡馆立刻解开皮带,随手一抛,摔在大理石单脚圆桌上,然后坐下。士兵们保留了旅行者旅店的大厅做食堂,就是乡村旅店常见的那种幽暗深入的厅堂。最里面那面镜子上方,挂着两面红色反卍字旗,盖住原本雕着可爱小孩和火炬的镀金镜框的上缘。虽然季节未到,火炉已烧着火,大伙把椅子拉到火炉前取暖,脸上洋溢着幸福和陶醉。干净乌黑的大火炉有时候会被一圈呛鼻的烟雾包围,不过德国人一点都不怕,他们反而靠得更近,烘干衣服和军靴。他们若有所思地望着周遭的一切,眼里混杂了无聊和淡淡的忧虑,似乎在说:"我们见过的也不少了……且看这回会是什么样子……"

上面说的是年纪稍长,比较有智慧的人,年轻气盛的小伙子则不停地向女服务生使眼色,一分钟不下 10 次,女服务生忙着掀开地窖活门,钻进漆黑的地底,上来时,一只手拿了 12 瓶啤酒,另一只手拎着一只篓子,里面装满了香槟("香槟!"德国人大声欢呼。"法国香槟,麻烦您,小姐!香槟①!")

女服务生的身材肥胖圆润,面色粉嫩,迅速地穿梭于各桌。士兵对她微笑,她于是陷入两难,一方面想报以微笑,因为他们非常年轻,另一方面又怕这样做会惹人说闲话,因为他们是敌人,最后她蹙起眉头,严肃地紧抿嘴唇,却掩不住两颊的酒窝泄露内心的狂喜。这么多的男人,我的天啊!这么多的男人,全是她一个人的,因为其他的馆子都是老板自己的女儿出来帮忙,所以她们都被爸

---

① 编注:此段两处"香槟"原书以德语标示。

爸妈妈看得死死的,可是她……他们盯着她,噘起双唇,对她发出亲吻的声音。在仅存的一点羞耻和顾忌下,她故意装作没听到他们的呼唤,或偶尔对着满堂客人随口答应:"来了,来了,就来了!您还真急!"他们用本国语言跟她交谈,她则傲气十足地说:

"我哪听得懂您那一大串叽里呱拉啊?"

可是,敞开的大门拥进一批又一批的绿制服军人,川流不息,她渐渐地开始喜欢这种热情的呼唤,感到陶陶然,最后终于卸下防备,不再抗拒,顶多回以娇叱:"不行,您就不能放过我吗?真是的,哪来的野蛮人!"

另一些士兵在绿色床单上抛掷撞球,楼梯栏杆、窗沿、椅背到处挂着皮带、钢盔、手枪和弹药匣。

此时,教堂钟声响起,晚祷的时候到了。

3

安杰里耶家的太太们踏出家门准备上教堂晚祷，恰好要住她们家的德国军官也在此时走进来，他们在门边巧遇，军官脚跟并拢，向她们行礼。安杰里耶老太太脸色霎时变得更加苍白，静静地勉力点了个头回礼。露西儿抬起头，军官和她的眼光有那么一瞬间交会了。刹那间，一大堆混杂的思绪闪过露西儿的脑海："也许就是他，"她在心里想，"是他抓了贾斯东，害他坐牢？天啊，他杀了多少法国人？因为他，多少人以泪洗面？说真的，如果战争情势逆转，贾斯东今天也可能以主人的身份进住一户德国家庭。这是战争，不是这个男孩的错。"

他很年轻，很瘦，有一双漂亮的手和一对大眼睛。她会注意到他的手很漂亮，那是因为他就在她眼前伸手替她开门。他的无名指上戴着一只深色不透明的镌刻宝石戒指，一道阳光穿透两片云层缝隙，刹那间，戒指闪耀深紫光芒，映照了多毛红润、风吹雨打的脸庞，使得那张脸宛如墙边果树上挂着的漂亮果实：两边颧骨突出，棱线分明但细致，充满傲气的专断嘴型。露西儿情不自禁地放慢脚步，她的目光离不开那只精美的大手、修长的手指（她在心里想象那只手握着重重的黑色手枪，或者一支冲锋枪、一颗手榴弹的模样，或随便哪种可以随意夺人性命的武器），她凝视那身绿色制服（多少法国人在先前的夜里，躲在小树丛的阴影底下，窥伺相同的制服现身……）和光洁发亮的靴子……她回想起一年前，仓皇逃经小镇的那些战败的法国军人，全身脏兮兮，精疲力竭，粗重的旧式军鞋在飞扬的尘土中慢步拖行。喔,天啊,原来这就是战争……敌人士兵似乎永远不会落单,一个人对上另一个,一群无以计数的冤魂,那些离家未归或已入土为安的冤魂紧跟在他身后,追赶着他。我们说话的对象不是一个男人而是一群看不见的群体,因此说的每一个字眼都是别有深意的,是要心领神会的,一直以来我们总是有一种奇怪的感觉,好像自己的嘴不只是代表个人,而是为了其他许许多多、无声的人发声。

"那他呢?他有何感想?"少妇思索起来。"他踏进这座男主人被他或他的战友俘虏的法国房子时,有什么样的感受?他同情我们吗?他恨我们?或者他就是把这里当旅店看待,如果床铺够舒服,一心只有床,如果服务生够年轻,心里就只有她?"大门早已在那名军官身后关上,露西儿跟在婆婆的后面,她走进教堂,在她的凳子上跪下,脑中那个敌人的影像始终挥之不去。现在屋子里只有他一个人,他占用了贾斯东的书房,那间房间出入独立,他三餐都在外面吃,她看不到他,她听不到他的脚步、他的嗓音,还有他的笑声。唉,他可以放声大笑!他有权这么做。她望着她的婆婆,脸埋入掌心,一动不动。看着这个她向来不喜欢的女人,她的内心头一次涌起一股怜悯和关爱。她斜靠过去,轻声地对她说:

"母亲,我们一起为贾斯东拨念珠祈祷吧。"

老太太点头表示同意。露西儿开始真心诚挚地祷告,然而,慢慢地,她的思绪逐渐飘移,回到看似不久却又觉遥远的一段过去时光,肯定是因为战争造成时间混沌断层的缘故。她仿佛又看到了她的丈夫,那个肥胖无聊,只对钱、土地和地方政治感兴趣的男人。她从来没有爱过他,嫁给他完全是她父亲的意思。她生于乡村,长于乡村,对世界其他地方的认知仅止于几次巴黎的短暂停留,她借住在一位年事已高的亲戚家。中部地区省份的人民生活富足但没见过世面,每个人住在自己的家里,待在自己的庄园,收割自己的小麦,算自己的进账,平常的娱乐多半是镇日大吃大喝和打猎。镇上那些个大门宛如监狱铁门般坚固,客厅塞满家具,门户四时紧闭,加上怕失火所以总是冷飕飕的粗陋房子,对露西儿来说就是文明的景象。当她离开坐落在偏僻树林里的家时,想到能住到镇上,有一辆车,偶尔能到餐厅吃午饭……兴奋得不知如何是好。虽然她家教严格,少女时期的她并没有感到不快乐,因为院子、家务,还有她偷偷溜进去探索的图书室——那是一间非常大的房间,因为潮湿所以书都发霉了,就足以让她有事做,不去多想。结婚时,贾斯东·安杰里耶年仅 25 岁,但是外表已经颇具成熟男人样,这是外省居民生活深居简出、爱大啖油腻美食、好饮酒,还有不太有情绪波折所致。这层表面假象只影响了男人的习惯和观念,年轻的热血依旧在心底澎湃。

在一次出差到狄戎的旅途中,也就是他念大学的地方,贾斯东·安杰里耶与以前分手的情妇,一个帽店女老板重逢了。他二度拜倒在她的石榴裙下,而且爱得比以前更火热。他们还生了一个孩子,他替她租了一个邻近郊区的小房子,并且想办法找出一半的时间住在狄戎。露西儿什么都知道,但什么都没说,或许是因为害怕、不屑,又或许是因为不在乎。接着,战争爆发了……

而现在,贾斯东被监禁了一年多了。可怜的男孩……他一定很痛苦,露西儿想,念珠串上的珠子机械似地滑过指头。他最想念的会是什么呢?舒服的床,美味的晚餐,还是情妇……她真想把他失去的东西,所有从他那边拿走的东西,全还给他……没错……全部,连那个女人……她以这个为基准,以这份真情流露和率真衡量心中的空虚,这颗心从来没有填满过,无论是爱或嫉妒。她的丈夫有时对她相当粗暴。她原谅了他的出轨,但他却死也忘不了岳父的投机交易。这些话在她的耳边响了不只一次,每次感觉都像是重重地甩了她一耳光:"想得美喔,如果早知道他半毛钱都没了的话!"

她垂下头。一点都没有!她的心已经没有丝毫感觉。战败后,她丈夫八成得吃尽苦头,最后几次的战役,逃亡,被德军俘虏,被迫行军,寒冷,饥饿,身边的人一个个死去,现在更被丢进战犯集中营,这些抵消了一切。"只愿他能够回来,找回他所爱的一切,他的房间、毛茸茸的拖鞋、破晓时分的庭园漫步、墙头桃树摘下的冰凉桃子、山珍海味,所有我想得到的,愿他都能再度找回来!我什么都不要。我只想看到他快乐。我,我?"

她想得恍惚出神,念珠滑出指尖啪嗒落地。此时她才发觉大家都已经站起来了,晚祷已经结束。德军盘踞在外面的广场上,银质官阶条杠在制服上闪烁银光。浅色的眼眸、金黄的头发还有皮带上的金属扣头在阳光下闪着金光,为教堂前闭锁在高墙之中(旧城墙遗迹)的这片灰蒙地带引进光亮、欢乐和新的生命力。有人牵马散步,德军把这里弄成露天餐厅,从木工坊里拿来的。原本用来制作棺材的木板,架成一张桌子和几张长板凳。他们坐在那里,嘴里嚼着东西,带着凑热闹的好奇心望着这些居民。可见长达11个月的占领还没有让他们对这里感到厌烦,头几天,他们兴趣盎然、讶然地端详这些法国人,他们觉得这些人很好玩、很奇怪,他们听不习惯这些人连珠炮似的话,努力地想揣度出这个战败国的人民是讨厌他们、勉强容忍他们呢,还是喜欢他们?他们远远地、鬼鬼祟祟地朝年轻女孩微笑,女孩们则一脸傲气,不屑地走过去——这是第一天的情况!于是,德国人低下头转而望向围绕他们四周嬉闹的孩童,镇上的小孩全都在那里,为他们的制服、骏马和高筒靴深深着迷。母亲费劲呼喊,没有用,他们根本不听。他们伸出脏脏的手指偷偷地摸一下厚毛呢外套。德军招手示意要他们靠近，然后在他们手里塞了一大堆糖果和零钱。

尽管如此，小镇仍然保有平常安息日的平静气氛。德军虽然为这平静画面平添了一抹诡异色彩，不过，实质上，一切都还维持原样，露西儿想。之前的确有一阵子慌张混乱，几位妇女（像安杰里耶老太太这样的被俘士兵的母亲或另一场战争的寡妇）匆忙赶回家，紧闭窗户，拉下窗帘，以免看到德国人。她们躲在狭小黑暗的房间里，泪眼婆娑地重读以前的信；她们拿下装饰黑纱和三色玫瑰花结的画像……可是，比较年轻的女孩照常在星期日聚集广场聊天，她们才不会为了德国人而失去一个假日的午后，牺牲她们的消遣，她们头戴新帽子，那天是复活节星期日呀。男人则鬼鬼祟祟地打量德国人，猜不透他们心里作何感想，农夫的脸本来就令人猜不透。一个德国人走进人群，向他们要火，有人替他点了，若有所思的脸响应了他的行礼，他随即走远，男人们继续谈论牛的价格。像往常的每个星期日，公证人照样光顾旅行者咖啡馆，在店里算塔罗牌。有人从每周一次的例行墓园散步之旅回来，在这个不识娱乐的地方，散步到墓园几乎算得上是一种娱乐了，大伙结伴同行，在墓碑之间摘集野花。少年之家的修女们带着孩子走出教堂，在满满的士兵中穿出一条路，戴着圆锥形修女帽的修女脸上完全看不出任何表情。

"他们还要待很久吗？"税务官一边指着德国人，一边在书记官的耳边低声问。

"有人说，三个月。"书记官同样轻声地说。

税务官叹了一口气。

"物价看来要涨了。"

然后，机械式地来回摩擦那只在1915年被炸弹碎片划了一道口子的手。之后,话题一转,提醒晚祷结束的钟声逐渐平息,钟声清脆的尾音回荡在傍晚的暮色中。

安杰里耶家的女士们沿着一条曲折小径回家,这条路的每一颗石头,露西儿都了如指掌。她们静静地走着,没有交谈,仅以点头响应行间农民捎来的问候。这里的人并不喜欢安杰里耶老太太,却相当同情露西儿,一来因为她年纪轻轻丈夫就被俘虏;二来她不会摆出高傲的姿态,有时候他们还会跑去问她对子女教育或某新款女装的意见,要不然就是必须寄包裹到德国去的时候,大伙都知道安杰里耶家里住了一位敌国军官,她们家的房子是镇上最气派的,眼看着她们被迫跟其他人一样遵守全体适用的法令,大伙也深感同情。

"你们可真帮上大忙了。"女裁缝师经过她们身边时悄悄地说。

"希望他们很快就回去了。"药房老板娘说。

一位矮小的老太太跟在一只毛皮柔软雪白的母羊后头,踩着小碎步快走,她踮起脚尖抬高身子在露西儿的耳边丢下一句:

"听说他们都很坏,非常凶,迫害可怜的百姓。"

母羊一个跳跃,羊角撞上一位德国军官的灰色长披风。军官停下脚步,接着放声大笑,伸手想抚摸那只羊。可是,母羊一溜烟地逃走了,小老太太吓得赶紧跟着跑,安杰里耶家的女士掩上身后自家的大门。

4

这是本地最漂亮的一栋房子,已有百年历史。它外型狭长、低矮,多孔粗糙的石墙,黄黄的,在太阳的映照下,反射出酥烤面包的暖暖金黄色。临街的窗户(几间豪华大厅里的窗户)关得密不透风,除了挡风的木头百叶窗之外,还加上防窃盗的铁栏杆。储藏室(里面贮藏了装满各类违禁食品的瓶瓶罐罐)的窗外装着厚重的铁窗,栏杆突起百合花状尖刺,可以刺穿徘徊不去的野猫。漆成蓝色的大门系着监牢用大锁,开锁的巨大钥匙在这片静寂中咿呀哀鸣,下边的住房散发密闭空间的气味,一股空屋的冰冷味道,尽管屋主一直住在里面。为了不让窗帘褪色泛白,同时也为了妥善保存家具,屋内严禁空气和光线。光线穿透前厅,照在地板上铺的、有点类似酒瓶碎片的彩色玻璃,呈现隐约青绿色泽。碗厨,还有挂在墙上的鹿角,因为湿气重而褪色的小幅旧版画则隐没前厅暗影中。

饭厅里(他们只在这里点暖炉!)还有露西儿的房间,偶尔会在傍晚烧一盆火,可以呼吸到木头燃烧散发的温暖和烟雾的气味,以及栗子皮的芳香。饭厅门前是一片广阔的院子。这个季节,院子景象荒芜,修剪得几乎只剩光秃树干的西洋梨树,树干纠结多瘤,手爪般地枝芽朝天,葡萄也只剩光秃秃的藤蔓。不过,只要再来几天的阳光,开满花的就不只是教堂前广场那棵早春的小桃树了,到时候每棵树都将是一树的花海。露西儿入睡前梳头时,可以透过她房间的窗户看见沐浴月光的院子,猫栖息矮墙喵喵地叫。从院子往外延伸,整个乡野尽入眼底,山谷间蓊郁暗黑的树林,富饶、神秘，在月光下透着珍珠般柔柔的灰色。

露西儿晚间一个人在自己宽敞空荡的房间里，觉得很不自在。以前，有贾斯东一起住，他脱掉衣服，嘴里嘟嘟囔囔，动动家具，总是个伴侣。一个人唉，已经快一年了，一个人都没有，万籁俱寂；外面，万物酣眠。她不禁竖起耳朵倾听，想攫取隔壁房间里的一点人声，也就是德国军官住的那间。可是，她什么都没听到，或许他还没回来？要不然就是厚厚的墙隔绝了所有声响？又或许他跟她一样总是安安静静，一动也不动？过了一会儿，她仿佛听见一丝摩擦，一声轻叹，然后是低低的口哨声，于是她想象他站在窗边，凝视屋外院子。他在想什么？她无法想象，尽管再怎么努力，她对他的想法和欲望仍仅止于对一个平常人会有的想法和欲望。她无法相信他可以无愧天地地凝望这片院子，欣赏那一抹抹无声的银白影子——明天晚餐的主菜：鲤鱼，悠然地滑过如镜的水塘。"回想起经历过的战役，重温出生入死的过去，"她心底想，"他欣喜若狂。等会儿，他将写信回家，回德国，给他的妻子——不对！他应该还没成家，他年纪太轻了——给他的母亲，给未婚妻，或情妇，他这么写着：'我暂住在法国人家里，埃玛丽亚。'她应该是叫埃玛丽亚，或是居妮孔德，要不然就是洁楚德，"她想，故意找一些听起来拗口可笑的名字，"我们很好，没有受苦，我们可是战胜国。"

现在，她什么都听不到了。他安静下来了，他屏住了气息。"咕哇，"黑暗中一只癞蛤蟆叫了一声。恍如低沉轻柔的音乐散放，纯净的颤音，水面气泡爆破发出银铃似的清脆声响。"咕哇，咕哇……"露西儿闭上眼睛。多么安详、哀戚和深沉……偶尔，内心的某个东西仿佛醒过来似的，出声抗议，要求世界出个声，动起来。生命力，天啊，生命力！这场战争到底要打到什么时候？这样的情况要持续多少年，淹没在不见天日的麻木中，被压得直不起腰，逆来顺受,忍气吞声,活像笼罩在暴风中的牲畜?她很怀念收音机那熟悉的嘶嘶噪音,可是自从德国人来了之后,收音机被收起来藏在地窖里了,他们说德国人会拿走或被破坏掉。一想到安杰里耶太太塞进衣橱,然后用钥匙锁起来,不让敌人找到的那些东西,她禁不住笑了:"他一定觉得法国人的家里都没什么家具。"

晚餐时,军官的勤务兵走进饭厅,手上拿着一个小信封:

布鲁诺·冯·法尔克特此向安杰里耶夫人们致意,并恳请将钢琴和书房的钥匙交给送信的士兵。中尉以信誉保证绝不带走乐器,也不会撕毁任何书籍。

可是,安杰里耶太太表现得丝毫不受这场闹剧的影响。她仰头望天,动了动嘴唇好像在默念短短的祷告词,将自己交给上天的旨意:"武力凌驾权利,是吧?"然后转头问勤务兵,听不懂法文的士兵报以灿烂的笑容,点头如捣蒜,仅仅以德语回答:"或许是吧。"

"请转告冯……冯……中尉,"她轻蔑地结结巴巴说不清,"他是主人。"

她从一大串钥匙中取出两把他们要求的钥匙,扔到桌上。接着神情哀戚地对她的媳妇低声说:

"他要弹《守卫莱茵河》了……"

"我想他们现在的国歌是另一首,母亲。"

结果,中尉根本没有弹琴。沉重的寂静依旧笼罩大屋,车库大门吱嘎打开,宛如铙钹铿锵打破夜晚的宁静,同时向安杰里耶家的女士们宣告军官要出门了。她们放下一颗心,叹了一口气。现在,露西儿心里想,他离开窗边,在房里来回踱步。靴子……靴子声……终将过去。占领终将结束,接着和平到来,世人礼赞的和平。1940年的战争和惨剧终只成为回忆,一页历史,独留各式战役和条约名称,给小学生结结巴巴背诵而已,但是我,只要我一息尚存,我将永远记得这军靴踩踏地板规则低闷的噔音。他为什么不睡？为什么他不跟一般百姓一样，跟法国人一样，回家时换穿拖鞋呢？他在喝东西（她听见苏打水在杯子里冒泡的声音，还有柠檬汽水微弱的"滋滋"声。她的婆婆一定会说："原来如此，柠檬才会缺货。他们统统都拿走了！"）现在，他在翻书。喔，真可耻，竟有这样的念头……她全身一震。他打开钢琴盖，她听得出盖子往上掀开的声音，还有凳子旋转的嘎吱声。不会吧！他总不会在半夜弹钢琴吧！虽然说现在才九点，或许这个世界的其他人没这么早睡？没错，他在弹琴，她竖耳倾听，前额低垂，紧张地咬着嘴唇。琴键传来与其说是一连串的琴音，倒不如说是某种轻叹，连串音符的跃动，他手指点触，轻拂琴键，最后以宛如鸟鸣的急板颤音做结尾，四周一片静寂。

露西儿就这样站着，一动不动，梳子还拿在手上，放下的头发披泻肩头。之后她叹了一口气，恍恍惚惚地冒出一个念头："真可惜！"（可惜这片寂静是如此的浓重？可惜这个男孩儿没再弹下去？可惜在这里的竟是他，这个入侵者、这个敌人，是他，而不是别人？）她的手不耐地挥了一下，好像想推开周遭层层过分逼人，过分沉重的氛围。可惜……她独眠空荡荡的大床。

5

玛德莲·萨巴里一个人在家,她端坐在尚—马黎住了几个礼拜的房间里。这位少妇每天都来整理他睡过的那张床,这个举动搞得赛希儿很不高兴。"别弄了!又没有人会睡这里,不需要换干净的床单,那个样子好像你在等某个人似的。你在等什么人吗?"

玛德莲没有回答,照样每天拍打满是鸭绒的大床垫。

她觉得很幸福,能够一个人跟脸颊贴着她赤裸胸部吸奶的婴儿在一起。当她让小婴儿换边吸奶时,他半边的脸湿湿的,红通通的,像樱桃般发亮,乳头的形状印在小小脸颊上形成一个小酒窝,她轻轻地亲吻他。内心再度涌起这样的念头:"真高兴你是个男孩儿,男人的命比较好。"她眼睛注视着火,开始打起盹儿,她从来没能好好地睡。工作多得不得了,晚上不到10点、11点根本别想睡,有时候大伙还得轮流起来收听英国广播。大清早5点就得起床,洗刷牲畜。今天能够短短地打个瞌睡,很舒服,晚餐已经在炉上了,餐具也已经摆好,四周一切打理妥当。多雨的春季,朦胧的阳光照耀一片新绿和灰蒙天空。中庭的鸭子在雨中呱呱地叫,相反的,母鸡和火鸡则踩着小碎步,挥舞凌乱羽毛,可怜兮兮地躲在鸡棚底下。玛德莲听见狗在吠。

"难道他们已经回来了?"她想。

班诺开车载全家进城。

有人穿过中庭,不是班诺,那人穿的不是木鞋。然而,每回当她听见不属于她丈夫,或农庄某个居民的脚步声时,每当她远远地瞥见一抹陌生的身影,甚至当她热切地想着:"这不会是尚—马黎,不可能是他,我发疯了。首先,他不会再回来了,再说,就算他回来好了,又能改变些什么呢?我已经嫁给班诺。我没有在等任何人,相反的,我祈祷上帝,请尚—马黎永远不要再来,因为,慢慢地我已经习惯了我的丈夫,我一定会幸福的。可是,我不知道我到底想要什么,我是说真的,我已经完全没了头绪。我很幸福。"就在她脑海转着这些念头的当儿,她的心却不像她这么理智,它跳得非常厉害,心跳的声音几乎盖过外界的一切音响,以至于她完全听不到班诺说的话,小孩的哭声,穿过门槛吹进来的风声,她澎湃汹涌的热血阻挡了这些声响,一如我们跃入波浪潜入海中。有那么一阵子,她好像模模糊糊地失去意识,等她看清楚是邮差送谷类目录来(邮差那天刚好穿了新鞋),或地主蒙摩特子爵上门时,才回过神来。

"喂,玛德莲,怎么连问声好都不会了?"萨巴里老太太诧异地问。

"我想我把您吵醒了。"上门的客人说,玛德莲则连忙低声致歉,嚅嚅地说:

"对,您吓了我一跳……"

吵醒?从什么样的幻想中醒来啊?

她的内心再一次地燃起那种每当陌生人踏进(或回到)她的生命时的激动和慌张。她从椅子上站起来,微微欠身,紧盯着门口。一个男人?那是男人的脚步声,男人的轻微咳嗽声和上等香烟的香气!……一只男人的手,保养得宜的白皙手掌,摆上门拴,接着出现一身德军制服。一如以往,进来的人不是尚—马黎,由于过于失望,她总会呆呆地出一会儿神,甚至忘了把胸衣扣起来。那名德国人是一名军官,非常年轻,年纪应该不超过20岁,脸上几乎没有任何血色，连眉毛、头发和唇上的短胡须都一样苍白，一种浅亮的金黄，他望着她敞开的胸部，露出微笑，并以一种离谱到几近侮辱的故作正派的态度向她敬礼。某些德国人在对法国人（或许这只是战败国民觉得受辱、积怨难平变得敏感刻薄因而有这样的感受？）行礼时故意表现得特别彬彬有礼，一副假正经的姿态。这已经超出对同辈有的礼数，反而更像站在他们刚刚枪决的死者面前致哀的那种"举枪"致敬。

"您有什么事吗，先生？"玛德莲终于开口问了，一边急忙扣上套装。

"夫人，我有一张借住诺南农庄的许可，"这位年轻人用相当流利的法语回答，"很抱歉打搅您了，您可以告诉我房间在哪里吗？"

"他们说要过来住的是一般的士兵。"玛德莲怯生生地说。

"我军阶中尉，是司令部的翻译官。"

"这样您离镇上会很远，而且我怕我们的房间对一位军官来说太简陋了。我们这里只是一间农舍，家里没有自来水，也没有电，一位绅士需要的东西这里都没有。"

年轻人看了看这间大厅。他检视了地上老旧褪色的红色瓷砖，有几处已经变成了粉红色，还有房间正中央的大火炉，角落摆的行军床和那架纺车（上一次战争时它被放在阁楼，最近才拿下来，自从商店里找不到任何毛线之后，本地的每一位年轻女孩都要学纺纱）。德国人的目光再次停留在墙上挂着的镶框照片、农产品竞赛的奖状以及一方以前供奉圣女雕像的小壁龛。镶了条框的精美图画，画面已经磨损了大半，最后，他的眼睛又回到怀抱婴儿的年轻农妇身上。他微笑着说：

"您不用为我担心，我会很舒适的。"

他的语调带着奇特的铿锵和震动感，让人不禁联想到金属摩擦的声响。钢铁般的灰色眼眸,棱角分明的脸,淡金色的头发透着特有的色泽,光滑明亮宛如钢盔,凡此种种看在玛德莲的眼里,更凸显了这位年轻人的惊人外貌。他的外表有种完美、精确又闪耀的特质,让人更容易产生联想,她心想,一部机器,而不是血肉之躯。虽然心里如是想,她还是被他的军靴和皮带的金属扣头炫惑,皮革和金属抛出璀璨光彩。

"我希望,"她说,"您有勤务兵。这里没有人有办法把您的靴子擦得这么亮。"

他笑了,而且郑重地重复道:

"您不用为我担心。"

玛德莲哄儿子睡了。从斜挂在床上的镜子里可以看见德国人的身影,她清楚地看见他的目光和他的微笑。她害怕地想:"万一他跑来跟我献殷勤,班诺会怎么说?"她一点都不喜欢这个年轻人,甚至有点怕他,但是,不知怎地,她就是被他身上某种跟尚—马黎很像的特质所吸引,不是同为男人的某种特质,而是同属中产阶级,皆是绅士的共通特质。两人的胡子都刮得干干净净,举止文雅,手掌白皙,皮肤细致。她知道这个德国人的出现将会使班诺感到加倍的痛苦,因为他是敌人,因为他跟他不一样,不是庄稼汉,更重要的是因为他讨厌任何能够勾起玛德莲对上流阶层产生兴趣和好奇的东西。他的厌恶之深已经到了看到她翻阅时尚报刊,就从她手上抢走,或当她要求他刮胡子换衬衫时,便对她说:"你必须选边站,你嫁了一个乡下人,一个粗人,我可不讲什么体面……"话中带刺,酸溜溜的醋意显而易见,她心里明白,他一定从哪儿听到了什么风声,一定是赛希儿那个大嘴巴。赛希儿对她也大不如从前了。她叹了一口气。这场该死的战争爆发之后,好多事情都变了……

"我带您到您的房间。"她终于开口说。

但是,他谢绝了。他搬了一张椅子,挨着火炉坐下。

"如果您不反对的话,我想等一会儿再去。我们彼此先认识一下,您叫什么名字?"

"玛德莲·萨巴里。"

"我呢,我叫克特·波内(他念做波内特)。如您所见,这是一个法国名字。我的祖先应该跟您是同胞,路易十四国王在位时遭到驱逐。德国流着法国的血,而我们的语言里也有法文字。"

"啊?"她漫不经心地应声。

她很想这样回答:"法国留着德国的血,只是流进土里,而且是从1914年开始就有了。"但是她不敢,沉默才是明智之举。说也奇怪,她并不憎恨德国人,她谁都不恨,只是,到现在为止,一直觉得很自由、很骄傲的她,一看到那身制服,仿佛顿时变成了某种奴隶,满脑子机巧,戒慎恐惧,精于哄骗征服者,但是,只要一关上门,哪怕有性命危险,照样吐口水咒骂:"让他们去死吧!"她婆婆就是这样,她想,至少她不会装出逢迎谄媚讨好胜利者的模样。她感到很羞愧,她蹙起眉头,想弄出一副冷淡无情的表情,同时她把椅子往后挪,摆明让德国人明白,她不想再跟他多说了,并且他在这里只会让她感到别扭难受。

然而,他却兴致盎然望着她。跟许多年纪很小便开始接受严格纪律训练的年轻人一样,他已经习惯以傲慢和严肃的外表来隐藏内心。他相信一个称得上是男人的人必须如钢铁般坚强。其实,在战争期间,无论是在波兰、法国,在这段占领期间,他表现出来的也是这样的形象。尽管如此,与其说他有原则,还不如说他比较随着青春气盛的冲劲走。(玛德莲初见到他,猜他大约20岁。事实上,他还不到20岁,征战法国时,他度过了19岁的生日。)他会根据当前的情况和交手的人物来判断，是表现出友好善良的一面，还是冷酷无情的一面，只要有人落入他的手中，他一定会想尽办法让他生不如死。法国军队撤退的时候，他奉命押送那群可怜的法国战俘回德国，在那可怕的几天，上级命令凡身体虚弱者、行进速度不够快者，格杀勿论，对那些他连脸孔长什么模样都记不起来的囚犯，他毫无愧疚地依命行事，甚至还乐在其中。相反地，对某些他深表同情的囚犯却是出奇的好并尽量予以协助，这些人当中有好几位都欠他一条命。他很残酷，却是出于血气方刚的残酷，源自异常激烈敏感的观念，而这所有观念均以他的内心、他的灵魂为依归，他不会因别人痛苦而心生怜悯；他看不到别人，眼中只有自己。这残酷中掺杂了一丝青春的爱，以及某种邪恶的倾向。举例来说，他对人非常严苛，对牲畜却充满无限的关怀。这个倾向具体地以几个月前加莱司令部的一纸命令呈现，这全得归功于他的突发奇想。波内注意到农村的人，在市集的日子里总是拎着鸡来赶集，鸡的双脚被绑死，鸡头朝地，"出于人道的关怀，严禁日后再这么做"。农民不以为意，这反而更助长了波内对这群"轻浮又野蛮的"法国人的反感。法国人看见这样的一份公告张贴在另一份被指阴谋破坏行动而遭受报复处决的八名犯人公告下面更是义愤填膺。波内驻扎在北方省的城里时，与他借住的那间屋子的女主人一直没有任何交集，直到有一天，他感冒了，那位女士不辞辛劳地把早餐送到他床上。波内于是想起了他的母亲、他的童年，他眼眶含着泪向这位过去经营妓院的老鸨莉莉夫人道谢。从那时候起，他对她是有求必应，签发各种特许给她，如汽油券等，还跟这位庸俗可笑的老女人过夜，他的说法是，她年纪大了又孤单无聊，而且他出公差到巴黎时还会带一些贵得不得了的小饰品送她，他手头并不宽裕。

这类的同情心理有时候是源自音乐或文学的启发，或者，就像这个春天的早晨，他踏进田园诗般的萨巴里家。波内教育程度很高，对任何一种艺术都颇有天分。萨巴里农庄笼罩在这多雨季节带来的潮湿和幽暗氛围里，加上老旧的粉红色泽地板，空荡荡的小壁龛引人想起上次革命时被拿掉的圣母像，还有婴儿摇篮上方的黄杨树枝和晕暗光影中闪闪发亮的黄铜长柄暖床火炉，波内心想，这一切的种种隐隐让人联想到佛兰德斯画派的"内涵"基调。坐在矮凳上的少妇，怀里抱着孩子，半裸的一边漂亮乳房暗影中闪耀光芒，脸色红润的迷人脸孔，额头和下巴白皙无瑕，光是她一个人就是自然天成的一幅画了。望着她，欣赏她，他仿佛置身慕尼黑或德累斯顿的博物馆，一个人面对着他发自内心欣赏的画作，无论是感官上或是他最钟爱的精神上的欣赏。从此刻起，这个女人无论对他表现得有多冷淡，多有敌意，统统不能再影响他对她的观感了，他甚至根本察觉不到她的冷淡和敌意。他唯一的要求，对她一如对他身边的人的唯一要求，就是不要剥夺了他们带给他的纯属艺术范畴的恩泽，保存这名画般的光影，闪亮的肌肤，柔美的背景。

此时，一座大钟敲响正午的整点报时钟响。波内笑了，几乎可以说是发自内心的笑。古老机器的低沉钟声穿透上漆的钟箱散播开来，有时候他的脑海依稀听得见这样的声音，好比他在欣赏某一幅荷兰画派的画时，或想象女仆料理新鲜鲱鱼排的气味或某扇装了青绿铁栏杆的窗户后面隐约可见的街道喧闹，在这些幽暗的墙壁上，总挂着一座类似这样的钟。

尽管如此，他想叫玛德莲开口。他想再听一次这近乎歌吟的清脆嗓音。

"您一个人住在这里吗？您的先生大概是战俘吧？"

"才不是。"她激烈地抗议。

想到班诺曾经被德军俘虏，好不容易才逃脱，她又开始担心害怕起来。刹那间，她以为这个德国人猜到了他的身份，所以要来逮捕他。"我怎么那么笨。"她想，出于本能的，她的态度软化了，必须友善对待胜利者，她于是改用无辜柔顺的口吻问道：

"您要在我们这儿住很久吗？他们说是三个月。"

"连我们自己都不知道，"波内解释，"这就是军旅生活。全看上面的命令，将军们心血来潮，或突然爆发战事。我们原本要赶到南斯拉夫，不过，那边的战事已经结束了。"

"啊？全都结束了吗？"

"这是早晚的事。总之，胜利之后我们才到这里。所以我想这整个夏天，上级都要求我们留在这里，除非上级决定派我们到非洲或英国。"

"那……您喜欢吗？"玛德莲故意摆出天真的面容，却掩不住一阵恶心的微微颤抖，好像她在审问一个食人魔"喜欢吃人肉，是真的吗？"

"斗士是男人天生的职志，就像女人天生是为了取悦斗士一样，"波内回答，说罢，他扬起嘴角笑了，因为他觉得对一个漂亮的法国农村少妇引用尼采的话有点好笑。"如果您的先生还年轻的话，他一定也会有同感。"

玛德莲没有回答。事实上，她压根儿不知道班诺心里有什么样的想法，虽然他们两人一起长大。班诺话很少，而且他的心好像带着道德羞耻的枷锁，外加男人、乡下人和法国人的三层盔甲，外人根本无从窥探，她不知道他讨厌什么、喜欢什么，只知道他懂得恨，也懂爱。

"天啊，她心想，但愿他不讨厌这个德国人。"

她只听他说，几乎没有开口搭腔，同时竖耳倾听小路上传来的声响,手推车经过马路,教堂敲着晚祷的钟声,一座接着一座,钟声回荡田野,先是蒙摩特小礼拜堂的钟响,清脆如银铃,然后是镇上传来的沉缓乐音,再来是圣玛丽教堂的急促排钟音韵,这钟声只有在天气不佳、风从山丘往下吹的时候才听得到。

"家里的人就快回来了。"玛德莲低声说。

她往摆好的餐具中间放了一只装满勿忘草的乳白色陶壶。

"我想,您不在这里吃饭吧?"她突然问。

他的回话让她安心:

"不,不,我三餐在镇上搭伙,我只要早上能有一杯咖啡牛奶就行了。"

"这个简单,先生。"

这是本地的特殊用语,她说时总是面带微笑,声调略带撒娇。不过,这话绝对没有其他言外之意,只是一种礼貌性用语,没有不敬的意思,也没有服务到家的意思。就只是礼貌,而且就算这个承诺没有后续的行动实践,也还有现成的另一句话可以说,这句当然是带着遗憾和歉意了:"啊,真不好意思,人生不如意十之八九。"可是,德国人竟深深地感动了。

"这个地方的每个人都是那么的亲切。"他天真地说。

"您这么觉得吗,先生?"

"我想,您可以帮我把咖啡送到床上吧?"

"只有对生病的人才这么做。"玛德莲嘲笑地说。

他伸出手想牵她的手,她立刻把手缩回来。

"我丈夫回来了。"

回来的不是他,不过,也快了,她认出母马走在路上的蹄声。她走到中庭,天下着雨。从铁门底下穿过的是上次战争后便退休的旧式四轮大马车,现在它已经取代了无用武之地的汽车。班诺驾着马车,妇女撑着湿淋淋的伞坐在车上。玛德莲朝她丈夫奔去,伸手抱住他的脖子。

"家里来了一个德国鬼子。"她贴着他的耳朵说。

"他要住我们家?"

"对。"

"真倒霉!"

"唉呦,"赛希儿说,"只要我们应付得好,他们也不会有多坏,再说,他们出手可大方呢。"

班诺卸下马具,把母马带回马厩。赛希儿内心虽然有点惧怕那个德国人,不过她知道自己占尽优势,因为她穿的是星期日上教堂的正式套装,头上戴了帽子,还穿了丝袜,所以她得意自信地踏进屋子。

6

一群士兵从露西儿的窗下经过。他们唱着歌,嗓音让人激赏,这首严肃、哀伤又具威胁意味的合唱曲,听起来比较像宗教圣歌,反而不像军歌,法国人听了个个心底纳闷。

"那是他们的祈祷文吗?"妇女问。

军队演习结束,天才刚蒙蒙亮,整座小镇好梦方酣。惊醒的妇女挨着十字窗棂往外探,不禁笑逐颜开。多么美好清新的早晨啊!公鸡扯开夜寒未开的破锣嗓子,四下祥和,透着粉红银白反光。这无邪的阳光照上行军士兵们快乐的脸庞。(这么美的一个春日,怎么可能不快乐?)这些军人高大、强壮、神色刚毅、歌声和谐,妇女目送他们走远了,久久还不肯离去。有些人已经认得其中几名士兵。他们已经不再是最早那批无名无姓的军团,分不清个别轮廓长相的一潭绿色制服流水,一波波没有个别样貌、前浪后浪混杂的绿色浪涛而已。现在,这些士兵已经有名字了,"这个,"居民们说,"是木鞋匠家的金发小子,他的同伴都叫他威利。红棕色头发的那个就是要8颗蛋来弄炒蛋,还有一口气喝掉18杯香槟、居然没醉也没生病的家伙。那个站得直挺挺的年轻小伙子是翻译官,他在司令部可说是呼风唤雨。哦,他来了,安杰里耶家的那个德国人。"

以前大家总是将农民住的农庄名字来称呼他们,所以一直到现在,佃农出身的邮差还是叫做蒙摩特的奥古斯特,因为他们以前住在蒙摩特家的领地上,德国人某种程度也承继了他们房东的名号。大伙常说:"杜朗家的佛立兹,拉·佛日家的艾华德,安杰里耶家的布鲁诺。"

这位布鲁诺是骑兵支队的队长。吃得饱的火红骏马跳跃前进,漂亮高傲的眼睛不耐烦地睥睨群众,令这些乡下人羡慕不已。

"妈妈,你看到了吗?"小孩子们叫嚷着。

中尉的坐骑毛色棕里透金,闪耀绸缎般光泽。无论是人或马仿佛都感受到了四周的惊叹,女人们的欢呼。漂亮的骏马弓起脖子,热烈地摇晃头上的衔辔,马上的军官微微一笑,偶尔可以听见他嘴里啵啵有声安抚那匹马,这一招比马鞭有效得多。此时,一名少女站在自家的窗边高喊:"这个德国鬼子,驯马满有一套的。"他则举起戴着手套的手摆到军帽边,郑重其事地向她行礼。

少女身后响起一阵激烈的窃窃交谈。

"你明知道他们不喜欢我们这样叫他们。你疯了不成?"

"唉呦,那又怎么样!我一时忘了。"少女为自己辩护,脸红得有如樱桃。

骑兵支队到了广场之后解散,在一阵军靴和马刺碰撞的嘈杂中各自返回住家。艳阳高照,现在已经相当炙热,几乎可以算是炎炎夏日了。士兵在民宅的中庭里梳洗,他们赤裸上身,红通通的肌肤被暑气包裹,大汗淋漓。一名士兵把一面镜子固定在树干上,对着镜子刮胡子,另一个则把头和裸露的手臂全埋进装满凉水的大水桶里,还有一个对着一名少妇大喊:

"夫人,天气真好啊!"

"咦,您会说法语?"

"一点点。"

两人对望,互给对方一个微笑。妇女走到水井旁,松开吱嘎叫嚷的长长铁链,等水桶拉上井口,重见光明时,桶里已经装满了冰凉的水,摇摇摆摆的,蔚蓝的天空映在里面。总有一个士兵迫不及待地冲过来接过女人手上的沉重水桶,有些人这么做是为了证明给女人看:我们虽然是德国人还是懂礼貌的。另一些人则是基于天性善良,更有一些人是因为这美好的一天,晴朗天气带来一种精神饱满、活力充沛的感受,身体正常的疲劳和等着休息的好心情引他们进入激昂兴奋,朝气蓬勃的状态。在这种状态下的男人对弱者总是表现得更体贴,对强者则会不自禁表现得更强势(这八成跟雄性生物在春天时爱在雌性面前彼此打斗,啃咬泥土,或在泥灰中跳跃玩耍是一样的意思)。一名年轻士兵护送一位女士回到她家,他神情严肃地替她拎着两瓶她从井里拉上来的白酒。那名士兵非常年轻,淡淡的眼珠,朝天的鼻子,手臂强壮有力。

"好美啊,这个,"他眼睛盯着那位女士的脚说,"真美啊,这个,夫人……"

她回身对着他,手指摆在嘴唇中央。

"嘘……我老公……"

"啊,老公,大坏蛋……真坏呀。"他一边大声说,一边装出很害怕的样子。

躲在门后头、妇人的先生倾耳细听,不过他对自己的老婆有信心,所以并不觉得生气,反而有一种骄傲的感觉油然而生:"是啊,我的老婆长得是漂亮。"他想。早上喝的这一小杯白酒尝起来更加香醇了。

一些士兵走进木鞋店,鞋匠是残废的退役军人,他正在工作台上工作,空气中闻得到植物的气味和新鲜木头的呛鼻味,新切的砧板大小的松木片还淌着松脂泪滴,架子上刻好的木鞋排列整齐,有的雕了神怪魔兽,有的是蛇,还有的是牛头,有一双做成猪嘴的造型。进来的其中一名德国人盯着这双鞋,赞赏有加。

"好精巧的工艺品。"他说。

身子弱话又少的木鞋匠没有回答，但是他的妻子已经从桌后站起来，忍不住好奇地问：

"您在德国做什么工作？"

士兵一时之间没有完全听懂她的问题，不过最后还是回答了，他是锁匠。木鞋匠的妻子想了一下，然后在她先生的耳边低声地说：

"不如把碗橱的钥匙拿给他看一看，也许他有办法……"

"算了。"做丈夫的皱起眉头。

"你们？吃饭？"该名士兵继续说，同时指指花盘子上的白面包："法国面包……分量少……不够塞胃……空空……"

他的意思是他觉得这种面包不够营养，不足以应付身体所需，但是法国人无法理解竟然会有人疯狂到认不出法国一大美食的绝佳风味，尤其是这种烤得金黄的大圆面包，还有那种环状的皇冠面包，据他们说，很快就会被一种混合了麦麸皮和劣质面粉烘焙的面包取代。但是，他们不相信。他们把德国人的话当做赞美，颇感光荣，木鞋匠那张凶巴巴的脸都变柔和了，他跟他的家人一起上桌吃饭，德国人则就着一旁的板凳坐下。

"您喜欢这里吗？"木鞋匠的妻子接着问。

她天性外向健谈，常常因为老公默不吭声而气恼。

"喔，喜欢，漂亮……"

"您那儿呢？跟这里很像吗？"她问另一名士兵。

这名士兵的脸上闪过一阵震颤，看得出来他绞尽脑汁想要找出恰当的字眼形容自己的家园，那里的啤酒花园或蓊郁的树林，但怎么都想不出来，他只好张开双臂。

"大……好土地……"

他犹豫了一下，接着叹了一口气。

"远……"

"您家里还有其他人吗?"

他点头表示有。

不过,木鞋匠却对他的老婆说:

"你不需要找话跟他们聊。"

说得他老婆不好意思起来。她默默地继续埋头做事,倒咖啡,为孩子切面包涂果酱。外面传来欢乐喧哗,笑声、枪支撞击声还有士兵的脚步声和大嗓门汇聚成一片欢欣鼓噪。也不知道为什么,大伙会觉得轻松愉快,或许是因为天气好?这片天空如此的蓝,好像充满爱意地弯身挨近地平面,轻抚大地,母鸡蹲坐尘土飞舞的泥地上,偶尔拍动羽翼,睡意浓厚地咕咕叫。断裂的麦秆,掉落的羽毛,细得摸不出来的花粉满天飞舞。是筑巢的季节了。

镇上男人的位子已经空了很久很久了,就算这些男人是入侵者,来到这里,取代了他们的位置也丝毫不显突兀。他们也有这样的感觉,所以他们舒适地安坐在太阳底下,儿子被俘虏了或为国捐躯的母亲们看见他们,立刻当他们的面低声诅咒他们,相反地,年轻女孩却紧盯着他们不放。

7

小镇的妇女聚集在教会学校的大会堂,参与送包裹给战俘协会每月一次的例行集会。镇政府早在冲突爆发和兵士被俘之前就已经承担起照顾本区儿童救济院儿童的责任,该院的院长正是蒙摩特子爵夫人。子爵夫人很年纪,长相相当抱歉,人又害羞,每次要她在公开场合发表谈话总是令她坐立难安,一张口结结巴巴,掌心汗湿,双腿发抖。总之,她虽然贵为贵族世家,却也免不了上台发言的紧张恐惧。尽管如此,她认为这是一项重责,她肩负着与生俱来的天职,要为这些中产阶级和农民照亮道路,指出他们该走的路,要在他们身上发掘善根。

"您要了解,艾摩里,"她向她的丈夫解释,"我无法相信她们跟我有什么本质上的不同。她们虽然一直让我失望,(如果您知道她们的举止有多粗俗、多尖刻的话!)我还是坚持要在她们身上寻出一线光芒。没错。"说着,她抬起头,用泪光闪动的双眸望着他,她常常动不动就哭,"没错,我们的主不会为了这些生灵牺牲自己的生命,如果她们身上没有什么值得之处……可是,无知……我的朋友,她们无知到吓人的地步。因此,每次集会一开始,我总会发表一番简短的演说,让她们明白她们受到惩罚的原因,而且(您要笑就笑吧,艾摩里),偶尔从这一张张粗糙的脸庞上,我看到了恍然大悟的表情一闪而过。"我很遗憾,"子爵夫人若有所思地往下说,"我很遗憾无法持续完成我的志愿,我多么希望能够到一处荒地散播福音,成为某个深入原始森林或沼泽地传教士的得力助手。其实,我也认命了,天主既然指派我们来到这个地方,这里才是我的任务。"

学童紧急被带离学校大会堂,她站在会堂的小讲台上,所有学童中只选出了12位最优秀的获准留下聆听子爵夫人演讲。她们脚下木鞋擦刮地板,瞪着镇定的大眼环视大会堂,"跟母牛没两样",子爵夫人微微不悦地想,她决定谈话的内容一定要特别针对她们。

"我亲爱的小女孩,"她说,"因为国家的痛苦使得你们幼小的身心受到伤害……"

其中一个小女孩听得如此入神,以至于从坐着的板凳上掉下来,其他的11位则拉着围裙掩口,压住哄堂笑声,子爵夫人皱紧眉头,抬高音量继续说:

"你们玩儿着你们这个年纪爱玩儿的游戏,看起来无忧无虑,事实上,你们的内心充满了哀伤。你们早晚向全能的上帝做了什么样的祷告,好让他悲悯我们挚爱的法兰西的苦难!"

说到这里,她停了一下,对刚刚进来的一位非教会小学的女老师相当冷淡地打了声招呼。这位女老师不上教堂,而且连丈夫的丧礼也不按照宗教仪式举行,她的学生甚至谣传她根本没有接受洗礼,这听起来荒谬的成分比震惊的还多,因为这样的说法无异跟谣传她出生时没有脚,只有一条鱼尾巴一样荒诞。但这位老师的举止行为完全无可挑剔,子爵夫人反而更讨厌她,"因为,"她对子爵指出,"如果她酗酒,或与男人暗通款曲,还可以说是她缺乏信仰所致,可是,想想看,艾摩里,她的情况会给老百姓带来什么样的信仰混淆,看着想法不正确的人表现出美德。"这位女老师的存在对子爵夫人来说简直是无法忍受,子爵夫人的声音里透着一点看见了恨之入骨的敌人出现时常有的激动,于是她更滔滔不绝的大声继续说着:

"可是,光是祷告和眼泪是不够的。我这番话不只是说给各位听而已,也是说给各位的母亲听的,我们必须实践慈善精神,千万不要忘了其他人。我不是要跟各位募捐要钱。钱,唉,可惜对目前的情况帮助不大,"子爵夫人感叹地说,同时想到她脚上的皮鞋花了她800法郎(幸亏子爵是小镇的镇长,她可以随时拿到鞋券),"不,钱不是重点,重点是乡下丰饶的物产,为寄给战俘的包裹加菜。在座的每一位心里都惦着自己的家人,被俘的丈夫、儿子、兄弟、父亲,对自己家人,给再多都不心疼。我们给他们寄奶油、巧克力、糖和烟草,可是那些举目无亲的人怎么办?啊,各位女士,请想一想,想想这些从来没有收过包裹,也没有家里消息的可怜人!好,看看您能够为他们做些什么?所有的补给券我都收,并集中汇整,然后送到红十字会,由他们分发到各集中营。各位,请发表您的看法。"

会场一片沉默。农家妇女望着镇上的女士,而镇上的女人则咬着嘴唇,望着村妇。

"好,那么就由我起个头好了,"子爵夫人柔声说,"我是这么想的,我们可以在整理下一批包裹的时候,附上一封由这些小女孩写的信,一封用词简单却感人的信,畅谈心里的感受,表达痛苦的爱国之情。想想看,"子爵夫人声音颤抖地继续往下说,"想想看那些被遗忘的可怜人,当他读到,就某种程度来说,这些跃动着国魂并带他重见亲爱的可爱的祖国,套用某位诗人的说法,让我们的爱升华为大爱的地方,祖国的家人、孩子、树木和房舍,会有多快乐。最重要的是,我的孩子,敞开心房,尽情流露,不要费心思想什么格式体裁,让心畅所欲言。啊!心,"子爵夫人双眼半闭,"少了它,美无法产生;少了它,无法造就伟大。信内还可以夹上几朵田野间的小花,小雏菊、报春花……我想没有任何法规规定不能这样做。这个想法,各位觉得如何?"子爵夫人微微偏着头,脸上露出优雅的笑容,"好了,好了,我已经说得够多了。现在,轮到各位了。"

公证人的妻子颇不客气地发言,她是一个五官长得严肃的女人,上唇胡须清晰可见:

"我们不是不想多宠爱我们亲爱的战俘,可是,我们能做些什么呢,我们这群可怜的小镇居民?我们什么都没有,我们不像您,子爵夫人,有广大的领土,也不像乡下农庄那些人,有漂亮的农场,我们连喂饱自己都很辛苦。我的女儿刚生完孩子,却怎么都找不到牛奶喂宝宝,鸡蛋两块法郎一个,平时要找还找不到。"

"您这话是什么意思,指我们做黑市买卖吗?"出席会场的赛希儿·萨巴里问。她生气的时候,脖子会像火鸡一样的胀大,而且变成紫红色。

"我不是这个意思,只是……"

"各位,各位女士……"子爵夫人轻声打圆场,其实她心里既无奈又泄气,"说真的,一点办法都没有,她们没有感情,什么都不懂,一群没心没肝的人。我还能说什么?这些人个个能言善辩。"

"听了这些话真是让人感到可悲,"赛希儿耸耸肩继续说下去,"看见有些家庭要什么有什么,竟然还大声喊穷,真是可悲,大家都知道中产阶级什么都有,各位听清楚了吗?什么都有!各位真以为我们不知道是谁把肉都搜刮光的吗?哪个庄园没有收购积攒货物券,大伙心知肚明,一张肉票一百苏。想当然的,有钱的人要什么有什么,只可怜了贫苦的人……"

"我们,我们需要有地方买肉,夫人。"公证人的妻子义正词严地说,同时一边担心地想到前天晚上是否有人看见她拎着一只羊腿走出肉铺(那是这个礼拜的第二只羊腿)。"我们自己又不杀猪!我们的厨房里可没有晾着火腿、腊肉或腊肠,而有些人,他们宁可让这些东西长虫也不愿把它们让给城镇里的可怜人。"

"各位女士,各位!"子爵夫人语带哀求地说,"想想我们的国家,提升您的精神层次……克制一下!别再说这些意见分歧,伤人心的话了。想想我们的处境!我们毁了,失败了……唯一聊以自慰的只剩我们敬爱的元帅……结果,你们开口闭口鸡蛋、牛奶和猪!吃的东西有那么重要吗?所以,各位真是丢人,这样的讨论只有低俗!还有其他许许多多让人深感哀痛的议题。说到底,这一切的重点是什么?不过是一点的互助心,一点的宽恕和容忍,让我们团结起来,就像上次大战时在壕沟中奋战的我国士兵,就像……我一点都不曾怀疑,现今被囚禁在集中营铁丝网后面的亲爱战俘一样,心连心……"

说也奇怪,这一刻之前,在场的女士都只是随便听听而已,她的大声疾呼就好比神父讲的道理,左耳进右耳出,有听没有懂。然而,那意象,德国集中营的画面,还有被圈在铁丝网后面的人,打动了她们。这里每一个坚强壮硕的妇女都有一个魂牵梦萦的人在那里,她们为了他卖力工作,为了他省吃俭用,为了他偷偷攒钱,为的是等他返家时听他对她说:"老婆,你打理得非常好。"每个女人在心里又看见了那个不在家的人,只有那一个,她的那个,每个人以自己的方式想象他被监禁的地方,其中一位想着松树林,另一个想到冰冷的房间,还有人想着碉堡城墙,不过,每个人脑海里的最后一张画面都是绵延数公里长的铁丝网,圈住了里面的人,将他们与外界隔绝,无论是中产阶级或是农民出身,每位女士的眼睛都闪着盈盈泪光。

"我会找些东西带来。"其中一名妇女说。

"我呢,"另一个叹了口气说,"我想多少也可以找到一小块什么吧。"

"我也找找看能找到什么。"公证人的妻子也承诺。

蒙摩特子爵夫人连忙记下这些捐献。大伙离开座位，趋前围住院长，在她的耳边悄悄地说话，因为现在她们每个人都深受感动，为之动容，她们都想捐献，不仅是给她们的儿子和丈夫而已，而是给不认识的陌生人，给需要照顾的孩子。只是，她们对身旁的人有所顾忌，她们不想表现出有钱的样子，她们怕被人检举，几乎每个家庭都积藏了一些物资，家庭主妇在煮饭的时候关上厨房的门，不让在锅里煎得嗞嗞作响的腊肉和严禁囤积的肉片香气飘出去，以及用市面买不到的面粉做的糕点。蒙摩特夫人登记了：

> 布拉塞勒夫人，罗施农庄：两条生腊肠、一罐蜂蜜、一罐肉酱……约瑟夫人，湖安庄园：两罐腌珠鸡、加盐奶油、巧克力、咖啡、糖……

"我可以相信各位，是不是啊，女士们？"子爵夫人加上一句。

可是，农村的妇女们诧异地望着她，她们不敢相信自己的耳朵。一个个告辞离去，她们朝子爵夫人伸出红通通的手，一只只因为冬天寒冷而冻得皲裂，辛勤照顾牲畜，费力搓洗衣服的手。而子爵夫人连回都得很努力，强迫自己握住那一只只伸过来、但满心不愿意碰触的手。不过，她克制了这股完全背离基督教悲天悯人胸怀的情绪，同时，以苦修的精神勉强自己亲吻跟在这些母亲身旁的孩子。这些孩子全都长得白白胖胖的，脸色红润，像小肥猪似地成天吃，脸上脏的一塌糊涂。

最后，会堂终于空了，女老师带着小女孩离开，出席的妇女都走了。子爵夫人叹了一口气，不是因为累，而是觉得恶心。人类是多么丑陋又卑贱啊！要让这些悲哀的灵魂燃起一点爱的星火，需要费多少心力……"呸！"她大声地啐了一声，不过，基于忏悔神父给她的建议，她把今天劳动和疲累的成果都献给了上帝。

8

"先生,对于战争的结果,法国老百姓是怎么想的呢?"波内问。

妇女们彼此互望,个个表情愤慨。有些话是不能说的,我们不能跟德国人谈战争,无论是这次的战争,或是上一次的都不能,还有贝当元帅、科比海战之役、法国一分为二、占领区军队,任何足以举足轻重的事,都是禁忌。只有一种态度是允许的:装出冷漠不在乎的样子。因此班诺一边举起倒满红酒的酒杯,一边回答时,说话的口气正符合标准规范:

"他们一点都不在乎,先生。"

傍晚时分,纯净冰冷的夕阳预告了夜里大地结冻,不过,第二天日出之后将又是一个灿烂的好日子。波内白天都待在镇上,只有晚上回来睡觉,或许是俯尊就屈,或许是出于天性善良,也可能是做做样子,或是想多留在火炉旁边暖和暖和,总之在上楼回房之前,他在饭厅里多磨蹭了一会儿。晚餐已经结束,班诺独自坐在餐桌旁,女眷早已起身整理饭厅、洗碗去了,德国人好奇地盯着那张没人用的大床。

"没有人睡这里,不是吗?这没人用?真有意思。"

"偶尔会用到。"玛德莲想起尚—马黎。

她以为没有人猜得中她的心思,可是班诺皱起了眉头,只要稍有人暗示到夏天发生的事,他的心就好像被一支快准狠的箭射中,不过,这是他的事……他个人的事。他不以为然地瞪了在一旁冷笑的赛希儿一眼,然后礼貌周到地回答:

"说不定您也用得到,世事难料,好比说(我并没有这么想……)万一您出了什么不幸的意外。这样的床,在我们这里,都是给垂死的人用的。"

波内饶有兴趣地看着他,眼神里带着一丝不屑的怜悯,就像我们看一只被关在铁笼里的野兽张牙舞爪。"幸好,"他心想,"男人必须下田工作,不常在家……这些女人比较容易套出话。"他笑了:

"战争时候,我们没有一个人敢奢望能死在一张床上。"

此时,玛德莲刚刚走到院子里,回来时,手上拿着花,准备装饰壁炉。那是早春的紫罗兰,雪白的花瓣,瓣尖微微泛绿,一颗颗小小花苞还没绽放,下面的花苞怒放形成葡萄花串,芬芳宜人,波内苍白的脸贴近花束。

"真美……您插花的功夫一流……"

那瞬间,他们俩并肩站着,没有说话。班诺心想她(他的妻子,他的玛德莲)做女人家的事时,总是一副怡然自得的模样,好比挑选花,擦指甲油,梳整头发,她的发型就跟一般乡下的女人不一样,还有跟陌生人说话,捧着书读的时候。"不可以找救济院的女孩,你永远不知道她的背景出身。"他再度痛心地想,当他想到"你永远不知道她的背景出身"这句话时,他脑海出现的、内心惧怕的不是她父母会是酗酒或是小偷之类的坏胚子,而是她血管中可能流着中产阶级的因子。"啊,乡下真无聊……"或"我好想要一些漂亮的玩意儿……"是这些,他想,让她与陌生人或敌人之间连结起一种无法理解的默契,他真希望自己是一位绅士,好希望自己出身上流世家,有一双干净的手。

他用力推开椅子,走了出去。是将牲畜赶回栏的时候了。他在黑暗温热的畜栏里待了一会儿,一头母牛昨天夜里生了小牛。它满怀关爱地舔着小牛,小牛头很大,四肢细瘦,不停地颤抖。另一头母牛在角落里轻轻呼气。他仔细聆听这些深沉平静的呼吸声,从他站的地方可以看见大门敞开的屋内情形,门边上出现一条暗影,有人担心他怎么还不回去,张望着找寻他的踪影。是母亲还是玛德莲?八成是母亲……唉,只有母亲……他一直等到德国人回到自己的房间之后,他才进屋。他看着他点灯,当然,反正电费又不用他出。的确,没多久,窗户旁灯火通明。与此同时,刚刚在门口张望的身影,脚步轻盈地朝他跑过来,他心顿时轻松许多,好像有一只看不见的手搬开了长期压得他喘不过气来的心头重担。

"你在里面吗,班诺?"

"嗯,我在这儿。"

"你在干吗?我很担心。"

"担心?担心什么?别傻了。"

"我也不知道。来吧。"

"等一下,再等一下。"

他把她拉到自己身边。她挣扎着,假装在笑,但是,他很清楚,他可以感觉得到她的身体整个僵硬起来,其实她根本没有笑,她一点都不觉得好笑,她不喜欢在草堆和新鲜麦秆里推挤,她不爱他……不!她不爱他……她跟他在一起一点都不快乐。他压低声音,含混地对她说:

"你什么都不爱?"

"谁说的,我当然爱……只是不要在这里,不要这个样子,班诺。我会害羞。"

"害羞什么?瞪着你的母牛?"他语气严厉地说。"算了,给我滚!"

她发出可怜的抗议,让他既想哭又想一把掐死她。

"你看你对我说话的样子!有时候,听起来好像你在埋怨我,到底埋怨我什么？是不是赛希儿……"

他伸手盖住她的嘴，她气愤地推开，继续未完的话：

"是她在你耳边嚼舌根。"

"没有人跟我嚼舌根，我有眼睛会自己看，不用别人多嘴。我只知道当我靠近你的时候，你总是：'等一下，下一次，今天晚上不要，孩子弄得我累死了。'你在等谁？"他突然厉声大吼。"你在为谁守身？嗯？你说啊，嗯？"

"放开我！"但班诺双手使劲地捏，箍住她的双手和骨盆部位。"放开我！你弄得我好疼。"

他再次推开她，力道之强逼得她往后退撞上低矮门楣。两人怔怔地互望，一句话都没说。他拿起铁耙，忿忿地搅动干草。

"你错了，"玛德莲终于开口，她柔声喃喃地说："班诺……可怜的班诺……你不应该什么事都往心底藏……我是你的妻子，如果说我有时候对你表现得很冷淡，那是因为我照顾孩子很累，只是这样而已。"

"我们走吧，"他突然冒出一句，"该上楼睡觉了。"

他们俩穿过幽暗无人的饭厅。天光还未全灭，仅看得见天空和树梢，其他的，大地、屋舍、草原，全都没入甫降临的黑暗之中。他们脱下衣服上床，这天晚上，他忍住不去碰她，他们静静地躺着，动也不动，却没有半点睡意，听着睡在楼上的那个德国人的呼吸，他躺下时床嘎吱作响。玛德莲伸手在黑暗中摸索她丈夫的手，用力地握紧。

"班诺。"

"干吗？"

"班诺，我突然想到……你那把枪得藏起来才行，你看到镇上张贴的布告了吗？"

"知道了,"他语带讥讽地说。"严禁,严禁。① 违者处死。那些家伙的嘴只吐得出这些字眼。"

"要藏在哪里?"

"算了,现在放的地方没什么不好。"

"班诺,别固执!这件事很严重。你知道多少人因为没有把枪交给司令部而被枪决吗?"

"你是要我把枪交给他们吗?只有胆小鬼才会这么做!我可不怕他们。你不知道夏天的时候我是怎么逃出来的,对不对?我杀了两个敌人,他们连哼都来不及哼一声!我可以再撂倒几个。"他火了,并在黑暗中朝看不见的德国人伸出拳头。

"我不是说要你交出去,而是藏起来,埋到地下……能藏的地方多得是。"

"不行。"

"为什么?"

"我一定要把枪放在身边。你以为我会让这些狐狸还有那些恶心的兽类靠近我们吗?上面、城堡的园子里到处都是。子爵太懦弱胆小,碰到了就逃,他什么都不敢杀,这种人才会把枪缴到司令部,还满脸堆笑行礼什么的……'哪里哪里,各位先生,这是我的荣幸……'幸亏我还有一些同伴,我们常趁天黑上园子里,要不然,这个地方早就毁了。"

"他们难道没听见枪声?"

"用大脑想想!那里大得很,跟座森林差不多。"

"你经常去吗?"玛德莲好奇地问。"我都不知道。"

---

① 编注:此段两处"严禁"原书以德语标示。

"你不知道的事情多着呢,女孩儿……我们到那里找番茄藤和甜菜,还有他们的果实,所有可以卖钱的东西。子爵……"

他突然闭上嘴,出神地想了一会儿然后说:

"子爵是最烂的一个……"

萨巴里一家从父到子一直是蒙摩特庄园的佃农,从父到子,两家一直互相仇视。萨巴里家的人说蒙摩特家对待贫苦人家非常苛刻,而且傲慢无理、不诚实,而蒙摩特家的人则指称他们的佃农"心术不正"。说这句话的时候,他们多半声音压得很低,同时耸着肩,两眼仰望天空——这样的表现方式显现出比蒙摩特人以为的更多弦外之音,那是一种定义贫穷、富有、和平、战争、自由、特性的方式,这种定义方式虽不比蒙摩特家的定义方式更于理无据,但两者迥然不同,宛如水火般难容。现在,旧恨加新仇,更增添别的不满。在子爵的眼里,班诺只是个参加了1940年战争的士兵,是军队毫无纪律、缺乏爱国心的具体象征,还有都是因为他们这批人"心术不正",才会导致战争的失败,他是这么想的。然而班诺却认为蒙摩特家就像是那种穿着黄色绑腿人模人样的军官,在6月的那些日子里,轻松惬意地驾着车,带着他们的妻女和行李向西班牙边界逃的人。接下来,来了"德法合作共治……"

"他对德国人极尽谄媚奉承。"班诺黯然地说。

"小心一点,"玛德莲说,"你心里藏不住话。还有不要欺瞒上头的德国人……"

"如果他执意在你身边绕来绕去,我……"

"你疯啦!"

"我有眼睛,我自己会看。"

"现在,你连上面那个都要嫉妒吗!"玛德莲大叫。

话一出口,她立刻就后悔了。没有必要给一个实体、一个名字

让他胡思乱想,无端吃醋。不过,说到底,何必避讳不去谈两人都心知肚明的事。班诺回答了:

"对我来说,这两个都是一样的。"

"这一类胡子刮得干干净净,衣服干净整洁,说话反应快又聪明的人是女孩注目的焦点……目光会不由自主地往他们身上集中……因为她们觉得能够被这些绅士看上追求是莫大的光荣……这就是他话里的意思。"玛德莲心想。万一被他知道了!如果他起了疑心,怀疑玛德莲早就爱上当时那个身心俱疲、全身污泥、穿着血迹斑斑的制服,躺在担架上的尚--马黎的话,他会作何感想?爱过吗?是的。黑暗中,在心底的秘密深处,她对自己反复说了千万遍:"我爱他!就是这样,到现在还爱着他,没办法。"

两人一夜未眠,一听到公鸡那穿透晨曦的破锣嗓子,顿时起床。她急忙赶着煮咖啡,而他则刷洗牲畜。

9

　　露西儿·安杰里耶带了一本书和一件手工纺织品坐在樱桃树凉荫下。这是整片院子里唯一不用主人烦恼是否会结出果实的角落,因为这些樱桃树结出的果子少之又少,不过,现在正是开花的季节。这片纯净蔚蓝的天空,那蓝仿佛亘古不变,又似赛佛斯瓷器的蓝釉彩,浓得化不开却油亮晶莹,亦像是某些珍贵瓷器的蓝彩下,看似铺满白雪的树枝摇曳。在这五月的日子里,风吹来摇摆枝芽,仍勾起阵阵凉意,花瓣抗拒无力,楚楚可怜弯腰卷瓣,金黄花蕊被压得低垂地面。阳光洒上部分花瓣,清楚照出雪白、脆弱、不食人间烟火的雅致脉络,为花儿增添几许活生生的特质,如果把人定义为弱不禁风且无还手之力的生物的话,它们就是最好的写照。如此一来,我们更能理解风如何摇晃这些漂亮的生物却不至于吹落摧残,甚至连花瓣都没弄皱。花儿如梦似幻地随风摇曳,好像已经准备好随时掉落,然而它们始终直立于纤细闪亮尖韧的枝头,枝芽看起来像是金属,连树干也是,细瘦光滑挺拔的树干反射出淡淡灰紫光芒。一丛丛的白色花束里总见突起的细小叶片,在影子底下呈现粉嫩新绿,叶片布满银白细毛,在阳光照射下,看起来是粉红色的院子沿着一条狭窄的道路延伸,那是条乡间小路,旁边是一间间低矮的房子,德国人用来充当火药库,一名卫兵在门口来回巡逻,上方贴着一张红色的公告,以超大醒目字体的德文写着:

严禁

离这两个字稍远的地方,则以比较小的字体,用法语写着:

闲杂人等严禁靠近,违者一律死刑。

士兵刷洗坐骑,嘴里轻吹口哨,马儿啃食小树刚冒出的新芽。举凡贴着小路的每一家院子,到处可见闲适工作的人们,他们脱去外衣,穿着呢绒长裤,头上戴着草帽,松土、除虫、浇水、播种、种菜。偶尔,一位德国军人推开其中一座小院子的篱笆,进来为烟斗借火或要一只新鲜鸡蛋或一杯啤酒,院子里工作的人给了他想要的东西,然后靠着自己的锄头,若有所思地看着他离去,耸耸肩,重新干活。这个举动显然是反映内心,这个世界如此纷乱,如此深不可解,如此沉重又如此诡异,以至于找不到言语来表达。

露西儿拿着活计绣了一针,随即放下。头顶上的樱桃花引来黄蜂和蜜蜂,看它们飞来、飞走,盘旋飞舞,驻足花萼,咕噜咕噜地吸食花蜜,头朝内,身体仿佛轻度痉挛般的颤抖。相反地,一只金黄色的大熊蜂好像在嘲笑这些身手矫健的辛勤工作者似的,它随着风势摇摆翅膀,仿佛躺在吊床上轻松摆荡,几乎不见费力,四周空气充满了祥和又魅惑的嗡嗡鸣响。

从她所在的位置,露西儿可以看见窗子里借住她家的那个德国人的一举一动。这几天,军团的大狼狗一直跟着他。他坐在贾斯东·安杰里耶的房间里,在那张路易十四时期的书桌前,他摇晃烟斗中的烟灰,把它倒入那只以前安杰里耶老太太为儿子泡花草茶的蓝色茶杯中,他漫不经心地以鞋跟轻踢支撑书桌的镀金铜饰。狼狗将头搁在德国人的腿上,吠了几声,同时拉扯铁链。此时,军官用法语对它说,声音大到足以让露西儿听见(这安静的院子里,各种声响仿佛漂浮在静谧停滞的空气中,总可以持续很久不散):

"不行，布比，不能出去散步。您会吃掉这些女士种的青菜，到时候她们会十分生气，她们会说我们是没有教养的粗鲁士兵。布比乖乖待在这里，欣赏这个美丽的院子。"

"真是孩子气！"露西儿想着，忍不住笑了出来。军官继续说道：

"真可怜啊，对不对，布比？我想你大概喜欢用鼻子在泥土里挖洞。家里如果有个小孩，也许还可以……小孩会挥手叫我们过去。我们和小孩子一直都相处得非常好，可是这屋里只有两位非常严肃、非常沉默的女士……我们最好哪里都别去，布比！"

他又等了一会儿，由于露西儿一直没有说话，他显得有些失望。他于是往窗边移动，正经八百地对她行礼，然后以夸张的礼貌口吻问：

"夫人，如果我到您的园圃里采一些草莓，是否会给您带来不便呢？"

"这是您的家。"露西儿的口吻带着明显的讽刺。

军官再度举手行礼。

"我向您保证，我之所以提出这样的要求，不是为了我自己，而是这只狗最爱吃草莓了。此外，我坚持您必须了解，这只狗是一只法国犬。它是我们在作战的时候，在诺曼底的一间废弃农舍里发现的，我的战友收留了它，您不会拒绝给同胞一些草莓吧？"

"当我们是白痴啊。"露西儿心里想。嘴里却只是淡淡的说：

"请。您和您的狗想要什么都可以采。"

"谢谢您，夫人。"军官高兴地大喊，他立刻跳过窗台，狼狗跟在他后头。

他们双双朝露西儿那边走过去，德国人对她微笑：

"我做事过于莽撞，夫人，请千万不要生我的气，不过，这座院子里的这些樱桃树,对一个可怜的军人来说,简直像是天堂的一隅。"

"您是在法国过冬的吗?"露西儿问。

"是的。在北方省,因为天气不佳,驻扎在兵营和咖啡馆里。我当时借住一位新婚的少妇家,他们结婚刚短短两个礼拜,丈夫就被俘虏。她站在走廊告诉我这些遭遇时,禁不住泪如雨下,而我觉得自己好像杀人犯。其实,这不是我的错……我应该告诉她,我也结婚了,也因为战争被迫与妻子分离。"

"您结婚了?"

"是的。您好像很吃惊?结婚4年,当兵也4年了。"

"您这么年轻!"

"我今年24岁,夫人。"

谈话到此暂告一段落。露西儿重新拿起针线活,军官一条腿跪在地上开始采草莓,他把草莓放在手心上,布比伸着湿湿黑黑的鼻子走过来吃。

"您跟您的母亲大人相依为命?"

"那位是我丈夫的母亲,他也被抓了。您可以到厨房要一个盘子装草莓。"

"啊,太好了……谢谢您,夫人。"

过了一会儿,他拿着一个蓝色大盘子回来继续摘草莓。摘完后,他请露西儿先用,露西儿拣了几颗,同时说她有这些就够了。他站在她前面,背倚樱桃树干,说:

"夫人,您的房子真漂亮。"

天空笼罩一片薄薄的雾气,房子在柔和的阳光下呈现几近粉红的赭红色调,让人联想到某种鸡蛋的蛋壳颜色,露西儿小时候把这些蛋叫做红褐色蛋,而且在她看起来,这种蛋比起其他多数母鸡下的雪白似的蛋要美味得多。想到这里，她不禁笑逐颜开，她望着这栋屋子，灰蓝的屋瓦，16扇窗户，百叶窗一律小心翼翼地掀到半开的状态，免得屋内的地毯遭春天阳光的曝晒而褪色，三角门楣上挂着的大时钟年久生锈，早已无法报时，上方玻璃遮雨罩映着天空颜色。她开口问：

"您觉得这房子漂亮吗？"

"好像巴尔扎克书中人物的住处，这房子应该是某位外省的有钱公证人决定退休定居乡间时建造的。我可以想象，到了夜晚，他在我现在住的房间里，数着一串一串的金路易。他思想开放，相反地，他的妻子每天一大清早必定上教堂做早场弥撒，也就是我结束夜间演习的时候，在回来的路上听见的教堂钟声。他的妻子应该有一张玫瑰般的脸庞，一头金发，肩头披着一件克什米尔羊毛大围巾。"

"我去问问婆婆，"露西儿说，"看这房子是谁建的。我丈夫的父母是这里的地主，不过19世纪的时候，这里的确是有公证人、诉讼代理人、医生，在这些人之前，这儿住的是农夫。我知道150年前，他们在这里建立了自己的农场。"

"您还要问？您不知道吗？夫人，您对这些难道不感兴趣？"

"我不知道，"露西儿说，"不过，要是说到我自己的家，我倒是可以说是谁建的，还有是什么时候建的。我不是这里土生土长的人，我只是现在住在这里。"

"您是哪里人？"

"离这里不远，不过，是属于另一个省。屋子坐落在林子里……树木贴着客厅而立，夏天的时候，沐浴树叶绿荫仿佛置身水族箱底。"

"我家附近有树林，"军官说，"林木高耸，很茂密的树林，我们每天都打猎。水族箱,您比喻得很有道理,"他想了一会儿之后,"补上一句。客厅的玻璃全都是绿的,而且蓊郁幽暗,跟水一样的流动晃漾,里边还有池塘,我们可以猎野鸭。"

"您很快就能休假回家了吗?"露西儿问。

军官脸上闪耀喜悦的光芒。

"夫人,我十天后走,也就是八号,星期一。自从战争开打之后,我只在圣诞节的时候休过一次短假,还不到一星期。啊,夫人,对于休假,大伙望眼欲穿啊!每天数着日子,满心期盼!眼看着休假终于来了,这才发现我们之间说的不再是同一种语言。"

"偶尔会如此。"露西儿幽幽地说。

"总是如此。"

"您父母还健在吗?"

"是的。我的母亲应该跟您现在一样,带着一本书和针线活,坐在院子里。"

"您的妻子呢?"

"我的妻子,"他说,"她在等我,或者该说她在等那个4年前首次离家后,就再也没回去的男人……这两种说法都对。这是一种非常奇特的现象!"

"对啊。"露西儿幽叹道。

她想到贾斯东·安杰里耶。可是有女人一心等待同一个男人,也有一心等待一个跟离家前完全不同的男人的女人,她暗自忖道,两种女人最终只有失望。她努力回想分开已经一年的丈夫,他会变成什么模样,历尽沧桑,内心为懊悔啃食,(只是,他是为了他的妻子,还是狄戎的那位帽店女老板感到懊悔?)她这样想太不公平了,他现在应该正因为战败的侮辱、因为众多财产的损失……而受着苦呢。突然,看着眼前这位德国人(不对!不是这个人本身,而是他身上穿的制服,那一身特殊的杏仁绿,偏灰,对称盘花扣的短上衣,闪亮的高筒靴)让她觉得难受起来,借口家里有事,回屋里去。她回到自己的房间,看见他在开满花的西洋梨树枝叶横生的狭隘走道上来回踱步。多么美好的一天……阳光慢慢地变弱,樱桃树的枝芽蒙上一层淡蓝光泽,如沾满粉末的粉扑般轻盈。小狗乖乖地跟在军官旁边,偶尔把嘴埋进年轻军官的手里,年轻人轻轻地拍拍它,就这样来回好几次。他没戴帽子,他的头发是一种近似金属的金黄色,在阳光下闪耀。露西儿看见他朝屋子这边看。

"他人聪明,又有教养,"她心里想,"不过,我很高兴他就快要走了。我可怜的婆婆看到儿子的房间被他占据,心痛得不得了。充满热情的动物总是单纯的。"她又想:"她恨他,这就是明证。那些不做假、不绕圈子、没有模棱两可,能全心全意爱或恨一个人的人是幸福的。而此时此刻,在这晴朗的天里,我被迫关在房里,只因为那位先生喜欢散步。这真是太愚蠢了。"

她关上窗,躺在床上,继续刚刚开始看的书。她一直读到晚餐时刻,她虽然拿着书,脑子却昏昏沉沉地半睡半醒,这暑气还有这刺眼阳光让她觉得好累。当她踏进饭厅时,她看见婆婆已经坐在惯常坐的位子上了,面对着一张空椅子,那是以前贾斯东坐的位置。她的脸色如此苍白,全身如此僵硬,眼睛哭得红肿,露西儿吓了一跳,连忙问道:

"发生了什么事?"

"我在想……"安杰里耶太太回答,两只手紧紧相握,握得如此用力以至于指甲都变白了。"我在想,您是为了什么嫁给贾斯东?"

再也没有任何东西比一个人表达愤怒的方式更一成不变的了,安杰里耶太太表达愤怒的方式总是最让人不解而且快如毒蛇咻咻吐芯。面对这样的突如其来的猛烈攻击,露西儿向来无招架之力,但她内心感到的难过胜于愤怒,突然了解到她的婆婆受了多少苦。她想起那只黑猫,总是一脸可怜样,虚伪惹人疼,呼噜呼噜低吼不时暗中伸出爪子抓你一把,就只有那么一次,它跳上厨娘的脸,爪子正中眼睛,差一点害她瞎眼,就在那一天,他们把它的一窝小猫淹死的那天,之后它不知去向。

"我做了什么?"露西儿低声问。

"您怎么能够,在这里、在他的房子里,在他的屋瓦底下,而他离开家,被俘虏,或许还病倒了,被那些粗暴的人虐待,您怎么还能够和一个德国人闲话家常,谈笑风生?简直是不可思议!"

"他问我可不可以下楼到院子里摘草莓,我无法拒绝。您难道忘了,这个时候,他才是这里的主人,唉……他的举止反应总算是相当有教养,受到良好教育的,其实他爱拿什么就可以拿什么,他爱去哪儿就可以去哪儿,他甚至可以把我们赶走,这里是他的占领区。我没办法埋怨他,我觉得他说得有道理。这里不是战场,我们大可把真实的情绪藏在内心深处,可是,至少在表面上,为什么不保持礼貌和和睦呢?这样的情况的确有些不人道的地方。可是,何必去夸大这一部分呢?这没有……这没有道理啊,母亲。"露西儿叫道,声音大到连她自己都吓了一跳。

"道理!"安杰里耶太太叫嚷起来。"我可怜的媳妇,说这样的话证明了您不爱您的丈夫,而且从来没有爱过他,所以不会替他感到难过!您以为我有办法讲道理吗,我?我不能看到他。那个军官!我真想挖下他的眼珠子!我想亲眼看他死。这一点都不公平,也不人道,更不是基督徒应有的想法,但是,我是个母亲,儿子不在,我很难过,我恨那些抓走我儿子的人,而且,如果你真的知晓为人妻之道,您就应该无法忍受那个德国人出现在身旁才对。您根本不会怕自己的行为是否粗俗,没教养,或是荒诞可笑。你应该站起来,道声抱歉,不说也行,立刻走开才是。天啊!那身制服、军靴、金发、声音,还有健康快乐的神情,而此时,我可怜的儿子……"

她说不下去,开始哭泣。

"好了,妈……"

但是,安杰里耶太太的怒火加倍燃烧。

"我不禁要想你是为了什么嫁给贾斯东!"她再度叫喊。"为了钱,为了财产!这是当然的,既然这样……"

"不是的!您明明知道不是这样的!我结婚是因为我是一只小笨鹅,当时爸爸对我说:'他是个好男孩,他会让你幸福的。'我万万想不到结婚没多久,他就跟一个狄戎的帽店女老板背叛了我!"

"什么?你在说什么?"

"我说的是我的婚姻,"露西儿酸苦地说。"此时此刻,在狄戎有一个女人正在为贾斯东织毛衣,为他烘焙甜品,给他寄包裹,说不定还给他写信,信上写着:'今晚,我一个人躺在我们的大床上很无聊,我可怜的野狼。'"

"有个女人爱他……"安杰里耶太太喃喃自语,嘴唇仿佛染上枯萎绣球花的色泽,变得更薄更细恍如一条线。

"此时此刻,"露西儿心里想,"她一定非常乐于把我赶走,把位置让给那个帽店女老板",于是,带着就算是最良善的女人也多少会有的狠毒,她意味深长地说:

"他真的非常珍爱那个女人……非常珍爱……您只消看一眼他支票簿的存根就能明白。他离家之后,我在他的书桌里找到了他的支票簿。"

"他还花钱在那个女人身上?"安杰里耶太太一脸震惊说道。

"是的。这个,我不在乎。"

接下来是长长的一段沉默。傍晚熟悉的声响传来:邻居的收音机播放连串单调的音符，哀怨却尖锐，恍如阿拉伯音乐，又像是蝉鸣。那是伦敦BBC广播电台，电波遭到敌方的干扰，还有隐没乡野某处一股泉水的神秘低吟，和癞蛤蟆坚定不断、呱呱求雨的变调蛙鸣。饭厅里，古色古香的黄铜吊灯，经过几个世代下来的擦拭上光，失去了原有的玫瑰金光泽，反倒呈现上弦月般淡淡的晕黄，光线洒落饭桌和两个女人身上。露西儿觉得很难过，也很懊悔。

"我发什么神经啊，我？"她想。"我应该乖乖地闭上嘴，听她训话就完了。现在，她一定更痛苦，想着为她儿子找借口，为我们说项撮合……天啊！真烦！"

安杰里耶太太静静地用餐，始终没有开口。饭后，两人到客厅休息，厨娘进来传达蒙摩特子爵夫人到访。想当然的，子爵夫人平时与镇上的资产家庭没有什么往来，她只邀请自家的农民到她家，不过，当她需要帮忙时，她便肆无忌惮理所当然地上门要求，一副"天生的"淳朴率直、不谙世故的模样。她来时像是寻常邻居串门，穿着跟个女仆差不多，头上戴着曾经风行一时的红色毛毡帽，插着雉鸡羽毛。资产阶级并不认为这一身故意略去奢华的装束会比她目中无人、高高在上的姿态，或者从内心鄙视他人的讲究排场要好。对他们来说，路上经过一家农舍，进去要一杯牛奶的确不需要什么打扮。于是这些资产阶级人士才会软下心想："她并不高傲。"尽管如此，接待来客时，他们仍然表现出一副自大高傲的模样，这样的行为就跟子爵夫人表现出来的纯真率直一样，只是他们均毫无自觉。

蒙摩特夫人大步走进安杰里耶家的客厅，她热情地与她们打招呼，完全没有因为这么晚来访而表示丝毫的歉意。她拿起露西儿的书,大声念了书名:《东方见闻》①,作者克劳岱尔。

"哇,真棒。"她带着鼓励的笑容对露西儿说,那口吻就像在奖励一个小学女孩自觉地,不需别人敦促地研读法国历史一样。"您喜欢读严肃的东西,这非常好。"

说着,她弯身拿起安杰里耶老太太刚刚不小心掉到地上的毛线球。

"您瞧,"子爵夫人好像在说,"我可是有教养的人,懂得尊敬老者,他们是什么出身,受过什么教育又有多少财富,这些我都不看重,我只看到他们花白的头发。"

然而,安杰里耶老太太僵硬地点了一下头,双唇微微蠕动,示意子爵夫人请坐,其实内心正无声地呐喊着,只是无法大声说出来:"如果您以为我会因为您的到访而感到无上光荣,那您就错了。我的曾曾曾祖父也许曾经是蒙摩特子爵家的佃农,不过,那已经是很久以前的事了,况且也没有人知道,相反地,大家都知道您过世的公公经济拮据,还有他卖了多少公顷的土地给先夫。更何况,您的先生安然无恙的从战火中回来了,而我的儿子却成了俘虏。您本来就应该尊敬我,一位身心备受煎熬的母亲。"她声音微弱回答了子爵夫人关心的问候,说她的身体很好,最近也收到了儿子的消息。

"您不抱希望?"子爵夫人问,言下之意指的是"很快能再见到他的希望"。

安杰里耶太太摇摇头,无言地望着天空。

---

① 译注:Connaissance de l'Est,法国作家克劳岱尔的散文诗集,所有作品几乎都是在 1895 至 1899 年间,他被派驻中国的上海时完成的。

"真可怜!"子爵夫人说。"我们都感同身受。"她加上这一句。

她之所以说"我们"是基于面对比我们可怜的人的时候,自然产生的羞耻之心,假装对他们的苦难感同身受。(可惜自我意识是如此天真地扭曲了我们最善良的好意,像是我们对一个罹患结核病晚期的病人,毫无心机地说:"我非常同情您,我了解那种感受,我得了感冒,三个星期了,一直都好不了。")

"非常感激,夫人。"安杰里耶太太喃喃地说,冷淡却悲伤。"我们这里有客人,您一定晓得,她指指隔壁房间,笑得苦涩。那些先生当中的一位……您家里一定也招待了一位,对吧?"她说,虽然她从街谈巷议中得知,亏得子爵关系良好,城堡免于德国人的染指。

子爵夫人没有回答这个问题,但是,她却语带怒意地说:

"您一定猜不到他们竟然胆敢做这种要求!要到湖边钓鱼和游泳。夏天的时候,我最美好的时间都是在湖上度过的,现在只好放弃了。"

"他们禁止您到湖边吗?这样太过分了。"安杰里耶太太高声嚷着,她刚刚羞辱了子爵夫人一下,情绪稍微平复了一些。

"不,不是这样的,"子爵夫人连忙说,"相反地,他们表现得非常合乎礼数:'请您告诉我们几点去才不会打搅到您?'他们这么对我说。可是,您可以想象吗,我穿着轻便夏装跟那些先生当中的一位在一起?他们占据了非教会学校,在操场上用餐,光着上半身,光着脚,只穿了某种遮点的东西!高年级的教室窗户被迫拉上百叶窗免得孩子们看见,因为他们的教室正好对着操场……这种热天,您以为这好受啊!"

她叹了一口气,她的处境非常困难。战争刚开打的时候,她坚决反德,十足的爱国公民,她之所以这样,并不是因为觉得德国人比其他外国人更讨厌(她对所有的外国人均一视同仁,同样厌恶,同样轻蔑,同样不信任),可是,从基于爱国而憎恨德意志的心理,支持反犹太主义,以及后来对贝当元帅的忠诚,这过程转折如肥皂剧高潮迭起,让她有点不知所以。1939年时,她曾在非教会学校里,面对演讲台底下由医院修女、镇上仕女以及有钱的农妇所组成的听众,针对希特勒的心理发表了一系列的大众化分析演说,当时她把所有的德国人,无一例外地,描绘成疯狂、邪恶的罪犯。溃败消息刚传来时,她还坚持这一贯的态度,因为要立刻察觉风向,转换阵营,思绪必须够敏捷而且要能知变通才行,而这正是她缺乏的。在当时,她用打字机亲手打下圣欧蒂尔著名的预言,预告1941年底是德国人灭绝之日,还分送了好几十份到乡下农庄。然而,预言的时间过去了,那一年终了,德国人还在这儿,更有甚者,子爵被任命为本地镇长,摇身一变成为公开的代表人物,被迫追随政府的政策。因此,子爵每天都不能不更进一步表态支持德法合作政策。因此,每当蒙摩特子爵夫人谈到时事时,都被迫轻描淡写一语带过。这次也一样,她想到她不应该对胜利者表现出憎恶之情,于是她克制地说:"再说,耶稣不也命令我们去爱自己的敌人吗?"

"虽然说我可以理解他们辛苦操练之后,想脱下一身戎装凉快一下。说真的,他们也是普通男人。"

可是,安杰里耶太太可不愿意这么想。

"他们都是坏胚子,而且讨厌我们。他们曾经说过,只有亲眼看见法国人吃草,他们才会快乐。"

"真是太可恶了。"子爵夫人愤慨地说。

再怎么说,德法合作的政策才上路几个月而已,而对德意志的憎恨由来却有百年之久了,蒙摩特夫人的嘴里本能地冒出以前的惯用词句。

"我们可怜的祖国……被掠夺、压榨,战败……放眼尽是悲惨!

您看看铁匠一家:三个儿子,一个被杀,另一个被俘,第三个儿子在科比海战之役下落不明……山上的贝哈德家呢,"她说。按照当地的习俗,大家习惯在农家的姓氏上冠上他们住的庄园名字,"自从丈夫被抓后,可怜的女人又是担心又是劳累,结果发疯了。农场只剩下老爷爷和一个13岁的小女孩勉强撑着。克莱蒙家的妈妈因为工作繁重,过劳而死,留下四个小孩,靠邻居收留。这样的惨事数都数不完……可怜的法兰西!"

安杰里耶太太紧抿苍白双唇,一边织毛衣一边点头表示同意。不过,她和子爵夫人之间的话题很快地便从他人的不幸转到自身的烦恼上了。她们话说得又急又激动,跟刚才谈起别人的不幸遭遇时那种温吞、夸张和客套讲究的说法恰好是一大对比,就像小学生正经八百,却百般无趣地讲述希波里塔①死亡的故事,丝毫没有一点儿感动。不过,当他暂停转而向老师抱怨有人偷走了他的弹珠时,奇迹出现,他的声音再度找到了说服人的热切意志。

"真是可耻,可耻!"安杰里耶太太说:"半公斤奶油就要27法郎。什么都得到黑市里找。大城市的人要过活,我同意,可是……"

"啊,别提了,我很纳闷巴黎的食品卖什么样的价钱……那些有钱人,也就罢了,可是,总有穷苦人家啊……"子爵夫人正气凛然地说,她为自己的善良,为自己没有忘记那些不幸的人而沾沾自喜,这份得意还夹杂着一丝庆幸,幸好她家财万贯,永远也不会成为他人怜悯的对象。

"没有人为贫苦的人着想。"她说。

不过,这些都是故作风雅的场面话,该是表明她此行目的的时

---

① 译注:Hippolyte,希腊神话人物,亚马逊女王的女儿。

候了,她是来给家里养的鸡找小麦的。她有一座养鸡场,在当地很出名,1914 年,收割的麦子照规定一律全部缴交公库,原则上,等于是禁止用麦子喂鸡,但是"禁止"并不表示"一定要遵守",只是"比较难办"而已,关键在于手段、机运还有钱。子爵夫人发表了一篇短文,刊载在当地报纸上,那是一份相当有分量的报刊,神父先生也参与报纸的发行。文章标题是:《把一切献给大元帅!》文章开宗明义写着:"让大家一传十,十传百吧! 茅草屋底下,在围着灰炭燃烧的火取暖的夜里,全民传诵:身为堂堂正正的法国公民再也不能浪费一粒麦穗来喂他的母鸡,连一颗马铃薯都不该浪费,用来喂养他的猪。燕麦、黑麦、大麦和油菜不在此限,而是,在采收了所有这些丰盛物产,辛勤劳动汗水浇养下结出的果实后,用象征爱国心的三色缎带将它们一捆一捆绑好,送到给我们带来希望的伟大长者脚下!"文章里说到的养鸡场,据子爵夫人的说法,是不应该留下一颗麦粒的,只不过,这当然不包括自己的养鸡场,那是她的骄傲,她最关切呵护的产业。无论是在法国或是在国外,里面有些稀罕的品种在各项农产品大赛中可说是打遍天下无敌手,子爵夫人拥有本地最肥沃丰饶的土地。但是这样一项事涉敏感的交易,她不敢直接与农民打交道,绝不能让那些无产阶级觉得她有求于他们,跟他们建立这类的共谋行为,最后一定会付出惨痛的代价。相反地,跟安杰里耶太太交涉,情况完全不同,一定能商量出解决的办法。安杰里耶太太深深地叹了一口气然后说:

"一两袋嘛……我也许可以……您,夫人,您那边,透过镇长先生,可否给我们弄一点木炭呢? 原则上,我们是没有权利这样做,可是……"

露西儿离开她们,走到窗边。百叶窗还没有关上,客厅的窗户面向广场,亡者纪念碑对面的长椅没入黑暗中,大地似乎沉睡,这是美妙的春天夜晚,银白星光闪烁夜空。邻居房子的屋顶反射微弱光芒,铁匠铺子里,老爷爷为失去的三个儿子垂泪。鞋匠店铺里,一个可怜的女人和一个16岁的小男孩努力地扛下为国捐躯的鞋匠的工作。露西儿想,若是伸长耳朵细听,想必每一间这样低矮、昏暗、安详的屋子都会传送出一声低吟。可是……她听到了什么?黑暗中传来一阵笑声,裙褶摩擦。紧接着是一个男性的声音,外国腔调:

"法语怎么说,这个?亲吻?是不是?喔,这个,真棒……"

稍远处,只见一条条黑影晃荡,隐约可见白色的内衣,散乱的头发上挂着发结和军靴皮带的反光。卫兵依旧在这严禁靠近、否则一律处死刑"处所"前来回巡看,而他的战友却放纵情欲,尽情享受美好的夜晚。两名士兵,被一群年轻女孩包围着,他们唱着:

再喝一小滴,

啊,苏珊娜……①

女孩们接着轻声应和。

安杰里耶太太和子爵夫人结束谈话的那一刻,她们恰好听见歌曲的最后几个音。

"这个时间,谁还在唱歌?"

"是那些女人跟德国士兵。"

"真不要脸!"子爵夫人尖声说。

她摆手表示恶心和惊恐。

"我很想知道那些不害臊的姑娘是谁?我要告诉神父先生。"

她俯身探看,仔细地在黑夜中搜索。

---

① 编注:此处歌词原书以德语标示。

"看不见她们。大白天里,她们绝对不敢……啊,女士们,这种行径最要不得!现在,他们竟敢欺负到法国女孩头上!您想想看,她们的兄弟、她们的丈夫都还被关着呢,她们竟跟德国人搞三捻四!那些女人的身体到底哪里有问题啊?"子爵夫人愤慨地嚷嚷,她的愤慨原因很多:爱国心受到践踏,不合礼仪规范,对她在社群扮演的角色影响力产生怀疑,(每星期六晚上,她都会针对"真正的基督女孩"这个主题发表演说;她建立了一座乡间图书馆,偶尔,她还邀请当地的小女孩到她家观赏具有教育和感化意义的影片,好比《索勒斯麦修道院的一天》或是《毛虫到蝴蝶的蜕变》,这一切的努力,为的是什么?让全世界知道法国女人是这么不知羞耻,淫荡的吗?)最后再加上,某些乱七八糟的画面可能引起子爵大发雷霆,而且怒火多半燃及他的妻子个人,非关全体女人,子爵夫人根本不敢奢望他能平静下来。

"真是大丑闻!"她叫嚷着。

"真可悲。"露西儿说,她心里想的是这些女孩白白消逝的青春,男人不在,不是被俘就是死了,敌人取代了男人的位置,是很可悲,但是到了明天,谁还会记得呢?后代子孙永远不会晓得,而且他们基于羞耻心也永远不会想再去碰触它。

安杰里耶太太摇了摇铃,厨娘进来关上窗户和百叶窗,一切回归黑暗。歌声、情欲呻吟、微弱星光、征服者踏上石板路的脚步声以及癫蛤蟆向上天求雨,但终究徒劳无功的变调长叹。

10

德国人在昏暗的前厅跟露西儿遇见一两次,当时她伸手拿挂在一根鹿角上的遮阳帽,手碰到挂衣钩正下方墙上挂着的一面装饰用的铜盘,叮咚作响。德国人好像蹲伏在笼罩屋内的静寂中,窥伺这轻微的声响似的,他瞬时打开门,走出来帮露西儿,他替她把篮子、修枝用大剪刀、书、针线活还有躺椅搬到院子里。但是,她紧闭双唇,没有说半句话,只是对他点了一下头,勉强挤出一丝笑容表示感激,她好像可以感应到安杰里耶老太太的目光,穿透藏身的百叶窗帘后头,紧跟着她,如影随形。德国人明白了,他不再出现,几乎每天夜里都跟他的军团出门进行军事演习,直到下午4点才回来,一回到家便跟他的狗一起关在房间里。傍晚,露西儿穿过小镇时,有时候不经意地瞥见他坐在一间咖啡馆里,一个人,手上捧着一本书,前面桌上摆着一杯啤酒。为了避开她,他皱着眉头别开脸。她数着日子:"他星期一走,"她心里想,"等他回来时,军团也许就要离开镇上了。总之,他总算明白我再也不会跟他说话了。"

她每天早上都问厨娘:

"德国人还在这里吗,玛特?"

"是啊,他看起来像个好人,"厨娘说:"他说不知道夫人喜不喜欢水果,他非常乐意分一些给夫人。当然啦,他们可是要什么有什么!他们那里一箱一箱的橙子,的确清凉解渴。"她补上一句,这会儿才觉得赠与慷慨而且举止合礼,套她的话来形容,"得宜,亲切,这人一点儿都不可怕"的军官心肠好,一眨眼之间,想到这些水果法国人都吃不到，又不禁怒从中来。

怒气大概战胜了早先的想法，因为她语带厌恶地说：

"不管怎么说，还是卑劣的民族！我啊，从那个军官那里，是能拿什么就拿什么：他的面包、他的糖、他家里寄来的点心（我跟您保证，夫人，都是用上好的面粉做的），还有他的烟草，我把他寄给我家里被俘的男人。"

"喔，玛特，不能这么做！"

老厨娘只是耸耸肩。

"反正，他们拿走了我们所有的东西，这些东西根本微不足道……"

一天傍晚，当露西儿踏出饭厅的时候，玛特开了厨房的门，开口叫她：

"夫人您可以过来一下吗？有人想见您？"

露西儿提心吊胆地走进去，生怕被安杰里耶太太发现，因为她不喜欢外人进入厨房和食物储藏室。她并非怀疑露西儿会偷果酱。（虽然她总是当着露西儿的面清点架上存货），而是觉得被冒犯了，因而老羞成怒，就像艺术家在工作室里受到打搅，或上流社会仕女在妆镜前受了惊一样。厨房是个神圣的所在，只属于她一个人。玛特在她家已经 27 年了。27 年前，安杰里耶太太费尽了一切苦心，让玛特一辈子也忘不了这里不是她的家，是别人的家，她可能随时被迫离开这里，放下手中的鸡毛掸子，丢下锅盆、炉灶，一如基督教义所规范，信徒必须永远牢记人世间的财物只是暂时赐予她而已，救世主可以随心所欲，在任何时刻将它收回去。

玛特关上门，信心满满地告诉露西儿：

"夫人正在祷告。"

厨房非常大，宛如宴会场地，有两大扇窗正对院子，一个男人坐在桌子前。露西儿先看见一条漂亮的白斑狗鱼,银色身躯正在做濒死前的最后挣扎。鱼被扔在一张上蜡的餐巾上,介于一大块金黄色的面包和一瓶半满的葡萄酒中间。男人抬起头,露西儿认出他是班诺·萨巴里。

"您是在哪里抓到的,班诺?"

"在蒙摩特先生家的池塘里。"

"您早晚会被抓的。"

男人没有回答。大鱼气息微弱,甩动透明的鱼尾。他掀开它的鳃。

"是送我们的吗?"厨娘玛特问,她和萨巴里家是亲戚。

"是的。"

"把这个给我,班诺。夫人知道上面又减少了百姓的肉类配给量吗?这样下去,不是死就是世界末日了。"她耸耸肩补上一句,肩膀勾到挂在小横梁上的一大块火腿。班诺趁着老夫人不在的空当将此次前来面见贾斯东太太的目的坦白说了。

"夫人,"班诺好不容易才开口,"我家住了一个德国人,老是跟在我太太后面打转。他是本地司令部的翻译官,19 岁的年轻小家伙,看得我实在受不了了。"

"可是,我能帮上什么忙呢?"

"他的一个战友住在这里……"

"我从来不跟他说话。"

"别跟我来这一套!"班诺抬起头。

他走到炉灶边上,机器人似地转动火钩,然后举起来,他的力气真大。

"前几天,有人看见您和他在院子里说话,谈笑风生,还一起吃草莓。我这么说并不是在责怪您,这是您的事,我来这里是想恳求您,请那位先生跟他的战友讲讲道理,请他另外找地方住。"

"这是什么样的地方啊!"露西儿心想。"人们好像都有千里眼。"

在此同时,这几天来逐渐逼近的暴风雨终于哗啦扫来,首先听到一声震天雷响,短促却不容小觑,紧接着冰冷急促的暴雨倾盆而下,天空迅速转暗,灯火熄灭,每当刮起强风时,十之八九会造成电力中断。玛特满意地说:

"这下可好,夫人被困在教堂回不来了。"

她趁这大好机会端了一碗热腾腾的咖啡给班诺。闪电照亮厨房,地板瓷砖淌着亮晃晃的水光,在闪电黄光的映照下,反而显得绿油油的。门开了,暴风雨把德国军官逼出房间,进来要两根蜡烛。

"怎么,夫人,您在这儿?"当他发现露西儿时加问了这一句。"真是对不起,刚刚太黑,我没看见您。"

"我们没有蜡烛,"玛特口气很差的说,"自从你们来了之后,全法国都找不到蜡烛了。"

看到军官闯进她的厨房,她非常不高兴;其他的房间,那也就罢了,但是闯进这里,炉灶和食物柜的地盘,在她看来是不可饶恕而且是几近亵渎的行为,他亵渎了这座房子的心脏。

"至少给我一根火柴。"军官哀求着,同时装出一副可怜兮兮的样子,希望打动厨娘,不过,厨娘依旧坚定地摇摇头。

"火柴也没了。"

露西儿忍不住笑出声。

"别听她的。喏,火柴就在您背后,在炉灶上面。先生,这里正好有个人想找您谈谈,他对一名德国士兵有所抱怨。"

"啊,真的?您请说。"军官热切地说。"我们严格要求国防军官兵和居民相处行为必须得体恰当。"

班诺没有说话。倒是玛特开口了。

"那家伙跟在他太太屁股后面转。"从她说话的语气听不出她心里怎么想,是道义上的谴责还是遗憾自己年华老去,因为这种情事怎么轮也轮不到她。

"可是,兄弟,您大概把德国军官的权力想得太大了。如果我的手下骚扰您的太太,我当然可以惩罚他,可是如果您的太太觉得他不讨厌的话……"

"开什么玩笑!"班诺吼道,同时朝军官面前迈进一大步。

"不好意思,我没听清楚?"

"我说,不要开玩笑。我们不需要这些肮脏的……"

露西儿忧心忡忡地出声警告。玛特拿手肘戳班诺,她已经猜到那个不能说的字眼"德国鬼子"眼看着就要出口了,说这话是会被德国人抓去坐牢的。班诺勉强忍了下来。

"我们不要你们这些人跟在我们的老婆后头转。"

"可是,朋友,你们的太太需要的是你们在她们的面前挺身保护她们。"军官慢条斯理地说。

他的脸涨得通红,而且表现出一副倨傲不悦的神情。露西儿帮忙打圆场。

"我拜托您,"她低声地说,"这位先生很痛苦,他很嫉妒,不要再逼他了。"

"那个人叫什么名字?"

"波内。"

"司令部的翻译官?可是,他不属于我属下。他跟我是一样的官阶,恕我无法干预。"

"就算当做朋友给建议也不行?"

军官耸耸肩。

"没有办法,容我向各位解释。"

班诺出声制止,语气平静严厉。

"不必多解释了!对一名士兵、一个可悲的家伙,上级大可下令禁止他乱来。就像贵国所说的'严禁①'。只是,何必打坏了这些军官先生们的兴致呢?全世界的军队,统统都一样。"

"我是绝对不会找他谈的,因为这样做等于是火上浇油,而且会给您带来反效果。"德国人回答,同时转身背对着班诺,往餐桌方向走。

"我的好玛特,请给我煮些咖啡,我一小时后出门。"

"又要演习?已经接连三天了。"玛特嚷嚷着,她始终无法弄清楚自己对这个敌人的感觉,一会儿看见军队在破晓时分踩着晨曦回来时,心满意得地说:"他们热死累死最好……看了真是大快人心。"一会儿又好像忘了他们是德国人,打从心里涌出一股自然的母性怜悯:"说真格的,这些可怜的家伙,这哪是人过的日子……"

今晚,是她内心那股女性的温柔战胜了其他,只是说不上是什么因素使然。

"好,我马上替您准备一杯咖啡,您这里坐。夫人,您也来一杯吧。"

"不用了……"露西儿开口婉拒。

此时,班诺已经不见人影,他悄悄地从窗户跳出去。

"喔,求求您,"德国人低声地请求,"现在,我不会再打搅您太久了。我后天离开这里,等我回来之后,军团可能会转驻非洲。我

---

① 编注:原书此处以德语标示。

们可能再也见不着了,日后想起您,知道您并不讨厌我的话,我心里会好过一些。"

"我不讨厌您,只是……"

"我知道。别再说这个了。您可以陪我坐一会儿……"

此时,玛特脸上带着感动、会心和惊讶的微笑准备着杯盘,就像偷偷给受惩罚的小孩果酱面包一样。她在一张干净的餐巾上摆了两只有花卉图案的大瓷碗,一只滚烫的咖啡壶和一盏她从柜子里拿出来的老式油灯,摆好桌子,灯光备妥。微弱的晕黄火焰照着挂满黄铜器具的墙面,军官好奇地打量。

"夫人,这个东西,您怎么称呼?"

"那是长炳暖床火炉。"

"这个呢?"

"那是烤松饼锅。已经有将近一百年的历史了,现在已经不用了。"

玛特拿了一个豪华的糖罐过来,那糖罐跟骨灰罐差不多,带有铜铸的罐脚,精雕细琢的罐盖,另外用雕着花纹的玻璃杯盛了一些果酱过来。

"所以,后天,这个时候,"露西儿说,"您就可以跟您的太太一起喝咖啡了。"

"希望如此。我跟她提过您,还描述了这个房子的样子给她听。"

"她没来过法国?"

"来过,夫人。"

露西儿很想知道眼前这个敌人是否喜欢法国,但是一种带着羞耻的自负心理作祟,这句话到了嘴边,始终问不出口。他们继续闷头喝自己的咖啡,眼光没有交集。

后来,德国人开口说起他的国家,柏林的宽广大道,冬天,冰雪封冻,从中欧大平原吹来的刺骨强风,深邃的湖水,松木林还有砂石场。

玛特满心想加入谈话。

"战争还会持续很久吗?"她问。

"我不知道。"军官微微耸了耸肩,微笑着说。

"可是,您个人有什么看法呢?"露西儿接着问。

"夫人,我是军人,军人没有自己的看法,上级叫我们去,我们就去,叫我们打,我们就打,叫我们冲锋陷阵,我义无反顾。多想对战事无益,只会让死亡更加恐怖。"

"可是,热情……"

"夫人,容我打断,那是女人的说法。男人就算没有了热情动力,还是必须完成他的义务。何况,就是凭着这一点才能显得出他是一个男人,一个真正的男子汉。"

"也许吧。"

屋里传来打落院子的滴答雨声,最后几点雨珠慢慢地打在紫罗兰花瓣上,装满水的鱼塘飘来懒懒的低吟。大门咿呀被人推开。

"快走,夫人回来了!"玛特慌了手脚,急急地说。

说着,连忙把军官和露西儿推出去。

"从院子里走!她一定会找我算账,慈悲的圣母啊!"

她飞快地把剩下的咖啡倒进洗碗槽里,藏好杯盘,吹熄油灯。

"我说,你们快走啊!幸好,天色很暗!"

他们双双被赶到屋外。军官止不住地笑,露西儿微微地发抖,他们躲在暗处,看着安杰里耶太太在玛特手持灯火的引领下,穿过厅堂,随后木头百叶窗一一关上,固定铁栓,绞链吱嘎作响,接着是生锈铁链的声音,最后是大扇门扉锁上的阴森声响。德国人说

的好:

"简直像座监狱。夫人,您要怎么进去呢?"

"从仆人进出的小门进去,玛特会让它开着。"

"您呢?"

"喔,我跳墙进去。"

说着,敏捷地一跳,翻进墙内,然后轻声地说:

"晚安,睡觉了。"①

"晚安。"②她答道。

她的德文腔调让军官"噗嗤"笑出来。她躲在暗处听见笑声逐渐远去。一阵清风吹动湿淋淋的紫罗兰枝叶,轻搔她的头发,她觉得轻松又快乐,跑着回家。

---

① 编注:原书以德语标示。

② 编注:原书以德语标示。

11

安杰里耶太太每个月都要巡视一遍她的土地。她会挑一个星期天,到她的"底下人"家里找他们,这样的举措让佃农忿忿不平。一看到她出现,大伙急忙把咖啡、糖和丰盛午餐吃剩的剩菜统统藏起来。安杰里耶太太是那种老派的女人,她认为这些人吃的饭菜都是从他们该给她的那一份里抠出来的,会尖刻地斥责那些到肉铺选购上等肉品的顾客。套句她的说法,她在镇上有一批警力。她从来不留下那些家里有女人、无论是妻子或女儿,经常采购丝袜、香水、胭脂粉饼或小说的佃农。蒙摩特子爵夫人也用类似的原则治理她的世界,可是,因为她是贵族出身,比安杰里耶太太所属的那些只重物质的粗俗资产阶级更尊重知识的价值,所以她看重宗教信仰方面的问题,会问佃农家里每个小孩是否都受洗了,每年是否行两次圣礼,还有家里的女人是否上教堂做礼拜(至于男人,她认为已经无可救药,要拯救这样的男人太困难了)。就这样,两大家族瓜分了这里的土地——蒙摩特家和安杰里耶家,最惹人厌的还是前者。

天刚蒙蒙亮的时候,安杰里耶太太就上路了。昨夜的暴雨改变了气候,天空哗啦哗啦下着冰冷的大雨。因为她没有驾驶通行证也没有汽油,所以不能开车,不过安杰里耶太太叫人在车库里翻,终于把停在那里30年没用的旧式四轮敞篷马车给翻出来了,套上两匹好马,便足够这段路程所需。全家大小全都起来目送老太太出门,直到最后一刻(而且是满心的不愿意),她才把钥匙交给露西儿。她撑开伞,雨下得更大了。

"夫人最好还是等明天再去。"厨娘说。

"我必须照管所有的事,因为这家的男主人被那些先生们给抓了。"安杰里耶太太语带讽刺地回答,而且音量颇大,无异是为了让两个刚好经过门前的德国士兵感到愧疚。

她看着他们的眼神,正好可以用夏多布里昂①想到他父亲时所用的语汇来形容,"眼珠闪着凶光,仿佛就要破眶而出,像子弹似地击倒来人。"

不过,那两个士兵完全不懂法语,八成认为安杰里耶太太抛来的眼神是对他们高大身材,堂堂仪表,完美无瑕的军装表示赞赏,因此他们腼腆地报以微笑,安杰里耶太太神情厌恶地闭上眼睛。马车上路了,一阵强风晃动车门。

那天早上稍晚,露西儿去了女装店,女装店老板是个少妇,据说常跟德国人乱搞。她带了一块轻柔的料子过去,想用它做一件晨袍。女装店老板点着头:

"您运气真好,还能拿到这样的真丝料子。我们啊,什么都没了。"

她说这话时,表面上看不出嫉妒之意,细想之后,这意思好像不是表示她承认这位资产阶级出身的少妇有高于她的物资优先配给权,而是她天生机灵,有办法比别人快一步弄到东西,就像平地的居民给山里的人下的评语一样:"他呀,就算失足跌了一跤也不会有事!从小就在阿尔卑斯山里练多了。"她甚至铁口直断,认定

---

① 译注:François-René de Chateaubriand(1768—1848),法国早期浪漫主义代表作家。

露西儿，基于她的出身，基于她祖上遗传的天赋，比她自己更知道如何曲解法律、钻法律漏洞，于是她眨了一眨眼，露出亲切的笑容说：

"看得出来，您过得挺不错的。非常好。"

此时，露西儿瞥见床上有一条德国士兵松下的腰带，两个女人四目接触。女裁缝的眼神狡狯，专注且坚定；那模样活像是一只母猫，当人们想松开她爪子底下就要被她咬死的小鸟时，她抬起脸，神气自负地喵喵叫，好像在说："不行吗？只是偶尔也不行吗？这好东西，不是你的，就是我的？"

"您怎么可以这样！"露西儿喃喃地说。

女裁缝犹豫着，不知道该采取什么样的态度。她的脸上满是放肆、无从理解和谎话连篇的神情。不过，她猛然地垂下头。

"又怎么样呢？管他是德国人还是法国人，朋友还是敌人，最重要的是他是一个男人，而我，我是一个女人。他对我很好，很温柔，呵护备至……他是城里来的男孩。就像城里人一样的有教养，跟这里的家伙不一样，他的皮肤好细，牙齿好白。当他吻我的时候，嘴里呼出的气息很清新，一点酒味都没有，不像本地的男人。我啊，我这样就够了，别无所求。战争，还有这些令人担惊受怕的事已经把我们的日子搞得够复杂难过了，在一个男人和一个女人的世界里，这些全都无关紧要。管他是英国人还是黑人，我只是觉得他是我喜欢的那一型，而又有办法的话，我就主动上前去。您觉得我不知羞耻？当然，您，您有钱嘛，您自有我找不到的乐子……"

"乐子？"露西儿不自觉地打断她，语带酸苦，心想女裁缝又知道什么，她能想象出住在像安杰里耶这样的家庭会有什么乐子，大概是巡视土地和投资理财之类的。

"您受过教育，见过世面，我们除了干活还是干活。如果连爱情都没有,倒不如直接去跳井还来的痛快。虽然我爱啊爱的挂在嘴边,可不要以为我满脑子只想那档事。就拿前几天的那个德国人来说好了,他之前待过磨坊镇,他给我买了一个仿鳄鱼皮的小皮包。另一回,他还送我花呢,从城里买来的花束,跟送给贵夫人的一模一样。其实挺傻的,尤其是乡下到处都是花,不过,那是一种心意,让人觉得开心。我啊,一直到那个时候为止,男人对我来说只不过是东西的同义词。但是这一个,我不会告诉你是哪个,我愿意为他做任何事,愿意跟他到天涯海角。他呀,他爱我……喔,我遇过的男人已经多到足以让我分辨不出哪个说的是真心话。所以,您知道吗,有人都对我说:'德国人,德国人呀,那是个德国人啊!'这话我听了丝毫不觉痛痒,那些人都是像您这样的人。"

"好。可是,可怜的女孩,当有人说'一个德国人'时,大家知道这话的意思是很单纯地指一个男人,既不比其他人好,也不比其他人坏,只是言下之意暗示着这是件可怕的事,因为他残杀法国人,监禁我国俘虏,让我们挨饿……"

"您以为我没想过这些吗?有时候,我挨着他睡在他身旁,心里不禁在想:'说不定他的父亲是我的杀父仇人。'您知道的,我爸爸死在另一次大战的战场上……我也经常会想,然后,我深深觉得这又怎样呢,我不在乎。一边,是我和他;另一边是别人根本不关心我们,他们对我们指指点点,伤害我们,而且把我们看做比兔子还不如,任意宰割。好啊,我们也不管别人怎么想。您知道,如果真要迁就自己为别人的看法而活,那我们真的连牲畜都不如了。在这里,他们说我是条母狗。不是的!那些成群结队行动、别人命令他们咬人就咬的那些人才是犬类。我和威利……"

她停住,叹了一口气。

"我爱他。"她终于开口。

"可是,军团会调动。"

"这我知道,可是,夫人,威利对我说,战争结束之后,他要带我回他的家乡。"

"这话您也相信?"

"我相信,是的。"她语带挑衅地回答。

"您昏了头了,"露西儿说,"等他一离开这里,他就会忘了你。您的兄弟还是他们的俘虏,等他们回来……相信我,您一定要小心,您的行为非常危险。不止危险,而且是不对的。"她以此做结。

"等他们回来……"

她们静静地互望。在这间到处是厚重乡村家具的紧闭房间内,露西儿闻到一股让她感到诡异而不安的深沉神秘味道。

离开的时候,她在楼梯上遇见一群满脸脏污的顽童,三步并两步地跳下楼。"你们这样急急忙忙要去哪儿?"露西儿问。

"我们要去贝韩家的庭院玩儿。"

贝韩家原是镇上的有钱人家,1940年6月时举家逃难去了,恐慌过头,他们放任自家门户大开,不仅大门没锁,抽屉里的银器、衣橱里的洋装统统都没带走,被德国人搜刮殆尽。至于大庭院则荒芜在那儿,遭人破坏、践踏,现在跟丛林差不多。

"德国人允许你们进去?"

他们没有回答,笑哈哈地飞奔而去。

露西儿冒着雨回家。她瞥见贝韩家的庭院,虽然雨水冰冷,镇上那群小孩穿着粉红和蓝色小围裙,在枝叶间穿梭。偶尔可以看见一张发亮的脏脸颊,脸上满是雨水,泛着水光,水滴如涓涓细流滴落,宛如一枚桃子。孩子们攀折樱桃树上的花和紫罗兰,在草地上追着玩。一个穿着红色短裤的小男孩爬上一棵雪松树顶,像只乌鹊似地咻咻叫。

他们摧毁这庭院里仅剩的完好部分,这座庭院曾经修剪得如此整齐,如此深受人们喜爱,而贝韩一家再也不会在傍晚时候出来坐在铁制露天椅上,全家共赏草莓或甜瓜逐渐成熟。男人穿着黑外衣,女士们礼服裙摆窸窣作响。一个年纪很小的小男孩,身穿着粉红色围兜,脚踩庭院铁栏杆枪尖状突起的地方,小心翼翼地维持平衡。

"你会掉下来的,小淘气。"露西儿说。

他定定地盯着她,没有回答。她突然羡慕这些孩子,羡慕他们可以不管天气好坏,不管战争,不管有多艰苦,尽情地欢笑游戏。在这被奴役的民族中,她觉得只有他们是自由的,而且是"真正的自由",她心想。

她满心不愿地走上回家的路,回到那栋阴郁、死寂,受大雨鞭笞的屋子。

露西儿惊讶地发现邮差从她家里走出来,很少有人写信给她。会客室的桌上放着一张卡片,收信人的名字是她。

夫人,您还记得六月的时候,您好心收留的一对老夫妻吗?自从分开之后,我们经常想到您,夫人,想到您的亲切招待,想到那次魔鬼诅咒的旅程当中在贵府停留的日子。若能告悉您的近况,我们一定会很高兴。您先生是否平安从战场上回来了呢?至于我们,我们的儿子回来了,这真是天大的喜事。夫人,请相信我们最真诚的问候。

珍娜和莫里斯·米修敬上
巴黎(16区),泉水街12号

露西儿很高兴。正直善良的好人……他们比她幸福……他们深爱对方,他们一起面对一起渡过一切难关……她把卡片藏在她的写字台里,然后走进饭厅。虽然大雨下个不停,但今天真是美好的一天。桌上只摆了一份餐具,她再次感到无限欢欣,安杰里耶太太还没回来,她可以一边看书一边吃饭。她很快地用完午餐,然后走到窗户前,望着直直打下来的雨水。一如厨娘所说,暴雨已接近尾声,这48小时来,天气变幻无常,硬是把明媚灿烂的春天变成残酷、阴晴不定的诡异季节,最后一场雪和春暖初开的花朵交织,苹果树上一树的花一夜之间全部掉光,蔷薇冻死变黑,强风吹破了种植天竹葵和香豌豆的陶盆。"看来全没了,甭想有水果啦。"玛特一

边收拾桌子,一边嘟囔。"我来弄个火。"她接着又说。"这里冷得让人受不了,德国人早就叫我把他房间的壁炉火升起来了,只是那边的烟囱还没通,他肯定会被烟熏死,算他运气不好。我跟他说了,可是他不听,他以为是我不愿意生火,真是的,我们的东西统统都给他们了,还吝啬这两三块木柴吗……您听!他这不是在咳了!慈悲圣母啊!如果被迫服务德国鬼子不是这么难受就好了。来啦,来啦!"她老大不高兴地说。露西儿听见她打开门,接着回答德国人的话,口气极为不耐烦:

"是不是,我就跟您说了!以现在的风势,烟囱不通,烟一定会被吹回屋里。"

"可是,烟囱为什么不通呢,我的天啊!"①德国人发火吼道。

"为什么?为什么?我怎么知道,我又不是主子。您以为您的战争开打之后,我们想做什么都能如愿吗?"

"我亲爱的女士,如果您以为我会乖乖的像只兔子一样被关在这里给烟呛,那您就错了!那两位夫人呢,她们在哪儿?她们如果不能给我一间可以住的房间的话,干脆把我安置在客厅好了。到客厅生火!"

"这是不可能的,先生,我很抱歉,"露西儿上前说,"我们乡下的房子,客厅只是炫耀排场豪华的地方,不能住人。里面的壁炉是假的,您可以亲自验证。"

"什么?那一大片用雪白大理石打造和恋人雕像装饰的东西竟然不能生火取暖?"

"从来没有用来生过火,"露西儿微笑地做出最后结论,"不过,

---

① 编注:原书以德语标示。

如果您愿意，我邀请您到饭厅，那里的火炉是烧着的，您的房间情况的确凄惨。"露西儿看见大股大股的烟从房间冒出。

"啊，夫人，我差一点窒息而死！军人这一行真的是危险重重！可是我不想为了这点小事而打搅到您。镇上到处有的是灰尘，咖啡馆兼撞球馆的空气弥漫着粉笔灰……您的婆婆……"

"她今天一整天都不在。"

"啊！这样啊，夫人，那我就恭敬不如从命了。我不会打搅您的，我有许多工作急着完成。"说着，他指着一张地图和一些平面图。

他在收拾好的餐桌旁坐下，露西儿则坐在靠近火炉那边角落的扶手椅，她伸出手靠近火源，偶尔，漫不经心地摩擦手掌。"我的举动跟老太太一样，"她突然黯淡地想到，"有着老太太的举动还有过着老太太般的日子。"

她的双手落回膝盖上，抬起头看见军官已经丢下地图。他走到窗户边，掀开窗帘，望着饱经灰蒙天气摧残的西洋梨树。

"这地方好凄凉。"他喃喃地说。

"这关您什么事呢？"露西儿回答，"您明天就要离开了。"

"不，"他说，"我不走了。"

"啊！我以为……"

"所有的休假都暂停。"

"真的？为什么呢？"

他微微耸耸肩。

"我们也不知道怎么回事，只知道暂停而已。军旅生活就是这样。"

她很同情他，他是多么高兴能够有这次休假。

"是很讨厌，"她同情地说，"不过，只是时间往后延而已。"

"延3个月、6个月,或是永远……我特别为我的母亲感到难过,她年纪大了,身子骨弱。那么一个娇小的白人老太太,戴着遮阳帽,风一刮,站都站不稳……她等着我明天晚上到家,最后只等到一纸电报。"

"您是独子?"

"我有三个兄弟。一个在波兰战争中为国捐躯了。另一个大约在一年前,就在我们打进法国时战死沙场。第三个,人在非洲。"

"真是非常遗憾,对您的妻子也是……"

"喔!我的妻子……她会找到慰藉的。我们结婚太早,我们都根本还是孩子。15天在湖上漂泊,同伴一样地朝夕相处后,决定携手走完一生,您以为如何?"

"我怎么知道?在法国,婚姻不是这样订的。"

"总不会跟以前一样,像巴尔扎克小说中的人物,两个人在两家共同的朋友家里见了两次面之后就定下来了吧?"

"也许不是全然如此,不过,也没有太大的差别,至少在外省乡下……"

"我母亲不赞成我娶艾荻。可是,当时我被爱冲昏了头。啊,爱情……彼此必须要能够一起成长,一起变老……但是,分离、战争、苦难接踵而来,结果我和一个始终18岁、长不大的孩子绑在一起,相反的我自己……"

他高举双手,然后任之落下。

"有时候只有12岁,有时候却老得像100岁……"

"喔!您太夸大了。"

"才没有,军人在某些方面必须保持身强体健,但是在其他方面却是如此衰老,历尽沧桑……再也没有年龄。军人是这个世界上最古老史迹的当代残留,该隐谋杀埃布尔①、食人族猎人的大餐、石器时代……算了,别再说这些了,我现在被困在这里,在这个跟坟墓差不多的地方……啊,不对……位于乡下墓园里的坟墓,花香鸟语,绿荫幽雅,但再怎么说,都是座坟墓……您怎么能够在这里住上一整年?"

"战争之前,我们每年会出门几趟……"

"不过,我猜您大概从来没有旅行过?您没去过意大利,也没到过中欧……就算巴黎也只有粗略的认识……想想看,您错过了多少东西……博物馆、剧院、大型演奏会……啊!我特别怀念演奏会。而在这里,我手边只有一个可悲的小工具,我甚至连碰都不敢碰一下,因为我怕触犯了法国人所谓的敏感心灵。"他恨恨地说。

"先生,您想弹什么就弹什么吧……您觉得哀伤,我也不快乐啊!您就大方坐到钢琴前面弹吧,忘了这恶劣的天气,亲人不在身边等所有的不幸……"

"真的!您真的这么想?我有工作要做。"他望着他那些地图。"管它呢!您去拿本书或一件针线活来坐在我身边,听我弹!要有观众在场,我才弹得好。我非常……这话法语怎么说来着?喜欢人捧场?就是这个!"

"对,捧场。容我赞美您的法文造诣……"

他端坐钢琴前,暖炉炉火正旺,低声呼鸣,屋内弥漫着淡淡的烟味和烤栗子的香气。大滴大滴的雨点宛如眼泪一般,沿着窗户

---

① 译注:Cain et Abel,该隐和亚伯是亚当和夏娃的儿子,该隐选择农耕为生,亚伯牧羊为生,后来上帝仅接受亚伯的祭品,该隐愤而杀死亚伯,被罚漂泊一生。

玻璃滑落,屋子空荡无声,厨娘上教堂晚祷去了。

"我应该一起去的,"露西儿想,"不过,算了!雨下太大了。"她看着键盘上滑行的手,白皙纤长,手上戴的那只镶深红色宝石的戒指阻碍了手指的舞动。他面无表情地脱下戒指递给露西儿,她接过戒指,拿在手里停了一会儿,指环还留有他手的余温,借着窗口洒下的灰白黯淡光线仔细端详戒指的光芒。透明的宝石上可以分辨出两个歌德字体的字母和一个日期。浮上她脑海的第一个念头是——那是一个爱的纪念物。不对!……日期刻着1775年还是1779年,她看不清楚,这八成是家传的珠宝,她轻轻地放到桌上。她心想,他晚上一定经常这样,在他妻子的陪伴下弹琴……她叫什么名字来着?艾荻?他弹得真好!她听出了几个曲目,怯生生地问:

"巴赫,对不对?还是莫扎特?"

"您原来也是音乐家?"

"不!哪里!音乐,我什么都不懂。结婚前,我会弹一点琴,现在全忘光了!我喜欢音乐,您非常有才华,先生!"

他望着她严肃地说,而话中流露出的哀伤撼动了她:

"是的,我想我是有才华。"

他轻敲键盘敲出一连串轻快戏谑的琴音。接着:

"现在,听听这个。"

他一边弹奏,一边低声说:

"这是和平的时候,这是少女的笑语,春天欢乐的乐音,看见第一批燕子从南边飞回来……这是一个德国的城市,三月时节,积雪才刚开始融化,这是雪融后泉水沿着古旧街道奔流潺潺。现在,和平的日子结束了……鼓声,卡车呼呼声,军队的踏步声……您听到了吗?您听到了吗?这缓慢、沉闷、无情的踏步声……一群人走着……一名士兵迷失在人群中……这个地方,应该要有一段合唱,某种未完的宗教圣歌。现在,仔细听了!这是战役……旋律庄严、深沉、恐怖。"

"喔!好美,"露西儿轻声说,"真好听!"

"士兵快死了,临死之前,他再度听到合唱歌声悠扬,只是这歌声再也不属于地上,而是天神的捉弄……就像这样,您听……这里必须显得高深莫测又具爆炸性。您听见悠扬的小喇叭了吗?您听见足以震垮高墙的铜管铿锵了吗?不过,一切慢慢远去,渐渐变弱,停止,消失……士兵死了。"

"这些都是您自己写的?是您的创作?"

"是的!我原本想将一生奉献给音乐。现在,都结束了!"

"为什么?可是战争……"

"音乐是极端挑剔的情妇,您不能冷落她4年,置之不理。等您回头想要再回到她身边时,她已经离您远去了。您在想什么?"他看见露西儿怔怔地瞪着他看,疑惑地问。

"我在想……个人也许不该做这样的牺牲,我是指我们大家。我们什么都被剥夺了!爱情、家庭……这样实在太过分了!"

"啊,夫人,这是我们这个时代最关键的问题所在,无关个人还是群体,因为战争是最佳的群体产物,不是吗?我们德国人崇尚群体精神,这意思就好比人们说的蜜蜂对蜂窝的效忠精神……然而,这种看法未免太过严峻。听好了!我来为您弹一首史卡拉第[①]的奏鸣曲,您听过这首曲子吗?"

---

① 译注:Domenico Scarlatti(1685—1757),意大利作曲家,曲风以巴洛克风为主。

"没有！我想没有！……"

她思索着："个人还是群体？唉！天啊！了无新意，他们连新的借口都懒得找了。法国在前一场战争中牺牲的 200 万条生命，也是为了这'蜂窝效忠精神'！他们死了……而 25 年后……一派胡言！自欺欺人！蜂窝和人民的命运由某种定律操纵，没有别的！人民的精神，无疑地，是由某些我们捉摸不到的定律，或者是我们未能理解的命运捉弄来控制。可怜的人类，如此善良却又如此荒谬……不过，唯一能确定的是，在 5 年、10 年或 20 年后，这个据他说的纯属我们这个时代的问题将成为过去，将被其他的问题取代……至于这音乐，敲打玻璃窗的雨声，对面院子里的雪松枝叶劈啪作响，这美好的时刻，如此奇特的战争状况，这一切，将不会改变……亘古不变……"

他突然停下来，注视着她说：

"您在哭？"

她赶紧抹干泪水盈眶的双眼。

"对不起，音乐刺探人心。也许我弹的曲子让您想起了……一个人？"

她勉强开口，低声地说：

"不！我没有想起任何人……只是这个……没想起任何人。"

他们不再说话。他盖上琴盖。

"夫人，战争结束之后，我会再回来的，请容许我再回来。到时候德国和法国之间的恩怨将成为过去……终将被人们遗忘……至少 15 年后会是这样的。到了那天傍晚，我会来按贵府的门铃。您过来替我开门，而您将认不出我是谁，因为我改穿平民衣裳。于是，我会说，我是那个……德国军官……您还记得吗？现在，是和平、幸福、自由的年代了，我要绑架您离开，我们一起远走高飞，我带您到各国旅行参观。我呢,我会成为出名的作曲家,这是理所当然的,而您将跟现在一样的美丽……"

"您的妻子和我的丈夫该怎么办?"她勉强挤出笑容。

他轻声吹起口哨。

"谁知道到时候他们会在哪儿?连我们在哪儿也没人知道!但是,夫人,我是真心的,我一定会再回来。"

"再弹啊,一阵短暂的静默之后。"露西儿说。

"不了!够了!太多音乐……是很危险的。现在,您得像个上流社会的仕女,邀请我喝杯茶。"

"阁下①,在法国已经找不到茶了,我请您品尝冯第酿葡萄酒搭配饼干,您喜欢吗?"

"哦!好!不过,求求您,别叫您的仆人来。请允许我帮您摆杯盘,告诉我餐巾放在哪里?抽屉里?容许我挑选一下,您应该很清楚我们德国人不懂得分寸。我想来个粉红色的……不……白色绣着小碎花的好了,上面的刺绣是您绣的吗?"

"当然!"

"剩下的,就麻烦您了。"

"乐意之至。"她笑着说。"您的狗在哪儿?怎么没看见它。"

"它休假去了,它是全军团的狗,属于队上所有的同伴。其中一个同伴,那个翻译官波内,也就是您那位乡下来的朋友抱怨的对象,把它带走了。他们三天前出发前往慕尼黑了,不过这次发下的新部署命令会让他们马上归队。"

"说到波内,您找他谈过吗?"

---

① 编注:原书以德语标示。

"夫人,我的朋友波内不是个简单人物。到目前为止这整起事件,都还只是天真烂漫的消遣而已,如果那个丈夫把他惹火了,他会更明目张胆,更热情狂放,您懂吗?他甚至会不顾一切地豁出去,如果那位少妇不是个正经女孩的话……"

"她那边不可能出问题。"露西儿说。

"她爱那个大老粗吗?"

"也许吧。再说,不要因为这里某些女孩对您的士兵表现出一副欲拒还迎的样子,就以为所有的女人都一样,玛德莲·萨巴里是个正经的好女人,善良的法国女人。"

"我明白了。"军官点头说。

他帮露西儿把游戏桌抬到窗户旁边,她把大刻面切割古董水晶玻璃杯、盖着镀金瓶塞的长颈大肚瓶和成套的点心小碟子摆在桌上。这套餐具是第一帝国时代的产物,以军事场景为图案:拿破仑率领军队,身穿绣金制服的轻骑兵在林中空地扎营,三月大道大阅兵。德国人很欣赏这童稚鲜艳的用色。

"多漂亮的制服啊!我真希望能有一件像轻骑兵那样的金线刺绣的对称盘花扣上衣!"

"先生①,请用点心!这是自己做的。"

他抬起头,对着她微笑。

"夫人,您听说过南方海面刮起的飓风吗?它们形成(如果我没有弄错那本书的意思的话)某种圆环状,飓风边缘布满风暴,中间却是静止不动的,所以,一只鸟,甚至一只蝴蝶都能待在飓风中心却毫发无伤,甚至连翅膀都不会起皱,但在这个时候,它的四周

---

① 编注:原书以德语标示。

围却是可怕的灾害。您瞧瞧这栋房子！看看我们正在品尝冯第酿葡萄酒和饼干,想想外头世界发生了什么事!"

"我宁可不去想。"露西儿哀伤地说。

然而,她的内心深处燃起了某种此生从未体验过的热情,动作比平时更细腻,更灵巧,此时,耳边响起她自己的声音,听起来却像个陌生人。那声音比平时更低沉,更深刻也更激动,连她自己都认不出来了。最让人心醉的莫过于,躲在这间充满敌意的屋子里与世隔绝的那种悄然独立和奇异的安全感:没有人会来,没有人来信,没有人造访,没有电话。连那座钟,她今天早上忘了上发条了,(安杰里耶老太太会怎么说呢?"想也知道,我不在家,什么都乱成一团。")低沉哀戚的钟响老是让她深感不安的钟停了。最后,暴雨再度破坏了中央电力供应系统,这个地区的光明和广播将短暂地停顿几个小时。广播无声……多么安静啊……诱惑已经无法抗拒。在这一方黑暗中,没有人管什么巴黎、伦敦、柏林和休斯敦了,再也没有这些隐形的、死气沉沉的、该死的播音声,报导战舰被击沉,飞机被烧毁,城市化为废墟,死亡人数和预告未来的杀戮……幸福被遗忘……一直到今晚,什么都听不到,在节奏放慢的几个小时里,有个人陪伴,配上芬芳清淡的葡萄酒,美妙的音乐,漫长的沉默,这就是幸福……

13

一个月后,在一个跟露西儿与德国人共度的多雨的午后,玛特通报有人要见两位安杰里耶夫人。三名访客头挂面纱,身穿黑色长大衣,戴着服丧的帽子。长长的面纱从头顶往下几乎碰到地面,这些人仿佛笼罩在阴森黑暗、光线无法穿透的笼子里。安杰里耶家不常有客人上门,厨娘竟怔怔地愣在那里,忘了帮客人收伞。客人手上各自拿着喇叭状半开的伞,抖动着甩掉从面纱滚落的最后几滴雨珠,宛如哭泣的女孩对着英雄墓碑上的骨灰石坛垂泪。安杰里耶太太花了一番工夫才认出这三位黑衣人,随即惊讶地喊道:

"你们是贝韩家的夫人!"

贝韩家(漂亮庄园惨遭德国人破坏的财主)是"本地最好的人家"。安杰里耶夫人对所有姓贝韩的人抱持的态度,跟皇室贵族对彼此间的看法是一样的:沉稳自信,认定彼此属于相同血统,而且对所有的事物观念一致,尽管偶尔的意见分歧可能导致双方各走各路,但是连结彼此的凝聚力量却不会因为战争或政府首长们的不当施政而消失,就好比西班牙王朝崩溃连带着瑞典也不免为之撼动一样。所以,当磨坊镇的某位公证人逃跑,害得贝韩家损失90万法郎巨款的当下,安杰里耶家也不免担心受怕;当安杰里耶夫人从"向来就是"属于蒙摩特家的土地上取得一点便宜时,贝韩家也跟着叫好陪着高兴。这种同属一个阶级的凝聚力和资产阶级对蒙摩特家族的那种微薄敬意,当然是不可同日而语的。

贝韩夫人看见她走上前,从椅子上微微起身,安杰里耶太太立即表现出无限的关怀与敬意,连忙招呼贝韩夫人重新坐下。这回完全不像蒙摩特夫人踏进家门时那样,没有丝毫不悦的担心,她深知这一切在贝韩夫人的眼里都是理所当然的:装饰用的假壁炉、地窖的气味、半合的百叶窗、家具的布套、银色棕榈叶图案的橄榄绿壁纸,一切都恰如其分。她随即为访客奉上一壶橘子汁和一些干巴巴的奶油方糕。贝韩夫人不会因为点心粗陋而感到不快,在她看来,这反而是安杰里耶家家财万贯的又一证据,因为越是有钱的人家,出手越是小气。她想到自己积蓄上的烦恼,以及法国资产阶级节俭禁欲的本质,内心涌出一股强烈的苦楚,也交杂着难解又羞愧的喜悦。

贝韩太太说到了她的儿子在诺曼底抵挡德国人进攻时英勇牺牲的经过,她获准到他的坟上祭拜。她有一大段时间花在感叹此次旅程代价太大,安杰里耶太太深表赞同。母爱和金钱完全是两回事。贝韩一家暂时安住在里昂。

"城里的情况非常悲惨,我亲眼看见乌鸦要卖15块法郎一只,做母亲的只能喂孩子喝乌鸦汤。千万别以为我说的是工人阶级啊!不是的,夫人!他们都是像你我这样的家庭!"

安杰里耶感同身受地哀叹,她想象她的亲戚朋友、她的家人,晚餐时分食一只乌鸦的情形。这个念头想起来是有些荒谬,有些耻辱(相反的,如果是工人家庭的话,只要说句"不幸的可怜人啊!"也就打发过去了)。

"不过,至少你们是自由的!您的家里没有德国人,我们这里就住了一个德国人。一名军官!是的,夫人,在这个家里,这面墙背后。"说着,她指指银色棕榈叶图案的橄榄绿壁纸。

"我们已经知道了。"贝韩太太略显尴尬地说。"是公证人的太太告诉我们的,她最近刚穿越分界线。① 其实我们正是为了这个事情来找您。"

大伙的目光不约而同地全转向露西儿。

"请您说清楚一点,夫人。"安杰里耶太太冷冷地说。

"这名军官,据说行为举止十分风纪?"

"的确如此。"

"而且有好几回,有人看见他跟您讲话时,十分礼貌。"

"他没有跟我说话,"安杰里耶太太倨傲地说,"我也不觉得难过。我承认我这样的态度不太合理(她特别强调这几个字),也有人这么提醒过我,但是,我是个母亲,我的儿子被俘,从这个观点来说,就算给我全世界的黄金,也无法改变这些先生是我不共戴天的仇人的看法。不过,有些人就比较……我该怎么形容呢?比较有弹性,比较务实吧……尤其是我的媳妇……"

"事实上,只有他跟我说话的时候,我才回答。"露西儿说。

"可是,您这样做非常对,您做得非常有道理!"贝韩太太高声嚷道。"我亲爱的孩子,我所有的希望都放在您身上了。是为了我们那栋残破的房子! 被破坏得很厉害,是不是?"

"我只看到庭院……从铁栏杆望进去……"

"我亲爱的孩子,您可不可以帮我们想想办法,请他们把屋里的一些东西还给我们,我们特别珍惜的东西?"

"我?夫人,可是……"

---

① 译注:1941年6月22日,法国贝当元帅与德国签下停火协议,划定边界,法国被一分为二,南部和东南部地区属贝当元帅组建的维希政府管辖,其余地方则属德国占领区。

"千万不要拒绝！只要去找那些先生，为我们说说情就行了。当然，也许所有的东西全被摔碎了，或被一把火烧光了，可是我无法相信他们会破坏艺术文物到这种地步，无法相信那些画像、家书或者留有珍贵回忆的家具……一件都找不回来了。"

"夫人，您何不直接向占据您屋子的德国人说……"

"绝不，"贝韩太太挺直了腰杆了，"只要敌人还在屋里，我绝对不踏进大门一步。这关系到尊严，也关系到情感……他们杀了我的儿子，他刚刚才以前6名的高分获得高等理工学院的入学许可……我和我的女儿现住在旅行者旅店，我们会待到明天。如果您可以想办法帮我们把这张清单上面的某些东西运出来，我会终生感激您。如果要我跟一个德国人面对面（我很知道我自己），我一定会大声唱起《马赛曲》，"贝韩太太语带激动地说，"然后被押送到普鲁士的集中营。这也不是什么不光彩的事，正好相反，只是我还有女儿！我必须为了家人保留我的性命。所以，我衷心恳求您，亲爱的露西儿，尽全力帮助我。"

"这是清单。"贝韩太太的二女儿说。

她把单子打开，开始念：

一只盥洗盆、一个装水的瓷壶，上面有数字和蝴蝶的图案、一只装色拉的篮子、白色镀金茶具一套（共28件，糖罐少了盖子）、两张爷爷的画像：一张坐在她奶奶膝盖上，一张躺在灵床上。

会客室的那对鹿角，是纪念阿道夫叔叔的纪念品、奶奶的浓汤碗（镀金陶瓷）、爸爸替换用的假牙，忘在盥洗柜里、客厅的沙发，黑色和粉红色的。

最后，在书桌左边的抽屉里有钥匙，有我兄弟最早的习字本,还有我爸爸在1924年间离家到维特尔接受治疗时写给妈妈的信(这些信用粉红色的小缎带绑着),和所有的画像。

她念的时候,四周一片静寂,贝韩太太在她的面纱底下低声啜泣。

"实在很难受,眼见着这些我们如此珍藏的东西被抢走……真的很难过。我求求您,我的小露西儿,一定要尽您的全力,发挥您的口才,灵活为之……"

露西儿望着她的婆婆。

"这……这个军人,"安杰里耶太太费了很大的劲儿才松开紧闭的唇,"他还没回来,您今晚见不到他了。露西儿,已经很晚了,不过,明天早上,如果可以的话,去找他谈谈,恳请他支持协助。"

"好的,我会照办。"

贝韩太太伸出戴着黑色手套的手将露西儿拉到自己怀里。

"谢谢!谢谢!亲爱的孩子……现在,我们该告辞了。"

"用点饮料点心吧。"安杰里耶太太说。

"哦!两位夫人,我们叨扰太甚了……"

"您这是什么话……"

于是,围着玛特端来的那壶橘子水和奶油方糕,大伙低声礼貌地交谈,稍稍平静些之后,这些女士们聊起了战争。她们害怕德国打赢,却也不希望英国获胜,总而言之,她们希望所有人都战败,她们强烈批判百姓一心一意只求安逸的心态。接着,话题又回到了个人方面。贝韩太太和安杰里耶太太互诉身体的不适。贝韩太太最后那次风湿痛,拖了很久,安杰里耶太太不耐烦地倾听,一旦等到贝韩太太停下来喘口气时,立刻逮到机会抢着说:"我也是……"然后滔滔不绝地也开始说起她的风湿痛。

贝韩太太的女儿们彬彬有礼地吃着奶油方糕。屋外,雨不停地下。

14

第二天早上，雨停了。阳光照亮温暖、潮湿的大地。一大清早，露西儿便坐在院子的长椅上，等着德国人出现。她昨晚睡得很少，一看见他走出屋子，立刻上前提出她的要求。两个人都感受到了安杰里耶老太太和厨娘一旁监视的目光，更别提那些邻居了，全都躲在紧闭的百叶窗后面，紧盯着站在小径中央的这对男女。

"如果您愿意跟我一道去那些夫人的家里，我可以叫人当着您的面找出她们想要回去的物品。不过，我有几个战友驻扎在那间屋主弃置的屋子里，我想屋子可能受到了一些损坏。一起去看看吧。"

他们并肩走着，穿过小镇，一路上几乎没有交谈。

露西儿看见旅行者旅店的一扇十字窗后头，贝韩太太的面纱飘啊飘。大伙好奇地看着露西儿和她的同伴，好奇中带着隐约的赞许和默契，大家大概都知道她要向敌人讨回一些他们侵占的战利品（尽管是一副假牙、一套陶瓷器皿和一些不值钱的家用品或有纪念价值的小东西）。一位平常一见着德国军服就害怕的老太太，此时走到露西儿跟前，压低声音对她说：

"这是对的……早就该去……至少，您不怕他们……"

军官微微一笑。

"他们把您当做直捣贺罗费蒙帐棚杀死他的朱狄斯①了,我希望您没有抱着跟这位女士一样的恐怖企图!我想我们到了。还请您不吝入内,夫人。"

他推开面前厚重的铁门,铁门顶端挂着的小铃铛,曾是通告贝韩家有访客到访的门铃,发出一阵清脆凄凉的铃声。才1年的时间,庭院已经是一片荒芜,如果不是在一个像今天这样晴朗的好天气过来,看到这幅景象真叫人辛酸。这是五月的一个早晨,暴雨后的艳阳天。草地闪耀水光,小径路面已经被小雏菊、矢车菊和各式各样湿漉漉闪耀金光的野花淹没。矮树丛横七竖八恣意滋长,紫罗兰花苞轻轻拂搔行经的露西儿。房子被十几个年轻士兵,还有镇上的小孩占据着,他们在前厅(就像安杰里耶家的前厅,里面光线幽暗,透着微微的发霉味道,镜面泛绿色的镜子,还有墙上挂着的狩猎奖杯)度过迷人好玩儿的白天。露西儿认出了汽车修理匠的两个孙女,坐在一名咧嘴大笑的金发士兵膝盖上。木匠的小儿子则跨坐在另一名士兵的背上,假装骑马玩。另外四个年纪从两岁到六岁不等的小不点儿是女裁缝生的混血儿,他们全躺在地板上,用勿忘我和以往整整齐齐围着花圃边缘生长的白色芬芳小罂粟花编织花环。

士兵们跳着站起来,摆好标准姿势,立正不动,下巴抬高,微微往前翘,整个人绷得如此挺直,以至于脖子上的青筋跳动清晰可见。

军官对露西儿说:

---

① 译注:Judith,犹太人眼中的英雄,她英勇地利用美色勾引将军荷罗芬尼斯(Holofernes)砍下他的头,拯救了整座城的犹太人。

"您是否愿意把您那张清单交给我呢？我们一起找找。"

他看了上面的明细，忍不住笑了。

"先从沙发开始吧，应该在客厅里。我想，客厅应该是在这里吧？"

他推开一扇门，进入一间非常大的房间，里面到处堆着家具，有些翻倒了，有的被打破了，画作则沿着墙面靠墙而立，有些作品还被踹破了。报纸碎片、干草散落一地（1940年6月仓促逃亡遗留下的痕迹），此外还增加了入侵者留下的抽到一半的香烟。一只獒犬标本端坐底座，头上戴着枯萎的花环，口鼻的部分则裂成两半。

"真是惨不忍睹！"露西儿惋惜地说。

尽管如此，这个房间里还是有一些可笑的元素，尤其是士兵和军官傻愣愣的表情。军官瞥见露西儿的眼睛以及眼中的责难之意，连忙说道：

"我父母亲在莱茵河畔也有一座别墅，上一次大战时被贵国的士兵占领，他们破坏了许多稀有的珍贵乐器，这些乐器在我们家已经有两百多年的历史了，他们还撕毁了歌德的书。"

露西儿忍不住笑出来。他动气了，像粗声粗气为自己辩护的样子跟一个做坏事当场被捉到的小男孩一模一样，气呼呼地回答："可是，老师，不是我先开始的，是其他人……"

在这个再怎么说都算是势不两立的仇敌，在强悍的战士脸上看见稚气的神情，内心一股纯属女性的喜悦、一种柔情与渴望油然而生。"我们不应该自欺欺人了，"她想，"我们的性命全都掌握在他的手里。我们手无寸铁，如果我们的财产和生命得以保住，这都得感谢他。"她几乎觉得害怕起来，害怕内心被唤醒的情感，这与抚摸一头野兽，或某种粗糙尖锐却令人垂涎欲滴的东西时的感觉非常相似，感动与恐惧纠结。

她想继续多玩儿一点这样的游戏,于是眉头深锁:

"您应该觉得惭愧才是!空屋子应该是德国军方的保护目标,攸关贵国军队的荣誉!"

他一边听一边拿细软条鞭轻拍军靴的翻口,转身面对那群士兵,顺势怒声训斥他们一顿。露西儿明白他下令要那些士兵整理屋子,补好破掉的东西,清扫地板,擦洗家具。他说德语的时候,尤其是那副上司的口吻,带着近似金属振动的回音,听在露西儿的耳里,另有一番快感,仿佛粗暴的狂吻,最后连嘴唇都被咬伤了。她慢慢地把手放在发烫的双颊上,然后自言自语地说:"停!别再胡思乱想了,你正步上一条可怕的路……"

她朝门口走了几步。

"我不想待在这里,我要回去了。您手上有清单,就请您让手下找出他们要求取回的物品。"

他飞身一跃,追上她。

"求求您,不要生气离开……我们会尽可能地把一切修理好,我向您保证。听着!让他们去找,他们会把东西集中在一辆推车上,然后送到贝韩家那些女士的跟前,完全按照您的意思办!我再跟您一起过去致歉。这是我所能做的极限了,至于这段时间,走,一起去庭院吧。我们随便走一走,摘些漂亮的花送您。"

"不必了!我要回去!"

"不行!您已经对那些女士许下承诺,要帮她们取回她们的财产,您应该亲自监督命令执行的过程。"说着,他拉住她的手臂。

他们一起走出屋外,踏上两旁盛开着紫罗兰的花园小径。成千上万只蜜蜂、胡蜂和黄蜂嗡嗡盘旋花朵四周,或钻进花心吸取花蜜,接着飞过来停在露西儿的头发和手臂上,她依旧无法放宽心,紧张地勉强笑着:

"我们离开吧,前面的路是愈来愈艰险了。"

"再走远一点。"

他们在庭院深处又看到了镇上的那些小淘气。有些跑进花圃中央玩耍,穿梭在惨遭践踏、扯断的花丛间,有些则爬上西洋梨树,扯断树枝。

"这些小野人,"露西儿说,"水果没了。"

"是啊,不过,花真是漂亮极了。"

他伸出双手迎向那些拿一束束柔软花瓣丢他们的孩子们。

"夫人,请收下,插在餐桌花瓶里一定很好看。"

"才不要,我才不敢拿着果树树枝在这里走,"露西儿笑着拒绝……"等等,捣蛋鬼!乡间警察会来抓你们的!"

"不用怕。"一个穿着黑色围裙的小女孩说。

她张嘴咬一口手里的果酱面包,然后爬到一棵树上,两条脏兮兮的腿紧夹着树枝。

"……德国鬼子……德国人不会让他们进来。"

这里的草地已经荒废两个夏天没人割了,金黄毛茛花开得到处都是。军官屈膝坐在草地上,随手将淡绿带灰、接近杏仁色的大披风扔到地上。孩子们一直跟着他们,穿黑围裙的小女孩弯腰摘黄水仙花,她收集了一大束水仙花,弄成一个鲜艳的黄色大花球,然后把小巧的鼻子埋进花里,但她那双天真无邪,却又慧黠机巧的乌黑眼睛始终没有离开过眼前的大人。她好奇地看着露西儿,脸上带着某种批评的神情,那是女人打量女人的眼神。"她看起来好像很害怕,"女孩儿想,"她到底在怕什么,那个军官又不凶。我认识他,他会给我钱。还有一次,他帮我把卡在大雪松树枝上的球给拿下来。军官好英俊!他比爸爸帅,也比这个地方的所有的男孩好看,那位女士的连衣裙好美!"

她偷偷地靠近，伸出肮脏的小手指摸了摸那件轻柔的灰色平纹织布洋装荷叶边的皱褶，洋装的样式简单，抓皱的细麻布袖口和小领子是唯一的装饰。小女孩拉裙子拉得太用力，露西儿突然回头，小女孩吓得往后跳，露西儿睁着惊慌迷惘的大眼睛怔怔地望着她，好像认不出她是谁了。小女孩看出这位女士脸色非常苍白，嘴唇轻轻发颤，看来她是真的很怕单独跟这个德国人在一起，好像他会伤害她似的！他很亲切地跟她说话呀。可是，唉呀！他紧紧地握住她的手，握得那么用力，她根本无法挣开。小女孩迷迷糊糊地想，男孩子呀，无论是小还是大，都是一个样子！他们喜欢逗女孩子，喜欢吓她们。她整个人躺在草地上，草长得很高，几乎把她盖住，她觉得自己好小，好像成了隐形人，草梗轻搔她的脖子、她的腿、她的眼皮，弄得她好痒，不过，很舒服！

德国人和那位女士一直在小声地说话。现在，他也一样，脸色苍白得跟白布一样。有时候，她听见他极力压抑的尖锐嗓音，好像想要大叫或放声大哭却不敢似的，他说的话听在一个小女孩耳里没有任何意义。她隐约听懂了他提到他的太太，还有那位女士的丈夫，她听见他反复说了好几次："如果您过得幸福的话……我知道您过的是什么样的日子……我知道您很孤单，您的丈夫抛弃了您……我跟本地的居民聊过。"幸福？原来这个穿着漂亮洋装，有一间漂亮房子的女士过得不幸福啊？总之，她并不想引人同情，她想离开此处。她要他让她静一静不要再说了。我的天啊，她已经不觉得害怕了，反而是他，虽然穿着大大的靴子，神情高傲，却一副被吓着的模样。此时，一只小瓢虫飞了过来，停在小女孩的手上，她盯着虫子看了好一会儿，想杀死它，但是她知道随便杀死属于慈悲上帝所有的动物是会带来不幸的。所以，她只是呼气吹走它，刚开始还轻轻地吹，轻薄细致的透明翅膀被吹起，接着使出全身的力气,用力一吹,小虫子大概会觉得自己像是坐在一个木筏上、随着怒海波涛漂流的落难者,没多久,小瓢虫径自飞走了。"她飞到您手臂上了,夫人!"小女孩大叫。军官和那位女士再一次地转头望着她,却仿佛视而不见,军官不耐烦地挥挥手,好像在赶苍蝇一样。"我才不走呢。"小女孩挑衅地想。再说,他们俩在这里干什么呀?一位绅士和一位女士,他们就该待在客厅里啊!她不怀好意地伸长耳朵听他们在说什么。"绝不,"军官低沉嘶哑地说,"我绝不会忘记您的!"

大片白云遮住半边天,花朵、鲜嫩闪耀的草坪全失去了光彩。那位女士随手扯落酢浆草的深紫色小花,撕下花瓣。

"这是不可能的。"她说,声音因为流泪的关系而颤抖。

什么东西不可能?小女孩纳闷着。

"我也一样,我也想过……我承认,我指的不是……爱情……而是我很希望能有一个像您这样的朋友……我这辈子从来没有过朋友。我什么人都没有!但这是不可能的。"

"是因为周围的人吗?"军官说,脸上带着不屑的自负神情。

她直挺挺地看着他。

"周围的人?如果我能扪心自问说我没有错的话……可是,我不能!我们之间是不可以有任何牵连的。"

"我们之间已经发生了许多您永远无法忘记的事:下雨的那天、钢琴、这个早晨,我们在这林间散步……"

"啊!早知如此……"

"可是,这已经是事实了!太晚了……已经没有办法改变了!这些曾经……"

小女孩的脸躺在交迭的手臂上,后来只听见依稀如蜜蜂嗡嗡的隐约话语。那一大片云,在灿烂阳光底下是天将下雨的预告。

如果突然下起阵雨,那位女士和军官会怎么样呢?看他们在雨中奔跑,她戴着大草帽,而他则顶着那件漂亮的绿色大披风,一定很好玩儿。可是,他们也可以在庭院里躲雨。如果他们愿意跟她来的话,她可以带他们到一处花棚底下,那里没有人能看得见他们。"中午了,"她听见教堂敲起午钟,心里想。"他们该进屋吃中饭了?有钱人都吃些什么呢?跟我们一样,吃白奶酪?面包?马铃薯?糖果?要不这样吧,我跟他们要一些糖?"她已经走得相当靠近他们了,正想拉他们的手跟他们要糖时——小罗丝可是个勇敢的小女生——他们突然一跃而起,站着不停地发抖。错不了,这位先生和这位女士在发抖,就像我们爬上学校的樱桃树,摘了樱桃拼命往嘴里塞时,听见女老师在下面喊:"罗丝,你这个小偷,立刻给我下来!"可是,他们看到的不是学校老师,而是立正敬礼的士兵,他用她听不懂的语言叽里呱啦地说了一大串,嘴里冒出来的字眼就像穿过碎石河床的急流。

军官离开那位脸色苍白、模样狼狈的女士。

"怎么了?他在说什么?"女孩低声问。

军官看起来跟她一样的惊慌,他好像没听懂似的。最后,苍白的脸终于展露笑容。

"他说东西全都找到了……只是老先生的假牙坏了,因为孩子们拿这些来玩,他们想把假牙塞进那只獒犬标本的嘴里。"

这两个人——军官和那位女士,似乎慢慢地从某种奇特的仪式当中走了出来,回到现实。他们低下头,瞥见小罗丝,这一次,是真的看到她了。军官拉拉她的耳朵。

"瞧你们做了什么好事,淘气鬼!"

但他的声音透着恍惚,而那位女士的笑声,听起来好像带着类似震动的回音,好像掩住嘴巴低声哭泣一样。她笑的样子跟那些受到剧烈惊吓的人一样,虽然在笑,但一时还无法忘记刚才侥幸逃过死劫的惊险。小罗丝觉得很无趣,很想逃走,却被抓得牢牢的。"假牙……对了……当然……我们想看看戴上漂亮全新洁白牙齿的獒犬,是否看起来像是要咬人的样子……"可是,她很怕军官生气(挨近了看,他看起来更高大,更可怕),所以她选择边哭边说:

"我们什么都没做,没有……我们根本没看见你们说的假牙。"

一群小孩子从四面八方聚集过来,他们清脆刺耳的话语交缠混杂。那位女士开口哀求:

"行了!行了!别说了!没关系的!其他的东西能够找到已经很好了。"

一小时后,一群围着脏兮兮围裙的小顽童,走出贝韩家的庭院,另外还有两名德国士兵,他们推着一辆手推车,上面堆有放在一只圆篮里的瓷杯、一张四脚沙发,四只脚朝天,其中一只脚好像坏了、一本绒毛封面的相册、一个金丝雀鸟笼,德国人以为那是屋主想要取回的沙拉篮,以及其他许多物品。最后,收起车踏板,露西儿和军官走上前,在妇女们好奇的注视下,他们穿过整座小镇,他们发现这两个人并没有交谈,甚至没有任何眼神的接触,而且脸色铁青,军官面若寒霜,看不出任何情绪。女人们交头接耳:

"她大概跟他说了她的想法……把好好一座房子弄成这样真是太可耻了。他发火了。该死!他们平常可不习惯有人顶嘴!但她说的对,我们不是狗奴才!年轻的安杰里耶太太真是勇敢,她一点都不怕。"女人们叽叽喳喳地说。

其中有一位看顾一只母羊的妇女,(这位小老太太在复活节星期日的晚祷结束后,回家的路上曾对安杰里耶家的两位夫人说:"那些德国人,一个个全不是好东西。")她是位憨傻娇小的女人,满

头白发,有着双蓝色的眼睛,甚至走到露西儿身旁:

"加油,夫人!做给他们看,我们不怕!您家里被俘虏的男人一定会以您为荣。"她补上这一句,然后开始流泪,不是因为她家里也有人被俘虏,她已经超过了有丈夫或儿子上战场的年纪很久了,她哭是因为偏见胜过激情,感情丰富又爱国心使然。

15

安杰里耶老太太和德国人,当他们俩狭路相逢、正面对上时,双双本能地往后退让,这个举动在军官这边可以当作是一种礼貌的表示,不想让自己的出现打搅到房子的女主人,同时也比较近似于纯种骏马看见脚边出现毒蛇时本能般的退开。相反地,安杰里耶老太太根本毫不掩饰那种类似接触到危险邪恶生物时的恐惧反应,和全身僵硬的神态。不过,这样的情况往往只持续短短片刻,受教育的目的就是要修饰人性的直接反应。军官脊梁挺得更直,五官绷得更紧,更严肃了,活像个自动机器人,微微颔首,脚跟并拢(喔!普鲁士式的敬礼,安杰里耶太太喃喃叨念,完全没有想到这样的行礼如仪,对生在东方德国的人来说,基本上跟阿拉伯人亲吻手或者英国人握手一样是极其自然的)。安杰里耶太太双手十指交叉摆在腹部的位置,那举动近似一位照料濒死者的慈悲修女,起身向一位疑似反教会干政信徒的家属致意,此时,她的脸上交织着各种晦暗情绪:表面上的尊敬("您是主子")、责难("全世界的人都已经认清你们,不信神的异教徒")、逆来顺受("让我们将憎恶奉献给上帝")以及一闪而过的快感("等着,我的朋友,等我安稳地在耶稣的怀里安息时,你将受地狱之火烧戮"),最后这个念头在安杰里耶太太的脑海里旋即被她暗自祈求的愿望所取代,每回当她看见占领军的一分子时,就暗自祈祷:"我希望他们很快就沉入英吉利海峡海底。"因为当时大家都期待,盼望英国随时会打进来。安杰里耶太太把心底的愿望具体化,甚至坚信看见了德国人被淹死,肿胀惨白的脸随着波浪甩动,唯有这时候,德国人才得以重新被当做人看,她的嘴边才会浮现缥缈苍白的笑容,仿佛最后一抹星光熄灭,然后才回答对方关心她身体健康的问候:"非常感谢,我尽可能地让自己过得好,"尽可能这几个字特意说得悲凉哀戚,意指:"在残破的法国,情况允许的范围内。"

露西儿跟在安杰里耶太太后面,这些日子,她比平时更冷漠,更心不在焉,更倔强。她朝德国人轻点额头,随即离开,德国人也不发一语,目送着她的背影,自以为没人看见,安杰里耶太太好像背后长了眼睛似地,她直视前方,头也不转,气愤地低声对露西儿说:"不要理他,他还没走。"一直到她们身后的门关上之后,她才觉得可以自由轻松的呼吸,此时她瞪着严峻刺人的目光对准媳妇:"您今天头发梳得跟平常不太一样……"或者:"这是您的新连衣裙?一点都不适合你。"最后冷冷地结束批评。

然而,尽管她偶尔觉得露西儿碍眼惹人厌,那是因为她在这里,而她的亲生儿子却不在的缘故,尽管她有点猜想,有点感应,她却没有真正想过她的媳妇和德国人之间会有情愫,反正,世人对别人的评价完全是依个人的感觉而定,小气鬼眼中只看得见汲汲利益的人,浮华的人则满脑子只有欲望。对安杰里耶太太来说,德国人不是人,是残酷、淫乱和仇恨的象征,其他人不这么想是不可能的、是无法想象的……露西儿爱上一个德国人,这在她的想象里,只有一种画面,一个女人和一种神奇怪兽,好比独角兽、喷火龙或塔拉斯各龙①交欢。再说,她不觉得这德国人爱露西儿,因为她不承认德国人会有人类的感情,从他的眼中可以清楚地看出,他只想

---

① 译注:Tarasque,法国普罗旺斯传奇中的怪兽。

进一步羞辱这栋已经遭他蹂躏的宅邸,同时想亲眼看一位法国战俘的母亲和妻子完全听命于他,并像个野蛮人似的感到沾沾自喜。她口中所谓的露西儿的"冷漠"比什么都让她生气,"她尝试变换发型,穿新衣服!她难道不懂德国人会以为这是为他做的!真是没尊严!"她真想在露西儿的脸上套上一张面具,或让她穿布袋。她看见露西儿漂漂亮亮、身体健康就是不痛快。她的心在淌血,"而此时,我的儿子,我亲生的儿子……"

有一天,她们在前厅碰上了德国人,看见他脸色极为苍白,手臂还缠着醒目的三角巾,安杰里耶太太批评他故意炫耀,但内心却窃喜了一会儿。当她听见露西儿慌慌忙忙,几乎是情不自禁地开口关心时,简直气炸了:

"您怎么了?先生?"①

"我从马上摔了下来。一匹难驯的马,我第一次骑它。"

"您的脸色很差,"露西儿看着德国人精神困顿的模样说,"快去躺下休息。"

"喔!不用了!只不过是擦伤,再说……"

他示意她听窗下军团行经的脚步声。

"演习……"

"怎么?还要演习?"

"我们在打仗啊。"他说。

他微微笑了笑,迅速地行了礼,然后离开。

"您这是在干什么?"安杰里耶太太尖酸地叫道。

露西儿掀起窗帘,目送士兵渐行渐远。

---

① 编注:原书以德语标示。

"您难道一点都不知道分寸。德国人行军经过家门时,一定要关紧窗户,拉上百叶窗……就像1870年时那样……"

"是的,当他们第一次进城时,的确是如此,可是,现在他们几乎每天都会出现在路上,如果我们恪守这项传统的话,我们岂不是注定天天生活在黑暗中?"露西儿不耐地回答。

那是一个暴雨倾盆的夜晚,一道晕黄的闪电照亮一张张气宇轩昂的脸,每个人张大嘴巴传出节奏明快的歌声,声音不大,好像蓄意克制,好像被压抑,过了一会儿,低沉美妙的大合唱突然冲上云霄。当地居民都说:

"他们受训时唱的歌倒是好玩得很,跟念经差不多。"

一道红色的闪电划破黄昏的天空,照着头戴钢盔的一张张脸,从颈动脉到下巴,绿色的军服以及跨坐马上指挥军团的军官,全都仿佛沾染了鲜血,看得连安杰里耶太太都吓了一跳。她喃喃地说:

"如果这幅景象是未来的预告就好了……"

演习一直持续到半夜才结束,露西儿听见了车辆进出口的门打开,又关上。她听出了军官踏上前听石板地面的脚步声。她叹了一口气。她睡不着,又是一个无眠的夜!现在,每到夜晚情况都差不多,痛苦的失眠,不连贯的噩梦……清晨六点,她已经醒着。可是,这根本于事无补!只有让白天变得更漫长、更空虚。

厨娘告诉安杰里耶夫人们,军官回来后生病了,一名军医来过说他发烧了,所以要他留在房间里休息。中午的时候,两名德国士兵登门送餐,可是病人不想吃。他关在房间里,却没有乖乖地躺着,这里都可以听见他在房间里来回踱步的声响,单调的脚步声听得安杰里耶太太心烦,一用完午餐,她便回到自己的房间。此举一反她平常的作息,因为四点以前,她总是在饭厅里算账或织毛衣,夏天时,她坐在窗边,冬天时则坐在火炉边上。钟敲四响,她便上楼,回到三楼她住的房间,那里任何声响都传不进去。露西儿此时才能松一口气,直到再次传来下楼的巍颤脚步声,感觉上,那跫音行踪飘忽地在屋内回荡,然后消失在三楼的最深处。她偶尔会纳闷,婆婆隐匿在阴影之中,在上面做些什么,因为她关上所有的窗户,拉拢所有的百叶窗,而且没有开灯。所以,她不是在看书。再说,她从来不看书。或许在黑暗中继续编织吧!她是在为战俘织围巾,粗大的棒针,只要手动着根本用不着看,动作跟盲人一样的充满自信。她在祈祷吗?她在睡觉吗?七点下楼时,依旧是那身黑衣,脊梁挺直,一语不发,头发丝毫不乱。

　　那一天、还有接下来的几天,露西儿还听见她拿钥匙锁上房门的声音,随即了无声息,屋子死气沉沉,只有德国人规律的脚步声打破这死寂。可是,在厚重的隔墙以及门帘帷幔的阻隔之下,这脚步声传不到她的美丽耳朵里。房间很大很暗,而且堆满了家具,安杰里耶太太进房后先把百叶窗和窗帘拉上,让屋内变得更阴暗,接着坐上一张绿绒大沙发,苍白透明的双手交叉摆在膝盖上。她闭上眼睛,偶尔脸颊滚落几滴晶莹的泪珠。暮年之泪似乎是悔恨的泪,仿佛年龄的增长终于让人认清了所有的哀叹都是虚浮,百无一用。她几乎是狠狠地使劲用力擦掉眼泪。她重新站起来,低声地自言自语。她说:"来,你不累吗?刚吃完午饭,你又到处乱跑了,食物还没消化完呢,你浑身是汗。好了,过来,贾斯东,把你的小凳子搬过来。坐在这里,在妈妈身边。来,我来教你念书。不过,你可以休息一下,可以把你可爱的小脸摆在妈妈膝盖上。"说着,手慢慢地、温柔地,轻抚她想象中的鬈发。

　　这不是妄想症,也不是发疯的前兆。她的头脑从来没有这么清楚,这么意识到自己的存在,只是一出自导自演的戏罢了,唯有这样她才能感到轻松一点,跟酒精或吗啡的效用一样。在这片黑暗、寂静中，她重现了过去，回想起那些连自己都以为永远遗忘的过往点滴，她让这些珍贵的回忆重现，找回了儿子说的某个字，说话时的某种音调，婴儿时期胖嘟嘟的小手在空中挥舞的样子，这些，说真的，在那瞬间，移转了时间的轨迹。她曾经拥有过的、不可磨灭的记忆带给她的已不再是想象，而是真实了，因为这些都曾确确实实存在过。离家，甚至死亡都无法抹杀既有的过去，儿子穿过的粉红围裙，他的小手被荨麻刺伤时边哭边伸手给妈妈看的样子，这一切都真实存在过，所以只要她还活着，她就有办法重现过去。她需要的只是独处、幽暗，以及四周这些家具，这些是她儿子熟悉的物品。幻想画面完全由她主导，随意变换，她不仅仅幻想以往的情景，她还远眺未来！她更任意变更现在的年代，编织谎言，自我欺骗，身处其中完全是她内心所愿，所以她非常珍惜。在这短暂的时刻里，她是快乐的。她的快乐天地不受现实的局限。这里任何事都是可能的，一切都在她的掌握之中。首先，战争结束了。这是她幻想的起点，是跃入无垠极乐的跳板。战争结束了……一个极其平常的一天……何不就明天呢？不到最后一刻，她什么消息都不会知道。她早已不看报，也不听广播。这消息来得有如平地一声雷。一个清晨，她下楼到厨房，她看见玛特眼睛简直快要凸出来了，"夫人您不知道吗？"从前，她就是这样获悉了比利时国王投降，巴黎被攻占，德国人入侵，停战协议签订等消息……所以，这样得知和平的消息又有何不可？何不这样："夫人，据说统统结束了！据说我们不再打仗了，战争已经过去，俘虏就要回家了！"管它是英国人还是德国人获胜，这些对她来说，一点都不重要！她只希望她的儿子归来。她脸色苍白，嘴巴不停打颤，双眼紧闭，在脑海里刻画这幅景象，另外加上常在疯子的画作里看得到的大量繁琐的细节，她看见了贾斯东脸上的每一条小细纹，他的发型，他的衣着，军人高统皮鞋的鞋带,她听出了他声调中的每一种变化。她对着他伸出双手,轻声细语地说:"好了!进来,你自己的房子都认不出来了吗?"

在这段完全属于她的重逢时间里,露西儿暂时地消失了。她不会把时间浪费在亲吻或无谓的流泪上,她要为他准备一份丰盛的午餐,放热澡水,然后紧接着告诉他:"你知道,我细心地替你打理事业,那座你非常想要的庄园,诺塘附近的那座,我已经买下来了,它是你的了。我还买下了蒙摩特家那片紧邻我们家的草原,刚开始子爵死都不肯卖给我们,我慢慢地等待良机,最后终于得到我想要的。你高兴吗?你的黄金、银器和家族的珠宝,我全都放在一个非常安全的地方。我一个人完成了这一切,勇敢地面对了这一切,如果靠你妻子的话……只有我才是你唯一的朋友,是不是啊?只有我真正了解你?不过,去吧,我的儿子!去找你的妻子。不要对她有太大的期望就是了,她是个冰冷顽固的生物。不过,只要我们两个在一起,我们绝对可以把她治得服服帖帖,比我一个人单独的时候会好得多。当她想以长时间的沉默逃出我的掌握时,你有权利问她:'你在想什么?'你可是一家之主,你可以逼她回答,去她的房间找她,去!去拿所有属于你的东西:她的美貌、她的青春……有人跟我说在狄戎……不行啊,我的宝贝!养情妇要花钱的。不过,经过这么长时间的离家之后,你一定会更喜欢我们的老房子……喔!我们在这里一起度过的那些美好平静的日子,"安杰里耶太太喃喃地说。她站起来慢慢在房间内走,她牵起一只想象的手,靠着一方幻想的肩,"来,我们一起下楼到饭厅,我为你准备一些点心,你瘦了,儿子。你要多吃一点,来。"

她木然地打开门,踏下楼梯。是的,她就是这样,在傍晚的时候,走出自己的房间。她要下楼,出其不意地看一看孩子们在做什么。她看见贾斯东坐在靠窗的沙发上,他的妻子在旁边念书给他听,那是她必须履行的义务,她必须扮演的角色,留住他、愉悦他。他罹患伤寒的那段修养期间,露西儿读报给他听。她的声音甜美、悦耳,有时候连她都听得入迷了。甜美低沉的嗓音……可是,她不是正听见这样的声音吗?不会吧,是她在做梦!她把这个梦摒弃于幻想许可的界线之外。她全身僵硬,往前走了几步,踏进饭厅,然后看见沙发已经被推到窗户边,受伤的那只手臂放在扶手上,嘴里叼着烟斗,双脚踩在贾斯东的小板凳上,那张他小时候坐过的板凳,她看见那深绿色制服底下,那个入侵者、敌人、德国人的身影,而露西儿在他身边,正大声朗诵一本书。

沉默顿时笼罩全场。两个人一骨碌地站起来,露西儿手中的书啪答落地,军官连忙弯身捡,然后把书放在桌子上,低声地说:

"夫人,您的媳妇很好心地允许我留下一阵子,跟她做伴。"

老太太脸色惨白,微微颔首。

"这里由您做主。"

"因为有人从巴黎寄了一包新书给我,所以我大胆地邀请……"

"这里由您做主。"安杰里耶太太重复了同样的话。

她转身走出去。露西儿听见她跟厨娘说:"玛特,我要一直待在房间里。把我的饭菜端上楼给我。"

"今天吗,夫人?"

"今天、明天,只要这些先生还待在这里,每天都要。"

她走远了,只隐约听见她的脚步声回荡在屋子的深处:

"这将会是如同在天堂。"德国人悄悄地说。

16

蒙摩特子爵夫人深为失眠所苦,她心系天下,当下的大事件常在她心中萦绕。每当她想到白种人的未来,想到德法两国的关系,想到共济会面临的危机以及共产党时,更是辗转难眠,仿佛有一道冰冷的电波流窜全身。她索性下床,拿起一条被虫咬得痕迹斑斑的旧皮草,罩在头上,走到外面庭院。她不屑于化妆打扮,或许是因为她对于穿漂亮洋装修饰整体而言她那算是相当难看的五官轮廓——长长的红鼻子,几近变形的身材,长满痘痘的皮肤——已经完全死心了,也可能是基于与生俱来的高傲,认为她完成的功业已经够耀眼了,她根本无法想象别人看不到,就算她戴了皱得像酸菜似的毛毡帽,或套了一件连她的厨娘都敬谢不敏的毛线大衣(菠菜绿配金丝雀艳黄)也无妨,又或许只是偶发性的粗心大意。有一回,她丈夫因为她穿了双不成对的皮鞋上饭桌而指责她,她语气温和地回他说:"这有什么关系呢,我的朋友?"不过,一遇到必须监督仆人工作或保卫产业的问题时,她却是一反高高在上毫不在乎的姿态。

睡不着的时候,她总是到庭院里走走,一边背诵诗词,或者直直走到鸡舍旁,检查鸡舍大门上的三道巨大门锁是否完好。她看母牛也看得很紧,自从战争以来,再没有人到草坪上摘花,因为家畜在这里过夜。她踩着柔和的月光,巡视菜园一圈,数数玉米有几株。有人来偷过。这一带土壤肥沃,战争爆发之前,几乎没有人种植玉米,居民用小麦和燕麦喂养家禽。现在,征调局的人员直闯阁楼翻箱倒柜,寻找居民储藏的小麦,家庭主妇们再也没有谷粒可以喂养她们的鸡了。大伙找上子爵城堡,希望能拿到秧苗,可是蒙摩特子爵先是给自己保留了一份,然后再分给他们在当地的朋友和认识的人。这让农民们很不高兴,"我们愿意付钱。"他们说。其实,他们根本没有钱可以支付,不过,问题的症结不在这里,他们隐约地感觉到其中隐含的深意:他们遭遇到了某种同舟共济的精神,某种上流阶层团结一致的共识,这使得施予恩惠给蒙特佛男爵或皮纽普伯爵夫人远比他们和拿他们的钱还重要。既然买不到,农夫干脆自己去拿,子爵城堡已经没有巡逻守卫了,他们被抓后,空缺没再补上,当地缺乏壮丁。想把倾圮的围墙补起来,建材和工人同样难觅。农民从墙缝里钻进来,私自狩猎,违法在园中池塘捕鱼,偷拿母鸡、西红柿或玉米苗,总之想拿什么就拿什么。蒙摩特子爵先生的处境很为难,一方面,身为镇长,他不希望底下的镇民群起反抗他;另一方面,他当然很看重他的财产,如果不是他的太太基于原则,坚持不做任何妥协,不愿示弱的话,他很可能会假装什么都不知道。"您只求大家相安无事,"她口气尖酸地对丈夫说,"连我们的上帝都说了:'我来不是为了带来和平,而是带来冲突(利剑)。'""您又不是耶稣基督。"艾摩里忿忿地反驳,不过,家里人很早就认定了子爵夫人具有门徒的心灵,而且她的看法颇具警示预告作用。艾摩里因此多半被迫接受子爵夫人的批评,何况家里的财富都是她的,而且金钱支出也紧紧地掌握在她的手中。因此他忠实地支持她,与偷猎者、盗农作物者、不上教堂做弥撒的女老师以及疑似加入"人民阵线"的邮务士展开激烈的战斗,尽管他毫不避人耳目地在电话亭门上张贴贝当元帅的肖像。

于是,一个六月的清凉夜晚,子爵夫人在自家的院子里散步,一边朗诵她想在母亲节那一天教她管辖底下的那间教会学校的学生背诵的诗词。她本来很想自己创作一首,可是她对散文比较有才华(那些泉涌而出的灵感是如此的强烈,以至于在把它们化为文字时,她经常必须暂时放下笔,让手浸泡冷水,好冷却飙升的热血),至于诗词,文思就没那么敏捷了。押韵这件事简直是强人所难。她于是决定以散文的形式祝贺法国母亲们,彰显她们的光辉——一个低年级的小女学生,穿着雪白的衣裳,手上拿着一束乡间野花,高声朗诵:"母亲啊!母亲啊!看见您慈祥温柔的脸孔垂在我的小床前,而此刻屋外正刮起狂风骤雨。世界的天空阴暗无光,但是灿烂的晨曦终将升起。继续保有这样的微笑,哦,慈祥母亲!您看,您的孩子正跟随着高举和平和幸福大旗的元帅。让我和法国所有的孩子以及所有的母亲围着这位万人景仰、给我们希望的老人,围成圆圈尽情欢腾!"

蒙摩特子爵夫人高声念出这些文字,她的声音在安静的庭院里格外地响亮。当她文思泉涌,全心创作时,她无法克制自己的举动。她大步来回踱步,然后一屁股坐在潮湿的青苔上,抓紧瘦弱肩头的毛皮披肩,静静地思考,良久良久,沉思很快地转换成激情热烈的心底呐喊。为什么?像她这般才华洋溢,却无法赢得身旁的人们的热烈赞赏和爱戴?为什么丈夫是为了钱才娶她?为什么她不受人欢迎?当她走在镇上的街道时,孩子们不是跑去躲起来就是在她的背后偷偷笑她。她知道人家都叫她"那个疯女人",受人指点厌恶是非常痛苦的一件事,更何况她为这个地方尽心尽力……图书馆(里面典藏了她用爱挑选的书籍,让心灵成长的优良读物,完全打动不了他们,女孩们想要莫里斯·德克布拉①的小说,

---

① 译注:Maurice Dekobra(1884—1973),法国作家。

真是堕落的一代……)、深具教育意义的影片(这些影片同样也不受欢迎……)、每年在这座庭院举办一次游园会,还有教会学校的学生准备的表演节目,可是,结果她听到的是数不清的严词批判。他们埋怨她的理由是:庆祝会表演当天如果天气不允许,无法在树荫底下嬉戏,来宾席竟被移转到车库里。这些人想怎么样?她总不能让他们进城堡里吧?如果这么做,感到最不自在的反而会是他们呀。啊!新思维,可悲的思维狂潮席卷全法国!只有她认清这个事实,同时还给它取了个名字,人民变成了布尔什维克信徒。她过去认为布尔什维克主义必定走上失败一途,这样便能阻止人民犯下危险的错误,迫使他们再度景仰领主,可是,事情的发展并不是这样!情况比以前更糟。

有时候,像她这样的激昂爱国主义者甚至还暗自庆幸敌人进驻这里,她一边想,一边倾听沿着庭院延伸的马路上传来德国巡逻兵的脚步声。他们四人一组,整个夜晚都在巡逻,同时还听到教堂音乐钟报时的音响,柔和熟悉的乐音轻摇睡梦中的人,其中夹杂着军靴踩踏、武器碰撞的噪音,恍若置身监狱。是的,蒙摩特子爵夫人甚至开始扪心自问,是否该感谢天主让德国人进入法国。当然不是因为她喜欢德国人,老天!她还可以容忍他们,但是没有了他们……谁知道?艾摩里虽然告诉过她,可是没用:"共产党徒?这里的人?他们全都比您还有钱……"问题不在于钱或者产业,而是,尤其特别的是,热情的问题。她隐约感受到那股热情,却无法讲得明白。或许真正的共产主义其实也只是一个含混不清的概念,不过这概念迎合了老百姓要求平等的渴望,而这股要求拥有钱财和土地的渴望只会加大鸿沟,而不是予以填平。套用他们的说法,拥有一处请人代耕的农庄产业,有能力支付他们儿子的中学费用和买丝袜给女儿等,这一切都让他们感到得意洋洋,虽然内心还是觉得自己不如蒙摩特家。农民永远觉得自己没有受到良好的照顾,尤其子爵当上本地的镇长之后……前任镇长是个老农夫,他对所有居民一律以"你"相称,老农夫小气、粗鲁、对人又严厉,还辱骂镇民……大家却一笑置之!可是,他们却指责蒙摩特子爵态度骄傲自大,不可原谅……难道这些农夫以为子爵看见他们走进市政厅时,必须起身相迎吗?离开时陪着走到门口,还是怎么样?他们一点都无法忍受别人比他们优秀,无论是血统出身或是财富、田地都一样。不管怎么说,德国人也有他的优点,您看,一个有纪律、讲服从的民族,蒙摩特子爵夫人边想边以近乎喜悦的心情听着路上逐渐远去的脚步声,以及远远传来"遵命"的嘶哑招呼……在德国拥有一大片土地一定是很愉快的事,相反的,在这里……烦不完恼人的事。不过,夜已深,该进屋了,此时她看见——以为看见——一条黑影贴着墙,弯身,在菜园的另一头消失了。终于给她等到了,她就要逮到一个偷玉米苗的窃贼了,她兴奋得发抖,这是她的特别之处,她完全不害怕。艾摩里反倒会担心窃贼狗急跳墙,可是她不会……危险激发出深藏她内心的猎人天性。她躲在树干后头,跟着那道黑影,不过,在跟踪之前先到墙角边上看了一下,找到了一双藏在青苔底下的木鞋,窃贼只穿了软底袜套行走,以降低声响。她安排得妥妥当当,只等窃贼走出菜园,立刻迎面撞上她。窃贼急忙转身想逃,她语带轻蔑地大声说:

"你的木鞋在我手上,朋友,警察很快就能找出鞋主人是谁了。"

男人于是停下脚步,回过头朝她走过去,她认出那人是班诺·萨巴里,他们俩面对面地站着,没有说话。

"真是好哇!"终于,子爵夫人用愤恨到颤抖的声音说。

她很讨厌他。所有的农民当中,他的态度是最无礼、最无法相处的一个。不论是为了干草，为了牲畜，为了围篱，反正所有大大小小的事，他的农庄和子爵的城堡永远进行着无声的游击战。她气愤地说：

"好了！孩子，我现在知道窃贼的身份了，我现在就告诉镇长去，你得意不了多久了！"

"喂，我有用'你'来称呼您吗，嗯？您的秧苗在这里。"班诺说着把东西扔在地上，散落在一地的月光上。"我说过不付钱吗？您以为我们没有足够的钱吗？自从我们恳求您协助开始……我们就一直说要出钱向您买。可是，不行！您宁可看我们饿死也不愿卖给我们。"

"小偷，小偷，小偷！"子爵夫人尖声大叫。"镇长他……"

"哎，谁管镇长啊！您尽管去找他，我照样当着他的面跟他这样说。"

"您竟敢用这样的语气跟我说话？"

"我们在这里实在是受够了，如果您想知道的话！您拥有一切，却不肯分享！您的林子，您的果子，您的鱼，您院子的野味，您的鸡，您一点都不肯出让，就算捧着黄金，捧着钱来，您还是不肯出让，镇长先生老是长篇大论，说什么要互相帮助之类的鬼话。我才不信呢！您的城堡，从地窖到阁楼都是满的，我们都知道，我们也看到了，我们有要求您慷慨施舍吗？不过，正是这一点让您感到不痛快吧，如果求您施舍，或许您还愿意，因为您喜欢羞辱穷人；相反地，当我们前来，以对等的立场，向您请求协助，'我付了钱拿东西'时，反而什么都别想得到。您为什么不肯卖秧苗给我？"

"这是我的事，我想这里是我家吧，无礼的家伙！"

"我拿这些玉米不是为了我自己，我向您发誓！我就算是饿死也不会向您这种人低头求救。我是为了路易丝，她的丈夫被俘虏，是为了帮她,因为我懂得帮助别人,我懂!"

"拿偷来的东西?"

"除此之外,您要我们怎么办呢?您不近人情,又爱斤斤计较!您认为我们还能想出别的办法吗?"他愤怒地重复了一次。"来这里拿您东西的又不只我一个。您毫无来由,或根本就是单纯的坏心眼,拒绝给我们的东西,我们干脆自己来拿。还有呢,等到了秋天!镇长先生还要跟德国人一起打猎……"

"乱说!天大的谎言!他绝对不会跟德国人一起打猎。"

她气得猛跺脚,她气到快发疯了。又是这愚蠢的诽谤!去年冬天,德国人的确邀请了他们两位参加他们的打猎活动。他们回绝了,但是婉拒不了当天狩猎活动结束后的晚宴邀请,不管他们愿意与否,政府的政策总是得遵循啊。而且,再说,那些德国军官全都是很有教养的人!人与人之间相处融洽的重点不在语言、法律、道德规范、原则,而在于拿刀叉的方式是否完全一致!

班诺继续说:

"到了秋天,等他跟德国人一起去打猎,我会再来的,回到您的院子,猎捕野兔和狐狸,绝对不会手软,您大可多叫些禁猎管理员或警卫和狗追捕我!他们绝对比不上我,班诺·萨巴里机智敏捷!他们已经跟在我后头跑了一整个冬天,还不是没捉到人!"

"我不会去找禁猎管理员和警卫,我直接找德国人去。他们,您就怕了吧,嗯?您在这里大声充好汉,不过,一看到绿色制服,还不是乖乖地逃!"

"您真爱说笑,我在比利时还有索姆河一役难道没有近距离跟他们接触过?那些德国鬼子!才不像您的丈夫!他是在哪里参战的啊?在他弄得人人难过的办公室!"

"真是粗鲁的家伙!"

"从 9 月一直到德国人进来的那一天,他人在索恩河畔①的夏隆,您先生。所以,他逃了,这就是他打的仗!"

"您……您真是太可恶了!快滚,要不然我要叫了!"

"是啊,去叫德国鬼子啊!您一定非常高兴他们在这里,嗯?还可以充当警察,保卫您的产业,您最好祈祷慈悲上帝让他们能在这里待上很久,因为等他们一走……"

他留下话尾。突然抢过木鞋,那双她拿在手上的犯罪证据,快速穿上,然后跳过围墙,一溜烟儿消失得无影无踪。差不多同时,德国人的脚步声逐渐接近。

"喔!真希望他们抓住他!我真希望他们把他杀了。"子爵夫人一边自言自语,一边往城堡跑。"可怕的家伙!可怕的人种!这不就是布尔什维克主义吗,错不了!我的天啊!老百姓到底变成什么样了!爸爸还在的时候,如果我们在林子里遇到偷盗的伐木人,他一定边哭边请求我们原谅。我们当然是原谅他了。爸爸,那么好心的人,先是大喝一声,狠狠地训斥他一顿,然后叫他跟我们到厨房请他喝一杯葡萄酒……小时候,这样的场面见过不止一次!当时的农夫都很穷。自从他们有了钱之后,好像他们身上所有的坏本性全都露出来了,'您的城堡,从地窖到阁楼都是满的。'"她忿忿地重复了他刚刚说的话。"既然这样!他家里呢?他们比我们还有钱。他们想要怎样?是欲望,低下的七情六欲吞噬了他们。那个萨巴里是个危险人物,他夸口说曾来我们家打过猎!所以,他私藏了一把枪!他什么事都干得出来。万一他有什么企图,万一他杀了德国人,这整个地区都要为这起谋杀负责,而镇长首当其

---

① 译注:Saone,隆河支流。

冲！就是有像他这样的人，给我们带来灾祸。我有义务检举他，我要让艾摩里明白这个情况……必要的话，干脆我自己跑一趟司令部。夜里，他在树林里四处乱窜，完全不把法规放在眼里，还私藏武器，他完蛋了！"

她冲回房，摇醒艾摩里，把刚才发生的事，原原本本地讲给他听，最后她说：

"这就是我们目前面临的情况！有人刚刚跑来我家，向我耀武扬威，偷我的东西，还羞辱我！喔，这些还不算什么！一个农夫的脏话伤得了我吗？可是，他是个危险的人，他什么都敢做。我敢说如果我的头脑不够清晰，不知道闭嘴，如果我大叫引来路上巡逻的德国人的话，他一定会抡起拳头冲上去，或者……"

她强压下一声惊呼，脸色霎时惨白。

"当时他手上拿着刀，我看见刀刃的反光，我很确定！您可以想象接下来会发生什么事吗？一宗德国人的谋杀案，在夜里，发生在我们家院子？到时候看您要怎么证明您的清白。艾摩里，您的职责写得清清楚楚的，一定要有所行动。这个男人家里藏有武器，因为他向我夸口整个冬天他都在院子里打猎。武器！而德国人已经反复重申，他们绝对不容许这样的事！如果他把武器藏在家里，这表示他正阴谋计划某个违法勾当，一定是暗杀！您听清楚了没？"

邻近的城里发生了一起德国人被杀的事件，城里的士绅（首当其冲的当然是市长）随即遭到囚禁，当做人质，直到揪出罪犯为止。离这里11公里远的一个小村子，一个喝醉的16岁男孩过了宵禁的时间还在街上溜达，一名卫兵上前想要逮捕他，他伸手就给了他一拳，男孩被枪毙，如果真是到此为止也就好了！总之一句话，如果他们乖乖守规矩，不就什么事都没有了吗，结果那个村长，被认为应当为治下的村民行为负责,差一点也受到株连。

"一把折叠小刀。"艾摩里嘟囔着,可是她没有听到。

"我开始认为,"艾摩里一边说一边用他颤抖的双手穿衣服(已经快要 8 点了),"我开始认为我根本就不该接受这个职务。"

"您会到警察局去报案吧,我想?"

"去警察局?您疯啦!这样一来,这地方所有的人都要跟我们为敌啦。您知道,对这些人来说,自己动手拿那些我们拒绝收他们用现金要跟我们购买的东西,并不算偷窃,这会成为大家的笑柄,他们会让我们的日子难过的。不,我不会这样就跑去司令部,我会请他们保密,他们一定会接受,因为他们口风很紧而且很明白现今的情况。他们会搜索萨巴里的家,一定可以找出武器……"

"您确定一定可以找得出来?那些人……"

"那些人自以为很聪明,不过他们藏东西的地方,我都清楚得很……他们在小酒馆里,三杯黄汤下肚,什么大话都说出来……不就是阁楼、地窖或猪圈。他们会逮捕班诺,我则请德国人保证不要给他太重的刑罚,让他蹲几个月苦牢也就出来了。我们也正好摆脱他一阵子,之后,我向您担保,他一定会安安静静的,德国人正好想挫挫他们的骄气,可是,他们到底是怎么回事?"子爵突然叫嚷起来,此时他身上套着衬衫,衣摆碰撞他赤裸的小腿。"他们到底是哪根筋不对?为什么就不能乖乖地守规矩呢?我们对他们有什么要求?只是闭上嘴,静静地守规矩而已。可是,不!他们不满埋怨,吹毛求疵,说大话充好汉。这样做,能有什么好处,我请问您?我们战败了,不是吗?所以,只好乖乖地溜走,他们好像故意做这些事让我不好过。我靠着自己的努力,成功地跟德国人融洽相处。想想看,我们的城堡不用收留德国人,这是极大的恩宠。最后,说到这个地方……我已经尽我可能地为乡里争取了……甚至烦得睡不着……反倒是德国人对大家都规规矩矩的,他们向妇女行礼,摸摸孩子,他们用现金付账,可惜,不对!这还不是他们要的!可是,他们到底想要什么?要他们归还阿尔萨斯和洛林两省吗?让他们在里昂·布鲁①领导的共和政府底下自生自灭好了?什么东西?什么东西?"

"别生气了,艾摩里。看看我,我很平静。做您认为该做的事,不要想从其他人那里得到回报,唯有上帝看在眼里。相信我,上帝知道我们的心。"

"我知道,我知道,只是实在非常辛苦。"子爵苦叹一声。

之后,他匆匆忙忙地连早餐也没吃(他对妻子说,他的喉咙紧得连面包屑都吞不下)就步出家门,然后在最秘密的场合中,要求见司令。

---

① 译注:Leon Blum(1872—1950),法国社会党领袖,1936 至 1937 年当上联合政府总理,维希政府时期遭到逮捕,1945 年获释。

17

德国军队下令征调所有马匹,当时一匹母马的价钱大概值六七万法郎,德国人付(承诺支付)一半的价格。眼看着农忙的时节就要到了,农民疾言厉色地质问镇长,这叫他们怎么办。

"叫我们用手吗?不过,让我告诉您一件事,如果他们不让我们干活,将来没饭吃的可是那些城里的人。"

"可是,我的朋友,我无能为力啊!"镇长有气无力地说。

农民虽然明知道他一点办法也没有,但心底仍旧对他有气。"他自己倒是有办法,他会打点,他家该死的马一点事儿都没有!"从昨天夜里开始,事事都不对劲,天空刮起强风。院子土壤吸饱雨水,冰雹摧残农作物。早上,布鲁诺骑着马离开安杰里耶家,奔往邻镇监督今早预定在那里进行的征调行动,他看到的是被暴雨蹂躏得一片凄凉的田野景象,林荫道旁的高大椴树摇晃剧烈,宛如帆船桅杆劈啪断裂发出的哀鸣声。尽管如此,布鲁诺一路奔驰,心情轻松愉快,这冰冷、纯净、严峻的空气让他回想起东普鲁士。啊!何时他才能够再见到那片平原、苍白的青草、沼泽、春日天空的极致之美……姗姗来迟的北国春天……琥珀色的天空、珍珠般的云彩、灯心草、蔷薇、罕见的桦树丛……?何时他才能再追猎苍鹭和杓鹬?路上,他遇见一批批的马和他们的骑士,这些来自本地所有城市、所有乡镇、所有庄园的马全部涌向城里。"漂亮的家伙",他想,"可惜没有好好照料。"法国人——而且是所有的法国老百姓——根本不懂马。

他停下马让他们先过。他们一小群一小群蜿蜒前进,布鲁诺仔细地审视过往的马匹,他要在这些马当中找出适合征战的战马。这些马大部分会被送到德国从事农活,有些则将见识到非洲沙土,或肯特啤酒花田里激烈的杀伐。唯有上帝知道往后的战局飞往何处,布鲁诺想起鲁昂大火,群马受惊仰头嘶鸣的情景。雨哗啦哗啦地下,农民低头走着,他们瞥见这位肩上披着绿披风、停止不前的骑士,微微抬起头。那瞬间,他们的目光产生了交集,"他们真慢啊,"布鲁诺想,"他们真笨拙!等他们到达,已经整整迟了2个小时,我们什么时候才能吃午饭?当务之急,马要先照顾好。唉呀,快啊,加油啊。"他喃喃地自言自语,一边不耐烦地拿条鞭轻拍军靴的翻口,竭力克制自己不要像军事演习时那般的高声发号施令。一个个老人打他面前走过,还有小孩,甚至有几位妇女,同一村镇的居民走在一起。接着出现一阵空当。这一片空旷寂静,只有跳跃狂卷的风来搅和。布鲁诺利用这样的空当,拍马驰骋一路往城里奔去。他身后慢吞吞的长龙重新集结,农民静静地不说话。他们抓走了年轻人,他们拿走了面包、小麦、面粉和甘薯,他们征调了汽油和汽车,现在轮到马,明天,又是什么呢?那些人当中,有些人半夜就出门了,低着头,佝偻着背,面无表情地走着。他们虽然向镇长说了再说,强调一切都完了,他们什么都甭想干了,浪费再多唇舌都没用,他们清楚得很,田里的活、农作收成都得如期完成,人总要吃饭,"我们以前多快活",他们想。"德国人……一群霸道的兔崽子……还是要公平嘛……尽管……现在在打仗,战争还要打很久吗,天啊?"还要打多久?农民们望着满天乌云,喃喃地问。

露西儿的窗下,每天都有人马经过。她掩住耳朵不想听,她什么都不想再看了,战争的情景,凄凉的画面已经看得够多了!这些景象令她不安,让她心痛,让她快乐不起来。快乐,天啊!"啊,是啊,战争,"她对自己说,"是啊,俘虏、寡妇、不幸、挨饿、占领,接下来呢?我没有做任何坏事。他是最值得敬重的朋友,书本、音乐、促膝长谈、梅伊树林间漫步……叫他们有罪恶感的是,想到战争,想到这全世界的不幸,可是,为此他该负的责任并不大于我啊!这不是我们的错,请不要再来烦搅我们了……放过我们吧!"有时候,她甚至为内心的叛逆感受竟如此强烈而感到惊慌失措——反抗她的丈夫、她的婆婆、大众的观感,布鲁诺口中的"蜂窝效忠"精神。嗡嗡低鸣,不怀好意,按照未知的目标行事的蜂群……她不喜欢……"他们想去哪儿就去哪儿好了。我呢,我也要照自己的意思过活。我想要自由。我想要的自由,并非外在的自主,像是出外旅行,离开这栋房子,(虽然说,能离开将会是一桩无法想象的乐事!)反而比较偏向于内在的自由,选择属于我的方向,坚持下去,不随群众起舞。我讨厌这反复炮轰我耳朵的群体精神,无论是德国人、法国人、戴高乐派分子,全都有一个共通点:基于同属一个国家、地域、政党,人民应当和其他人共存、思考、互爱。喔,天啊!我不要!我是个无用的可怜女子,我什么都不知道,但是我想要自由!我们变成了奴隶!"她继续想,"随战火将我们带往四处,任之夺走我们的幸福,抢走嘴边的面包,至少让我保有评断自己的命运,取笑它,向它挑战,如果可以的话,甚至逃过它掌控的权利。一个奴隶?总比一只跟在主人后面小跑,却自以为自由的狗好。它们根本没有意识到自己被绑着。"她一边想一边侧耳倾听人马杂沓的喧闹,"而我,如果在同情心、同仇敌忾的情绪、'蜂窝效忠精神'的压迫下,被迫推开幸福的话,我还不是跟它们一样。"她和德国人之间的友谊,这暗藏的秘密,在这栋充满敌意的屋子里藏匿的另一个天地,"天啊,真的好甜蜜!"那时候,她觉得自己才是真正的人,自由又有尊严,她不容许别人踏进这片专属于她的天地。"任何人!这不关任何人的事！他们爱打打杀杀,爱互相憎恨,随便他们！以前我的父亲和他的父亲是死敌又如何！就算是他亲手抓了我的丈夫(这样的想法一直折磨着我可怜的婆婆)！那又怎么样？他和我,我们是朋友。"朋友？她穿过幽暗的前厅,她走到五斗柜上的那面镜子前,镜子镶着黑色木框,她凝视镜中暗沉的双眼和发颤的嘴唇,微微地笑了。"朋友？他爱我呀。"她低声说。她贴近镜中的双唇,轻轻地印上一个吻。"是啊,他爱你。那个背叛你,离弃你的丈夫,你没欠他什么。他被俘虏,你的丈夫被俘,结果你让一个德国人接近你,取代离家丈夫的位置？嗯,是这样！嗯,那接下来呢？离家的那个男人,那个俘虏,那个丈夫,我从来没有爱过他。就让他死吧！让他消失吧！可是,好好想想。"她继续说,额头贴着镜面,那样子好像真的在跟自己对谈,那个到今天以前她不认识,从没看过,直到今天才第一次瞥见的部分,一个棕眼少妇,薄薄的唇在颤抖,两颊火红,是她,却又不完全是她。"快啊,好好想想……理智……理智的声音……你是个明理的法国女子……这些最后会带给你什么？他是军人,已经结婚,他终将离去。这会给您带来什么呢？我说,顶多就是短暂的幸福而已？也许连幸福都算不上,短暂的欢愉？但愿你明白这个意思？"凝视镜中的自己,她觉得真不可思议。他喜欢她,也怕她。

　　她听见厨娘在前厅附近的食物储藏室里走动的声响吓了一跳,开始漫无目的地在屋子里走来走去。天啊,多么巨大空旷的屋子啊！她的婆婆,像她自己说的那样,不再走出房门,饭也是叫人送上去给她,但是,就算她不在,屋内四处似乎都看得到她的身影。这座房子简直像是她的倒影,她灵魂深处最真实的一面,一如刚刚那个在黑色镜框里朝她微笑的那个勇敢、喜悦、绝望、坠入爱河的少妇,是露西儿最真实的一面……(那位少妇消失了,在现实生活中只留下一具行尸走肉,那个悠悠晃过每间房间,脸颊紧贴玻璃窗,表情木然地把壁炉上那些丑陋无用的摆饰一一放回原位的女人。)天气真糟!空气沉闷,天空一片灰蒙,开满花的椴树被冰冷的强风吹弯了腰。"属于我一个人的一栋房子、一个房间,"露西儿心想,"完美的房间,几乎没有摆设,一盏漂亮的灯……假如我关上这里的百叶窗,假如我打开电灯,免得看到这天气呢!玛特肯定会来关心我是否病了,她会向婆婆报告,婆婆将吩咐下人关掉所有电灯,拉开窗帘,因为电费很贵。我不能弹钢琴,因为那对离家的人是一种不敬。我倒是很想冒着雨到林子里走一走,不过,这样一来,所有人都会知道。他们一定会说:'露西儿·安杰里耶疯了。'单单这样的街谈巷议,在像我们这样的一个地方,就足以逼得一个女人往后不敢出门。"她笑着想起一个以前大家讲过的一个女孩的事,她的双亲将她送进疗养院,因为她总是在有月亮的晚上偷偷跑出去,一直跑到池塘边。"如果有个男孩,还可以理解!有可能是行为不端……可是,只有她一个?她肯定是疯了……"池塘,夜晚……滂沱大雨下的池塘。喔!哪里都行,只要远离这里……别的地方……远离那些马,那些男人,那些冒着倾盆大雨、逆来顺受、佝偻而行的可怜人!她下定决心远离窗户,她虽然不停地告诉自己:"他们和我之间没有任何共同点!"可是没用,她清楚地感应到那条隐形的连结。

她走进布鲁诺的房间,偷偷地溜进去,心跳剧烈,而且不止一个晚上了。她半躺在床上,衣衫整齐,之前他大概在看书或写东西,金属色泽的金发在灯光下闪耀光芒。角落的沙发上,是随意扔在那里的皮带还有刻着"上帝与我们同在"字样的金属徽章,一把黑色手枪,一顶扁平军帽和杏绿色的长大衣。他曾拿起这件大衣,盖在露西儿的膝盖上,因为自从上个礼拜开始,暴风雨始终不断,夜晚寒气袭人。在这沉睡的大屋子里,只有他们俩——他们以为只有他们俩。没有告白,没有亲吻,沉默……只是热烈高昂地交谈,他们谈起各自的国家,各自的家庭、音乐、书籍……他们沐浴在一种奇特的幸福当中……急切地想要发觉对方的真心……热恋情侣的急切已经是一种奉献,最初的奉献,早于身体奉献的心灵奉献。"请了解我,看着我,我就是这样的人,这就是我的生活,我心所爱。你呢?那你呢,亲爱的?"不过,到现在为止,还没有交换过爱的小语。有什么用呢?当声音变了调,当嘴唇颤抖不休,当长长的沉默笼罩时,甜言蜜语没有半点意义……露西儿轻轻地抚摸桌上的书,是德文书,每一页都是满满的哥德式字体,感觉很奇怪,而且仿佛拒人千里之外。德国人,德国人……一个法国男士绝不会让我就这样离开,没有半点爱的表示,好比亲吻我的手或我的洋装……

她脸上浮现一丝微笑,淡淡地耸耸肩,她知道这不是因为害羞,也不是因为冷漠,而是因为德国人特有的深沉又可恨的耐性之故,就像一头猛兽,等待时机到来,等着让他心醉的猎物自动上前来。"战争时,"布鲁诺说,"有时候我们必须一连好几夜埋伏在莫浮森林里,静静地等,那时,颇有情色的刺激感……"她听到这里,忍不住笑了出来,现在想起来好像不怎么好笑了。今天,她做了什么其他的事?她在等。她在等他。她在这些了无生气的房间里游荡,再两三个小时,然后是一个人孤独地吃晚饭,然后是婆婆锁上房门的声音,再来是玛特,提着灯笼穿过院子去关铁门,然后,还是等,望眼欲穿,奇特的等待……终于,街上传来萧萧马鸣,兵器撞击声,对牵着马走远的马夫下达的命令。门坎,马刺的声响……然后这个夜晚,这个狂风骤雨的夜晚,阵阵冰冷狂风呼啸横扫椴树枝叶,还有远处隐约传来的雷鸣轰隆,她终于可以对他开口——哦!

她不是虚伪的人,她会用清楚而简洁的标准法语对他说:他垂涎的猎物已经自投罗网了。"明天啊?明天?"她喃喃地说,脸上浮现狡猾、勇敢、魅力十足的笑容,仿佛幻化为一道火焰,顿时照亮、改变了一张脸。在熊熊烈火的照耀下,最柔美的容颜也会染上魔鬼般的神情,让人神魂颠倒又恐惧不已。她无声地走出房间。

18

有人敲厨房的门,胆怯低闷的敲门声,几乎被哗啦哗啦的雨声淹没。大概是小孩想进来躲雨,厨娘心想。她往外张望,结果看见玛德莲·萨巴里孤单地站在雨中,手上撑着淌水的伞。玛特张大嘴,怔怔地看了她一会儿,庄园的人家只有礼拜天上教堂望大弥撒时才会下山到镇上来。

"你怎么了?快进来。家里一切都还好吧?"

"不好!发生了天大的灾祸,我想马上见夫人。"玛德莲压低声音说。

"主啊!灾祸!您想见安杰里耶夫人呢,还是露西儿夫人?"

玛德莲迟疑了一下。

"露西儿夫人。不过,请放轻脚步……千万不要让那可恶的德国人知道我来这里。"

"军官?他出门办征调马匹的事去了。快坐到火炉旁边,你全身湿透了,我立刻去找夫人。"

露西儿刚一个人孤独地用完晚餐,她面前的餐巾上放着一本摊开的书。"可怜的小女人,"玛特突然恍然清醒似的想着,"难道她就该过这样的生活……丈夫离开两年了……另一个……真不知要如何收拾喔?一定又是德国人的诡计!"

她对露西儿说有人想见她。

"是玛德莲·萨巴里。她们家发生天大的事了……她不想让人看见她在这里。"

"请她进来这里！德国人……冯·法尔克中尉还没回来吗？"

"还没回来，夫人，马儿回来的声音我听得很清楚，我会通知夫人的。"

"好，就这么办。去吧。"

露西儿等着，心脏扑通扑通地跳。玛德莲·萨巴里脸色苍白，上气不接下气地跑进来。村妇惯有的羞耻心和谨慎在她内心激烈地交战，让她不知如何是好。她伸手握住了露西儿的手，喃喃地说了一些礼貌性的场面话："我没有打搅到您吧？"以及"您家里一切都好吗？"接着她压低声音悄悄地说，很明显地可以看出她极力在克制，不让眼泪流出来，因为在公众场合掉泪是不合宜的举动，除非是在死者的床前……其余的时候，一定要克制住自己的情绪，隐藏内心的哀苦或欢欣鼓舞的兴奋之情……不让别人看见。

"啊！露西儿夫人！怎么办？我来这里请您给我一点意见，因为我们，我们一切都完了。德国人今天早上找上门来，把班诺抓走了。"

露西儿发出一声惊呼。

"可是，为什么呢？"

"说是他私藏猎枪，但大家都这么做，您想想看……可是，他们不找别人，单单只找上我们家。班诺只说了一句：'去找啊。'他们找了，结果真的找出来了，他把枪藏在喂牛的旧草架上的草堆里。司令部的人找到枪回屋里来，命令我丈夫跟他们走的时候，我们的德国人，就是住在我们家的那个翻译官，当时恰好也在。'等等，'他这么说，'这把猎枪不是我的，是隔壁邻居故意藏在我们这里，然后告密检举我。把枪给我，我证明给你们看。'说话的口气是那么的自然，根本没有人想到他别有企图。我的班诺拿起枪，假装检查的样子，然后突然……啊！露西儿夫人，两声枪响几乎是在同一个时间响起。一发打中了波内,另一发则打中了布比,跟在波内旁边的大狼犬……"

"我知道,我知道。"露西儿喃喃地说。

"紧接着,他跳上饭厅的窗户,消失了踪影,德国人在后面追……不过这里他比那些人熟,您想想看!他们没有找到他。幸好,雨势很大,根本看不见前方两步以外的东西。波内躺在我们的床上被送走了!如果班诺被他们捉到,一定会被枪毙的,单就私藏武器这一项,就足以判他死罪了!不过,现在,我们还没有到完全绝望的地步,只要我们知道他藏在哪儿,对不对?"

"他为什么要杀波内?"

"一定是他告的密,露西儿夫人!他住在我们家,他一定发现了猎枪,那些德国人,全都是不讲信用的叛徒!而且那一个……一直向我献殷勤,您了解吗……我丈夫全都看在眼里!也许想给他尝尝苦头,也许他想:'干脆一不做二不休,这样他再也不能趁我不在的时候,纠缠我老婆了。'或许……再说,露西儿夫人,他们俩互相看不顺眼,他一直梦想要干掉一个德国人。"

"他们一定找了他一整天吧?您可以确定他们还没抓到他吗?"

"确定。"一阵短暂的静默之后,玛德莲肯定地回答。

"您见到他了?"

"是的。露西儿夫人,这是攸关生死的节骨眼……您没有话要说吗?"

"喔!玛德莲!"

"好吧!他藏在我们邻居路易丝的家里,就是那个俘虏的妻子。"

"他们一定会搜遍这整个地方,四处翻查……"

"幸好,今天是征调马匹的日子,所有的军官都出城去了,士兵在等上级的命令,明天,他们铁定会搜索这里整个地区。可是,露西儿夫人,各庄园虽不乏藏身之处,我已经掩护过好几个逃狱的俘虏从他们的眼前逃出去了,路易丝把他藏得很好,只是,是这样的,她家里有小孩,小孩常跟德国人玩在一起,孩子们根本不怕他们,而且嘴又快,再说,他们还太小,无法跟他们讲道理。路易丝跟我说:'我知道我这样做会有什么后果。我这样做完全是出自真心,就像你也会为我的丈夫这么做一样,既然要做,最好还是找一处别的人家,躲藏到有机会逃出这个地方为止。'现在,所有出城的道路一定都有人把守,您想想!不过,德国人不会永远守在那里。现在该做的事,是找一栋家里没有孩子的大房子。"

"这里?"露西儿盯着她说。

"就是这里,我想过了,对……"

"您知道有个德国军官住在我们家吗?"

"谁家没有。"

"军官不会随便离开自己的房间对吧?而且听说……恕我无礼,露西儿夫人,我听说他爱上您了,所以您想怎么样都可以。我没有冒犯到您吧?他们都是平凡的男人,跟别人一样也会觉得无聊。所以,只要跟他说'我不希望您的士兵来家里搞得天翻地覆。真是荒谬,您很清楚我们没有窝藏任何人。首先,我根本没这个胆……'这种女人会说的话。再来,这间屋子这么大,这么空,随便都可以找到一个角落、一个藏匿点。这是他最好的机会,也是唯一的机会!您当然可能会说,万一被发现了,您可能会被关……也许还会被判死刑……这些残酷的家伙有什么做不出来,可是,如果我们法国人不互相帮助的话,那么还有谁会帮我们呢?路易丝,她,她还有小孩呢!可是她一点都不怕。您孤单一人。"

"我不是害怕。"露西儿缓缓地说。

她在思考。在她家或别的地方,班诺冒的风险都是一样的。至于她?"我?我的性命?我想过的日子……"她想,内心不由自主地涌出一股绝望。真的,一切都无所谓了。她突然想起1940年6月的那些日子(两年,正好两年过去了),那时候也一样,时局动荡不安,危机四伏,她根本没有想过自身的安危,她只是任由湍流般急涌的时势带着她走。她喃喃地说:

"还有我婆婆,不过,她已经不出房门了。她什么都不会看到。还有玛特。"

"喔!玛特。夫人,她是我们自家人,是我丈夫的表姐,她那边完全可以放心,我们对自己的家人很有信心。可是,该把他藏在哪儿呢?"

"我想到阁楼边上的那间蓝色房间,原来是玩具房,里面还有一个像是凹洞的小隔间……而且,我可怜的玛德莲,您不要抱太大的希望,如果命运之神不站在我们这一边,无论他藏在这里或别的地方,德国人都有可能揪出他来,如果天可怜见,他将逃过此劫。总之,法国也发生了不少谋杀德国士兵的刺杀案件,至今还没有抓到凶手。我们只能尽全力把他藏好……之后,只有祈祷了,对不对?"

"是的,夫人,祈祷……"玛德莲说,此时她再也克制不住了,泪慢慢地流下来。

露西儿伸手握住她的肩膀,亲吻她。

"去把他带过来,从梅伊树林那边绕过来。雨还没停,外面没人,您一定要处处小心,无论是法国人还是德国人都一样,相信我,我会在院子的小门边上等你们,我也会通知玛特。"

"谢谢,夫人。"玛德莲嚅嚅地说。

"去,快。快一点。"

玛德莲无声地推开门,溜进空无一人只有树在哭泣的院子。1小时后,露西儿让班诺从对着梅伊树林的绿色小门进来。滂沱大雨停了,可是呼啸的强风还呼呼地刮。

19

安杰里耶老太太站在房间的窗户边,听到乡野巡警在市镇厅广场高声宣布:

公告

司令部命令

每扇窗户后面出现一张张忧心忡忡的脸,"他们又要耍什么新花招啦?"大伙又惧又恨地想。他们是如此地怕德国人,以至于就算是司令部透过乡野巡警宣布通令捕杀老鼠,或者小孩一律须注射疫苗之类的事,往往都要等到最后一轮的宣读结束了好久以后,或者是从受过教育的居民,例如药房老板、公证人或者警察局局长再三强调刚刚公告的内容之后,一颗悬着的心才能放下来。他们会着急地问:

"就这样?真的就这样而已?他们没有要我们再拿东西出来?"

心绪慢慢平静下来之后:

"喔,好!没事了!不过,我还是要说他们怎么这么麻烦……"

然后好像不补上这么几句不过瘾似的:

"那是我们的老鼠,我们的孩子。他们有什么权力强迫我们扑杀其中一个,然后叫另一个去打针?这到底关他们什么事?"

广场上的德国人针对刚刚宣布的命令交换意见。

"现在,每个人都健健康康的了,法国人也好,德国人也好……"

农民们脸上装着一副唯唯诺诺的样子（喔！奴隶般地陪着笑脸，安杰里耶老太太心里咒骂），连忙称：

"这是当然……非常好……这是为大家好……我们都很明白。"

然后，每个人一回到家，立刻把老鼠药扔进火里，接着急忙赶到医生家，请医生不要替家里的小孩打针，"因为他患了腮腺炎才刚好而已，因为营养不够所以身体不够健壮。"有些甚至直截了当地说："我们宁可他生个一两场病，有时候，反而可以让那些德国佬不敢靠近！"广场上只剩下德国人和善地环视四周，心想横亘在他们和这些战败国的老百姓之间的冰终于慢慢地融化了。

这一天，相反地，德国人脸上的笑容消失了，没有人跟当地人讲话。他们站着，脊梁挺得笔直，脸色稍显苍白，目光严肃直视前方，乡野巡警很明显地似乎因为即将要宣布事项的重要性而感到荣幸，巡警人长得挺不错，来自南方，总是以吸引妇女的目光为乐。他刚刚敲完最后一轮鼓，把两只鼓槌挟在腋下，然后以魔术师般优雅灵活的动作，以悦耳黏腻的男性嗓音念着，声音在静默的群众中回荡：

德国军员遇刺身亡：国防军的一名军官惨遭杀害，嫌犯名叫：班诺·萨巴里，家住……蒲希镇。

嫌犯逃过追捕，现下落不明。任何窝藏、协助或保护他的人，或是知道他藏身地点，却在 48 小时的期限内没有向司令部举报者，与嫌犯同罪，亦即：

立即枪决

安杰里耶老太太打开一半的窗户，等乡野巡警走远了，她才探出头望着广场。群众互相交头接耳,一脸的不可置信。终于!昨天,大伙的话题还只围绕在征调马匹的事上打转,今天加上这起新的不幸事件,农民慢半拍的头脑个个充满了不可思议的反应:"班诺!班诺会干这等事?不可能!"这起事件的经过保密到家,镇上的居民不知道在那乡下,在那些不许别人踏进一步的大庄园里,到底发生了什么事。德国人,他们倒是知道得比较清楚。现在,大伙终于恍然大悟,为什么那么慌乱,还有划破夜空的枪响,以及8点以后严禁外出的禁令,"不用问也知道,一定是他们要把尸体送回来,不想让我们看见。"咖啡馆里,德国人互相窃窃私语。他们也一样,他们也有一种不真实却又恐怖的感觉。跟法国人相处这3个月来,跟他们打成一片,没有伤害过他们,靠着亲切的问候,行事规规矩矩,终于成功地在占领者和被占领者之间建立起人与人的对等关系!现在,因为一个疯子的疯狂举动,一切努力全化为乌有了。谋杀案本身并没有引起太大的影响,反倒是一种同仇敌忾、惺惺相惜的感受在他们之间滋长了(因为,归结到底,一个人能够甩掉这个军团的追踪搜捕,这意味着整个地方都在帮他、掩护他、接济他食物,除非,当然,他躲在林子里,可是我们在树林里搜索了一整夜——或者,一个更有可能的假设,他已经离开本地,可是,说到这里,若没有居民们主动或被动的协助隐瞒,他是无法办到的)。所以每个士兵心里都在想,"他们招待我,对我微笑,为我在餐桌上加一份餐具,还允许我把孩子抱上膝盖上玩,明天,说不定就被一个法国人杀了,没有人会悼念我,反而尽其所能地掩护那个杀人凶手!"这些举止从容、面无表情的村民,这些个昨天还对他们微笑、跟他们聊天的女人,今天,从他们面前经过时,一个个形容尴尬地别开脸,这是一群敌人!他们几乎无法置信,这么些善良的好人……木鞋匠拉贡伯上个礼拜拿了一瓶白酒请德国人喝,因为他的女儿刚刚拿到了学位证书,他高兴得不知如何是好;上次大战的老兵、木匠乔治说:"让大家平安过日子,各自回家吧!我们其他人,要的只有这个。"年轻女孩总是笑脸迎人,乐于唱个小曲儿,在没有人看到的地方偷偷让我们亲一下。我们呢,终究是敌人?

相反地,法国人则想:"那个客气请我允许他亲吻我孩子的威利说,他在巴伐利亚的家中也有一个年纪相当的孩子;那个德国佬帮忙照顾我生病的丈夫,那个厄华德觉得法国真是个美丽的国家,还有一个在我1915年战死沙场的父亲遗像前脱帽致敬,可是,如果明天,上面来了命令,他还是会逮捕我、毫不留情地亲手杀了我?战争……是啊,我们很清楚什么是战争,但是,在某种程度上,被占领更可怕,因为我们逐渐习惯了这些人,我们于是开始想:'说穿了,他们还不是跟我们一样。'结果完全不是这个样子,这不是真的;我们分属两种不同的类别,没有妥协的余地,永远是敌人。"法国人想着。

安杰里耶老太太很了解这些农民,她只要看他们脸上的神情就能知道他们心里在想什么,她冷冷地笑了。她从来没有受骗上当!她从来没有被收买!因为在这个小小的蒲希镇上,跟法国的其他地方没有两样,什么东西都可以卖。德国人拿钱贿赂某些人(那些酒商和农民无不狮子大开口,向国防军的士兵开价一瓶夏布利白酒100法郎,一颗鸡蛋5法郎),另一些人,像是年轻人和妇女,则奉上娱乐……自从德国人来了之后,我们不再感觉无聊,我们终于找到可以说说话的人了,天啊……连她自己的媳妇!……她半眯上眼睛,张开白皙透明的长长手指,放在垂下的眼皮上,好像眼前有具赤裸的胴体,她拒绝观看。没错!德国人以为这样就能买到宽恕和遗忘,他们也的确得逞了。安杰里耶老太太辛酸地一一细数镇上的豪绅,全都屈服了,全都被诱惑了:蒙摩特家……

他们招待德国人。有人说德国人在子爵家的院子里,那方池塘边,举办了派对。蒙摩特子爵夫人凡是遇见愿意听她诉苦的人,便说她快气死了,她把家里窗户全关上不让音乐飘进来,更拒看他们在树下燃放的烟花。可是,当冯·法尔克和波内中尉,那个翻译官,登门向她借椅子、香槟杯、餐巾时,她却留他们在屋内将近2个小时。安杰里耶老太太是从厨娘那里得知这件事,而厨娘则是从禁猎管理员那里听来的,如果仔细想的话,这些贵族本身就是半个外国人。难道他们的血管中,没流着巴伐利亚、普鲁士(十恶不赦!)或莱茵区的血统?贵族世家联姻从来不在乎国界,不过,想想看,那些大资产家也好不到哪里去。大伙私底下议论纷纷,都说他们和德国人同谋走私(英国电台每天晚上都大声指出这些人的名字):里昂的马尔岱家族、巴黎的贝黎刚家族、柯本银行……名单还长着呢……安杰里耶老太太因此在她的圈子里成了异数,像座堡垒般勇狠、无敌,是全法国唯一仅存屹立不摇的堡垒,哀哉!没有任何东西可以击垮它,消灭它,因为她的堡垒城墙不是用石头砌的,也不是用鲜血和血肉之躯,而是这世上最不受物质影响同时也是举世无敌的元素:爱与恨。

她无声地在房里快步走着,喃喃地说:"闭上眼睛只有自欺欺人而已,露西儿已经快要落入德国人的怀里了。"但她能怎么办?男人有武器,知道如何战斗。她只能在一旁窥探、张望、倾听,至少要让这些事不遭到遗忘,不了了之,等贾斯东回来……一股狂暴强烈的憎恨令她全身颤抖。天啊!她真恨露西儿!等屋里的人全都入睡之后,老太太开始她所谓的夜间巡视,那时,什么事都逃不过她的法眼。她细数烟灰缸里残留口红印的烟屁股,她无声地捡起揉皱的香水手帕、一朵丢弃的花、一本翻开的书,她经常听见钢琴的声音,还有德国人低哼旋律时极其低沉极其温柔的嗓音,一个乐句。那架钢琴……怎么会有人喜欢音乐？每个音符仿佛都在敲打她脆弱的神经，让她痛苦得呻吟。她还比较喜欢他们之间的秉烛夜谈，探出窗户外勉强可以听见微微的回音，这扇窗就在楼上书房窗户的正下方，夏夜清凉他们总是开着窗，她甚至比较喜欢他们谈话中间偶有的沉默，或露西儿的笑声。（笑！丈夫被俘虏了还笑！……水性杨花、不要脸、卑贱的女人！）什么都比音乐好，因为只有音乐能够摧毁语言与生活习惯的隔阂，触及他们内心某种坚不可摧的情感。有时候，安杰里耶太太甚至走到德国人的房门边上，倾听瘾君子细弱的咳嗽和粗重的呼吸。她穿过前厅，鹿头标本底下挂着军官的大披风，她塞了几块布吕耶尔硬干酪进披风口袋，据当地人说，这会给人带来不幸。她一点都不信……可是，试试又何妨……

这几天来，确切地说应该是前天开始的，屋里的气氛变得危机四伏。钢琴声不见了，安杰里耶太太听见露西儿和厨娘两人在一起低声谈了好久。（看来，那个女人也背叛了我？）钟响了，（啊！是被杀的那位军官的丧礼……）看到全副武装的士兵了，棺材来了，然后是红花花环……教堂被军队征用，法国人不准进入；合唱团天籁般的歌声吟唱圣歌，歌声来自圣母礼拜堂，读经班的小孩在这个冬天打破了一块玻璃，至今还没换新。歌声从圣母祭坛后面敞开的古老小窗传出来，广场的大椴树让小窗更显阴暗。小鸟儿唱得多快乐啊！它们尖锐的嗓音有时候甚至盖过了德国国歌。安杰里耶太太不知道死者的名字，也不知道他的年纪，司令部只轻描淡写地说："一位国防军的军官。"这已经足够，他一定还很年轻，他们都非常年轻。"好了，他可说是一了百了了。你能怎样？这是战争。"军官的母亲终于也体会到了丧子之痛，安杰里耶太太喃喃自语，一只手不安地把玩胸前的守表项链，这是她丈夫过世时，为了他戴上的那串由煤玉和乌木串成的珠链。

她安安静静地坐着不动,一直到傍晚,仿佛被钉在位子上似的,两眼目送街上往来的人们。傍晚了……安静无声。"没听见楼梯第三阶发出的咿啊声响,这表示露西儿没出房门下楼到院子里,家里的门都和她沆瀣一气,统统闷不吭声,但是,那片忠实的老台阶一定会通知我的。"安杰里耶太太想。"没有,一点声响都没有。难道他们已经见面了?还是晚一点?"

夜晚过去了。搔痒难耐的好奇心掳获了安杰里耶太太,她偷偷溜出房间,把耳朵贴在饭厅门上。没有,没有任何迹象显示德国人已经离开房间,如果不是在傍晚稍早的时候,她听见屋里有一个男人的脚步声的话,她大有可能认为他还没有回家。没有人能骗得了她,除了他儿子之外的任何一个男人出现在她家中,都是一种侵犯。她闻了闻陌生的烟味,脸色霎时变白,双手抱住额头,活像快要晕过去一样。那个德国人在哪儿?比平常更靠近她,因为烟味是从那扇敞开的十字窗飘出来的。他在屋子里四处参观吗?她想他就要离开了,他自己也知道,所以正在挑选家具当做是一部分的战利品。1870年时,那些普鲁士人不也抢了座钟?换做今日,依旧是江山亦改本性难移!她想象着那双亵渎、犯罪的手翻着她的阁楼、食物储藏室和地窖!仔细想想,安杰里耶太太最担心的还是地窖。她从来不喝酒,她记得贾斯东第一次行圣礼时,还有在他的婚礼上,她浅尝了一口香槟。不过,藏酒在某种程度上算是一种遗产,一如所有在我们死后仍将继续传承下去的产业,所以从这个角度来看,藏酒是神圣不可侵犯的。这座大宅院,这……是她从她丈夫手中承继过来,将来要传给儿子的。质量最佳的酒已经被她埋进地底藏起来了,可是那个德国人……谁知道?……也许在露西儿的引导下?……去看看……地窖到了,箍着铁板的大门像座堡垒一样的牢固。这里是藏酒的地方，只有她一个人知道凭着墙上的十字记号找出正确的地点。没事，这里同样找不到有人动过的痕迹。尽管如此，安杰里耶太太的心跳加快，露西儿没多久前一定来过地窖，因为空气中还漂浮着她身上的香水味。她循着这条嗅觉线索回到一楼，穿过厨房、餐厅，终于在楼梯上碰见了正要下楼的露西儿。露西儿手上拿着一只盘子、一个酒杯和一个空酒瓶，而且都是用过的。原来如此，所以她才要去地窖还有食物储藏室，安杰里耶太太明明听见那里有脚步声。

"爱的消夜？"安杰里耶太太低沉辛辣的口吻恍如细长的鞭子抽来。

"求求您，安静点！如果您知道……"

"跟一个德国人？在我家里！在你丈夫的家里，可恶的……"

"请您安静一点！德国人还没回来，不是吗？他随时可能进门。先让我过去把这些整理一下。您呢，趁着这个时候，请您上楼去，打开以前的那间旧玩具间，看看是谁在那里面……等您看清楚了，再过来饭厅找我，告诉我您想怎么做。我错了，大错特错，没有事先让您知道就擅作主张，因为我没有权利拿您的生命冒险……"

"您把那个农夫藏在我家……被指控谋杀的那个？"

就在此时，他们听见军团行军经过的脚步声，德国人嘶哑着声音高喊命令，紧接着德国人踏上门前石阶的脚步声清晰可闻，根本不可能会想成是法国人的脚步声，因为军靴踩踏，马刺敲打，响音清脆，更因为只有征服者才踩得出这样的自信骄傲的步伐，踩躏敌人的铺石路面。

安杰里耶太太打开自己房间的房门，先叫露西儿进去，自己接着进去，最后拉上门拴。她接过露西儿手上的盘子和杯子，拿进盥洗室里洗,然后小心翼翼地擦干,酒瓶则是先看了上面的标签之后才收起来。普通的酒?对,好极了!她宁可因为窝藏谋杀德国人的罪犯而遭到枪决,也不愿意牺牲一瓶陈年的勃艮第上等好酒。"幸亏地窖里暗,我随手拿到的是瓶一升三法郎的葡萄酒。"她保持沉默,迫切好奇地等待安杰里耶太太开口说的第一句话会是什么,她不该隐瞒她这么久,不让她知道屋里有外来的人,这位老太太的眼神似乎在探索屋墙。

"您以为我会到司令部出卖这个男人吗?"终于,安杰里耶太太开口了。她张开的鼻翼微微颤动,眼睛闪耀着光芒,看起来好像很快乐,很兴奋,有点发狂,好像一个年纪大的女演员再次找回了从前让她大放异彩的角色,口吻、动作全都再熟悉不过,成了一种第二天性。

"他在这里很久了吗?"

"三天了。"

"您为什么不来告诉我?"

露西儿不回答。

"您疯啦,竟然把他藏在蓝色房间,他应该待在这里才对,反正我的三餐都是由人送上来的,您根本不用担心会被发现,现成的借口。他可以睡在沙发上,睡在盥洗室里。"

"母亲,您要想清楚啊!如果他在您的家里被发现,后果是非常严重的。不过,我可以把责任全揽在自己身上,说这全是我自作主张,您完全不知情,大体而言,这也是实情,相反地,如果他在您的房间……"

安杰里耶太太耸耸肩。

"告诉我,"她说话时那生气勃勃的样子,露西儿已经很久没见过了。"告诉我事情发生的经过,从头到尾?除了巡警宣布的内容之外，其他的我完全不知道。他杀了谁？一个德国人而已？他还伤了其他人吗？是名军官……至少该是个高阶军官吧？"

"她还真是一派轻松呢。"露西儿想。"她必然立刻'响应'所有谋杀、流血的呼吁……为人母者与坠入情网的恋人，都是强悍的女性。我既不是母亲也没有坠入爱河（布鲁诺？不……这个时候不该想到布鲁诺身上去，不行……），我无法以同样的态度来面对这件事。我比较超然，比较冷静，比较心平气和，比较文明，我依然这么相信着。再说……我无法想象我们三个，真的是拿自己的性命当赌注……这未免有些离谱，过于戏剧化了，然而波内确确实实已经死了……死在这名农夫的手上，而这农夫有些人把他当做罪犯，有人则视他为英雄……那，我呢？我必须做出抉择。我已经做出了抉择，不管我心底是怎么想的，已经做了……我还以为自己是自由的……"

"您当面问萨巴里吧，母亲。"她说。"我去找他，然后带他过来您这儿。请您不要让他抽烟，中尉可能会闻出来这烟味不是他的，我想这是唯一的危险，他们不会来家里搜索，绝对不相信我们有胆量在镇上窝藏犯人。他们一定会到各农庄四处搜查，怕只怕有人检举密告。"

"法国人不会出卖自己的同胞。"老太太正气凛然地说。"自从您认识了德国人之后，我的小媳妇，您一定把这全都忘光了吧。"

露西儿想起有一次冯·法尔克中尉对她说的心底话："就在我们到达的那一天，在司令部，"他说，"有一大包匿名信等着我们。这里的人互相指控谁大声呼吁支持英国和戴高乐，谁又囤积食粮，从事间谍行动，如果真一一相信的话，整个地区的居民全都要进监狱了！我叫人把这一大包全扔进火里。人本来就不是很高贵，战败的打击更唤醒了他们最邪恶的劣根性，在我们国家，情况也一样。"不过,露西儿没有说话,她留下热血澎湃、情绪激昂、行动轻盈、仿佛年轻了20岁的婆婆忙里忙外地将盥洗室的沙发整理成床铺。用她自己的床垫、她的枕头、最细致的床单,满怀爱心的张罗班诺·萨巴里的睡铺。

20

德国人很早就开始作业安排,准备6月21日到22日的夜晚假蒙摩特城堡举办庆祝晚会,这是德国军团进入巴黎的纪念日,不过,没有一个法国人知道为什么非要庆祝这个日子不可的原因,上级下达了命令,法国的国家尊严必须顾及。各民族对自身的缺点知之甚详,远比居心叵测的国外观察家更清楚。布鲁诺·冯·法尔克最近曾和一位法国年轻人相谈甚欢,那位年轻人说:

"我们忘得很快,这一点既是我们民族的弱点也是强项!1918年后,我们忘了我们曾是战胜国,你们是战败国;1940年之后,我们同样也不会记得是你们打败了我们,这一点将来或许能救了贵国!"

"就我们德国人而言,我们民族的通病,同样也是我们最大的优点,那就是不懂拿捏分寸,换句话说,就是没有想象力。我们无法设身处地站在别人的立场设想,所以总是无端的伤害他人,弄得人人讨厌,不过,这个特质却也让我们能够没有一丝松懈,毫无失误地完成行动。"

由于德国人生怕自己分寸拿捏得不准,所以他们跟当地人交谈的时候,特别谨慎小心出口的用词,此举反而被当地人批评是虚伪。连露西儿都问他:"这次晚会是为了庆祝什么?"布鲁诺都含糊其辞地回答他们国家习惯在6月24日左右,也就是一年当中黑夜最短的那一天团圆庆祝,不过,24日那天已经安排了大型演习,所以把日子提前。

一切准备就绪。院子里摆上了桌子，他们向当地居民恳求，借用几小时他们最好的桌巾。士兵们在布鲁诺的亲自带领下，以崇敬的心，在这一叠叠从橱柜底层翻出来的锦缎当中精挑细选。那些资产家庭的夫人们，仰望天空——好像，布鲁诺开玩笑地在心中窃想，在等待圣·热纳维耶夫①本尊从天而降，同时降下雷殛打死这些个大逆不道的德国人，竟然胆敢染指这些珍藏传家的上好布巾，层层抽丝镂空并饰以花鸟图案和姓名缩写字母刺绣的上等蕾丝巾——这些贵夫人们在一旁睁大着眼，默数她们面前的桌巾数量。"我原本有四打，48条，中尉先生，现在只剩47条了。""请允许我陪您一起算，夫人。我敢保证我们没有偷拿任何东西，您一定是太激动了，一时数错了，夫人，这不是第48条吗，掉在您脚边了？请允许我帮您捡起来还给您。""啊！对，我看到了，对不起，先生，可是，"那位贵夫人脸上带着最尖酸的微笑回答，"这么乱哄哄的场面，我们若不注意点，东西很可能就不见了。"尽管如此，他依然有办法哄得她们开开心心，他英气逼人地向她们行了军礼，然后说："当然，当然，我们本来就没有权利要求各位帮这个忙。请你们务必了解，这些完全不算是对战争的贡献……"

他甚至暗示，如果被将军知道了的话……"他是那么的严格……他可能会痛骂我们一顿，因为我们竟然胆敢目无法纪，这样放肆无礼……可是，我们真的很无聊。我们想尽情欢乐一下。夫人，我们向各位请求的是你们的慷慨协助，你们绝对有权利拒绝。"多神奇的一番话！连最紧绷的脸上也立刻浮现了一抹近乎微笑的缓和光芒（一道惨白刺眼的冬日阳光，布鲁诺暗想，照亮了她们富

---

① 译注：Sainte Geneviere，是巴黎的主保圣人。

裕却凋敝的古老房屋)。

"不过,先生,何必扫您的兴呢?您一定要好好看着这些桌巾,这是我的嫁妆。"

"啊!夫人,我向您发誓,我们一定会用肥皂洗干净了、烫平了,完好如初地还给您……"

"不用了!不用了!直接还给我就行了!谢谢您!拿肥皂洗我的桌巾!可是,先生,我们,这些东西我们是不送洗衣店洗的!都是叫女仆当着我们的面洗的,我们用的是最细致的炭灰粉……"

至此,他唯有摆出最温柔的笑脸跟着附和:

"唉呀,跟我母亲一样……"

"啊,真的吗?您的母亲大人也是……这倒奇怪了……或许您也需要用到一些餐巾?"

"夫人,我实在开不了口。"

"我这就给您两三打,四打好了。您要餐具吗?"

大伙出来时,双手满满的清新芳香餐巾,口袋鼓鼓的满是甜点用餐刀,几件古董调酒碗,一把拿破仑时代的咖啡壶,把手烧有叶片装饰,拿在手上宛如盛装圣物的圣器。这些全进了城堡的厨房,等待晚宴开始。

年轻女孩笑容可掬地呼喊士兵。

"没有女人,你们要怎么跳舞呢?"

"我们也没办法,小姐,还在打仗啊。"

乐师们在温室里演奏。他们在院子的入口插了许多旗杆,旗杆上面挂满了五颜六色的彩带,簇拥着飘扬的旗子——横扫波兰、比利时和法国战场,所向披靡,以胜利者傲视三国国都的军旗,然后是反卍字旗,露西儿喃喃地说,"一面由全欧鲜血染红的旗子。"唉!是的,整个欧洲,包含了德国在内,漫天烽火中第一个流下的鲜血,总是最高贵、最青春、最热情的鲜血,而世界重生的重任全落在残留下来的那些人身上,所以战后的日子才会这么的艰苦……

军用卡车每天从索恩河畔的夏隆、磨坊镇、纳维尔、巴黎和艾佩奈等地满载着一箱箱的香槟抵达,络绎不绝。虽然没有女人,池塘边有酒、有音乐、有烟火。

"我们要去看,"年轻法国女孩说,"今晚不管什么宵禁了。你们听到了吗?既然你们可以狂欢,我们这样的要求不算过分吧,我们也应该放松一下。我们要去城堡院子旁的路上看你们跳舞。"

她们笑着试戴各种荷叶花边帽、银色蕾丝撑边女帽、面具,变换装饰了纸花的假发。这些东西原先是哪个狂欢庆典用的呢?东西全都有点皱皱的,略微褪色,是曾经用过的吗?还是某个夜总会老板在1939年以前,存放在戛纳或朵维尔准备将来东山再起的部分家当?

"如果你们戴上这个,一定很有趣。"女人们说。

士兵们苦笑着走秀。

香槟、醇酒、舞蹈、恣意狂欢……足以让人暂时忘却战争以及流逝的时间,大伙担心的只有一件事——当天晚上可能下大雨。不过,这夜空是如此的湛明……突然,晴天霹雳,天降横祸!一个士兵被杀,而且还不是光荣战死,是在毫无防备的情况下惨遭某个喝醉的农夫暗算。有人想过取消晚会!绝对不行!这里战争的心态浓厚,这种心态默许弟兄们从刚咽气的战友身上脱下他们的衬衫、军靴,并且无视放在帐棚角落的尸体,彻夜玩牌取乐……如果尸骨还找得到的话!相反地,这样的心态使得大家都把别人的死看做是极其自然的事,是军人的宿命,所以拒绝为此牺牲任何一点娱乐。再说,军官必须以底下弟兄的想法为第一考虑,他们认为须尽快地驱散未来前途艰险、人生短暂、生死难料的消沉想法。不!

波内死的时候没受到太多的痛苦,我们也给他举办了隆重的葬礼,他应该也不愿意看到战友因为他的缘故而失望,庆祝会如期举行。

在此战事稍歇之际,布鲁诺希望能制造些娱乐打破日复一日的沉闷气氛,他放任自己完完全全沉浸在这片带点疯狂又几近绝望、近似孩子气的兴奋氛围中。他不愿去想波内的事,也不去想这些灰扑扑、冷冰冰、充满敌意,百叶窗关得紧紧的屋子里人们的窃窃私语。他很想说:"这两件事根本没有关系嘛。这是你们的问题,跟我有什么关系?"像个大人答应要带他去看马戏团表演的小孩,却因为某位烦人的年老亲戚生病了结果被迫待在家里,这跟他,布鲁诺·冯·法尔克,有什么关系吗?他不仅仅是帝国的军人,他的行动也不完全受到军队和祖国的利益支配而已,他也是最最平凡的普通人,跟其他人一样,希望追寻幸福,发挥特长,只是(跟其他人一样,唉,在这个时节)基于这些名曰战争、公共安全、必须维持战胜国军队威风等以国家角度来看的理性考虑,这样自然的追寻却时时被迫打断。有点类似年幼的王子们,他们的人生完全受到国王,也就是他们的父亲的野心所宰制。当他走在蒲希的街道上,当他骑马驰骋乡野村落,当他靴上的马刺在一栋法国人的屋子门前喀喀作响时,他感受得到强权德国的伟大和忠实精神正透过他身上反映出来。可是,这些法国人可能看不懂,因为他表现得既不骄傲也不自大,反而正因为任务之巨大,他变得战战兢兢,变得更恳切谦虚。

不过,只有今天,他不愿多想。宁可满脑子装满舞会或非现实的幻想,例如露西儿紧挨着他,或是露西儿陪他参加晚会……"想太多了",他微笑着自言自语。好了!算了!在我的灵魂深处,我是自由的。他在脑海中为露西儿描绘一件晚礼服,不是当代的设计风格,而是近似浪漫派版画上的服饰:纯白晚礼服缀着轻纱拉皱荷叶边,大喇叭线条宛如花冠,所以当她和他手牵着手翩翩起舞时,偶尔可以感觉到她的裙摆飞扬,蕾丝花边沙沙轻搔他的脚。想着,想着,他脸色变得苍白,啮咬嘴唇。她是多么美啊……这位女子跟他,在一个像这样的夜晚,两人漫步蒙摩特城堡庭院,共赏鼓号音乐,仰望遥远烟火……一个女子,特别是能够了解并分享这近乎宗教信仰的心灵悸动,这悸动源自孤独、黑暗以及对这群阴郁恐怖的斗士的了解,远处的军队和士兵,还有在更远的地方,那些还在痛苦地挣扎作战的军人,与驻扎城镇的战胜者队伍。

"跟这名女子在一起,肯定灵感泉涌。"他心里想。他作曲做得非常多,仿佛一直处在一种无止境的创作兴奋波澜当中,疯狂地恋上了音乐。他笑着说,错不了,跟这个女子在一起,再加上一点自由,一点平静,他一定能够成就大事。"可惜啊,"他叹了口气,"可惜……这几天,调派令就要下来了,又要作战了,另一个民族,另一个国家,我的身体是如此疲惫,军旅生涯好像永远没个完结似的。"她要求见他……门口急急响起音乐乐曲、甜美的和弦、微妙的不和谐音程……象征勇猛壮盛军容,狂野奔放的作品。"真是遗憾,除了打仗之外,波内还喜欢其他什么吗?我不知道。我们永远无法彻彻底底了解一个人。可是,如果……这样说的话……19岁英年早逝的他,比仍苟活世间的我,更了解自己。"

他在安杰里耶家面前停下脚步。他回到家了。这三个月来,他已经习惯把这扇箍了铁条,加了监狱般的门锁,散发地窖霉味的前厅,屋后的院子以及远远的沐浴月色中的树林,当做自己的家了。这是六月的一个傍晚,天气好得不得了,玫瑰绽放,不过玫瑰的芬芳压不过从昨天夜里就四处弥漫的草堆和草莓香,因为现在正是农忙的时节。中尉一路上遇见了许多满载新鲜干草的牛车,因为马都被征调光了,他默默地欣赏牛拖着香气四溢的重货,慢慢前进的模样。农民们看见他立刻别开脸,他全看在眼里……但是……他的心情再度开朗轻松起来,直接走进厨房找东西吃,厨娘有点反常地连忙为他准备,对他开的玩笑也置之不理。

"夫人在哪里?"他终于问了。

"我在这儿。"露西儿说。

他刚咽下一大块新鲜面包铺生火腿,她悄悄地走进来,他抬头看着她:

"您的脸色很苍白。"他爱怜关心地问。

"苍白?没有啊,只是今天一整天都很热。"

"您的母亲在哪里?"他微笑着问。"我们到外面走走,待会儿到院子来找我。"

过了一会儿,当他沿着两边种满果树的主要步道慢慢踱步前行时,他看见她来了。她低着头朝他的方面走过来,在离他几步远的地方,她停住了,迟疑了一下,然后,跟平时一样,等他躲进那棵大椴树后面以后,她走到他身边,握住他的手。并肩走了几步,两人都没有说话。

"开始割草了。"她终于开口。

他闭上眼睛,呼吸空气中的香气。蜜黄色的月亮高挂混沌乳白苍穹,几抹云彩飘过,太阳还没完全下山。

"明天,天气很好,适合办晚会……"

"明天?我还以为……"

她顿住,没往下说。

"有何不可?"他蹙起了眉头。

"没什么,我以为……"

他挥舞手上的软条鞭,使劲地鞭打花草。

"这里的人怎么说?"

"关于……"

"您明知故问,关于那起命案。"

"我不知道。我没和任何人来往。"

"那您呢,您的看法呢?"

"当然是很可怕的一件事。"

"可怕而且令人不解。说真的,我们以同是团体中的一分子的身份来说,我们到底对他们做了什么?虽然说我们有时候让他们感到不快,那也不是我们的错啊,我们只是奉命行事而已。我们是军人,而且我很清楚,军队已经尽可能表现得通情达理、人性化了,不是吗?"

"的确是。"露西儿说。

"当然,对别人我也许不会这么说……不过,我们之间已经有了一个默契,我们不该过度哀怜一名已死战友的悲惨命运。这完全背离了军人的精神,自视为团体中的一分子,以团体为先,士兵可以牺牲,只要军队能继续存活!因此明天的庆祝会照常举行。"他继续说。"不过,对您,露西儿,我可以开诚布公地说,一想到这个年仅19岁的大男孩惨遭杀害,我的心就在滴血。他跟我有点亲戚关系,我们两家互相认识……此外,还有一件愚蠢又叫我不平的事,他为什么不肯放过那只狗,我们的吉祥物,可怜的布比呢?如果让我抓到那个人,我一定非常乐意亲手杀掉他。"

"毫无疑问,"露西儿低声说,"他心里一定也常常这么想!如果让我抓住这群德国人当中的一个,如果没办法,就算能抓了他们的狗,也是一大乐事!"

他们愕然,互相凝视,这些话就这么几乎是不知不觉地,自然地从嘴里滑出来了,沉默只有让这话的效用发酵而已。

"历史重演,"布鲁诺说,很努力地想改用轻松的口吻说道:"由来已久。"胜利者不懂为什么人们不欢迎他。"1918年之后,贵国费了许多力气想要告诉我们,说我们脾气差,因为我们无法忘记我们被击沉的舰队,我们失去的殖民地,我们被摧毁的帝国,始终徒劳无功。可是,怎么能够拿一个伟大民族的民族情感,跟一个农夫盲目憎恨的冲动之举相比较呢?"

露西儿摘了几枝木犀草,放在鼻尖前闻,然后放在掌心里搓揉。

"还没有找到他吗?"她问。

"没有。喔!他现在一定逃得远远的了,这里的老百姓绝对不敢窝藏他,他们知道这样做风险太大了,他们还想留住一条命,不是吗?当然还有他们的钱……"

他脸上带着淡淡的微笑,看着紧邻庭院四周的房子,一栋栋低矮、肥壮、隐秘、在暮色中沉睡。看得出来他在脑里想象屋子里住的都是情绪化的老太婆,要不就是谨言慎行、吹毛求疵、贪得无厌的资产阶级贵夫人,更远一点,到了乡下地方,则是跟牲畜差不多的农民。这是真的,至少一部分是真的,剩下的是阴暗的部分,黑暗、神秘,无法与外人道。露西儿突然想起小学时读过的一句话:骄兵必败,暴政必亡。

"我们走远一点。"他说。

庭园步道两旁种满百合,绸缎般的纤长花苞在最后几道阳光的温暖滋润下缓缓张开。现在,这高傲笔直、芳香逼人的花正迎着晚风绽放。露西儿和德国人认识已经三个月了,他们常常一起散步,却从来没有遇过这么好的天气,如此适合谈情说爱的天气,双方同意努力忘掉任何与他们俩无关的事。"这些不干我们的事,也不是我们的错。每个男人和女人的心底都有一方伊甸园,那里没有死亡,没有战争,那里野兽和母羊和平嬉戏。只要找回这方乐园,只要闭上眼睛不看任何不属于那里的事就好了。我们是一个男人,一个女人,我们彼此相爱。"

他们认为就算理智,甚至心都可能让他们彼此对立,形同陌路,但是灵犀相通的感觉是切不断的,连结一个恋爱中的男人与一个默许追求的女人之间那份共通欲望的默契无需言语。他们走到一棵果实累累的樱桃树底下,旁边是一座小喷泉,水池里传来癞蛤蟆哀戚的悲鸣,他伸手想抱她。他抓住她的手臂,撕开她的衣服,抵上她的胸前,用力之猛显示他已经失去理智,拿捏不准力道了。她发出一声尖叫:"绝对不可以,不行!不要!不可以!"她绝对不可能成为他的。她很害怕,再也不敢渴望他的爱抚,她还没有堕落不知羞耻到能够把恐惧转化为性欲的地步。(也许是太年轻了!)她曾经那么欣然地张手欢迎这份爱,而她也始终不愿相信这爱是有罪的,可是在这个时候,这份爱突然变成了一种淫贱的疯狂举动。她说了谎,她背叛了他,这还叫爱吗?不然,是什么呢?一小时的肉体欢愉?……可是,连肉体的欢愉,她都感受不到,那些横亘在他们之间,让他们变成敌人的既不是理智,也不是心,而是流血的卑劣行径,他们因此相遇契合,对此同样无力回天。他修长美丽的手指抚摸她的肌肤,她曾经是那么渴望得到这只手的爱抚,现在却毫无感觉,相反地,压住她胸口的那片皮带金属扣环是那么冰冷,寒意直逼心脏。他喃喃地说了一些德语。外国人!外国人,敌人,不管怎么样,也不管在何时,永远都是身穿绿色制服,有着一头不属于这里的淡金色美丽头发和自信嘴唇的敌人。突然,换成了他推开她。

"我不想强迫您,我不是喝醉酒的粗野军人……您走吧。"

可是,裙子的缎面腰带钩住了军官的金属纽扣,他颤抖着手慢慢地解开,她则焦急地朝屋子方向张望,屋里已经开始亮灯了,不知道安杰里耶老太太记不记得拉上双层窗帘,免得逃犯的影子映上玻璃窗? 在这美丽的六月黄昏,愈是要处处提防! 斑斓的夕阳余晖让藏在这些门户洞开的房间里的秘密无所遁形,摊在大家的目光下,屋里的人却浑然不知,路上经过的马车装载着走私货品,每一间屋里藏着不为人知的辛酸。布鲁诺低着头,两手拿着飘扬的长腰带,他不敢再轻举妄动,更不知如何开口。最后,他语带凄凉地说:

"我以为……"

他话停在这里,犹豫了一下,然后才继续说下去:

"您对我……有一点情意……"

"我原先也这么以为。"

"没有吗?"

"没有,这是不可能的。"

她稍稍走远了一些,与他相隔几步的距离,彼此凝视对方。过了一会儿,小喇叭嘶吼的号音传来:宵禁开始了。德国士兵在滞留广场的人群间穿梭。"好了,回家睡觉了!"他们和颜悦色地说。女孩儿们一边笑,一边抗议。小喇叭再度吹起,老百姓陆续回家,街上只剩德国人了,从现在开始到天亮,只剩他们来回巡逻的脚步声扰人好梦。

"宵禁开始了,"露西儿用颤抖的声音说,"我必须回去了。我得把所有的窗子关上。昨天在司令部有人跟我说,我们客厅的灯光透出去了。"

"只要我在这里,您什么都不用担心。没有人会来找您麻烦的。"

她没有作声。她伸出手,让他在手上印了一个吻,然后往家里走。已经过了午夜,他还在院子里徘徊,她听见街上卫兵简短单调的呼喊,就在她房间的窗子底下,还有狱卒缓慢谨慎的脚步声。有时候,她想:"他爱我,他没有怀疑。"有时候,她又觉得:"他发觉了异常,他在窥伺,在等待。"

"真可惜。"突然间,她仿佛打开了真心,由衷的感叹。"真可惜,一个这么美丽的夜晚……适合谈情说爱……真不该就这样让它溜走,其他的一点都不重要。"虽然想是这么想,她却没有表现出丝毫想要从床上下来,走到窗前的样子。她觉得自己孤孤单单的,被绑得死死的,被监禁在这不见天日的地方,只能不耐烦地低声叹气和做白日梦,她白白地浪费了一个美好的夜晚。

21

正午刚过,小镇便充满了欢乐的气氛。士兵在广场的旗杆上插满鲜花绿叶,市政厅的阳台上,只见印有哥德式字体文字的红黑双色反卍字纸旗随风飘扬。天气温和宜人,清风徐吹,旗帜和彩带轻轻摇摆,两名脸色红润的年轻士兵卖力地拉着一辆推车,上面装满了玫瑰花。

"是装饰桌面用的吗?"女孩好奇地问。

"是的。"士兵得意洋洋地回答。其中一名士兵拿了一朵含苞待放的玫瑰,送到一位年轻女孩面前,还故作大礼,女孩羞得满面通红。

"一定非常热闹。"

"希望如此[①],我们也这么希望,我们花了很多工夫准备。"士兵回答。

厨师们露天制作着晚餐用的馅饼以及塔式蛋糕。他们选在教堂周围的大椴树底下工作,免得灰尘沾染食材。大厨穿着军人制服,不过头上顶着一顶超高厨师帽,胸前围着一尘不染的雪白围裙,围裙刚好盖住圆圆的大肚子,正在替蛋糕做最后的装饰。他用鲜奶油在蛋糕上挤出阿拉伯风格的花纹,然后放上水果蜜饯,空气中飘散着糖的甜味,孩子们兴奋得大叫。大厨师虽然得意得不得

---

① 编注:原书以德语标示。

了,却不愿显露半分,他皱起眉头,厉声地对孩子们说:"好了,退后一点,你们在旁边闹,谁还能工作啊?"女人一开始还故作姿态,装出一副对蛋糕毫无兴趣的模样:"噗!一定很难吃……他们没有做蛋糕用的面粉……"慢慢地,她们也跟着聚拢过来,刚开始还有点害羞,后来就没那么怕了,到最后,甚至一副女主人的模样,肆无忌惮地发表意见。

"嘿,先生,这一边装饰得不够……先生,您应该放个天使才对。"

最后干脆一起通力合作,她们把乐翻天的小孩推开,活力充沛地跟德国人一起在桌子前忙和,一个忙着切杏仁,另一个在磨糖粉。

"只给军官吃吗?还是士兵也有份?"她们问。

"大家都有份,大家都有份。"

她们苦着一张脸陪笑。

"除了我们之外!"

大厨师高高举起上头摆着巨大蛋糕的瓷盘,然后微微行了一个礼,将蛋糕推出来给大家看,围观的群众边笑边鼓掌叫好,大伙小心翼翼地把大蛋糕放在一个巨大木板上面,再由两名士兵(一个在前,一个在后)抬起来送到城堡。此时,驻扎邻近地区的部队军官陆陆续续地从四方拥入,他们都是今晚庆祝会的座上宾,长长的绿披风在身后飘扬。店铺老板脸上堆着笑,出来到门口迎接,他们从早上就开始把地窖里最后一批库存全搬出来了,德国人什么都买,而且出手大方,一名军官一口气把最后几瓶甜烧酒全买光,另一个则大手笔花了1200法郎买了一件女性内衣,士兵冲着挤到店铺的橱窗前,一脸激动地盯着粉红嫩蓝的围兜看。终于有一个士兵忍不住了,一等军官走远,他立刻招手叫女售货员过来,指着新生儿用品抽屉内的东西,那是一个年纪非常年轻的士兵,有着一双湛蓝的眼睛。

"是男孩?还是女孩?"女售货员问。

"我不知道。"他天真烂漫地说。"我太太写信告诉我,应该是上次休假时有的,一个月前。"

他身边的人顿时爆笑如雷,羞得他满脸通红,不过似乎非常高兴,最后买了一把摇铃和一件小裙子,高高兴兴地穿过马路走了。

广场上,鼓手、小喇叭手和短笛乐手围成一圈,一遍又一遍,不停地吹奏,旁边,负责军队邮件的士兵周围又另成一圈人潮。法国人张大嘴巴看着这一切,眼里闪耀希望的光辉,脸上既是真诚又是悲凉,一边点着头,一边想着:"我们知道那是什么样的感受……期待来自祖国的消息……我们全都是过来人……"此时,一名身形庞大的年轻德国人走进旅店,身上的马裤像手套似的被臃肿的大腿和肥厚的臀部绷得紧紧的,好像快要撑破了似的,这是他第三度踏进旅行者旅店要求检视晴雨表刻度了。晴雨表依旧定定地指着晴天。德国人满意了,笑容满面地说:

"没什么好担心的。今晚不会下雨。上帝与我们同在。"①

"是啊,是啊。"女服务生随声附和。

这质朴憨厚的快乐情绪也感染了旅店老板(他向来是个亲英分子)以及店内的客人,大伙全站起来走到晴雨表旁边:"一点都不用担心!没事。这很好,会是个很棒的晚会。"他们对在场那些笑容灿烂互拍肩膀的德国人说,而且还费神地用蹩脚的法语来说,好让全场的人听得懂。

---

① 编注:原书以德语标示。

"上帝与我们同在。"①

"当然,当然,上帝保佑②,"那个德国佬喝了不少,他们背着他窃窃私语,话里透着微微的同情:"我们知道是怎么回事。他呀,从昨晚就开始庆祝狂欢了……很不错的一个家伙……嘿! 怎么了! 他们为什么要闷着无聊呢? 再怎么说,他们也是人啊!"

这名德国人以他的外表和他说的话在这里制造了和谐温馨的气氛之后,接着一杯又一杯地连灌了三瓶啤酒后才离去。随着白日逐渐消逝,镇上的居民益发感到愉快和兴奋,好像他们也要参加晚会似的,女孩们在家里厨房无精打采地冲洗杯子,不时走到窗边探头瞧三五成群赶往城堡的德国人。

"你看见那个住在神父家的少尉了吗? 他真帅,胡子刮得干干净净! 那是司令部新来的翻译官! 你认为他多大了? 我说还不到20,真是个男孩! 他们全都很年轻。喔,安杰里耶家的那个中尉来了,那个年轻军官叫我心头小鹿乱撞,看得出来他很有教养。好漂亮的马! 他们还有漂亮的马,天啊。"少女们赞叹着。

几名蹲坐在火炉四周的老人家尖酸地说:

"那是当然,那是我们的马呀!"

老人朝炉火的灰烬中吐了一口痰,咕哝地说些诅咒的话,女孩们没听见。她们急切的只有一个想法:快把碗盘洗好,然后到城堡看那些德国人。环绕庭院四周的道路,两旁遍植洋槐、椴树和漂亮的山杨,树叶沙沙作响,枝叶不停摇摆。从枝叶的缝隙中,可以瞥见池塘和摆好桌子的草坪,再往上走则可见城堡,城堡门窗大开,

---

① 编注:原书以德语标示。

② 同上。

里面播放军乐曲。1点钟,本地的所有居民都聚集在这里了,少女强拉父母过来,少妇们不愿把孩子单独丢在家里,孩子们有的躺在母亲的怀里睡着了,有的则四处奔跑做游戏,丢掷石块,还有的干脆拉开洋槐枝叶,瞪着好奇的大眼睛看着眼前的景象:乐师在露台上就位,德国军官或躺在草地上,或在树林间和铺着耀眼桌布的餐桌间悠闲漫步,桌上的银器反射夕阳最后一道金光,而且每一张椅子的背后都站着一位士兵,他们一字排开,勤务兵负责上菜。终于开始播放旋律轻快、特别能带动气氛的曲子,军官陆续就座。在坐下之前,坐在餐桌最前端的那位先生("主位……是一位将军",法国人交头接耳)以及所有的军官一起立正,高举酒杯,齐声高呼:"希特勒万岁!"欢呼的余音不绝,久久不歇;这狂野、纯粹、冰冷的呼喊余音在空气中不停震动,接着是嘈杂的言语交谈,刀叉碰撞以及夜归鸟儿的低鸣。

远处的法国人想看清楚里面是否有熟悉的面孔。将军身材修长,满头白发,长长的鼻子又高又挺,坐在他旁边的是司令部的军官。

"你看,左边那个,就是他拿走了我的车,凶狠的大混蛋!旁边那个金发矮个子,脸颊粉嫩粉嫩的那个,他人很好,法语说得不错。安杰里耶家的那个德国人跑哪儿去了?那个布鲁诺什么的……名字挺好听的……真可惜,天就快黑了,到时候什么都看不见了……木鞋匠家的那个德国佬跟我说他们会点火把!住在城堡里的那些人会怎么说啊?这个晚上,他们甭想睡了!剩下的食物要给谁?啊,妈妈?给镇长先生吗?"

"安静一点,小傻瓜,不会有剩的,他们食量大得很!"

黑暗慢慢爬上草坪。制服上的镀金装饰,德国人的金发,露台的乐师手抱铜管乐器,还有隐约可见微弱的光芒闪烁。白昼的日光远离地面,仿佛在极短的时间内逃往天际,贝壳状的粉红彩霞簇拥着圆圆满月,月色呈诡异的色彩,一种异常冰冷的绿,泛绿的月光投射水面,青草和新鲜干草的芬芳,木莓的香甜弥漫空气中。突然,火把点燃了。士兵们手执火把,火光照耀杯盘狼藉的桌面、空的酒杯,军官们唱着笑着早往湖边聚集了,耳边传来香槟瓶塞弹开的声音,清脆欢乐。

"啊!这些兔崽子,"法国人说,不过,听起来并不怎么气愤,因为欢乐气氛是会感染的,而且还能化解心中的怨恨,"他们喝的是我们的酒……"

再说,德国人脸上全是这香槟真好啊的满意表情(这可是他们花了大把银子换来的),法国人隐隐觉得自豪,他们颇有品味,懂得好酒。

"他们真开心,幸好战争不会永远打下去。但别担心,他们还有得打……他们说战争今年可能就会结束。当然,如果他们赢了,我们就惨了,不过,这也没办法,总得有个了结啊……我们在镇上真的快过不下去了……还有叫他们把俘虏还给我们。"

年轻女孩彼此揽腰,随着轻快欢乐的乐音在路上翩翩起舞。鼓号乐音为这些华尔兹或轻歌剧舞曲增添了响亮雄壮的风味,听起来具备了凯旋、欢乐、英雄气概和普天同庆的感觉,让人心情不禁振奋起来。有时候,一缕绵长、低沉却强而有力的铜管乐从这片轻快的音符当中猛然窜出,仿佛遥远的惊雷余响。

黑夜终于淹没大地,合唱歌声响彻云霄。一群群分散各处的军人高亢加入,有的在院子露台上,有的在湖岸边,有的甚至划着装饰了花卉的小船徜徉湖面。法国人在一旁静听,不由自主地也跟着陶醉。已经快要半夜了,可是没有人想要离开他们在高高的野草堆和树枝上的座位。

只剩火把、烟花光芒照亮树丛,夜空中充满了赞叹的声音。突然,四下一片静寂。在月光和绿色火光的掩映下,只见德国人匆忙奔跑的黑色身影。

"就要放烟火了!一定是要放烟火了!我就知道,这些德国佬跟我说过。"一个小男孩尖叫着说。

尖锐的嗓音划破湖面。他的母亲出声斥责。

"安静!不要叫他们德国佬或德国鬼子,绝对不可以!他们不喜欢。闭嘴,安安静静地看就好。"

不过,此时眼前只剩来回奔跑,兴奋的黑影了。露台上面有人大声喊了一些话,但这里听不到,底下响起久久的隐约欢呼声,宛如雷声隆隆。

"他们在鬼叫些什么?你们听见了吗?大概是'希特勒万岁,戈林万岁!第三帝国万岁!'之类的口号。什么都听不到了。他们没再说话了。咦,乐师走了!难道是他们接获了什么消息?难不成他们登陆英国了?我想,大概外面太冷了,所以进到城堡里面继续狂欢。"生怕深夜露重,湿气引发关节痛的药房老板意有所指地说。

他拉起他年轻太太的手。

"我们也回去了好不好,琳乃特?"

可是,药房老板娘根本不听他的。

"哦!留下吧,再等一下。他们很快就会再唱歌了,真好听。"

法国人耐心地等着,可是歌声始终没有再起。手执火把的士兵从城堡里面出来,好像在传递命令,有时听得见短促的呼叫声。湖面上的小船摇摇摆摆,空无一人,孤独地沐浴月光,军官已经全数下船。他们的交谈清楚地传到法国人的耳里,可是没有人听得懂。烟花一个接一个熄灭,围观的群众开始呵欠连连。"天晚了。

我们回家吧。晚会一定是结束了。"

年轻女孩互相挽着手,父母亲跟在后头,睡意浓厚的小孩拖着脚慢慢跟着,大伙三三两两往镇上走。街上的第一间屋子前,一位老人家在路旁摆了一张草编椅子,坐着抽烟斗。

"怎么样啊?"他问。"晚会结束啦?"

"是啊。喔!他们玩得真开心。"

"不过,他们开心不了多久了。"老人家心平气和地说。"刚刚广播才说,他们已经向俄国宣战了。"

他拿烟斗敲了几下椅子的木头扶手,清理烟斗里的烟灰,一边仰望天空,一边喃喃地说:

"明天还是晴朗干燥的天气。这样的天气再持续下去,院子就要遭殃了!"

22

他们要走了!

这几天,大伙都等着看德国人离开。是他们自己宣布的,他们被调到俄国。听到这个消息,法国人好奇地打量他们。("他们是高兴呢,还是担心?他们会赢还是会输?")至于德国人,他们也试着想猜出居民对此事的看法,看到他们要走了,他们是否觉得很痛快?他们的内心深处是否暗自希望他们全部战死?他们之中是否有人为他们感到难过?感到不舍?不是把他们当做德国人,也不是征服者来看待(他们还不至于天真到问这样的问题),而是是否会怀念在他们家里住了3个多月,还拿妻子和母亲的照片给他们看,邀请他们共享不止一瓶酒的这些保罗、希格佛立德、奥斯华德?然而,无论是在法国人,或是德国人的脸上,完全找不到蛛丝马迹,他们照常交换礼貌性和谨慎斟酌过后的普通话题:"这就是战争……谁能怎么样呢……对不对?不会拖很久的,要继续保持希望!"他们彼此告别,互道珍重,宛如抵达最终停泊港的船客,大伙高声叫道,总有一天,我们会再见面的!彼此在心里留下过去这几个礼拜来共同生活的美好记忆。不止一个士兵在阴暗处对着魂不守舍的年轻女孩耳边低诉:"战争结束后,我一定会回来的。"战争结束后……何其遥远啊!

他们今天出发,1941年7月1日。镇上法国人最担心的,莫过于是否有另一批军人要进驻,因为,如果是这样,他们酸苦地想,根本没有必要换,已经习惯这一批德国人了,如果换另一批,谁知道会不会有损失?

露西儿溜进安杰里耶太太的房间,对她说确定了,德国人已经接到命令,他们今晚就走。在新的一批人到来之前,可以合理地推断有几个钟头的空当,一定要把握这个机会让班诺逃出去,不可能一直把他藏在这里直到战争结束。另一方面,也不可能送他回家,因为法国还是被德国人占领。唯一的希望是——越过分界线,但是边界守卫森严,现在因为军队开拔调动的关系,守卫一定更加森严。

"这非常危险,非常危险。"露西儿喃喃地说。她脸色苍白,神情疲惫,已经连续好几个晚上辗转难眠。她望着站在面前的班诺,有一种怪异的感觉,交杂着恐惧、不解和羡慕,他表情沉着、冷静、严肃,神情近乎残酷,让她感到害怕。他身材高大,肌肉发达,脸颊黝黑,浓密的眉毛下面一双浅色的眸子有时目光逼人,让人不敢直视。露西儿想"他晒黑皲裂的手是一双劳动者的手,是军人的手,可以满不在乎地翻土,杀人见血。"她可以确定的是,这个男人每晚睡得很安稳,悔恨和焦虑不曾侵扰,在他的眼里,凡事都很简单。

"我已经考虑很久了,露西儿夫人。"他低声说。

虽然屋子墙壁厚如堡垒,而且门户紧闭,3个人聚在一起的时候,总觉得有人在旁边窥伺,所以最好快点把话说完,而且尽量压低音量。

"这个时候,没有人会帮我通过分界线的,风险太大了。没错,是应该离开这里,不过,我想去巴黎。"

"去巴黎?"

"我在军队的时候,认识了一些伙伴……"

他迟疑着该不该说。

"我们一起被俘虏、一起越狱,他们在巴黎工作,如果我可以联络得到他们,他们会帮我的。其中有一个,要不是我的话,早就没命了……"

他盯着自己的手,不再说了。

"路上若大难不死,重要的是,到了巴黎以后,要找个可靠的人借住个一两天,等我找到我的伙伴。"

"我在巴黎没有认识的人,"露西儿低声说,"不过,不管怎么样,您都需要身份证明文件。"

"等我找到朋友之后,就会有文件了,露西儿夫人。"

"要怎么弄?您的朋友是做什么的?"

"搞政治的。"班诺简短地回答。

"啊!共产党!"露西儿喃喃地说,同时想起镇上有关班诺的思想和行为的传言。"他们现在四处追捕共产党人,您的生命会有危险。"

"这不是第一次也不会是最后一次,露西儿夫人。"班诺说。"我已经习惯了。"

"要怎么去巴黎呢?火车,不可能。到处都贴着您的通缉令。"

"走路,骑自行车。我越狱的时候,靠的就是一双脚,这难不倒我。"

"警察……"

"两年前我住过的那些人家都认得我,他们不会向警察出卖我的,一定比留在这里安全,看样子这里有很多人不喜欢我。最可怕的,就是这里。其他地方的人既不喜欢我,也不讨厌我,反而比较容易。"

"路途这么遥远,走路,一个人……"

一直安安静静站在窗边默不作声的安杰里耶太太,注视着广场上来来往往的德国人,举起手示警。

"有人来了。"

3个人全都安静下来。露西儿心跳加快,她觉得很惭愧,她的心跳得如此剧烈急促,好像屋里的另外两个人都听得一清二楚似的,老太太和农夫脸上神色不变。楼下传来布鲁诺的声音,他在找露西儿,他开了好几扇门,还问厨娘:

"您知道少夫人在哪儿吗?"

"她出去了。"玛特回答。

露西儿顺了顺呼吸。

"我必须下楼了。"她说。"他一定想跟我道别。"

"趁这个机会,"安杰里耶太太突然开口,"跟他要张油票和通行证,您可以开我的老爷车去,那车没有被征调走。您可以跟德国人说,必须开车载一位生病的佃农进城,有了司令部发出来的通行证,没有人敢在路上拦您,这样您就能安然地抵达巴黎。"

"喔!"露西儿厌恶地说,"编这样的谎言……"

"这十天来您不是一直在说谎吗?"

"等到了巴黎,在他找到朋友之前,该把他藏到哪儿呢?该上哪里找胆识够又可靠的人,除非……那个……"

一段记忆闪过脑海。

"对了,"她突然说,"这是可行的……总之,值得冒一次险。您还记得1940年6月间暂住我们家的那些巴黎难民吗?一对在银行工作的夫妻,上了年纪的那对夫妻,不过毅力过人而且勇气十足。他们最近写了信给我,我有他们的地址。他们的名字是米修。对了,就是这个,珍娜和莫里斯·米修。他们也许愿意……他们一定会愿意的……可是必须先写信通知他们,还要等他们回信……或者索性孤注一掷……我不知道……"

"总之先去要到通行证,"安杰里耶太太建议。她脸上带着苍白、刻薄的笑,补上一句:"这是最保险的方法。"

"我试试看。"露西儿低声说。

她突然很害怕单独和布鲁诺在一起,尽管如此,她还是匆匆赶下楼,既然要做,不如快点办完。万一他开始怀疑了呢?啊!管不了那么多了!现在在打仗,她必须承受战争的束缚。她什么都不怕,疲惫空虚的灵魂隐隐期待着某种大冒险。

她敲了德国人的房门。进屋时,她发现他不是一个人,略微吃了一惊。司令部新来的翻译官是个瘦长的男孩,红棕头发,金黄睫毛,脸颊棱角分明,神情严肃,和另一位身形矮胖,脸颊红润,眼神和笑容颇为孩子气,非常年轻的军官在他的屋里。三个人都在写信,整理装箱,他们要把士兵在这里买的玩意儿寄回他们家里,只要军团在同一个地方住上一些时日,士兵们为了营造自己还在家里的假象都会买一些杂七杂八的东西,一旦要上战场,这些东西就变得碍手碍脚了,像是烟灰缸、小挂钟、版画,尤其是书。露西儿本想退出房外,但是他们请她留下。她坐在布鲁诺为她推来的扶手椅上,看着这三个德国人向她致歉之后,继续他们手边的工作。"因为这些东西全部要赶上五点的邮车。"他们说。

她看见一把小提琴、一盏小灯、一本法德字典、一些法语书、德语书和英语书,还有一张漂亮的浪漫派版画,画着大海孤帆。

"这是我在欧顿的一家卖杂货的店铺里找到的。"布鲁诺说。

他迟疑了一会儿。

"然后,算了……我不寄回去了……我找不到合适的纸箱,画会被弄坏的,您是否愿意收下呢,夫人,我会非常高兴的?挂在这间稍显阴暗的房间里一定很不错,画的主题也相当贴近时事。您看,画中天气恶劣,黑暗中,一艘帆船逐渐驶远……然后远远的地平线一条亮光……给人留下模模糊糊、微弱的希望……收下它,就算是纪念一位即将远行,而且再也不会相见的军人。"

"我收下,先生①,为了那地平线的一线白光。"露西儿低声地说。

他微微颔首,继续打理行囊。桌上点了一根蜡烛,他把封印蜡拿到火焰边上,然后倒在捆好的包裹上面,拿那只从手上脱下来的戒指,印在热蜡上面。露西儿看着他,他为她弹琴那天的情景一幕一幕浮现,他从手上拔下戒指托她拿着,那戒指还留有他手上的余温。

"是的,"他说,突然抬起头,"快乐的日子结束了。"

"您认为这场新的战争会持续很久吗?"她问,话一出口,马上深深自责。这不就跟问一个人认为自己还能活多久一样嘛!这场新的战争预告,宣布了怎样的未来啊?一连串闪电般的胜利,或是溃败、漫长艰辛的抗战?谁能知道?谁敢窥探未来?反正没有人有办法……而且任何尝试永远是枉然……

他好像看出了她的心思。

"总之,一定会很惨痛,椎心刺骨而且血流遍野。"

他的两位战友跟他一样依序整理好行李。矮个子的军官细心地将一只网球拍打包,翻译官则忙着打理一套漂亮的黄色皮革封面精装书。"园艺论文集,"他向露西儿说明,"在入伍前我是花园建筑师,专门研究路易十四时期的风格。"他以略微夸张的口吻补充。

现在,整个小镇,或在咖啡馆,或他们暂住的有钱人家宅邸里,有多少德国人埋头写信给他们的妻子、他们的未婚妻,与他们在世

---

① 编注:原书以德语标示。

间拥有的东西分离,仿佛将一去不回?露西儿感到深深的同情。她看着马路上刚从马蹄店和鞍鞯铺回来的马,无疑地,已是整装待发了。想到这些原本在法国农村劳动的马被抓走,然后被带到世界的另一端,感觉很奇怪。翻译官顺着她的目光往外看,接着语带严肃地说:

"我们要去的地方,对马来说,是一个非常美丽的国度……"

矮个子中尉脸上出现一抹苦笑。

"对人来说,恐怕就没那么美了……"

露西儿想,这些人想到这场新的战争,很明显地,内心充满哀伤,不过,她克制自己不要进一步探索他们的内心感受,她不想利用情感,软化些许他们所谓的"战士士气"的锐气。这种行径等同间谍行为,她要是做了,肯定又羞又愧,再说,她现在对他们的认识比较深了,已经了解到他们反正一定会尽全力奋战到底!还有,今天在我眼前的这个年轻人跟明天战场上的斗士一定有着天壤之别,她想。虽然大家都知道人是复杂、多样、分歧,又处处让人惊奇的生物,但是,只有在战争或是动荡不安的时代里,才能真正地看出来。这真是最惊心动魄、最悲惨的画面了。她继续想"真是悲惨,因为这一切都是真实的,没有人能够自夸真正了解大海,除非见识过了狂涛怒浪和平静无波的大海,唯有在这样一个大时代里,观察过人世间凡夫俗子的人,才能算是真正了解人类的人"。她想,也唯有这样的人能够了解自己。她怎么也想不到自己竟然有办法用自然、平常、天真的口吻,而且音调之间还透着诚恳地对布鲁诺说:

"我来是想请您帮一个大忙。"

"说吧,夫人,有什么我可以效劳的?"

"您是否可以告诉我该找司令部的哪位先生,申请一份紧急通行证和一张油票,我必须开车去巴黎……"

她一边说,一边想:"如果我跟他说是佃农生病,他一定会觉得奇怪。这附近,像是克尔赛、巴拉伊或欧顿……就有很好的医院啊。"

"我必须带我们的一个农民到巴黎,他的女儿在那里工作,病得很严重,希望能过去看她。坐火车对这个可怜的人来说,浪费太多时间了,您知道,现在是田里工作最忙的时候。如果您可以帮这个忙的话,我们当天就能来回。"

"您根本不需要跑一趟司令部,安杰里耶夫人,"矮个子军官的眼里既是害羞又是钦佩,急忙地说:"我有全权可以处理您的申请。您计划何时出发?"

"明天。"

"啊!"布鲁诺喃喃自语。"明天……这么说,我们出发的时候,您还在这里。"

"出发的时间是几点?"

"11点。为了躲避轰炸,我们决定夜里行军,不过,这个谨慎的做法似乎不会有任何功效,因为月光照亮大地犹如白昼,不过,军队向来遵照传统的做法。"

"那容我先告退了。"露西儿接过德国人递来的两张草写纸片,这关系着一个人的性命和自由。她神态自若地将纸折好,塞进腰带里,动作自然丝毫没有暴露出她内心慌乱的紧张与急促。

"我会在这里看着您离开。"

布鲁诺望着她,她看出他眼中无声的恳求:

"您会来跟我道别吧,中尉?我待会儿要出门,不过,6点会回来。"

3名年轻人起立,脚跟并拢立正。以前,她老觉得德意志帝国军人这种老式的敬礼方式滑稽可笑。现在,她想她一定会很怀念马刺清脆碰撞的声音,吻手的礼仪,还有那些没有家庭、没有妻子的士兵(否则就是最低劣的禽兽了)对她情不自禁的仰慕之情。在他们对她表现出来的敬意当中,包含着一种类似感激的哀愁,好像在说,多亏了她,他们重新寻回了往日的些许生活痕迹,那些亲切的举动,良好的教育,以及对妇女应有的礼仪是最受赞美的美德,而非现在的纵情酗酒,或突击敌人阵地才称得上成功。在他们对她的态度中包含了感激和怀旧的成分,她隐约感觉并了解到了,也深觉感动。她焦躁不安地等着八点的到来。该对他说什么呢?要以什么样的方式分手呢?他们之间存在着许多暧昧不明、无法言喻的情愫,近似珍贵水晶般脆弱易碎,只要随便一句话就能轻易打破。他一定也感受到了这一点,因为终于单独在一起的时候,他有好一阵子没有说话。他脱下军帽("或许这是他最后一个平民百姓的举动了。"露西儿深情又痛苦地想),握住她的双手,在他的唇印上这双手之前,他把她的两只手拉近贴上他的脸颊,柔情万种却又像强制命令无法躲闪,是想要占有她吗?企图像印章一样,在她身上盖上戳记,一个怀念的烙印?

"永别了,"他对她说,"别了,我永远不会忘记您的。"

她没有回答。他双眼凝视着她,发现她的眼里已经满是泪水。他别开脸。

"听我说,"过了一会儿,他再度开口,"我会给您一个地址,他是我的一位叔叔,跟我一样姓冯·法尔克,是我爸爸的兄弟。他的事业非常成功,现在人在巴黎跟随……"

他说了一串非常长的德语名字。

"战争结束之前,他是大巴黎地区的总指挥官,反正有点类似总督的职位,他非常仰赖信任我的叔叔。我跟他提过您,而且我已经请他,万一您有什么困难(我们还在打仗,天知道我们可能遇上什么……),尽其所能地协助您。"

"您真是太好了,布鲁诺。"她低声说。

在这一刻,她一点都不觉惭愧自己爱上他,因为他视死如归,而她能为他做的只有发自内心的同情,以及几近母性的关爱。她勉强挤出一丝笑容。

"跟中国的母亲送儿子上战场时,叮嘱他万事小心'因为刀枪无眼'一样,我恳求您,就算是为了我,请您千万千万,尽可能地珍惜您的生命。"

"因为我的命在您的心中有其价值?"他焦急地问。

"是的。因为对我来说,它非常珍贵。"

他们慢慢地握了手。她陪他走到门口阶梯前,勤务兵牵着布鲁诺的马,已经等在那里。天色已经很晚了,可是没有人想到该上床睡觉,大伙都想看德国人离开。在这最后的时刻,某种哀愁和关怀的天性连结起他们和这些军人、被征服者和征服者。那个大腿强健、爱喝两杯的胖厄华德是那么的滑稽,那么的强壮,那个小个子威利乐天又灵活,他还学会了唱法语歌呢(听说他入伍前的工作是小丑),那可怜的乔汉,家人在一场空袭中全部罹难,"只有我的岳母逃过一劫,因为命运之神从来没有眷顾过我!"他悲伤地说。这些人全都要上战场厮杀,迎向炮弹,迎向死亡。有多少人将被俄罗斯平原的沙土淹没?就算再快、再兴高采烈地结束了这场与德国的战争,还是有多少可怜的人看不到这上天所恩赐的终点,这重生的一天?这是多么美好纯净的夜晚,月光照射大地,没有半点风。是收割椴树枝叶的季节了。男人和孩子们爬上高大茂密的树枝头,摘取枝叶,妇女和小女孩在树下怀抱满满的芳香枝叶,摘取花朵,拿到乡下房屋阁楼上,曝晒过整个夏季的阳光之后,到了冬天，正好取来做花草茶。空气中漂浮着令人心醉神迷的甜甜香气，这一切是多么的美好，多么的祥和啊！孩子们嬉闹，奔跑追逐，他们爬上耶稣受难像前的老旧台阶，朝大马路张望。

"看见他们了吗？"母亲们问。

"还没看到。"

集合地点定在城堡前，队伍集结整齐后，军团将行军穿过小镇。这里和那里，各家门前阴暗处，不时传来呢呢哝哝的低声交谈或亲吻的窸窣……有些诀别场面比别人更柔情万种。士兵身穿野战军服，头戴沉重的钢盔，胸前挂着防毒面具。终于，一阵短促的鼓声传来，士兵们出现了，他们八人一排依序前进，那些缠绵悱恻迟迟不忍分离，因而快要迟到的小伙子，匆忙道了最后一声珍重，举手送上最后一个飞吻，急忙加入经过身边的队伍，回到他们自己的位置，那个命运为他们早已预先保留送上的位置。接着，士兵和群众陆续交换了一些笑容和几句玩笑话，不过，很快地全都安静下来了。将军过来了，他策马走到军队最前方，微微地向士兵点头问候，同时也向四周的法国人致意，随即出发。军官跟随将军之后，接着是在摩托车队护卫下的灰色汽车，机动司令部。再来是炮兵，发射台上的大炮，每一辆发射台上都趴着一个人，脸孔贴近炮管，还有机关枪，以及各种在演习中已经见识过的轻型杀人武器，大伙早已司空见惯，满不在乎，也不再感觉害怕，然而突然看到炮管高举向天的 DCA 大炮，心下还是不由得一惊。接着是卡车，里面满满的都是大块大块刚揉好的黑面包面团，香气四溢，都快要漫出来了，然后是红十字会的汽车，到目前为止……里面还是空的，颠颠簸簸跟在队伍尾巴的炊事车活像一只挂在狗尾巴上的汤锅。士兵们开始唱歌，旋律严肃缓慢，在黑夜中逐渐消失。没多久，路上德国军队刚刚行经的地方，只剩下点点尘土飞扬。

附录一

从伊莱娜·内米洛夫斯基笔记本里节选出来，关于法国当时局势和她写作《法兰西组曲》的亲笔笔记

上帝啊！这个国家对我做了什么？既然它摒弃我，就让我们冷眼旁观，冷眼看着它失去荣耀，失去生命。可是其他人呢，他们于我又是什么呢？帝国——覆灭。什么都不重要了。如果我们从神话的角度切入，或从个人的角度来看的话，它们都一样。保持头脑冷静。横起心。等待。

6月21日

与皮耶德—德—马密特会晤。法国将与德国携手合作。这里很快就会发起动员令"不过只限于年轻人"。我这么说多半是为了米歇尔的缘故。一支军队正穿越俄罗斯，另一支来自非洲。苏伊士运河陷落。日本挟其性能优越的舰队挑战美国。英国求饶。

6月25日

出奇地热。院子挂满六月的色彩——蔚蓝、嫩绿和粉红。我的笔不见了。心烦的事不只这一桩，好比集中营的威胁，犹太人的身份等。难忘的星期天。俄罗斯开战如晴天霹雳打在池塘边"狂欢整夜"的朋友身上。为了和他们一起做？所有人都醉了。哪天我会把这些写下来吗？

6月28日

他们走了。这24小时他们觉得很沮丧,现在他们快乐了,尤其是当他们全都在一起的时候。小亲亲悲伤地说:"快乐的时光过去了。"他们寄包裹回家。看得出来,他们非常兴奋。秩序良好,而且我发自内心地认为,没有人有意反抗。我在此郑重发誓,绝不因为种族、宗教、信念、偏见、谬误而歧视憎恨任何一个群体,就算这种恨意其来有自。但是,我无法原谅那些排挤我,冷酷地抛弃我,随时随地乐意暗中扯我后腿的个人行径。那些人……如果哪天让我抓住他们……这一切什么时候才会结束?去年夏天就已经在这里的军队说"圣诞节",接着改口说七月。现在变成1941年底。这里有人提议开放疆域自由,除了禁区和海岸之外。据说,在自由区里,根本没有人管战争这档子事。仔细地重读了一遍《公报》,心情再度落入几天前的谷底,

> 要举起如此沉重的负担,
> 薛西弗斯,这需要你的勇气。
> 我对作品绝对有心
> 只是,目标遥远,时间短暂。
> ——摘自伊莱娜·内米洛夫斯基作品《孤独之酒》,
> 致伊莱娜·内米洛夫斯基

1942年

法国人对共和国的厌倦,就像对待家里的黄脸婆一样。专制政府对他们来说反而像是一夜情,一段外遇。不过,尽管他们可以心安理得地背叛他们的妻子,却无意谋杀她。他们把她当成死人一般看待,他们的共和国,他们的自由。他们为之哭泣。

这几年来,法国的某个社会阶级人士,他们的所作所为只有一

个动机:恐惧。恐惧引发战争、溃败终致目前的和平局面。这个阶层的法国人不仇视任何人,他们没有嫉妒,也没有野心受挫,更没有明确真实的报复欲望。他们只是害怕。谁会想要伤害他(这里非指未来,更不是抽象的定义,而是立即明确的伤害,像是踢屁股、打耳光)?德国人?英国人?俄国人?德国人打败了他,但是他受过的惩罚早已被忘得一干二净,而且德国人还会保卫他呢?所以他才会"拥护德国人"。在中学的时候,弱小的学生宁可被一个人欺压,也不愿独立自求多福;暴君的确压榨他,却也同时保护他,不让其他人抢夺他的弹珠,对他动粗。如果他逃离了暴君的控制,他反而孤单一人,孤立无援。

这个资产族群和法国目前的领导人与国家其他的老百姓之间存在着一道鸿沟,其他那些财产不多的法国人害怕。内心的懦弱无法湮灭正面的情操,使得这些情操(爱国情操、拥护自由等)得以萌芽。这些日子以来,的确有很多财富押注在百姓身上,不过,那些都是贬值的货币,无法转换成实际的财产、土地、珠宝和黄金之类的。我们的肉贩积攒了50万现金,他也知道目前法郎在国外的汇率是多少(不多不少刚好是零),所以他对自己的钱当然不比贝黎刚对自家的产业,或柯本①对自己银行要看得重。这个世界愈来愈两极化,有产和无产之分愈来愈明显。有产阶级什么都不愿放弃,而无产阶级什么都想要。谁输谁赢呢?

1942年全法最憎恨的人物:

---

① 译注:《六月风暴》书中人物。(以下均为译注)

菲利普·亨利罗①和皮耶·拉法尔。前者如暴虎,后者如鬣狗;前者散发血腥气味,后者则浑身死尸腐臭。

科比海战之役　　沉痛震惊
叙利亚　　　　　冷漠以对

马达加斯加反应更冷淡。总而言之,只有第一次真正令人震惊。人们逐渐习惯了任何事,在占领区里发生的任何事:屠杀、迫害、预谋掠夺全变成了一支支射入烂泥中的箭!……人民心中的烂泥。

他们想让我们相信我们处于一个群体的时代里,为了社会的存续,必须置个人生死于度外,而我们不愿看到的却是社会死亡,而暴君续存。

一般自认为"群体"的时代其实比文艺复兴时期或大封建地主时代更倾向于个人主义。群体时代的运行方式仿佛是一下子说这社会是由数百万人共有,一会儿又变成一个单独的个体与数百万人分享。"拿走我剩下的",独裁者说。所以,请不要再跟我提所谓的"群体精神"了。我愿意坦然赴死,但要以一个明事理的法国人身份牺牲,我要求清楚自己为了什么而死,而我,尚—马黎·米修②,竟因为菲利普·亨利罗和皮耶·拉法尔以及其他的大人物的缘故,像被割了喉咙的鸡等着被送上这些叛国贼的餐桌一样。而

---

① 法国吉伦特派天主教议员,菲利普·亨利罗(1889—1994),他是维希政府中效率最高、讲话最有力的宣传家之一。他是1943年维希政府法兰西民兵队的元老队员,1944年初他加入皮耶·拉法尔所组的内阁,大声疾呼推动与德国的合作政策。1944年6月遭法国反抗军击毙。

② 译注:《六月风暴》书中人物。(以下均为译注)

我,我在此强调,这只鸡胜过狼吞虎咽的这些人。我知道我在许多人的眼里,远比上述的人物更有智慧、更优秀、更珍贵。他们有力量,不过只是短暂虚幻的力量。时间、溃败、命运的捉弄,疾病(就跟拿破仑一样)会带走他们的力量。到那时,社会将瞠目结舌地问:什么?我们竟然会怕这些人!我挺身对抗贪婪无耻,捍卫我拥有的那一份,以及所有人应得的那一份,这样才叫群体精神。个人只有在他对其他人的遭遇感同身受时,才有价值,这是不变的真理。然而,事实应该是"其他人"而非"一个人"。独裁政府利用这个混淆的观点趁机窜起。拿破仑一心企求的是光荣伟大的法兰西,他说,同时他却对梅特涅①大喊:"数百万人的生命于我如草芥。"

希特勒:"我不是为了自己,而是为了整个欧洲而奋战。"(他开宗明义地说:"我不是为了德国人民奋战。")他的想法跟拿破仑的毫无二致:"我才不在乎几百万人的生死。"

《风暴》这里:

要想办法拿到:

(1)一张非常详尽的法国地图,或米其林指南。

(2)6月1日到7月1日间,数份法国和外国报纸的完整合辑。

(3)关于瓷器的论文。

(4)六月的飞禽,名字和叫声。

(5)一本神学的书(教父的那本),贝沙教士。

就已经写好的部分,一点看法:

---

① Klemens von Metternich(1773—1859),奥地利外交官。

(1)遗嘱——他说得太多遍了。

(2)神父之死——夸张煽情。

(3)尼姆?为什么不选我熟悉的杜鲁斯?

(4)整体来说,不够简洁。

(伊莱娜·内米洛夫斯基用俄语加注:"整体来说,书中角色的社会层级多半过高。")

1941年6月30日

对米修夫妇多加着墨。他们总是保持高昂志气,拥有真正高贵心灵的人。奇怪的是,这大片群众,面目可憎的一大群人,其中有绝大部分正是这样的善良百姓。这些人没有变得更好,其他人也没有变得更坏。

值得流传后世的情节有:

(1)大清早的长龙。

(2)德军入侵。

(3)民众发自内心的冷漠比枪毙人质和谋杀更值得让后世警醒。

(4)如果我想要具有冲击力的片段,该刻画的不是百姓的悲惨,而是与之形成对比的兴旺发达人士。

(5)雨柏逃过牢狱之灾,监牢中关的满是可怜的百姓,与其描写人质死亡,不如将歌剧院歌舞升平的场面赤裸裸地呈献给读者,简单地描写墙上贴的海报颜色:某某人遭到凌晨枪决。同样的,战争结束后,无需再赘言柯本。对!应该要以强烈的对比冲突来呈现:一句话勾勒悲惨生活,十句话刻画人性的自私、懦弱、排外和罪恶。从来没有比这更雅致的写法了!反正,我的确就是在这种氛围中呼吸生存。确实不难想象:日夜为吃的烦恼。

(6)同时想想泉水街的弥撒,黑漆漆的大清早。反对党!对了,这里有些可以是非常强烈、非常新鲜的东西可写。我为什么不多写一些进《柔板》里面呢?实际上,与其将重心摆在玛德莲身上——例如描写玛德莲和露西儿的那一整章——可以全部删除,简化成几句说明,直接带到安杰里耶太太和露西儿那一章。相反的,德国人狂欢之夜的准备工作一定要细细描绘。或许可以营造出讽刺的对照画面,收到对比的冲击效果。读者只需看,只需听。(这里作者的原文是英文)

陆续登场的人物顺序(就我记忆所及):

贝黎刚一家—寇特一对—米修夫妇—土财主—露西儿—流氓—农夫等—德国人—贵族士绅。

好,一定要首尾呼应:雨柏、寇特、裘勒·布朗,不过,这并不破坏我在《柔板》中的整体协调性。我下定决心让《柔板》维持现状,相反地,想办法插入《风暴》中的这三个人物,让他们对露西儿、尚—马黎和其他人(还有法国)造成生死攸关的影响。

我想(方便的结局)《柔板》的篇幅要短。事实上,相对于《风暴》的80页,《柔板》大约六十几页,绝对不超过。相反的,《监禁》应该要逼近一百大关。这样的话:

《风暴》80页

《柔板》60页

《监禁》100页

另外两部50页

390页[①],取整数就有400页,再乘以四。老天爷啊!总共要打

---

① 手稿上的计算错误。

1600页的字！好,好,如果我投注全副心力的话！① 总之,如果那些说要来的人真的在7月14日抵达的话,可能会缩减两部或至少一部的篇幅。

事实上,这跟音乐的道理一样,有时候听到的是交响乐,有时候听到的则是小提琴独奏。至少应该是如此。链接(两个俄文字……)以及个人的情感。我最感兴趣的还是这个世界的故事。

小心,危险:忘记角色的修改。当然,描述的背景时间很短。前三部,无论如何,故事发生的时间不超过三年。最后两部,那就只有天知道了,我愿意付出任何代价换取这个秘密。不过为了凸显情节的张力和严肃,这些人遭遇的一些事情必须有所调整(……)

我的想法是像电影画面一样地讲述,不过,有时候诱惑真的很大,我放弃了简洁的对话,像是紧接着教会学校演讲情节之后发表自己的看法。真的有必要这样毫无转圜余地的追寻这个企图吗？

同时要深思的有:福楼拜著名的"冷静客观"以及他所谓的善意的谎言,只出现在他们表现出内心情感的重大的情事里——以剧情化,以活生生的具体的型态呈现,而非直接陈述。②

好比……有些情况下,并不需要知道露西儿心里在想什么,改由通过他人看到的来呈现。

1942年4月

必须加入《风暴》《柔板》和《监禁》的后续发展。应该把戴如农庄换成穆南农庄。我想把背景地点设在蒙菲瑚。这样有两大好处:贯连《风暴》与《柔板》,同时删掉戴如家不愉快的情节。一定要

---

① 原文为英文。
② 原文为英文。

弄大格局,不要再想这样做有什么用了。

不要再心存侥幸,时间还多。所以绝对不要压抑克制,一定要尽情恣意挥洒。

至于《监禁》,寇特一连串的态度转变:国家革命,亟需领导人。牺牲(大家都同意必须做出牺牲,条件是让邻居做去。)然后以简明扼要的字句表彰他的荣耀,因为一开始寇特为人颇令人不耻:他的态度是十足的以法国为本位,不过他察觉到了一些不该有的微小危险迹象。没错,他是爱国主义者,不过接下来:如今,莱茵河穿透乌拉尔山脉了,他犹豫了一下,不过,再怎么说,近几年来关于自然国界的幻想的确不全然是无稽之谈——英国以莱茵河为国界,最后则将马其诺防线和齐格菲防线双双东移至俄罗斯境内,贺瑞斯①的最后杰作(去他的,down him)。

关于 L.。② 一定是他,因为他是个无赖。在我们这个时代,一个无赖的评价比一个正直的人要来得高。

《监禁》,不要忸怩作态。直截了当地把民众变成的模样写出来就行了。

今天是 4 月 24 日,有好一阵子没有这么平静过了,坚信《风暴》系列可能成为一代杰作的信念,如果我可以这么说的话,逐渐在心底萌芽。必须努力不懈。

寇特身为作家的身份,其作用将在战败后的那几年间凸显出来:找不出一个跟他一样,能以不卑不亢的表达方式来粉饰可憎的现实的人了。例如,法国军队没有退缩,他们只是撤防重整军力!

---

① 译注:Horace(65 B.C.-A.D.8),罗马帝国著名诗人。

② 这里的字母缩写指的应该是拉法尔。

人们亲吻德国人的军靴欢迎他们，这才叫面对现实。所谓的群体精神其实就是独占食粮，保留给某些人独享。

我认为该用勿忘我来取代草莓。樱桃树开花的时节和草莓成熟可吃的时节好像不在一起。

找个方法把露西儿插进《风暴》的篇章中。米修夫妇夜晚被迫露宿街头时，这块绿洲，一份早餐，一切显得如此的美好——精美瓷杯，餐桌上绑着的一束温润玫瑰（花蕊中心是黑色的玫瑰），被泛蓝色烟雾包围住的咖啡壶等。

抨击文字工作者。例如，A·C，还有那个写了那篇《奥林匹亚的悲伤真是一篇杰作？》的 A·R。从来没有人抨击过某些像 A·B 这类的文人（恶狼不相残）。

总结 1942 年 5 月 13 日前已经完成的章节如下：

①入侵——②玛德莲——③玛德莲和她的丈夫——④晚祷——⑤家——⑥镇上的德国人——⑦教会学校——⑧庭院和子爵夫人来访——⑨厨房——⑩安杰里耶夫人出门，贝韩家庭院首次现身——⑪下雨的那天。

待完成的部分：

⑫德国人生病——⑬梅伊树林——⑭贝韩家女人——⑮贝韩家庭院——⑯玛德莲一家——⑰子爵夫人与班诺——⑱告密？——⑲深夜——⑳班诺家的惨祸——㉑玛德莲到露西儿家——㉒水上狂欢——㉓骰子。

待补充完结的部分：12、13 的一半、16、17 以及后续的部分。

玛德莲到露西儿家——露西儿到安杰里耶太太的房里——露西儿和德国人——水上狂欢——撤离。

关于《监禁》集中营里受洗的犹太人辱骂："上帝，请宽恕我们的不敬,一如我们宽恕您。"——当然,殉道者不可能会说这种话。

要做得好的话,一定要有五部。

一、《风暴》

二、《柔板》

三、《监禁》

四、《征战?》

五、《和平?》

书名:"风暴"或"连续风暴",这样的话,第一部则改成"遇难"。

无论如何,连结起这些人物交织命运的是这个时代,仅此而已。这样就够了吗?我是说:这样的连结够强吗?

所以班诺杀死(或意图杀死)波内(因为我还要再看看,留他一条命对未来的情节发展有无用处)之后,班诺逃走了,他先躲在梅伊树林,然后因为玛德莲很怕,她拿吃的给他的时候,被人跟踪,接着躲到露西儿家。最后他去了巴黎,先藏在露西儿带他去的米修夫妇家里。盖世太保到处追捕他,他及时逃脱,盖世太保搜索米修家,发现了尚—马黎为未来写书计划所记录下来的笔记,他们把这些笔记当做宣传单,逮捕尚—马黎。尚—马黎在监狱里认识了因为干了一些蠢事而入狱的雨柏。雨柏因为家里有钱有势,而且一家人彻底拥护德法合作政策,大可贿赂或走后门平平安安地出狱,但是他年轻鲁莽,对冒险奇情故事又情有独钟,他决定冒着生命危险和尚—马黎一起越狱。班诺和他的伙伴给予协助。不久,过了一段时日,因为需要一段时间让尚—马黎和露西儿互相倾心并相爱,然后逃离法国。到这里,《监禁》结束,如此一来呼应了我之前说的:

——班诺　共产党

——尚—马黎　资产阶级

尚—马黎英雄般地慷慨赴义。不过,怎样做呢?再说,我们这个时代,什么才叫英雄气概?在铺陈他死亡的同时,还必须顾及深陷俄国战场的德国人,两者都满怀痛苦的高贵情操。

柔板:要找出所有这些音乐专用语(急板、极快板、慢板、行板、柔情的等)。

音乐:第106号奏鸣曲慢板乐章,伟大的孤独诗篇——《迪亚贝里主题变奏曲》①第20首,面色凝重凝视深谷的狮身人面怪兽——《庄严弥撒》②赞美颂以及《帕西法尔》③的最后几幕。

顺理成章:露西儿和尚—马黎真心相爱。雨柏的下场?尚未明确:班诺杀了波内之后逃亡。大伙将他藏在露西儿家里。德国人走了之后,露西儿害怕他继续留在镇上,突然想到米修夫妇。

另一方面,我希望尚—马黎和雨柏因为不同的原因而被德国人送进监牢。这样一来,就能将德国人之死放在次要的位置。露西儿在想办法救尚—马黎的时候,该不该让她找他求救呢?这些都还不明朗。再看看吧。

一方面,我希望能呈现出某种整体感。另一方面……好比托尔斯泰,坚持抱定了一个既定概念,反而破坏了全部。需要一些人,一些人性的反应,就这样而已……

先从那些大企业家和著名的作家开始。反正,他们才是真正

---

① 译注:Diabelli,贝多芬作品。(以下均为译注)

② 译注:Missa solemnis,贝多芬作品。

③ 译注:Parsifal,华格纳歌剧。

的掌权者。

至于《柔板》,一位清白自重的女性可以大方地坦承"有过内心激荡的涟漪,而且理智地压制了",宝琳(高乃伊)将如是说。

1942 年 6 月 2 日

切记战争终将结束,而历史的这一页将令人闻之色变。试着尽可能地多写进一些东西,各方论战⋯⋯一些会让 1952 到 2052 年间的人类感兴趣的东西。重读托尔斯泰。无可模仿的描写笔触,却是相同的历史重演。强调这一点。例如在《柔板》里,镇上的德国人。在《监禁》里,贾桂林的第一次领圣礼,还有在:阿赫莱特·珊瑚家举办的派对。

1942 年 6 月 2 日

我开始担心这本小说完成之后,会是什么样子?想到第二部到现在都还没完成,第三部我看到了什么?第四和第五部更是一片混沌,而且毫无头绪!真的是完全要看天意了,因为这一切皆由时局掌控。而天神大可游戏人间,叫这场仗打上一百年甚至一千年,就像现在坊间流行的说法:到时候,我啊,我已经不知到哪儿去了。不过,天神不会这样对待我。我非常相信诺斯特达拉姆斯的预言。①

1944 年,喔!上帝!②

等着小说体裁成形的同时⋯⋯其实我应该要说节奏才对:从电影的角度表现节奏感⋯⋯小说各部之间的关系。《风暴》《柔

---

① 译注:Nostradamus(1503—1566),法籍犹太人,著名的星象学家,以十四行诗体写成预言集。

② 原文为英文。

板》,淡淡的温情与悲剧。《监禁》?叫人窒闷的气氛,尽可能地坏到骨子里。然后,我不知道了。

　　重要的是作品各部之间的关联。如果我对音乐有更多了解就好了,我想这对我会大有帮助。缺乏音乐,也就缺乏了电影里面所谓的节奏。总之,一方面希望呈现多样风貌,另一方面又怕不够和谐。在电影里,一部影片必须有一贯性,一个基调,一种风格。例如,那些美国影片,镜头扫过马路必然出现摩天大楼,观众自然感受到纽约市燠热、沉闷、黏呼呼的一面。因此整部电影有其一贯性后,自可多线情节交杂。追逐—恋人—欢笑、泪水等。我想要的就是这样的节奏。

　　现在回到比较实际的层面,我至今还未找出答案的一个问题:如果换成另一本书,读者是否会遗忘前一本书里的主角呢?正是为了免去这样的缺憾,我才决定写一本1000页的大书,而不是分成好几册。

1942年7月3日

　　就这样了,除非情况改变,或者在这段时间里,情况没有变得更复杂!好坏都好,只求它尽快结束!

　　只需要改动四个地方:第三部,《监禁》,群体的命运和个人的命运紧紧相连;第四部,无论结尾如何!(我了解自己!)个人的命运将从群体的命运中挣脱。一边是百姓的命运,一边是露西儿和尚—马黎的命运,他们的爱情,德国人的音乐等。

　　下面是我现在的构想:

　　(1)班诺在一场革命或斗殴,甚至揭竿起义中丧生,静看时局如何演变。

　　(2)寇特。我认为他也许是个好人的角色。寇特非常怕布尔什维克党人。他积极拥护德法合作政策,但是,在一个由他朋友主谋的暗杀事件发生后,或者是某事让他看破一切,他开始觉得德国已经走入穷途末路了。于是他转而支持极左派!他立刻想到裘勒·布朗,可是跟他见面之后,他觉得他(无法辨识的俄文),于是他毅然决然转而支持一群行动派的年轻人,创立了……(句子未完成)

至于《监禁》:

开场人物:寇特、裘勒·布朗在寇特家。

紧接着是一大对比:露西儿,也许在米修家。

然后:贝黎刚一家。

最可能的集会场面,不是历史性的画面,而是一群乌合之众,上流社交活动或街头巷战之类的情节!

入侵

清早

撤离

这三段情节应该多加着墨。这本书应该侧重写群众的活动。

第四部,我只想到德国人在俄国战死沙场。

对了,若要好好写这本书,这五部每一部都要有200页的篇幅。1000页的巨著。啊!上帝!①

备注。寇特的晚餐被无产阶级分子偷走一事应该在情节的未来发展上有重大的影响。正常的情况下,寇特应该会愤而走上极端纳粹主义,如果我想,也可以这样发展,如果有需要的话,安排他这么想:"幻想完全破灭,未来存乎于此,未来掌握在这抢走我晚餐的暴力手上。所以他有两个选择:与之奋战到底,或者当机立断,

---

① 原文为英文。

搭上这股潮流,坐上领袖宝座。跟这股潮流走,但是一定要站在第一线?试图成为个中领袖,不是更好?该党的主笔、该党的伟人,嘿!嘿!嘿!"再说,德国现在与苏联交好,未来只可能继续容忍它的胡作非为,只要战争继续打下去,这的确是德国单边的疯狂举动等。再过一阵子,情况可能不一样……不过到那时候再说。为虎作伥,一个像寇特这样的人会这么愤世嫉俗吗?当然会,在某些时候,当他喝醉了,或者当他以自己偏爱的做爱方式满足了性欲之后,凡夫俗子只隐约感应到了,但是他看清了一切,因而震惊恐慌不已。这里面最困难的部分在于,向来都是如此,该如何落实文字。一份报纸,一架收音机,自由,德国人偷偷给他的津贴。再看看。

所有行动皆战斗,唯和平是交易。①

是否这个模式比高低起伏的波浪轮转还不如,浪顶一会儿躺了一只海鸥,一会儿是恶灵,一会儿换成死老鼠。百分百现实的反映我们的现实情况。(没什么好值得骄傲的!)

群众的行动里必须表现出节奏感,在第一部任何可以看见群众的地方,逃亡、难民、德军进驻小镇。

在《柔板》,德军进入,不过这一段必须再行斟酌。清早,撤离。在《监禁》,第一次领圣礼,是示威游行(1941年11月11日的那次),还是一场战事?再看看。我还没想到这里,我先从描绘实际情况开始。

如果我把在这些事件中"采取积极行动"的人物描绘出来,那是一件蠢事。如果我把那些行动派写出来,这样当然贴近事实,却

---

① 原文为英文。

会损及个人权益。反正,只能点到这里为止。

贝赫西说的那段话相当正确(其实也很平常,不过让我们来欣赏进而喜爱平凡无奇)——最棒的历史场面(参见《战争与和平》)是那些借由人物透析出来的画面。我尽了最大的努力,希望《风暴》能有这样的成果,但是《柔板》,所有牵涉到德国的情节都能够而且必须独立出来。

整体来说是相当不错,但是这的确可行吗?"一贯的"以借由人物透析的画面来呈现德军的行进。如此一来,《风暴》就必须以在法国的大逃亡潮揭开序幕。

难啊。

我认为福斯特①提到的《战争与和平》具有延续扩张性的原因很简单,因为在托尔斯泰的想法里,《战争与和平》只是第一册,续集应该就是《十二月党人》,只不过,这不是他的本意(或许吧,因为我当然无法确定,只是想象而已),总之,他有此意图与否,对像《风暴》这类的书来说,非常重要,就算书中的某些人物已经有了结局,书本身却应该留给读者这样一个印象,那就是书中叙述的情节只是一个片段……这在我们这个时代是最真实的,当然在其他的时代也一样。

1942年6月22日

不久前,我发现了一个技巧,对我帮助很大——间接法。每回遭遇到处理上的困境时,这个方法总能救我一命,为每段故事注入新鲜感和震撼力。《柔板》里面只要有安杰里耶太太上场的地方,统统派得上用场。这种我尚未用上的间接出场法有无限的发展

---

① 译注:Edward M. Forster(1879—1970),英国小说家。

可能。

1942 年 7 月 1 日

为《监禁》想到了下面几个方向：

为了统筹结合，呈现一贯的简洁扼要，本书（整本）必须导向个人命运和群体命运之间的挣扎斗争。没有别的选择。

我的决定：以英国为代表的，但很不幸的，已经起不了作用的资产阶级政权，要求起码的改革中兴，因为它的本质始终如一；但是它大概要等到我死了之后才会再兴吧：所以现存的是两种形式的社会主义。两者我都不欣赏，不过，现实就是这样！其中一个排挤我，所以……其二……可是这是不可能的。身为作家，我必须正确地提出问题。

两种命运的挣扎斗争，总是出现在动乱发生的时候，这并不是合理思考后的结果，而是出于本能的，我认为我们可以保留下一大半，不要全部。幸运的是，大体而言，划归给我们的时间比划给危机的时间要长。不同于我们一般所想，将军走了，整个政党留下，群体的命运比平凡个人的命运要短（这个说法并非完全正确。那是时间的另一种比例刻度。我们只对动荡不安感兴趣；动荡不是害我们丧命，便是我们活得比动荡不安的时间来得久）。

言归正传，尚一马黎面对节节败退的结果，一开始抱持着思索和超然的态度。当然，他想为法国报仇雪耻，但他明白报仇算不上一个目标，因为说到报仇，就等于扯上仇恨、报复、无止境的战争，基督徒连带会想到入地狱和永世不得超生的惩罚。他深为世界上总是有一方比较强，一方比较弱的想法所苦，所以他走向支持统一……他渴望的、追求的是和谐与和平。然而目前实行的德法合作主义令他不耻，另一方面，他又觉得共产主义适合班诺，却不适合他。因此,他试着假装这迫切又严重的大问题并不存在,继续如常地过日子,好像只有切身的小问题需要解决。结果,他发现露西儿曾经爱过,或许现在还爱着一个德国人。这下子,他猛然觉醒,做出了抉择,因为原本抽象的感觉突然有了具体的憎恨对象。他恨一个德国人,在他身上,透过他,他恨,或者自以为恨,两者其实没有什么差别。事实上,事情的真相是,他忘了自己个人的命运,把它跟其他人的命运搅在一起了。于是,到了《监禁》的尾声,露西儿和尚—马黎彼此相爱,这份爱是痛苦,没有结果,不敢表白的,而且是充满挣扎的!尚—马黎越狱,与德国人决一死战——如果到了1942年底,还有人继续对抗德国人的话!

第四部的主题应该是归家,要不就是尚—马黎凯旋的篇章。别忘了大众喜欢看关于"有钱人家"的描写。

归结整理如下:个人命运和群体命运的挣扎。最后,重点放在露西儿和尚—马黎之间的爱情,以及不朽的人生上面。德国人的音乐杰作。同时还要带到菲利普。大体符合我的深刻的信念。一直以来是:

1. 我们的平凡无奇的日常生活
2. 艺术
3. 上帝

梅伊树林:1942年7月11日

我的四周松林环绕。我的蓝色毛衣放在一片被昨夜骤雨沁泡腐烂的叶之海中央,仿佛一叶扁舟,我双脚交迭端坐其上!我的袋子里放了《安娜·卡列尼娜》第二册、《K·M的日记》和一个橙子。我的那些飞虫朋友,甜美的昆虫们似乎非常满意我现在的样子,他们嗡嗡的叫声低沉哀切。无论是人声或大自然的天籁之音,我都喜欢低沉庄严的音调。树枝上栖息的小鸟发出的尖锐叫声弄得我心烦气躁……等会儿,我要去找找看那片深不见底的水塘。

《监禁》:

1. 寇特的反应。
2. 班诺朋友策动的暗杀行动,让寇特深感不安。
3. 寇特从多嘴的雨柏口中得知……
4. 或从阿赫莱特·珊瑚,等。
5. 她卖弄风情。
6. 密告。雨柏和尚—马黎跟其他许多人一起被关进监牢。
7. 亏得有钱有势的家人营救,雨柏获释。尚—马黎被判死刑?
8. 露西儿和德国人在这节骨眼上介入。尚—马黎获得特赦(这里简单概述监狱情况,或类似的情节)。
9. 班诺协助他逃狱。惊心动魄的逃亡。
10. 尚—马黎对德国和德国人的反应。
11. 他和雨柏一同逃往英国。
12. 班诺之死。血腥粗暴但充满希望。

其中还得穿插露西儿对尚—马黎的爱。

这里最重要也最有意思的是:历史的实际事件、革命行动等,只需轻描淡写一笔带过即可。相反地,需要加以深述、细腻刻画的是老百姓的日常生活和感情生活,尤其是其中有笑有泪的部分。

附录二

1936 到 1945 年间的书信往来

1936 年 10 月 7 日　伊莱娜·内米洛夫斯基致艾尔本·米歇尔

感谢您寄来的 4000 法郎支票。请容我再次提醒您,关于去年春天我前往贵公司拜会时,曾问您是否可以提前替未来的计划做些安排,因为您一定了解,现在情势的演变变得对我非常不利。当时您只答应,您会尽可能地让我满意,同时要我百分之百的信任您。当时您不愿意告诉我您打算以什么方式安排,但是您承诺最慢两个月后一定会确定下来。然而,自从那次会面之后,您对此事只字未提,算算已经是四个月过去了。我因此写信询问您有何打算,因为,唉,请您务必了解,对像我这样一无所有,完全仰赖笔耕为生的人来说,生活的拮据紧迫。

1938 年 10 月 10 日　哲尼欧出版社(米兰)致艾尔本·米歇尔

我们将无限的感激,如果您可以告诉我们伊莱娜·内米洛夫斯基夫人是否为犹太裔。根据意大利的法律规定,凡其双亲之一,亦即父或母,具亚利安血统者即不属于犹太人种。

1939 年 8 月 28 日　米歇尔·艾波斯坦①致艾尔本·米歇尔

我的妻子现在人在安岱伊（安·依克萨别墅，安岱伊—滨海）跟我的孩子们在一起。在这艰苦的时刻，我很为她担心，因为在她需要帮助的时候，往往没有任何人可以求助。您是否可以看在朋友的份上，如果您方便的话，寄一封短短的推荐函给我们，万一需要的时候，可以出示给本地的行政当局和地方媒体。（南庇里牛斯山区，朗德地区，吉洪地区？）

1939 年 8 月 28 日　艾尔本·米歇尔致米歇尔·艾波斯坦

光是伊莱娜·内米洛夫斯基的鼎鼎大名应该就能打开所有的大门！尽管如此，我还是非常高兴能为您的妻子写几句介绍词，给我认识的报社，为此，我需要一些唯有您才有办法提供的详细资料。因此，我希望您能在今天傍晚前来详谈。

1939 年 9 月 28 日　罗伯特·艾斯梅纳②致伊莱娜·内米洛夫斯基

我们目前的处境非常令人担忧，悲剧随时可能上演。况且，您是俄国籍，又是犹太人，那些不认识您的人——不过，鉴于您卓著的作家声誉，这样的人应该很少——很可能会给您制造麻烦，此外，凡事多一份准备总是好的，我想由出版社为您做见证可能多少会有用。

---

① 伊莱娜·内米洛夫斯基的丈夫，跟她同是在布尔什维克革命时期逃亡到巴黎的俄国难民，后为巴黎北欧国家银行的全权代理人。1942 年遭到逮捕，先移送到德朗西，没多久便在奥斯维辛集中营过世。

② 罗伯特·艾斯梅纳是艾尔本·米歇尔出版社的总编辑，也是艾尔本·米歇尔先生的女婿。当时艾尔本·米歇尔因为健康的缘故，已经不再一手总揽出版社的管理业务。

因此，我愿意在此证明您是位才华横溢的女作家，同时也证明您的作品在法国非常轰动，而且某些作品已有译本出版，也均在各国当地有亮眼的成绩。此外，我也非常愿意公开说明，您在1933年10月莅临本社时，您已经透过同行葛拉塞出版社出版了多部作品，包括当时最耀眼的文坛新人初试啼声之作《大卫·格德尔》，该小说后来改编成电影，同样轰动。从那时候起，我和您以及您的丈夫，除了出版商和作者之间的工作关系之外，始终维持着交心友好的情谊。

1939年12月21日

临时通行证，有效期限：1940年5月24日至8月23日

（持证者：伊莱娜·内米洛夫斯基）

国籍：俄国

准予前往伊希-主教镇

准予搭乘的交通工具：火车

此行目的：探视撤离的孩子

1940年7月12日　伊莱娜·内米洛夫斯基致罗伯特·艾斯梅纳

我居住的小镇，两天前邮递业务终于勉强重新运作。我只是想碰碰运气，将这封信寄到巴黎您的住址。我衷心希望您幸运平安地度过这阵子的艰苦时期，而且没有家人需要您担心。至于我这边，军事战场虽然离我们住的地方不远，所幸我们安然无恙。目前，我最烦恼的是钱的问题。

1940年8月9日　伊莱娜·内米洛夫斯基致勒芙小姐[①]

我希望我寄给您的9000法郎签收单已经平安寄到您的手上。

---

① 罗伯特·艾斯梅纳的祕书。

以下是我今天写这封信给您的原因。想想看,我在一份地区性的小报上看到了一则边框小公告,抄录如下:

> 根据最近的一项政令,任何外籍人士均不得与新发行的报刊合作。

我很想进一步了解这项措施的细节,而我想您或许可以提供。

您认为这项政令适用于像我这样从 1920 年开始便在法国居住的外国人吗?这项措施针对的是政论作家还是连小说作家也包括在内?

基本上,您知道我现在可以说是与世隔绝,而且对于最近针对媒体采取的措施完全不知情。

如果您认为某些事可能对我有影响,还望您好心转告。除此之外,我记得您是那么的和善又助人为乐,因此我要再次借用您的好心。我想知道目前还在巴黎而且还替报社写文章的作家有哪些?您是否知道《格兰瓜尔》和《老实人》①,以及其他大杂志社有打算重返巴黎?还有出版社?有哪几家还照常营运?

1940 年 9 月 8 日　伊莱娜·内米洛夫斯基致勒芙小姐

至于我,这里盛传我们这边未来很可能被划为自由区,谣言甚嚣尘上连我都开始相信了,以至于我不禁要问,到时候我该如何请领我的月薪呢?

1940 年 10 月 4 日

关于犹太裔侨民的法律规定。

犹太裔外国籍侨民,自本法颁行之日起,依照其居住地各省的

---

① 译注:Candide,1924 年创立的周刊。

省长之决定,得集中入住特别的营区。

犹太裔外国籍侨民得随时依其居住地各省的省长之决定,强制迁居到指定的住所。

1941 年 4 月 14 日　伊莱娜·内米洛夫斯基致玛德莲·喀布尔①

现在,我遭遇到的所有烦恼您都知道了。而且,这几天来,我们家里有一大堆这些先生入住。这已经是非常明显了。因此我欣然地考虑采纳您指点我的屈意奉承,不过,我可以请教您一些问题吗?

（1）以居民和供货商的角度来看,柔里②的重要性。

（2）那里有医生和药房吗?

（3）有占领军驻扎吗?

（4）有足够的粮食供应吗?买得到奶油和肉吗?这一点对现在的我来说非常重要,因为我的一个孩子,您也知道,刚刚动完手术。

1941 年 5 月 10 日　伊莱娜·内米洛夫斯基致罗伯特·艾斯梅纳

亲爱的先生,您还记得根据我们双方的协议,6 月 30 日我可以兑领 24000 法郎。目前,我并不需要这笔钱,然而我在此向您坦承,这一阵子对于犹太人士的连串法令令我心生不安,生怕 6 个礼拜后要兑领此笔款项又横生波折,果真如此,对我将是一大灾难。此

---

①　玛德莲·喀布尔是依蕾娜·内米洛夫斯基亲密好友,年轻的时候她们就时常通信。她的兄弟,雷内·阿渥特在得知伊莱娜的两个孩子的法定监护人要前往美国时,更一手接下照顾伊丽莎白的责任,伊丽莎白一直住在他家直到成年。

②　译注:Jailly,法国地名,位于勃艮第地区。

外素知您乐于助人,所以我放胆请求您预先支付这笔款项,并即刻开立支票,抬头请注明我小叔的名字,保罗·艾波斯坦。我亦请他打电话与您联系商讨细节。当然,由他经手签字的收据具有与我签收的收据完全相同的法律效力。很抱歉再次打扰您,我相信您一定能了解我担心害怕的理由。我希望艾尔本·米歇尔那边传来的仍然是好消息。

1941 年 5 月 17 日　伊莱娜·内米洛夫斯基致罗伯特·艾斯梅纳

亲爱的艾斯梅纳先生,我小叔已经通知我,他已经收到那笔原本应该到 6 月 30 日才支付的 24000 法郎款项。您对我如此地慷慨和友好,我铭记在心。

1941 年 9 月 2 日　米歇尔·艾波斯坦致欧顿①的专区区长

巴黎方面来函通知我们,举凡疑似犹太裔的人士若非持有居住所在地的省政府的许可,不得离开居住区。

我和我的妻子正属于上述情况,因为我们虽然是天主教徒,却是犹太裔。所以我大胆恳请您批准我的妻子——娘家姓氏:内米洛夫斯基——以及我本人,前往巴黎六个礼拜,从 1941 年 9 月 21 日到 11 月 5 日,我们夫妇在巴黎也有住所,地址是康士坦—寇格林大道 10 号。

申请这项许可的原因在于我们必须到那里处理我妻子与她的出版商之间的合作事项,同时拜访一直为她看诊的眼科医生,以及照顾我们一家的医生,瓦莱利—雷多教授和德拉封丹教授。我们计划把两个孩子,分别是 4 岁和 11 岁,留在伊希,当然,一旦在巴黎

---

① 索恩—罗亚尔省被分界线一分为二,欧顿的专区区长代理占领区部分的省长职务,伊希—主教镇位在其辖区。

的事情解决之后,我们希望同样能够顺利无碍地回到伊希。

伊希问诊医生:A·班迪-郭宁

1941年8月8日

第200期的《拉列省进步报》上刊载。

凡俄国、拉脱维亚、爱沙尼亚和立陶宛籍外侨一律须前往报到。

凡男性侨民,年龄15岁以上,国籍俄国、拉脱维亚、爱沙尼亚和立陶宛者,以及目前无国籍,但先前国籍为拉脱维亚、爱沙尼亚和立陶宛者,均需携带其身份证明文件,最迟不得晚于1941年8月9日星期六(中午),前往所属地区的县司令部报到。举凡未到者,一律依照执行此项命令的政令规定予以惩戒。

战地宪兵指挥官

1941年9月9日　伊莱娜·内米洛夫斯基致玛德莲·喀布尔

我终于在这里租到我想要的房子了,非常舒适而且还有一块漂亮的院子。我应该会在11月11日安顿好,如果那些先生没有抢在我们前头进住的话,因为又有一批要来了。

1941年10月13日　伊莱娜·内米洛夫斯基致罗伯特·艾斯梅纳

今天早上看到您的来函,非常高兴,不仅仅因为这封信证实了我对您那边存有的希望,您将尽一切可能来帮助我,更因为它给我带来安定的力量,您还惦记着我,这对我来说确实是一大安慰。

您可能已经猜到,这里的日子非常艰苦,如果没有工作的话……当明天都变得无法预知……连这工作都变得难挨了……

1941 年 10 月 13 日　伊莱娜·内米洛夫斯基致安得烈·萨巴提耶①

亲爱的朋友,接到您亲切的来信,我非常感动。千万不要以为我看不出您以及艾斯梅纳先生对我的深切友情;另一方面,我也十分清楚目前局势有多艰难。到目前为止,我尽可能地保持我所有的耐心和勇气。可是,怎么办呢,有些时候真的很难挨。现实的情况如下:不能工作,却必须确保四个人的生活无虞,再加上一些愚蠢的恼人状况——我不能去巴黎,这里找不到生活最必要的必需物品,像是给小孩的毯子和床等,还有我的书。一项针对我们这一类人士住屋的禁令刚刚宣布,涵盖范围极广且绝对不容违抗。我说这些不是想博得您的同情,而是想让您知道为什么我的想法如此晦暗……

1941 年 10 月 27 日　罗伯特·艾斯梅纳致伊莱娜·内米洛夫斯基

我把您的情况向我的岳父说了,同时也把最近这段时间您写给我的信拿给他看。

一如我之前所言,艾尔本·米歇尔先生只希望在他的能力范围之内,尽量让您觉得安心愉快,他还请我明年,也就是 1942 年里,每个月给您 3000 法郎的月薪,基本上相当于他截至目前有办法继续出版您的作品并经由固定贩卖获得的利润金额。您若来信确认您也同意,那就太好了。

此外,我必须特别申明,根据出版商工会送达的通知,里面清楚地列出了他们对 4 月 26 日颁布的德国法令第五条条文的诠释结果,我们必须遵行他们"冻结账号"的规定,凡汇予犹太裔作家的汇

---

① 艾尔本·米歇尔出版社的文学编辑。

款一律均入此账号。基于这个原则,换言之,"出版商在把要支付给犹太裔作家的版税汇入他们的银行账号之前,必须先向银行确认该账号已经冻结。"

另外,我把您转过来的 GIBE 电影公司寄给您的信还给您(我保留了一份复印件)。根据我获得的可靠消息,唯当原著小说的作者有亚利安血统时,才有可能将小说改编成电影,搬上大银幕,无论是在这个区或别的区都一样。因此,只有当作品准备改编成电影的作家给我关于这一方面最正式的血统保证公文时,我才能着手进行这类的业务。

1941 年 10 月 30 日 伊莱娜·内米洛夫斯基致罗伯特·艾斯梅纳

我刚刚收到您 10 月 27 日的来信,信中表示 1942 年间您将每个月汇给我 3000 法郎。我非常感激米歇尔先生对我的爱护。我对他还有您只有无尽的感恩,另外你们两位忠实的友情,跟你们这样给予我的实质支助,对我来说同等珍贵。尽管如此,您一定了解,如果这笔钱必须汇入银行冻结,对我来说等于毫无用处。

我在想,在这种情形之下,把这份月薪汇给我的朋友,杜蒙小姐①,是否会比较单纯一些,她目前和我住在一起,也是小说《世界财产》的作者,小说的手稿在萨巴提耶那儿。

杜蒙小姐毫无疑问的是亚利安裔,而且可以提供任何您所需要的证明。我们从孩提时起就是朋友,如果您能够和她安排好月薪的汇款事宜,她一定会照顾我的。

---

① 伊莱娜·内米洛夫斯基和她的丈夫米歇尔·艾波斯坦请朱莉·杜蒙到伊希—主教镇,以防万一他们被逮捕。她曾经在孩子们的外祖父家担任随侍女伴一职。

1942 年 7 月 13 日　米歇尔·艾波斯坦发给罗伯特·艾斯梅纳和安得烈·萨巴提耶的电报

伊莱娜突然被带走，目的地庇堤维耶（卢瓦雷省）——希望能紧急介入营救——试过打电话，联络不上。

1942 年 7 月　罗伯特·艾斯梅纳和安得烈·萨巴提耶发给米歇尔·艾波斯坦的电报

刚刚收到您的电报。莫兰、葛拉塞和艾尔本·米歇尔即刻联合行动。听候差遣。

伊莱娜·内米洛夫斯基的最后两封信①

一、

亚瑚河畔—杜隆②，1942 年 7 月 13 日——5 点（以铅笔书写，且没有盖邮戳）

我亲爱的，现在我人在警察局，吃了一点黑茶荐子和醋栗子，等人过来接我。千万要冷静，我相信这一切不会拖太久的。我想说我们可以向迦悠和丁耐教士求援。你觉得怎么样？

我给我最爱的女儿们满满的吻，希望我的丹妮丝又乖又听话……我紧紧把你贴在心头上，还有芭贝和护佑你们的慈悲天主。至于我，我平静坚强。

如果你们有办法寄东西来的话，我想我的第二副眼镜留在另一只皮箱里了（皮夹里面）。还有书，麻烦了，如果还可以的话，再来一点加盐奶油。再见了，我的爱！

---

① 第一封信大概是请一位好心肠的警察转交，第二封信则是托一位在庇堤维耶火车站碰到的旅客转交。

② 译注：Toulon S/Arroux，位于索恩—罗亚尔省。

二、

星期四早上——1942年7月,庇堤维耶(以铅笔书写,且没有盖邮戳)

我亲爱的朋友,我最爱的小不点儿,我想我们今天要出发了。要保有勇气和希望。你们永远在我的心里,我最爱的人儿。愿上帝帮助我们所有人。

1942年7月14日　米歇尔·艾波斯坦致安得烈·萨巴提耶

昨天我试着打电话给您,却始终联络不上。我给您还有艾斯梅纳先生发了封电报。警察昨天上门带走了我的妻子。据说是要移送到——卢瓦雷省的庇堤维耶集中营。理由:此为针对16岁到45岁无国籍的犹太裔一体适用的普通措施。我的妻子笃信天主教,我们的孩子是法国籍。能想办法救她吗?

安得烈·萨巴提耶的回复:

无论如何,等上几天是免不了的。萨巴提耶敬上。

1942年7月15日　安得烈·萨巴提耶致J.班诺斯—梅卿,议会副议长办公室国务秘书

我们的一位作家,也是我们的朋友,伊莱娜·内米洛夫斯基刚刚在其居住的所在地伊希—主教镇被带走,移送庇堤维耶。她丈夫刚刚通知了我。该作家是俄籍白人(你知道的,就是犹太裔),从来没有从事过任何政治活动,才华洋溢,而且始终对收留她的国家怀抱着最高的敬意,此外她还是两个分别只有5岁和10岁的小孩的母亲。我恳请你尽最大的可能予以营救。在此先说声谢谢,你忠实的朋友。

1942年7月16日　米歇尔·艾波斯坦发给罗伯特·艾斯梅纳和安得烈·萨巴提耶的电报

我的妻子应该已经抵达庇堤维耶——是否该向狄戎省省长请求协助——欧顿专区区长和庇堤维耶当局。米歇尔·艾波斯坦。

1942年7月16日　米歇尔·艾波斯坦发给安得烈·萨巴提耶的电报

感谢您亲爱的朋友——我的一线希望存乎您手上。米歇尔·艾波斯坦。

1942年7月17日　米歇尔·艾波斯坦发给安得烈·萨巴提耶的电报

期待您的电报捎来消息，好坏都好。谢谢您亲爱的朋友。

1942年7月17日　勒布汉①致米歇尔·艾波斯坦的电报

没有必要再寄包裹来了，没看见您的夫人。

1942年7月18日　米歇尔·艾波斯坦发给安得烈·萨巴提耶的电报

我的妻子音讯全无——不知道她人在哪儿——烦请打听，发电报告知事情真相——只要事先通知，您可以在任何时间打下面电话找我，伊希—主教镇。

1942年7月20日　亚伯拉罕·喀曼诺②给米歇尔·艾波斯坦的电报

你把伊莱娜的病历证明寄出去了没有——一定要马上寄出去。打电报。

1942年7月22日　米歇尔·艾波斯坦致安得烈·萨巴提耶

---

① 红十字会的居中联络人。
② 丹妮丝和伊丽莎白·艾波斯坦的舅舅。

我收到一封我妻子写来的信，寄自庇堤维耶，信上注明的日期是上星期四，信中说她很可能会再转到某个未知的地方，我想一定很远。我发了一封电报给该集中营的指挥官，还预付了回电的钱，迄今没有得到任何回复。您的朋友或许运气较佳，可以获得他们拒绝透露给我的消息？感谢您所做的一切。求您一有消息，就算是坏消息，也请务必让我知道。祝顺利。

回复：

亲自和我的朋友①碰了面。我们一定会尽全力。

1942 年 7 月 24 日　安得烈·萨巴提耶致米歇尔·艾波斯坦

我没有写信给您，那是因为到目前为止，我没有任何确实的消息可以告诉您。除了安慰您，要您宽心的话之外，我没有其他的可说。该做的我们都做了。我和我的朋友又见了一次面，他对我说除了等之外，别无他法。接到您的第一封来函时，我立刻强调您两位小孩是法国籍的身份，收到您第二封来函时，立刻对他说您的妻子可能离开了卢瓦雷省的集中营。我在等，而这样的等待，请相信我，对以你们朋友自居的我来说，是非常痛苦的……我向您保证，对于您的心情，我感同身受！让我们期盼我很快就能给您捎去一些确实而且值得高兴的消息。我心与您同在。

1942 年 7 月 26 日　米歇尔·艾波斯坦致安得烈·萨巴提耶

也许在我妻子的这件事情上，我们应该强调她是俄籍白人，但从来不愿意接受俄国国籍，她在俄国遭到诸多迫害，最后和她的双亲逃离俄国，他们的财产悉遭没收。我也经历了同样的磨难，所以

---

① 据 7 月 15 日的信件内容来看，这位朋友应该是杰克·班诺斯—梅卿。

我觉得宣称我和我妻子在俄国蒙受的财产损失价值高达数千万战前法郎并不为过。我的父亲曾是俄国银行公会的理事长和一家俄国数一数二的大银行——阿佐夫—唐商业银行的常务董事。执政当局应该可以确信我们不可能对当前的俄国政权有任何的情分存在。我的弟弟，保罗，是俄罗斯大公狄米区的私人好友，而且定居法国的帝俄皇族经常是我岳父的座上宾，尤其是亚历山大和勃里斯大公。此外，我在此特别强调，如果之前没有跟您提过的话，那些借住在伊希镇我们家中数月之久的下级德国军官，离开时留了一张纸条，上面写着①：

> 同伴们，我们与艾波斯坦一家认识颇久，可以证明这家人举止得体，热情好客。我们恳请您好好地对待这个家庭。希特勒万岁！
>
> 飞德洛·汉伯格，23599A

我还是不知道我妻子的下落。孩子们身体都好，至于我，我还挺得住。

感谢您所做的一切，亲爱的朋友。把这些转达给湘波韩伯爵②和莫兰伯爵或许会有一点用处。祝好。米歇尔。

1942 年 7 月 27 日　？致米歇尔·艾波斯坦

在尊夫人的作品当中，除了《孤独之酒》里的一段场景外，是否有哪些长篇小说、短篇小说或文章中可以找到她反苏联的清楚证据？

---

① 以德语标示。

② 雷内·湘波韩伯爵是律师，也是皮耶·拉法尔的女婿，他娶了拉法尔的独生女，秋瑟。

1942 年 7 月 27 日　米歇尔·艾波斯坦致安得烈·萨巴提耶

今天早上我收到您星期六寄来的信。对于您的尽心尽力，除了感谢还是感谢。我知道您已经尽了一切力量，而且也愿意继续尽力来帮助我。我有耐心也有勇气，只愿我的妻子有足够的体力能够禁得起这次打击！太困难了，她一定非常担心孩子们还有我，因为我找不出办法联络到她，因为我连她在哪里都不知道。

信内附上另一封信，请您务必转交给德国大使，而且要快。如果您可以找到能接近他当面转交给他人（湘波韩伯爵也许是个人选，我想他一定对我妻子的安危感到忧心），是最好不过了。可是，如果您想不出有谁能够尽快地完成这项任务的话，可否麻烦您亲自跑一趟大使馆呈递，或干脆邮寄过去。在此先谢谢您了。当然，如果这封信会影响已经在进行的营救行动，那就撕掉它，否则我真心希望信能送到收信人手上。

我担心我也即将遭到类似的待遇。您可否预付一些 1943 年的月薪给杜蒙小姐呢，以解我对民生物品匮乏之虞？我很担心我的孩子们。

1942 年 7 月 27 日　米歇尔·艾波斯坦致德国大使奥图·阿贝兹

我知道擅自写信给您是无礼莽撞至极。尽管如此，我还是愿意放手一搏，因为我认为您是唯一救得了我妻子的人，您是我最后的希望。

请允许我陈述事情的经过：在离开伊希之前，占领该地的德国士兵感念我们在他们停留的这段时间里提供给他们的舒适和贴心照顾，留了一封内文如下的短信给我们①：

---

①　以德语标示。

> 同伴们,我们与艾波斯坦一家认识颇久,可以证明这家人举止得体,热情好客。我们恳请您好好地对待这个家庭。希特勒万岁!
>
> 飞德洛·汉伯格,23599A

然而,7月13日星期一,我的妻子被带走了。她先被带到卢瓦雷省的庇堤维耶集中营,然后离开那里前往一个我至今未悉的目的地。他们告诉我,这次的逮捕行动是遵照占领区执政当局颁布的关于犹太人的法令规定办理的。

我的妻子,艾波斯坦太太,是一位著名的小说家,I.内米洛夫斯基。她的书已经出版为数众多的外国译本,而且至少有两本——《大卫·格德尔》和《舞会》——出了德文译本。我的妻子生于1903年2月21日,出生地为基辅(俄罗斯)。她的父亲是位大银行家。我本人的父亲则是俄国银行公会的理事长和一家俄国数一数二的大银行,阿佐夫—唐商业银行的常务董事。我们两家在俄国丧失了庞大的家产。我的父亲还遭到布尔什维克党人逮捕,监禁在圣彼得堡的圣皮耶暨圣保罗堡垒中。经历了重重困难,好不容易才在1919年逃离俄罗斯,自此成为居留法国的难民,更从未离开过法国一步。这冗长的叙述目的在向您保证,我们对布尔什维克政权只可能是仇恨。

在法国,我们家族没有任何一分子参与政治。我本人任职于一间银行,担任全权代理人的职务,至于我的妻子,她则成为小说家,且才华颇受赏识。她的任何一本著作里(值得一提的是,占领区行政当局并未下令禁止发行她的任何作品),找不到任何一句反对德国的言词,虽然我的妻子是犹太裔,她在书中抨击犹太人毫不留情。我妻子的祖父母还有我的祖父母都信仰犹太教,我们的双亲不信仰任何宗教,至于我们,我们是天主教徒,我们的孩子也是,他们在巴黎出生,拥有法国国籍。

我也大胆向您强调,我的妻子和任何政治团体始终保持一定的距离,她也从来没有受惠过哪个政府,无论是左是右,而她以小说家身份合作的报社《格兰瓜尔》,总编辑为 H·德·卡尔布西亚对犹太裔人士或共产党人士当然也没有特别青睐。

最后,我的妻子长期受到慢性哮喘的折磨(她的医生,瓦莱利—雷多教授可以作证),集中营的拘禁生活对她可能会产生生命的危害。

我知道,大使先生,您是贵国最有威望的人士之一。我坚信您也是一位公正明理的人。然而,我觉得德国人拘禁这样一位妇女,虽然她是犹太裔,却——她所有的作品皆可证明——对犹太教以及布尔什维克政权没有丝毫同情与好感,是不公平且毫无道理可言的。

1942 年 7 月 28 日安得烈·萨巴提耶致湘波韩伯爵

我刚刚收到一封来自《大卫·格德尔》的女作家丈夫的来信,我自作主张寄了一份复印件给您。这封信的内容有些细节我觉得应该会有用。希望能够帮助您顺利获得快乐的结果。我在此先向您致谢,感谢您为我们的朋友所做的一切努力。

1942 年 7 月 28 日　安得烈·萨巴提耶致保罗·莫兰夫人

我昨天照您的意思回了一封信给米歇尔·艾波斯坦,我想写信可能比发电报要好。今天早上我在信箱里找到这封信。里面的内容有些似乎会是很有用的信息。

1942 年 7 月 28 日　米歇尔·艾波斯坦致安得烈·萨巴提耶

我希望您已经收到我昨天寄出的信,以及烦请您透过湘波韩或别人，或者以间接方式转交给大使的信。在此事先致谢。

以下是关于您昨天来函的回答：我认为，在《大卫·格德尔》书中，大卫和一群布尔什维克党人在处理一座油井停产的事件上，他对他们的态度应该不会太友善，不过，我手边没有《大卫·格德尔》，您可以去查查看吗？刊登在《格兰瓜尔》上的《登天之梯》，您手边有手稿，对主角，一位原籍地中海东岸地区的蒙古大夫的批判颇为严厉，但是我不记得我的妻子是否明确指出他是犹太裔。我觉得好像是。

我在《契诃夫的一生》的第二十五章里看到下面的句子："第6号房间对契诃夫在俄国的名气提升有显著的功劳。因为它，苏联改口声称他是他们的一分子，同时强调如果他还在世的话，他一定会加入马克斯主义。一位作家死后的荣耀常常来得出乎人意料之外……"很不幸的，我没找到别的，这些话稍显薄弱。

真的没有任何方法可以向法国当局查询我的妻子是否还在庇堤维耶集中营吗？十天前，我发了一封电报给集中营的指挥官，还预付了回复的邮资，却石沉大海。只要能确定她人在哪儿，难道有规定不得透露？有人辗转通知我，我的弟弟保罗现在人在德朗西，为什么我就不能知道妻子人在哪儿？难道……

再见了，亲爱的朋友。也不知道为什么，我对这封给大使的信很有信心。米歇尔。

1942年7月29日　安得烈·萨巴提耶致保罗·莫兰夫人

这就是我在电话中提到的那封信。我想您比谁都有资格评断是否该将这封信转给寄件人想要交到的受信人手中。大体的内容，我完全没有立场可以说什么，但是信中某些句子在我看来似乎不太妥当。

1942 年 7 月 29 日　玛薇莉克①致米歇尔·艾波斯坦

亲爱的。希望我的信已经平安寄到你的手上，不过我很担心是否被弄丢了，因为我写信给朱莉，结果婶婶把她的名字跟电话搞混了。我亲爱的，我再一次的恳求你，为了伊莱娜，为了孩子们，为了其他人，一定要坚强撑下去。我们没有权利丧气，因为我们是虔诚的信徒。我曾经一度彻底绝望，但是我重新站起来了，我整天到处跑打听消息，探视跟我们有同样困境的同胞。婕曼妮②前天回来了，等她准备好所需的一切之后，她必须立刻出发前往庀堤维耶。听说山姆人在波纳—罗兰，离庀堤维耶很近，她下定决心一定找到他和伊莱娜，把这里的情况告诉他们。目前我们只知道阿妮雅在德朗西，她来信要我们寄衣服和书给她，其他的依旧下落不明。这里收到几封来自德朗西的信，信上都说他们在那里吃得不错，那里的人对他们也不错。亲爱的，我求求你，一定要有勇气。钱到得晚了那是因为搞错了名字。我明天回去看约瑟芬。③婕曼妮见到了那位带女仆到庀堤维耶的先生。我还得赶在婕曼妮出发前去看看她。她收到了山姆的短信，但是发信的地点还是德朗西。她出发的那一天我再写信给你，但是我也希望你能写信过来，我的小弟。至于我，我还挺得住，我都不知道自己是怎么办到的，也持续保有希望。给你和小孩最最亲爱的吻。

---

① 米歇尔·艾波斯坦的姐姐，她跟米歇尔几乎同时被捕，然后被转送到奥斯维辛集中营，最后双双被送进毒气室。

② 是米歇尔·艾波斯坦的大哥，塞谬尔·艾波斯坦的一位法国女性友人。

③ 约瑟芬是伊莱娜·内米洛夫斯基的贴身女仆。

1942 年 8 月 3 日　鲁索夫人（法国红十字会）致米歇尔·艾波斯坦

巴兹医生①今天早上出发前往自由区,他将在那里耽搁几天的时间,在当地处理艾波斯坦夫人的案子,同时尽可能地从中帮助她。他离开前没有时间回复您的来信,所以交代我转告您,您的来信他已经收到,他将采取一切可能的行动来协助您。

1942 年 8 月 6 日　米歇尔·艾波斯坦致鲁索夫人

听到巴兹医生已经采取行动协助我的妻子,我非常高兴。我想是否应该统合协调一下之前已经采取行动的各方人士：

一、我妻子的出版商,艾尔本·米歇尔（其中专责的联系窗口是安得烈·萨巴提耶先生,该出版社的编辑）

二、保罗·莫兰夫人

三、安利·德·海尼耶

四、湘波韩伯爵

我寄了一份本信的复印件给萨巴提耶先生,如果您需要任何资料,他可以提供（电话：Dan 87.54）。最让我难过的是我连她在哪儿都不知道(7 月 17 日星期四,她人在庇堤维耶集中营——卢瓦雷省,自此,音讯全无)。我希望她能知道最近当局采取的措施并没有波及我们的孩子和我,还有我们全都身体健康。红十字会能够转达这样的口讯给她吗？我们可以寄包裹给她吗？

1942 年 8 月 6 日　米歇尔·艾波斯坦致安得烈·萨巴提耶

随信附上一封我寄至红十字会的信件。仍然没有任何我妻子的消息。很难过。您联络上阿贝兹先生,把我的信转交给他了吗？米歇尔。

---

① 红十字会会长。

附注：可否给我湘波韩伯爵的联络地址？

1942年8月9日　米歇尔·艾波斯坦致安得烈·萨巴提耶

我刚刚得知，消息来源非常可靠，拘禁在庇堤维耶集中营的女人（男人和小孩都一样）全被送往德国边界，然后再从边界转往东方——波兰或者非常可能是俄罗斯。这大概是三个星期前的事了。

截至目前，我一直以为我的妻子还在法国境内的某个集中营里，由法国守卫看守。得知她现在人在某个蛮荒国度，处境可能极为凄惨，身无分文又无食粮，周围都是连话都听不懂的陌生人，我简直无法忍受。现在已经不再是尽可能地赶快想办法从那个集中营里把她救出来就好了这么简单了，她的命悬于此啊。

应该已经收到我昨天发的电报：电文里我特别提到我妻子的一本书《秋天的苍蝇》，该书先是由克拉出版社出版精装本，然后转由葛拉塞发行。这本书绝对是反布尔什维克主义。我很抱歉，竟然到现在才想到。我希望还不算太迟，利用这新的证据向德国当局再次澄清。

我知道，亲爱的朋友，您已经尽了全力来营救我们，但是我在这里恳求您，再去找，再想想看还有没有其他的东西，再找莫兰、湘波韩、您的朋友，尤其是巴兹医生——红十字会的会长商量看看，地址是：牛顿街12号，电话：KLE.84.05（他的个人机要秘书室鲁索夫人，地址同上），再次向他们强调《秋天的苍蝇》这条新线索。布尔什维克党人害我们失去了一切，现在我们却被誓言打垮他们的对手宣判死刑，这实在是太匪夷所思了！

最后，亲爱的朋友，这是我最后一次请求您。我知道我的所作所为已经逾越了分际，对您以及我们仅剩的朋友一再提出过分的要求,实属不可原谅。可是,必须再三强调,这是性命交关的大事,不只牵涉到我的妻子,略过我不提,还有我的孩子。这是非常严重的。我一个人在这里,陪伴孩子,几乎跟坐牢没有两样,因为上面禁止我外出走动,连用行动来求取安慰的自由都没有了。我睡不着,吃不下,所以,这封信条理散漫词不达意,务请见谅。

1942 年 8 月 10 日

本人,W. 柯克沃佐夫伯爵,前议会议长、俄罗斯财政部长,在此证明本人认识已故的艾非·艾波斯坦先生,俄罗斯银行董事,是在我执掌巴黎的银行公会时期的公会成员,他是位信誉卓著无可挑剔的金融家,而且无论是行为或思想上,他都是彻彻底底的反共产主义信徒。(警察局盖章公证)

1942 年 8 月 12 日　安得烈·萨巴提耶致米歇尔·艾波斯坦

您的来信和电报都已收到。我即将离开巴黎几个礼拜,出发之前先回复您的来函。如果在 8 月 15 日到 9 月 15 日这段期间,您要写信联络我的话,请将信寄到出版社,他们会立刻拆阅,如有需要的话,他们会尽力协助,同时立刻通知我。以下是目前情况的进展,我们采取了许多行动,但是现下毫无结果。

(1)我写了信给湘波韩伯爵,却迟迟没有回音。我不认识他,无法积极继续联络,所以无法肯定他的缄默是否表示他无意介入此事。他的地址是:波旁皇宫广场 6 号之一,第七区。

(2)相反地,P. 莫兰夫人表现出无与伦比的忠实友谊。她采取了许多行动,您的信现在在她手上,信中的主要内容应该已经在这几天传达到了,是透过一位与她跟大使馆都有交情的朋友传递,还附上一份病历证明。她读了《秋天的苍蝇》,不过似乎完全不是她想要的:内容的确是反革命没错,但不是反布尔什维克主义。她建议您不要四处分散行动,在她看来毫无用处。还有根据她的看法,您要敲开的大门只有一扇,就是犹太人联盟,唯有它,透过它的外围组织,能够打听到您的妻子现在人在哪里,或许还能传递孩子们的消息给她。这是它的联络地址:善行路29号,第八区。

(3) 我的朋友直截了当地告诉我,他那边采取的行动进行至此,情况非常清楚他已经无能为力了。

(4) 我的父亲在法国地方当局也获同样的回复,虽然言词较为委婉。

(5) 一位朋友在我的请托下,联系了《上帝是法国人?》的作者菲德烈·席伯格,对方承诺会想想办法,但不是营救,据他的看法,救出来的可能性不大,而是设法打探她的下落。

(6) 昨天我打电话到红十字会,找到了鲁索夫人的代理人,人非常亲切而且知道有这么一件事。巴兹医生目前人在非占领区,正设法从高层打探消息。他星期四应该会回来,到时候,在我离开之前,我会再打电话给他。

以下是我个人的感觉:

(1) 尊夫人被带走并不是一件个案,而是一项普遍的措施(这里,光是在巴黎,好像已经有数千名无国籍人士遭受同样的待遇),这解释了一部分我们始终无法取得特殊待遇的原因,同时也让我们得以继续抱持希望,尊夫人也不会蒙受有别于他人的差别待遇。

(2) 这项措施乃奉某些在这方面势力非常强大的德国政府机关之命执行,其他许多德国的行政和军事当局,以及法国行政当局,甚至最高当局,似乎都没有施力的余地。

(3) 据 P. 莫兰夫人的推断,遣送回德国的可能性颇高,但不是转送到集中营,而是往波兰的某个城市,听说那里正在集合无国籍人士。

亲爱的先生,这一切的确非常难挨,我想象的只会有过之而无不及。您唯一的责任就是您的孩子,为他们撑下去,说来容易……您一定会这么说。唉!我已经想尽了一切办法。永远是您忠实的朋友。安得烈。

1942 年 8 月 14 日　米歇尔·艾波斯坦致喀布尔夫人

很不幸的,伊莱娜走了——去了哪儿?我不知道。您可以想象我有多担心吗!自从她 7 月 13 日被人带走之后,我一直没有她的消息。我孤单地在这里,两个孩子由朱莉照顾。或许您还记得,您曾在威尔森总统大道上见过她。哪一天我若接到伊莱娜的消息,我一定立刻通知您。亲爱的夫人,您愿意提供协助。虽不知道这是否可行,我还是借此机会厚颜求助。您是否可以帮我们拿到线和棉布,还有一些打字机专用的纸呢?您将帮我们一个大忙。

1942 年 8 月 20 日　米歇尔·艾波斯坦致喀布尔夫人

伊莱娜在 7 月 13 日被警察带走,说是奉德国警察的命令,然后被送往庇堤维耶——因为她是犹太裔的无国籍人士,完全无视于她信奉天主教,她的孩子是法国籍,而她是为了躲避布尔什维克政府的迫害才逃到法国,还有他们没收了她父亲的财产。她写来的唯一一封信上说,她在 7 月 15 日抵达庇堤维耶,可能在 17 日转往未知的地方。之后就音讯全无了。没有任何消息,我不知道她在哪里,甚至不知道她是否还活着。由于我没有权利离开这里,我请了许多不同的人士帮忙探听,到目前为止仍是毫无结果。如果您可以想到什么办法,求求您,请您行动吧,因为这样的焦虑已经超乎我能忍受的范围了。想想,我连吃的东西都没办法给她寄去,她没有换洗衣服,没有钱……直到现在,他们还没来抓我,因为我超过 45 岁……

1942 年 9 月 15 日　米歇尔·艾波斯坦致安得烈·萨巴提耶

还是没有半点伊莱娜的消息。我遵照保罗①夫人的建议,迄今没有再采取新的行动。我只能仰仗她了。我想我恐怕无法再忍受这样提心吊胆的日子了。先前您告诉我,您在等巴兹医生的消息。我想您大概还是什么消息都没有吧? 如果红十字会能够在冬天到来之前想办法给伊莱娜送一些衣服、钱和吃的就好了。

如果您见到保罗夫人,烦请您转告她,我收到吉卡主教②寄来的一张卡片,六个月前他还住在布加勒斯特,而且身体很好。

1942 年 9 月 17 日　安得烈·萨巴提耶致米歇尔·艾波斯坦

我一回来,立刻打电话给保罗夫人。我向她转达了您的感激之情,也对她说您听取了她的忠告。所有的行动,连您亲自写了一封信给他的那个人,我们在那边的努力,全部还没见到成效。"我们撞上了一堵墙。"她对我说。保罗夫人认为一定要等到这股横扫世界的乱流稍稍疏通平静了之后,才能得出定案。

1942 年 9 月 19 日　米歇尔·艾波斯坦致安得烈·萨巴提耶

我们的信交错了。感谢您捎来最新的近况,尽管同样毫无起色。可否麻烦您,看看是否可能让我和我的妻子对调——说不定我会比她更有用,而她留在这里也更适合她。如果这个做法不可行的话,难道不能带我到她的身边——两个人在一起,我们一定会更有用处。当然,这些都必须等到我能够亲自和您见面详谈才行。

1942 年 9 月 23 日　安得烈·萨巴提耶致米歇尔·艾波斯坦

7 月 14 日那天起,我就一直在想,如果有必要非要走一趟伊希

---

① 保罗·莫兰的夫人,为了安全起见,尽可能避免写明姓氏。
② 一位罗马尼亚籍王公主教,和伊莱娜·内米洛夫斯基经常见面。

的话，我一定马上启程。就算是现在，我还是不认为这样做能收到什么有价值的具体成效。所以迟迟未成行。

互调的确不可行。虽然说您提此请求的动机理由非常充分，但是这样做只是平白多了一个集中营营囚而已。等我们获悉伊莱娜目前的确切下落之后，也就是说，等一切都"安排就绪"了，到时候，如果真的可以，到时再提出请求或许会有用。

两个人一起，在同一个营区！这更不可能，营区男女划分规定极为严格，没得商量。

红十字会刚刚请我澄清一件事，这事恰巧我不知道，所以今早发了一封电报问您，我会立刻将信息转过去。希望他们正循着正确的道路，顺利探得消息。

1942年9月29日　米歇尔·艾波斯坦致安得烈·萨巴提耶

我答应了您不再拿各式各样的请求来烦您，我信守承诺。这次去函的原因如下。我的外籍人士身份证有效期限在11月到期，需办理换证手续。发证决定权属于索恩—罗亚尔省马公市长的权限，我必须在这段时间内向他提出换证的申请。我希望这项申请不会节外生枝，产生新的困扰。所以，我想麻烦您向马公市长说一下。我的申请在各方面均合乎规定，只是当前的局势不利我这一类的人，所以我担心会有来自使馆等等的阻挠。我可以麻烦您吗？在收到您的回复之前，我不会采取任何行动，不过，时间紧迫。

1942年10月5日　安得烈·萨巴提耶致米歇尔·艾波斯坦

我刚收到29号寄来的信。我看了，也转给别人看了。毫无疑问地，我的回复非常明确：不要轻举妄动，任何的举动在我看来都是非常鲁莽不明智的。我在等丁耐议事司铎来访，很高兴有机会跟他谈一谈。

1942年10月12日　安得烈·萨巴提耶致米歇尔·艾波斯坦

今天早上我收到了您八号的来函以及您寄到狄戎那封信的副本。我提笔想告诉您这个：

我们的朋友百分之百合法，您得承认这丝毫不阻挠任何事。

至于孩子们，由于他们具有法国籍，而且套句您自个儿说的话，我觉得大环境的改变并非不可或缺，不过，这只是一句话而已。我觉得在这方面，红十字会可能可以给您更详细、更精确的信息。

1942年10月19日　米歇尔·艾波斯坦致安得烈·萨巴提耶（克罗索监狱）（本信以铅笔书写）

我一直在克罗索没动，我在这里受到很好的待遇，身体也十分健康。我不知道我们何时上路，也不知道要去哪儿。我只能仰赖您的友谊，照顾我的家人。他们非常需要您的友谊之手。我敢肯定您一定会好好照顾他们的。除此之外，我没什么要说了，除了我会坚强，还有紧握您的双手。

1944年10月1日　朱莉·杜蒙致罗伯特·艾斯梅纳

我要向您致谢，感谢您继续支付月薪。您明白我很担心。七个月来，我必须一再将她们藏在不同的地方，与世隔离。我希望现在这场噩梦已经结束了。我把孩子带回来，安排她们进寄宿学校。我的长女现在念三年级而芭贝是中学一年级。她们俩都非常高兴，终于能够自由了，因为丹妮丝终于可以不受打搅地专心念书，她的未来全系于此。

1944年10月10日　朱莉·杜蒙致安得烈·萨巴提耶

15000法郎已收到。从二月底开始，我真的非常为孩子们担心。我又必须把她们藏起来了。一定是因为这样，圣—加布列的修女才没有回复您。她们已经中断学业七个月之久了。现在，我希望我们能够安定下来，让她们能够继续念书。我再度送她们进寄宿学校。丹妮丝是三年级，而芭贝是中学一年级。她们非常高兴能够再看到从前的同学，和时局艰苦时给我诸多帮助的善心修女。我希望从现在起，不会再有磨难降临我们身上了，只等被放逐者返家。目前，所有作家的作品都能发售了吗，发行的禁令尚未解除吗？

1944 年 10 月 30 日　　罗伯特·艾斯梅纳致朱莉·杜蒙

感谢您 10 月 1 日的来函。看得出来您的生活仍然充满了担心与艰苦。不过，孩子们的命运至少是已经不用再提心吊胆了，她们现在可以安安心心地继续完成学业了。一定要抱持着希望，希望这恐怖的噩梦很快结束，而且在不久的将来得悉她们双亲的消息。您知道，这是我最衷心的期盼……

1944 年 11 月 9 日　　安得烈·萨巴提耶致朱莉·杜蒙

看到您最近仍然得为您的孩子提心吊胆，我不禁也跟着不安。我只能以知道她们目前在您信中指出的种种安排措施的保护下安全暂时无虞，聊以安慰。现在只剩虔心祈祷，希望那些被掳走的人能够尽快返家。

艾斯梅纳先生已经给了我一切必要的指示，请我安排将 I. 内米洛夫斯基的库存小说重新上架。至于我，我有些疑虑，想确认一下现在发行我手边有的两本新作是否合宜，一是她的小说《这个世界的财产》，另一本是《契诃夫的一生》。艾斯梅纳先生和我一样，认为最好暂缓发行，怕会引来过多的注意，在目前这个依旧害怕遭到恐怖报复手段的时刻和局势下，或许会招致危险。

1944 年 12 月 27 日　　罗伯特·艾斯梅纳致朱莉·杜蒙

愿 1945 年终于能带给你们和平，并将离家的人带回你们身边。

1945 年　艾尔本·米歇尔出版社致朱莉·杜蒙

9000 法郎：1945 年 6 月、7 月、8 月。

1945 年 1 月 8 日　罗伯特·艾斯梅纳回复 R. 艾德勒

您 1944 年 10 月 13 日寄给内米洛夫斯基夫人的卡片我们已经收到，可是，唉！我们无法转到她本人手上。事实上，内米洛夫斯基夫人在 1942 年 7 月 13 日在伊希遭到逮捕，1940 年开始她便移居当地，随后被带到庇堤维耶集中营，并在同月遭遣送到海外集中营。她的先生在几个星期后也遭到逮捕，同样遭遣送至国外。一切营救他们的努力均没有任何结果，从此再没有人知道他们的下落。幸运的是两个小孩平安无事，多亏了他们的一位忠实的女性友人的照顾，目前三人住在外省。请相信，转达这样的消息给您，我们深切地感到遗憾。

1945 年 1 月 16 日　艾尔本·米歇尔回复 A. 夏尔

感谢您 1944 年 11 月 6 日寄来，希望能转到内米洛夫斯基夫人手上的卡片。唉！我们很抱歉无法转交，因为我们的作家同时也是朋友的内米洛夫斯基夫人在 1942 年间便被人带走了，随即送往波兰境内的不知哪一处集中营。从此，虽然多方打听营救，我们始终没有她的消息。她的先生在妻子被捕的几个月后，也遭到同样的命运。至于孩子们，幸好及时交托给家族友人照顾，目前生活得很好。转达这样悲惨的消息给您，我感到非常遗憾。让我们继续怀抱希望……

1945 年 4 月 5 日　马克·艾丹诺夫（俄国科学文学人士营救基金会）——纽约——致罗伯·艾斯梅纳

透过拉意莎·艾德勒夫人，我们刚刚得知关于伊莱娜·内米洛夫斯基夫人的不幸消息。艾德勒夫人同时也告诉我们，亏得一位以前照顾她们祖父的看护小姐，两个女孩逃过一劫。这位看护，杜蒙小姐，据说是非常值得信赖的人，可是，很不幸地，她没有任何金钱资源，因此无法负担她们的教育。

内米洛夫斯基夫人在纽约的朋友以及书迷于是齐聚一堂，共商大家可以为她的小孩做些什么。可是，他们人数不是非常多，而且也不富裕。至于我们协会，现在有大约有一百多位学者和文人。我们能做的不多。所以我们才想到写信给您，亲爱的先生，我们想请问内米洛夫斯基夫人的法国出版商是否有一笔款项当做是给作者的版税呢，如果有，您或是您的同事，是否可以把这笔版税的一部分拨给孩子们使用？我们将随后寄上她们的联络地址。

1945 年 5 月 11 日　罗伯特·艾斯梅纳给马克·艾丹诺夫的回复

内米洛夫斯基夫人的确，唉！在 1942 年 7 月间遭到逮捕，转送庇堤维耶集中营，接着遭送海外集中营。她的先生，在几个星期后，也遭到同样的命运。我们一直没有他们的消息，且深为他们担忧。

我知道救了两个小女孩的杜蒙小姐把她们教养得非常好。她之所以有这样的能力，我必须跟您说，自伊莱娜·内米洛夫斯基被逮捕之日起，我汇给杜蒙小姐的款项金额相当不少，正确数字高达 151000 法郎，而且时至今日，我仍旧每个月固定给她 3000 法郎。

1945 年 6 月 1 日　安得烈·萨巴提耶致朱莉·杜蒙

自从遭送海外的营囚和俘虏陆续返回法国开始，我经常想到您、想到孩子们。我想现在您一定还没有任何消息，不然您一定会通知我的。在我这边，我也没有探得任何线索。我已经拜托认识内米洛夫斯基夫人的 J. J. 伯纳夫人①采取所有可能的行动,看能不能多少得到一些消息,她目前为红十字会服务。当然,如果我有任何消息,一定第一个通知您。我有个问题想请教您:内米洛夫斯基夫人被捕的时候,她放在伊希的文件现在怎么样了?我听说有一本磅礴的短篇小说已经完成。您有这批文稿吗?如果有,能否请您寄过来给我,或许可以刊登在我们的杂志《舟》上。

1945 年 7 月 16 日　安得烈·萨巴提耶致安格伯特神父

我写这封信给您是为了一件完全意料之外的事。这件事是这样的:您一定听说过 I. 内米洛夫斯基这个名字和她的名声,她是战前法国最才华洋溢的女作家之一。I. 内米洛夫斯基是犹太裔又是俄国籍,因此在 1942 年被送入集中营,还有她的先生,大概是波兰的某一个集中营,我们始终打听不到任何消息。时至今日,仍旧音讯全无,我们已经不再抱有,唉! 能再见到他们一面的希望了。

I. 内米洛夫斯基把两个小女儿,丹妮丝和伊丽莎白·艾波斯坦的监护责任交托给一位女性友人。我刚刚和那位照顾女孩们的女士见了面,她对我说她安排了两位女孩进席翁女子修院寄宿就读。一切都已经谈妥了,就在最后时刻,修院院长反悔了,借口说院内学生已满,这位一直照顾两个小女孩的善良女士既失望又烦恼。是否可以请您去了解一下,究竟发生了什么事? 如果您对修院还稍有影响力的话,可否请您至少在本学期十月开学时,让两个女孩,丹妮丝和伊丽莎白,进入席翁就读。

---

①　尚—杰克·伯纳夫人是作家尚—杰克·伯纳(译注:Jean-Jacques Bernard[1888—1972],法国剧作家)先生的妻子,尚—杰克的父亲正是提斯东·伯纳。

我们非常关心这两个小女孩,您一定能了解才对。无论如何,即便您帮不上忙,我还是要在此感谢您对这项请求的关注。

1945 年 7 月 23 日　电话记录:硕达(欧洲金融暨工业联盟)电安得烈·萨巴提耶

UE① 的德·梅基耶先生希望能与贵社合作,共同为伊莱娜·内米洛夫斯基的孩子尽一点心力。

(手写便条:等他跟我们联络)

计划每月汇 3000 法郎。

他们在巴黎附近找到一间教会寄宿学校,每个孩子每个月 2000 法郎。

1945 年 8 月 7 日　欧马·安格伯特致罗伯特·艾斯梅纳

我很高兴通知您,贵社关心的犹太裔俄籍作家(啊,我记不起她的名字了!)的小女孩们,也就是萨巴提耶先生代表您向我推荐的那两位,已经获准进入位在格兰堡的席翁女子修院。院长刚刚通知我,她们下学期可以入学就读。

1945 年 8 月 29 日　朱莉·杜蒙(马蒙德②巴斯德街 46 号)致安得烈·萨巴提耶

我不知道该如何向您致谢,如此这般忠实的情谊。我为孩子们感到非常高兴,尤其是只有 11 岁的芭贝,她的学习生活才刚要开始。至于丹妮丝,现在也非常好,她可以在这所一流的学苑里精益求精,这正是她双亲的期望。如果丹妮丝无法再继续升学,她必

---

①　欧洲联合银行(前身即米歇尔·艾波斯坦担任全权代理人的巴黎北欧国家银行)。

②　译注:Marmande,法国西南洛特—加隆省的一区。

须拿到证书才能够工作,这等过些日子后我们会再看看。您亲切的来函送到了我送孩子们度假的地方。丹妮丝身体已经完全康复。她做了X光检查,X光片上显示胸膜炎的雾状地带已经完全消失了。芭贝则将在下星期动手术切除扁桃体和增生体。我没办法安排更早的时间,因为医生度假去了,因此我延迟了11天才返回巴黎。

是的,萨巴提耶先生,问题在于文坛人协会想要为孩子们尽点心力。我向崔弗先生讲述了我的情况,说明每个月3000块的月俸不敷所需,丹妮丝过去六个月一直在接受治疗,于是他说他会跟他的朋友谈谈是否能为孩子们做点什么。同一天,我也把我的难处向艾斯梅纳先生说了,所以他也知情。若有需要关于我的任何消息,可以找提斯东·伯纳先生,他从我16岁起就认识我了。

1945年10月3日　艾尔本·米歇尔出版社致朱莉·杜蒙

　　12000法郎:1945年9月、10月、11月、12月。

1945年12月7日　罗伯特·艾斯梅纳(知会勒芙小姐记下的明细)

　　星期五下午,我到了西蒙·圣—克莱儿夫人的住处,她是某个旨在协助I.内米洛夫斯基孩子的委员会成员。某些人以及某些团体将每月提供一定的金额,交给指定的公证人保管,直到,原则上,两个孩子通过高中会考。等大女儿,丹妮丝,通过会考,我想这个问题会再被提出来讨论。

　　除此之外,外界的捐款也将集中存为本金,待I.内米洛夫斯基的女儿成年即可动用。此笔款项已经有为数不少的金额,其中包括艾波斯坦先生生前任职的巴黎北欧国家银行之捐款,大约18000法郎,按月3000法郎支付,而且部分溯及既往。

杜蒙小姐将可以立刻透过公证人，得到（某）金额的款项，以弥补她先前自行贴补的费用，之后并按月给她一定的金额。至于我们出版社，我说过从 1945 年 12 月 31 日支付了最后一笔月薪之后——每月将支付 2000 法郎，这当然无须从 I. 内米洛夫斯基的作者版税中扣除。此外，我宣布从我开始支付 2000 法郎月薪的那一日算起，放弃对内米洛夫斯基夫人扣除版税的权利，也就是说，这些月俸具有溯及既往的效力。

我们将在报纸刊登大幅公告，以利设立。

1945 年 12 月 24 日　W. 泰德曼致伊莱娜·内米洛夫斯基

我是莱德地区（荷兰）一家报社的记者，我向报社提议翻译法文小说或法文故事连载。我刚刚接到他们的通知，他们原则上同意刊登我建议或寄给他们的文章。我婉转地告诉他们可能要支付一些版税，而一本已经在此地发行过的书，鉴于此地出版社也要分一杯羹，版税的金额可能会比尚未发行的原文短篇小说要高出许多，因为只要跟作者商量好就行了。所以我想到了您，虽然我不认识您，只看过您的书。

1945 年 12 月 29 日　艾尔本·米歇尔出版社给 W. 泰德曼的回复

我收到这封寄到我办公室指名要给 I. 内米洛夫斯基的信，很抱歉，我无法转交给收件人。

I. 内米洛夫斯基夫人早在 1942 年 7 月便遭到逮捕，后来听说被送往波兰。从她被捕的那天起，就再也没有人有过她的任何消息。

致　谢

谨对以下诸位表示感谢——

奥利维耶·鲁宾斯坦以及德诺埃出版社的所有员工,他们热情又激动地迎接了这份手稿。

弗朗西斯·艾斯梅纳,艾尔本·米歇尔出版社的总经理,他慷慨无私地公开分享私人拥有的一段历史记录。

米利安·阿妮西莫夫,是牵起罗曼·盖瑞·奥利维耶·鲁宾斯坦和伊莱娜·内米洛夫斯基结缘的人物。

以及尚—律克·毕都—巴佑,是他协助我重读手稿,并给予珍贵的建议。

丹妮丝·艾波斯坦

图书在版编目（CIP）数据

法兰西组曲／（俄罗斯）内米洛夫斯基著；蔡孟贞译．—北京：北京大学出版社，2015.4
ISBN 978-7-301-25411-0

Ⅰ．①法⋯　Ⅱ．①内⋯　②蔡⋯　Ⅲ．①长篇小说—俄罗斯—现代　Ⅳ．①I512.45

中国版本图书馆CIP数据核字（2015）第023219号

本书译稿由联经出版事业公司授权出版。

书　　　　名	法兰西组曲
著作责任者	〔俄〕内米洛夫斯基　著　蔡孟贞　译
策划编辑	柯　恒
责任编辑	柯　恒　白　茹
标准书号	ISBN 978-7-301-25411-0
出版发行	北京大学出版社
地　　　　址	北京市海淀区成府路205号　100871
网　　　　址	http://www.pup.cn　http://www.yandayuanzhao.com
电子信箱	yandayuanzhao@163.com
新浪微博	@北京大学出版社　@北大出版社燕大元照法律图书
电　　　　话	邮购部62752015　发行部62750672　编辑部62117788
印　刷　者	北京大学印刷厂
经　销　者	新华书店
	880毫米×1230毫米　A5　15.5印张　358千字
	2015年4月第1版　2015年4月第1次印刷
定　　　　价	48.00元

未经许可，不得以任何方式复制或抄袭本书之部分或全部内容。
版权所有，侵权必究
举报电话：010-62752024　电子信箱：fd@pup.pku.edu.cn
图书如有印装质量问题，请与出版部联系，电话：010-62756370